劉正浩
邱燮友
陳滿銘
許錟輝
黃俊郎
注譯

新譯

世說新語

（上冊）

三民書局

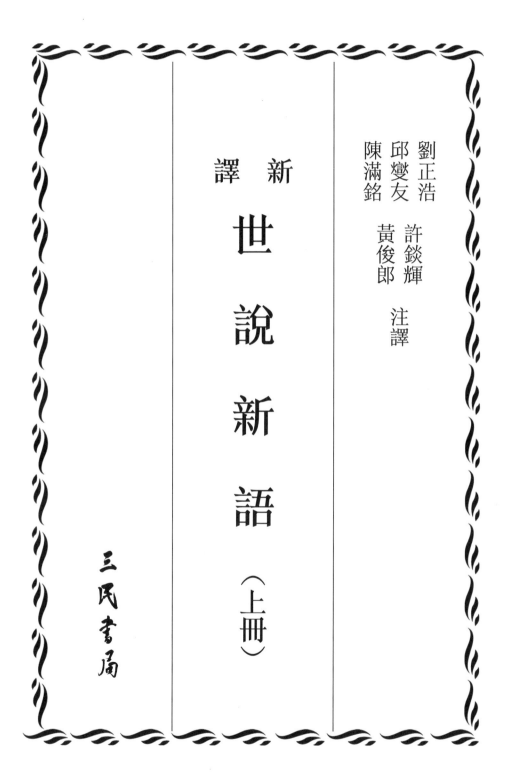

刊印古籍今注新譯叢書緣起

劉振強

人類歷史發展，每至偏執一端，往而不返的關頭，總有一股新興的反本運動繼起，要求回顧過往的源頭，從中汲取新生的創造力量。孔子所謂的述而不作，溫故知新，以及西方文藝復興所強調的再生精神，都體現了創造源頭這股日新不竭的力量。古典之所以重要，古籍之所以不可不讀，正在這層尋本與啟示的意義上。處於現代世界而倡言讀古書，並不是迷信傳統，更不是故步自封；而是當我們愈懂得聆聽來自根源的聲音，我們就愈懂得如何向歷史追問，也就愈能夠清醒正對當世的苦厄。要擴大心量，冥契古今心靈，會通宇宙精神，不能不由學會讀古書這一層根本的工夫做起。

基於這樣的想法，本局自草創以來，即懷著注譯傳統重要典籍的理想，由第一部的四書做起，希望藉由文字障礙的掃除，幫助有心的讀者，打開禁錮於古老話語中的豐沛寶藏。我們工作的原則是「兼取諸家，直注明解」。一方面熔鑄眾說，擇善而從；一方面也力求明白可喻，達到學術普及化的要求。叢書自陸續出刊以來，頗受各界的喜愛，使我們得到很大的鼓勵，也有信心繼續推廣這項工作。隨著海峽兩岸的交流，我們注譯的成員，也由臺灣各大學的教授，擴及大陸各有專長的學

新譯世說新語　目次

中卷

下冊

下卷

附錄

導讀

劉正浩

一 前言

劉義慶所編撰的《世說新語》，初名《世說》，魯迅《中國小說史略》第七篇云：

宋臨川王劉義慶有《世說》八卷，梁劉孝標注之為十卷，見《隋志》。今存者三卷，曰《世說新語》，為宋人晏殊所刪併，於注亦小有翦裁❶；然不知何人又加「新語」二字，唐時則曰「新書」，殆以《漢志》儒家類錄劉向所序六十七篇中已有《世說》，因增字以別之也。

但此書的別名，不止《世說新語》、《世說新書》而已，也有稱之為《新書》或《劉義慶世說》的。另有《世記》、《世紀》、《世統》、《劉義慶記》、《劉義慶說苑》、《晉宋奇談》等異稱，較為少見❷。這本書，《隋書・經籍志》列入子部小說家類，並說：

---

❶ 據紹興八年董弅跋。

❷ 見王能憲《世說新語研究》頁二三。江蘇古籍出版社，一九九二年。

《世說》八卷，宋臨川王義慶撰；《世說》十卷，梁劉孝標注。同一《世說》而卷數不同，乃因臨川王原書八卷，孝標作注後卷帙增加，分作十卷之故；魯迅謂後者由孝標「注之為十卷」，是不錯的。但《舊唐書・經籍志》及《新唐書・藝文志》都稱十卷本為《續世說》，以為孝標所續作，就失考了❸。

然而不論八卷的原書，或十卷的注本，皆已不存；現今流傳的《世說》，均以〈德行〉至〈文學〉四篇為上卷，〈方正〉至〈豪爽〉九篇為中卷，〈容止〉至〈仇隙〉二十三篇為下卷，只分三卷。上卷揭舉孔門四科❹，將談玄說理，歸本於儒術；中卷大抵敘述當代名士的嘉德懿行，皆人倫之師表，具有超時代的特性；下卷則只言魏、晉一時特有的人文風尚，多為恣情越禮的故事。全書辭微恉博，寓有《春秋》「懲惡勸善」❺的深義，合乎小說「雖小道，必有可觀者焉」❻的微旨。

《世說》一書，涉及東漢末年以至東晉之世的名流達士六百五十餘人，舉凡曹植、楊修、阮籍、嵇康、陸機、陸雲及張華、左思等文人墨客；何晏、王弼、孫綽、殷浩、王衍、劉惔等清談名家；曹操、曹丕、司馬氏及王導、謝安、桓溫、陶侃、顧榮等帝王將相；支道林、竺法深、康僧淵、慧遠等佛門高僧；王羲之、王獻之、王珣和顧愷之等書畫大家，……林林總總，真可謂一代傑出人物的畫卷❼。但全書一千一百三十四則，歷代學者多認為是臨川王「纂緝舊文」而成，「非由自造」❽；這可從與劉孝標注

❸ 本劉盼遂〈唐寫本世說新書跋〉，載《清華學報》第二卷第二期。
❹ 孔門四科，是孔子對門人才德類型的區分，《論語・先進》：「德行：顏淵、閔子騫、冉伯牛、仲弓；言語：宰我、子貢；政事：冉有、季路；文學：子游、子夏。」
❺ 見《左傳・成公十四年》。
❻ 《漢書・藝文志》引孔子語。
❼ 同注❷書頁一八〇。

所引的眾多雜史、別傳、世譜、碑誌等的對照中，一目了然，是與「街談巷語，道聽塗（通『途』）說」❾的小說家言，大異其趣的。因而它本質上雖是一本「志人小說」，卻以「著墨不多，而一代人物、百年風尚，歷歷如睹」❿，受到唐房玄齡、褚遂良等人的重視，修《晉書》時不但大量援引；而且補述出某些事件的背景，足供閱讀《世說》的參考。這就是本書在「注釋」、「析評」中，常引《晉書》的緣故。

《世說新語》分類繫事，如區分門第，先尊後卑，高下自見，使人讀後知所戒勸。而於記言敘事，刻劃人物，言微旨遠，往往只採其鳳毛麟爪、亮麗奪目的片段，盡略其時空背景，使讀者雖通其訓詁，也不知奧義何在；更何況魏、晉語義難明，清談內容費解，通其訓詁，也使人心力勞瘁，絕非易事。這就是本書在「注釋」之外，復加「析評」的緣故。

二 編撰者的考述

劉義慶是南朝宋彭城綏里（今江蘇銅城）人，武帝劉裕仲弟長沙景王道憐的次子，後來出嗣給武帝少弟臨川烈武王道規，襲封臨川王。《宋書．宗室傳》說他：

> 為性簡素，寡嗜欲，愛好文義（文章義理），才詞（有辭藻典故的文詞）雖不多，然足為宗室之表（特出者）。受任歷藩（先後擔任藩國之王與方鎮），無浮淫之過；唯晚節（末年）奉養沙門（僧徒），頗致費損。少善騎射，及長，以世路（處境。後詳）艱難，不復跨馬，招聚文學之士，近遠必至。大尉袁淑，文冠

---

❽ 魯迅語。見所著《中國小說史略》。人民文學出版社，一九七五年。

❾ 見《漢書．藝文志》。

❿ 見呂叔湘《筆記文選讀》。上海古籍出版社，一九七九年。

當時，義慶在江州，請為衛軍諮議參軍；其餘吳郡陸展，東海何長瑜、鮑照等，並為辭章之美，引為佐史國臣（藩國之臣）。太祖（宋武帝）與義慶書，常加意斟酌。

又說：

義慶幼為高祖所知（賞識），常曰：「此我家豐城（指產於豐城的寶劍干將、莫邪）也！」

《宋書・劉道規傳》則說：

初，太祖（武帝的第三子義隆，後繼位為文帝）少為道規所養，高祖命紹焉（過繼為嗣）；咸以禮無二繼，太祖還本，而定義慶為後。義慶為荊州（治荊州，為刺史），廟主（指道規的神位）當隨往江陵，太祖詔曰：「……朕幼蒙殊愛，德廕特隆，豐恩慈訓，義深情戚，永惟仁範，感慕纏懷。今當擁移寢祏（即廟主），初祀西夏（指西方荊州之江夏），思崇嘉禮，式備徽章（旌旗、標誌，即下文之鸞輅九旒、黃屋左纛等），庶以昭宣（顯揚）風度，允副幽顯（幽明，指人神兩界）。其追崇丞相，加殊禮，鸞輅（有鈴的車乘）九旒（旗名，帝王專用），黃屋（帝王車篷，以黃繒為裡）左纛（插在帝王車衡左邊的飾物，後稱毛羽幢），給節鉞（符節和斧鉞），前後部羽葆（儀仗名，纛之類）、鼓吹、虎賁班劍（佩有飾以花紋木劍的勇士）百人，侍中如故。

從上述的史料中，我們得知劉義慶少好文義，被宋武帝視為豐城之寶，武帝連寫信給他，都得刻意斟酌修飾；可見他的文名「為宗室之表」，不是浪得的。他招聚的文學之士袁、陸、何、鮑等，都是辭章優美、引領風騷的名流，有這些人的歸附，也足以看出劉義慶在當時文壇的聲望。再加上宋文帝和他先後過繼給道規，文帝對道規的養育之恩念念不忘，也凸顯出他在劉宋宗室中的特殊地位。

據《宋書・宗室傳》，劉義慶當生於晉安帝元興二年（西元四〇三年）。年十三，襲封南郡公；除給事，不就。十四歲隨劉裕攻打長安，還拜輔國將軍、北青州刺史，尚未就任，徙督豫州諸軍事、豫州刺史；復督淮北諸軍事、豫州刺史，將軍如故。宋武帝永初元年（西元四二〇年），襲封臨川王，徵為侍中。於是他到達京城建康，任武帝近侍。文帝元嘉元年（西元四二四年），轉任散騎常侍、祕書監，徙度支尚書，遷丹陽尹——京畿地區的長官，加輔國將軍、常侍如故。元嘉六年，擔任尚書左僕射——相當於副宰相，兼劾御史糾舉不當者。八年，太白星犯右執法（星名，御史大夫之象⓫），義慶懼有災禍，乞求外鎮；文帝勸阻無效，最後只許他辭去僕射一職，加中書令，進號前將軍，常侍、丹陽尹如故。

義慶任京尹九年，於元嘉九年出為使持節、都督荊、雍、益、寧、梁、南秦、北秦七州諸軍事、平西將軍、荊州刺史。在州八年，撰《徐州先賢傳》，又擬班固〈典引〉⓬為〈典敘〉，以述當代之美。十六年，改授散騎常侍、都督江州、豫州之西陽、晉熙、新蔡三郡諸軍事、衛將軍、江州刺史，持節如故。十七年，以本號都督南兗、徐、兗、青、冀、幽六州諸軍事、南兗州刺史。不久又加開府儀同三司。

義慶在廣陵（南兗州治所）有疾，而白虹貫城，野麕入府，心甚忌惡，固請還朝，文帝許解州職，以本號回朝。元嘉二十一年（西元四四四年），卒於京邑，時年四十二。追贈侍中、司空，諡康王。

綜觀康王的一生，內居宰輔，外坐重鎮⓭，似乎青雲直上，盡極順遂；事實上他的生活卻暗潮洶湧，

⓫ 見《晉書・天文志》。

⓬「典」指《尚書・堯典》，「引」為延續之意。漢王為帝堯之後，班固撰此歌頌漢王功德。

⓭《南史・劉義宣傳》：「初，武帝以荊州上流形勝，地廣兵強，遺詔諸子次第居（守）之。」而義慶以宗室令望，及道規有大功於宋室，得繼武帝子義康、義恭前往鎮守。

異常艱險。

他擔任祕書監，掌管宮中祕藏的圖書，得機會博覽群籍，正合他「愛好文義」的天性；編撰《世說新語》的構想，應該始於此際。但到了元嘉八年，他權位正隆，何以要假借天象，堅乞外鎮呢？《宋書》說他「以世路艱難」，捨騎射而就文學，甚麼叫「世路艱難」呢？

原來宋武帝有七男：少帝義符、義真、文帝義隆、義康、義恭、義宣、義季。皆異母。少帝親狎群小，妒「美儀貌，神情秀徹」的義真，所以繼武帝即位後，因為景平二年二月癸巳朔發生日蝕，便把他由廬陵王廢為庶人；同月乙巳，又因「大風，天有雲五色，占者以為有兵」，就派人把他殺了。是年五月，皇太后下令，誅責少帝無道，廢為營陽王，迎義隆入承皇統；六月，中書舍人邢安泰奉司空徐羨之等人之命弒少帝於金昌亭⑭。文帝義隆登基以後，把涉入此次權位之爭的大臣如司空徐羨之、領軍將軍傅亮、荊州刺史謝晦、兗州刺史竺靈秀、江州刺史檀道濟等，先後加罪誅殺。在此期間，文帝於元嘉六年正月，把驃騎將軍、荊州刺史彭城王義康調回京城，輔佐朝政；四月，以丹陽尹臨川王義慶為尚書左僕射⑮。《宋書・武二王傳》說：

> 義康少而聰察，及居方任，職事修理。（元嘉）六年，司徒王弘表義康宜入輔，徵侍中、都督揚南徐兗三州諸軍事、司徒、錄尚書事，領平北將軍、南徐州刺史，持節如故。二府並置佐領兵，與王弘共輔朝政。弘既多疾，且每事推謙；自是內外眾務，一斷之義康。

又說：

---

⑭ 以上見《南史・宋本紀》及〈宋宗室及諸王傳〉。

⑮ 以上見《宋書・文帝紀》。

義康性好吏職，鋭意文案，糾剔是非，莫不精盡。既專總朝權，事決自己，生殺大事，以錄命（道家祕書）斷之。凡所陳奏，入無不可；方伯以下，並委義康授用；由是朝野輻湊（聚集於義康），勢傾天下。……太祖（文帝）有虛勞疾，寢頓積年，……義康入侍醫藥，盡心衛奉，……內外眾事，皆專決施行。十六年，進位大將軍，領司徒，辟召掾屬。

《南史・宋宗室及諸王傳》則說：

義康素無術學（學問），待文義者（精通文章義理的人）甚薄。……既闇大體，自謂兄弟至親，不復存君臣形跡；率心而行，曾無猜防。

看了以上這些記載，可知宋武帝一死，眾王子為了奪取王位，爭鬥得極其慘烈。義慶雖未直接捲入這個漩渦，但「素無術學，待文義者甚薄」的義康與他同時受文帝重用，而在義康「專總朝權」，「勢傾天下」，「自謂兄弟至親，不復存君臣形跡」的局面下，在「性簡素，寡嗜欲，愛好文義」的義慶來說，自然是進退維谷，「世路艱難」啊！

於是有鑑於宋室迷信星象，元嘉八年太白星犯右執法，義慶唯恐步義真的後塵，就毅然自求外鎮了；文帝寢疾積年，當然希望這情同手足的義慶鎮守京畿，就斷然拒絕他的請求了。去既不可，留又遭嫉，義慶只好以潛心文史，奉養沙門，表明他無爭的心跡。《世說新語》這部書，應是受到這種困境的逼迫，發憤編撰而成的。雖然義康自元嘉十六年開始失勢，二十八年被殺⑯，義慶卻已看破紅塵，始終堅守此志而不渝。

⑯ 見《宋書・武二王傳》。

三 《世說》題材的來源與內容的分類

《世說新語》是一部以筆記形式，主要記載漢末以至東晉大約二百年間名流言行軼事的志人小說。這部書的材料來源，主要有三個方面：第一類是與《世說》同一類型的著作，如西晉郭頒的《魏晉世語》，東晉裴啟的《語林》、郭澄之的《郭子》等。第二類是當時的史書，據葉德輝《世說新語（劉）注引用書目》，其中有關魏、晉的史書如《魏書》、《魏略》、《蜀志》、《吳書》、《晉陽秋》、《續晉陽秋》，以及多種《晉紀》和《晉書》等，大約五十種，均可能為義慶所採摭。第三類是當時的雜史，葉德輝《引用書目．雜傳部》，列有各類人物雜傳等一百二十餘種，如各種《名士傳》、《高士傳》、《逸士傳》、《列女傳》，以及一些名門大族的《別傳》、《家傳》、《世譜》，乃至有關釋道的《高僧傳》、《列仙傳》等等。這些也當在義慶所採錄的範圍之中[17]。義慶初次接觸到這批資料，應在他任祕書監時。

《世說》原本八卷，劉注本分作十卷，二本今並無傳。現存最早、最完整、最好的刊本，是南宋紹興八年（西元一一三八年）董弅刻印的三卷三十六篇本；其後陸游於宋孝宗淳熙十五年（西元一一八八年）重刊此書；吳郡袁褧於明世宗嘉靖十四年（西元一五三五年），又據陸本重雕。袁褧嘉趣堂本附有董弅、陸游二跋，又將紹興本上、中、下三卷，每卷復分上、下[18]，析成六卷本。清道光年間，周心如紛欣閣重刻袁本；光緒年間，王先謙思賢講舍本又是據紛欣閣本傳刻而成的。

董弅所刻三卷三十六篇《世說新語》卷目如左：

上卷　德行第一　言語第二　政事第三　文學第四

---

[17] 參見王能憲《世說新語研究》頁四五。

[18] 《四庫全書總目提要》云：「每卷分為上、下者，則陸游轉刻時已然。」

中卷　方正第五　雅量第六　識鑒第七　賞譽第八　品藻第九　規箴第十　捷悟第十一　夙慧第十二　豪爽第十三

下卷　容止第十四　自新第十五　企羨第十六　傷逝第十七　棲逸第十八　賢媛第十九　術解第二十　巧藝第二十一　寵禮第二十二　任誕第二十三　簡傲第二十四　排調第二十五　輕詆第二十六　假譎第二十七　黜免第二十八　儉嗇第二十九　汰侈第三十　忿狷第三十一　讒險第三十二　尤悔第三十三　紕漏第三十四　惑溺第三十五　仇隙第三十六

此三十六篇目，若以事言，則為三十六門類。楊勇說：

> 趙宋之初，此書板式極亂，錯簡脫混，莫可究詰。乃由晏殊為之校定，盡去其重⑲；復經董弅刪訂，於紹興八年，勒為三卷，刻之嚴州。自後《世說》原來門第既失，而董刻遂為百世之準式矣⑳。

立論極為中肯。據北宋汪藻《世說敘錄》，當時三十六篇本之外，尚有三十八篇本及三十九篇本二種，所以《世說》原來的門類和次序究竟如何，實已無法確知。傅錫壬教授曾就三十六篇本立說，以為《世說》之首四篇實為全書之中心，而其他三十二篇均循此主體而加以演繹；並將前四科與後三十二門作前後經緯對照，表明其主從之關係如下㉑：

---

⑲ 袁褧嘉趣堂本《世說新語・董弅跋》：「右《世說》三十六篇，世所傳釐為十卷，或作四十五篇，而末卷但重出前九卷中所載。余家舊藏，蓋得之王原叔家，後得晏元獻公（即晏殊）手自校本，盡去重複，其注亦小加剪截，最為善本。晉人雅尚清談，唐初史臣脩書，率意竄定，多非舊語，尚賴此書，以傳後世。然字有譌舛，語有難解，以它書證之，間有可是正處；而注亦比晏本時為增損。」

⑳ 見所著《世說新語校箋・卷前・書名卷第》。

㉑ 見所著〈世說四科對論語四科的因襲與嬗變〉，載《淡江學報》第十二卷。

經（四科）	緯（三十二門）
德行	方正 雅量 品藻 容止 自新 企羨 棲逸 賢媛 任誕 簡傲 儉嗇 汰侈 忿狷 讒險 尤悔 惑溺 仇隙
言語	規箴 夙慧 排調 輕詆
政事	識鑒 賞譽 寵禮 假譎 黜免
文學	捷悟 豪爽 傷逝 術解 巧藝 紕漏

姑無論能否適合臨川或校定者的原意，對讀者的確是很好的啟示，提供了一個閱讀《世說》的綱領。

四 《世說》文體的追溯

《世說新語》是我國古代小說的雛形，也具有筆記文、小品文的特色。這種文體，可由《語林》、《郭子》，上溯至劉向的《說苑》、《新序》、《烈女傳》等，而歸本於《春秋左氏傳》，說得上是「源遠流長」了。

《左傳・莊公十二年》說：

秋，宋萬（宋國大夫南宮長萬）弒閔公（宋君）于蒙澤，遇仇牧（宋大夫）于門（公離宮之門），批而殺之。

「批」與「[illegible]」同，用手背反擊之意。揮手反擊，是最難使力的打法，卻把仇牧打死了；止此一字，便已傳達出宋萬驚人的蠻力。司馬遷恐讀者一時不能領會，所以《史記・宋世家》又據《公羊傳》「仇牧聞君弒，趨而至，遇之（宋萬）于門，手劍而叱之；萬臂摋（揮臂側手擊）仇牧，碎其首，齒著乎門闔」，把它改寫成「大夫仇牧聞之，以兵造公門（拿著武器到達公門）。萬搏（徒手相鬥）牧，牧齒著門闔（牙齒釘在門板上）而死」。意思就更加明白，讀起來也更加過癮了。

閔公二年《左傳》載：

冬，十二月，狄人伐衛。衛懿公好鶴，鶴有乘軒（大夫所乘的車）者。將戰，國人受甲者皆曰：「使鶴！鶴實有祿位，余焉能戰？」公與石祁子玦，與甯莊子矢，使守。……渠孔御戎，子伯為右；黃夷前驅，孔嬰齊殿；及狄人戰于熒澤，衛師敗績（大崩），遂滅衛。

只用一百多字，說明了衛懿以汰侈亡國的經過，後來《呂氏春秋・忠廉》、《韓詩外傳》七、《新序・義勇》、《論衡・儒增》篇，都引述了這個故事。

至於文公元年《左傳》所記：

初，楚子（成王）將以商臣為大子，訪諸令尹子上，子上曰：「君之齒未也（年少未及立太子之時），而又多愛（多寵妃，用情不專），黜乃亂也。楚國之舉（立太子），恆在少者；且是人（指商臣）也，蠭（同「蜂」）目而豺聲，忍人（殘忍之人）也，不可立也。」弗聽。既，又欲立王子職（商臣庶弟）而黜大子商臣，商臣聞之而未察（證實），告其師潘崇曰：「若之何而察之？」潘崇曰：「享（宴請）江芈（成王妹，嫁於江國，而仍留處宮中）而勿敬也。」（江芈與成王關係曖昧，能知其陰私，而暴躁易怒。）從之。江芈怒曰：「呼（怒聲）！役夫（賤者之稱）！宜君王之欲殺（廢。通「⿱杀木」）女而立職也！」告潘崇曰：

「信矣！」潘崇曰：「能事諸（之）乎？」曰：「不能！」「能行（出亡）乎？」曰：「不能！」「能行大事（謂弒君父）乎？」曰：「能！」冬，十月，以宮甲（宮衛兵）圍成王，王請食熊蹯（熊掌。其物難熟，欲藉此拖延時間，以待救援）而死，弗聽。丁未，王縊。謚之曰「靈」（惡謚。亂而不損曰靈。見《逸周書・謚法解》），不瞑；曰「成」（安民立眾曰成。見同書），乃瞑。

其記述之簡潔委婉，固不待言；當潘崇問能否行弒君滅父的「大事」，設想那「蠭目而豺聲」的商臣，竟毫不猶豫地瞪著蠭目、發著豺聲說「能」，其聲音狀貌的殘忍恐怖，誰人聞見能不膽戰心驚？

左氏這種「微而顯，志而晦，婉而成章，盡而不汙」㉒，極高難度的藝術手法，被臨川王奉為無上的準則，如本書〈識鑒〉6，寫潘滔謂王敦「君蜂目已露，但豺聲未振」，便給人一個狼子野心、面貌猙獰的印象。又如〈雅量〉29，寫謝安作洛生詠，諷誦「浩浩洪流」，使伏甲要殺他的桓溫「憚其曠遠，乃趣解兵」；〈規箴〉24，寫惠遠晚年在廬山講經，「弟子中或有墮者，遠公曰：『桑榆之光，理無遠照；但願朝陽之暉，與時並明耳。』執經登坐，諷誦朗暢，詞色甚苦」；都能使人遙想其音容而「肅然增敬」。再如〈言語〉31，寫過江諸人飲宴於新亭，「周侯中坐而歎曰：『風景不殊，舉目有山河之異！』皆相視流淚。唯王丞相愀然變色曰：『當共戮力王室，克服神州，何至作楚囚相對！』」亡國之痛，矢志之堅，也用繪聲繪影的妙筆傳出，令人動容。

但是《世說》畢竟是一本載述逸語奇聞的小說，不盡作匡世濟俗的莊語。如〈豪爽〉4，記王敦不臣，每於酒後詠曹阿瞞「老驥伏櫪，志在千里」的詩句，並以如意敲打唾壺為節，壺口為之盡缺；〈尤悔〉13，記桓溫思叛，口出「既不能流芳百世，亦不足復遺臭萬載邪」的妄言，曲盡奸雄的語態；〈傷

㉒《左傳・成公十四年》君子贊《春秋》語。意謂言辭隱微而意義顯豁，記錄史實而寓義幽深，委婉曲折而自成章法，盡言事實而無所紆曲（汙與「紆」通）。

逝〉1、3，述王仲宣、王武子喜聽驢鳴，死後弔客竟作驢鳴以相送，體似聲真，觀者莫不失笑；〈任誕〉8，謂阮籍鄰家婦有美色，當壚酤酒，籍常從婦飲，醉便眠婦側，其夫不以為疑；〈汰侈〉1，謂石崇宴客，常令美人勸酒，客飲不盡，則斬美人，王敦詣崇，坐視他「自殺伊家人」，已斬三美，尚不肯飲；……千奇百怪，大有「禮豈為我輩設」㉓之概。這些，無疑地也增加了《世說》的趣味性與通俗性，使它成為一部雅俗共賞、歷久不衰的經典之作。

當然，《世說》的文風，也不盡出於《左傳》，明吳瑞徵自校八卷本《世說新語．序》，讚揚臨川王說：

若其敘次簡當，則左氏之遺音；肖物班形，則史遷之長技；托音玄勝，則莊、列之眇旨；囊括宏贍，則《說苑》之精英。采眾美以成芳，集群葩而成秀。㉔

認為他兼具眾美，可謂知言。

五　《世說》與魏晉風流

「風流」一詞，在《世說》〈方正〉64、〈賞譽〉150、〈品藻〉81、〈傷逝〉6、〈儉嗇〉8等則，屢次出現，特指魏晉名士那種自由的精神、脫俗的言行、超逸的風度而言，是魏晉人士所崇尚追求的人格之美。王能憲說：

㉓ 見本書〈任誕〉7。
㉔ 王能憲《世說新語研究》頁二〇〇引。

物畫卷㉕。

《世說新語》一書十分突出地表現了魏晉風流。書中既沒有廟堂對策的弘論，也沒有疆場浴血的渲染，更沒有民生疾苦的悲訴。翻開《世說》，迎面走來的是一群率真曠達、恣情任性的風流名士，諸如玉柄麈尾的清談家，辨名析理的玄學家，月旦人物的鑒賞家，傳神寫照的書畫家，服藥求仙的道士，論道講佛的高僧，清才博學的文士，芝蘭玉樹的俊秀，縱酒的醉客，裸裎的狂士，……真可謂一部風流名士的人物畫卷㉕。

充分鉤畫出這部「中國的風流寶鑒」㉖的獨特之處。而這種魏晉風流，《世說》主要就一代名士的談玄之風、品題之風、任誕之風，精準地加以體現。

(一)談玄之風

「談玄」，在《世說》中又稱「清言」、「共論」、「共談」或「講論」等；一般則從漢魏時的稱呼，謂之「清談」㉗。玄談的內容，謂之「玄學」，劉師培說：

考玄字之名，出于《老子》。《老子》曰：「故常無，欲以觀其妙；常有，欲以觀其徼。此兩者同出而異名，同謂之玄。玄之又玄，眾妙之門。」……兩，即有、無也；玄者，即指有無未分之前言也。《易》言陰陽，即《老子》之有無，乃相對之辭也；又言陰陽生於太極，太極者，即絕點之詞也。《老子》以有無

㉕ 見所著《世說新語研究》頁一一六。

㉖ 馮友蘭有此稱。見所著〈論風流〉一文，載《三松堂學術文集》。北京大學出版社，一九八四年。

㉗ 如《三國志・魏志・武帝紀》注引張璠《漢紀》：「孔公緒清談高論，噓枯吹生。」又〈魏志・臧洪傳〉：「前刺史焦和，好立虛譽，能清談。」〈劉劭傳〉：「臣數聽其清談，覽其篤論。」所謂「清談」，均與「玄談」之義接近。

二字代陰陽，以玄字代太極。……玄與空同，玄之又玄，猶言空之又空也。）而揚雄著書，亦曰《太玄》，則玄字之義，與《大易》所言「極深研幾」相符。玄學者，所以宅心空虛，靜觀物化，融合佛老之說，而成一高尚之哲理者也。玄學之源，基于正始。正始之初，學士大夫，咸崇《莊》、《老》（如何晏、王弼是也），至于西晉，流風未衰，競相祖述㉘；然當此時，玄學之名，僅該《莊》、《老》。東晉以降，佛教日昌，學士大夫，兼崇老、佛，而玄學範圍愈擴，遂與儒學並衡。㉙

析論玄字的意義及玄學的發展，甚為詳明。揚雄《太玄經．玄圖》說：「夫玄也者，天道也，地道也，人道也。」則說得比較平實淺近。同門何子啟民，認為玄學這門學問是：

它追求萬物之所然，追求萬理之所稽。它所講求的，只是天之道、地之道、人之道，而不是天、地、人，……可說是真正超越人倫日用的，是極高明的，自然也是出世間的。㉚

他又據《南齊書．王僧虔傳》載其於宋世誡子書：

曼倩有云：「談何容易？」㉛見諸玄，志為之逸，腸為之抽，專一書，轉誦數十家注，自少至老，手不釋卷，尚未敢輕言。汝開《老子》（當作《老》）、《易》；下云「馬（融）、鄭（玄）何所異」，二氏未嘗注

㉘ 參閱本書〈文學〉22、〈賞譽〉51、98等則。

㉙ 見所著〈國學發微〉，載《劉申叔先生遺書》。

㉚ 見所著《魏晉思想與談風》頁二。臺灣商務印書館，民國五十六年。下同。

㉛ 見《文選．東方朔．非有先生論》。

《老》卷頭五尺許，未知輔嗣（王弼）何所道，平叔（何晏）何所說，馬、鄭何所異，指例㉜何所明，而便盛於麈尾，自呼談士，此最險事。設令袁令命汝言《易》，謝中書挑汝言《莊》，張吳興叩汝言《老》，端可復言未嘗看邪？且論注百氏，荊州《八袠》㉝；又〈才性四本〉㉞，〈聲無哀樂〉㉟，皆言家口實，如客至之有設（宴席）也；汝皆未經拂耳瞥目。豈有庖廚不脩，而欲延大賓者哉？

以為魏晉玄學之內涵，當不出所言範圍，包括以下三種：

1書：如《易》、《老》、《莊》㊱。

2注：如《易》注、《老》注、《莊》注。

3論：如〈才性四本〉、〈聲無哀樂〉。

再加上佛理，就更完備了。這看起來非常單純，可是主客依此論難起來，令人志逸腸抽，「談何容易」！所以想要談玄，學養、智慧、口才和風度，缺少任何一樣，都是不行的。

談玄的目的，在於辨析名理，標榜虛玄；就是專就名而分析理，不管實際，不管事實。這種風氣，蛻化於東漢中葉以後太學生們「激揚名聲，互相題拂（品評褒揚），品覈公卿，裁量執政」㊲的「清議」。

㉜ 宋章如愚《群書考索・六經門・易類》「易學」條云：「京房之學，專守名數；王弼之學，高談理致。」「王弼易」條云：「魏尚書郎王弼注六十四卦，六卷。韓康伯注〈繫辭〉以下，三卷。王弼又撰《易略例》一卷。」馬融注《周易》一卷，鄭玄注九卷。以上皆見《隋書・經籍志》。各家注《易》之意指為「指」，「例」則謂《易略例》。

㉝ 蓋叢書名。未聞其詳。

㉞ 參見本書〈文學〉5注❷。

㉟ 參見本書〈文學〉21注❷。

㊱ 《顏氏家訓・勉學》：「《莊》、《老》、《周易》，總謂『三玄』。」三玄為清談的基本內容。

㊲ 見《後漢書・黨錮傳》。

魯迅《中國小說的歷史的變遷．六朝之志怪與志人》說得好：

> 漢末政治黑暗，一般名士議論政事，其初在社會上很有勢力，後來遭執政者之嫉視，漸漸被害，如孔融、禰衡等都被曹操設法害死。所以到了晉代的名士，就不敢再議論政治，而一變為專談玄理。清議而不談政事，這就成了所謂清談了。但這種清談的名士，當時在社會上卻仍舊很有勢力，若不能玄談的，好似不夠名士的資格；而《世說》這部書，差不多就可以看做一部名士的教科書。

因為《世說》一書，〈言語〉、〈文學〉、〈賞譽〉等篇，載有大量有關清談的敘述，而劉宋時代談風未戢，無論稱它為「名士的教科書」、「中國的風流寶鑑」或「清談士全集」㊳，均有異曲同工之妙。

至於談玄的方式，大致可分為以下三種㊴：

1一人主講式——辦法是一個人在上坐主講，眾人在下面傾聽；講到一個段落時，下面的人可以互相討論，也可以加以詰難。如本書〈文學〉28、37、45、47等則所言是。有時主講之外，另設「都講」一人，類似現在的助教，在演講的關節處，適時「送難」，即提出主講事先設定的問題，暗示綱領，供主講解答，促進聽眾的注意與了解。如〈文學〉40所言是。

2二人論辯式——是魏晉清談的典型方式。辦法是主客相對，往反共論，如本書〈文學〉31所言是。有時除主客對談之外，尚有他人在場旁聽，如〈文學〉19、20、22、30、38、51、56等則所言是。但有時也會由二人辯論，轉變為一人自為客主，自問自答的情形，如〈文學〉6，記王弼既難倒何晏，在座的人也甘拜下風，只好「自為客主數番」，表達自己的理論是。主客論難時，在座者通常不參與辯論；只有

㊳ 見陳寅恪《陶淵明之思想與清談之關係》。燕京大學哈佛燕京社，民國三十四年。

㊴ 參考唐翼明《魏晉清談》頁五二。東大圖書公司，民國八十一年。

當主客雙方在相互理解上發生困難，即「不通」或「不相喻」的時候，第三者才可從旁疏通判析，如〈文學〉9、53兩條中的裴冀州和張憑是。

3多人座談式——這是勢均力敵、各有孤詣的清談高手，聚會談玄時採用的方式。座中的人，可以就特定的題目，各言一通，發表高見，如〈文學〉55述支道林、許詢、謝安、王濛，以《莊子・漁父》為題而各言所懷是；也可以自抒心得，如〈言語〉23述王夷甫論裴頠善談名理、張華暢論《史》、《漢》，自己和王戎談論延陵、子房，各有所長是。

清談的過程，是「談客」（見〈文學〉6）或稱「能言人」（見〈文學〉24）相聚，構成一個「談坐」。做為主角的兩個人，分稱「主」與「客」。主先提出一個論點，自標一理，叫做「自敘本理」（見〈文學〉56）、「敘致」（見〈文學〉42、55）或「唱理」（見〈文學〉57）。客接著提出詰問或反駁，稱為「作難」（見〈文學〉6）、「設難」（見〈文學〉30）、「攻難」（見〈文學〉45、65），也簡稱「難」（見〈文學〉55、60）。客作難後，主即「辯答」（見〈文學〉30），也稱「覆疏」（見〈文學〉38）。一難一答，稱為「一番」（見〈文學〉6）或「一交」（見〈文學〉19、51）；一場舌戰，可一番而定，也可多至數十番（見〈文學〉45）方了。最後，必使一方詞窮理屈，叫做「屈」（見〈文學〉56）、「折」（見〈文學〉12）或「摧屈」（見〈文學〉30）。得勝一方所持的理，就叫做「勝理」（見〈文學〉6）。勝敗既分，就結束了一場論戰。有時主客各持一理，莫能相尚，於是各暢所言，則謂之「盡」；相異二理，有相互會同之處，則謂之「通」；這兩個清談術語，僅出現在〈文學〉62、22則中，請參看。

從〈政事〉18載王濛要求何充「擺撥常務，應對玄言」看來，當時玄風大熾，必定有「虛談廢務，浮文妨要」（王羲之語。見〈言語〉70）的事實；可是何充依然埋首文書，說「我不看此，卿等何以得存」？晉室東渡之初，王導曾勉勵百感交集的周顗等人「當共戮力王室，克復神州」。足證晉室板蕩之際，未嘗無苦幹實幹的忠臣為中流砥柱，才能足足延續了晉室百年的國祚。而這些幹才，也都是當代清談的高手。

所以晉之失國，清談只是眾多原因之一，不能獨任其咎。後世所謂「清談誤國」、「清談亡國」之說，首倡於顧炎武，他在《日知錄》一七「正始」[40]條說：

> 有「亡國」，有「亡天下」。「亡國」與「亡天下」奚辨？曰：易姓改號，謂之「亡國」；仁義充塞，而至於率獸食人，人將相食，謂之「亡天下」。魏晉人之清談，何以亡天下？是孟子所謂「楊墨之言」，至於使天下無父君而入於禽獸者也。昔者嵇紹之父康，被殺於晉文王，至武帝革命之時，而山濤薦之入仕。紹時屏居私門，欲辭不就，濤謂之曰：「為君思之久矣。天地四時，猶有消息，而況於人乎？」（本〈政事〉8）一時傳誦，以為名言，而不知其敗義傷教，至於率天下而無父者也！

亭林身受亡國之痛，此論自是有感而發。其實認為虛談浮文，恐非當今所宜，右軍早已慨乎言之；謝安當即以「秦任商鞅，二世而亡，豈清言致患」為答（見〈言語〉2），可謂持平之論。昔舜殛鯀於羽山以死，而舉禹，古以為義[41]。今山公之論出處，在嵇康遇害二十年後[42]，僅及世務，無關玄理；且嵇紹既仕，盡忠職守，常以「協輔皇室，令作事可法」為念（見〈方正〉17），終在蕩陰，死惠帝之難[43]；說他們唯務清談，「無父君而入於禽獸」，「至於率天下而無父」，未免言之過重。

再者，純就清談內容來說，魏晉時代的學士大夫，並未曾棄絕儒學，離經叛道；他們仍把孔子尊為「聖人」（見〈文學〉8），以為「聖人生知，故難企慕」（見〈言語〉50）；經義稱為「聖教」（見〈文

---

[40] 本《原抄本顧亭林日知錄》。文史哲出版社，民國六十八年。

[41] 見《左傳．僖公三十三年》。

[42] 〈政事〉8劉孝標注引〈晉諸公贊〉：「康遇事二十年，紹乃為濤所拔。」

[43] 參見〈德行〉43注[9]。

學〉18）；只是轉變方向，引用老莊思想來解釋經義而已。譬如何晏、王弼，他們既注《老》、《莊》，也注《周易》、《論語》❹❹。王弼把道家思想滲入《周易》❹❺，何晏也有意將道家的思想和儒家的名教加以結合❹❻。另有向秀、郭象注《莊子・逍遙遊》❹❼「堯讓天下於許由」一節，說：

夫能令天下治，不治天下者也。故堯以不治治之，非治之而治者也。……若謂拱默乎山林之中，而後得稱無為者，此莊、老之談所以見棄於當塗者。……故無行而不與百姓共者，亦無往而不為天下之君矣。以此為君，若天之自高，實君之德也。

實取《論語・泰伯》：

子曰：大哉，堯之為君也！巍巍乎，唯天為大，唯堯則之！蕩蕩乎，民無能名焉！巍巍乎，其有成功也！

子曰：巍巍乎，舜、禹之有天下也，而不與焉！

---

❹❹ 何有《論語集解》、《老子注》，王有《論語釋疑》及《老子》、《周易》注。

❹❺ 如《易・繫辭》上：「是故《易》有太極，是生兩儀。」王弼注：「夫有必始於无（今通作「無」），故太極生兩儀也。太極者，无稱之稱，不可得而名，取有之所極，況之太極者也。」以太極為道為无，是援《老子》「天下萬物生於有，有生於無」（見四十章），「道生一，一生二，二生三，三生萬物」（見四十二章）之說入於《易》。

❹❻ 如《列子・仲尼》注引何晏《無名論》：「自然者，道也。道本無名，故老氏曰『彊為之名』（見《老子・二五》），仲尼稱堯蕩蕩無能名焉，下云巍巍成功（見《論語・泰伯》），則彊為之名，取世所知而稱耳。豈有名而更當云無能名焉者邪？夫唯無名，故可得遍天下之名名之；然豈其名也哉？」

❹❼ 《晉書・郭象傳》：「先是注《莊子》者數十家，莫能究其旨統。向秀於舊注外而為解義，妙演奇致，大暢玄風，惟〈秋水〉、〈至樂〉二篇未竟而秀卒。……象為人行薄，以秀義不傳於世，遂竊以為己注，乃自注〈秋水〉、〈至樂〉二篇，又易〈馬蹄〉一篇；其餘眾篇，或點定文句而已。其後秀義別本出，故今有向、郭二《莊》，其義一也。」

> 煥乎，其有文章！

二章之義。又注〈齊物論〉「吾誰與為親？汝皆說之乎？其有私焉？如是皆有為臣妾乎」道：

> 若皆私之，則志過其分，上下相冒，而莫為臣妾矣。臣妾之才，而不安臣妾之任，則失矣。故知君臣上下，手足外內，乃天理自然，豈真人之所為哉！

也強調儒家君臣上下之分。

魏、晉時人，不唯尊君，也重孝親。所以本書〈輕詆〉18，記許玄度和簡文帝論及在忠孝不能兩全時，擇一而事，將使人人為難；簡文帝頓時不悅，怪他不該以臣子的身分和自己這個為君的談論這種尷尬的問題。〈賢媛〉10也記王經不聽母親的勸阻，移孝作忠，事奉高貴鄉公，結果兵敗被捕，受到母親「有忠有孝」的嘉勉。

由於孝親，當時也非常重視家諱。〈賞譽〉74記揚州主簿謹守《禮記・曲禮》「入門而問諱」的古禮，向王藍田請諱。〈任誕〉50記桓溫少子玄一聽王忱令左右拿「溫酒」來，就放聲「流涕嗚咽」起來。還有些無禮的傢伙，故意犯人家諱，惡意戲弄，但都得不償失，慘遭報復。請參看〈方正〉18、〈排調〉2、33等條便知。《左傳・桓公六年》說：

> 周人以諱事神，名（人生時之名），終（死後）將諱之。

這遠起周代的避諱舊俗，竟盛行於「邪說暴行有（又）作」的亂世，我們只有讚歎中華傳統文化的根深蒂固。

話雖然如此說，清談家祖尚虛浮，使國家積弱不振的負面影響總是有的；但在學術思想上，仍有其不容忽視的貢獻。馮友蘭說：

玄學的辨名析理完全是抽象思惟，從這一方面說，魏晉玄學是對兩漢哲學的一種革命。研究中國哲學史的人，從兩漢到魏晉，覺得耳目一新，這是因為玄學的精神面貌和兩漢比較起來，完全是新的。……在中國哲學史中，魏晉玄學是中華民族抽象思惟的空前發展。[48]

這空前的發展，加深了儒學的內涵，擴大了學者的視野，是非常可貴的。

(二)品題之風

對人物品性、才能、容止、風度等加以評鑑，定其高下，謂之「品題」。王能憲說：

清談玄理，講究學力與思辨；品題人物，則重在識力與鑒賞，往往是以對人物的洞察遠見和精鑒妙賞，并判別其才性優劣、流品高下為旨歸。因此，儘管這個時期的人物品題與政治沒有直接的聯繫，但它可以影響和決定人的名譽、地位、聲望等等。所以，這種人物品題既是審美性的，同時也帶有一定的功利性。[49]

[48] 見所著《中國哲學史新編》第四冊，頁四四。人民出版社，一九八六年。

[49] 見所著《世說新語研究》頁一三九。

把品題的內容和性質分析得非常清楚。魏晉的人物品題，起源於東漢時代察舉制度的鄉黨評議；這種品題，雖逐漸變得以審美為主要目的，但在那極端重視流品門閥的社會，仍是君上選賢任能時主要的依據，具有鄉黨評議、選拔人才的功效。從本書〈賞譽〉102趙悅的話中，可發現他仍在使用「鄉選」一詞；同篇第5條則記述了晉文帝據鍾會「裴楷清通，王戎簡要」的品題，用裴為吏部郎的故事；〈品藻〉25說溫嶠聽人講他是第二流人物中的佼佼者，又聽人講他是第一等人物的末流，常為之失色；都可以看出它的功利性質，和受人重視的程度。

《世說新語》裡，〈識鑒〉、〈賞譽〉、〈品藻〉三篇，專記人物品題；〈識鑒〉強調對人物才德的認知和鑑別，〈賞譽〉重在對人物的才情言行加以讚美，〈品藻〉則用相互比較的方法評定人物的「差品及文質」[50]。此外，〈言語〉、〈政事〉、〈容止〉等篇，也有不少相關的敘錄。由於分量的眾多，足見品題人物在當時的重要性。

若從審美的角度觀察，在《世說》大量的描寫中，我們可以發現許多時人特有的概念。他們讚許人的外在之美，如何晏白皙，「魏文疑其傅粉」；杜弘治「面如凝脂，眼如點漆」，王右軍歎為神仙中人；劉惔稱桓溫「鬚如反蝟皮，眉如紫石稜」，大有英雄之概（分見〈容止〉2、26、27）；或剛或柔，我們都可以接受。可是形容王衍容貌之美，說他的手白緻透明得和所拿的麈尾玉柄毫無分別；衛玠瘦弱得「若不堪羅綺」，初至建鄴，竟惹得「觀者如堵牆」（分見〈容止〉8、16、19）；這種病態的美，大概是那時流行服五石散所造成的[51]，我們就難以接受了。

五石散又稱寒食散，其方出於漢代，但當時很少有人食用；直到魏時何晏服用，首獲神效，經他大肆宣揚，士大夫遂不論是否有病，均以服散為風流盛事。這種散下肚以後，宜寒食，用冷水沐浴，唯酒

[50] 顏師古《漢書・揚雄傳》注：「品藻者，定其差品及文質。」
[51] 參見本書〈言語〉14「析評」、100注9。

須溫熱飲用，不然就百病叢生。而且服後全身發熱，必須行走運動，才能消解，謂之「行散」或「行藥」。因為五種藥石調配的分量，須視服食者的體質而酌量增減，所以時人服用得當的少，因而致病的多。試想行散的人病容滿面，絡繹於途，那又是何等灰暗可怖的景象？可是在他們來說，卻似乎求仁得仁，無怨無悔，反而利用行散的時候，欣賞自然，感懷吟詠。如〈賞譽〉153記王恭在京口射堂行散，見清露晨流，新桐初引，忽然憶起王忱，脫口讚道：「王大故自濯濯！」〈文學〉101記他在京行散，有感於人生短促，高詠「所遇無故物，焉得不速老」，許為古詩最佳之句。也有其光明美麗的一面。

魏晉人品題人物，最為成功的，是創造了批評的風氣，和許多清新的詞彙。而這種風氣和這些詞彙，後來被移用到文藝批評上，對我國的美學，發生了巨大的影響。諸如謝赫的《古畫品錄》，袁昂、庾肩吾的《書品》，鍾嶸的《詩品》，劉勰的《文心雕龍》，以及唐代司空圖的《二十四詩品》，都是把人物品題的方法，用於鑑別文藝的明證。

㈢任誕之風

魏晉名士，因為身處亂世，不得不採取明哲保身、遠嫌避禍的態度，於是紛紛走向崇尚老莊、傲嘯山林、不與時務的道路，開創了逾越名教、任性放誕、苟生唯我的風氣。《世說》所記載的任誕之風，以酗酒、裸裎、幽隱、率真等最具代表性。這些在〈雅量〉、〈豪爽〉、〈傷逝〉、〈棲逸〉、〈任誕〉、〈簡傲〉、〈汰侈〉等篇，都有生動的記述。

以酗酒論，阮籍是一位著名的酒客，〈任誕〉5就記他為了得到步兵營中數百斛貯酒，請求擔任「步兵校尉」的故事。可是我們從劉孝標的注文和《晉書・阮籍傳》中得知，晉文帝非常親愛阮籍，本想重用；後來知道他不願做官，就任他為所欲為，不加勉強。所以這次他主動求職，除了為酒，也有報答文帝知遇的意思。起初文帝想為武帝娶阮籍的女兒，終因籍一醉六十日不醒而作罷；籍的仇家鍾會屢次以時事相問，想利用他的答辭，羅織入罪；也都因他屢次酣醉不醒，未能得逞。這幾次的爛醉，就顯然不是酒力造成的了。再如王蘊、王薈等以為適量飲酒，酣暢之時能「使人人自遠」（見〈任誕〉35），「引人著勝地」（〈任誕〉48），可謂因知酒而愛酒。另如劉伶不遇，走到哪裡就唱到哪裡，並叫人扛鍤相隨，以便一旦醉死，即把他就地埋葬（參閱〈文學〉69注❶，〈任誕〉3）；畢茂世最大的心願是「一手持蟹螯，一手持酒杯」，終生「拍浮酒池中」（見〈任誕〉21）；他們的縱酒，則由苟全生命於亂世，悲觀厭世所造成。這種種因素，都能掀起時人飲酒自高的風潮；何況還有人以為「名士不必須奇才」，「痛飲酒，熟讀〈離騷〉，便可稱名士」（見〈任誕〉53）；也有人以為「胸中壘塊，故須酒澆之」（見〈任誕〉51），想借酒澆愁；飲酒的好處，真是數不盡、說不完了。

裸裎相見，今世已司空見慣，不足為奇，古時卻認為是驚世駭俗的獸行。《世說》中雖只有〈德行〉23、〈任誕〉6兩條提到劉伶、王澄、胡毋彥國等裸體的事情；但王隱《晉書》上說：

> 魏末，阮籍嗜酒荒放，露頭散髮，裸裎箕踞。其後貴遊子弟（無官職的王公貴族子弟）阮瞻、王澄、謝鯤、胡毋輔之（字彥國）之徒，皆祖述於籍，謂得大道之本；故去巾幘，脫衣服，露醜惡，同禽獸。甚者名之為通，次者名之為達也。[52]

以為阮籍開風氣之先，貴遊子弟爭相效法於後。他們認為通達的高士，必須反璞歸真，超脫禮教的束縛，性情自得，才算得到「大道之本」。這種事情，個人於私室偶而為之倒也罷了，可是《宋書・五行志》說：

> 晉惠帝元康中，貴遊子弟相與為散髮裸身之飲，對弄婢妾。逆之者傷好，非之者負譏。希世之士（迎合

[52] 見〈德行〉23劉孝標注引。

世俗的人），恥不與（參預）焉。

男女混雜，相與裸飲，固然伊始於獨夫商紂❺❸；但泛濫到貴遊子弟，卻是在魏晉才有的事。

然而，任性放誕，也不盡是醜惡的。當時的名士，既不願受世俗羈絆，就紛紛去追求自然適意的生活，或養成坦率的心胸，或留意自然的美景。王羲之東床袒腹的瀟灑（見〈雅量〉19）、王子猷雪夜訪戴的率真（見〈任誕〉47），都成了千古佳話。顧長康以「千巖競秀，萬壑爭流，草木蒙籠其上，若雲興霞蔚」說山川之美（見〈言語〉88）；王子敬以「山川自相映發，使人應接不暇；若秋冬之際，尤難為懷」道觸景之情；咸有助於山水文學境界的提升。劉大杰說：

儒家的人生觀，是尊奉聖賢的禮法和倫理的觀念，容易流於虛偽與拘謹。魏晉人的人生觀，恰好是這種思想的另一面，他們反對儒家的傳統道德和禮教，而要求那種反制度反束縛的自由曠達的生活。他們都在追求各種理想，有的講清靜無為，有的講逍遙自適，有的講養生長壽，有的講縱慾賞樂，有的講田園隱逸，有的講樂天安命，他們的行為理論雖有不同，根本卻是一致，都具有求逸樂、反傳統、排聖哲、非禮法的思想基礎。❺❹

這番話除了末尾說他們「排聖哲、非禮法」，應如前文所述，略加修訂，都是很妥帖的。這種種的行為，分散在《世說》全書，此地就不一一列舉了。

---

❺❸ 《史記・殷本紀》謂紂「大冣（同「聚」）樂戲於沙丘，以酒為池，縣肉為林，使男女倮相逐其閒，為長夜之飲」。

❺❹ 見所著《中國文學發展史》第九章。

六 餘論

《世說》一書所載的人物，都有史傳雜文可考；所載的事跡，也都有所依據。只是所據的資料，有的不盡可信，如《語林》中的記述，臨川大量採用，〈輕詆〉24就錄有謝安拆穿裴啟謊言的事。又如〈簡傲〉11，記王子猷為桓沖參軍，竟不知自己所屬的官府，不問自己的職守；〈容止〉7記潘岳風貌俊美，挾彈出遊，總被婦女連手把他圍在中間；左思絕醜，效岳遨遊，竟被老嫗齊共亂唾；雖然各具奇趣，且前者據《中興書》「桓沖引徽之為參軍，蓬首散帶，不綜知（理）其府事」而敷衍；後者本於《語林》「安仁至美，每行，老嫗以果擲之，滿車。張孟陽至醜，小兒以瓦石投之，亦滿車」[55]而立說；卻都不合情理，難以置信。這都是作者「變史家為說家」[56]，潤飾緟益的結果，不足為怪。唐劉知幾在《史通・書事》中說：

> 又自魏晉以降，著述多門。《語林》、《笑林》、《世說》、《俗說》，皆喜載調謔小辯，嗤鄙異聞。雖為有識所譏，頗為無知所悅。

又於〈雜說・中〉說：

> 宋臨川王義慶著《世說新語》，上敘兩漢、三國及晉中朝、江左事。劉峻（字孝標）注釋，摘其瑕疵，偽

[55] 《中興書》、《語林》之文，皆見劉孝標注。

[56] 見清錢曾《讀書敏求記》。

跡昭然，理難文飾；而皇家撰晉史（謂唐房玄齡等奉敕撰《晉書》），多取此書，遂採康王之妄言，違孝標之正說。以此書事，奚其厚顏！

但以求實為高，則純屬史家的見識，不能和他討論文藝。以文藝創作而言，康王把前人敘事的文辭加以美化，常有化腐朽為神奇的妙筆。如《太平御覽》四六四引《語林》：

鄧艾口吃，常云「艾艾……」。宣王曰：「為云『艾艾』，終是幾艾？」答曰：「譬如『鳳兮，鳳兮』，故作一鳳耳。」

〈言語〉17述作：

鄧艾口吃，語稱「艾艾……」。晉文王戲之曰：「卿云『艾艾』，為是幾艾？」對曰：「『鳳兮，鳳兮』，故是一鳳。」

讀起來就辭清義順，琅琅上口了。《藝文類聚》七二引《晉中興書》：

畢卓嘗謂人曰：「右手執酒杯，左手執蟹螯。拍浮酒池中，便足了一生。」

〈任誕〉21述作：

畢茂世云：「一手持蟹螯，一手持酒桮。拍浮酒池中，便足了一生。」

語義頓覺明快靈活。再看《太平御覽》九四二引《郭子》：

畢茂世云：「一手持蟹螯，一手持酒盃。拍浮酒池中，可了一生哉！」

可見前兩句臨川採用了；末句卻不如「便足了一生」遠甚，是以不取。從這裡，可略窺康王比量舊文，字斟句酌、煞費苦心的一斑。

再如〈文學〉73劉孝標注引王隱《晉書》：

廣字季思，東平人。〔倫死後，河間王顒廢太子覃〕，拜成都王為太弟，欲使詣洛；廣子孫多在洛，慮害，乃自殺。摯虞，字仲治，京兆長安人。祖茂，秀才。父模，〔魏〕太僕卿。虞少好學，師事皇甫謐。善校練文義，多所著述。歷祕書監、太常卿。從惠帝至長安，遂流離鄠、杜間。性好博古，而文籍蕩盡，永嘉五年，洛中大饑，遂餓而死。虞與廣名位略同，廣長口才，虞長筆才，俱少政事。眾坐，廣談，虞不能對；虞退筆難廣，廣不能答。於是更相嗤笑，紛然於世。廣無可記，虞多所錄，於斯為勝也。（〔 〕號中字，據楊勇校箋補。倫謂趙王倫。）

《世說》取其精華，把全文濃縮成：

太叔廣甚辯給，而摯仲治長於翰墨，俱為列卿。每至公坐，廣談，仲治不能對；退著筆難廣，廣又不能答。

而〈方正〉18云：

盧志於眾坐問陸士衡：「陸遜、陸抗是君何物？」答曰：「如卿於盧毓、盧珽！」士龍失色。既出戶，謂兄曰：「何至如此？彼容不相知也。」士衡正色曰：「我父祖名播海內，寧有不知？鬼子敢爾！」議者疑二陸優劣，謝公以此定之。

與《太平御覽》三八八引《郭子》：

盧志於眾中問陸士衡：「陸抗是卿何物？」答曰：「如卿於盧毓！」士龍失色。既出戶，謂兄曰：「何至於此？彼或有不知。」士衡正色曰：「我父祖名播海內，寧有不知識者！」疑兩陸優劣，謝安以此定之。

相較之下，《世說》增陸遜、盧珽二名，使與「我父祖名播海內」的話相應，很能顯出士衡的博聞強記、應對如流的才華；又增「鬼子敢爾」一語，這話也說得大有學問（詳見該則注❽），不僅怒罵，更能增加了士衡義憤填膺的氣勢，保留了口語生鮮的活力。至《郭子》「寧有不知識者」，知、識同意，重沓晦澀，遠不如《世說》「彼容不相知也」的簡潔流暢。

從這幾個例子中，我們就可以大致看出，《世說》一書的文字，的確是臨川王集腋成裘、「纂緝舊文」而成，並非全由自創。後來梁劉孝標為它作注，所引經史雜著四百餘種，詩賦雜文七十餘種57，這些書文雖有的出於《世說》之後，然其所據的原始資料，臨川王當曾過目。所以《世說新語》可以說是集魏

57 見余嘉錫《世說新語箋疏・前言》，書後附〈世說新語引書索引〉一種。另有哈佛燕京學社《世說新語引得・劉注引書引得》，可參看。

晉志人文學之大成的傲世鴻篇，故能獨具風格，成為中國文學史上的一大流派。此書流傳既廣，舊作大都難逃亡佚的命運。這樣一來，劉孝標的注反而成為後世輯佚家的懷中密寶，倍受文史專家的珍視。但在這些注文之中，有助於了解文意的，我們就保留在「注釋」或「析評」裡，以供讀者參考；至於那些可補人物事跡之不足、或用以增廣異聞的，限於篇幅，只好忍痛割愛了。

總之，《世說新語》這部書，從好的方面說，是文筆簡潔含蓄，雋永傳神。魯迅《中國小說史略》說它「記言則玄冶冷俊，記行則高簡瑰奇」；明胡應麟《少室山房筆叢》說「讀其語言，晉人面目氣韻，恍然生動，而簡約玄澹，真致不窮」。從壞的方面說，是它所記述的風氣，常為後人所詬病。晉元帝時，干寶在《晉紀總論》中已說：

> 學者以《莊》、《老》為宗而黜六經，談者以虛薄為辯而賤名檢（名譽規矩），行身者以放濁為通而狹節信，進仕者以苟得為正而鄙居正，當官者以望空（只簽公文，不問政務）為高而笑勤恪。

同時的葛洪也在《抱朴子・疾謬》中稱漢末魏晉之世：

> 蓬髮亂鬢，橫挾不帶，或褻衣以接人，或裸袒而箕踞。朋友之集，類味之遊，莫切切進德，誾誾修業，攻過弼違，講道精義。其相見也，不復敘離闊，問安否；賓則入門而呼奴，主則望客而喚狗。其或不爾，不成親至，而棄之不與為黨。及好會，則狐蹲牛飲，爭食競割，掣撥淼摺，無復廉恥，以同此者為泰，以不爾者為劣。終日無及義之言，徹夜無箴規之益，誣引《老》、《莊》，貴於率任，大行不顧細禮，至人不拘檢括。嘯傲縱逸，謂之體道。

時俗如此，也是無庸諱言的，何妨一笑置之？

近人楊勇《世說新語校箋》、余嘉錫《世說新語箋疏》於《世說》正文校勘甚精，本書多所採摘、參考，文中恕不一一注明，特此說明。

上卷

德行第一

1 陳仲舉❶言為士則，行為世範，登車攬轡❷，有澄清❸天下之志。為豫章太守，至，便問徐孺子❹所在，欲先看之。主簿❺白：「群情欲府君❻先入廨❼。」陳曰：「武王式❽商容❾之閭，席不暇煖❿；吾之禮賢，有何不可？」

【注釋】❶陳仲舉　陳蕃，字仲舉，東漢汝南平輿（今河南汝南東南）人。性情方正，崇尚氣節。桓帝時曾任光祿勳、太尉；靈帝時拜太傅，直言抗論，為太學生所敬重。後與大將軍竇武謀誅宦官，事洩被害。❷登車攬轡　比喻就官之始。轡，馭馬的韁繩。❸澄清　變汙濁為清淨。比喻撥亂反正。❹徐孺子　徐穉，字孺子，東漢南昌（今江西南昌）人。家貧，躬耕而食，性恭儉義讓。朝廷多次徵聘，不仕。陳蕃為太守，特為穉設一榻，去則懸掛起來，不准他人使用。❺主簿　官名。漢以後，在中央機關或地方郡縣官府中，主管文書簿籍及印鑑。❻府君　漢時太守的尊稱。❼廨　官署的通稱。❽式　禮敬。古人立而乘車，俯上身，低頭扶撫車前橫木，以示敬意。❾商容　商紂時的大夫。因直諫而被貶官。❿席不暇煖　比喻迫不及待。

【語譯】陳蕃的言論可做為讀書人的法則，行為可做為社會的典範。當他初登車赴任的時候，就懷有澄清天下的志向。他曾被調任為豫章太守，剛一到達，立刻就問起徐穉的住所，想去拜訪。主簿說：「大家的意思是想請您先到官署安頓下來再說。」陳蕃說：「從前周武王迫不及待地到商容住所的里門前致意，我也是要禮敬賢士，有甚麼不可以的呢？」

【析　評】東漢君主自和帝以後，大都是幼年即位，母后臨朝，政事委任父兄，因而形成外戚專權。等到幼主年長，不甘大權旁落，就結合宦官，誅除外戚，而政權又落入宦官手中。東漢中葉以後的政治，也就淪為外戚、宦官的權力爭奪，彼此相誅，循環不已。桓帝時，宦官取代外戚專政，他們的勢力不但盤踞內廷，而且子弟親黨遍布州郡，遞相攀引，日益滋繁。凡欲登上政治舞臺的人，都要結交宦官。那些無恥士人巴結鑽營，一旦依附宦勢，便也氣焰萬丈。於是吏治益壞，民生凋弊。

陳蕃以一介書生，為人方正，厭惡特權，初任官職，就以澄清天下為己任，這是東漢光武帝提倡經學、獎勵士節，逐漸養成的儒者風範。尤其是在政治黑暗、社會風氣敗壞的情況之下，崇尚氣節的名士與儒生，相互激勵，品覈公卿，批評朝局，發揮了巨大力量，形成一股清流，而陳蕃正是當時清議之士所極力推戴的領袖人物之一。

「禮賢下士」是一種美德，古來的帝王將相也都懂得這個道理，但是能夠身體力行的並不多。陳蕃禮敬徐穉的故事，傳為千古美談，《世說新語》把它放在全書之首，並非毫無意義。近人喜談「中興以人才為本」的道理，其實禮敬賢人，更具有切磋砥礪以進德修業的功用。東漢末年不畏強權、耿耿忠直的士風，正是這樣培養出來的。

2 周子居❶常云：「吾時月❷不見黃叔度❸，則鄙吝❹之心已復生矣。」

【注　釋】❶周子居　周乘，字子居，東漢安城（今河南汝南東南）人。天資聰朗。為泰山太守，甚有惠政。❷時月數月。古稱一季為一時，故謂兩三個月、一兩個月為時月。❸黃叔度　黃憲，字叔度，東漢汝南慎陽（今河南正陽）人。家世貧賤，以學行見重於時。❹鄙吝　鄙俗貪吝。

【語　譯】周乘常說：「我只要隔幾個月沒看到黃憲，那麼卑鄙貪吝的心理就再出現。」

【析　評】「見賢思齊」，這是《論語》中孔子所說的話，教人隨時隨地取法他人的賢德，以求上進。因為善良的人可以引導人向善，告誡我們不要偏向邪惡。即使以他為榜樣，也可以在無形中增長自己的善良。古人說：「近朱者赤，近墨者黑。」也就是這個道理。黃憲的學行，深受時人的推崇，稱之為「顏子復生」（見劉孝標注引《典略》）。周乘隔些時候不去看他，就自覺鄙吝，由此更可看出與人切磋激勵的重要性。

3

郭林宗❶至汝南造❷袁奉高❸，車不停軌，鸞不輟軛❹；詣黃叔度❺，乃彌日信宿❻。人問其故？林宗曰：「叔度汪汪❼，如萬頃之陂❽，澄之不清，擾之不濁，其器深廣，難測量也。」

【注　釋】❶郭林宗　郭泰，字林宗，東漢太原介休（今山西介休）人。博通載籍，遊學洛陽，與李膺相友善。名節極高，但不願任官，黨錮發生，獨免於難。後閉門教授弟子數千人。❷造　往訪。❸袁奉高　袁閬，字奉高，東漢汝南慎陽（今河南正陽）人。嘗為汝南功曹。❹車不停軌二句　即車不停於軌，鸞不輟於軛。極言時間之短暫，車馬不稍停留。軌，軌道。鸞，車軛首上的鈴，通「鑾」。不輟，謂鳴聲不止。軛，在車衡兩端，作人字形，用來扼馬頸。❺黃叔度　即黃憲。見本篇2注❸。❻信宿　留宿不止一日。信，再宿。❼汪汪　深廣的樣子。❽陂　水池。

【語　譯】郭泰到了汝南，往訪袁閬，車駕不稍停留，立刻就走；而去拜訪黃憲，卻留下來住兩三天。有人問他是甚麼緣故？郭泰說：「黃憲的胸懷有如萬頃的大水池，根本無法使它澄清，也無法把它攪渾，他的氣量實在非常深廣，難以測量。」

【析　評】東漢自光武帝提倡經學，崇尚氣節，一般讀書人逐漸養成一種名教觀念，以名節相互砥礪，而不與濁世合流；這種風氣，影響至為深遠。郭泰本為東漢末年大學者，他認為黃憲氣量恢弘，當世無人能出其右，所以只要前往造訪，一定留下來住個兩、三天。這種樂於接近賢者，以陶冶德行的做法，實在值得我們學習。

4 李元禮❶風格秀整，高自標持，欲以天下名教❷是非為己任。後進之士，有升其堂者，皆以為「登龍門❸」。

【注　釋】❶李元禮　李膺，字元禮，東漢襄城（今河南襄城）人。性行簡亢，人品高潔。桓帝時任司隸校尉，靈帝時與陳蕃、竇武謀誅宦官，事敗而亡。❷名教　以正名、定分為主的禮教。儒家重視正名，所以又指儒教。❸登龍門　比喻得到名人的接待和提引而飛黃騰達。龍門，一名河津，在今山西省河津縣。舊傳此處水流懸絕，龜魚之屬莫能上，上則化為龍。

【語　譯】李膺的風度清秀、品格端正，深自期許，想要以發揚天下的名教、是非觀念為己任。後進的學者能夠被接納在他門下的，就被稱為「登龍門」。

【析　評】東漢桓帝時，宦官勢盛，李膺藉其擔任司隸校尉的職權，對於不法的宦官，嚴加制裁。如中常侍張讓的弟弟張朔為縣令，因殘暴百姓，畏罪逃遁兄家，藏於柱中。李膺竟率吏卒破柱殺朔，深受清議之士的歌頌推戴，而有「天下楷模李元禮（膺）」的說法。在汙濁的亂世，堅貞不屈、獨立不撓的名士，自是眾人仰慕而爭相歸附的對象，因而有「一登龍門，則聲譽十倍」的典故。

5 李元禮❶嘗歎荀淑❷、鍾皓❸曰：「荀君清識難尚❹，鍾君至德可師。」

【注　釋】❶李元禮　即李膺。見本篇4注❶。❷荀淑　字季和，東漢潁川潁陰（今河南許昌）人。桓帝時，補朗陵侯相。博學而不好章句，為人鯁直公正，任事明理，有「神君」之稱。❸鍾皓　字季明，東漢潁川長社（今河南長葛西）人。少有篤行，徵為林慮長，不就，教授門徒千餘人。❹尚　超越。

【語　譯】李膺曾經讚美荀淑、鍾皓說：「荀君清明的見識，別人無法超越；鍾君高尚的德性，可供師法。」

【析　評】荀淑的見識、鍾皓的德性，都有傑出的成就。而李膺更是當時清流推崇的人物，說話很有分量，他出面表彰賢者，也是期勉天下人知所效法，以增進自己的見識、德性。

6 陳太丘❶詣荀朗陵❷，貧儉無僕役；乃使元方❸將車，季方❹持杖從後；長文❺尚小，載箸❻車中。既至，荀使叔慈❼應門，慈明❽行酒，餘六龍❾下食❿；文若⓫亦小，坐箸膝前。于時太史⓬奏：「真人⓭東行。」

【注　釋】❶陳太丘　陳寔，字仲弓，東漢潁川許（今河南許昌東）人。桓帝時任太丘長，修德清靜，百姓以安。靈帝初，為大將軍竇武掾屬。後居鄉閭，有爭訟者，輒求判正，卒時送葬者三萬餘人。❷荀朗陵　即荀淑。見本篇5注❷。❸元方　陳紀，字元方，為陳寔之長子。至德絕俗，與父寔、弟諶，高名並著，世稱「三君」。❹季方　陳諶，字季方，為陳寔之少子。才識博達。❺長文　陳群，字長文，為陳紀之長子。有識度，曹操辟為司空掾，曹丕任為尚書，建議推行九品中正制以選任官吏。魏明帝時為司空，錄尚書事。❻箸　安置。❼叔慈　荀靖，字叔慈，為荀淑之三子。隱身修學，進退以禮，太尉辟不就。❽慈明　荀爽，字慈明，為荀淑之六子。精通經書，屢拒為官。獻帝時董卓弄權，徵爽入朝，不久升至三公，參與王允等人謀刺董卓事，不久病卒。❾六龍　荀淑有子儉、緄、靖、燾、汪、爽、肅、旉八人，皆賢，時人謂之「八龍」。此言「餘六龍」者，係除靖、爽以外之六人。❿下食　上菜。⓫文若　荀彧，字文若，為荀緄之子。曹操任為奮武司馬，常參與軍國大事。後因反對曹操進爵魏公，被迫服毒自殺。⓬太史　官名。為史官，兼掌天文曆法。⓭真人　道家稱修真得道的人。此指賢者。

【語譯】陳寔往見荀淑，由於家境貧窮，沒有僕役；於是由長子陳紀駕車，少子陳諶持著拐杖跟隨在後；長孫陳群年紀還小，載在車中。到達的時候，荀淑命三子荀靖應門接待，六子荀爽在筵席上酌酒，其餘六子負責上菜；孫子荀彧年紀還小，讓他坐在自己的膝前。這時的太史上奏說：「真人東來相聚。」

【析評】陳寔父子造訪荀淑事，據劉孝標注引檀道鸞《續晉陽秋》說：「陳仲弓從諸子姪造荀父子，于時德星見，太史奏：『五百里賢人聚。』」父子同遊，本是人間常事，竟然上動天文，此雖係迷信之說，但亦可以想見這一件事在當時深受稱美的情況。陳、荀兩家父子都有美名，而全家和樂融融的氣氛也可由字裡行間體會得到。

7　客有問陳季方❶：「足下家君❷太丘❸，有何功德，而荷天下重名？」季方曰：「吾家君譬如桂樹生泰山之阿❹，上有萬仞之高，下有不測之深；上為甘露所霑，下為淵泉所潤。當斯之時，桂樹焉知泰山之高、淵泉之深。不知有功德與無也！」

【注　釋】❶陳季方　即陳諶。見本篇6注❹。❷家君　對人自稱其父。此處「足下家君」係稱他人之父。❸太丘　即陳寔。見本篇6注❶。❹阿　山彎曲的地方。

【語　譯】有人問陳諶說：「令尊有甚麼功德，能夠享有天下的大名？」陳諶說：「家父就像是生長在泰山山腰的桂樹，上有萬丈的高山，下有不可測知的深淵；上有甘露的霑濡，下有淵泉的潤澤。在這時候，桂樹怎知泰山有多高、淵泉有多深。我不知道家父這樣是有功德沒有啊！」

【析　評】陳寔的德行，在東漢末年，很受推重。《後漢書・陳寔傳》記載：鄉閭中有人爭訟，往往去求陳寔判正，陳寔曉譬曲直，人人心服。由於當時年歲饑荒，百姓生活困苦，有一個小偷，夜晚藏身在陳寔家的屋梁上，陳寔暗中發現了，故意召來子孫教訓說：「不善的人，未必本惡，只是積惡習成性才變壞的，譬如那梁上君子便是。」小偷感動，下來認罪。陳寔又加以勸告：「看你的相貌，不像惡人，應該深切的反省，在貧困中，約束自己，趨向善良。」自是全縣不再有盜竊。由這段故事，我們也可以了解陳寔以德服人的偉大情操。

8 陳元方❶子長文❷有英才，與季方❸子孝先❹，各論其父功德，爭之不能決，咨❺於太丘❻。太丘曰：「元方難為兄，季方難為弟。」

【注　釋】❶陳元方　即陳紀。見本篇6注❸。❷長文　即陳群。見本篇6注❺。❸季方　即陳諶。見本篇6注❹。❹孝先　陳忠，字孝先，為陳諶之子。州辟不就。❺咨　詢問。❻太丘　即陳寔。見本篇6注❶。

【語　譯】陳元方的兒子陳群有傑出的才華，和叔父季方的兒子陳忠分別談論自己父親的功德，互相爭辯高下而不能獲致結論，就一起去問他們的祖父陳寔。陳寔說：「論起功德來，元方難以算是哥哥，季方難以算是弟弟，實在是沒有長短之分。」

【析　評】據《晉書・陳寔傳》記載：陳寔有六個兒子，其中以陳紀、陳諶最為傑出。陳紀至德絕俗，陳諶才識博達，「父子並著高名，時號三君」。所以從年齡上來說，雖有長幼之別；但是在功德方面，卻沒有甚麼長短之分。

9 荀巨伯❶遠看友人疾，值胡賊❷攻郡。友人語巨伯曰：「吾今死矣，子可去！」巨伯曰：「遠來相視，子令吾去；敗義以求生，豈荀巨伯所行邪？」賊既至，謂巨伯曰：「大軍至，一郡盡空，汝何男子，而敢獨止？」巨伯曰：「友人有疾，不忍委❸之，寧以我身代友人命！」賊相謂曰：「我輩無義之人，而入有義之國！」遂班軍❹而還，一郡並獲全。

【注　釋】❶荀巨伯　漢桓帝時潁川（今河南中部及南部一帶）人。生平不可考。❷胡賊　指北方異族入侵中原的流寇。❸委　拋棄。❹班軍　班師；調軍隊回去。

【語　譯】荀巨伯到遠方去探視友人的疾病，正好碰上胡人來攻城。他的朋友告訴荀巨伯說：「我是快死的人了，你趕快走吧！」荀巨伯說：「我從遠方來看你，你卻叫我離去；這種為了貪生怕死而敗壞道義的行徑，難道是我荀巨伯所能做得出來的嗎？」等到賊兵已經到來，問荀巨伯說：「我們大軍一到，全城的人都跑光了，你是甚麼人，竟敢獨自停留在這裡？」荀巨伯回答說：「友人有病，不忍心丟下他，寧可以我的本身來換取朋友的生命！」賊兵聽了相互說道：「我們這些無義的人，竟然攻入這個講究道義的國家！」於是撤兵回去，全城因而得以保全。

【析評】朋友交往，以「義」為尚。然世態炎涼，平日狀甚親密，一旦面臨利害關頭，往往棄友誼於不顧。荀巨伯不肯「敗義以求生」，而且「寧以我身代友人命」，這種偉大的情操，實在令人感動。

10 華歆❶遇❷子弟甚整❸，雖閒室❹之內，儼若朝典❺。陳元方❻兄弟恣❼柔愛之道。而二門之裡，兩不失雍熙❽之軌焉。

【注釋】❶華歆　字子魚，三國魏平原高唐（今山東禹城西南）人。東漢末舉孝廉，桓帝時，累官尚書令，後附曹操，率軍進宮殺伏后。魏時，官至太尉。❷遇　對待。❸整　嚴肅。❹閒室　內室。❺儼若朝典　莊重得像是謹守朝廷的典章。儼，矜莊。❻陳元方　即陳紀。見本篇6注❸。❼恣　放縱。❽雍熙　和樂的樣子。

【語譯】華歆對待子弟非常嚴厲，即使是在內室，也莊重得就像是謹守朝廷的規章一樣。陳紀兄弟對待子弟採取柔和慈愛的方式。但是這兩個家庭裡，都不失和樂的氣氛。

【析評】中國人一向認為「家和萬事興」。家，可說是人倫的根源，也是社會、國家組成的基礎，尤其是儒家強調「修身、齊家、治國、平天下」的道理，所以，「齊家」也就成為大家所重視的問題。華歆、陳紀二人治家之道不同，一以嚴整，一以柔愛，但都能使家庭和樂。可見寬猛之間，如何調適，實在值得我們深思。

11 管寧❶、華歆❷共園中鋤菜，見地有片金，管揮鋤與瓦石不異，華捉❸而擲去之。又嘗同席讀書，有乘軒❹過門者，寧讀書如故，歆廢書出看。寧割席分坐❺曰：「子非吾友也！」

【注釋】❶管寧　字幼安，三國魏朱虛（今山東臨朐東）人。自幼篤志於學。漢末黃巾作亂，避居遼東，聚徒講詩書。亂平，還郡，朝廷屢徵，皆辭不就。❷華歆　見本篇10注❶。❸捉　拾起。❹軒　古代一種曲轅而左右有帷幕的馬車。一本作「軒冕」。指卿大夫的軒車和冕服。❺坐　座位。今作「座」。

【語譯】管寧和華歆一起在園中翻土種菜，看見地上翻出一小塊黃金，管寧依然揮動鋤頭，把金子當作是尋常的瓦石一樣；華歆把它撿起來，然後才丟掉。又有一次，兩人同席讀書，有人乘一輛豪華的軒車從門前經過，管寧照樣讀他的書，華歆卻放下書本出去觀看。於是管寧把座席割成兩半，分開座位說：「你不是我的朋友呀！」

【析評】一個人的心志，往往可以從日常生活上表現出來。管寧性恬靜，故不為外物所動，一生聚徒講學，雖朝廷屢徵，皆辭不就。而華歆則有仕宦意，門外有軒車經過，即廢書出看，其後官至太尉。管寧「割席絕交」，固然寓有規勸之意，但二人志趣之不相同，亦由此可以看出。

12

王朗❶中年以識度❷推華歆❸。歆蜡❹日，嘗集子姪燕飲❺，王亦學之。有人向張華❻說此事，張曰：「王之學華，皆是形骸之外❼，去之所以更遠。」

【注釋】❶王朗　本名嚴，字景興，三國魏郯（今山東郯城）人。高才博雅，明帝時，累官至司徒。❷識度　見識和度量。❸華歆　見本篇10注❶。❹蜡　祭名。年終大祭萬物。❺燕飲　宴飲。❻張華　字茂先，晉范陽方城（今河北固安南）人。博學多聞，官至司空，後為趙王倫所殺。著有《博物志》。❼形骸之外　指外在的形貌。

【語　譯】王朗到了中年以後，推崇華歆的見識和度量。華歆在年底舉行蜡祭當天聚集子姪飲宴，王朗也學他這樣做。有人向張華提到這件事，張華說：「王朗學華歆的，只是一些外表，所以比起華歆來，相差更遠了。」

【析　評】「誠於中，形於外」，一個人的外在行為，其實就是內心真實的表現，不是可以造作、模仿得來的，所以自古聖人講求涵養心性的工夫，《大學》上說：「富潤屋，德潤身，心廣體胖。」張華批評王朗只能學到一點外在的形貌，道理也就在這裡。

13 華歆❶、王朗❷俱乘船避難，有一人欲依附，歆輒難之❸。朗曰：「幸尚寬，何為不可？」後賊追至，王欲捨所攜人。歆曰：「本所以疑❹，正為此耳；既已納其自託，寧可以急相棄邪？」遂攜拯如初。世以此定華、王之優劣。

【注　釋】❶華歆　見本篇10注❶。❷王朗　見本篇12注❶。❸難之　感到為難。❹疑　遲疑不決。

【語　譯】華歆和王朗一同坐船逃難，有一個陌生人希望能跟他們一起走，華歆感到為難。王朗說：「幸好船上還寬敞，為何不可？」後來賊兵追上了，王朗想拋棄當初所帶的那個人。華歆說：「原來我感到遲疑不決的原因，正是為了怕發生這種情形；如今既然已經接受他來依靠我們，怎麼可以在危急的時候拋棄他呢？」於是不改初衷，仍然帶著那個人一起逃難。世人就以這件事來決定華歆和王朗兩人的優劣。

【析　評】世人往往逞一時之快意而行事，不量己力，等到面臨窘境，方才想要改變初衷，但已落得不義的惡名。華歆當初感到為難，正是擔心將來萬一遭遇到危急的時候，沒有足夠的能力可以救人；我們不能因此誤會華歆沒有同情心，不能對求助的人施予援手。

14 王祥❶事後母朱夫人甚謹。家有一柰❷樹，結子殊好，母恆使守之。時風雨忽至，祥抱樹而泣。祥嘗在別床眠，母自往闇斫❸之；值祥私❹起，空斫得被。既還，知母憾之不已，因跪前請死。母於是感悟，愛之如己子。

【注　釋】❶王祥　字休徵，漢末臨沂（今山東臨沂）人。侍奉繼母至孝，有臥冰求鯉養親的美譽。魏時舉秀才，官至大司農；晉時官拜太保，進爵為公。❷柰　果名。與蘋果同類異種。一本作「李」。❸闇斫　暗中砍殺。❹私　小便。

【語　譯】王祥侍奉他的後母朱夫人極為恭謹。家裡有一棵柰樹，所結的果子很好吃，後母常令王祥看守著。有一次忽然風雨大至，王祥只好抱著果樹哭泣。王祥曾經在另一張床上睡覺，後母暗中跑去想要砍殺他；正好他起床去廁所，所以只砍到棉被。王祥回床後，知道後母十分恨他，因此就跪在後母面前自請死罪。後母因而感悟，愛他就如同自己親生的兒子。

【析　評】「百行孝為先」，孝道是一切道德的本源，也是政教的基礎。元朝郭居敬所編的《二十四孝》，載有王祥「臥冰求鯉」的故事。相傳王祥的繼母生病想吃魚，時值寒冬，河已結冰，王祥臥冰上，冰化而得魚。此事雖不盡合乎人情，但王祥孝親的精神，實在值得我們敬佩。

15 晉文王❶稱阮嗣宗❷至慎。每與之言，言皆玄遠❸，未嘗臧否❹人物。

【注　釋】❶晉文王　即司馬昭。字子上，三國魏溫縣（今河南溫縣）人。曹髦在位時，為大將軍，專攬國政，賜封晉公。去世後，其子炎篡魏，追諡為文帝。❷阮嗣宗　阮籍，字嗣宗，三國魏陳留尉氏（今河南尉氏）人。有雋才，性放誕，好老、莊而嗜酒。因遭時多忌，故藉酒以避禍患。為竹林七賢之一，官至兵部校尉。著有〈達莊論〉、〈大人先生傳〉等。❸玄遠　玄妙高遠。❹臧否　評論是非。

【語　譯】晉文王稱讚阮籍的為人至為謹慎。每次和他談論，言辭都玄妙高遠，卻從來不批評他人的長短。

【析　評】「禍從口出」，這是古來勸人謹言慎行的話。魏晉時期，政治紊亂，內禍外患，接踵而至，尤其是在政派對立與篡奪頻仍的局面下，文人動輒得咎，命如雞犬。《晉書・阮籍傳》說：「籍本有濟世志，屬魏晉之際，天下多故，名士少有全者，籍由是不與世事，遂酣飲為常。」可見阮籍不批評他人短長，其實也是時代環境所致。

16 王戎❶云：「與嵇康❷居二十年，未嘗見其喜慍❸之色。」

【注　釋】❶王戎　字濬沖，晉琅邪臨沂（今山東臨沂）人。幼穎悟，少阮籍二十歲，而籍與之友。為竹林七賢之一。然性儉嗇，田園遍於諸州，積財無數，朝夕計算資財帳目，頗為時人譏誚。曾受詔伐吳，吳平，進爵安豐縣侯。累官至司徒、尚書令。❷嵇康　字叔夜，三國魏譙郡銍縣（今安徽宿縣西南）人。有奇才，性曠達，好老、莊之學，為竹林七賢之一。官至中散大夫，後遭鍾會誣陷，為司馬昭所殺害。❸喜慍　喜怒。

【語　譯】王戎說：「我和嵇康相處二十年，不曾看過他露出喜怒的表情。」

【析　評】嵇康是「竹林七賢」之一，學問淵博，人品高尚，好老莊，稍染道教習氣，故常言養生服食丹藥之事。身處亂世，淡泊名利，劉孝標《世說新語注》引〈康別傳〉說：「康性含垢藏瑕，愛惡不爭於懷，喜怒不寄於顏。所知王濬沖，在襄城面數百，未嘗見其疾聲朱顏。此亦方中之美範、人倫之勝業也。」但嵇康在四十歲那年，還是被司馬昭所殺，主要是受人讒害所導致，而非性格使然。

17 王戎❶、和嶠❷同時遭大喪❸，俱以孝稱。王雞骨支床❹，和哭泣備禮。武帝❺謂劉仲雄❻曰：「卿數省❼王、和不？聞和哀苦過禮，使人憂之！」仲雄曰：「和嶠雖備禮，神氣不損；王戎雖不備禮，而哀毀骨立❽。臣以和嶠生孝，王戎死孝；陛下不應憂嶠，而應憂戎。」

【注釋】❶王戎　見本篇16注❶。❷和嶠　字長輿，晉汝南西平（今河南西平西）人。少有風格，負盛名。惠帝時拜太子太傅，加散騎常侍。家富性吝，杜預以為有錢癖。❸大喪　親喪；父母之喪。此係王戎遭母喪，和嶠居父喪。❹雞骨支床　指居喪哀毀，消瘦露骨，撐著床才能站立。❺武帝　即司馬炎。字安世，司馬昭之子。昭死，嗣為晉王，後篡魏稱帝，國號晉，都洛陽，在位二十六年。❻劉仲雄　劉毅，字仲雄，晉東萊掖（今山東掖縣）人。為人正直，見有不善，必加以評論，王公大人望風憚之。❼數省　常往探視。❽哀毀骨立　因親喪悲痛過甚而瘦損，如一副骨架立在地上。

【語　譯】王戎、和嶠同遭親喪，他們兩人都以孝著稱。王戎因哀傷消瘦得像一副雞骨撐著床才能站立，和嶠遵禮哭泣盡哀。晉武帝問劉毅說：「你最近是否常去探視王戎、和嶠兩人？聽說和嶠哀傷過度，真讓人擔心！」劉毅說：「和嶠雖然克盡禮數，但不損及元氣；王戎雖然禮數不周備，但因哀傷而消瘦骨立。臣認為和嶠盡孝尚可生存，王戎盡孝恐將送命；陛下不應擔心和嶠，而應擔心王戎。」

【析　評】《論語・八佾》記魯國人林放向孔子請問禮的根本，孔子說：「喪，與其易也，寧戚。」意思是說：辦理喪事，與其儀文周到，寧可悲哀。可見儒家對於喪禮，重視內心的哀痛憂戚。但過分悲痛，也不合禮，所以《論語・子張》記子游說：「喪致乎哀而止。」王戎遭母喪，據《晉書》本傳記載：他在表面上，雖不拘禮制，飲酒食肉，或觀棊弈，可是內心卻哀痛逾恆，容貌毀悴，杖而後起，所以劉仲雄要為他擔心。

18 梁王、趙王❶，國之近屬❷，貴重當時。裴令公❸歲請二國租錢數百萬，以恤中表❹之貧者。或譏之曰：「何以乞物行惠？」裴曰：「損有餘，補不足，天之道也❺！」

【注釋】❶梁王趙王　晉宣帝（司馬懿）張夫人生梁孝王彤，字子徽，位至太宰；桓夫人生趙王倫，字子彝，位至相國。❷近屬　最近的親屬。❸裴令公　裴楷，字叔則，晉河東聞喜（今山西聞喜）人。博學多聞，對於《老》、《易》之學尤有研究。武帝時，累官至中書令，掌機要，封臨海侯。令公，中書令的尊稱。❹中表　父親的姊妹之子為外兄弟，母親的兄弟姊妹之子為內兄弟，內即中，外即表，統稱中表。❺損有餘三句　《老子》：「有餘者損之，不足者與之。天之道，損有餘，而補不足。」

【語譯】梁王和趙王是晉朝王室的近親，在當時極為富貴顯赫。裴楷每年都要求他們拿出租錢數百萬，用來救濟貧苦的親戚。有人譏笑說：「為甚麼以乞討的方式來施恩惠？」裴楷說：「從有餘的拿出一些來彌補不足的，這是自然的法則啊！」

【析評】「損有餘，補不足」，雖然是自然的法則，但為富不仁，往往不知周濟貧苦；而一般人則以「心有餘而力不足」為藉口，無法樂善好施。裴楷能夠「乞物行惠」，不也足以讓我們感到敬佩嗎？

19 王戎❶云：「太保❷居在正始❸中，不在能言之流；及與之言，理致❹清遠❺，將無以德掩其言！」

【注釋】❶王戎　見本篇16注❶。❷太保　即王祥。見本篇14注❶。❸正始　三國魏齊王芳年號。❹理致　義理情致。一本作「理中」。❺清遠　清明而深遠。

【語譯】王戎說：「王祥處在正始年間，並不屬於能言善辯的那一流人物；等到和他交談，義理清明，情致深遠，並不因為高尚的德性而遮掩住他的美妙言論。」

【析評】《論語・憲問》篇中記孔子說：「有德者必有言，有言者不必有德。」一般善於言語的人，其實並不一定具有道德修養，因為他可能只是擅長揣度人情事理，憑著一張嘴巴，說些動聽的言語。而有道德的人，內心充滿和善謙遜，所謂「誠於中，形於外」，在適當時機，自然就有理致清遠的言論發出，王祥就是這樣的一個人。

20 王安豐❶遭艱❷，至性❸過人。裴令❹往弔之，曰：「若使一慟❺果能傷人，濬沖必不免滅性❻之譏。」

【注釋】❶王安豐　即王戎，字濬沖。見本篇16注❶。❷遭艱　指遇到父母去世。此係王戎遭母喪。❸至性　純厚的性情。指孝親之情。❹裴令　即裴楷。見本篇18注❸。但《晉書・王戎傳》載此事，屬之裴頠。裴頠，字逸民，晉河東聞喜（今山西聞喜）人。弘雅有遠識，官至尚書左僕射，後為趙王倫所殺。頗患時俗虛浮，著〈崇有論〉以解其弊。❺慟　極其悲痛。❻滅性　因喪親過悲而危及性命。

【語譯】王戎遭母喪，表現出純厚的孝心，超過一般人。裴楷前往弔唁，說道：「假如過度悲慟會傷害一個人的性命，那麼濬沖一定免不了要受到毀滅性命的批評。」

【析評】《論語・子張》記曾子轉述孔子的話說：「人未有自致者也，必也親喪乎！」一個人的真性情，只有在自己父母去世的時候，完全自然而然地表露無遺。王戎遭母喪，極盡哀痛之情，雖是出自純厚的孝心，其實也是基於天性的一種表現。只是過分哀痛，以至於滅性傷人，則非所宜；所以《孝經・喪親》云：「教民無以死傷生，毀不滅性。」

21 王戎父渾❶有令名❷，官至涼州刺史。渾薨，所歷州郡義故❸，懷其德惠❹，相率致賻❺數百萬；戎悉不受。

【注釋】❶渾　王渾，字長原，晉臨沂（今山東臨沂）人。官至涼州刺史，封貞陵亭侯。❷令名　美名。❸義故　曾受恩惠的故交舊友。❹德惠　恩惠。❺賻　助喪的財物。

【語譯】王戎的父親名叫渾，有很好的聲名，官至涼州刺史。王渾去世，在他生前所曾擔任過官職的州郡中，那些故交舊友感懷他的恩德澤惠，紛紛致送賻儀，共有數百萬；王戎一概不接受。

【析評】王戎是「竹林七賢」之一，《晉書》本傳記載：王戎性儉嗇，田園遍於諸州，積財無數，朝夕計算資財帳目；家有好李，賣之恐人得種，於是把核鑽破，頗為時人譏誚。然其父去世，竟不肯接受數百萬賻儀，可見王戎並非巧取豪奪的貪得之徒，也有「廉」的一面。

22 劉道真❶嘗為徒❷，扶風王駿❸以五百匹布贖之；既而，用為從事中郎。當時以為美事。

【注釋】❶劉道真　劉寶，字道真，晉高平（今山西高平）人。❷徒　囚犯。❸扶風王駿　司馬駿，字子臧，晉宣帝（司馬懿）第七子。好學至孝，封扶風王，鎮關中，為政最美。

【語譯】劉寶曾經是一個囚犯，扶風王司馬駿以五百匹布把他贖救回來；過了不久，又任用他為從事中郎。當時的人認為這是一件美好的事。

【析評】古代有以財物贖罪的辦法，據《晉書》記載：扶風王司馬駿在晉宗室之中，最為儁望，曾經平定羌虜的叛亂，鎮守關中，為政最美；當他去世，西土百姓泣者盈路，為之樹碑，長老見碑無不下拜，可以想見他的仁心德澤。贖救劉寶而又加以任用，應是他知人善任的另一方面表現。

23 王平子❶、胡母彥國❷諸人，皆以任放❸為達，或有裸體者。樂廣❹笑曰：「名教中自有樂地，何為乃爾❺也！」

【注釋】❶王平子　王澄，字平子，晉臨沂（今山東臨沂）人。有達識，曾任荊州刺史，後為王敦所殺害。❷胡母彥國　胡母輔之，字彥國，晉奉高（今山東泰安東北）人。少擅高名，元帝時為湘州刺史。❸任放　行為放縱，不拘禮法。❹樂廣　字彥輔，晉南陽淯陽（今河南南陽北）人。性謙沖，有遠識，善談論。累遷尚書左僕射，後以憂卒。❺乃爾　如此。

【語譯】王澄、胡母輔之等人，都以任性放浪為通達豪放，甚至還有人裸體不穿衣服。樂廣笑著說：「名教之中自有快樂的境地，為甚麼要這樣啊！」

【析評】魏晉時代，由於現實政治紊亂，社會動盪，傳統的儒學日益衰微，一般士人逃避現實，嚮往自由曠達、任性放浪的生活，甚至於縱酒裸體，不遵禮法，可說是荒唐之至。兩晉的敗亡，這些名士應當也要負有不少責任。

24 郗公❶值永嘉喪亂❷，在鄉里窮餒❸，鄉人以公名德，共飴❹之。公常攜兄子邁❺及外生❻周翼❼二小兒往食。鄉人曰：「各自饑困，以君之賢，欲共濟君耳，恐不能兼有所存。」公於是獨往食，輒含飯著❽兩頰邊，還吐與二兒。後並得存，同過江。郗公亡，翼為剡縣解職歸，席苫❾於公靈床頭，心喪❿終三年。

【注　釋】❶郗公　郗鑒，字道徽，晉高平（今山西高平）人。博覽經籍。明帝時，拜為安西將軍，移車騎將軍，與王導、卞壼等共同輔政。在蘇峻之亂時，誓師勤王，復安晉室。❷永嘉喪亂　晉懷帝永嘉五年（西元三一一年），匈奴人劉曜攻陷洛陽，大肆劫掠，懷帝被俘，中原殘破不堪，史稱「永嘉之禍」。❸窮餒　窮苦而無食。❹飴　通「飼」。以食物給人吃。一本作「傳共飴之」。傳，輪流。❺邁　郗邁，字思遠，郗鑒之姪。有幹世才略，累進少府、中護軍。❻外生　即外甥。❼周翼　字子卿，晉陳郡（舊治在今河南淮陽）人。曾任剡令、青州刺史、少府卿。❽著　置。❾席苫　以苫為席，睡在上面。苫，用蒿、茅編織成的席子。古時居父母之喪，在棺木入葬以前，不住寢室，而睡在苫上，以土塊為枕。❿心喪　舊時弟子為師守喪，不穿喪服，只在心中悼念，稱為心喪。

【語　譯】郗鑒遭逢永嘉末年的禍亂，在家鄉窮困挨餓。鄉人因為他有賢德的聲名，所以共同提供食物給他吃。郗鑒經常帶著姪兒郗邁和外甥周翼這兩個小孩一起去吃。鄉人說：「我們各家本身也都缺乏糧食，因為尊敬您的賢德，才想一起來幫助您，恐怕不能同時照顧那兩個小孩。」郗鑒於是獨自去吃，吃飽就把飯含在口裡，回去以後吐給兩個小孩吃。後來三個人都保全性命，一起渡江南來。郗鑒去世時，周翼擔任剡縣令，立刻辭職返回故里，在郗鑒的靈前，鋪上居喪用的草席，守心喪三年。

【析　評】永嘉之亂可說是中國歷史上的巨大風暴，懷帝、愍帝相繼被擄北去，晉室南渡，北方成為五胡並起、混亂不休的局面。由於戰爭的頻年不斷，根本無法進行生產，又造成人為的饑荒，使得中原殘破不堪，千里無炊，白骨蔽野。據《晉書・郗鑒傳》記載：當時所在饑荒，州中之士，素有感懷郗鑒之恩義者，相與資贍，鑒復分所得以恤宗族及鄉曲孤老，賴而全活者甚多。《世說》此條所記，恐非全係實情。但亦可見郗鑒之仁慈，以及周翼之至行。

25 顧榮❶在洛陽，嘗應人請，覺行炙❷人有欲炙❸之色，因輟己施❹焉。同坐嗤❺之。榮曰：「豈有終日執之，而不知其味者乎？」後遭亂渡江，每經危急，常有一人左右己❻；問其所以，乃受炙人也。

【注　釋】❶顧榮　字彥先，晉吳（今江蘇吳縣）人。少機神朗悟，仕吳為黃門侍郎。晉元帝時，以榮為軍司，加散騎常侍，凡所謀劃，皆以諮焉。❷行炙　傳遞烤肉。❸欲炙　思食所持烤肉。❹施　給與。❺嗤　譏笑。❻左右己　護衛在自己的左右。

【語　譯】顧榮在洛陽時，曾經接受友人的邀宴，席間發覺傳遞烤肉的僕人面露想要嚐食烤肉的神色，因此留下自己的一份，分給那個僕人吃。同席的人都譏笑他。顧榮說：「哪有整天傳遞烤肉，卻不知其美味的呢？」後來顧榮遭遇變亂，渡江避難，每當危急的時候，總有一個人護衛在身旁；便問那個人是何原因，原來就是接受他烤肉的僕人。

【析　評】漢朝初年的韓信，年輕時很貧窮，在河邊洗衣的老婦人常拿剩餘的飯菜給他吃；後來韓信當了大官，便送老婦人千金，做為報答，此事自古傳為美談。顧榮能夠體恤下人，留下自己的一份烤肉給僕人吃，雖然顧榮後來得到那個僕人的報恩，但他當初並未存有「為善獲報」的念頭，他那種「體恤下人」的精神，實在值得我們敬佩。

26 祖光祿❶少孤貧，性至孝，常自為母炊爨作食。王平北❷聞其佳名，以兩婢餉❸之，因取為中郎。有人戲之者曰：「奴價倍婢。」祖云：「百里奚❹亦何必輕於五羖❺之皮耶？」

【注釋】❶祖光祿　祖納，字士言，晉范陽（今河北涿縣）人。祖逖之兄。性至孝，能清言。避地江南，和嶠薦為光祿大夫。❷王平北　王乂，字叔元，晉臨沂（今山東臨沂）人。封平北將軍。❸餉　贈送。❹百里奚　字井伯。春秋時，原為虞大夫，後為楚人所執，秦穆公贖以五羖羊皮，委以國政，號稱五羖大夫。❺羖　黑色的公羊。

【語譯】祖納年少時，孤苦貧窮，天性極為孝順，經常親自下廚為母親做飯。王乂聽到他的好聲名，就送他兩名婢女，並請他擔任中郎的職位。有人開他的玩笑說：「奴才的身價高出婢女一倍。」祖納說：「百里奚的身價，又怎麼會低於五張公羊的皮呢？」

【析評】我國自古就重視孝道，把它當做是所有道德的本源，也是一切政教的基礎。所以古人認為「以孝治天下」，可以得到「其教不肅而成，其政不嚴而治」的效果。祖納親自下廚為母親做飯，王乂送他兩名婢女，應是助他服事母親；至於請他擔任中郎的職位，則是肯定他的孝心，一定可以推廣來治理政事。所謂「奴價倍婢」，僅是戲言，並非事實。

27 周鎮❶罷臨川郡還都，未及上住❷，泊青溪渚。王丞相❸往看之。時夏月，暴雨卒至❹，舫至狹小，而又大漏，殆無復坐處。王曰：「胡威❺之清，何以過此！」即啟用為吳興郡。

【注釋】❶周鎮　字康時，晉陳留尉氏（今河南尉氏）人。為人清約寡欲，所在有異績。❷上住　上岸住宿。❸王丞相　王導，字茂宏，晉琅邪國（治所在今山東臨沂北十五里）人。少有才識。歷事元帝、明帝、成帝三朝，出將入相，官至太傅，晉之中興，導居功最多。❹卒至　突至。卒，通「猝」。❺胡威　字伯虎，晉壽春（今安徽壽縣）人。與其父質俱以清慎著聞，累遷前將軍、監青州諸軍事、青州刺史。

【語譯】周鎮離開臨川郡的職位回到京師，還沒有上岸住宿，船停泊在青溪渚。王導去看他。當時正好是夏季，暴雨突然而來，船很狹小，而且漏得很厲害，幾乎沒有可以坐下來的地方。王導說：「就算是胡威的清廉，也不能超過這樣！」就任命他治理吳興郡。

【析評】中國歷史上有不少忠臣義士，拋頭顱，灑熱血，留下永垂不朽的聲名。其實還有更多不為人所知的人物，像周鎮如此的清廉自守，一心為國，這也就是中華民族能夠屹立五千年的重要支撐力量。

28

鄧攸❶始避難，於道中棄己子全弟子。既過江，取❷一妾，甚寵愛；歷年❸後，訊其所由，妾具說是北人遭亂；憶父母姓名，乃攸之甥也。攸素有德業，言行無玷❹，聞之哀恨，終身遂不復畜妾。

【注釋】❶鄧攸　字伯道，晉平陽襄陵（今山西襄陵）人。性清慎平簡。避難渡江，官至尚書右僕射。❷取　通「娶」。❸歷年　經歷多年。❹玷　缺點；過失。

【語　譯】鄧攸當初逃難的時候，在路上捨棄自己的兒子來保全弟弟的兒子。渡江南來以後，鄧攸納了一個小妾，非常寵愛；經過多年，鄧攸詢問小妾的身世，妾詳細說明自己是北方人，因為遭難而流落此地；憶起父母親的姓名，原來她就是鄧攸的外甥女。鄧攸一向很有道德修養，言語行為沒有甚麼汙點，聽到這話，非常哀傷悔恨，終身不再納妾。

【析　評】鄧攸在逃難的途中，為了保全弟弟的兒子，竟然捨棄了自己親生的骨肉，這種以義斷恩的情操，實在不是一般人所能做到。只是在亂世中，竟然讓這位「言行無玷」的好人，納自己的外甥女為妾，實在令人欷歔不已。其實此妾既然具知父母姓名，而鄧攸卻曾不一問，寵之歷年，然後訊其家世，雖哀恨終身，又怎能抵其過失？

29

王長豫❶為人謹順，事親盡色養❷之孝。丞相❸見長豫輒喜，見敬豫❹輒嗔❺。長豫與丞相語，恆以慎密為端❻。丞相還臺❼，及行，未嘗不送至車後；恆與曹夫人❽併當❾箱篋。長豫亡後，丞相還臺，登車後，哭至臺門。曹夫人作簏❿，封而不忍開。

【注　釋】❶王長豫　王悅，字長豫，王導之長子。弱冠有高名，官至中書侍郎。❷色養　以和顏悅色來侍養父母。❸丞相　即王導。見本篇27注❸。❹敬豫　王恬，字敬豫，王導之次子。少卓犖不羈，疾學尚武，官至中軍將軍。❺嗔　怒。❻以慎密為端　以謹慎細密為本。❼臺　晉、宋間謂朝廷、禁省。此係指尚書省，王導時錄尚書事。❽曹夫人　王導之妻。名淑，彭城（今江蘇銅山縣）人。❾併當　整理收拾。❿簏　高的竹箱。

【語　譯】王悅為人十分謹慎，侍奉父母能盡到和顏悅色的孝道。父親王丞相看見王悅就很高興，看見次子王恬就生氣。王悅與王丞相說話，都能本著謹慎細密的態度。王丞相到尚書省，出發時，王悅都送到車後；而且常幫母親曹夫人整理箱籠中的衣物。王悅死後，王丞相到尚書省去，上車後，一直哭到尚書省門口。曹夫人製作一個高大的竹箱，把王悅整理過的衣物封儲起來，不忍心打開。

【析　評】《論語・為政》篇中記孔子回答子夏問孝時說：「色難。有事，弟子服其勞；有酒食，先生饌，曾是以為孝乎？」和顏悅色，才是孝順父母的方式。不過，內心必須誠敬，才能和顏悅色，所以孔子回答子游問孝時又說：「今之孝者，是謂能養。至於犬馬，皆能有養；不敬，何以別乎？」可見子女盡孝道，應當要有誠懇的敬心。現在一般年輕人，在父母面前說話頂撞，或者態度惡劣，讀了王悅「事親盡色養之孝」而深得父母歡心的故事，能不自我省思？

30 桓常侍❶聞人道深公❷者，輒曰：「此公既有宿名❸，加先達❹知稱❺，又與先人至交，不宜說之。」

【注　釋】❶桓常侍　桓彝，字茂倫，晉譙國龍亢（今安徽懷遠西北）人。少孤，識鑑明朗。避亂渡江，累遷散騎常侍。❷深公　竺法深，不知其俗姓。一說：竺道潛，字法深，姓王，琅邪（今山東諸城）人。年十八出家，避亂過江，理悟虛遠，風鑑清貞。❸宿名　久為人知的聲名。❹先達　前輩。此指支道林。支道林在寫給高麗道人的一封信裡曾讚美竺法深的德行。❺知稱　相知稱許。

【語　譯】桓彝聽到有人批評高僧深公時就說：「這位高僧不但有久為人知的聲名，而且也有前輩的相知推許，又與先父是好朋友，不應該批評他。」

【析　評】一般人經常喜歡背後議評他人的長短是非。《論語・憲問》篇中記子貢議評他人的長短，孔子告誡他說：「賜也賢乎哉？夫我則不暇。」桓彝聽到有人批評高僧深公，立刻出面制止，而且列舉深公廣受稱揚的事實，可說是深得聖人的旨意。

31 庾公❶乘馬有的盧❷，或語令賣去。庾云：「賣之必有買者，即復害其主；寧可不安己而移於他人哉？昔孫叔敖❸殺兩頭蛇以為後人，古之美談❹；效之，不亦達乎？」

【注釋】❶庾公　庾亮，字元規，東晉潁川鄢陵（今河南鄢陵）人。好《老》、《莊》，善談論。元帝初拜中書郎；成帝時徙中書令，掌握朝政，力圖恢復晉室，未成而卒。❷的盧　馬名。馬白額至口齒者稱的盧。古人傳說馬駿，而乘者往往不利。❸孫叔敖　春秋楚人。幼時見兩頭蛇，自以為不久人世；又恐後人看到，乃將蛇殺死，並妥為掩埋。及長，為楚令尹，施教導民，使楚大治。❹美談　難能可貴而為人所樂道的事。

【語譯】庾亮有一匹名為「的盧」的凶馬，有人勸他把牠賣掉。庾亮說：「賣了牠，一定有個買的人，這樣又會害了買的人；怎麼可以把有害自己的事轉移給別人呢？從前孫叔敖為了不讓後來的路人再見到而殺掉兩頭蛇，成為古來大家所樂道的事；我效法他，不也是很合理的嗎？」

【析評】孫叔敖唯恐後人再見到兩頭蛇，殺而埋之，傳為千古美談。庾亮效法孫叔敖的精神，不肯把妨主的凶馬賣掉，以免他人受到傷害。這種「己所不欲，勿施於人」的仁者之懷，實在值得我們效法。

32 阮光祿❶在剡，曾有好車，借者無不皆給。有人葬母，意欲借而不敢言。

阮後聞之，歎曰：「吾有車而使人不敢借，何以車為？」遂焚之。

【注釋】❶阮光祿　阮裕，字思曠，晉陳留尉氏（今河南尉氏）人。淹通有理識，累遷侍中。

【語譯】阮裕在剡縣的時候，曾經擁有一輛好車子，平常只要有人來借用，他沒有不答應的。有一次，有一個人為了埋葬死去的母親，很想向阮裕借車子，卻不敢開口。後來阮裕知道這件事，感歎的說：「我有車子，卻讓人不敢來借，要車子有甚麼用呢？」於是把車子燒掉。

【析評】阮裕為了有人不敢開口向他借車子去埋葬母親，而把車子燒掉，不禁讓我們想起《論語・公冶長》篇中提到子路說：「願車、馬、衣、輕裘，與朋友共，敝之而無憾。」同樣表現出無私的精神。古人這種輕財好義的品行，千載之下，仍然值得我們敬佩。

33 謝奕❶作剡令，有一老翁犯法，謝以醇酒罰之，乃至過醉而猶未已。太傅❷時年七、八歲，著青布絝在兄膝邊坐，諫曰：「阿兄，老翁可念❸，何可作此？」奕於是改容曰：「阿奴❹欲放去邪？」遂遣之。

【注釋】❶謝奕　字無奕，晉陳郡陽夏（今河南太康）人。少有器鑑，辟太尉掾、剡令，累遷豫州刺史。❷太傅　謝安，字安石，奕弟。少有重名，隱居會稽東山，徵辟皆不就，年四十餘，始出為桓州司馬。淝水之戰，安為征討大都督，指授策劃，克敵有功，累官至太保，卒贈太傅。❸可念　可憐。❹阿奴　對幼小者的暱稱。此用以稱弟。

【語譯】謝奕擔任剡縣縣令時，有一個老翁犯法，謝奕罰他喝味道很濃烈的酒，一直到了老翁大醉，還不下令停止。謝安那時才七、八歲，穿青布褲子坐在哥哥的膝邊，看到這種情形，就進諫說：「哥哥，這老翁很可憐，怎麼可以這樣對待他呢？」謝奕聽了，臉色才緩和下來說：「阿奴，想放了他嗎？」於是就把老翁放了。

【析　評】《孟子．公孫丑上》記孟子論仁政說：「人皆有不忍之心。先王有不忍人之心，斯有不忍人之政矣。以不忍人之心，行不忍人之政，治天下可運之掌上。」謝奕以醇酒罰老翁，方式可議；而謝安時僅七、八歲，乃能不失赤子之心，出言諫止。由此可知，謝安在後來能夠出將入相，匡輔晉室，應當也是由於他這種悲天憫人的胸懷有以致之。

34 謝太傅❶絕重❷褚公❸，常稱：「褚季野雖不言，而四時之氣亦備❹。」

【注　釋】❶謝太傅　即謝安。見本篇33注❷。❷絕重　至為推重。❸褚公　褚裒，字季野，晉河南陽翟（今河南禹縣）人。少有簡貴之風，累遷江、兗二州刺史。❹四時之氣亦備　具備一年四季不同的氣象。比喻人的氣度恢宏，人格圓滿。

【語　譯】謝安非常推重褚裒，常對人說：「褚季野雖然不說話，可是氣度恢宏，人格圓滿。」

【析　評】一個人的氣量，並不在於能言善道，而是內在涵養的自然表現。據《晉書．褚裒傳》記載：褚裒「少有簡貴之風，沖默之稱」，桓彝曾說：「季野有皮裡陽秋。」意思是說：口中不說好壞，而內心自有褒貶。可見褚裒的品識、胸襟，實有過人之處。

35 劉尹❶在郡，臨終綿惙❷，聞閣下祠神❸鼓舞，正色曰：「莫得淫祀❹！」外請殺車中牛祭神，真長答曰：「丘之禱久矣❺，勿復為煩。」

【注　釋】❶劉尹　劉惔，字真長，晉沛國相（今安徽宿縣西北）人。雅善言理，雖蓽門陋巷，安然處之。歷司徒左長史、侍中、丹陽尹，為政清靜，門無雜賓。❷綿惙　病勢垂危，氣息奄奄欲絕。❸祠神　祭神。❹淫祀　不合禮制或不應有的祭祀行為。❺丘之禱久矣　我早就祈禱過了。此係借用孔子的話。《論語・述而》載：「子疾病，子路請禱。子曰：『有諸？』子路曰：『有之。誄曰：「禱爾于上下神祇。」』子曰：『丘之禱久矣。』」

【語　譯】劉惔在郡中，臨死前，聽到樓下有祭神的鼓舞聲，他以嚴正的臉色說：「不可胡亂祭祀！」外面有人請求宰殺駕車的牛祭神，劉惔說：「丘之禱久矣（我早就祈禱過了），不必再為這件事麻煩。」

【析　評】一般人迷信鬼神的事，往往淫祀求福。《論語・述而》篇中記孔子患了重病，子路因而向鬼神祈禱，以求疾病早日痊癒，並且引經據典地證明自古就有這樣的事，孔子說：「丘之禱久矣！」意思是說：我平日行為合乎道義、天理，等於是長久的祈禱，不必等到病危時才求神佑助。劉惔臨終婉拒祠神，正也表現出「君子坦蕩蕩」的精神。

36　謝公夫人❶教兒。問太傅❷：「那得❸初❹不見君教兒？」答曰：「我常自教兒。」

【注　釋】❶謝公夫人　謝安娶沛國劉耽女為夫人。❷太傅　即謝安。見本篇33注❷。❸那得　何以。❹初　從來。

【語　譯】謝安的夫人常親自教育子女。問謝安說：「為甚麼從來不曾看見你教小孩？」謝安說：「我隨時以自己的行為教導孩子。」

【析　評】身教重於言教，這是自古聖人所經常談起的一種教育方式。因為言語只是傳授知識、接受知識的媒介，只是解釋道德、體認道德的工具，必須身體力行去貫徹所學，才能獲致真正的裨益。《論語・陽貨》篇中提到孔子唯恐弟子只顧了解言論，而忽略了篤行實踐的工夫，曾經說過「予欲無言」的話。謝安自以為「我常自教兒」，其實也是在強調「身教」的切實有效。

37 晉簡文❶為撫軍❷時，所坐床❸上，塵不聽拂，見鼠行跡，視以為佳。有參軍見鼠白日行，以手板❹批殺❺之，撫軍意色不悅。門下起彈❻；教❼曰：「鼠被害，尚不能忘懷；今復以鼠損人，無乃❽不可乎？」

【注釋】❶晉簡文　晉簡文帝，名昱，字道萬，仁明有智度。初封會稽王，桓溫迎立之，在位二年。❷撫軍　咸康六年（西元三四〇年），簡文帝為撫軍將軍，永和元年（西元三四五年），進撫軍大將軍。❸床　坐具。非今日之臥床。❹手板　即「笏」。古代自天子至士所執的手板。❺批殺　擊殺。❻彈　糾劾；檢舉。❼教　告諭。諸侯言曰教。❽無乃　相當於「只怕」、「豈不」。有質疑的語氣，所以只用在反問句中。

【語譯】晉簡文帝擔任撫軍將軍的時候，他的坐榻上，有了灰塵也不讓人拂拭，發現有老鼠在灰塵上走過的蹤跡，就當做是好兆頭。有一個參軍，看見老鼠在白天跑出來，用手板把牠打死，撫軍心裡很不高興，臉色也很難看。他的屬下發起彈劾殺鼠的人；撫軍告諭說：「老鼠被殺害，心裡尚且感到難過；現在又要為老鼠而傷害到人，恐怕不可以這樣做吧？」

【析評】孔子的仁愛學說，完全以「人」為主要對象，這是中國文化的特色，也就是重視「人」的人本主義思想。《論語・鄉黨》篇中記孔子家馬房失了火，孔子退朝，一聽到消息，就關心地問：「傷人乎？」卻沒有問起馬的損失情形。史稱晉簡文帝「仁明有智度」，我們看過《世說新語》所記的這段故事，可以了解他不肯「以鼠損人」的精神，也正是深受傳統文化的薰陶有以致之。

38 范宣❶年八歲，後園挑菜誤傷指，大啼。人問：「痛邪？」答曰：「非為痛也；但身體髮膚，不敢毀傷，是以啼耳。」宣潔行廉約。韓豫章❷遺❸絹百匹❹，不受；減五十匹，復不受。如是減半，遂至一匹，既終不受。韓後與范同載，就車中裂二丈與范，云：「人寧可使婦無褌❺邪？」范笑而受之。

【注　釋】❶范宣　字子宣，晉陳留（今河南陳留）人。年十歲，能誦《詩》、《書》。徵太學博士、散騎郎，皆不就。以誦讀為業。❷韓豫章　韓伯，字康伯，晉長社（今河南長葛西）人。幼穎悟，好學，善言理。歷豫章太守、吏部尚書、領軍將軍。❸遺　贈送。❹匹　計算布帛的單位。古時以四丈為一匹。❺褌　褲子。

【語　譯】范宣八歲的時候，在後園裡挑菜，誤傷手指，放聲大哭。有人問他：「痛嗎？」他回答說：「我並不是為了手痛而哭；因為身體髮膚，受之父母，不敢毀傷，才算是孝，所以哭泣。」范宣品行高潔，廉明儉約。韓伯送他一百匹絹，他不接受；減為五十匹，他依然不肯接受。像這樣一再的減半，最後減到一匹，范宣還是不肯接受。後來韓伯和范宣一起乘車，就在車上裁下二丈送給范宣，而且說：「你情願讓妻子沒有褲子穿嗎？」范宣才笑著收了下來。

【析　評】「身體髮膚，受之父母，不敢毀傷，孝之始也。」這是《孝經・開宗明義章》的話。范宣年僅八歲，就能有此見識，實在令人感佩。至於他不肯接受他人的餽贈，除《世說》所記的這一則之外，《晉書》本傳還提到：豫章太守殷羨看到范宣的居處破損，欲為整修，范宣堅決推辭。庾爰之因為范宣家至貧，又遭逢年饑疾疫，厚贈財物，范宣一概不受。可見范宣的廉明高潔，並非矯情造作，而是出自純良的天性。

39 王子敬❶病篤，道家上章❷應首過❸，問子敬由來❹有何異同得失❺？子敬云：「不覺有餘事❻，唯憶與郗家離婚❼。」

【注釋】❶王子敬　王獻之，字子敬，晉臨沂（今山東臨沂）人。性高邁不羈。工草隸，善丹青，書可與其父羲之亂真。❷上章　道士代人上表給天神，祈求消除災難。❸首過　自陳己罪。❹由來　歷來；向來。❺異同得失　此為偶辭偏義之例。異同與得失各為一詞，此處專著重後者；而得失一詞中，又專取一「失」字。有何異同得失，猶言有何過失。❻餘事　他事。❼與郗家離婚　獻之娶高平郗曇女，名道茂，後離婚。

【語譯】王獻之病重的時候，道士為他上章祈福，必須陳述所犯的罪過，於是問獻之歷來有甚麼過失？獻之說：「不覺得自己有甚麼過失，唯一記起的是和郗家離婚的事。」

【析評】古代休離妻子有所謂「七出」的說法，就是無子、淫佚、不事舅姑、口舌、盜竊、妒忌和惡疾。但王獻之娶郗曇女道茂，其後為何離婚，史未記載。惟據《晉書》本傳說：「無子，以兄子靜之嗣。」很可能是因無子而離婚。王獻之病重臨死，「唯憶與郗家離婚」，可見並非恩情已絕。

40 殷仲堪❶既為荊州，值水儉❷，食常五盌，盤外無餘肴；飯粒脫落盤席間，輒拾以噉之。雖欲率物❸，亦緣其性真素。每語子弟云：「勿以我受任方州，云我豁❹平昔時意；今吾處之不易。貧者士之常，焉得登枝而捐其本❺？爾曹其存之。」

【注釋】❶殷仲堪　東晉陳郡（舊治在今河南淮陽）人。能清言，善屬文。武帝時授都督荊、益、寧三州軍事，荊州刺史，鎮江陵。安帝時與桓玄戰，兵敗被俘，逼令自殺。❷水儉　水澇成災，田穀不收。儉，荒年五穀不足。❸率物　為人表率。❹豁　忘棄。❺登枝而捐其本　登上枝頭而棄其根本。比喻得意後忘卻本源。

【語譯】殷仲堪擔任荊州刺史，遇到水澇成災，農作物收成不好，他每頓要吃五碗飯，盤子外沒有殘留的菜餚；飯粒掉落到盤席之中，就把它撿起來吃掉。他這種節儉的行為，雖然是想要用來當做人民的表率，其實也是由於他的本性真誠樸素。他常對子弟們說：「不要以為我擔任刺史，就說我忘記往日刻苦向上的心意；現在我能夠身處這個地位確屬不易。貧窮是讀書人常有的現象，怎麼可以得意後而忘卻本源呢？你們應當記住這一點。」

【析評】節儉是一種美德，《論語・里仁》篇中提到孔子說：「以約失之者，鮮矣！」晉時，何曾性豪侈，日食萬錢，猶云無下箸處，傳到他孫子，因為驕奢淫逸而傾家蕩產；石崇以奢華向人誇耀，終於因此而被殺。殷仲堪在顯達得意之後，不忘往日刻苦向上的心志，崇尚儉約，實在值得後人取法。

41　初，桓南郡❶、楊廣❷共說殷荊州❸，宜奪殷顗❹南蠻以自樹。顗亦即曉其旨，嘗因行散❺，率爾去下舍❻，便不復還。內外無預知者。意色蕭然，遠同鬬生❼之無慍。時論以此多之。

【注釋】❶桓南郡　桓玄，字敬道，一字靈寶，東晉譙國龍亢（今安徽懷遠西北）人。襲封南郡公，安帝時為江州刺史。元興元年（西元四〇二年），舉兵反，入建康（今南京市），迫安帝禪位，建號楚。劉裕起兵討伐，玄兵敗被殺。❷楊廣　字德度，晉弘農華陰（今陝西華陰）人。❸殷荊州　即殷仲堪。見本篇40注❶。❹殷顗　字伯通，晉陳郡（舊治在今河南淮陽）人。性通率，有才氣。武帝時，由中書郎擢南蠻校尉，蒞職清明。❺行散　魏、晉人好服五石散，藥性燥烈，服後必步行以消釋之，謂之行散。參見〈言語〉14「析評」欄。散，藥末。❻下舍　客館。❼鬬生　指春秋楚令尹子文。姓鬬，名穀於菟，字子文。楚國人稱乳養為穀，稱老虎為於菟。相傳子文初生時，因是私生子，被拋棄在外，受老虎乳養長大。此據《論語・公冶長》記子張所謂「令尹子文，三仕為令尹，無喜色；三已之，無慍色」。

【語　譯】當初桓玄、楊廣一起去說服殷仲堪，勸他應當奪取南蠻校尉殷顗的兵力來自樹勢力。殷顗也立刻知道他們的心意；曾藉著服藥後外出行散，毫不在意地到客館去，不再回來。裡裡外外沒有人預先知道的。殷顗的心意、表情冷靜，就像古代三次被罷官而面無怒色的楚令尹子文一樣。當時的人因此都推重他。

【析　評】《晉書》本傳記殷仲堪將起兵，密邀殷顗，顗雖是仲堪的堂兄，但不表贊同，仲堪甚以為恨。顗亦知仲堪當逐異己，因出行散，託疾不還。《世說》此謂殷顗「意色蕭然」，實則身處亂世，能不如此以保全自身嗎？

42 王僕射❶在江州，為殷、桓❷所逐，奔竄❸豫章，存亡未測。王綏❹在都，既憂戚在貌，居處飲食，每事有降❺。時人謂為「試守孝子」❻。

【注　釋】❶王僕射　指王愉。愉字茂和，東晉太原晉陽（今山西太原）人。以輔國司馬出為江州刺史。桓玄篡位後，遷尚書左僕射。❷殷桓　指殷仲堪、桓玄。見本篇40注❶、41注❶。❸奔竄　奔走逃竄。❹王綏　字彥猷，愉之子。少有令譽，位至中書令、荊州刺史。桓玄敗後，與父愉謀反，伏誅。❺降　降心；抑制心志。❻試守孝子　對王綏的諢稱，謂未知其父存亡，而試為守孝。

【語　譯】王愉在江州刺史任內，受到殷仲堪、桓玄的攻伐，逃奔到豫章，生死未卜。他的兒子王綏在京師，不但面露憂愁的表情，而且在起居飲食方面，以及對任何事情，都自我抑制。當時的人都說他是「試守孝子」。

【析　評】王綏因其父生死未卜，而有憂色，此實天性自然流露的孝心，並非矯情造作。儒家提倡孝道，也就是要人發揚這種天性的孺慕之情。事實上，一個人能夠愛敬父母，往內省察，自然也會珍惜自己的生命和人格。史載王綏「少有令譽」，應當也就是本於這種孝心有以致之。

43 桓南郡❶既破殷荊州❷，收殷將佐十許人，諮議羅企生❸亦在焉。桓素待企生厚，將有所戮，先遣人語云：「若謝❹我，當釋罪。」企生答曰：「為殷荊州吏，今荊州奔亡，存亡未判❺，我何顏謝桓公？」既出市❻，桓又遣人問欲何言？答曰：「昔晉文王❼殺嵇康❽，而嵇紹❾為晉忠臣；從公乞一弟以養老母。」桓亦如言宥之。桓先曾以一羔裘與企生母胡，胡時在豫章；企生問❿至，即日焚裘。

【注　釋】❶桓南郡　即桓玄。見本篇41注❶。❷殷荊州　即殷仲堪。見本篇40注❶。❸羅企生　字宗伯，東晉豫章(今江西南昌)人。殷仲堪初請為府功曹，桓玄來攻，轉諮議參軍；仲堪敗走，為玄所殺。❹謝　謝罪；認錯。❺判　辨明。❻出市　解赴刑場。❼晉文王　即司馬昭。見本篇15注❶。❽嵇康　見本篇16注❷。❾嵇紹　字延祖，康之子。有文才。康為晉文王殺害約二十年後，山濤薦為祕書丞，官至侍中。八王之亂時，隨惠帝與成都王戰於蕩陰，兵敗，以身衛帝，飛箭雨集，遂以見害。❿問　音信。此指企生被殺的消息。

【語　譯】桓玄打敗殷仲堪後，俘虜了殷仲堪的部將約十人；咨議羅企生也在其中。桓玄平日就厚待羅企生，將要行刑時，派人去說：「如果你認錯謝罪，我就釋放你。」羅企生回答：「我是殷仲堪的僚屬；現在他逃亡在外，生死不明，我有甚麼臉向桓公謝罪呢？」解赴刑場時，桓玄又派人去問有甚麼遺言。

羅企生回答：「從前晉文王殺了嵇康，他的兒子嵇紹仍然成為晉朝的忠臣；我求您留下我的一個弟弟，奉養父母。」桓玄照他的請求，赦免了他弟弟。以前桓玄曾經送一件羔羊裘給羅企生的母親胡氏，胡氏那時住在豫章；當羅企生被殺的消息傳來，當天就把那件裘衣燒掉。

【析　評】羅企生寧死不肯事二主，即使桓玄再三勸降，仍然不為所動，可稱之為烈士。雖然臨終不免遜詞乞憐，那也是由於還有老母需人奉養的緣故，所以後人推崇羅企生「忠孝之道，於斯兩全」。羅企生的母親燒掉桓玄所贈裘衣，令人感動。事實上，也因為有此深明是非的母親，才能撫育出傑出的人物。

44 王恭❶從會稽還，王大❷看❸之，見其坐六尺簟❹，因語恭：「卿東來，故應有此物，可以一領❺及我？」恭無言。大去後，即舉所坐者送之。既無餘席，便坐薦❻上。後大聞之，甚驚，曰：「吾本謂卿多，故求耳。」對曰：「丈人不悉❼恭；恭作人無長物❽。」

【注　釋】❶王恭　字孝伯，東晉太原晉陽（今山西太原）人。性伉直，武帝時為前將軍，兗、青二州刺史。後以討王愉，兵敗被殺。❷王大　王忱，字元達，小字佛大，東晉太原晉陽（今山西太原）人。嗜酒任達，官至荊州刺史。❸看　訪候；探望。❹簟　竹席。❺一領　一條；一張。❻薦　草墊；草席。❼悉　知道。❽長物　多餘的東西。

【語　譯】王恭從會稽回來，王忱去探望他，看到王恭坐在一張六尺寬的竹席上，因此就對他說：「你從東部回來，應當有很多這種竹席，可以送我一張嗎？」王恭沒作聲。王忱走後，王恭就拿起他所坐的那張竹席送給王忱。王恭再也沒有其他竹席，只好坐在草席上。後來王忱聽說這件事，非常驚訝，說：「我原以為你有很多，所以才向你索求。」王恭說：「您老人家不完全了解我的為人；我生來就沒有甚麼多餘的東西。」

【析　評】王恭潔身自好，為官至為清廉，王忱卻把他當做是一般凡夫俗子，難怪會因為王恭沒有多餘的竹席而感到驚訝。世之貪官汙吏，不顧官聲，不惜民命，看到此一則故事，能不自感汗顏？

45 吳郡陳遺❶，家至孝，母好食鐺底❷焦飯。遺作郡主簿，恆裝一囊，每煮食，輒貯錄❸焦飯，歸以遺母。後值孫恩❹賊出吳郡，袁府君❺即日便征，遺以聚斂❻得數斗焦飯，未展❼歸家，遂帶以從軍。戰於滬瀆❽，敗，軍人潰散，逃走山澤，皆多餓死；遺獨以焦飯得活。時人以為純孝之報也。

【注　釋】❶陳遺　東晉末年吳郡（舊治在今江蘇吳縣）人。少為郡吏，侍母至孝。❷鐺底　鍋底。❸錄　收藏。❹孫恩　字靈秀，東晉琅邪（今山東諸城）人。叔父泰，事五斗米道，以謀反被誅。恩逸逃於海上，聚眾十萬人，攻沒郡縣，後為臨海太守辛景斬首。❺袁府君　指袁山松，陳郡（舊治在今河南淮陽）人。有才名，著《後漢書》百卷。為吳郡太守。孫恩作亂，山松守滬瀆，城陷被害。❻聚斂　收集。❼未展　未及；不及。❽滬瀆　水名，在今上海市東北，為松江的下游。

【語　譯】吳郡府陳遺在家侍奉母親極為孝順，母親喜歡吃鍋巴。陳遺在郡府擔任主簿，常隨身攜帶一個袋子，每次郡府中煮飯，就用來貯存鍋巴，拿回家給母親吃。後來遇到孫恩反叛，攻向吳郡，太守袁山松即日發兵征剿，陳遺因平日收集所得的數斗鍋巴，來不及拿回家去，就帶著跟軍隊走。在滬瀆與敵人交戰，結果戰敗了，士兵四散奔走，逃到山澤之中，多數都餓死了；惟獨陳遺因有鍋巴而得活。當時的人認為這是他精誠孝心的善報。

【析　評】孝順父母，原本是一種天性，也是做兒女的本分，並不存心以此獲得美名或其他報償。《世說》僅記陳遺因貯存鍋巴孝敬母親，而在戰敗逃亡中得活。另據《南史・孝義傳》記陳遺逃亡後：「母晝夜泣涕，目為失明，耳無所聞；遺還入戶，再拜號咽，母豁然即明。」事雖神奇，但亦可見陳遺至誠的孝心，所以當時的人才會認為這是「純孝之報」。「純孝」，古君子讚美春秋鄭大夫潁考叔語，事詳《左傳・隱公元年》。

46 孔僕射❶為孝武❷侍中，豫蒙眷接。烈宗❸山陵❹，孔時為太常，形素羸瘦，著重服❺，竟日涕泗流漣，見者以為真孝子。

【注　釋】❶孔僕射　孔安國，晉會稽山陰（今浙江紹興）人。少而孤貧，以有儒者之素行見稱。歷侍中、太常、尚書，遷左僕射。❷孝武　即晉孝武帝司馬曜。❸烈宗　晉孝武帝廟號。❹山陵　帝王的墳墓。此指帝王駕崩。❺重服　喪服之重者。

【語　譯】孔安國在晉孝武帝時擔任侍中，原先就很受到禮遇。到了孝武帝駕崩時，孔安國官拜太常，他的身體一向瘦弱，穿上重喪的孝服，整天涕泗交流，見到的人都認為他才是真孝子。

【析　評】君主與己雖無骨肉之情，但身繫國家安危，愛民如子，所以《禮記・喪服四制》說：「故為君亦斬衰三年，以義制者也。」孔安國為晉孝武帝服重喪的孝服，道理也就在這裡。只是孔安國因原本深受禮遇，心存感激，所以悲慟逾恆，而受稱譽。

47 吳道助❶、附子❷兄弟，居在丹陽郡，後遭母童夫人❸艱❹，朝夕哭臨❺，及思至，賓客弔省❻，號踊❼哀絕；路人為之落淚。韓康伯❽時為丹陽，母殷❾在郡，每聞二吳之哭，輒為悽惻；語康伯曰：「汝若為選官❿，當好料理⓫此人。」康伯亦甚相知。韓後果為吏部尚書。大吳不免哀制⓬，小吳遂大貴達。

【注　釋】❶吳道助　吳坦之，字處靖，小字道助，晉濮陽（今山東濮陽）人。仕至西中郎將功曹。❷附子　吳隱之，字處默，小字附子，坦之之弟。少有孝行，歷尚書、領軍將軍。❸童夫人　名秦姬。為東莞童儈之女。❹艱　指父母之喪。❺哭臨　共哭；同哭。眾哭曰臨。❻弔省　慰問、省視喪家。❼號踊　號啕跳躍。❽韓康伯　即韓伯。見本篇38注❷。❾殷　康伯之母殷氏，揚州刺史殷浩之妹。性聰慧。❿選官　主管銓選的官員。即吏部尚書。⓫料理　安排；照顧。⓬不免哀制　終身守孝，不免除喪服。制，居喪。

【語　譯】吳坦之、吳隱之兩兄弟住在丹陽郡，後來遭受母親童夫人去世的喪事，早晚一同哭悼，只要想起母親，或賓客前來探望慰問的時候，就號啕踊跳，哀傷倒地；過路的人見了，都因此流淚。韓伯當時擔任丹陽尹，母親殷氏住在郡衙中，每一聽到吳家兄弟的哭聲，就為他們感到哀傷；她告訴韓伯說：「你將來如果擔任主管銓選的官，應該好好地照顧此人。」韓伯對他們兩人也很了解。後來吳坦之終身守制，於是吳隱之大為顯達。

【析　評】中國古代強調「以孝治天下」，事實上，一個人為了要盡孝道，為了要光耀門庭，一定會要求自己做一個堂堂正正的人；如果讓他主持政務，也一定會竭盡心力，黽勉從事，這是極自然的事。吳坦之兄弟因喪母而號啕痛哭，表現出至性的孝心，韓伯的母親深受感動，因而告訴韓伯將來要好好照顧他們；這也是由吳氏兄弟的孝心，而斷定他們必定是正人君子的緣故。

48 王丞相❶夢人欲以百萬錢買長豫❷，丞相甚惡之，潛❸為祈禱者備矣。後作屋❹，忽掘得一窖錢，料❺之百億；大不歡，一皆❻藏閉。俄而長豫亡。

【注　釋】❶王丞相　即王導。見本篇27注❸。❷長豫　即王悅。見本篇29注❶。❸潛　暗中。❹作屋　築屋。❺料　計量數目的多少。❻一皆　全部。

【語　譯】王導夢見有人想用百萬錢買他的長子王悅，醒來以後，很厭惡這個夢兆，於是暗中無所不至地向神明祈求禱告。後來在建築房屋時，忽然挖到一窟金錢，估量有百億之多；王導很不高興，全部把它封閉掩藏起來。不久王悅就去世了。

【析　評】王導的夢兆，後來果真應驗，這件事有點神奇，讓人難以置信。不過，根據本篇29則所記：王悅「事親盡色養之孝」，深得父母歡心。但身體可能並不太好，王導常掛念著他，因而有此夢兆。按：楊勇《世說新語校箋》云「右條宋本不見，《考異》有，而與本篇29混，今分置之，姑繫於此。」

言語第二

1 邊文禮❶見袁奉高❷，失次序❸。奉高曰：「昔堯聘❹許由❺，面無怍色❻；先生何為『顛倒衣裳』❼？」文禮答曰：「明府❽初臨，堯德未彰❾，是以賤民❿顛倒衣裳耳！」

【注釋】❶邊文禮　邊讓，字文禮，後漢陳留浚儀（今河南開封）人。曾任九江太守，恃才氣，為曹操所殺。❷袁奉高　即袁閬。見〈德行〉3注❸。❸失次序　舉止失措。即下文所言「顛倒衣裳」。❹聘　古時君主以幣帛徵召隱逸賢士擔任官職。❺許由　上古高士。相傳堯欲讓天下給由，由不受，隱耕於箕山之下。堯又召為九州長，由不聽，洗耳於潁水。❻怍色　慚愧的神色。❼顛倒衣裳　謂上衣下裳，顛倒穿著，極言驚慌失措。《詩・齊風・東方未明》：「東方未明，顛倒衣裳。顛之倒之，自公召之。」❽明府　英明的府君。漢人稱太守為府君。此指袁閬。❾堯德未彰　謂未見袁閬有如堯的賢德。❿賤民　邊文禮自稱。

【語譯】邊讓往見袁閬，舉止有失常態。袁閬說：「從前帝堯禮聘許由，許由面對帝堯，臉上一點都沒有愧色；先生為甚麼會『顛倒衣裳』，舉止失常呢？」邊讓便回答說：「您剛到這裡來當太守，還沒有顯出有如堯一樣的賢德，所以我才會『顛倒衣裳』，舉止失常啊！」

【析評】本則記邊讓巧答袁閬的故事。在這則故事裡，邊讓以「明府初臨，堯德未彰」回答袁閬「何以顛倒衣裳」之問，可說不亢不卑，又能顧及對方的身分地位，是極為巧妙的。劉孝標注引《文士傳》說邊讓「才儁辯逸」，又說「占對閑雅，聲氣如流」，證以本則故事，可知《文士傳》對他並沒有過譽。

2 徐孺子❶年九歲，嘗月下戲，人語之曰：「若令月中無物❷，當極明邪！」徐曰：「不然。譬如人眼中有瞳子❸，無此必不明。」

【注釋】❶徐孺子　即徐穉。見〈德行〉1注❹。❷月中無物　相傳月中有玉兔、蟾蜍，故世人見月中有黑影，即謂係蟾蜍、玉兔。❸瞳子　瞳孔；黑眼珠兒。

【語譯】徐穉九歲的時候，有一回在月下玩耍，有人對他說：「假使月亮裡面沒有東西的話，就應該會非常明亮吧！」徐穉回答說：「不是這樣子的。這就如同人的眼睛裡有瞳孔一樣，沒有它，一定會不明亮的。」

【析評】本則記的是徐穉少時聰慧過人的故事。通常，人對「若令月中無物，當極明」的說法，由於它看來極合常理，所以都會贊可，而小小年紀的徐穉，卻以「眼中有瞳子」為喻，駁倒這種說法，足以看出他夙慧過人的地方。然而長大後，他卻絕意仕途，隱居而卒，這就是所謂「鐘鼎山林，各有天性」吧！

3 孔文舉❶年十歲，隨父到洛。時李元禮❷有盛名，為司隸校尉，詣門者❸皆儁才清稱❹，及中表親戚❺乃通❻；文舉至門，謂吏曰：「我是李府君親。」既通，前坐。元禮問曰：「君與僕❼有何親？」對曰：「昔先君仲尼，與君先人伯陽❽，有師資之尊；是僕與君奕世❾為通好❿也。」元禮及賓客莫不奇之。太中大夫陳煒⓫後至，人以其語語之。煒曰：「小時了了⓬，大未必佳。」文舉曰：「想君小時必當了了！」煒大踧踖⑬。

【注釋】❶孔文舉　孔融，字文舉，後漢魯國（治所在今山東曲阜）人。曾任北海相，時稱孔北海。為人恃才負氣，因觸怒曹操被殺。與王粲、劉楨等人合稱「建安七子」。❷李元禮　李膺，字元禮，後漢襄城（今河南許昌西南）人。桓帝時為司隸校尉。人品高潔，太學生推崇他為「天下楷模李元禮」，凡能受其賞識、接見者，都自認如登龍門，身價不同。❸詣門者　來到李元禮家門求見的人。❹儁才清稱　儁，通「俊」。才智出眾。清稱，清高的稱譽。❺中表親戚　父親的姊妹之子為外兄弟，母親的兄弟姊妹之子為內兄弟，統稱中表。中，內。表，外。❻通　通報。❼僕　自稱的謙詞。❽伯陽　老子姓李，名耳，字聃；一說字伯陽，諡聃；周時楚國苦縣（今河南鹿邑東）人。孔子適周，曾問禮於聃。❾奕世　累世。奕，累；重。❿通好　兩家世代交好。⓫陳煒　人名。生平不詳。⓬了了　聰明伶俐。⓭踧踖　侷促不安的樣子。

【語譯】孔融十歲的時候，跟隨父親到洛陽。當時李膺在洛陽很有名氣，擔任司隸校尉的官職，凡是到他家門求見的人，都必須是才智出眾，聲譽清高，或是內外親戚，才能由守門人通報傳達；孔融到了李膺家門口，對門吏說：「我是李府君的親戚。」經門吏通報後，孔融入內坐到李膺的前面。李膺問他說：「你和我有甚麼親戚關係呢？」孔融回答說：「從前我的祖先仲尼和您的祖先伯陽，有師生的關係；所以我和您可說是累世之交了。」李膺和賓客聽了，沒有不感到驚奇的。稍後太中大夫陳煒也來了，大家便把孔融所說的話告訴他。陳煒卻說：「小時候聰明伶俐，長大了卻未必出色。」孔融就回答說：「想必您小時候是聰明伶俐的了！」陳煒聽了，非常不好意思。

【析評】本則記孔融巧答李膺與陳煒的故事。孔融對李膺之問，援用孔子曾問禮於老聃的典實，將自己和李膺拉上了通家世好的關係；而對陳煒之語，又以其人之道還治其人之身，收到明揚暗抑的效果，這在十歲的幼童來說，是十分難能可貴的。《後漢書．孔融傳》說他「幼有異才」，確非溢美之辭。

4 孔文舉❶有二子：大者六歲，小者五歲。晝日父眠，小者床頭盜酒飲之。大兒謂曰：「何以不拜？」答曰：「偷，那得行禮！」

【注　釋】❶孔文舉　即孔融。見本篇3注❶。

【語　譯】孔融有兩個兒子：大的六歲，小的五歲。有一天孔融在白晝睡眠時，小兒子偷了他放在床頭的酒來喝。大兒子便說：「為甚麼不先下拜呢？」小兒子回答說：「偷酒來喝，怎麼可以下拜行禮呢？」

【析　評】本則記的是孔融小兒子偷酒喝的故事。本來長上賜酒時，受者必須拜謝；而且「酒以成禮」，古有明訓，飲酒不得違禮；所以孔融的大兒子有「何以不拜」之問，而小兒子卻因「偷酒本非禮」，而有「那得行禮」之答，問既有因，而答尤有理，小小年紀竟能如此，不得不令人驚奇。但令人迷惑的是，本篇12則也載相類似的故事，而主人翁卻換成鍾毓兄弟，是事有巧合？還是傳聞異辭？因文獻不足，無法考知，所以只好存疑了。

5 孔融被收❶，中外❷惶怖。時融兒大者九歲，小者八歲。二兒故琢釘戲❸，了❹無遽容。融謂使者曰：「冀罪止於身。二兒可得全不？」兒徐進曰：「大人豈見覆巢之下，復有完卵乎？」尋❺亦收至。

【注　釋】❶孔融被收　收，收捕。《魏氏春秋》謂孔融對孫權使者有訕謗之言而被殺。《世說》謂魏太祖曹操以年歲歉收而禁酒，孔融卻以為酒用以完成禮儀，不宜禁。由是惑眾，為曹操所忌，被誅。❷中外　朝野。❸琢釘戲　漢時金陵流行的一種童子遊戲。❹了　完全。❺尋　不久。

【語　譯】孔融被捕，朝野都感到驚慌恐懼。這時孔融的大兒子才九歲，小兒子也只有八歲。兩個兒子在父親被捕時，依然玩著琢釘的遊戲，一點也沒露出害怕的神色。孔融便對使者說：「希望罪刑只加在我一個人身上。這兩個孩子可能保全吧？」他的兩個兒子慢慢走上前說：「父親大人難道看過傾覆的鳥巢之下，還有完好的鳥卵嗎？」沒多久，這兩個兒子也被逮捕。

【析　評】本則記孔融兩個兒子聰明特達的故事。關於這個故事，有其他兩種不同的記載：孫盛《魏氏春秋》說：「融對孫權使有訕謗之言，坐棄市。二子方八歲、九歲。融見收，弈棋端坐不起。左右曰：『而父見執！』二兒曰：『安有巢毀，而卵不破者哉？』遂具見殺。」（劉孝標注引，見《世說新語校箋》）而《世語》則載：「魏太祖以歲儉禁酒，融謂：『「酒以成禮」（語見《左傳・莊公二十二年》），不宜禁。』由是惑眾，太祖收法焉。二子髫齔見收，顧謂二子曰：『何以不避？』二子曰：『父尚如此，復何所避？』」（見同上）這兩個記載，對孔融被捕的原因和他兩個兒子當時的反應，都有不同的說法。對於孔融被捕的原因，《後漢書・孔融傳》都採納，視為「下獄棄市」的導火線；至於他兩個兒子當時的反應，劉孝標說：「裴松之以為《世說》云『融兒不避，知必俱死』，猶差可安；孫盛之言，誠所未譬。八歲小兒，能懸了禍患，聰明特達，卓然既遠；則其憂樂之情，固亦有過成人矣。安有見父被執，而無變容，弈棋不起，若在暇豫者乎？昔申生就命，言不忘父；不以己之將死而廢念父之情也。父安尚猶若茲，而況顛沛哉？盛以此為美談，無乃賊夫人之子與？蓋由好奇情多，而不知言之傷理也。」（《世說新語校箋》引）說得相當合理，足資參考。

6　潁川太守髡❶陳仲弓❷。客有問元方❸：「府君❹何如？」元方曰：「高明之君也。」「足下家君❺何如？」曰：「忠臣孝子也。」客曰：「《易》❻稱『二人同心，其利斷金；同心之言，其臭❼如蘭』，何有高明之君，而刑忠臣孝子者乎？」元方曰：「足下言何其謬也！故不相答。」客曰：「足下但因傴為恭❽而不能答？」元方曰：「昔高宗放孝子孝己❾，尹吉甫放孝子伯奇❿，董仲舒放孝子符起⓫。唯此三君⓬，高明之君；唯此三子⓭，忠臣孝子。」客慚而退。

【注　釋】❶髡　髡的俗字，古代剃去頭髮的刑罰。❷陳仲弓　陳寔，字仲弓，後漢許（今河南許昌）人。為人公正，州郡有疑案，都向他請問，時人有「寧為刑戮所苦，毋為陳君所非」的說法。❸元方　陳寔之子。❹府君　指潁川太守。❺足下家君　義同令尊。指陳寔。❻易　指《周易．繫辭上》。❼臭　氣味。❽因傴為恭　指元方藉彎腰駝背冒充恭敬，裝聾作啞，敷衍了事。此係激人之言。傴，背彎曲。❾高宗放孝子孝己　高宗，殷高宗武丁。放，放逐。武丁惑於後妻之言，放逐前妻之子孝己。見皇甫謐《帝王世紀》。❿尹吉甫放孝子伯奇　尹吉甫，周宣王時賢臣。曾伐玁狁，建立功業。有子伯奇，後妻譖伯奇於吉甫，於是放逐伯奇於野。見《琴操》。⓫董仲舒放孝子符起　董仲舒，西漢河北廣川（今河北棗強）人。少治《公羊傳》，景帝時為博士。放孝子符起事未詳。⓬唯此三君　指高宗、尹吉甫、董仲舒。⓭唯此三子　指孝己、伯奇、符起。

【語　譯】潁川太守對陳寔處以剃髮的刑罰。有個客人問陳元方說：「你認為太守是怎樣的一個人？」元方回答說：「是位高明的太守。」客人又問：「你的父親怎樣？」元方回答說：「是個忠臣孝子。」客人說：「《易經》上說『兩人同心的話，便可鋒利如刀，切斷金屬；而出自同心的言詞，則可芬芳如蘭，散播四方』，哪裡有高明的太守對忠臣孝子處以刑罰的呢？」元方回答說：「您的話說得多不合理啊！所以我不回答您。」客人說：「你只是藉著彎背來冒充恭敬，不回答問題吧？」元方說：「從前高宗放逐孝子孝己，尹吉甫放逐孝子伯奇，董仲舒放逐孝子符起。這三位做人父親的，都是高明的君子；而這三個做人兒子的，都是忠臣孝子。」客人聽了，便慚愧地離去。

【析評】本則記的是陳元方智答客人的故事。從這故事中，可知元方不但通情達理，更熟諳故實。以通情達理而言，他見父親被處以髡刑，居然未受私情左右，而怪罪潁川太守，這是一般的人所不易做到的；以熟諳故實來說，能隨口舉出歷史上明君賢臣放逐孝子的三個故事，來反駁客人「何有高明之君而刑忠臣孝子者乎」的質疑，這更是難能可貴。至於他父親陳寔被逮繫這件事，《後漢書・陳寔傳》載：「少作縣吏，縣令鄧邵奇之，聽受業太學。後令復召為吏，乃避隱陽城山中。時有殺人者，同縣揚吏以疑寔，縣遂逮繫。考掠無實，而後得出。」又載：「除太丘長，解印綬去。及後逮捕黨人，事亦連寔。餘人多逃避求免，寔曰：『吾不就獄，眾無所恃。』乃請囚焉。遇赦得出。」可見確有其事，但並未載明曾受髡刑，也未指明逮繫者為潁川太守。關於這點，程炎震說：「寔嘗逮繫，又以黨事請囚，遇赦得出。蓋緣此而增飾之耳。」(《世說新語箋疏》引) 這是相當合理的說法。

7 荀慈明❶與汝南袁閬相見，問潁川人士。慈明先及諸兄，閬笑曰：「士但可因親舊而已乎？」慈明曰：「足下相難❷，依據者何因❸？」閬曰：「方問國士❹，而及諸兄；是以尤❺之耳。」慈明曰：「昔者祁奚內舉不失其子，外舉不失其讎❻，以為至公；公旦，文王之子，不論堯、舜之德，而頌文、武者，親親之義也。《春秋》之義，內其國而外諸夏❼。且不愛其親而愛他人者，不為悖德乎？」

【注釋】❶荀慈明　即荀爽。見〈德行〉6注❽。❷相難　相責難。❸依據者何因　根據的是甚麼理由。因，明袁褧嘉趣堂刻本作「經」。❹國士　一國中才智出眾、受人推崇的人。❺尤　怪罪。❻祁奚內舉不失其子二句　祁奚，春秋晉人。悼公時任中軍尉，退休時，晉侯問繼任之人，祁奚推舉與己有讎怨的解狐。晉侯再問，祁奚推舉自己的兒子祁午。見《左傳・襄公二十一年》。內舉，薦舉自己的親屬。外舉，薦舉親屬以外的人才。❼內其國而外諸夏　親近本國人而疏遠中原他國之人。內，親近。外，疏遠。諸夏，古時泛稱中國。《公羊傳・成公十五年》「內諸夏而外夷狄」，此處文句略有出入。

【語　譯】荀爽和汝南地方的袁閬相見，袁閬問到潁川一帶的知名人士。荀爽先提到自己的幾位兄長，袁閬笑道：「談論知名人士，怎麼可以只談到自己的親人故舊而已呢？」荀爽說：「您這樣責難我，根據的是甚麼理由？」袁閬說：「剛剛問你國人所推崇的人才，而你卻只談到幾位兄長；因此我才怪你啊。」荀爽說：「從前祁奚薦舉人才，對內不避開自己的兒子，對外不避開自己的仇人，大家都認為非常公正；周公旦是文王的兒子，他不談論堯、舜的聖德，卻歌頌文王、武王的原因，就是為了在道理上該親愛親人的緣故。《春秋》一書記事的準則，是親近自己的國人，而疏遠他國的人士。而且不親愛自己的親人而親愛其他的人，這不是違背了人倫道德嗎？」

【析　評】本則記荀爽論士不避親舊的故事。在這則故事裡，荀爽特舉祁奚「內舉不失其子」、周公只「頌文、武」及《春秋》「內其國而外諸夏」之義為例，以反駁袁閬的責難，足以看出荀爽學識之淵博來。劉孝標注引《漢南紀》說：「諝（荀爽一名諝）文章典籍無不涉，時人諺曰：『荀氏八龍，慈明無雙。』」（《世說新語箋疏》引）荀爽對文章典籍能無不涉，那他的學識自然就淵博了。

8 禰衡❶被魏武❷謫為鼓吏，正月半❸試鼓，衡揚枹❹為〈漁陽摻撾〉❺，淵淵❻有金石聲，四坐為之改容❼。孔融曰：「禰衡罪同胥靡，不能發明王之夢❽！」魏武慚而赦之。

【注釋】❶禰衡 字正平，後漢平原（今山東平原）人。少有才辯，性剛傲物。與孔融友善，孔融薦舉給曹操。❷魏武 魏武帝。即曹操。❸正月半 正當月半之時。月半，指八月半。魏武帝朝會試鼓，禰衡擊鼓為〈漁陽參撾〉。見晉張隱《文士傳》。❹揚枹 舉起鼓槌。枹，鼓槌。❺漁陽參撾 鼓曲名。漁陽一帶的民間鼓曲。漁陽，郡名。舊治在今河北密雲西南。參撾，擊鼓之法。參，也作「摻」。撾，擊鼓杖。❻淵淵 形容鼓聲。❼改容 變色。❽禰衡罪同胥靡二句 謂禰衡罪極輕，只是不能達成曹操求賢的理想而已。胥靡，服刑的人。明王，指曹操。殷高宗夢見天賜賢人，使百工畫其像，求諸天下。於傅巖見一築者胥靡，是謂傅說，舉以為相，輔高宗，國家大治。孔融薦禰衡於操，而操不能用，此處孔融用反典，謂禰衡非賢者，不能達成操用賢人的夢兆。

【語譯】禰衡被魏武帝貶為鼓吏，正當八月半試鼓的時候，禰衡舉起鼓槌，擊出〈漁陽參撾〉的曲子，隱隱有鐘磬的聲音，四座的賓客聽了都露出驚疑的神色。孔融說：「禰衡的罪極輕，如同當年服刑很輕的傅說一樣，只是不能使聖君做尋求賢臣的好夢而已！」魏武帝覺得很慚愧，便赦免了禰衡。

【析評】本則記的是孔融反諷曹操以赦免禰衡的故事。據《後漢書・禰衡傳》和《文士傳》（劉孝標注引）載：禰衡逸才飄舉，為孔融所賞識，於是把他推薦給曹操，卻由於禰衡恃才傲物，得罪了曹操，因此有「謫為鼓吏」和「試鼓」的情事。在此事件中，孔融反用了傳說曾為胥靡，終因殷高宗一夢，成為一代賢臣的典實，來諷喻曹操，使曹操慚愧而赦免禰衡，可說達到了使人反省的特殊效果。《晏子春秋・內篇・諫上》記載這麼一個故事：「景公使圉人養所愛馬，暴病死；公怒，令人操刀，解養馬者。是時晏子侍前，左右執刀而進，晏子止之，而問于公曰：『古時堯舜支解人，從何軀始？』公瞿然曰：『從寡人始。』遂不支解。」與此有異曲同工之妙。

9 南郡❶龐士元❷，聞司馬德操❸在潁川，故二千里候❹之。至，遇德操采桑，士元從車中謂曰：「吾聞丈夫處世，當帶金佩紫❺；焉有屈洪流之量❻，而執絲婦之事？」德操曰：「子且下車！子適⑦知邪徑⑧之速，不慮失道之迷。昔伯成耦耕⑨，不慕諸侯之榮；原憲桑樞⑩，不易有官之宅；何有坐則華屋，行則肥馬，侍女數十，然後為奇？此乃許、父⑪所以慷慨⑫，夷、齊⑬所以長歎！雖有竊秦之爵⑭，千駟之富，不足貴也。」士元曰：「僕生出邊垂⑮，寡見大義；若不一叩洪鍾，伐雷鼓⑯，則不識其音響也。」

【注　釋】❶南郡　舊治在今湖北襄陽。❷龐士元　龐統，字士元，三國蜀南郡（舊治在今湖北江陵北）人。司馬徽見而譽之為南州士人冠冕。與諸葛亮同事劉備，謀策甚多。❸司馬德操　司馬徽，字德操，後漢潁川陽翟（今河南禹縣）人。善於知人，時號水鏡先生。❹候　拜候。❺帶金佩紫　謂居高位。帶金，帶金印。佩紫，佩紫綬。❻洪流之量　喻才器之大。❼適　僅；但。❽邪徑　指求取富貴之捷徑。❾伯成耦耕　伯成，複姓。堯治天下，伯成子高立為諸侯；禹為天子，伯成子高辭為諸侯而耕。見《莊子．天地》。耦耕，二人結伴並耕，為古代常用的耕田方式。❿原憲桑樞　原憲，字子思，也稱原思，春秋魯人。孔子弟子。性狷介，安貧樂道。在魯，居室簡陋，上漏下溼，坐而弦歌。桑樞，以桑木為門樞，極言居室的簡陋。⓫許父　許，許由。見本篇1注❺。父，巢父。相傳為堯時高士。堯欲讓天下給巢父，不受。⓬慷慨　悲歎。⓭夷齊　夷，伯夷。齊，叔齊。商時孤竹君的兩個兒子。因彼此讓位而逃離本國。周武王伐紂，二人曾扣馬進諫。商亡後，義不食周粟，餓死於首陽山。⓮竊秦之爵　呂不韋替秦子楚行賄於華陽夫人，子楚歸嗣位，是為莊襄王，任不韋為丞相，封洛陽十萬戶，號文信侯。見《古史考》。⓯邊垂　邊遠之地。垂，邊境，今作「陲」。⓰叩洪鍾伐雷鼓　謂與司馬德操攀談，向他請益。叩，擊。洪鍾，大鐘。鍾，樂器名，通「鐘」。伐，敲打。雷鼓，雷門之鼓。春秋越國會稽城有雷門，上有大鼓，擊之，聲聞洛陽。見《漢書．王尊傳》顏師古注。

【語　譯】南郡地方有個人叫龐士元，聽說司馬德操住在潁川，所以跋涉了兩千里的路程去拜候他。到了潁川，湊巧看見司馬德操正在採摘桑葉，於是龐士元便從車裡探問說：「我聽說一個大丈夫處於世上，應該帶金印、佩紫綬，居於高位；哪裡有委曲絕世之才，而做些採桑養蠶的婦女工作呢？」司馬德操說：「您還是下車來一談吧！您只知道求取富貴的快速捷徑，卻不憂慮違離正道，而迷失自己。從前伯成寧可與人並耕於田野，也不去貪慕諸侯的榮華富貴；原憲寧可住在簡陋的屋子裡，卻不屑去換取富麗堂皇的官宅；哪裡有居住就必須華麗的大宅，行走就必須肥壯的駿馬，而侍候在左右的奴婢一定要數十個，這樣之後才算出人頭地呢？這就是使得許由、巢父激昂傷懷，伯夷、叔齊長聲慨歎的原因啊！雖然呂不韋竊得了秦國的爵位，擁有千乘車馬的厚祿，是一點也不可貴的。」龐士元聽了，說：「我生長在偏遠的地方，很少見識過大道理；如果今天沒有敲一次大鐘、擊一次雷鼓，那就沒機會識得鐘鼓的洪大聲響了。」

【析　評】本則記龐士元少時往見司馬德操的故事。《三國志．蜀志．龐統傳》說：「龐統字士元，襄陽人也。少時樸鈍，未有識者。潁川司馬徽清雅有知人鑒，統弱冠往見徽。徽採桑於樹上，坐統在樹下，共語自晝至夜。徽甚異之，稱統當為南州士之冠冕，由是漸顯。」可知這則故事是據此敷陳而成的。在此故事中，司馬徽所表現的高風亮節與龐統所表現的從善如流，都值得後人敬佩。不過，對於龐統不下車拜伏與勸司馬徽「帶金佩紫」兩節，余嘉錫以為「據《蜀志》注引《襄陽記》，德公（即龐統之從父）稱司馬德操為水鏡，是德公甚服德操之為人。德操嘗逕入德公室，呼其妻子使作黍，其妻子皆羅列拜於堂下，奔走供設。則二人交誼之深可知。士元以年少通家子承命往見，豈得不下車拜伏，而顧安坐車中呼而與之語乎？孔明嘗拜德公，又拜士元之父。士元與孔明齊德並名，不應傲慢如此也。且士元雅有人倫之鑒，故與陸績、顧劭、全琮一見即加以品題。德操之為人，士元當聞之已熟，豈有於高士之前進其鄙陋之說，勸其『帶金佩紫』者乎？若其言果如此，則亦不足為南州士人之冠冕，德操必不歎為盛德矣。觀其問答，蓋仿〈客難〉、〈解嘲〉之體，特縮大篇為短章耳。此必晉代文士所擬作，非事實也。」（《世說新語箋疏》）說得相當合理，可供參考。

10 劉公幹❶以失敬罹罪❷。文帝❸問曰：「卿何以不謹於文憲❹？」楨答曰：「臣誠庸短❺，亦由陛下❻網目不疏❼。」

【注　釋】❶劉公幹　劉楨，字公幹，後漢寧陽（今山東寧陽）人。曾任丞相掾。有文才，長於五言詩，為建安七子之一。❷以失敬罹罪　太子丕曾請客，酒酣坐歡，命夫人甄氏出拜，坐中眾人皆拜伏，劉楨獨平視，操聽後，收繫楨，減罪免死，發配輸作部，使服勞役。見《文士傳》。❸文帝　指魏文帝曹丕，字子桓，曹操次子。操死，襲魏王，旋受漢禪。❹文憲　法規。❺庸短　平庸淺陋。❻陛下　指魏武帝曹操。漢、晉之時，陛下是人臣尊稱君上之辭。❼網目不疏　謂法網嚴密。

【語　譯】劉楨因對甄夫人有失敬意而獲罪。文帝問他說：「您為甚麼不謹慎地守住禮法呢？」劉楨回答說：「我實在很平庸淺陋，以致獲罪，但這也是由於皇上法網不很寬大的緣故啊！」

【析　評】本則記的是劉楨因對甄夫人失敬而獲罪的故事。在這故事中，劉楨以「臣誠庸短，亦由陛下網目不疏」以答文帝之問，可看出他的口才十分辯捷，且對這次的獲罪，心存不服。劉孝標注引《文士傳》說：「楨性辯捷，所問應聲而答。坐平視甄夫人，配輸作部，使磨石。武帝至尚方觀作者，見楨匡坐正色磨石。武帝問曰：『石何如？』楨因得喻己自理，跪而對曰：『石出荊山懸巖之巔，外有五色之章，內含卞氏之珍（即和氏璧，喻美玉。卞氏，指卞和）。磨之不加瑩，雕之不增文，稟氣堅貞，受之自然。顧其理枉屈紆繞而不得申。』帝顧左右大笑，即日赦之。」足資參照，以助了解。

11 鍾毓❶、鍾會❷少有令譽。年十三，魏文帝聞之，語其父鍾繇❸曰：「可令二子來。」於是敕見。毓面有汗，帝曰：「卿面何以汗？」毓對曰：「戰戰惶惶❹，汗出如漿。」復問會：「卿何以不汗？」對曰：「戰戰慄慄，汗不得出。」

【注釋】❶鍾毓　字雅叔，三國魏長社（今河南長葛）人。繇之長子，機捷談笑有父風。❷鍾會　字士季，毓的少弟。少敏惠，及壯，博學精練。與鄧艾統兵伐蜀，降之。後謀反，為亂軍所殺。❸鍾繇　字元常，魏受禪，進太傅，封定陵侯。與胡昭並從劉德升學書法，有「胡肥鍾瘦」之稱。❹戰戰惶惶　戰戰，恐怖發抖。惶惶，恐懼不安。

【語　譯】鍾毓和鍾會兩兄弟，從小就有美好的聲譽。十三歲的時候，魏文帝聽到了他們的名聲，便告訴他們的父親鍾繇說：「可以叫您的兩個兒子來見我。」於是令他們朝見文帝。朝見時，鍾毓臉上冒有汗水，魏文帝就問：「你臉上為甚麼冒汗呢？」鍾毓回答說：「由於恐懼慌張，所以汗水像水漿一樣流出。」魏文帝又問鍾會說：「你為甚麼不冒汗呢？」鍾會回答說：「由於恐懼戰抖，所以汗水一點也不能流出。」

【析　評】本則記鍾毓、鍾會兄弟少有捷才的故事。在魏文帝召見時，兩兄弟對魏文帝「何以汗」、「何以不汗」之問，都能叩緊「敬畏」的意思，巧作回答；以僅十三齡的小孩而言，確屬難能可貴。《三國志》說鍾毓「年十四為散騎侍郎，機捷談笑，有父風」（〈鍾毓傳〉），說鍾會「少敏惠夙成」（〈鍾會傳〉）。所謂「機捷」、「敏惠」，正可用以讚美鍾毓、鍾會在這則故事中的表現。

12　鍾毓❶兄弟小時，值父❷晝寢，因共偷服藥酒。其父時覺❸，且託寐❹以觀之。毓拜而後飲，會❺飲而不拜。既而問毓何以拜？毓曰：「『酒以成禮』❻，不敢不拜。」又問會何以不拜？會曰：「偷酒本非禮，所以不拜。」

【注　釋】❶鍾毓　見本篇11注❶。❷父　指鍾繇。見本篇11注❸。❸覺　察覺。❹託寐　假裝睡著。❺會　即鍾會。

見本篇11注❷。❻酒以成禮　用酒來完成禮儀。《左傳・莊公二十二年》：「（陳敬仲）飲（齊）桓公酒，樂，公曰：『以火繼之。』辭曰：『臣卜其晝，未卜其夜，不敢。』君子曰：『酒以成禮，不繼以淫（過度），義也。以（使）君成禮，弗納於淫，仁也。』」

【語譯】鍾毓和鍾會兩兄弟在小的時候，有一回正好碰上父親在大白天睡眠，於是乘機共同偷喝了藥酒。當時他們的父親便察覺了，卻暫且假裝睡著了來觀察他們的舉動。結果發現鍾毓先下拜而後飲酒，而鍾會則只飲酒而不下拜。事後，鍾繇問鍾毓為甚麼要下拜？鍾毓回答說：「酒是用來完成禮儀的東西，所以我不敢不拜。」又問鍾會為甚麼不行拜禮？鍾會回答說：「偷酒來喝本來就是違禮的行為，所以我不拜。」

【析評】本則記的是鍾毓、鍾會兄弟年少時偷喝藥酒的故事。從兩人偷喝藥酒後，對他們父親不同的回答中，可看出鍾毓為人較為拘謹，而鍾會則更趨慧黠。後來鍾毓官止都督荊州，卻得以善終；而鍾會則進位司徒，卻因謀反而被誅；由此似乎已可約略預見消息。

13 魏明帝❶為外祖母❷築館於甄氏❸。既成，自行視，謂左右曰：「館當以何為名？」侍中繆襲❹曰：「陛下聖思齊於哲王❺，罔極❻過於曾、閔❼。此館之興，情鍾舅氏，宜以『渭陽』❽為名。」

【注釋】❶魏明帝　曹叡，字元仲，文帝太子。❷外祖母　魏明帝外祖父甄逸，上蔡令，娶常山張氏為妻。見《三國志・魏志・后妃傳》注引王沈《魏書》。❸甄氏　指魏明帝母文昭甄皇后的外家。❹繆襲　字熙伯，三國魏東海蘭陵（今山東嶧縣）人。有才學，累官至尚書光祿勳。❺哲王　指前代聖王。❻罔極　孝思。《詩經・小雅・蓼莪》：「欲報之德，昊天罔極。」罔極，本謂父母之恩如天無窮，此指子女的孝思。❼曾閔　曾參、閔子騫。皆孔子弟子，以孝行著稱。❽渭陽　渭水之陽。《詩經・秦風・渭陽》：「我送舅氏，曰至渭陽。」後人以此比喻舅甥的情誼。

【語　譯】魏明帝在他母親甄皇后的外家，為外祖母蓋了一座房子。蓋好後，親自去察看，向左右隨從問說：「這座房子應該取甚麼名字好呢？」侍中繆襲回答說：「陛下聖明的心懷，可以媲美前代的聖王；孝親的心思，超過了曾參和閔子騫。這座房子的興建，情誼集聚於母舅一家，我認為應該以『渭陽』做為名字。」

【析　評】本則記魏明帝為外祖母蓋房子並替它取名的故事。在這故事中，繆襲建議以「渭陽」為名，來表達孝思，是用《詩經》裡的典故，《詩經・秦風・渭陽序》說：「〈渭陽〉，康公念母也。康公之母，晉獻公之女。文公遭驪姬之難，未反而秦姬卒。穆公納文公，康公時為太子，贈送文公于渭之陽，念母之不見也。我見舅氏，如母存焉。」（《毛詩正義》引）可見〈渭陽〉一詩，本是詠以懷念母親的，後人卻由母親而及於舅氏，以「渭陽」一詞借指甥舅情誼；而繆襲則更進一步地由舅氏而推於外祖母身上。這樣把範圍擴大，雖乖史實，但還算合於情理；因為母親、舅氏、外祖母本是一家人啊！

14 何平叔❶云：「服五石散❷，非唯治病，亦覺神明❸開朗。」

【注　釋】❶何平叔　何晏，字平叔，三國魏宛（今河南南陽）人。好老、莊之言，與夏侯玄、王弼倡玄學，競尚清談。❷五石散　又名寒食散。魏、晉士人多喜食用。❸神明　指精神。

【語　譯】何晏說：「服用五石散，不只可以治好疾病，也可以使人覺得精神開敞爽朗。」

【析　評】本則記的是何晏大讚五石散療效的故事。所謂的「五石散」，乃由赤石脂、白石脂、紫石脂、鐘乳石、硫黃五種礦石調配而成（見《金匱要略》，《世說新語校箋》引），主治勞傷諸症。由於何晏強調它對生理與精神的雙重療效，使魏晉士人競相服用，形成風氣。本則劉孝標注引《寒食散論》說：「寒食散（即五石散）之方雖出漢代，而用之者寡，靡有傳焉。魏尚書何晏首獲神效，由是大行於世，服者相尋也。」可見何晏這幾句話的影響力。

15 嵇中散❶語趙景真❷：「卿瞳子白黑分明，有白起❸之風；恨量小狹。」趙云：「尺表❹能審璣衡❺之度，寸管❻能測往復之氣❼；何必在大？但問識❽如何耳！」

【注釋】❶嵇中散　即嵇康。見〈德行〉16注❷。❷趙景真　趙至，字景真，晉代郡（舊治在今察哈爾蔚縣東北）人。心儀嵇康，隨還山陽，改名浚，字允元。初以士卒為恥，欲以仕宦治學而立名，其志不就，號憤慟哭，嘔血而卒。❸白起　戰國秦將。事秦昭王，戰勝攻取凡七十餘城，封武安君。為人小頭銳面，果敢決斷，瞳子白黑分明，見事明澈。❹尺表　古代測量日影以計時的標竿。❺璣衡　璿璣玉衡的省稱。在此借指天象。漢代渾天儀可旋轉，稱為璣。其橫簫用以觀星宿，稱為衡。古人貴天象，故以璿為璣，以玉為衡。❻寸管　短小的律管。古代用來審音的儀器，用竹管或金屬管做成。❼測往復之氣　古代以律管測量節氣的變化。見《續漢書・律曆志》。❽識　見解；見識。

【語譯】嵇康對趙至說：「您的眼珠子黑白分明，有秦國大將白起的風概；可惜的是氣量狹小了些。」趙至回答說：「一尺長測量日影的標竿，可以像渾天儀一樣，測知天體的度數；短短的律管，可以測量節氣的變化；因此，人的氣量何必求大？只問有沒有見識就行了！」

【析評】本則記趙至重學識、輕氣量的故事。本來，學識是可以開拓氣量的，而趙至卻在這故事中，用似是而非的譬喻，看小氣量，可知他把氣量與學識判分為二，還不能把它們落到心性上融合而為一。這在一個「議論清辯，有縱橫才」（嵇紹〈趙至敘〉，見劉孝標注，《世說新語箋疏》引）的人而言，是十分可惜的事。後來趙至在任遼東從事時，「自痛棄親遠游，母亡不見，吐血發病，服未竟而亡」（見同上），而卒時年僅三十七，與此或許不無關係。

16 司馬景王❶東征❷，取上黨李喜❸，以為從事中郎；因問喜曰：「昔先公❹辟❺君不就，今孤❻召君何以來？」喜對曰：「先公以禮見待，故得以禮進退；明公❼以法見繩❽，喜畏法而至耳。」

【注　釋】❶司馬景王　司馬師，字子元，三國魏溫縣（今河南溫縣）人。司馬懿之長子。晉武帝代魏，追諡為景帝。❷東征　毌丘儉造反，司馬師親自帥師討伐。❸李喜　字季和，晉上黨銅鞮（今山西沁縣）人。少有高行，博學研精。朝廷屢次徵召，皆不就。景帝輔政，命為大將軍從事中郎。喜，《晉書》作「憙」。❹先公　指司馬懿而言。❺辟　徵召。❻孤　王侯對自己的謙稱。❼明公　對尊貴者的敬稱。❽繩　約束。

【語　譯】司馬師東征毌丘儉，俘虜了上黨郡的李喜，任他做從事中郎的官；於是問李喜說：「從前先父徵召您，您不肯就職，現在我徵召您，您為甚麼肯來？」李喜回答說：「先公用禮相待，因此能夠用禮來辭謝；而聖明的您，用法來約束我，由於我怕陷入法網，所以就來了。」

【析　評】本則記的是李喜善於言辭的故事。據《晉書》載：李喜是因為母親病篤，所以辭謝了司馬懿的徵召，並且稱讚他在做官之前「有高行，博學研精」；在做官之後「當官正色，不憚強禦，百僚震肅」；可見李喜有學有品、有為有守，不只是善於言辭而已。

17 鄧艾❶口吃，語稱「艾艾❷……」。晉文王❸戲之曰：「卿云『艾艾』，為是幾艾？」對曰：「『鳳兮！鳳兮！』❹，故❺是一鳳。」

【注釋】❶鄧艾　字士載，義陽棘陽（今河南新野）人。三國魏名將，後以鍾會誣告謀反，被殺。❷艾艾　鄧艾自稱其名，猶云「我我」。❸晉文王　即司馬昭。見〈德行〉15注❶。❹鳳兮鳳兮　楚狂接輿從孔子身邊經過而歌曰：「鳳兮！鳳兮！何德之衰？往者不可諫，來者猶可追。」見《論語．微子》。❺故　原來。

【語譯】鄧艾患有口吃的毛病，說話時總是連稱「艾艾……」。有一次晉文王便開他玩笑說：「您說『艾艾』，究竟是有幾個艾呢？」鄧艾回答說：「楚狂接輿唱說：『鳳啊！鳳啊！』原本是一鳳而已啊！」

【析評】本則記鄧艾善用典故以釋窘的故事。在此故事中，鄧艾用楚狂接輿的典故來答晉文王之問，可說巧妙而貼切，由此足以看出鄧艾的學識與機敏來。

18 嵇中散❶被誅，向子期❷舉❸郡計❹入洛；文王❺引進，問曰：「聞君有箕山之志❻，何以在此？」對曰：「巢、許❼狷介❽之士，不足多慕。」王大咨嗟。

【注釋】❶嵇中散　即嵇康。見〈德行〉16注❷。❷向子期　向秀，字子期，晉河內懷（今河南武陟西南）人。好老、莊之學。為竹林七賢之一。❸舉　薦舉。❹計　計簿；會計用的簿籍。漢制，郡國每歲遣派使者到京師，進計簿，條上郡內眾事。❺文王　即司馬昭。見〈德行〉15注❶。❻箕山之志　退隱之志。箕山在河南登封東南。相傳堯時巢父、許由隱居於此。❼巢許　即巢父、許由。見本篇9注⓫、本篇1注❺。❽狷介　耿介自守，有所不為。

【語譯】嵇康被殺以後，向秀應郡國進獻郡內會計簿籍時的舉薦，到了洛陽；文王召他晉見，問他說：「聽說您有歸隱的志向，為甚麼又在這裡呢？」向秀回答說：「巢父和許由都是耿介自守、有所不為的人，不值得大家去讚美、羨慕他們。」文王聽了，大為讚歎。

【析　評】本則記的是向秀遜詞免禍的故事。關於此事，余嘉錫說：「要之魏晉士大夫雖遺棄世事，高唱無為，而又貪戀祿位，不能決然捨去。遂至進退失據，無以自處。良以時重世族，身仕亂朝，欲當官而行，則生命可憂；欲高蹈遠引，則門戶靡託。於是務為身全之策。居其位而不事其事，以為合於老、莊清靜玄虛之道。我無為而無不為，不治即所以為治也。……向子期之舉郡計入洛，雖或怵於嵇中散之被誅，而其以巢、許為不足慕，則正與所注〈逍遙遊〉之意同。阮籍、王衍之徒所見大抵如此，不獨子期一人藉以遜詞免禍而已。」（《世說新語箋疏》）由此可知向秀所以說「巢、許狷介之士，不足多慕」的原因，也可略覘時代環境對人影響之大。

19 晉武帝❶始登阼❷，探策❸得「一」；王者世數❹，繫此多少。帝既不悅，群臣失色，莫能有言者。侍中裴楷❺進曰：「臣聞：『天得一❻以清，地得一以寧，侯王得一以為天下貞❼。』」帝悅。群臣歎服。

【注　釋】❶晉武帝　即司馬炎。見〈德行〉17注❺。❷登阼　即帝位。阼，主人上下的東階。天子即位時登阼升殿，故稱天子就位為登阼。❸探策　抽取籤籌以定大事。也稱探籌。❹世數　天子傳世之數。❺裴楷　見〈德行〉18注❸。❻一　即道。《老子》四十二：「道生一。」故一即道。❼貞　定。

【語　譯】晉武帝司馬炎剛登上帝座的時候，親自去抽取籤籌，抽到了一個「一」字；而天子傳世的代數，相傳就取決於所抽籤籌數目的多寡。因此使得晉武帝非常不高興，而群臣也驚惶失色，沒有一個人能作吉利的解說。這時，侍中裴楷上前說：「我聽說：『天得到「一」而清朗，地得到「一」而安寧，侯王得到「一」而使天下安定。』」晉武帝聽了，十分高興，而群臣也都讚歎、佩服。

【析評】本則記裴楷機敏過人的故事。在這故事中，裴楷特略用王弼注《老子》「昔之得一者：天得一以清，地得一以寧，神得一以靈，谷得一以盈，萬物得一以生，侯王得一以為天下貞」（第三十九章）的語句，針對安定天下這件事，將「一」字作最貼切而吉利的解釋，確是十分難得，這不但足以使當時的群臣歎服，也可使異代的我們大為歎服。

20 滿奮❶畏風，在晉武帝坐；北窗作琉璃屏風，實密似疏，奮有難色。帝笑之。奮答曰：「臣猶吳牛❷，見月而喘。」

【注釋】❶滿奮　字武秋，晉高平昌邑（今山東金鄉西北）人，魏太尉滿寵之孫，性清平有識。❷吳牛　江南的水牛。南方天熱，水牛怕熱，見月疑是太陽，心生畏懼，故喘息不止。

【語譯】滿奮平日怕風，有一天在晉武帝的座席上；由於面北而坐，而北面的窗子恰以琉璃作屏風，實際上是密不透風，但看來卻像疏漏得可以透風似的，因此使滿奮臉上露出為難的神色。晉武帝看在眼裡，便取笑他。滿奮不得已，就回答說：「我像是江淮間的水牛一樣，見到月亮，便喘息不止。」

【析評】本則記的是滿奮畏風的故事。從這故事中，可知滿奮不但善於用典，更精於譬喻。他所用「吳牛喘月」的典故，出自《風俗通義》，原文為：「吳牛望日則喘，使之苦于日；見月怖，亦喘之矣。」（見《佚文》）這個典故，經滿奮一用，並以自喻，來表示因見到自己備受其苦之類似事物而產生疑懼的意思，可謂切當而明白；而也由於滿奮這一用，「吳牛喘月」便成為家喻戶曉的成語了。

21 諸葛靚❶在吳，於朝堂大會，孫皓❷問：「卿字仲思，為何所思？」對曰：

「在家思孝，事君思忠，朋友思信；如斯而已。」

【注釋】❶諸葛靚 字仲思，三國吳琅邪（今山東諸城東南）人。諸葛誕少子。誕以壽陽叛，遣靚入質於吳，吳以為大司馬。吳亡，逃竄不出。❷孫皓 三國吳之末主，孫權之孫，吳亡降晉。

【語譯】諸葛靚在吳國作人質，有一次在朝堂大會上，孫皓問他說：「您的字叫仲思，究竟思慮些甚麼呢？」諸葛靚回答說：「我在家裡思慮如何孝順父母，事奉君上思慮如何盡忠職守，和朋友交往思慮如何守住信義；如此而已。」

【析評】本則記諸葛靚巧答吳主孫皓的故事。孫皓之問，本來有意在大庭廣眾之下為難諸葛靚，而諸葛靚卻以「思孝」、「思忠」、「思信」為答，答得真是不亢不卑，且合於自己在吳國為質的身分，不得不令人佩服。劉孝標注引〈晉諸公贊〉說他「雅正有才望」，當非過譽之詞。

22 蔡洪❶赴洛❷，洛中人問曰：「幕府初開，群公辟命❸，求英奇於仄陋❹，採賢儁❺於巖穴❻；君吳、楚之士，亡國之餘，有何異才而應斯舉？」蔡答曰：「夜光之珠❼，不必出於孟津之河❽；盈握之璧，不必採於崑崙之山。大禹生於東夷❾，文王生於西羌。聖賢所出，何必常處？昔武王伐紂，遷頑民於洛邑❿；得無⓫諸君是其苗裔⓬乎？」

【注釋】❶蔡洪 字叔開，晉吳郡（舊治在今江蘇吳縣）人。有才辯。初仕吳，後歸晉，官至松滋令。❷洛 洛陽。

❸辟命　君主徵召人才。❹仄陋　偏僻簡陋的地方。也作「側陋」。❺賢儁　賢能傑出的人才。儁，通「俊」。才智過人。❻巖穴　山窟。指隱士的居所。❼夜光之珠　黑暗中能發光的寶珠。又稱夜明珠。比喻賢才。❽孟津之河　孟津，渡口名。在河南孟縣南，今稱河陽渡。離洛邑不遠。❾大禹生於東夷　《孟子・離婁下》：「舜生於諸馮，遷於負夏，卒於鳴條；東夷之人也。」是舜生於東夷，非禹。❿武王伐紂二句　頑民，指響應武庚叛亂的殷朝大臣。恐其再叛，故徙於洛邑加以教誨。見《尚書・多方・序》及《偽古文尚書・畢命》。⓫得無　莫非；恐怕。表示猜測的語氣詞。⓬苗裔　後代子孫。

【語　譯】蔡洪到了洛陽，洛陽地方的人問他說：「如今幕府剛剛成立，各個將帥都廣求人才。在偏僻簡陋的地方求取才智出眾的人才，在深山洞窟的所在求取賢能傑出的人才；而你是吳、楚人士，在亡了國家之後，有甚麼特異的才能，來這裡應召呢？」蔡洪回答說：「瑩瑩發亮的夜明珠，不一定產自孟津旁的黃河；盈手之握的和氏璧，不一定採自崑崙山上。而大禹出生在東夷，文王出生在西羌。因此，聖賢的出生，何必要在固定的地方呢？從前武王討伐紂王，把殷朝的頑劣臣民都遷徙到洛陽來；莫非你們就是這些頑民的後裔嗎？」

【析　評】本則記的是蔡洪反脣譏刺洛陽諸人的故事。在這則故事裡，蔡洪針對洛陽諸人之譏，先以「夜光之珠」八句，說明人才遍布於天下的意思，以答「何有異才而應斯舉」之問；再以「昔武王伐紂」三句，反譏洛陽諸人為「亡國之餘」；詞鋒可說銳不可當。不過，劉孝標注說：「按華令思舉秀才入洛，與王武子相酬對，皆與此言不異，無容二人同有此辭。疑《世說》穿鑿也。」（《世說新語箋疏》引）而余嘉錫也說：「《書鈔》七十九引《晉中興書》云：『華譚舉秀才，至洛，王濟嘲之。』又引干寶《晉紀》，云『周浚舉華譚為秀才，王武子嘲之』云云。其問答之辭，與《世說》頗異，而意同。唐修《晉書》，采入〈華譚傳〉。又稱譚嘗薦干寶於朝。則譚之言行，寶當知之甚詳。寶實良史，必不阿所好，勦襲蔡洪之辭以為譚語。宜乎孝標以《世說》為穿鑿也。」（見同上）可見蔡洪這則故事的真實性是值得懷疑的。

23 諸名士共至洛水戲，還，樂令❶問王夷甫❷曰：「今日戲樂乎？」王曰：「裴僕射❸善談名理❹，混混❺有雅致❻；張茂先❼論《史》、《漢》❽，靡靡❾可聽；我與王安豐❿說延陵⓫、子房⓬，亦超超玄著⓭。」

【注釋】❶樂令　即樂廣。見〈德行〉23注❹。❷王夷甫　王衍，字夷甫，晉琅邪臨沂（今山東臨沂）人。王戎從弟。累官司徒，為石勒所害。❸裴僕射　裴頠，字逸民，晉河東聞喜（今山西聞喜）人。裴秀少子。弘雅有遠識，累官尚書左僕射。❹名理　辨名析理。討論概念本身或概念與其他方面的關係。為魏、晉時人論學的主題之一。❺混混　說話滔滔不絕的樣子。同「滾滾」。❻雅致　高雅的情致。❼張茂先　即張華。見〈德行〉12注❻。❽史漢　《史記》、《漢書》。❾靡靡　細致美好的樣子。❿王安豐　即王戎。見〈德行〉16注❶。⓫延陵　春秋吳王壽夢少子季札，有賢名，封於延陵，號延陵季子。延陵，在今江蘇武進。⓬子房　張良，字子房。佐漢高祖滅項羽，定天下，封留侯。⓭超超玄著　談吐議論，清高精妙，不露形跡。超超，卓越的樣子。

【語譯】一些知名的人士結伴到洛水遊玩，回來後，樂廣問王衍說：「今天玩得愉快嗎？」王衍回答說：「僕射裴頠善於談論辨名推理的學問，言詞滔滔不絕，饒有高雅的風致；張華談論《史記》和《漢書》，細致美好，娓娓動聽；而我和王戎談論延陵季子和留侯張良，也清高精妙，不露形跡。」

【析評】本則記王衍與諸名士遊洛水的故事。據王衍對樂廣的回答，可知參與的名士，除王衍本人外，尚有裴頠、張華、王戎等，可說都是清虛通理，為當代所推重的人物；而他們所交談的，包括名理、《史記》、《漢書》與季札、張良等歷史人物，範圍也相當廣泛；至於談論時的意趣，則為「混混有雅致」、「靡靡可聽」與「超超玄著」，更令人嚮往。由此可以想見當時名士玄談盛況之一斑。

24 王武子❶、孫子荊❷，各言其土地人物之美。王云：「其地坦而平，其水淡而清，其人廉且貞❸。」孫云：「其山崔嵬❹以嵯峨❺，其水泙渫❻而揚波，其人磊砢❼而英多❽。」

【注釋】❶王武子　王濟，字武子，晉晉陽（今山西太原）人。少有逸才，風姿英爽，善清言。官至太僕。❷孫子荊　孫楚，字子荊，晉中都（今山西平遙西北）人。才藻卓絕，爽邁不群。官至馮翊太守。❸廉且貞　廉，清白高潔。貞，正直。❹崔嵬　高聳的樣子。❺嵯峨　山嶺高峻的樣子。❻泙渫　水波重疊相連的樣子。❼磊砢　眾石累積的樣子。喻人才之卓越奇異。❽英多　才智出眾。

【語譯】王濟和孫楚兩個人，各自誇說自己家鄉土地、人物的美好。王濟說：「我的家鄉，土地寬廣而平坦，水流淺淡而清澈，人民清廉而正直。」孫楚則說：「我的家鄉，山勢險峻而高聳，水波綿延而起伏，人才卓越而出眾。」

【析評】本則記的是王濟與孫楚各自誇讚故鄉風土人情的故事。由於兩人不同鄉，所以誇讚起來，也各著特色。大體說來，王濟所述，較偏於陰柔；孫楚所言，較偏於陽剛。而陽剛與陰柔，雖各有所偏，卻各有各自之美，是無法藉以判定優劣的。《晉書・王濟傳》載王濟年四十六而卒，並說：「及其將葬，時賢無不畢至。孫楚雅敬濟，而後來，哭之甚悲，賓客莫不垂涕。哭畢，向靈床曰：『卿常好我作驢鳴，我為卿作之。』體似聲真，賓客皆笑。楚顧曰：『諸君不死，而令王濟死乎！』」兩人友好到這種地步，那麼彼此自誇，不但不損友情，反而成為增進情趣的一件事。劉義慶特把這件故事收入《世說》裡，或許是基於這個原因吧！

25 樂令❶女，適❷大將軍成都王穎❸，王兄長沙王❹執權於洛，遂搆兵❺相圖。長沙王親近小人，遠外君子；凡在朝者，人懷危懼。樂令既處朝望❻，加有婚親，群小讒於長沙。長沙嘗問樂令，樂令神色自若，徐答曰：「豈以五男❼易一女？」由是釋然❽，無復疑慮。

【注釋】❶樂令　即樂廣。見〈德行〉23注❹。❷適　女子出嫁。❸成都王穎　司馬穎，字章度，晉武帝第十六子，封成都王。❹長沙王　司馬乂，字士度，晉武帝第六子，封長沙王。❺搆兵　雙方交戰。也作「構兵」。❻朝望　在朝廷中有聲望。❼五男　據《晉書》本傳，樂廣有三子，此云「五男」，「五」疑「三」之誤。❽釋然　放心的樣子。

【語譯】樂廣的女兒嫁給大將軍成都王司馬穎為妻，而成都王的哥哥長沙王司馬乂在洛陽掌理政權，於是圖謀交戰消滅他。長沙王素來親近小人，疏遠君子；因此在朝的官吏，每人都懷有畏懼的心理。而樂廣在朝既有聲望，加上與成都王又有姻親關係，所以朝中的一群小人便向長沙王進讒，說樂廣的壞話。有一回，長沙王拿這件事來問樂廣，樂廣神色極其自然地慢慢回答說：「我怎麼會拿五個男孩的性命去換一個女孩呢？」從此以後，長沙王便放了心，不再疑慮樂廣會有二心了。

【析評】本則記樂廣以一語盡釋長沙王疑心的故事。在這則故事中，樂廣以「豈以五男易一女」為理由，完全釋去長沙王的疑慮，固然收到以喜劇收場的效果，卻恐怕不是事實。劉孝標注引《晉陽秋》說：「成都王之起兵，長沙王猜廣，廣曰：『寧以一女而易五男？』乂猶疑之，遂以憂卒。」（《世說新語箋疏》引）而余嘉錫也說：「《晉陽秋》謂『乂猶疑之』，而《世說》以為『無復疑慮』，蓋傳聞異辭。穎以大安二年起兵討乂，而樂廣即卒於次歲永興元年正月。則《晉陽秋》謂廣以憂卒，信矣。故《晉書》本傳不從《世說》。」（見同上）由此可見，在群小包圍下，一個君子要釋去人主的疑心，是萬難的。

26 陸機❶詣王武子❷，武子前置數斛❸羊酪，指以示陸曰：「卿江東何以敵此？」陸云：「有千里蓴羹❹，未下鹽豉耳❺！」

【注　釋】❶陸機　字士衡，晉吳郡華亭（今江蘇松江）人。祖父遜、父抗，皆吳名將。吳亡，與弟雲同至洛陽，文才大噪，時稱二陸。曾任平原內史，世稱陸平原。❷王武子　即王濟。見本篇24注❶。❸斛　量器名。十斗為斛。❹千里蓴羹　千里，湖名，在今南京附近。蓴羹，蓴菜所作的羹，味美可口，吳人特別嗜好。❺未下鹽豉耳　此句原作「末下鹽鼓耳」，宋本作則「但未下鹽豉耳」，則「末」蓋「未」、「鼓」蓋「豉」之譌字。未下，沒有放置。豉，用大豆蒸煮，發酵，放鹽調拌，密封甕中製成的食物。

【語　譯】陸機去見王濟，王濟在座前放了幾斛羊酪，指著它向陸機說：「您們江東地方有甚麼東西可以比得上這種飲料呢？」陸機回答說：「有千里湖的蓴菜羹，在還沒放鹽豉之前就已經足以和羊酪媲美了！」

【析　評】本則記的是陸機大讚蓴羹味美的故事。對這則故事中所指「末下」，自來即有不同解釋：一認為是「地名」，即「秣下」，指秣陵（今南京市）地區；一認為是「未下」之誤，「沒有放置」之意。由於鹽豉非飲料，用以媲美羊酪，實在有些牽強，而且在意味上又不如當蓴羹之佐料來得好，因此釋作「沒有放置」，顯然較為切當。陸游《劍南詩稾．戲詠山陰風物》自注說：「蓴菜最宜鹽豉，所謂『末下鹽豉』者，言下鹽豉則非酪可敵，蓋盛言蓴菜之美爾。」（《世說新語箋疏》引）而明末徐樹丕《識小錄》也說：「千里，湖名，其地蓴菜最佳。陸機答謂末下鹽豉，尚能敵酪，若下鹽豉，酪不能敵矣。」（見同上）對於這種解釋，余嘉錫讚為「極妙」（見同上），是很有道理的。

27 中朝❶有小兒，父病，行乞藥；主人問病，曰：「患瘧也。」主人曰：「尊侯❷明德君子，何以病瘧❸？」答曰：「來病君子，所以為瘧❹耳！」

【注　釋】❶中朝　晉南渡以後，稱西晉為中朝，以其都洛陽，在中原。此指西晉朝廷所在之地，即洛陽。❷尊侯　尊稱他人父親。❸何以病瘧　俗傳瘧有鬼，形體小，不病大人，故主人以此戲問小兒。❹瘧　此病發作時，寒熱交加，非常酷虐，因而得名。小兒則但取酷虐之意，以其病害君子為說。

【語　譯】西晉時洛陽有個小孩，由於父親生病了，便去藥店討藥；店主問他患的是甚麼病，小孩回答說：「患的是瘧疾。」店主說：「您父親是德性光明的君子，為甚麼會患瘧疾呢？」小孩回答：「正因為這種病侵襲君子，所以叫做『瘧』啊！」

【析　評】本則記一個洛陽小孩為父乞藥的故事。這個故事，用「瘧」為主線，由店主與小孩的問答所組成。劉孝標注說：「俗傳行瘧鬼小，多不病巨人。故光武嘗謂景丹曰：『嘗聞壯士不病瘧，大將軍反病瘧耶？』」（《世說新語箋疏》引）可見店主即根據這種世俗的傳說，改「巨人」（大將軍）為「君子」，來戲問小孩；而小孩卻由「瘧」的字面意義，叩緊「君子」，來駁答店主，可謂針鋒相對，精采異常。尤其是這個洛陽小孩，在父親病時，還能從容巧答，十分難得，可惜的是並沒有留下他的姓名來，這不能不說是件憾事。

28

崔正熊❶詣都郡❷，都郡將姓陳，問正熊：「君去崔杼幾世❸？」答曰：「民❹去崔杼，如明府❺之去陳恆❻。」

【注　釋】❶崔正熊　崔豹，字正熊，晉燕國人。惠帝時官至太傅丞。❷都郡　郡治所在的城市。❸君去崔杼幾世　崔杼，春秋齊大夫。娶妻棠姜，因莊公私通棠姜，杼殺莊公而改立景公。此嘲笑崔豹是叛臣崔杼後代。❹民　晉時下級官吏對上級的自稱。❺明府　漢、晉以來，對郡太守、牧尹的尊稱。❻陳恆　春秋齊大夫。與闞止有隙，殺闞止，並弒簡公而立平公。此反譏郡將陳氏也是叛臣的後代。

【語　譯】崔豹到了都郡，都郡的守將姓陳，問崔豹說：「你距離崔杼已經有幾代了？」崔豹回答說：「我距離崔杼的世代，和將軍您距離陳恆的時間一樣。」

【析　評】本則記的是崔豹反譏陳姓守將的故事。陳姓守將在此故事中，本想以「君去崔杼幾世」之問，嘲笑崔豹為叛臣之後，沒想到崔豹卻引陳恆為叛臣的史實，以反脣相譏。所謂「辱人者人恆辱之」，是一點也沒錯的。

29 元帝❶始過江，謂顧驃騎❷曰：「寄人國土❸，心常懷慚。」榮跪對曰：「臣聞王者以天下為家，是以耿❹、亳❺無定處；九鼎遷洛邑❻。願陛下❼勿以遷都為念。」

【注　釋】❶元帝　晉元帝司馬睿，字景文。愍帝被弒，王導等擁立為帝，偏安江左，史稱東晉。❷顧驃騎　即顧榮。見〈德行〉25注❶。❸寄人國土　元帝於懷帝永嘉元年（西元三〇七年）為安東將軍，鎮建鄴。建鄴在江東，是孫吳舊土，故云。❹耿　殷先王祖乙的舊都。故城在今山西吉縣南。❺亳　商湯建都之地。故城在今河南商邱西北四十里。❻九鼎遷洛邑　《左傳・桓公二年》：「武王克商，遷九鼎于雒邑。」九鼎，相傳夏禹使九州貢金（指銅），以鑄九鼎，是三代象徵國家政權的傳國寶器。然考周武王自豐（今陝西鄠縣）遷都於鎬（今陝西長安西），成王時始經營洛邑，至平王時乃徙都之。此云「九鼎遷洛邑」，當指平王東遷而言，不從《左傳》。❼陛下　臣民對天子的尊稱。晉元帝即位之前，顧榮已卒，不當稱陛下。

【語　譯】元帝渡江南來不久，對顧榮說：「寄居在別人的國土上，常常使人心中感到慚愧。」顧榮跪著回答說：「我聽說君王是以天下為家的，所以從前殷朝的國都或在耿，或在亳，並沒有固定的地方；而武王克殷之後，平王也將九鼎遷到新都洛邑。因此希望陛下不要把遷都的事情放在心上。」

【析 評】本則記顧榮勸晉元帝勿以遷都為念的故事。顧榮勸晉元帝所持的理由是：商、周都曾遷都而王有天下，實有顧晉元帝以前代為鑑，力求奮發的意思；未料晉元帝只知一味偏安江左，不圖振作，以致即位數年之後，即因王敦叛變，憂憤而死，這是顧榮始料所未及的。

30 庾公❶造周伯仁❷，伯仁曰：「君何所欣悅而忽肥？」庾曰：「君復何所憂慘而忽瘦？」伯仁曰：「吾無所憂，直是清虛日來，滓穢❸日去耳。」

【注 釋】❶庾公 庾亮，字元規，晉鄢陵（今河南鄢陵）人。風格峻整，舉止合禮，為人坦率誠信。明帝時，平蘇峻之亂，拜征西將軍，代陶侃鎮武昌，卒諡文康。❷周伯仁 周顗，字伯仁，晉汝南安成（今河南汝南東南）人。少有重名，神采秀徹。歷官尚書左僕射，為王敦所殺。❸滓穢 汙濁。

【語 譯】庾亮去拜訪周顗，周顗問說：「你有甚麼事情感到高興，而突然變胖了呢？」庾亮說：「你又有甚麼事情感到憂傷，而突然變瘦了呢？」周顗回答說：「我心中沒有甚麼事情感到憂傷；只是一天比一天地更加清虛，一天比一天地減去汙穢罷了。」

【析 評】本則記的是周顗取笑庾亮肥胖的故事。《准南子．精神訓》云：「子夏見曾子，一臞一肥；曾子問其故，曰：『出見富貴之樂而欲之，入見先王之道又說之。兩者心戰，故臞；先王之道勝，故肥。』」二人據以問答，頗有新意。在這故事中，周顗以「清虛日來，滓穢日去」來說明自己所以「忽瘦」的原因，很技巧地從反面暗指庾亮所以「忽肥」，是由於「滓穢日來，清虛日去」的緣故。短短兩句話，不但能守，又能攻，真是妙到極點。劉孝標注引《晉陽秋》說：「顗有風流才氣，少知名，正體嶷然，儕輩不敢媟也。汝南賁泰淵通清操之士，嘗歎曰：『汝潁固多賢士，自頃陵遲，雅道殆衰，今復見周伯仁。伯仁將袪舊風，清我邦族矣。』舉寒素，累遷尚書僕射，為王敦所害。」（《世說新語箋疏》引）這樣一個被譽為「將袪舊風，清我邦族」的人，竟為王敦所害，令人為之嗟歎惋惜不已。

31 過江諸人❶，每至暇日，輒相要❷出❸新亭❹，藉卉❺飲宴。周侯❻中坐而歎曰：「風景不殊，舉目有江河之異！」皆相視流淚。唯王丞相❼愀然❽變色曰：「當共勠力❾王室，克復神州❿；何至作楚囚相對泣⓫邪？」

【注釋】❶過江諸人　指晉室渡江南下的達官名士。❷相要　相約。❸出　出遊。❹新亭　即勞勞亭。在今南京市南。三國吳時建造，東晉安帝時重修，是東晉名士常遊宴之地。❺藉卉　坐在草地上。藉，襯墊；坐臥在某物上面。❻周侯　即周顗。見本篇30注❷。❼王丞相　即王導。見〈德行〉27注❸。❽愀然　臉色憂傷的樣子。❾勠力　共同出力。❿神州　中國；中土。戰國騶衍謂中國名赤縣神州，後世因以泛指中國。⓫楚囚相對泣　形容處境窘迫，無計可施。也作楚囚相對、楚囚對泣。楚囚，被俘虜的楚人，本指春秋鄭人獻給晉侯的楚囚鍾儀。見《左傳・成公九年》。

【語譯】晉室渡江南來的達官名士，每次遇到假日，往往相約到新亭，坐在草地上，飲酒歡聚。有一回，周顗在座中歎息說：「這兒的風景依稀，但抬眼環視，河山卻變了樣子呀！」大家聽了，都彼此相顧，流下了眼淚。只有丞相王導臉色變得憂傷地說：「我們應該共同出力，報效國家，早日收復中原才是；怎麼能夠一無作為，像楚囚一樣，徒然地相對流淚呢？」

【析評】本則記王導以「勠力王室」來激勵南渡諸人的故事。由於晉室南渡後，一般達官名士，都耽於玄談與暫且的安樂，不圖恢復；就是有心恢復，也因處境窘迫，無計可施，而只能徒然為神州陸沉而傷心罷了。因此王導在周顗發出「舉目有江河之異」的哀歎後，會慷慨激昂地以「勠力王室，克復神州」來激勵大家，是有原因的。可惜這種激勵卻沒起甚麼作用。後來南宋的辛棄疾，在題作「甲辰歲壽韓南澗尚書」的〈水龍吟〉詞中，援用了這則故事說：「渡江天馬南來，幾人真是經綸手？長安父老，新亭風景，可憐依舊。夷甫諸人，神州沉陸，幾曾回首？」這樣以古喻今，發出大聲，痛斥朝中苟安諸人，卻同樣地沒產生多大效果。結果如此，是最令一些愛國志士痛心的，古時是如此，現在也是如此。

32 衛洗馬❶初欲渡江，形神慘悴❷；語左右云：「見此芒芒，不覺百端交集；苟未免有情，亦復誰能遣此！」

【注釋】❶衛洗馬　衛玠，字叔寶，晉安邑（今山西夏縣北）人。風神秀異，好談玄理，官太子洗馬。洗馬，也作「先馬」，本為東宮屬官，為太子出行的前導，晉以後改掌圖籍。❷形神慘悴　形貌神色憂愁憔悴。

【語譯】太子洗馬衛玠正要渡江避難的時候，形貌和神色顯得憂愁悽慘；他告訴左右隨從說：「看到這一片茫茫的江水，使人不禁雜生各種感觸；如果人類免不了有情，又有誰能遣去這種愁緒呢！」

【析評】本則記的是衛玠南渡時百感交集的故事。據劉孝標注引〈玠別傳〉載：「玠穎識通達，天韻標令，陳郡謝幼輿敬以亞父之禮。……為太子洗馬。永嘉四年，南至江夏，與兄別於梁里澗，語曰：『在三（三，指父、師、君）之義，人之所重，今日忠臣致身之道，可不勉乎？』行至豫章，乃卒。」（《世說新語箋疏》引）可知衛玠是極重情感的一個人；以這樣的人，在南渡之際，會面對茫茫江水，百感交集，發出「誰能遣此」之歎，是極自然的事。余嘉錫說：「叔寶南行，純出於不得已。明知此後轉徙流亡，未必有生還之日。觀其與兄臨訣之語，無異生人作死別矣。當將欲渡江之時，以北人初履南土，家國之憂，身世之感，千頭萬緒，紛至沓來，故曰『不覺百端交集』，非復尋常逝水之歎而已。」（見同上）說得十分詳切，可助以了解衛玠南渡時的心境。

33 顧司空❶未知名，詣王丞相❷。丞相小極❸，對之疲睡；顧思所以叩會之❹，因謂同坐曰：「昔每聞元公❺道公❻協贊中宗❼，保全江表；體小不安，令人喘息❽。」丞相因覺，謂顧曰：「此子珪璋特達❾，機警有鋒。」

【注釋】❶顧司空　顧和，字君孝，晉吳郡（舊治在今江蘇吳縣）人。幼有清操。王導任揚州刺史，辟為從事別駕，由是知名。累官尚書令，卒後追贈侍中、司空。❷王丞相　即王導。見〈德行〉27注❸。❸小極　身體稍有不適。極，疲乏。❹叩會之　此謂旁敲側擊，引起對方的注意。叩，擊。會，領會。❺元公　指顧榮。見〈德行〉25注❶。❻公　指王導。❼中宗　即晉元帝。王導與元帝有布衣之交，知中國將亂，勸元帝渡江，求為安東司馬，政事皆由王導決定，號仲父。晉中興之功，導居第一。❽喘息　心急不安。❾珪璋特達　珪璋，古時朝會所執的貴重玉器，後用以比喻人之美德。特達，特異敏達，卓絕出眾。《禮記．聘義》：「圭璋特達，德也。」古代聘問之禮，有珪璋璧琮。璧琮須另加幣帛，珪璋則不用另加幣帛即可直接送達，故稱特達。此用《禮記》典故，但只指其美德，而不取字面之義。

【語譯】司空顧和，在還沒出名的時候，去拜見丞相王導。而丞相王導卻由於身體微感不適，以致對著顧和的面，疲困得打起瞌睡來；這時顧和想用旁敲側擊的方式來吸引丞相王導的注意，於是向在座的人說：「從前常常聽舍親元公說丞相協助中宗，保全了江東地方；現在身體微感不適，令人心急難安。」丞相王導在瞌睡中聽了，便覺醒過來，對顧和說：「這位先生，德性美好，敏達出眾，並且反應機靈，很有警覺性。」

【析評】本則記王導讚美顧和反應靈敏的故事。一般而言，在會見尊長時，遇尊長疲睡，是最難處理的一件事，而顧和卻以稱讚和關切的心意與語調，從旁刺激王導，使他覺醒，以化解尷尬的場面，這的確是一般人所做不到的。《晉書·顧和傳》載王導由於這件事，不但讚顧和「珪璋特達，機警有鋒」，而且也讚他「不徒東南之美，實為海內之俊」，可看出王導為了這件事如何地讚譽顧和了。

34 會稽❶賀生❷，體識清遠❸，言行以禮；不徒東南之美，實為海內之秀❹。

【注釋】❶會稽　會稽郡，今江蘇東南部及浙江東部、南部屬之。❷賀生　指賀循。字彥先，晉會稽山陰（今浙江紹興）人。善屬文，博覽群籍，為當世儒宗。元帝為安東將軍，上循為吳國內史，遷太常、太傅。卒後追贈司空。❸體識清遠　體氣品格清高，識見遠大。❹秀　才德美好出眾。

【語譯】會稽郡的賀循，體氣清高，識見遠大，一言一行都合於禮儀；不僅在東南一帶是難得一見的人才，就是以整個天下來說，也算是才德出眾的人物。

【析評】本則記的是讚美賀循才德出眾的言詞。這些言詞，以整體而言，不知出自何人，摘自何書，但分開來說，則其中「體識清遠」，或引用陸機薦循表中「才鑒清遠」一語（見《晉書·賀循傳》），而「言行以禮」，顯然摘自晉愍帝「循言行以禮，乃時之望，俗之表」的詔令（見同上）；至於「不徒東南之美，實為海內之秀」兩句，本是王導對顧和的讚語（見《晉書·顧和傳》），以同樣的讚語來讚美賀循，究竟是巧合還是誤用，因文獻不足，無法考知。

35 劉琨❶雖隔閡寇戎❷，志存本朝，謂溫嶠❸曰：「班彪❹識劉氏❺之復興，馬援❻知漢光❼之可輔；今晉阼❽雖衰，天命未改。吾欲立功於河北，使卿延譽於江南❾，子其行乎？」溫曰：「嶠雖不敏，才非昔人；明公❿以桓、文⓫之姿，建匡立功，豈敢辭命？」

【注　釋】❶劉琨　字越石，晉魏昌（今山東無極東北）人。少稱俊朗。元帝稱制江左，上表勸進，遷侍中太尉。忠於晉室，素有重望，為段匹磾所忌而被害。❷隔閡寇戎　隔閡，阻隔；抵抗。寇戎，來犯的敵人。西晉末，胡人劉曜陷京師洛邑，劉聰陷西都長安，元帝（時為琅邪王）奉命都督陝東諸軍事，稱制江左，克復中興。時劉琨奉命都督并、冀、幽三州諸軍事，身在幽、朔，心存晉室，故云。❸溫嶠　字太真，晉太原祁（今山西祁縣）人。性聰敏，有識量，博學能文，善談論，為劉琨右司馬。元帝稱制江左，琨以為左長史，使奉表勸進，其母堅決阻止，琨斷絕衣裾而離去。累遷驃騎大將軍。❹班彪　字叔皮，後漢安陵（今陝西咸陽東）人。班固之父。才高好述作，專心史籍。❺劉氏　指漢室。❻馬援　字文淵，後漢茂陵（今陝西興平東北）人。少有大志。王莽敗，歸隗囂，後歸光武，拜伏波將軍，征交阯有功。嘗言男兒當死於邊野，以馬革裹屍還葬，後果卒於軍。❼漢光　指東漢光武帝。❽晉阼　晉室的基業。阼，天子之位。❾使卿延譽於江南　延譽，傳揚好名聲。謂使嶠奉表勸元帝登基即帝位。❿明公　指劉琨。⓫桓文　齊桓公、晉文公。

【語　譯】劉琨雖然身處幽、朔，遏止來犯的敵人，但是心在朝廷，因此對溫嶠說：「從前班彪知道漢室可以復興，馬援也知道漢光武帝可以輔佐；如今晉朝的王業雖然趨於衰敗，但是天命卻依然沒有改變。我想在河北建立功業，使您在江南播揚美譽，以勸進元帝登基，您願不願意去達成這個使命呢？」溫嶠回答說：「我雖然愚昧，沒有先賢的才能；但是您卻有齊桓公、晉文公的材質，來建功立業，在您的運籌下，我敢不從命嗎？」

【析　評】本則記劉琨差遣溫嶠勸進元帝即位於江南的故事。從這則故事中，可知劉琨心存晉室，且懷有齊桓、晉文的大志；而《晉書．劉琨傳》也說他「忠於晉室，素有重望」。可惜這樣一個忠臣，在差遣溫嶠南下，勸進元帝即位不久，即為段匹磾所害，這是令「遠近憤歎」《晉書・劉琨傳》的事。劉孝標注引虞預《晉書》說：「嶠字太真，太原祁人。少標俊清徹，英穎顯名，為司空劉琨左司馬。是時二都（指長安與洛陽）傾覆，天下大亂，琨聞元皇受命中興，忼慨幽、朔，志存本朝。使嶠奉使，嶠喟然對曰：『嶠雖乏管（仲）、張（良）之才，而明公有桓、文之志，敢辭不敏，以違高旨？』」（《世說新語箋疏》引）可與此合讀，以增進對這則故事的了解。

36

溫嶠❶初為劉琨❷使，來過江。于時江左❸營建始爾，綱紀未舉。溫新至，深有諸慮。既詣王丞相❹，陳主上幽越❺，社稷焚滅，山陵❻夷毀之酷，有〈黍離〉之痛❼；溫忠慨深烈，言與泗❽俱。丞相亦與之對泣。敘情既畢，便深自陳結❾，丞相亦厚相酬納❿。既出，懽然⓫言曰：「江左自有管夷吾⓬，此復何憂？」

【注釋】❶溫嶠　見本篇35注❸。❷劉琨　見本篇35注❶。❸江左　長江下游以東地區。即今江蘇南部。又稱江東。此指建鄴，即今南京市。❹王丞相　即王導。見〈德行〉27注❸。❺主上幽越　謂二帝蒙塵。主上，指懷帝、愍帝。幽，隱微。越，墜落。❻山陵　帝王的墳墓。❼黍離之痛　慨歎國家滅亡，宗廟宮殿毀壞。〈黍離〉，《詩經・王風》篇名。東周大夫出行至舊都鎬京，見宗廟宮室毀壞，傷心感歎而作此詩。❽泗　鼻涕。❾陳結　表示欲與王丞相交結為友之意。❿酬納　酬答接納。⓫懽然　歡欣愉悅。懽，同「歡」。⓬管夷吾　字仲，春秋齊潁上（今安徽潁上）人。相齊桓公，九合諸侯，一匡天下。此以指王丞相。

【語譯】溫嶠原先充當劉琨的特使，渡江南來。這時的建鄴城剛剛營築，一切法度都還沒建立。溫嶠初來，乍見這種情形，有著許多深重的憂慮。於是去拜見丞相王導，指陳懷、愍二帝蒙塵，河山宗廟被焚毀，而先王的陵寢又慘遭破壞，使人有亡國的悲痛；溫嶠說這些話時，非常忠憤感慨，激昂得聲淚俱下。丞相王導聽了，也感動得跟溫嶠相對而泣。溫嶠抒發了悲憤以後，便誠懇地陳述跟丞相王導相結交的願望，而丞相王導也熱烈地回應、接納。溫嶠辭出後，很高興地說：「沒想到江東地方本就有像管仲那樣的人才，這樣一來，又有甚麼可以憂慮的呢？」

【析　評】本則記的是溫嶠讚美王導才比管仲的故事。此則與前則故事相銜接。從此故事中，可知劉琨並沒有看錯人、派錯人；而溫嶠的忠憤與王導的酬納，也著實讓人感動。至於對王導的讚譽，則有不同的記載。《晉書・王導傳》說：「桓彝初過江，見朝廷微弱，謂周顗曰：『我以中州多故，來此欲求全活，而寡弱如此，將何以濟！』憂懼不樂。往見導，極談世事，還，謂周顗曰：『向見管夷吾，無復憂矣。』」據此則讚譽王導才比管仲的是桓彝，而非溫嶠。傳聞異辭如此，事實如何，令人莫辨。

37 王敦❶兄含❷為光祿勳。敦既逆謀，屯據南州❸，含委職❹奔姑孰❺。王丞相❻詣闕謝。司空、丞相、揚州官僚問訊，倉卒不知何辭。顧司空❼時為揚州別駕，援翰❽曰：「王光祿❾遠避流言❿，明公⓫蒙塵路次⓬；群下不寧，不審尊體起居何如？」

【注　釋】❶王敦　字處仲，晉琅邪臨沂（今山東臨沂）人。王導從兄。元帝鎮江東，與導同心翼戴，拜侍中、江州牧。後欲專制朝廷，據武昌反，入朝自為丞相。明帝時舉兵再反，入江寧，途中病死。❷含　字處弘，敦兄，凶頑剛暴，以敦貴重；後從敦叛，事敗被殺。❸南州　即姑孰。以在建康之南，故稱。❹委職　放棄職位。❺姑孰　今安徽當塗。東晉時置姑孰城戍守，後世常為重鎮。❻王丞相　即王導。見〈德行〉27注❸。❼顧司空　即顧和。見本篇33

注❶。❽援翰　執筆。❾王光祿　指王含。❿遠避流言　指王含離去光祿勳之職，奔姑孰從其弟敦叛。以不便明言，故云遠避流言。⓫明公　指王導。⓬蒙塵路次　蒙塵，蒙受塵土。謂路途奔波。路次，路途。王敦舉兵叛，以討劉隗為名，劉隗勸元帝悉誅王氏，導率昆弟子姪二十餘人，每旦詣闕待罪，蒙塵路次指此而言。

【語　譯】王敦的哥哥王含，當光祿勳的官。由於王敦在謀反以後，屯據在姑孰的地方，王含便離職去位，直奔姑孰。丞相王導為了這件事，上朝謝罪。這時，司空、丞相以及揚州地方的官吏聽到了消息，匆忙之間，不知如何措辭安慰丞相王導。而顧和此時正任揚州別駕的官職，就執筆寫道：「光祿勳王含為了謠言，遠避姑孰，使得您不得不路途奔波；我們做屬下的為此大感不安，不知道您最近的身體健康、生活起居怎樣？」

【析　評】本則記王導為王敦造反事上朝謝罪的故事。由於王敦、王含與王導，誼屬同族，因此在王敦、王含造反後，王導不得不上朝謝罪。關於這件事，《晉書・王導傳》載說：「王敦之反也，劉隗勸帝悉誅王氏，論者為之危心。導率群從昆弟子姪二十餘人，每旦詣臺待罪。帝以導忠節有素，特還朝服，召見之。導稽首謝曰：『逆臣賊子，何世無之，豈意今者近出臣族！』帝跣而執之曰：『茂弘，方託百里之命於卿，是何言邪！』乃詔曰：『導以大義滅親，可以吾為安東時節假之。』」由這段記載，加上本則所記故事，可知王導受朝廷上下推愛之一斑。

38

郗太尉❶拜司空，語同坐曰：「平生意不在多，值世故紛紜，遂至台鼎❷；朱博❸翰音❹，實愧於懷！」

【注　釋】❶郗太尉　即郗鑒。見〈德行〉24注❶。❷台鼎　指司空之職。台，三台星。古以三台及鼎足比喻三公。司徒、司馬、司空謂之三公，郗鑒拜司空，故云。❸朱博　字子元，漢杜陵（今陝西長安東南）人。為丞相，將拜命，請登殿受策書，有大聲如鐘鳴。哀帝以問揚雄、李尋，尋答曰：「〈洪範〉所謂『鼓妖者也』。人君不聰，空名得進，則有無形之聲。」博後以附傅晏下廷尉，自殺。❹翰音　高飛之音。比喻名過其實。翰，高飛。

【語　譯】太尉郗鑒在官拜司空時，告訴同座的人說：「我平生的願望並不很多，卻由於遇上世事紛亂的時機，以至於僥倖登上三公的職位；其實我就像漢朝的朱博一樣，名聲超過了實際，真使人心中感到慚愧呀！」

【析　評】本則記的是郗鑒志存謙退的故事。余嘉錫說：「鑒志存謙退，故其言如此。《御覽》二百七引《晉中興書》曰：『郗鑒為太尉，雖在公位，沖心愈約。勞謙日仄，誦翫《墳》、《索》（《三墳》、《八索》，古書之名。見《左傳・昭公十二年》）。自少及長，身無擇行。家本書生，後因喪亂，解巾從戎，非其本願。常懷慨然。』可與此條相印證。」《世說新語箋疏》有了《晉中興書》的一段文字相印證，的確可增加對本則故事的了解。

39 高坐道人❶不作漢語，或問此意，簡文❷曰：「以簡應對之煩。」

【注　釋】❶高坐道人　西域和尚。胡名帛尸黎密，晉永嘉中來中土。性高潔，不學漢語，諸公與之言，藉傳譯相通。
❷簡文　即晉簡文帝司馬昱。見〈德行〉37注❶。

【語　譯】高坐道人不說漢語，有人詢問他不說漢語的用意，簡文帝說：「他這樣是想藉以省去應對的麻煩。」

【析　評】本則記高坐道人不說漢語的故事。據劉孝標注引〈高坐別傳〉，說高坐道人「天姿高朗，風韻遒邁。丞相王公一見奇之，以為吾之徒也。……性高簡，不學晉語。諸公與之言，皆因傳譯。然神領意得，頓在言前」（《世說新語箋疏》引）。既然透過傳譯，即可使賓主彼此「神領意得，頓在言前」，那麼，

「性高簡」的高坐道人不作漢語以簡應對之煩，是極自然的事。

40 周僕射❶雍容❷好儀形。詣王公❸，初下車，隱❹數人，王公含笑看之。既坐，傲然嘯詠。王公曰：「卿欲希嵇、阮❺邪？」答曰：「何敢近捨明公❻，遠希嵇、阮？」

【注釋】❶周僕射　即周顗。見本篇30注❷。❷雍容　神態莊重溫文的樣子。❸王公　指王導。見〈德行〉27注❸。❹隱　依靠。❺嵇阮　嵇，嵇康。阮，阮籍。見〈德行〉16注❷、〈德行〉15注❷。❻明公　指王導。

【語譯】僕射周顗態度溫和、形貌美好。有一次去拜見王導，剛下了車，憑依數人而行，王導含笑看著他。坐定以後，周顗傲然地長嘯吟詠。王導便問他說：「您想要效法嵇康和阮籍嗎？」周顗回答說：「怎麼敢捨近不效法大人，卻求遠以效法嵇康和阮籍呢？」

【析評】本則記的是周顗想效法王導的故事。由於王導在當代，無論是事功或學養，都足以領袖群倫，因此周顗「何敢近捨明公」之語，雖然帶點玩笑性質，但絕非諂諛之辭。而周顗在王導座前居然「傲然嘯詠」，則源自兩人非凡的私交，《晉書．周顗傳》說：「王導甚重之〈周顗〉，嘗枕顗膝而指其腹曰：『此中何所有也？』答曰：『此中空洞無物，然足容卿輩數百人。』導亦不以為忤。」可見兩人私誼之好，那就無怪周顗在王導座前要「傲然嘯詠」了。阮籍善嘯，見本書〈棲逸〉1則；嵇康精詠詩，見《晉書》本傳；二人生亂世，皆志在山林。

41 庾公❶嘗入佛圖❷，見臥佛，曰：「此子疲於津梁❸。」于時以為名言。

【注　釋】❶庾公　即庾亮。見〈德行〉31注❶。❷佛圖　佛寺。也作「浮屠」。❸津梁　謂引渡眾生。津，渡口。梁，橋梁。

【語　譯】庾亮有一回進入佛寺，見了一尊臥佛，便說：「這個佛因為疲於接引眾生而臥倒了。」當時認為這是一句名言。

【析　評】本則記庾亮善於譬喻的故事。在此故事中，庾亮將佛對眾生的接引，譬成渡水的津口、橋梁，可說十分巧妙。關於這點，余嘉錫說得好：「此譬喻之言，謂佛法接引，普渡眾生，咸登覺岸，如濟水之有津梁也。」《世說新語箋疏》可見「此子疲於津梁」一語在當時成為名言，是有道理的。

42 摯瞻❶曾作四郡太守❷、大將軍❸戶曹參軍，復出作內史，年始二十九。嘗別王敦❹，敦謂瞻曰：「卿年未三十，已為萬石❺，亦太蚤❻！」瞻曰：「方❼於將軍，少為太蚤；比之甘羅❽，已為太老。」

【注　釋】❶摯瞻　字景游，晉京兆長安（今陝西長安）人。虞兄子。少善屬文，起家著作郎。中朝亂，依王敦為戶曹參軍；敦反，左遷隨國內史，後為王敦所害。❷四郡太守　《摯氏世本》稱摯瞻曾歷安豐、新蔡、西陽太守。疑有脫漏。❸大將軍　指王敦。❹王敦　見本篇37注❶。❺萬石　本指漢代最高官職的三公，後也指高官厚祿。❻蚤　通「早」。❼方　比擬。❽甘羅　戰國秦下蔡（今安徽鳳臺）人。秦相甘茂之孫。年十二為丞相呂不韋家臣，自請使趙，說趙割五城以事秦，秦封為上卿。

【語　譯】摯瞻曾經當過四個郡的太守、大將軍王敦的戶曹參軍，又出任內史的官職，而年齡只有二十九歲而已。有一次在向王敦告別的時候，王敦對他說：「您年紀還沒到三十歲，卻已享有高官厚祿，未免太早了！」摯瞻回答說：「比起將軍來，確實稍微早了些；但比起甘羅來，則已經是太老了。」

【析　評】本則記的是摯瞻駁答王敦的故事。由於摯瞻「高亮有氣節」（《摯氏世本》，劉孝標注引），所以對「心懷剛忍」而「手控強兵，群從貴顯」（《晉書・王敦傳》）的王敦，能侃侃答辯，了無懼色。劉孝標注引《摯氏世本》說：「瞻少善屬文，起家著作郎。中朝亂，依王敦為戶曹參軍。歷安豐、新蔡、西陽太守。見敦以故壞裘賜老病外部都督。瞻諫曰：『尊裘雖故，不宜與小吏。』敦曰：『何為不可？』瞻時因醉，曰：『若上服皆可用賜，貂蟬亦可賜下乎？』敦曰：『非喻！所引如此，不堪二千石！』瞻曰：『瞻視去西陽，如脫屣耳！』」（《世說新語箋疏》引）可與此合讀。

43

梁國❶楊氏子九歲，甚聰惠❷。孔君平❸詣其父，父不在，乃呼兒出，為設果。果有楊梅，孔指以示兒曰：「此是君家果？」兒應聲答曰：「未聞孔雀是夫子❹家禽。」

【注　釋】❶梁國　漢置，晉沿置，屬豫州。轄有今河南東部及江蘇西北部等地。❷聰惠　聰明智慧。惠，通「慧」。❸孔君平　孔坦，字君平，晉山陰（今浙江紹興）人。通《左傳》。佐王導平蘇峻之亂，遷侍中；後忤導，出為廷尉。❹夫子　指孔君平。

【語　譯】梁國有個姓楊的孩子，年剛九歲，卻非常聰明慧黠。有一天，孔坦來拜訪他的父親，碰巧他父親不在，便叫孩子出來，拿出水果招待。水果中有楊梅，孔坦指著楊梅對孩子說：「這是你們家的水果嗎？」孩子立刻回答說：「沒聽說過孔雀是先生家的家禽。」

【析　評】本則記梁國楊姓孩子聰慧過人的故事。本來孔坦是想藉「楊梅」中的「楊」，與姓氏搭上關係，跟楊姓小孩開開玩笑的；沒想到這孩子卻以其人之道還治其人之身，用「孔雀」之「孔」，與姓氏搭上關係，來回敬孔坦。心思之靈敏、反應之快捷，以九歲的孩子而言，確是十分難得。這個孩子，李慈銘以為即楊修，他說：「《太平廣記．詼諧門》引《啟顏錄》作晉楊修答孔君平。」（《世說新語箋疏》引）而余嘉錫則以為：「楊德祖非晉人，晉亦不聞別有楊修，《啟顏錄》誤也。敦煌本《殘類書》曰：『楊德祖少時與孔融對食（楊）梅。融戲曰：「此君家果。」祖曰：「孔雀豈夫子家禽？」』與諸書又不同。皆一事而傳聞異辭。」（見同上）這樣看來，這個孩子是誰，實在不能確指。

44 孔廷尉❶以裘與從弟沉❷，沉辭不受。廷尉曰：「晏平仲❸之儉，祠其先人，豚肩不掩豆❹；猶狐裘數十年❺。卿復何辭此？」於是受而服之。

【注釋】❶孔廷尉　即孔坦。見本篇43注❸。❷沈　孔沈，字德度。坦從弟，有美名，辟丞相司徒掾、琅邪王文學，並不就。❸晏平仲　晏嬰，字仲，謚平，夷維（今山東密縣）人。春秋齊大夫。為景公相，以節儉力行，名顯當世。❹豚肩不掩豆　併攏豚的二肩也不能覆蓋豆。喻其小。豚肩，小豬的肩胛肉。豆，古時盛肉的器具，可作祭器。《禮記．雜記下》：「孔子曰：『……晏平仲祀其先人，豚肩不揜豆，賢大夫也。』」揜，通「掩」。遮蔽；覆蓋。❺猶狐裘數十年　晏子一件狐裘穿了三十年。見《禮記．檀弓》。

【語譯】廷尉孔坦把一件皮裘送給堂弟孔沉，孔沉辭謝，不肯接受。廷尉孔坦便對他說：「從前晏嬰是十分節儉的，他祭祀祖先時，所供的豬很小，就是併攏二肩的肩胛肉，也無法蓋住盛肉的祭器；而他卻穿著狐裘，並且一穿就是數十年。晏嬰尚且如此，您又為甚麼要辭謝這件皮裘呢？」孔沉於是接受這件皮裘，並且把它穿在身上。

【析評】本則記的是孔坦贈送皮裘給他堂弟孔沉的故事。由於皮裘是個貴重的禮物，所以孔沉不肯接受它，而孔坦卻引古代節儉出名之晏子一「狐裘數十年」的史實為例，來勸孔沉，終於使孔沉欣然接受了它。由這則故事看來，孔坦是個有才辯的人，王隱《晉書》說他「善《春秋》，有文辯」（劉孝標注引，見《世說新語箋疏》），是很有依據的。

45 佛圖澄❶與諸石❷遊，林公❸曰：「澄以石虎為海鷗鳥❹。」

【注釋】❶佛圖澄　天竺人，本姓帛。少學道，妙通玄學。晉永嘉四年（西元三一〇年）來洛陽。聞石勒雄異，好殺害，因勒大將軍郭黑略見勒，以麻油塗掌，占見吉凶，勒對他敬信有加。勒從子虎即位，也以澄為師，號大和尚。❷諸石　指石勒、石虎。❸林公　支遁，字道林，晉陳留（今河南陳留）人。世稱支公、林公。隱居餘杭山，後出家為僧。善草書、隸書（即今之楷書），好畜馬。❹澄以石虎為海鷗鳥　謂澄無機心，物我相忘，故能與石虎交遊而受其崇敬。石虎，字季龍，勒之從子，矯捷凶暴，所向無敵。勒死，虎廢其子弘，自立為大趙天王。海鷗鳥，《莊子》：「海上之人好鷗者，每旦之海上，從鷗遊，鷗之至者數百而不止。其父曰：『吾聞鷗鳥從汝游，汝取來吾翫之。』明日之海上，鷗舞而不下。」（據劉孝標注引。今本《莊子》不見此文，卻見於《列子・黃帝》，當係《莊子》之佚文。）

【語譯】佛圖澄和石勒、石虎等石家的人交往，支遁說：「佛圖澄了無機心，所以把石虎看成是海鷗鳥一樣。」

【析評】本則記支遁讚美佛圖澄了無機心的故事。本來石勒、石虎父子，都是相當凶暴、不易交往的人。但由於佛圖澄能了無機心地對待他們，終於贏得了他們父子的敬愛。劉孝標注引〈澄別傳〉說：「勒甚敬信之。虎即位，亦師澄，號大和尚。」（《世說新語箋疏》引）結果如此，不得不令人對佛圖澄這個人肅然起敬。

46 謝仁祖❶年八歲，謝豫章❷將❸送客，爾時語已神悟，自參上流❹，諸人咸共歎之曰：「年少，一坐之顏回❺！」仁祖曰：「坐無尼父❻，焉別顏回？」

【注釋】❶謝仁祖　謝尚，字仁祖，晉陽夏（今河南太康）人。鯤子，幼有至性，及長，辨悟絕倫，善音樂。王導很器重他，辟為掾，累官豫州刺史，拜衛將軍，未至卒。❷謝豫章　謝鯤，字幼輿。少知名，任達不拘。好《老》、《易》，能歌，善鼓琴。大將軍王敦引為長史，敦有不臣之跡，鯤知不可以道匡弼，乃優遊寄遇，不屑政事。後為豫章太守，蒞政清肅，為百姓所愛戴。❸將　挈；帶領。❹自參上流　自然置身於上等名流的中間。參，側身其間。上流，上品；上等。❺顏回　字子淵，春秋魯人。孔子弟子。敏而好學，貧居陋巷，簞食瓢飲，不改其樂，孔子稱其賢。❻尼父　對孔子的尊稱。

【語譯】謝尚在八歲的時候，有一天隨著父親謝鯤送客，當時他的言談表現已到了領悟神妙的地步，並且自然地周旋於上等名流的中間，許多賓客都讚歎說：「年紀雖小，卻可稱得上是座中的顏回呀！」謝尚聽了，回答說：「座中沒有孔子，怎麼能夠識別顏回呢？」

【析評】本則記的是謝尚小時神悟過人的故事。大家都知道顏回是孔門中最稱賢德的人，只有至聖孔子最了解他，稱讚他「好學，不遷怒，不貳過」（《論語・雍也》），所以謝尚說「坐無尼父，焉別顏回」，確是實情。就透過這屬於實情的兩句話，就本身而言，謝尚表示了不敢自比於顏回的謙遜；而對座中名流而言，則暗含了他傲睨群倫的意思。以一個八歲的小孩來說，「神悟」到這種地步，確屬難得，那就難怪「席賓莫不歎異」（《晉書・謝尚傳》）了。

47 陶公❶疾篤，都無獻替❷之言，朝士以為恨。仁祖❸聞之曰：「時無豎刁❹，故不貽陶公話言❺。」時賢以為德音❻。

【注釋】❶陶公　陶侃，字士衡（一作士行），晉廬江潯陽（今江西九江）人。平張昌、陳敏、杜弢、蘇峻諸亂有功，官至侍中太尉，封長沙郡公。常搬磚以習勤，時人比作諸葛孔明。❷獻替　進獻可行者，除去不可行者，即進諫諍言。❸仁祖　即謝仁祖。見本篇46注❶。❹豎刁　春秋齊人，齊桓公的寺人，很受寵愛。桓公死後，與易牙、開方同亂齊國。管仲臨危時，桓公問豎刁是否可接替相位，管仲稱豎刁自宮以事君，不近人情，不可用。後果亂齊。❺話言　善言。❻德音　有德者所發的言辭。即善言、教誨。

【語譯】陶侃病重，在臨終之際，一點也沒留下諫諍的遺言，朝中人士都認為是件憾事。謝尚聽了便說：「這個時候沒有像豎刁一樣的小人，所以陶公用不著留下諍言。」當時的賢人君子都認為這是句善言。

【析評】本則記謝尚為陶侃說好話的故事。一般而言，大臣在臨終之際，多少會留下一些諍言，以獻可替否；而在這則故事中，被時人比作諸葛孔明的陶侃，卻沒有遺下任何「獻替之言」，無怪朝士會目為憾事。不料謝尚居然反過來，以「時無豎刁」為由，為去世的陶侃說話，可說出自一片善意，因此時賢會認為是種「德音」。不過，劉孝標注云：「按王隱《晉書》載侃〈臨終表〉曰：『臣少長孤寒，始願有限，遇蒙先朝歷世異恩。臣年垂八十，位極人臣，啟手啟足，當復何恨。但以餘寇未誅，山陵未復，所以憤慨兼懷，唯此而已！猶冀犬馬之齒，尚可少延，欲為陛下北吞石虎，西誅李雄；勢遂不振，良圖永息。臨書振腕，涕泗橫流。伏願遴選代人，使必得良才，足以奉宣王猷，遵成志業；則雖死之日，猶生之年。』有表若此，非無獻替。」（《世說新語箋疏》引）由此看來，這則故事的可信度，是有限的。

48 竺法深❶在簡文❷坐，劉尹❸問：「道人何以游朱門❹？」答曰：「君自見其朱門，貧道如游蓬戶❺。」或云卞令❻。

【注釋】❶竺法深　晉僧。居會稽（今浙江紹興），簡文帝慕其風德，遣使迎入府邸。❷簡文　即司馬昱。見〈德行〉37注❶。❸劉尹　劉惔（一作劉恢），字真長（一作道生），晉沛國相（今安徽宿縣西北）人。少清遠有風度，雅善言理。累官丹陽尹，為政清靜，門無雜賓。❹朱門　漆成紅色的大門。原為古王侯貴族的住宅大門，後泛稱富貴人家。此指簡文帝府邸。❺蓬戶　蓬草編成的小戶。形容窮人簡陋的住家。❻或云卞令　或說卞令所問。卞令，指卞壼，字望之，晉濟陰冤句（今山東菏澤西南）人。累遷御史中丞，轉領軍尚書令。

【語譯】竺法深坐在簡文帝的座席之間，劉惔問他說：「您這位僧人怎麼可以進出富貴人家的大門呢？」竺法深回答說：「您自己看見的是富貴人家的大門，但由貧僧看來，就好像是貧窮人家的小戶一樣。」有人相傳問竺法深的人是卞壼，而非劉惔。

【析評】本則記的是竺法深視朱門如蓬戶的故事。由於竺法深「泯然曠達」（見劉孝標注引《高逸沙門傳》，《世說新語箋疏》引），所以能視「游朱門」如「游蓬戶」，這是世俗人所無法理解的。而劉惔卻「清遠，有標奇」、「尤好《老》、《莊》，任自然趣」（《晉書．劉惔傳》），當不致俗到這種地步，因此那句「道人何以游朱門」之問，可能非問自劉惔，而是出於「性不弘裕，才不副意」（《晉書．卞壼傳》）的卞壼之口。

49 孫盛❶為庾公❷記室參軍，從獵，將❸其第二兒俱行。庾公不知，忽於獵場見齊莊❹，時年七、八歲，庾謂曰：「君亦復來邪？」應聲答曰：「所謂『無小無大，從公于邁❺』！」

【注釋】❶孫盛 字安國，晉太原中都（今山西平遙西北）人。博學，善言名理。陶侃、庾亮、桓溫在荊州，並引參軍事。累遷祕書監。❷庾公 即庾亮。見〈德行〉31注❶。❸將 攜帶。❹齊莊 孫盛第二兒孫放之字。❺無小無大二句 謂父子二人，無分老少，並從庾亮遠行狩獵。小大，謂老少。于，語詞。邁，遠行。語出《詩經・魯頌・泮水》。

【語譯】孫盛在當庾亮記室參軍的時候，有一次跟隨著庾亮出獵，順便把自己的第二個兒子帶著同行。由於庾亮不曉得這件事，因此突然間在獵場裡見到了孫齊莊，而當時齊莊的年紀只有七、八歲而已，感到十分奇怪，於是問孫齊莊說：「你怎麼也來了呢？」孫齊莊立刻回答說：「這就是《詩經》上所謂的『無分老少，跟隨著大人行獵』啊！」

【析評】本則記孫放少時聰慧過人的故事。在這故事裡，孫放用《詩經・魯頌・泮水》的兩句詩，來回答庾亮，不但切合事情，更切合身分，如非稟性聰穎，且熟讀《詩》、《書》，是無法做到的。據《晉書・孫放傳》載，庾亮在聽後，曾大讚說：「王輔嗣（即王弼）弗過也。」可見庾亮對孫放的器重。

50 孫齊由、齊莊❶二人，少時詣庾公❷。公問齊由何字？答曰：「字齊由。」公曰：「欲何齊邪？」曰：「齊許由❸。」齊莊何字？答曰：「字齊莊。」公曰：「欲何齊？」曰：「齊莊周❹。」公曰：「何不慕仲尼❺而慕莊周？」對曰：「聖人生知❻，故難企慕❼。」庾公大喜小兒對。

【注釋】❶孫齊由齊莊 孫潛，字齊由，晉太原（今山西太原）人。為孫盛之長子。孫放，字齊莊，齊由之弟。❷庾公 即庾亮。見〈德行〉31注❶。❸許由 古代高士。見本篇1注❺。❹莊周 戰國宋蒙（今河南商邱南小蒙城）人。

曾為漆園吏。一生不慕榮利，主張以無用為用、以逍遙為樂。與老子並為道家思想之宗師。著有《莊子》一書。❺仲尼　孔子的字。❻生知　不經學習就懂得道理。❼企慕　企望仰慕。引申有追趕、仿效的意思。

【語譯】孫潛和孫放兩人，小時候去拜見太尉庾公。庾公問孫潛的別名叫甚麼？回答說：「別名叫齊由。」庾公又問：「你想要向誰看齊？」回答說：「向許由看齊。」庾公接著問孫放的別名叫甚麼？回答說：「別名叫齊莊。」庾公再問說：「你想要向誰看齊？」回答說：「向莊周看齊。」庾公說：「你為甚麼不嚮慕孔子，卻崇拜莊周呢？」回答說：「聖人是不待學習就懂得道理的，所以難於嚮慕企及。」庾公非常欣賞小弟弟的答話。

【析評】本則記的是孫潛、孫放兩兄弟年幼時謁見庾亮的故事。這個故事，由一問一答串聯而成。從這一連串的問答中，作者很技巧的將孫家兩小兄弟的聰慧可愛，具體寫出；尤其是孫放那「聖人生知，故難企慕」的回答，更足以看出他的不凡來。根據〈孫放別傳〉的記載，這時他僅八歲而已；一個年方八齡的小孩能作這樣的應答，那就難怪庾公要大為欣賞了。

51 張玄之❶、顧敷❷，是顧和❸中外孫❹，皆少而聰惠。和並知之，而常謂顧勝；親重偏至❺，張頗不懨❻。于時張年九歲，顧年七歲❼；和與俱至寺中，見佛般泥洹❽像，弟子有泣者，有不泣者。和以問二孫。玄謂：「彼親故泣；彼不親故不泣。」敷曰：「不然！當由忘情❾故不泣；不能忘情故泣。」

【注釋】❶張玄之　字祖希，晉廣陵（今江蘇江都）人。曾任吏部尚書、吳興太守。與謝玄齊名，稱南北二玄。❷顧敷　字祖根，晉吳郡吳（今江蘇吳縣）人。仕至著作佐郎，可惜苗而不秀，年二十三而卒。❸顧和　見本篇33注❶。

❹中外孫　中表孫。指孫子與外孫。❺偏至　偏頗到了極點。❻懕　安；滿足。一作「厭」。❼張年九歲二句　本書〈夙慧〉4作「年並七歲」。❽般泥洹　即般涅槃。簡稱涅槃。指入滅、圓寂。❾忘情　對於喜怒哀樂之情，淡然若忘，漠然不動於心。

【語譯】張玄之和顧敷，是司空顧和的內外孫，均年幼卻聰慧靈敏。顧和都很了解他們，並且常常說顧敷勝過張玄之；親愛關注之情偏頗到了極點，這使張玄之大感不平。當時張玄之已九歲，而顧敷僅七歲；有一天，顧和帶他們到一座廟裡，看到一個高僧圓寂的法像，弟子中對著他有哭泣的，也有不哭泣的。顧和便拿這種現象來問兩個孫子。張玄之道：「那些人帶有親情，所以哭泣；那些人不帶親情，所以不哭泣。」顧敷則說：「不是這樣！應該是有些人因為忘我，漠然不動情感，所以不哭泣；有些人因為有我，不能不動情感，所以哭泣。」

【析評】本則記的是司空顧和測定兩個孫子才質高下的故事。作者先泛敘顧和對內孫顧敷「親重偏至」的情形，然後特舉一事例，實寫顧和就寺內「見佛般泥洹像，弟子有泣者，有不泣者」的現象，要兩個孫子解釋的經過，以見顧敷確是勝張玄之一籌的事實。從這個事實，可以看出顧和平日觀人入微，公正無私之一斑。《晉書》本傳贊他「顧生軌物，屢申誠讜」，並不是沒有原因的。只可惜他這個夙慧的內孫，苗而不秀，只活了二十三歲就去世，令人歎惋。

52 康法暢❶造庾太尉❷，握麈尾❸至佳。公曰：「此至佳，那得在？」法暢曰：「廉者不求，貪者不與❹，故得在耳。」

【注釋】❶康法暢　晉時僧人，氏族所出不詳。有才思，著有《人物始義論》一卷。❷庾太尉　即庾亮。見〈德行〉31注❶。❸麈尾　用麈的尾毫所製成的拂塵。魏、晉時名士常執以清談。麈，麋屬，似鹿而大。❹與　追逐；謀取。

【語　譯】康法暢有一回去拜訪庾太尉，手上執著的麈尾極為美好。庾太尉說：「你這一把麈尾極為美好，怎麼能保在身邊呢？」法暢答說：「只因為清廉的人既不會貪求，而貪婪的人又不屑謀取，所以能保在身邊罷了。」

【析　評】本則記的是康法暢與庾亮就「麈尾」對答的故事。康法暢是位高僧，在《高僧傳》裡說他「有才思，善為往復」，而在他所著《人物始義論》中也自敘其美說：「悟銳有神，才辭通辯。」這些讚美之辭，從這一則所敘他應庾亮之問所作的回答裡，可以獲得證實。

53 庾叔預❶為豫州❷，以毛扇上成帝❸。成帝疑是故物。侍中劉劭❹曰：「柏梁雲構❺，工匠先居其下；管弦繁奏，鍾、夔❻先聽其音。叔預上扇，以好不以新。」庾後聞之，曰：「此人宜在帝左右！」

【注　釋】❶庾叔預　庾懌，字叔預，庾亮之弟。曾任中軍司馬、散騎常侍、豫州刺史。後因以毒酒餉江州刺史王允之，為允之所覺，乃密奏帝；懌聞，自飲毒酒而卒，年五十。❷豫州　治所設項，在今河南項城東北。❸成帝　司馬衍，字世根，晉明帝長子。在位十七年崩，廟號顯宗。❹劉劭　字彥祖，晉彭城（今江蘇銅山縣）人。博識好學，善書草隸。初仕領軍參軍，後任豫章太守。❺柏梁雲構　指柏梁臺高聳入雲的建築。柏梁，臺名。為漢武帝所建，故址在今陝西西安西北長安故城內。因用香柏為梁而得名。❻鍾夔　鍾，鍾子期，春秋時楚人，為伯牙之知音。子期死後，伯牙毀琴絕絃，一生不再彈琴。夔，舜時賢臣，任樂正，掌管音樂，以教冑子。

【語　譯】庾懌在當豫州刺史的時候，將一把羽扇進獻給成帝。成帝懷疑它是件老舊的東西。侍中劉劭便說：「聳入雲霄的柏梁高臺，是那些工匠最先住在它的下面；管絃交響的盛大演奏，由鍾子期和夔先聆賞過它的樂曲。庾懌這回獻上的羽扇，是憑它好，而不是憑它新。」庾懌後來聽到了這件事，就說：「劉劭這個人應該時常留在皇帝的身邊啊！」

【析評】本則記的是庾懌獻扇，劉劭為成帝釋疑的故事。凡分三節：首節敘庾懌獻扇，為序幕；次節敘劉劭為成帝釋疑，是主體；末節敘庾懌讚美劉劭，為餘波。就在次節主體的部分裡，劉劭以柏梁、管絃為喻，說明庾懌獻扇，「以好不以新」，來感悟成帝，釋去他對「故物」之嫌厭，真可使人體會出「一言僨事，一人定國」的道理。因此在末節，庾懌讚他「宜在帝左右」；這句讚語，與其說是出自庾懌私心的感激，不如說是起於正義的呼喊。遺憾的是，成帝使他出任豫章太守，並沒有把他常置左右，以致「雄武之度，有愧於前王」（《晉書・成帝紀》），這不是一件令人惋惜的事嗎？

54 何驃騎❶亡後，徵褚公❷入；既至石頭❸，王長史❹、劉尹❺同詣褚。褚曰：「真長❻，何以處我？」真長顧王曰：「此子能言。」褚因視王，王曰：「國自有周公❼。」

【注釋】❶何驃騎　何充，字次道，晉廬江（今安徽合肥）人。富於才情。累遷會稽內史、侍中、驃騎將軍、揚州刺史。贈司空。❷褚公　褚裒，字季野，晉陽翟（今河南禹縣）人。郗鑒辟為參軍。康帝時，授都督，出鎮京口。石虎死後，除征討大都督，進兵彭城，撫納降卒，甚得人心。不久，還鎮病卒。❸石頭　城名。也稱石城、石首城。為三國時吳孫權的都城，故址在今南京市西石頭山後。❹王長史　王濛，字仲祖，晉晉陽（今山西太原）人。能言善畫，為時所重，官至司徒左長史。❺劉尹　即劉惔。見〈德行〉35注❶。❻真長　劉惔字。❼周公　即姬旦。為周文王之子、武王之弟。曾輔佐武王、成王平定天下，並制禮作樂，使周朝文物因而大備。在此指會稽王司馬昱，即後來之簡文帝。

【語　譯】驃騎將軍何充去世後，康帝徵召褚裒入京；到了石頭城，長史王濛仲祖和丹陽尹劉惔真長一起來謁見褚裒。褚裒說：「真長啊！你看我該怎麼安頓自己才好呢？」劉惔回頭看著王濛說：「這個人能告訴您。」褚裒因而注視王濛，王濛說：「朝廷本來就已有了像周公一樣的輔佐大臣了。」

【析　評】本則記的是王濛勸褚裒歸藩的故事。褚裒是康獻皇后的父親，於穆帝永和二年（西元三四六年）何充逝世時，正鎮京口。他接受王濛之勸，毅然辭謝錄尚書事的任命，避嫌歸藩，使得朝野大為歎服。《晉書》本傳贊他「有局量」、「神鑒內融」，也贊王濛「性和暢，能言理，辭簡而有會」；徵以這則小小故事，可知這些並非溢美之辭。

55 桓公❶北征經金城❷，見前為琅邪❸時種柳，皆已十圍❹，慨然曰：「木猶如此，人何以堪！」攀枝執條，泫然❺流淚。

【注　釋】❶桓公　桓溫，字元子，晉譙國龍亢（今安徽懷遠西北）人。娶明帝南康長公主，拜駙馬都尉。由於屢次率眾征伐有功，官至大司馬，都督內外軍事，封南郡公。後廢帝奕，立簡文帝，又與郗超等人陰謀篡位，事未果而卒。諡宣武侯。❷金城　城名。晉琅邪郡治設於此，在今江蘇江寧北。❸琅邪　郡名。晉成帝咸康元年（西元三三五年），桓溫求割丹陽郡的江乘縣立琅邪郡，治所設於金城。❹十圍　形容主幹粗大。圍，量詞，為計算圓周的單位。一圍的長度，說法不一，有三寸、五寸、一抱（八尺）等說；此當取三、五寸之說。❺泫然　流淚的樣子。

【語　譯】桓溫出征北方，經過金城，見到自己以前治理琅邪郡時所種的柳樹，都已長得有十圍那麼粗了，便感歎的說：「樹木尚且這樣，人又怎麼能夠承受歲月的催逼呢！」一邊說著，一邊攀持柳樹的枝條，傷心地流下淚來。

【析　評】本則記的是桓溫攀執少時手種柳樹，傷心得流下眼淚的故事。據劉盼遂《世說新語校箋》一書的考證，桓溫於廢帝太和四年（西元三六九年）北征前燕。時年已六十，在金城看見從前所種柳樹，變得又老又粗，自自然然的會湧生人生短促、容易衰老的感傷。劉盼遂說：「溫時成六十之叟，覽此樹之蔥蘢，傷大命之未集，故撫今追昔，悲不自勝。」說得一點也沒錯。

56 簡文❶作撫軍時，嘗與桓宣武❷俱入朝，更相讓在前；宣武不得已而先之。因曰：「『伯也執殳，為王前驅❸。』」簡文曰：「所謂『無小無大，從公于邁』❹。」

【注釋】❶簡文　即司馬昱。見〈德行〉37注❶。❷桓宣武　即桓溫。見本篇55注❶。❸伯也執殳二句　見《詩經・衛風・伯兮》。伯，稱兄弟長幼次序最大者，俗稱「老大」，溫用以自稱。殳，古時的一種兵器，杖屬，柄長一丈多，頂端裝有有稜的金屬筒。王，此指簡文。❹無小無大二句　見本篇49注❺。公，在此借指晉穆帝。

【語譯】簡文帝在擔任撫軍將軍時，有一次和桓溫一起上朝，兩人一再互相謙讓，不肯居前；最後桓溫不得已，走在簡文帝的前面，便賦詩說：「『伯也執殳，為王前驅。』（老大拿著殳杖，為王充當前鋒）」而簡文帝則說：「這正是所謂『無小無大，從公于邁』（不分長幼，都跟隨著王公前進）啊！」

【析評】本則記的是簡文帝未即位前，於上朝時與桓溫「相讓在前」的故事。透過這則記載，不僅可以見出簡文和桓溫的個性，與他們誦詩見意的機敏，更可以為後來簡文即位後，「內外大權一歸溫」（《晉書・桓溫傳》）的發展，預先探出消息。《晉書・簡文帝紀》說：「簡皇以虛白之姿，在屯如之會，政由桓氏，祭則寡人。」所以這樣，可說是其來有自啊！

57 顧悅❶與簡文❷同年，而髮蚤❸白。簡文曰：「卿何以先白？」對曰：「蒲柳❹之姿，望秋而落；松柏之質，凌霜猶茂❺。」

【注　釋】❶顧悅　字君叔，晉晉陵（今江蘇武進）人。初為殷浩揚州別駕，後官至尚書右丞。顧悅，《晉書・殷浩傳》、《顧悅之傳》均作「顧悅之」。❷簡文　即司馬昱。見〈德行〉37注❶。❸蚤　同「早」。❹蒲柳　植物名。生於水邊，葉似青楊，也稱水楊或蒲楊。由於它在眾樹中零落得最早，所以文人多用以比喻早衰的體質。❺凌霜猶茂　一本作「經霜彌茂」。

【語　譯】顧悅和簡文帝同歲，而頭髮卻早已變白了。簡文帝說：「你的頭髮為甚麼會先變白呢？」顧悅回答說：「我就像蒲柳的體質，未到秋天便開始衰落了；而陛下則如松柏的體質，經受霜寒卻越發茂盛啊！」

【析　評】本則記的是顧悅巧答簡文帝「髮蚤白」之問的故事。顧悅應答時，將自己譬作蒲柳，簡文帝譬作松柏，一早衰、一彌茂，形成強烈的對比，很貼切的說明了自己所以「髮蚤白」的原因。這樣，當然會使得簡文帝「悅其對」了。這個故事，也載於《晉書・顧悅之傳》，不過顧悅之答語作「松柏之姿，經霜猶茂；蒲柳常質，望秋先零」，與此略有不同。

58 桓公❶入峽❷，絕壁天懸，騰波❸迅急。迺歎曰：「既為忠臣，不得為孝子，如何！」

【注　釋】❶桓公　即桓溫。見本篇55注❶。❷峽　長江三峽的簡稱。❸騰波　洶湧的波濤。

【語　譯】桓溫率軍進入長江三峽，看見陡峭的山崖，好像高懸在空中；洶湧的波濤，奔流得非常快速。

於是感歎說：「已做了忠臣，就不能再做孝子，這有甚麼辦法呢？」

【析評】本則記的是桓溫領兵入蜀，置身三峽天險時，慨歎忠孝難兩全的故事。作者在這個故事裡，先敘桓溫入峽，再敘入峽所見險峻景象，然後敘見到險峻景象後的感觸，層次極為分明。相傳在西漢時，有個叫王陽的人，在他益州刺史任內，曾行軍到邛郲的九折坂，見到天險景象，便感歎說：「奉持先人所留給我的身體，為甚麼要一再歷險呢？」於是託病辭去了官職。後來有個刺史叫王尊，也到九折坂，卻對大家說：「向前走吧！從前王陽要當孝子，而我則要做忠臣。」（見《漢書・王尊傳》）可見桓溫這回入峽，是決定要像王尊做個忠臣啊！

59 初，熒惑入太微❶，尋廢海西❷；簡文❸登祚，復入太微，帝惡❹之。時郗超❺為中書❻，在直❼，引超入曰：「天命脩短，本非所計；故當❽無復前日事邪？」超曰：「大司馬❾方將外固封疆，內鎮社稷，必無若此之慮，臣為陛下以百口❿保之。」帝因誦庾仲初詩⓫，曰：「『志士痛朝危，忠臣哀主辱。』」聲甚淒厲。郗受假⓬還東，帝曰：「致意尊公⓭。家國之事，遂至於此；由是身不能以道匡衛，思患預防。愧歎之深，言何能喻！」因泣下流襟。

【注釋】❶熒惑入太微　熒惑星進入太微垣。古人認為這是國家有災禍的徵象。熒惑，古傳為執法之星，主掌死喪、甲兵。太微，為三垣中的上垣，位於北斗以南、軫翼以北，共有十顆星，而以五帝座為中心。❷海西　海西公，字延齡，為哀帝母舅。因為哀帝無嗣，所以在哀帝崩後，由皇太后下詔，即皇帝位。在位六年，終被大司馬桓溫廢為海西公。❸簡文　即司馬昱。見〈德行〉37注❶。❹惡　擔心；憂慮。❺郗超　字景興，晉高平（今山西高平）人。為郗鑒孫、郗愔子。曾任桓溫參軍，深獲信任；後任中書侍郎，頗具權勢。溫死後，以母喪辭官。❻中書　泛指中書省的官職。時郗超為中書侍郎。❼在直　正在當值。❽故當　自應；理該。宋本誤作「政當」。❾大司馬　即桓溫。見本篇55注❶。❿百口　全家人；全族人。⓫庾仲初詩　指庾闡〈從征〉詩。庾闡，字仲初，晉鄢陵（今河南鄢陵）人。幼好學，善詩文，有詩、賦、銘、頌行於世。曾依郗鑒，任司空參軍，後拜給事中。⓬受假　獲得假期。⓭尊公　對人父親的敬稱。

【語　譯】從前熒惑星進入了太微垣，不久廢帝就被桓溫廢為海西公；而簡文帝即位後，熒惑星又闖入太微垣，這使簡文帝大感憂慮。當時郗超擔任中書侍郎，正在當值，簡文帝便招他進來說：「對在位時間的長短，原是沒有甚麼好計較的；不過，這回熒惑星闖入太微垣，應該不會發生像上一次那樣的事情吧？」郗超答道：「大司馬桓溫正準備對外鞏固封疆，對內安定家邦，一定不會有這樣的想法，臣下可拿全家百口人的性命來作擔保。」簡文帝於是吟誦庾闡所作的詩說：『志士為朝廷的傾危而痛心，忠臣為君主的屈辱而悲哀。』」聲音非常的悽涼哀痛。後來郗超獲得假期東歸家園，簡文帝對他說：「請向你的父親傳達我問候的心意。國家的事情，居然弄到這種地步；因為我自身無法用聖道來匡正護衛，預先想出計策來防範禍患。內心的愧咎與感傷，是如此的深切，怎麼能用言語來說明清楚呢！」一邊說，一邊流下眼淚，沾溼了衣襟。

【析　評】本則記的是簡文帝「憂憤不得志」（見《續晉陽秋》，劉孝標注引）的故事。這個故事，首先以「熒惑入太微」作引，帶出簡文帝對廢黜的疑懼，然後藉簡文帝與郗超的對答，將簡文帝的憂憤描述出來，所謂「情溢於言外」（見《資治通鑑》一〇三注），使人讀後，為之感慨不已。簡文帝所以屈辱如此，固然是桓溫過於專橫，「仗文武之任，屢建大功，加以廢立（廢海西、立簡文），威振內外」（《晉書・簡文帝紀》）所致；但與他自己只知拱默守道，而無濟世大略，也不無關係。所以謝安稱他為惠帝之流，而謝靈運也說他是赧、獻之輩（見《晉書・簡文帝紀》），是有相當理由的。

60 簡文❶在暗室中坐，召宣武❷；宣武至，問上何在？簡文曰：「某❸在斯。」時人以為能❹。

【注釋】❶簡文　即司馬昱。見〈德行〉37注❶。❷宣武　即桓溫。見本篇55注❶。❸某　代詞。用以自稱。❹能　善。《世說新語箋疏》：「李慈銘云：『案「能」下當有「言」字，各本皆脫。』」

【語譯】簡文帝坐在暗室裡，召見宣武侯桓溫；宣武侯桓溫到了，問皇上在哪裡？簡文帝回答說：「我在這裡。」當時的人認為簡文帝很會說話。

【析評】本則記的是簡文帝善用成語的故事。「某在斯」這個成語，出自《論語・衛靈公》，全文為：「師冕見。及階，子曰：『階也。』及席，子曰：『席也。』皆坐，子告之曰：『某在斯，某在斯。』師冕出，子張問曰：『與師言之道與？』子曰：『然，固相師之道也。』」在這兒，為了目盲的樂師，孔子泛用「某」歷指不定的人，讓樂師知道各人的座位。而經簡文帝一用，則化盲為暗，將桓溫視為盲者，並以「某」特指自己，可說巧妙到了極點，那就難怪時人要稱他為能（言）了。

61 簡文❶入華林園❷，顧謂左右曰：「會心處不必在遠；翳然❸林水，便自有濠、濮間想❹也。不覺鳥獸禽魚，自來親人。」

【注釋】❶簡文　即司馬昱。見〈德行〉37注❶。❷華林園　宮苑名。在今南京市雞鳴山南古臺城內。原為三國時吳國的舊苑，晉室南渡後，特仿洛陽的華林園，重予修葺。❸翳然　隱蔽的樣子。❹濠濮間想　借指寄身閒靜境地裡的幽思。濠、濮，二水名。濠水，在今安徽中部；濮水，本為黃河分流，今已乾涸。相傳莊子曾與惠施優遊於濠水之橋上，共論魚之樂；又獨自垂釣於濮水之濱，拒絕了楚王的聘請。見《莊子・秋水》。

【語　譯】簡文帝走進華林園，回頭對左右侍臣說：「能使人心領神會的事物，不一定要到遠方去尋求；只要山林、溪水隱蔽清幽，就自然會有像莊子優遊於濠水的橋上、垂釣於濮濱時那種閒暇自得的感覺。就在不知不覺中，那些鳥獸禽魚，將會自動的來親近人們。」

【析　評】本則記的是簡文帝即景談玄的故事。簡文帝在這則故事裡，透過自己進入華林園後，所見到的山水和蟲魚鳥獸，將玄想充分帶出，雖只是幾句話而已，卻使人不由得也產生「濠濮間想」，可見《晉書・簡文帝紀》說他「清虛寡欲，尤善玄言」，是很有依據的。

62 謝太傅❶語王右軍❷曰：「中年傷於哀樂，與親友別，輒作數日惡❸。」王曰：「年在桑榆❹，自然至此，正賴絲竹❺陶寫❻，恆恐兒輩覺，損欣樂之趣。」

【注　釋】❶謝太傅　即謝安。見〈德行〉33注❷。❷王右軍　王羲之，字逸少，晉琅邪臨沂（今山東臨沂）人。王導之姪，曾任右軍將軍。善書法，所寫草、隸，冠絕古今，後人稱為「書聖」。❸惡　憂傷。❹桑榆　喻晚年。❺絲竹　指琴瑟簫管等。多用以總稱樂器或音樂。❻陶寫　陶冶性情，宣洩苦悶。

【語　譯】謝太傅告訴王右軍說：「人到了中年，碰到悲哀或歡樂的事情，都會由於情緒激動，而損傷了身體；就是和親友道別，也往往會難過好幾天。」王右軍說：「人到了晚年，自然就會陷入這種境地，只有依靠琴瑟簫管來陶冶性情，宣洩苦悶。可是又常常擔心被兒孫們發覺，而破壞了他們興高采烈的情趣。」

【析　評】本則記的是王羲之以「絲竹陶寫」來寬慰謝安的故事。《晉書・謝安傳》說謝安「性好音樂，自弟萬喪，十年不聽音樂。及登台輔，朞喪不廢樂」。由此可知王羲之這回針對謝安「中年傷於哀樂」之歎，特以「絲竹陶寫」來寬慰他，是有原由的。余嘉錫說：「謝安晚歲，雖期功之慘，不廢妓樂。蓋藉以寄興消愁。王坦之苦相勸阻，而安不從。至謂『安北出戶，不復使人思』，正憤其不能相諒耳。惟右軍深解其意，故其言莫逆於心。案右軍嘗諫安浮文妨要，豈於此忽相阿諛？蓋右軍亦深於情者。讀〈蘭亭序〉，足以知其懷抱。本傳言其誓墓之後，遍遊名山，自言當以樂死。是其所好，不在聲色，『絲竹陶寫』之言，殆專為安石發也。然持論之正，終不及坦之。讀者賞其名雋可耳。」（《世說新語箋疏》）確是很有見地的話。

63 支道林❶常養數匹馬。或言：「道人畜馬不韻❷。」支曰：「貧道❸重其神駿。」

【注釋】❶支道林　支遁，字道林，晉河內林慮（今河南林縣）人。少時在餘杭山沉思道術，年二十五才出家當和尚；年五十三，卒於洛陽。❷不韻　不雅。❸貧道　六朝時和尚自稱的謙辭。

【語譯】支道林經常養著數匹馬。有的人說：「修道人養馬，是件不雅的事情。」支道林回答說：「貧僧養馬，看重的是牠神態的駿逸。」

【析評】本則記的是支遁愛馬的故事。養馬，在世俗人看來，往往不出乘用的價值範圍，而支遁則超乎功利，完全著眼於牠的「神駿」，一俗一雅，中間相差何止萬里！《高逸沙門傳》說支遁「沉思道行，泠然獨暢」（劉孝標注引），正因為他能「泠然獨暢」，不為世俗人所了解，所以養起馬來，那自然就難免受到人家的譏諷了。

64 劉尹❶與桓宣武❷共聽講《禮記》❸。桓云：「時有入心處，便覺咫尺玄門❹。」劉曰：「此未關至極，自是金華殿之語❺。」

【注釋】❶劉尹　即劉惔。見〈德行〉35注❶。❷桓宣武　即桓溫。見本篇55注❶。❸禮記　書名。為十三經之一。漢戴聖所輯，凡四十九篇，又名《小戴記》。❹咫尺玄門　指離高妙的境界不遠。❺金華殿之語　指儒生為帝王解經之常談。據載，漢成帝時，鄭寬中、張禹朝夕上金華殿，為帝講授《尚書》、《論語》，詔班伯受之。見《漢書・敘傳上》。

【語譯】丹陽尹劉惔和宣武侯桓溫共同聽講《禮記》。桓溫說：「每每有心領神會的地方，就覺得與高妙的境界距離不遠。」劉惔說：「這些都還沒關涉到最高妙的境界，只是金華殿上的儒生常談而已！」

【析評】本則記的是劉惔言黜桓溫的故事。劉惔這個人，清遠簡貴，特別善於言理。早在簡文帝作相時，即與王濛同為談客，受到禮遇。根據《晉書・劉惔傳》的記載，劉惔素來很佩服桓溫的才華，卻也知他有「不臣之跡」，所以常勸簡文帝對他要妥加抑止。這回劉惔藉著一起聽講的機會，給與桓溫一次小小的難堪，顯然是有意的。可惜桓溫始終不悟「神器不可以力征」（見《晉書・桓溫傳》）的道理，以致遺禍子孫，且身受「實斧鉞之所宜加，人神之所同棄」（見同上）的罵名，這是值得亂臣賊子引以為鑑的。

65 羊秉❶為撫軍❷參軍，少亡，有令譽。夏侯孝若❸為之敘，極相讚悼。羊權❹為黃門侍郎，侍簡文❺坐，帝問曰：「夏侯湛作〈羊秉敘〉，絕可想❻。是卿何物❼？有後不？」權潸然❽對曰：「亡伯令問❾夙彰，而無有繼嗣；雖名播天聽❿，然胤絕聖世⓫。」帝嗟慨久之。

【注　釋】❶羊秉　字長達，晉太山平陽（今山東鄒縣）人。漢南陽太守羊續的孫子、車騎掾羊繇的長子。簡文帝還是撫軍將軍時，曾任其參軍。年三十二而卒。❷撫軍　指簡文帝司馬昱。見〈德行〉37注❶。❸夏侯孝若　夏侯湛，字孝若，晉譙國（今安徽亳縣）人。才華富盛，早有名譽。與潘岳友善，時人稱為「連璧」。有《夏侯常侍集》傳世。❹羊權　字道輿，晉泰山（今山東泰安）人。徐州刺史羊忱之子。簡文帝時曾任黃門侍郎，後仕至尚書左丞。❺簡文即司馬昱。見〈德行〉37注❶。❻絕可想　非常值得人懷念。❼何物　何人。❽潸然　流淚的樣子。❾令問　美譽。❿天聽　天子的聽聞。⓫聖世　聖明的時代，在此用以敬稱當代。

【語　譯】羊秉在簡文帝為撫軍時擔任過參軍的官職，他年紀輕輕的就死了，留有美好的聲譽。當時夏侯湛替他在誌銘之前寫了一篇序文，對他極為讚美與哀悼。後來羊權做了黃門侍郎，隨侍在簡文帝座側，簡文帝問他說：「夏侯湛作〈羊秉敘〉，足以讓人湧生極深的懷念之情。羊秉是你的甚麼人？有後代留下來嗎？」羊權流著眼淚應答說：「我那去世的伯父，早就享有美譽，卻沒有後代留下來；雖然聲名能上達聖聽，但是在這聖明的時代，卻遭到絕嗣的命運。」簡文帝聽了，哀歎傷悼，久久不止。

【析　評】本則記的是簡文帝哀歎羊秉早逝的故事。簡文帝的哀歎，是源自於羊秉曾做過他的參軍，有一份上司對下屬的深厚情誼；而對他的悼念所以持續那麼久，則與其說是由於有夏侯湛的〈羊秉敘〉充當橋梁的緣故，毋寧說是因為羊秉本身值得人懷念所致。夏侯湛在〈羊秉敘〉一文裡讚美羊秉說：「齠齓而佳，小心敬慎」、「人不間其親，雍雍如也」；又對他的死哀悼說：「仕參撫軍將軍事，將奮千里之足，揮沖天之翼，惜乎春秋三十有二而卒。昔罕虎死，子產以為無與為善；自夫子（按：指羊秉）之沒，有子產之歎矣！亡後有子男又不育，是何行善而禍繁也？豈非司馬生之所惑（按：《史記．伯夷叔齊列傳》：「若至近世，操行不軌，專犯忌諱，而終身逸樂，富厚累世不絕；或擇地而蹈之，時然後出言，行不由徑，非公正不發憤，而遇災禍者，不可勝數也；余甚惑焉。儻所謂天道，是邪？非邪？」）歟？」（劉孝標注引）對羊秉這個好人之早卒與無嗣，夏侯湛尚且如此悲悼，更何況是與他有深厚情誼的簡文帝呢？

66 王長史❶與劉真長❷別後相見，王謂劉曰：「卿更長進。」答曰：「此若天之自高耳。」

【注釋】❶王長史　即王濛。見本篇54注❹。❷劉真長　即劉惔。見〈德行〉35注❶。

【語譯】王濛和劉惔兩人分別了一段時間之後，又彼此見面，王濛對劉惔說：「您看起來，比從前更加長進了。」劉惔回答說：「這就像天一樣，自然是崇高無比了。」

【析評】本則記的是劉惔自比天高的故事。用「天之自高」來比德，源自老聃。老聃在《莊子・田子方》裡留有一段話說：「至人之於德也，不修而物不能離焉，若天之自高，地之自厚，日月之自明，夫何修焉！」可見劉惔這回用「天之自高」來答王濛「長進」之譽，是有依據的。不過，這樣比況，顯然狂妄了點。李慈銘說：「人雖妄甚，無敢以天自比者。晉人狂誕，習為大言。」（《世說新語箋疏》引）風習如此，清遠簡貴如劉惔，也自難免了。

67 劉尹❶云：「人想王荊產❷佳，此想長松下當有清風耳！」

【注釋】❶劉尹　即劉惔。見〈德行〉35注❶。❷王荊產　王徽，字幼仁，小字荊產，晉琅邪（今山東諸城）人。荊州刺史王澄之子。曾任尚書郎、右軍司馬。

【語譯】丹陽尹劉惔說：「人們都意想王徽這個人很美好，這就是意想著高大的松樹底下應當有清涼的風啊！」

【析評】本則記的是劉惔品評王徽的言辭。王徽是王澄的次子，而王澄生來警悟，落落穆穆，很早就享有盛名。當時被許為是人倫之鑑的王衍，曾評論天下人士說：「阿平（王澄字平子）第一，子嵩（庾敳字）第二，處仲（王敦字）第三。」可見王澄在當日士庶心目中的地位。所謂虎父無犬子，因此劉惔才有「長松下當有清風」的說法。不過著一「當」字，隱隱地含有貶意，劉辰翁以為「意似不滿」（徐震堮《世說新語校箋》引），是頗有見地的。

68 王仲祖❶聞蠻語❷不解，茫然曰：「若使介葛盧❸來朝，故當不昧❹此語。」

【注釋】❶王仲祖 即王濛。見本篇54注❹。❷蠻語 我國南方少數民族所使用的語言。❸介葛盧 春秋時東夷介國的國君名。見《左傳．僖公二十九年》。❹不昧 不會不明白。

【語譯】王濛聽不懂南方種族所使用的語言，便茫茫然說：「如果叫春秋時候介國的國君葛盧來朝見的話，自應不會不懂這種語言。」

【析評】本則記的是王濛聽不懂蠻語的故事。王濛由於「不解」，即隨口引用了《左傳》所載的史實，而將蠻語視若牛鳴，可以看出他出語之巧妙與平日留心典籍之一斑。《左傳．僖公二十九年》載「介葛盧聞牛鳴，曰：『是生三犧，皆用之矣，其音云。』問之而信。」介葛盧聞牛鳴尚且「不昧」，當然也不昧蠻語了。

69 劉真長❶為丹陽尹，許玄度❷出都就劉宿；床帷新麗，飲食豐甘，許曰：「若保全此處，殊勝東山❸。」劉曰：「卿若知吉凶由人，吾安得不保此！」王逸少❹在坐曰：「令巢、許❺遇稷、契❻，當無此言。」二人並有愧色。

【注 釋】❶劉真長 即劉惔。見〈德行〉35注❶。❷許玄度 許詢，字玄度，晉高陽（今河北高陽）人。有才藻，善屬文。寓居會稽，屢徵不就，常與沙門支遁及謝安石、王羲之往來。早卒。❸東山 在今浙江上虞西南。晉謝安曾隱居於此。❹王逸少 即王羲之。見本篇62注❷。❺巢許 巢父和許由，相傳是唐堯時的兩位高士。巢父山居不出，以樹為巢，因而得名。堯想把天下讓給他，卻不肯接受。許由，見本篇1注❺。❻稷契 稷，即后稷。名棄，虞舜的農官。因教民稼穡有功，封於邰，為周的始祖。契，為高辛氏之子，舜時任司徒。因幫助夏禹治水有功，封於商，為殷的始祖。

【語 譯】劉惔當了丹陽尹，許詢離開都城到劉惔那裡寄宿；床帳既新潔華麗，飲食也豐富甘美，許詢說：「如果能保全這個地方，使不受侵擾，那就遠勝過謝安隱居的東山了。」劉惔說：「您如果曉得禍福是由人自招的，那我怎麼會不能保全這裡呢！」王羲之坐在旁邊，說：「假使巢父和許由碰到后稷與契，應該不會有這種言論。」劉惔和許詢兩人聽了，都露出慚愧的神色。

【析 評】本則記的是王羲之用言語感悟劉惔和許詢的故事。劉惔本「為政清整」（見《晉書・劉惔傳》），而許詢則「好泉石，清風朗月」（見《建康實錄》八，《世說新語箋疏》引），同為時人所欽愛；意外的是這回兩人見面，竟言不離口腹之欲、居處之安，所以聽到了王羲之「令巢、許遇稷、契，當無此言」的輕責，自然會「並有愧色」了。

70 王右軍❶與謝太傅❷共登冶城❸，謝悠然遠想，有高世之志❹。王謂謝曰：「夏禹勤王❺，手足胼胝❻；文王旰食❼，日不暇給❽。今四郊多壘❾，宜人人自效；而虛談❿廢務，浮文⓫妨要，恐非當今所宜！」謝答曰：「秦任商鞅，二世而亡⓬；豈清言致患邪？」

【注　釋】❶王右軍　即王羲之。見本篇62注❷。❷謝太傅　即謝安。見〈德行〉33注❷。❸冶城　城名。因原為三國吳鼓鑄之所而得名，在今江蘇江寧西。❹高世之志　超脫塵俗的願望。❺夏禹勤王　指夏禹治水，為王事而勞力。❻手足胼胝　手和腳因勞動摩擦而長出厚繭。❼文王旰食　指文王勤於政事，晚上過了時才吃飯。❽日不暇給　指事情繁多，時間不夠支配。❾四郊多壘　都城四面郊外修築了許多防禦工事。比喻國家常受寇敵侵擾，情勢危亂。❿虛談　空談。⓫浮文　浮華不實的文辭。⓬秦任商鞅二句　戰國時，秦自孝公重用了商鞅，實行變法後，直到始皇才兼併六國，統一天下。可惜傳至二世姪子嬰，卻為漢所滅。見《史記・秦始皇本紀》。

【語　譯】王羲之和謝安一起登上冶城，謝安悠然自得地起了遐思，有著超脫世俗的願望。王羲之見了便對謝安說：「從前夏禹為王事而勤勞，使得手和腳都長了厚繭；文王為政事而盡力，以致晚上常常過了時才用餐，事情多得沒有足夠的時間來處理。如今都城四郊築了許多防禦工事，以防範寇敵入侵，每一個人正應該奉獻自己，為國效命；卻為了無謂的清談廢弛了工作，浮華的文辭妨害了要務，這恐怕不是現在所該做的事情吧！」謝安回答說：「古時秦國任用商鞅，傳了兩代就滅亡；難道是清談所招致的禍患嗎？」

【析　評】本則記的是王羲之規勸謝安用世的故事。這個故事，如非虛妄，則當發生於謝安未仕進之前。程炎震說：「吾意是永和二、三年間右軍為護軍時事。安石雖累避徵辟，而其兄仁祖（即謝尚）方鎮歷陽，容有下都之事；且年事既長，不能無意於當世，故右軍有此言耳。」（《世說新語箋疏》引）看法是相當正確的。由於這時謝安正放情丘壑，「出則漁弋山水，入則言詠屬文」（見《晉書・謝安傳》），所以聽不進王羲之的話，而作了反駁。一直到了四十餘，他的弟弟謝萬被黜廢，這才有仕進之意。後來他雖受朝野寄重，但東山之志始終不渝，每每形於言色，這可說天性如此，是不宜苛責的。

71 謝太傅❶寒雪日內集❷，與兒女講論文義。俄而❸雪驟，公欣然曰：「白雪紛紛何所似？」兄子胡兒❹曰：「撒鹽空中差可擬❺。」兄女❻曰：「未若柳絮因風起。」公大笑樂。即公大兄無奕❼女，左將軍王凝之❽妻也。

【注釋】❶謝太傅　即謝安。見〈德行〉33注❷。❷內集　家庭聚會。❸俄而　不久。❹胡兒　謝朗，字長度，小字胡兒，晉陽夏（今河南太康）人。謝安二哥據的長子，文名頗著，仕至東陽太守。❺差可擬　約略可以相比。❻兄女　指謝道蘊。為謝安大哥無奕的女兒、王羲之二子凝之的妻子。聰穎有才辯，能詩文，惜作品多已散佚。❼無奕　謝奕，字無奕，為謝安長兄。少有聲譽，初為剡令，後為安西司馬。好酒，與桓溫交好，桓溫推為布衣之交。❽王凝之　字叔平，晉琅邪臨沂（今山東臨沂）人。為王羲之次子。工於草隸。仕歷江州刺史、左將軍、會稽內史，後為孫恩所害。

【語譯】太傅謝安在一個天寒下雪的日子裡，舉行了一次家庭聚會，和子女們談論文章義理。不久，雪下得很急，謝安高興地說：「白雪紛紛飄下，你們看像甚麼呢？」謝安兄長的兒子胡兒說：「把鹽撒在空中，差不多就可以相比了。」而謝安兄長的女兒則說：「不如比作柳絮受風而飄起。」謝安聽了，放聲大笑，感到非常高興。她就是謝安大哥謝無奕的女兒，左將軍王凝之的妻子。

【析評】本則記的是謝安與子女們講論文義的故事。當日謝安即景以「白雪紛紛何所似」一問，得到了兩個不同的回答，而這兩個回答是各有依據的，所以陳善說：「撒鹽空中，此米雪也。柳絮因風起，此鵝毛雪也。然當時但以道韞之語為工。予謂詩云：『相彼雨雪，先集維霰。』霰即今所謂米雪耳。乃知謝氏二句，當各有謂，固未可優劣論也。」（《捫虱新話》三，《世說新語箋疏》引）不過兩者雖各有所指，但在意境上，卻顯然有優劣之分，因此謝安才會以「大笑樂」來加以判定。余嘉錫說：「二句雖各有謂，而風調自以道韞為優。」（見《世說新語箋疏》）以風調來判高下，是十分公允的。

72 王中郎❶令伏玄度❷、習鑿齒❸論青、楚❹人物，臨成，以示韓康伯❺，康伯都無言。王曰：「何故不言？」韓曰：「無可無不可。」

【注釋】❶王中郎　王坦之，字文度，晉晉陽（今山西太原）人。少與郗超並有重名。簡文帝為撫軍時，辟為掾，遷從事中郎；等到海西公被廢，領左衛將軍。桓溫死後，與謝安共輔幼主，累遷中書令，領北中郎將，徐、兗二州刺史。年四十六而卒。❷伏玄度　伏滔，字玄度，晉平昌安丘（今山東安邱）人。少有才學，大司馬桓溫引為參軍，後拜著作郎，專掌國史。不久遷游擊將軍，卒於官。❸習鑿齒　字彥威，晉襄陽（今湖北襄陽）人。少有志氣，以文筆著稱。桓溫在荊州，辟為從事，後出為滎陽太守。等到苻堅攻陷襄陽，因腳疾辭官，卒於襄陽。❹青楚　青，為古州名，兼有今山東泰山以東至渤海的一帶地方。楚，古國名，為戰國七雄之一，領有今湖南、湖北、安徽、江蘇、浙江及四川巫山以東、廣西蒼梧、陝西洵陽以南的地方。❺韓康伯　即韓伯。見〈德行〉38注❷。

【語譯】中郎將王坦之叫伏滔和習鑿齒評論古來青州、楚地一帶的人物，快完稿的時候，王坦之拿給韓伯看，韓伯看了，始終都不說一句話。王坦之說：「為甚麼不說話呢？」韓伯說：「我看沒甚麼可以，也沒甚麼不可以。」

【析評】本則記的是韓康伯用成語巧評伏、習論著的故事。「無可無不可」是句成語，出自《論語・微子》，原文為「子曰：『不降其志，不辱其身，伯夷叔齊與？』謂柳下惠、少連：『降志辱身矣，言中倫，行中慮，其斯而已矣！』謂虞仲、夷逸：『隱居放言，身中清，廢中權。』『我則異於是，無可無不可。』」孔子在此，用「無可無不可」來指自己或仕或隱，相時而行，完全沒有成見。而韓康伯引來，針對伏、習二人評論青、楚人物的文章，表示看法，則雖在表面上看來，好像並沒有批評優劣，但是所謂的「不予批評即已批評了」，是隱含有不滿之意的。這樣，豈不是勝過千言萬語嗎？

73

劉尹❶云：「清風朗月，輒思玄度❷。」

【注釋】❶劉尹　即劉惔。見〈德行〉35注❶。❷玄度　即許詢。見本篇69注❷。

【語譯】丹陽尹劉惔說：「在清涼的和風與光潔的月亮下，往往使人想到許玄度。」

【析評】本則記的是劉惔讚美許詢的言辭。《續晉陽秋》說許詢「總角秀惠，眾稱神童；長而風情簡素」，而《晉中興士人書》也說他「能清言，于時士人皆欽慕仰愛之」（並見劉孝標注引），可見劉惔日常面對「清風朗月」便「輒思玄度」，是有原因的。

74

荀中郎❶在京口❷，登北固❸望海云：「雖未睹三山❹，便自使人有凌雲意❺；若秦、漢之君，必當褰裳濡足❻。」

【注釋】❶荀中郎　荀羨，字令則，晉潁川（今河南禹縣）人。少與劉惔、王濛、殷浩交好。驃騎將軍何充出鎮京口，請為參軍；後征北將軍褚裒引為長史，不久，除北中郎將、徐州刺史。年三十八而卒。❷京口　地名。即今江蘇鎮江治。三國吳時稱京城，東晉時改稱京口，為古代長江下游的軍事重鎮。❸北固　山名。在江蘇鎮江北一里處。三面臨水，地勢險固，為江防要地。❹三山　指傳說中的三仙山。即蓬萊、方丈、瀛洲。❺凌雲意　高舉出塵的念頭。凌雲，乘雲。形容高飛。❻若秦漢之君二句　相傳蓬萊、方丈、瀛洲三仙山在海中，因有長生不老的奇藥，於是秦始皇與漢武帝都有到海濱尋求奇藥的紀錄。見《史記・封禪書》。褰裳濡足，提起衣裳，涉足水裡。

【語譯】中郎將荀羨在京口，登上北固山望著大海說：「雖然沒看見蓬萊、方丈、瀛洲等三座仙山，卻自然的使人有了高蹈出塵的念頭；如果是秦、漢時候的國君，那就一定會提起衣裳、涉足水裡，追尋仙藥去了。」

【析　評】本則記的是荀羨望海遐想的故事。他初由登上京口北固山所望到的「海」，在空間上作一延伸，想到海中的三仙山，而觸發了「凌雲意」；再由海中的三仙山，在時間上作一追溯，想到秦、漢之君涉海，冀獲奇藥的故實，而生出了感慨。透過這個故事，加上《晉陽秋》有關他「清和有識裁」（劉孝標注引）的記載，我們不難看出他的為人來。

75 謝公❶云：「賢聖去人，其間亦邇。」子姪未之許。公歎曰：「若郗超❷聞此語，必不至河漢❸。」

【注　釋】❶謝公　即謝安。見〈德行〉33注❷。❷郗超　見本篇59注❺。❸河漢　認為言論不著邊際而感到驚怪。語本《莊子・逍遙遊》。

【語　譯】謝安說：「聖賢超越常人，中間的距離是不大的。」他的子姪不贊同這種說法。謝安感歎的說：「如果郗超聽到這句話，一定不至於認為不著邊際，而感到驚怪。」

【析　評】本則記的是謝安以聖賢去人不遠的道理來勉勵子姪的故事。本來聖賢之所以超越常人，從入手處來說，只是由於聖賢能「日知其所亡」而又日益「寡其過」罷了。所以謝安說「聖賢去人，其間亦邇」，以勉勵子姪，力爭上游。這種道理原極淺顯，可惜他的子姪卻無法領會，那就難怪謝安要搬出郗超來取信了。郗超這個人，《晉書・郗超傳》說他「卓犖不羈，有曠世之度，交游士林，每存勝拔，善談論，義理精微」，而其別傳也說「精於理義，沙門支道林以為一時之俊」（劉孝標注引）。既然郗超精於義理，受到士林之重視，那麼謝安這回搬出他來，表示自己的話絕對可信，也就不足為怪了。

76 支公❶好鶴，住剡❷東岇山❸，有人遺❹其雙鶴。少時❺，翅長欲飛，支意惜之，乃鎩其翮❻。鶴軒翥❼不能復起，乃舒翼反頭視之，如有懊喪意。林❽曰：「既有凌霄之姿❾，何肯為人作耳目近玩❿？」養令翮成，置使飛去。

【注　釋】❶支公　即支遁。見本篇63注❶。❷剡　舊縣名。在今浙江嵊縣西南。❸岇山　山名。在今浙江嵊縣境。❹遺　贈送。❺少時　不久。❻鎩其翮　剪除雙鶴翅膀的硬羽。鎩，傷殘。翮，羽莖。❼軒翥　振翅高飛。❽林　即支遁。❾凌霄之姿　一飛沖天的資質。凌，升上。霄，天空。姿，通「資」。指資質、才能。❿耳目近玩　提供耳目之娛的親密玩物。

【語　譯】支遁愛鶴，當他住在剡縣東邊的岇山時，有人特地送一對鶴給他。過了不久，鶴的翅膀長成，想要鼓翅飛去，支遁由於捨不得，便剪除了鶴翅膀上的硬羽。鶴振動翅膀，卻不能飛，於是張開翅膀，回過頭來看著自己的翅膀，好像有懊惱沮喪的意思。支遁見了，感歎說：「鶴既然具有一飛沖天的資質，又怎肯讓人拿來做為耳目玩賞的對象呢？」於是等到這對鶴的羽毛再次長成後，支遁便讓牠們飛去。

【析　評】本則記支遁好鶴的故事。支遁恐怕所養的鶴飛走，而剪斷羽翮，後來察知牠們不能自由飛翔的懊喪，於是「養令翮成，置使飛去」。全篇順著「好鶴」二字發展，描述支遁心路的轉變，文詞雋永，耐人尋味。

77 謝中郎❶經曲阿❷後湖，問左右：「此是何水？」答曰：「曲阿湖。」謝曰：「故當淵注渟著❸，納❹而不流。」

【注　釋】❶謝中郎　謝萬，字萬石，謝安之弟。才器雋秀，早著時譽。簡文帝為相時，召為撫軍從事中郎，後任豫州刺史、散騎常侍。年四十二而卒。❷曲阿　湖名。即練湖。在江蘇丹陽城北。❸淵注渟著　潭水深深灌注，匯積凝聚。渟，水止不流。著，通「貯」。蓄積的意思。❹納　收容。

【語　譯】中郎將謝萬經過曲阿湖的後湖，問他的隨從說：「這是甚麼河流？」隨從回答說：「是曲阿湖。」謝萬說：「照名字看來，理應湖水深深灌注，匯積凝聚，只收納而不外流。」

【析　評】本則記的是謝萬途經曲阿湖的故事。曲阿，本名雲陽，因秦始皇以為這裡有王氣，便派人鑿開北阬山來破壞它，使湖道阿曲，遂稱做曲阿。曲阿，是彎曲不直的意思。水道彎曲，則應匯水積聚，但當時已淤塞成一條細流，所以謝萬要本正名之義，說它理應「淵注渟著，納而不流」了。

78　晉武帝❶每餉❷山濤❸恆少。謝太傅❹以問子弟，車騎❺答曰：「當由欲者不多，而使與者忘少。」

【注　釋】❶晉武帝　即司馬炎。見〈德行〉17注❺。❷餉　賜予財物。❸山濤　字巨源，晉河內懷（今河南武陟）人。晉武帝時，任吏部尚書，所甄拔的人才，皆一時俊彥。性好老、莊，喜飲酒談玄，為竹林七賢之一。❹謝太傅　即謝安。見〈德行〉33注❷。❺車騎　指謝玄。字幼度，小字遏，為謝安之姪。有經國才略，桓溫辟為掾，後拜建武將軍、兗州刺史。淝水之役，任前鋒，大敗秦軍，後以功封康樂縣公。年四十六而卒，追贈車騎將軍、開府儀同三司，諡憲武。

【語　譯】晉武帝對山濤的賞賜，每次都很少。太傅謝安拿這件事情來問他的子弟，謝玄便回答說：「這該是由於接受的人欲求不多，而使得施予的人忘記了少的緣故。」

【析　評】本則記的是謝玄巧答謝安之問的故事。謝玄是謝安的姪子，他在這個故事裡，以「欲者不多，而使與者忘少」來回答謝安，既合乎山濤「有器量，介然不群」、「負慎儉約，雖爵同千乘，而無嬪媵。祿賜俸秩，散之親故」（見《晉書．山濤傳》）的事實，也對晉武帝「每餉山濤恆少」之失，找到了最好的理由，可說巧妙至極。《晉書．謝玄傳》說他「少穎悟」而《謝車騎家傳》也說他「神理明俊，善微言」（劉孝標注引），由這個故事，可知這些記載是有依據的。

79 謝胡兒❶語庾道季❷：「諸人莫❸當就卿談，可堅城壘。」庾曰：「若文度❹來，我以偏師❺待之；康伯❻來，濟河焚舟❼。」

【注釋】❶謝胡兒　即謝朗。見本篇71注❹。❷庾道季　庾龢，字道季，太尉庾亮之子。聰敏好學。初代孔嚴為丹陽尹，後代王恪為中領軍，卒於官。❸莫　揣摩之詞。意與「或」近。❹文度　即王坦之。見本篇72注❶。❺偏師　中軍主力以外的側翼軍隊。❻康伯　即韓伯。見〈德行〉38注❷。❼濟河焚舟　渡過河流，焚燒坐船。表示必死的決心。

【語譯】謝朗告訴庾龢說：「大家或許將找您談談，您可以自己把內心的堡壘強固起來，準備應戰。」庾龢回答說：「如果王坦之來的話，我用一部分的側翼軍隊來抵禦他；若是韓伯來的話，我則要在過河之後，燒燬坐船，和他決一雌雄。」

【析評】本則記的是庾龢對謝朗談如何迎戰強敵的故事。在庾龢看來，人心中堡壘的強固，首要的來自於人「清和有思理」，而非「志力強正」，所以庾龢曾稱聞名於當時的韓伯與王坦之之說：「思理倫和，我敬韓康伯；志力強正，吾愧王文度。」（見《晉書．韓伯傳》）因此庾龢才有「偏師待之」、「濟河焚舟」的說法。

80 李弘度❶常歎不被遇。殷揚州❷知其家貧，問：「君能屈志百里❸不？」李答曰：「〈北門〉之歎❹，久已上聞；窮猿奔林，豈暇擇木！」遂授剡縣。

【注釋】❶李弘度　李充，字弘度，晉江夏鄳（今河南羅山縣西南）人。初任丞相掾、記室參軍，後以貧求任剡縣縣令，遷大著作、中書郎。❷殷揚州　殷浩，字淵源，晉陳郡長平（今河南西華西北）人。識度清遠，少有重名。征西將軍庾亮引為記室參軍，遷司徒左長史，後隱居將近十年，起為建武將軍、揚州刺史。等到石季龍死亡，胡中大亂，因率軍北征失敗，被廢為庶人。❸百里　即百里侯。一縣之長的古稱。❹北門之歎　仕途不得意的悲歎。〈北門〉，《詩經．邶風》篇名，〈詩序〉以為是「刺仕不得志」的一篇作品。

【語　譯】李充時常感歎自己不為時用。殷浩曉得他的家庭貧困，便問他說：「您能屈心降志，當個一縣之長嗎？」李充回答說：「像《詩經．邶風．北門》詩那種仕途不得意的悲哀，已上達很久了；走投無路的猿猴，奔向樹林，哪容得牠選擇樹木呢！」於是授他官職，擔任剡縣的縣令。

【析　評】本則記的是殷浩見李充家貧而任用他為縣令的故事。殷浩這個人，《晉書．殷浩傳》說他「清徽雅量，眾議攸歸；高秩厚禮，不行而至；咸謂教義由其興替，社稷係以安危」，可見他是一個有識度的大臣。這樣一個大臣所以授李充縣令之職，從表面上看，是出自同情，其實是由於愛才。因為李充很早就知名於世，當過王導的屬官，也寫過一篇頗受重視的文章——〈學箴〉，所以「家貧」絕不是李充被「授剡縣」的主要原因。而他也果然表現優異，在當過縣令之後，累遷至中書侍郎，曾大力整頓典籍，刪除繁重，以類相從，分作四部，由於很有條貫，使祕閣定為永制（見《晉書．李充傳》）。由此可知，殷浩是很能知人善用的。不過，《晉書．李充傳》把「授剡縣」的事屬褚裒，而非殷浩；對於這點，余嘉錫說：「《晉書》所據，自與《世說》不同，未可以彼非此。」（見《世說新語箋疏》）這是很正確的態度。

81 王司州❶至吳興❷印渚❸中看，歎曰：「非唯使人情開滌❹，亦覺日月清朗！」

【注　釋】❶王司州　王胡之，字修齡，晉琅邪臨沂（今山東臨沂）人。王廙之子。少有聲譽，歷吳興太守、丹陽尹。後徵為西中郎將、司州刺史，因病固辭，未行而卒。❷吳興　即今浙江吳興。❸印渚　渚名。在浙江於潛東。渚邊有白石山，峻壁高達四十丈。❹開滌　開朗清爽。

【語　譯】司州刺史王胡之到吳興印渚中去觀賞景致，讚歎道：「這兒不只使人的心情開朗清爽，也使人覺得日月變得更為清淨明亮！」

【析　評】本則記的是王胡之遊覽印渚的故事。由於故事以記王胡之的感歎為重心，對印渚之景致都未具體作片言隻字的描述，所以留下了很多空白讓人去想像。透過想像，印渚之美，似乎已顯現在眼前，而使人心情也為之清爽開朗了。

82 謝萬❶作豫州都督，新拜，當西之，都邑❷相送累日，謝疲頓❸。於是高侍中❹往，徑就謝坐，因問：「卿今仗節方州❺，當疆理西蕃❻，何以為政？」謝粗道其意，高便為謝道形勢❼，作數百語。謝遂起坐。高去後，謝追曰：「阿酃❽故麤有才具❾。」謝因此得終坐。

【注　釋】❶謝萬　見本篇77注❶。❷都邑　指首都（建康）的親友。❸疲頓　疲勞困倦。❹高侍中　高崧，字茂琰，晉廣陵（今江蘇江都）人。光祿大夫高悝之子。少好學，善史書。初任何充主簿，旋拜中書郎、黃門侍郎。簡文帝輔政，引為撫軍司馬，遷侍中，後因公免官，卒於家。❺仗節方州　執持符節，出守州郡。方州，指州郡。❻疆理西蕃　分治西邊的藩鎮。疆理，畫定疆界，加以統理。西蕃，即西番，指豫州。因在建康之西，故稱。❼形勢　事物成敗、盛衰等發展的情況。❽阿酃　高崧小字。❾故麤有才具　確實有些才能。故，確實。麤，通「粗」。稍微的意思。

【語譯】謝萬要去當豫州的都督，剛剛拜受了赴任的詔令，將西去赴命的當兒，京城裡的一些親友都來送行，一連好幾天，使得謝萬大感勞累。這時高崧直接前往謝萬家去看他，並坐下來順便問他說：「您現在執持符節，出守州郡，要替皇上分憂去治理西邊的藩鎮，該怎樣來辦好政事呢？」謝萬大略地說出了自己的意思，高崧聽了，便為謝萬陳述刑政發展的情況，一連說了數百句話。謝萬聽後，便從座位上站起來。高崧離去之後，謝萬才追了出去說：「阿酃的確有些才能。」結果就由於高崧的一席話，使謝萬能完成他坐鎮的任務。

【析評】本則記的是高崧為謝萬陳述形勢的故事。高崧明慧好學，在任撫軍司馬時，曾因桓溫擅威，率眾北伐，特為簡文草書，諭以禍福，使得桓溫不得不還鎮；而這次又為謝萬「道形勢」，使謝萬得以「終坐」，可見他是有過人的才具的。這個故事也載於《晉書・高崧傳》，作：「崧累遷侍中。是時謝萬為豫州都督，疲於親賓相送，方臥在室。崧徑造之，謂曰：『卿今疆理西藩，何以為政？』萬粗陳其意。崧便為敘刑政之要數百言。萬遂起坐，呼崧小字曰：『阿酃！故有才具邪！』」與此略有不同。

83 袁彥伯❶為謝安南❷司馬，都下諸人送至瀨鄉❸。將別，既自悽惘❹，歎曰：「江山遼落❺，居然有萬里之勢！」

【注釋】❶袁彥伯　袁宏，字彥伯，晉陳郡（舊治在今河南淮陽）人。性剛直，善辯論。曾任大司馬桓溫記室，後任吏部郎，出為東陽郡。年四十九卒於郡。❷謝安南　謝奉，字弘道，晉會稽山陰（今浙江紹興）人。散騎常侍謝端之孫，曾任安南將軍、吏部尚書。❸瀨鄉　地名。在今江蘇溧陽境。❹悽惘　悲傷悵惘。❺遼落　空曠的樣子。同「寥落」。

【語　譯】袁宏要去當謝奉的司馬，京城裡的親友們都送他到瀨鄉。就在將要分手的時候，袁宏原已感到了十分的悲傷悵惘，便歎道：「江山空空曠曠的，竟然有萬里綿延的氣勢！」

【析　評】本則記的是袁宏即景傷別的故事。作者在這故事裡，先敘袁宏之赴任與諸人之送行，再敘袁宏「將別」時的「悽惘」，然後藉袁宏之歎，寫萬里江山之寥落，以襯托出無限的別情來。所謂「情寓於景」，使人讀了，也不禁為之「悽惘」不已。

84 孫綽❶賦〈遂初〉❷，築室畎川❸，自言見止足之分❹。齋前種一株松，恆自手壅治❺之。高世遠❻時亦鄰居，語孫曰：「松樹子❼非不楚楚可憐❽，但永無棟梁用耳！」孫曰：「楓柳雖合抱，亦何所施❾？」

【注　釋】❶孫綽　字興公，晉太原中都（今山西平遙西北）人。孫楚之孫。博學能文，曾閒居會稽十餘年。庾亮為征西將軍時，請為參軍，遷尚書郎，後官至廷尉卿。著有《孫廷尉集》。❷遂初　賦名。孫綽居會稽時作。❸畎川　地名。不詳確址，當在會稽附近。❹止足之分　知止知足的本分。❺壅治　培植整理。❻高世遠　高柔，字世遠，晉樂安（今山東博興）人。家道富裕。曾任司空參軍、安固令。後營宅於畎川，與孫綽時相往來。❼松樹子　小松樹。❽楚楚可憐　纖細可愛。❾施　用。

【語　譯】孫綽作〈遂初賦〉，並在畎川這個地方蓋了間房子，他說自己這樣做是為了要表示知止、知足的本分。就在房子的前面，他又種了一棵松樹，經常由他親手培土整理。高柔當時跟他是鄰居，有天告訴孫綽說：「你家的松樹苗並不是長得不夠『楚楚可憐』，但恐永遠不能用做棟梁了！」孫綽回答說：「楓樹和柳樹，即使有合抱之粗，又有甚麼用呢？」

【析評】本則記的是孫綽和高柔彼此以言辭相戲謔的故事。孫綽的祖父名楚，字子荊。高柔見孫綽手植松樹於屋前，並維護有加，便拿這件事，以他祖父之諱來調侃他，而孫綽也不甘示弱，以「楓柳雖合抱，亦何所施」兩句來回敬高柔。可惜高柔祖父的名字，無從獲知，因此對孫綽答語之奧妙，也不能確知了。不過，余嘉錫以為「孫答語中當亦還斥高柔祖父之名」（見《世說新語箋疏》），該是很合理的一種推斷。

85 桓征西❶治江陵城❷甚麗。會賓僚出江津望之，云：「若能目❸此城者，有賞！」顧長康❹時為客，在坐，因曰：「遙望層城❺，丹樓如霞。」桓即賞以二婢。

【注釋】❶桓征西　即桓溫。曾官征西將軍。見本篇55注❶。❷江陵城　城名。即今湖北江陵縣治所在地。城臨長江北岸，地勢甚低，相傳係晉桓溫所始築。❸目　品評；品題。當時常用語。❹顧長康　顧愷之，字長康，晉晉陵無錫（今江蘇無錫）人。尚書左丞顧悅之之子。博學多才，性好諧謔，尤善丹青。桓溫引為大司馬參軍，義熙初任散騎常侍。年六十二卒於官。❺層城　高大的城闕。

【語譯】征西將軍桓溫修建江陵城，築得十分壯麗。有一天，他會集一些賓客和僚屬，一起出城到江邊觀賞，說：「如果有能品題這座城池的人，我有獎賞給他！」顧愷之當時是賓客的身分，坐在座位上，就說：「遠遠地看見高大的城郭，紅色的城樓有如天上的雲霞。」桓溫聽了，便把兩個婢女賞給他。

【析評】本則記的是桓溫將二婢賞給顧愷之的故事。顧愷之這個人，《晉書．顧愷之傳》說他：「博學有才氣，嘗為〈箏賦〉成，謂人曰：『吾賦之比嵇康琴，不賞者必以後出相遺，深識者亦當以高奇見貴。』」又說：「為吟詠，自謂得先賢風制。」可知他是個相當自負的才子型人物。所以這回以「遙望層城，丹樓如霞」兩句品題壯麗的江陵城，受到桓溫的賞識，是件很自然的事。而後來桓溫所以會引他為大司馬參軍，跟這件事該不無關係吧？

86 王子敬❶語王孝伯❷曰：「羊叔子❸自復佳耳，然亦何與❹人事？故不如銅雀臺上妓❺。」

【注釋】❶王子敬　即王獻之。見〈德行〉39注❶。❷王孝伯　即王恭。見〈德行〉44注❶。❸羊叔子　羊祜，字叔子，晉泰山南城（今山東費縣西南）人。博學能文，善於談論。武帝時，任尚書左僕射，後出鎮襄陽，修德愛民，深得江、漢人心。咸寧初，除征南大將軍，不久病卒，時年五十八。❹與　幫助。❺銅雀臺上妓　相傳曹操在生前曾囑咐諸兒，在他死後安葬在鄴城的西岡，並將諸妾與伎人全部安置在銅雀臺，於每月朔望時，施帳於臺上，要她們向帳作歌舞。見《樂府詩集解題》。銅雀臺，曹操所築，在今河南臨漳西南。

【語譯】王獻之告訴王恭說：「羊叔子自然也很好，然而對世事又有甚麼幫助呢？他實在連在銅雀臺上唱歌跳舞的藝妓都比不上。」

【析評】本則記的是王獻之對王恭批評羊祜「不如銅雀臺上妓」的故事。羊祜一生，可說功在國家，卻「成功弗居，幅巾窮巷，落落焉其有風飆」（見《晉書・羊祜傳》），而平時又「立身清儉，被服率素，祿俸所資，皆以贍給九族，賞賜軍士，家無餘財」（見同上），且死時「巷哭者聲相接」（見同上），這樣一個人，王獻之卻以為他無助於人事，不如能取悅人的藝妓，即使另有所據，但也未免以偏概全，有點過分，所以余嘉錫說：「子敬吉人辭寡，亦復有此放誕之言，有愧其父多矣。」（見《世說新語箋疏》）可見人出言是要三思的啊！

87

林公❶見東陽❷長山❸曰：「何其坦迤❹！」

【注釋】❶林公　即支遁。見本篇63注❶。❷東陽　郡名。舊治在今浙江金華。❸長山　山名。在今浙江金華。相連三百餘里，相傳為古時仙人採藥處。❹坦迤　山勢平緩而綿延不絕的樣子。

【語譯】支遁看到東陽郡的長山說：「這座山是多麼的平緩而綿延啊！」

【析評】本則記的是支遁讚歎長山山勢平緩綿延的言辭。長山，也叫金華山，《會稽土地志》說它「靡迤而長」（劉孝標注引），而《太平御覽》四十七引《郡國志》也說它「相連逕三百里」，可見支遁以「何其坦迤」來讚美它，是有事實依據的。

88

顧長康❶從會稽❷還，人問山川之美。顧云：「千巖競秀，萬壑爭流，草木蒙籠❸其上，若雲興霞蔚❹。」

【注釋】❶顧長康　即顧愷之。見本篇85注❹。❷會稽　地名。在今浙江省紹興縣。❸蒙籠　草木茂密的樣子。也作「蒙蘢」。❹雲興霞蔚　雲霧升起，彩霞繁盛。形容景物富麗多彩。

【語譯】顧愷之從會稽回來，有人問他會稽的山川美在何處。顧愷之回答說：「數以千計的山巖，互相爭秀；數以萬計的山谷，澗水競流；而草木茂密的覆蓋在山巖之上，就像雲霧升起、彩霞密布一般。」

【析評】本則記的是顧愷之讚美會稽「山川之美」的言辭。對於會稽「山川之美」，顧愷之首用誇飾與轉化（擬人），再以譬喻的修辭方式來形容。由於簡明、具體而富於技巧，所以受到時人與後人的愛賞。尤其是「雲興霞蔚」一語，更廣被引用，或以形容景物之富盛，或以比喻人才之眾多，到現在可說已成為大家耳熟能詳的一個成語了。請參看本篇91則。

89 簡文❶崩，孝武❷年十餘歲立。至暝不臨❸。左右啟❹：「依常應臨。」帝曰：「哀至則哭，何常之有！」

【注釋】❶簡文　即司馬昱。見〈德行〉37注❶。❷孝武　晉孝武帝，名曜，字昌明，簡文帝第三子。初封會稽王，於咸安二年（西元三七二年），即皇帝位，在位二十四年崩，時年三十五。❸至暝不臨　到了晚上，不和大家一起哭弔。暝，天黑；夜晚。臨，眾人哭弔。❹啟　告訴。

【語譯】簡文帝崩逝，孝武帝在當時僅十餘歲就登上帝位。到了夜晚，孝武帝沒有和大家在靈前一起哭弔。左右近侍說：「照常例，應該和大家一起哭弔。」孝武帝說：「人悲傷到了極點就會哭泣，有甚麼常規可循呢！」

【析評】本則記的是孝武帝少時智駁近侍之諫的故事。據徐震堮《世說新語校箋》的考證，簡文帝崩逝時，孝武帝年僅十一。以這樣的年齡，在聽到近侍「依常應臨」之諫後，竟能合情合理的用「哀至則哭，何常之有」兩句話來回答，足以看出他天資之聰穎來。無怪謝安在聽後會以為他「精理不減先帝」（見《晉書．孝武帝紀》）了。

90 孝武❶將講《孝經》❷，謝公❸兄弟與諸人私庭講習❹。車武子❺難苦❻問謝，謂袁羊❼曰：「不問，則德音❽有遺；多問，則重勞二謝❾。」袁曰：「必無此嫌。」車曰：「何以知爾？」袁曰：「何嘗見明鏡疲於屢照，清流憚於惠風❿？」

【注釋】❶孝武　即司馬曜。見本篇89注❷。❷孝經　書名。為十三經之一。相傳係曾子學生所記孔子向曾子闡述孝道及以孝治天下的大經大法。有古文、今文二本：古文本鄭玄注，分十八章；今文本孔安國注，分二十二章。❸謝公　即謝安。見〈德行〉33注❷。❹私庭講習　在私邸共同討論、研習學問。❺車武子　車胤，字武子，晉南平（今湖南安鄉北或湖北公安東北）人。少時家貧，囊螢照明，勤讀不休。官至吏部尚書，封臨湘侯，後因劾奏元獻，事洩被害。❻難苦　困苦；不敢。❼袁羊　當作袁虎。袁宏，小字虎。見本篇83注❶。❽德音　善言；精妙的言論。❾二謝　謝安和謝石。謝石，字石奴，謝安之弟。初拜祕書郎，後遷尚書僕射、中軍將軍，封南康郡公。年六十二病卒。❿惠風　和風；南風。

【語譯】孝武帝準備講習《孝經》，謝安兄弟和大家聚在私邸裡，共同討論、研究。車胤遇到疑難，不敢去詢問謝安兄弟，便對袁宏說：「不問的話，就要遺漏精妙的言論；多問的話，就要大大地煩勞謝家兩兄弟。」袁宏說：「他們一定不會有這種忌恨。」車胤說：「你怎麼曉得呢？」袁宏說：「你何曾看到明亮的鏡子會因多次映照而顯得勞累，清澈的流水會因和風徐來而顯得憚煩呢？」

【析評】本則記的是袁宏巧用言語為車胤釋嫌的故事。據《晉書・袁宏傳》載，袁宏「機對辯速」，常為謝安所讚賞。有一回，謝安在任揚州刺史時，適巧袁宏自吏部郎出為東陽郡守，道經揚州，於是謝安特地為他餞行，並於臨別之際贈以一把扇子，有意試一試他的才華。結果袁宏即席答謝說：「輒當奉揚仁風，慰彼黎庶。」（見《晉書・袁宏傳》）贏得了謝安和在場時賢的讚譽。這個切合人、物、事的謝辭，加上本則故事中對車胤之問，袁宏將謝安兄弟譬作「明鏡」、「清流」的回答，足可看出他的「機對辯速」，確是超乎常倫的。

91 王子敬❶云：「從山陰❷道上行，山川自相映發❸，使人應接不暇❹；若秋冬之際，尤難為懷❺。」

【注釋】❶王子敬　即王獻之。見〈德行〉39注❶。❷山陰　地名。即會稽。因位山之北而得名。在今浙江紹興。❸映發　映照襯托，顯露光彩。❹應接不暇　形容美麗的景色太多，來不及一一仔細欣賞。❺為懷　存心；用心。引申有徹底領略的意思。

【語　譯】王獻之說：「沿著山陰道上行走，山川的美景彼此映照襯托，使人來不及一一仔細欣賞；如果是在秋冬的當兒，那就更難於徹底領會了。」

【析　評】本則記的是王獻之讚美山陰道上山川景致的言辭。山陰指會稽郡，地在會稽山之北，因以為名。《會稽郡記》說：「境特多名山水，峰崿隆峻，吐納雲霧；松栝楓柏，擢榦竦條；潭壑鏡徹，清流瀉注。」（劉孝標注引）這裡的山川既是這樣的美好，那就自然會引起王獻之「使人應接不暇」和「尤難為懷」的讚歎了。請參看本篇88則。

92 謝太傅❶問諸子侄：「子弟亦何預❷人事，而正欲使其佳？」諸人莫有言者。車騎❸答曰：「譬如芝蘭玉樹❹，欲使其生於階庭❺耳。」

【注　釋】❶謝太傅　即謝安。見〈德行〉33注❷。❷預　干預；過問。❸車騎　即謝玄。見本篇78注❺。❹芝蘭玉樹　芝蘭香草和神話中的仙樹。比喻優秀的人民。芝蘭，香草名。❺階庭　臺階、庭院。

【語　譯】太傅謝安問子姪們說：「你們如果有了機會，該如何去處理人間的事情，並且一心使人民變得更好呢？」大家都默不作聲。車騎謝玄便回答說：「就像是對待芝蘭和仙樹，想要讓它們好好地生長在庭院中罷了。」

【析評】本則記的是謝玄少時穎悟過人的故事。據《晉書・謝安傳》載謝安：「於土山營墅，樓館林竹甚盛，每攜中外子姪往來游集。」則這一則故事當發生在「游集」時候。「游集」之際，謝安為使子姪沉浸濃郁、潛移默化，便常以儀範教導他們，這是其中之一例。從這個例子中，可看出謝玄的穎悟力，確實超過謝安的其他子姪，這就無怪《晉書・謝玄傳》要說他「少穎悟，與從兄朗，俱為叔父安所器重」了。

93 道壹道人❶好整飾音辭，從都下還東山❷；經吳中❸，已而會雪下，未甚寒。諸道人問在道所經。壹公曰：「風霜固所不論；乃先集其慘澹❹，郊邑正自飄瞥❺，林岫便自皓然❻。」

【注釋】❶道壹道人　道壹，竺道壹。姓陸，晉吳（今江蘇崑山縣）人。少時出家，思徹淵深，為晉簡文帝所知重。簡文帝崩後，還吳，暫止虎邱山，年七十一病卒。道人，晉宋間對僧人的通稱。❷東山　山名。在今江蘇崑山縣東南。❸吳中　地名。即今江蘇吳縣一帶。在此指蘇州。❹慘澹　景物淒涼蕭索的樣子。❺飄瞥　雪花飛舞的樣子。❻皓然　潔白的樣子。

【語譯】僧人竺道壹喜好講求音韻、修飾文辭，有一次，他從都城回到東山；路經蘇州，不一會兒，湊巧下起雪來，但還不十分寒冷。一些僧人問竺道壹在路上的經歷。竺道壹便回答說：「風和霜就不必談了；而真正最引人注目的景象是這樣子的：先前是大自然顯得特別淒涼蕭索，郊邑之間只見雪花紛紛飛舞，最後是山林呈現一片潔白的顏色。」

【析評】本則記道壹道人喜歡「整飾音辭」的故事。在這則文字裡，作者用先泛敘、後實寫的方式，透過一個實例來敘明道壹「好整飾音辭」的情形，篇幅雖短，卻已將故事交代得一清二楚。而末尾道壹的四句答語，則無不針對著「雪」來說，雖始終未用一個「雪」字，卻處處有「雪」，所謂「風霜」、「慘澹」、「飄瞥」、「皓然」，彼此關聯，而又每句六字，有著整齊的形式，且音節極其諧婉。因此作者舉這四句話來作例子，指道壹「好整飾音辭」，是最切當不過的。

94 張天錫❶為涼州刺史，稱制❷西隅。既為苻堅❸所禽❹，用為侍中。後於壽陽❺俱敗，至都，為孝武❻所器；每入，言論無不竟日。頗有嫉之者，於坐問張：「北方何物可貴？」張曰：「桑椹❼甘香，鴟鴞革響❽；淳酪❾養性，人無嫉心。」

【注釋】❶張天錫　字純嘏，晉安定烏氏（今甘肅平涼西北）人。曾祖軌，在永嘉時任涼州太守，趁京中大亂，便占據涼土，傳至天錫，遂自立為牧。後歸苻堅，等到苻堅在壽陽兵敗，才南歸，拜散騎常侍、西平公。❷稱制　行使皇帝權力。❸苻堅　字永固，小字堅頭，晉時臨渭（今甘肅泰安東南）人。初為東海王，後殺苻生自立，先後滅前燕、前涼、代國，統一北方大部分地區，並攻陷東晉的益州，占領成都，使前秦成為五胡中最強盛的國家。太元八年（西元三八三年），率軍攻晉，戰於淝水，大敗，於十年（西元三八五年）為姚萇所殺。❹禽　通「擒」。俘虜。❺壽陽　地名。在今山西壽陽。❻孝武　即司馬曜。見本篇89注❷。❼桑椹　桑樹所結的果實，味甘可食。也作「桑葚」。❽革響　振翅作響。革，翅膀。❾淳酪　精好的乳酪。

【語譯】張天錫在任涼州刺史時，占據西方，自立為王。不久被苻堅所俘獲，任為侍中。後來和苻堅一起在壽陽慘遭兵敗，到達京都，受到孝武帝的器重；每次上朝，談論政事，沒有不是一談就是一整天的。

於是招致朝中許多人的嫉恨，結果有一回，座中有人便問張天錫說：「在北方是甚麼東西最為珍貴的呢？」張天錫回答說：「桑椹甜美芳香，鴟鴞振翅作響；精純的乳酪足以涵養情性，善良的人民沒有嫉妒心理。」

【析　評】本則記的是張天錫巧用言辭來譏刺別人的故事。作者在這則故事裡，先交代張天錫所以遭人鄙視與嫉恨的根由，再以「北方何物可貴」之一問作橋梁，引出張天錫的四句回答來。這四句回答，針對所問，以前三句為賓，末句為主，不但駁回別人的諷刺，更反過來譏刺了別人，可說巧妙到了極點，也由此可知張天錫能「為孝武所器」，不是沒有來由的。

95 顧長康❶拜桓宣武墓❷，作詩云：「山崩溟海❸竭，魚鳥將何依？」人問之曰：「卿憑重❹桓乃爾，哭之狀其可見❺乎？」顧曰：「鼻如廣莫長風❻，眼如懸河決溜❼。」或❽曰：「聲如震雷破山，淚如傾河注海。」

【注　釋】❶顧長康　即顧愷之。見本篇85注❹。❷桓宣武墓　即桓溫墓。在姑孰，即今安徽當塗境。桓溫，見本篇55注❶。❸溟海　泛指大海。❹憑重　仰賴、敬重。❺見　表達出來。❻廣莫長風　長吹不停的北風。廣莫，八風之一，指北風。❼決溜　傾瀉水流。溜，水流。❽或　又。

【語　譯】顧愷之去拜祭桓溫的墳墓，曾作詩說：「高山崩塌了，大海枯竭了，魚和鳥要靠甚麼來生存呢？」有人問他說：「您敬重桓溫到了這種地步，那麼，您哭墳的樣子大概可以描述一下吧？」顧愷之便描述說：「鼻息像長吹不停的北風，眼睛像傾瀉水流的懸河。」接著又形容說：「聲音像突起的迅雷震破山岡，淚水像傾瀉的河水注入大海。」

【析　評】本則記顧愷之哭墳作詩的故事。從這則故事中，可知顧愷之對桓溫往昔知遇之恩，十分感激。

據《晉書・顧愷之傳》載：「桓溫引（愷之）為大司馬將軍，甚見親暱。」又載：「初，愷之在桓溫府，常云：『愷之體中癡黠各半，合而論之，正其平也。』」這樣，就無怪顧愷之會對桓溫之死那樣傷慟了。余嘉錫說：「（殷）浩乃溫之所廢，而悅為之訟冤，則與溫異矣。愷之身為悅子，懷溫入幙之遇，忘其問鼎之姦。感激傷慟，至於如此。此固可見溫之能牢籠才俊，而當時士大夫之不識名義，亦已甚矣！愷之癡人，無足深責爾。」（《世說新語箋疏》）看法極為正確。

96 毛伯成❶既負其才氣，常稱：「寧為蘭摧玉折，不作蕭敷艾榮❷。」

【注釋】❶毛伯成　毛玄，字伯成，晉潁川（今河南禹縣）人。仕至征西行軍參軍。❷寧為蘭摧玉折二句　寧願做為蘭草受到摧殘、玉器遭到斷折，也不願意充當蕭草到處蔓延、艾草長得茂盛。比喻寧作賢才而夭折，不作凡人而長壽。

【語譯】毛玄既然對本身的才氣深自期許，因而常常說：「我寧願作蘭草受到摧殘、玉器遭到斷折，也不願作蕭草到處蔓延、艾草長得茂盛啊！」

【析評】本則記毛玄自負才氣的故事。由於自負才氣，所以毛玄才會常有「寧為蘭摧玉折，不作蕭敷艾榮」的想法。屈原《離騷》說：「人好惡其不同兮，惟此黨人其獨異。戶服艾以盈要兮，謂幽蘭其不可佩。」又說：「何昔日之芳草兮，今直為此蕭艾也。」而《禮記・聘義》則說：「昔者君子比德於玉，溫潤而澤，仁也。」可見毛玄以蘭、玉比作賢才（君子），以蕭、艾比作凡人（小人），是有所依據的。

97 范甯❶作豫章，八日❷請佛有板❸；眾僧疑，或欲作答。有小沙彌❹在坐末曰：「世尊❺默然，則為許可。」眾從其義。

【注釋】❶范甯　字武子，晉南陽順陽（今河南淅川東）人。篤學通覽。初為餘杭令，崇學敦教，在職六年，遷臨淮太守，封陽遂鄉侯。後拜中書侍郎，出為豫章太守，大設學校，遠近來學的有一千多人。所撰《春秋穀梁集解》，釋義精審，為世所重。年六十三卒於家。❷八日　指佛誕日。即農曆四月八日。❸板　簡牘。禮佛有文字，寫在簡牘上，稱為板。程炎震箋：「本書〈文學〉篇桓玄答五版。蓋版必須答，晉制然耳。」（見《世說新語校箋》）❹沙彌　佛教稱剛出家、初受十戒的男子。❺世尊　佛祖的尊號。

【語譯】范甯出任豫章太守，在農曆四月八日佛誕那一天，特別備了簡牘來拜佛；所以眾僧感到疑惑，有人想模仿公家版奏必答之例作答。就在這個時候，坐在末座的一個小沙彌說：「佛祖不說話，就是許可。」於是大家都贊可他的意思。

【析評】本則記的是范甯於佛誕日用板禮佛的故事。《晉書・范甯傳》說范甯「崇儒抑俗」，又說他「既免官，家於丹楊，猶勤經學，終年不輟」，可知范甯是個湛深經術的儒者。不過，南北朝時，拜佛講經的風氣很盛，所以范甯也不能例外，《高僧傳》載：「豫章太守范甯，請講《法華》、《毗曇》。」（程炎震引，見《世說新語箋疏》）再證以本則所記，則范甯事佛的事實，已可肯定。儒者如范甯，尚且如此，其他的就更不用說了。

98 司馬太傅❶齋❷中夜坐，于時天月明淨，都無纖翳❸；太傅歎以為佳。謝景重❹在坐，答曰：「意謂乃不如微雲點綴。」太傅因戲謝曰：「卿居心不淨，乃復強欲滓穢太清❺邪？」

【注釋】❶司馬太傅　司馬道子，為簡文帝第五子。初封琅邪王，領司徒、揚州刺史，後受封會稽國，進太傅。❷齋　屋舍。❸翳　遮蔽物。在此指雲。❹謝景重　謝重，字景重，晉陳郡（舊治在今河南淮陽）人。東陽太守謝朗之子，曾任會稽王道子的驃騎長史。❺太清　指天空。

【語譯】太傅司馬道子夜裡在房中閒坐，此時天宇潔淨、月光明亮，了無纖雲遮蔽；於是太傅認為景致幽美而大加讚歎。謝景重當時正在座，便說：「我認為不如有微雲點綴來得好。」太傅因而對謝景重開玩笑說：「由此可以看出您的心裡不潔淨，難道還要強使天空受到汙染嗎？」

【析評】本則記司馬道子和謝景重開玩笑的故事。在這則故事裡，司馬道子針對謝景重之「答」，透過意象，將有「微雲點綴」的天空和人心連成一體，於是先由物而及人地對謝景重戲說「卿居心不淨」，再由人而及物地戲說「強欲滓穢太清」。這樣掌握意象來表出，可說既巧妙又貼切，那就難怪會為世人所傳誦了。

99 王中郎❶甚愛張天錫❷，問之曰：「卿觀過江諸人經緯❸，江左軌轍❹，有何偉異❺？後來之彥，復何如中原？」張曰：「研求幽邃，自王、何❻以還；因時脩制，荀、樂❼之風。」王曰：「卿知見有餘，何故為苻堅❽所制？」答曰：「陽消陰息，故天步屯蹇❾；〈否〉〈剝〉❿成象，豈足多譏？」

【注釋】❶王中郎　疑指王舒。字處明，晉臨沂（今山東臨沂）人。丞相王導的堂弟。明帝時，徵為司馬，褚裒薨，代鎮廣陵，除北中郎將，轉少府。後監浙江東五郡軍事，因平賊有功，封彭澤縣侯，不久，卒於官。❷張天錫　見本篇94注❶。❸經緯　直、橫的織線。喻指思考或行事的準則。❹軌轍　車輪行過的痕跡。喻意同經緯。❺偉異　大的不同。❻王何　指王弼與何晏。王弼，字輔嗣，三國魏山陽（今河南修武西北）人。好論儒、道，曾注《易經》與《老子》，為世所重。何晏，見本篇54注❶。❼荀樂　荀顗、荀勗與樂廣。荀顗，字景倩，晉穎川（今河南禹縣）人。博學洽聞，思理周密。初仕魏，為中郎，入晉後，任侍中，遷太尉。曾受命定禮儀，與羊祜、任愷等刪改舊文，撰定晉禮。荀勗，字公曾，也是晉穎川人。博學能文。武帝時，拜中書監，加侍中，領著作，與賈充共定律令，後進位光祿大夫，卒贈司空。樂廣，見〈德行〉23注❹。❽苻堅　見本篇94注❸。❾天步屯蹇　指時運不順。〈屯〉、〈蹇〉，《易經》二卦名。〈屯〉為震下坎上，〈蹇〉為艮下坎上，都是險阻之象，表示艱困不順的意思。❿否剝　《易經》二卦名。〈否〉為坤下乾上，天地隔絕，萬物不通之象。〈剝〉為坤下艮上，陰盛陽衰之象。合以表示境遇險惡的意思。

【語　譯】王中郎很喜愛張天錫，有一回問他說：「您看渡江南來的那些人，在思想、行事上，和江左一帶的人有甚麼大的不同？而後起的才俊，和中原的比起來，又怎樣？」張天錫回答說：「一個是研求幽深玄妙的道理，這是從王弼、何晏以來就是這樣子的；一個是按照時代，修定法制，盛行著荀顗、荀勗與樂廣講求實際的風氣。」王中郎聽了便說：「您的識見是那麼廣博，為甚麼還會受制於苻堅呢？」張天錫就回答說：「陽氣消退，陰氣滋息，因此時運不濟；境遇險惡到了這種地步，又還有甚麼可譏評的呢？」

【析　評】本則記的是王中郎讚賞張天錫的故事。從這個故事裡，可知王中郎之所以讚賞張天錫，是由於他「知見有餘」；而張天錫「知見有餘」，是由他「研求幽邃，自王、何以還；因時脩制，荀、樂之風」四句回答中看出。這四句回答，上兩句說的是崇尚玄虛，下兩句說的是講求實際，這正是南（江左）北（中原）風氣之最大不同所在，因此王中郎聽後會大為讚賞；也由此可見張資《涼州記》所說「天錫明鑒穎發」（劉孝標注引），是很有根據的。

100 謝景重❶女適王孝伯❷兒，二門公❸甚相愛美。謝為太傅❹長史，被彈❺，王即取作長史，帶晉陵郡。太傅已構嫌孝伯，不欲使其得謝，還取作諮議；外示縶維❻，而實以乖間❼之。及孝伯敗後，太傅繞東府城❽行散❾，僚屬悉在南門要望❿候拜。時謂謝曰：「阿寧⓫異謀，云是卿為其計？」謝曾無懼色，斂笏⓬對曰：「樂彥輔⓭有言：『豈以五男易一女⓮？』」太傅善其對，因舉酒勸之曰：「故自佳！故自佳！」

【注　釋】❶謝景重　即謝重。見本篇98注❹。❷王孝伯　即王恭。見〈德行〉44注❶。❸門公　等於說家公。指父親。❹太傅　即司馬道子。見本篇98注❶。❺彈　糾劾；檢舉不法行為。❻縶維　拘絆馬足，拴繫馬韁。比喻羅致、挽留人才。❼乖間　離間；挑撥是非。❽東府城　城名。在今南京市。東晉時為揚州刺史的治所。❾行散　南北朝人喜歡服用五石散，服後藥毒發作，身體生熱，須藉步行來散發，謂之「行散」或「行藥」。❿要望　等候觀望。⓫阿寧　王恭小字。⓬斂笏　古代官員朝會時皆執笏板，雙手端持近身表示恭敬，謂之斂笏。⓭樂彥輔　即樂廣。見〈德行〉23注❹。⓮以五男易一女　用五個男孩換一個女孩。表示絕無此事。晉樂廣的女婿成都王司馬穎，和長沙王司馬乂立場敵對。司馬乂由於聽信讒言，懷疑樂廣從中慫恿，便去責問樂廣，樂廣便神色不變地說：「我哪裡會以五個男孩去換一個女孩呢？」見《晉書．樂廣傳》。

【語　譯】謝景重的女兒嫁給王孝伯的兒子當媳婦，兩個親家公都對這對新人極為愛顧、讚譽。後來，謝景重在擔任太傅司馬道子的長史時，遭人彈劾，王孝伯就設法取得長史的職位，並兼任晉陵郡的郡守。由於太傅司馬道子已逐漸對王孝伯起了嫌怨，但為了不使王孝伯和謝景重和好，所以又設法讓王孝伯充任諮議；以公開表示羅致人才的心意，而實際上卻藉此以離間他們。等到王孝伯事敗被殺之後，太傅司馬道子有一天繞著東府城行散，他的部下都在南門等候觀望，準備拜候。就在這個時候，太傅司馬道子對謝景重說：「阿寧叛亂，聽說是您替他謀劃的，有沒有這回事？」謝景重竟絲毫沒露出害怕的神色，收整笏板，恭敬地回答說：「樂廣有句話說：『我怎麼會用五個男孩去換一個女孩呢？』」太傅司馬道子認為他答得很得體，於是舉起酒杯向他勸酒說：「這樣就好！這樣就好！」

【析　評】本則記謝景重善用掌故的故事。自古以來，瓜田李下，總易招嫌。就以本則故事而言，謝景重由於和王孝伯是兒女親家的關係，因此受到司馬道子的懷疑。好在謝景重毫無懼色地藉樂廣的一個成句來化解，終於祛除了司馬道子的疑心，這不能不說是巧用故實的收穫啊！

101 桓玄❶義興❷還後，見司馬太傅❸，太傅已醉，坐上多客，問人云：「桓溫❹來欲作賊，如何？」桓玄伏不得起。謝景重❺時為長史，舉板答曰：「故宣武公❻黜昏暗，登聖明，功超伊、霍❼。紛紜之議，裁之聖鑒。」太傅曰：「我知！我知！」即舉酒云：「桓義興❽，勸卿酒！」桓出謝過。

【注　釋】❶桓玄　字敬道，晉譙國龍亢（今安徽懷遠西北）人。大司馬桓溫的孽子。初拜太子洗馬，太元末，出補義興太守，安帝時任江州刺史。元興元年，舉兵造反，攻陷建康，強迫安帝禪位，建號楚，後為劉裕殺於江陵。❷義興　地名。晉永嘉時，分丹陽之永世立義興郡，即今江蘇宜興。❸司馬太傅　即司馬道子。見本篇98注❶。❹桓溫　見本篇55注❶。❺謝景重　即謝重。見本篇98注❹。❻宣武公　即桓溫。❼伊霍　指商伊尹與漢霍光。伊尹為商湯輔臣，曾放逐太甲於桐，使他悔過。霍光為西漢大臣，曾廢昌邑王，迎立宣王，前後執政凡二十年。❽桓義興　即桓玄。

【語　譯】桓玄從義興回來後，去見太傅司馬道子；這時太傅已經喝醉了，乘著座上有很多客人，便問人說：「桓溫要來造反，該怎麼辦才好？」桓玄聽了，低著頭不敢抬起來。謝景重這時正任長史，舉起笏說：「那已過世的宣武公，罷黜昏暗的國君，擁立聖明的天子，他的功勞超過了商代的伊尹和漢朝的霍光。對於各種不同的議論，應由天子作聖明的裁斷。」太傅說：「我知道！我知道！」於是舉起酒杯說：「桓義興啊！我敬您一杯酒！」桓玄便向前向太傅謝罪。

【析評】本則記的是謝景重為桓玄權詞解圍的故事。對於桓玄的父親桓溫這個人，自來都認為他「桀逆，罪不容誅」（李慈銘語，《世說新語箋疏》引），因此對謝景重「黜昏暗，登聖明，功超伊、霍」的說法，都很不以為然。但若從另一角度來看，則有不同的結果。余嘉錫說：「桓玄飛揚跋扈，包藏禍心，蜷伏爪牙，觀釁而動，能早除之固善。然道子昏庸，見不及此。本無殺之之意，而乘醉肆詈，辱及所生。使之羞憤難堪，是時四座動容，主賓交窘。景重出而轉圜，實足息一時之紛糾。其言宣武廢昏立明，不過權詞解圍耳。使道子果欲正溫不臣之罪，固當奏之孝武，明發詔令，豈容失色於杯酒間乎？」（《世說新語箋疏》）可謂持平之論。

102 宣武❶移鎮南州❷，制街衢平直。人謂王東亭❸曰：「丞相❹初營建康，無所因承，而制置紆曲，方此為劣。」東亭曰：「此丞相乃所以為巧。江左地促，不如中國❺，若使阡陌❻條暢，則一覽而盡；故紆餘委曲，若不可測。」

【注釋】❶宣武　即桓溫。見本篇55注❶。❷南州　指姑孰。屬揚州，因在建康之南而得名。在今安徽當塗境。❸王東亭　王珣，字元琳，晉臨沂（今山東臨沂）人。丞相王導之孫。初為桓溫掾，轉主簿，後從討袁真，以功封東亭侯。隆安初，遷尚書令，不久以病解職，經年餘而卒。❹丞相　即王導。見〈德行〉27注❸。❺中國　京師；中原。❻阡陌　本指田間小路。在此用以指街道。

【語　譯】桓溫調了職，去鎮守南州，所設置的街道都很平直。有人便對王珣說：「丞相王導當初營建建康城，因為沒有舊例可循，以致所設置的街道都彎曲不直，顯然比不上這裡（南州）。」王珣回答說：「這就可看出丞相巧妙的地方。由於江左一帶，土地狹窄，不像中原那樣廣闊，如果街道平直暢達，那麼一看就可看到底；所以曲折悠遠，反而看來像深不可測一樣啊！」

【析　評】本則記王珣論江左街道紆曲勝平直的故事。大家都曉得天下事本就沒有「絕對」可言，它往往隨著時、地、人的不同，而有不同的判斷標準。就以這則故事來說，有人以為街道平直勝於紆曲，這是通各地，就「整齊」一面來著眼的；而王珣卻持相反的看法，這是特限江左地域，就「錯綜」一面來著眼的。如果不分地域來看，則兩者都各有各的好處，實在不能藉以分出高下，但若只就江左這個區域來看，則顯然以王珣的說法，較具說服力。固然王珣是王導的孫子，難脫為自己祖父辯解之嫌，但能這樣「言之成理」，是不能不令人歎服的。

103 桓玄❶詣殷荊州❷，殷在妾房晝眠，左右辭不之通。桓後言及此事，殷云：「初不眠；縱有此，豈不以『賢賢易色』❸也？」

【注　釋】❶桓玄　見本篇101注❶。❷殷荊州　即殷仲堪。見〈德行〉40注❶。❸賢賢易色　將敬重賢人之心來代替愛好美色之心。語出《論語・學而》。

【語　譯】桓玄去拜見殷仲堪，湊巧殷仲堪大白天在愛妾房裡睡眠，殷仲堪的隨侍拒絕去通報。桓玄在後來談到這件事，殷仲堪說：「開始的時候，確實無法成眠；即使有這樣的事，到了後來，豈不是因為『賢賢易色』（以敬重賢人之心來代替愛好美色之心），去夢周公了嗎？」

【析　評】本則記的是殷仲堪巧用成語的故事。在這則故事裡，殷仲堪以「賢賢易色」一語來化解自己在妾房晝眠所造成的窘境。其巧妙主要在「賢賢」兩字，因為這兩字才能透過字義的推演變化，由「夢見周公」帶出「眠」的意思來。《論語・述而》說：「子曰：『甚矣！吾衰也。久矣！吾不復夢見周公。』」所謂「夢見周公」，不正合「眠」和「賢賢」的意思嗎？

104 桓玄❶問羊孚❷：「何以共重吳聲❸？」羊曰：「當以其妖而浮❹。」

【注　釋】❶桓玄　見本篇101注❶。❷羊孚　字子道，晉泰山（今山東泰安）人。尚書郎羊楷之孫。仕歷太學博士、州別駕、太尉參事。年四十六卒。❸吳聲　即吳語。指分布於江蘇東南與浙江大部分地區的語言。❹妖而浮　既柔媚又輕巧。

【語　譯】桓玄問羊孚說：「為甚麼大家都重視吳語呢？」羊孚回答說：「該是由於它柔媚而輕巧的緣故吧。」

【析　評】本則記羊孚說明吳聲特色的故事。對於吳聲受到大眾所珍視，在這則故事裡，羊孚以為是它「妖而浮」的緣故，這是就它的特色而言的；至於從功用上來說，則陳寅恪說得好：「蓋東晉之初，基業未固，（王）導欲籠絡江東人心，作吳語者，亦其關濟政策之一端。」（《世說新語箋疏》引）可見從不同的角度來看當時大眾所以「共重吳聲」的原因，是會有不同的答案的。

105 謝混❶問羊孚❷：「何以器舉瑚璉❸？」羊曰：「故當以為接神❹之器。」

【注　釋】❶謝混　字叔源，晉陳郡（舊治在今河南淮陽）人。司空謝琰的幼子。少有美譽，善於屬文。仕歷中書令、中領軍、尚書左僕射，後因坐黨劉毅而伏誅。❷羊孚　見本篇104注❷。❸器舉瑚璉　提到器皿就舉出瑚璉。瑚璉，即簠簋。是古代宗廟祭祀時盛黍稷的禮器。因屬貴重之器物，故孔子曾用以喻指子貢是學養出眾、足堪重任的廊廟之材。見《論語・公冶長》。❹接神　交接神明。即祭神之意。

【語　譯】謝混問羊孚說：「為甚麼一提到器具，就要舉出瑚璉呢？」羊孚回答說：「當是由於它原是祭神用器的緣故。」

【析　評】本則記羊孚為「器舉瑚璉」釋明由來的故事。羊孚在此故事中，以「接神之器」來回答謝混之問，是有依據的。因為瑚璉，即簠簋，乃古代宗廟祭祀時用以盛黍稷的器具。由於它是祭祀時不可或缺的，所以受到大家的重視，而後來便用以喻指廊廟之才。《論語・公冶長》載：「子貢問曰：『賜也何如？』子曰：『女，器也。』曰：『何器也？』曰：『瑚璉也。』」孔子在這裡即以瑚璉喻指重要治國人才。而何晏的《集解》解釋說：「包曰：『瑚璉，黍稷之器，夏曰瑚，殷曰璉，周曰簠簋，宗廟之器貴者。』」所謂「宗廟之器貴者」，不但說明了孔子所以用瑚璉來喻指重要治國人才的原因，也為羊孚的說法作了最好的注腳。

106　桓玄❶既篡位，後御牀微陷，群臣失色。侍中殷仲文❷進曰：「當由聖德淵重，厚地所以不能載。」時人善之。

【注　釋】❶桓玄　見本篇101注❶。❷殷仲文　晉陳郡（舊治在今河南淮陽）人。少有才藻。初為會稽王道子驃騎將軍，後投桓玄，任諮議參軍，等到玄為劉裕所敗，改投義軍，任鎮軍長史，轉尚書。義熙三年以罪伏誅。

【語　譯】桓玄已篡奪君位，後來他的御座微微下陷，使得所有的臣子大驚失色。這時侍中殷仲文進前說：「這必是由於皇上聖德淵深厚重，大地無法承載的緣故。」當時的人都稱讚他會說話。

【析評】本則記殷仲文善於言詞的故事。在這則故事裡，殷仲文只用了兩句話，便將大家認為的凶兆解釋成吉兆，可看出他確有過人的地方，不過，對篡位的桓玄這麼說，實在難脫小人討好之嫌。李慈銘說：「案此學裴楷『天得一以清』之言，而取媚無稽，流為狂悖。晉武帝受禪，至惠而衰，得一之徵，實為顯著。靈寶篡逆，覆載不容，仲文晉臣，謬稱名士。而既棄朝廷所授之郡，復忘其兄仲堪之仇。蒙面喪心，敢誣厚地。犬彘不食，無忌小人。臨川之簡編，誇其言語，無識甚矣。」（《世說新語箋疏》引）論殷仲文很有見地；謂臨川誇其言語，則未必然。

107

桓玄❶既篡位，將改置直館❷，問左右：「虎賁中郎省❸，應在何處？」有人答曰：「無省。」當時絕逆旨。問：「何以知無？」答曰：「潘岳❹〈秋興賦❺敘〉曰：『余兼虎賁中郎將，寓直散騎之省❻。』」玄咨嗟❼稱善。

【注釋】❶桓玄　見本篇101注❶。❷直館　護衛值宿的官舍。❸虎賁中郎省　虎賁中郎將的官署。虎賁中郎將，主掌宿衛，漢始置，至唐廢。省，指官署。❹潘岳　字安仁，晉滎陽中牟（今河南中牟）人。形貌端麗，善於屬文。初任賈充屬官，改河陽令，以種桃李而聞名；後官至給事黃門侍郎，為孫秀所害。世稱潘黃門，明人輯有《潘黃門集》。❺秋興賦　賦名。見《昭明文選．一三》。❻散騎之省　官署名。魏置，內設散騎常侍、員外散騎常侍等，掌管表詔。至隋廢，以散騎官併於門下省。❼咨嗟　讚歎。

【語譯】桓玄篡位以後，準備改設護衛值宿的官舍，問左右近侍說：「虎賁中郎將的官署，應該設在哪裡？」有人回答說：「根本沒有這個官署。」在當時來說，這是非常忤旨的一件事情。而桓玄卻未予理會，續問說：「怎麼知道沒有這個官署？」這個人回答說：「潘岳的〈秋興賦敘〉說：『我兼任虎賁中郎將，寄宿在散騎常侍的官署。』」桓玄聽了，讚歎稱好。

【析　評】本則記的是桓玄稱讚一個臣子善答的故事。這個臣子在故事中能援引潘岳〈秋興賦敘〉裡的文句，針對桓玄之問來回答，可說是個博聞彊記的人，可惜的是沒記載他的姓名。而劉謙之《晉紀》載：「玄欲復虎賁中郎將，疑應直與不，訪之僚佐，咸莫能定。參軍劉簡之對曰：『昔潘岳〈秋興賦敘〉云：「余兼虎賁中郎將，寓直於散騎之省。」以此言之，是應直也。』玄懽然從之。」（劉孝標注引）與本則記載，在內容上雖微有不同，但該是同指一事而言，如果是這樣，則這個人當是劉簡之。

108 謝靈運❶好戴曲柄笠❷，孔隱士❸謂曰：「卿欲希心❹高遠，何不能遺曲蓋之貌？」謝答曰：「將不❺畏影者，未能忘懷❻？」

【注　釋】❶謝靈運　小名客兒，南朝宋陽夏（今河南太康）人。謝玄之孫，襲封康樂公。少博學，工書畫，詩文縱橫俊發，獨步江左。曾任祕書監、侍中、臨川內史，後以罪被殺。明人輯有《謝康樂集》。❷曲柄笠　即曲蓋笠。笠上有柄，曲而下垂，絕似曲蓋（儀仗用的曲柄傘），因而得名。古時帝王用以賜將帥。❸孔隱士　孔淳之，字彥深，南朝宋魯郡魯（今江蘇省境）人。少有高志，愛好典籍。元嘉初，徵為散騎侍郎，不就，隱於上虞山，年五十九卒。❹希心　內心嚮慕。❺將不　莫非。與「將毋」、「得無」的意思相當。❻畏影者未能忘懷　指貴賤的形跡存於心中，不能盡忘。相傳古時有人因害怕自己的影子、腳跡，而拚命逃奔，結果力竭而死。見《莊子・漁父》。

【語　譯】謝靈運喜歡戴裝有垂柄、形似曲蓋的竹帽，隱士孔淳之對他說：「您的內心嚮慕著高蹈遠舉的隱逸境界，為甚麼不能忘記曲蓋的形貌呢？」謝靈運回答說：「您莫非是把貴賤的形跡常存心中，使自己不能忘懷嗎？」

【析　評】本則記謝靈運巧答孔淳之的故事。在這則故事裡，孔淳之由於謝靈運好戴曲蓋笠，便說他不能忘情於高官厚祿。而謝靈運則引《莊子》一書所載有人害怕自己影子、腳跡的故事，來反說孔淳之胸中存有貴賤的形跡，才會這樣；回答得真是巧妙而貼切。余嘉錫說：「笠者，野人高士之服，而曲柄笠，笠上有柄，曲而後垂，絕似曲蓋之形。靈運好戴之，故淳之譏其雖希心高遠，而不能忘情於軒冕也。靈運以為惟畏影者乃始惡跡，心苟漠然不以為意，何跡之足畏？」（《世說新語箋疏》）將本則文義解析得相當明白。

政事第三

1 陳仲弓❶為太丘❷長，時吏有詐稱母病求假，事覺收❸之，令吏殺焉。主簿請付獄，考❹眾姦。仲弓曰：「欺君不忠，病母不孝；不忠不孝，其罪莫大。考求眾姦，豈復過此？」

【注釋】❶陳仲弓　即陳寔。見〈言語〉6注❷。❷太丘　古地名。在今河南永城西北，漢置敬丘縣，東漢改作太丘。❸收　拘捕。❹考　追究。

【語譯】陳寔出任太丘地方的首長，當時有個屬官虛報母親生病，請求給假，後來事情被拆穿了，便將他收押起來，並且命令刑吏將他處死。這時主簿請求交付審判，追究是否有其他罪狀。陳寔很不以為然地說：「欺蒙君上是不忠，咒母生病是不孝；不忠不孝，罪過沒有比這更大的了。追究其他的罪狀，難道還有比這更大的嗎？」

【析評】本則記陳寔判案嚴正的故事。一般說來，對於「詐稱母病求假」，都會以為罪不至死，但陳寔卻視為「不忠不孝，其罪莫大」，而處以死刑，期收殺一儆百之效。《後漢書．陳寔傳》載他「除太丘長，修德清靜，百姓以安。鄰縣人戶歸附者，寔輒訓導譬解，發遣各令還本司官行部。吏慮有訟者，白欲禁之。寔曰：『訟以求直，禁之理將何申？其勿有所拘。』司官聞而歎息曰：『陳君所言若是，豈有怨於人乎？』亦竟無訟者」，可與此合讀。

2 陳仲弓❶為太丘長，有劫賊殺財主，主者捕之；未至發所❷，道聞民有在草❸不起子❹者，回車往治之。主簿曰：「賊大，宜先案討❺。」仲弓曰：「盜殺財主，何如骨肉相殘？」

【注　釋】❶陳仲弓　即陳寔。見〈言語〉6注❷。❷發所　案發之處。❸在草　產子。晉時產子多在草蓐上，故以為稱。草，草蓐。❹不起子　生子不收育。❺案討　審判查究。案，通「按」。

【語　譯】陳寔在擔任太丘縣長的任內，有個強盜殺死了財主，主辦的官員前往追捕這個強盜；還沒到案發的地方，就在途中聽說有個婦人產子，卻不收育他，讓他死亡，於是回轉車頭去辦理這個案件。主簿說：「強盜案件重大，應該先去查辦。」陳寔則說：「強盜殺害財主的案件，怎麼會比骨肉相殘的事來得重大呢？」

【析　評】本則記的是陳寔辨別查案緩急的故事。在這則故事裡，陳寔認為「骨肉相殘」之罪，重於「盜殺財主」，所以主張先辦「骨肉相殘」的案件。對案件的輕重緩急，可說分辨得非常清楚，因為「骨肉」本是人倫的基礎啊！不過它的真實性，卻令人懷疑。劉孝標注說：「按後漢時賈彪有此事（見《後漢書・黨錮傳》），不聞寔也。」（《世說新語箋疏》引）而余嘉錫也說：「仲弓、偉節（賈彪字），同時並有此事，何其相類之甚也？疑為陳氏子孫剽取舊聞，以為美談，而臨川（指劉義慶）誤以為實。然觀孝標之注，固已疑之矣。」（見同上）說得相當合理。

3 陳元方❶年十一時，候袁公❷；袁公問曰：「賢家君❸在太丘，遠近稱之，何所履行？」元方曰：「老父在太丘，彊者綏❹之以德，弱者撫之以仁，恣其所安，久而益敬。」袁公曰：「孤往者嘗為鄴❺令，正行此事；不知卿家君法孤？孤法卿父？」元方曰：「周公、孔子，異世而出，周旋❻動靜❼，萬里如一；周公不師孔子，孔子亦不師周公。」

【注釋】❶陳元方　陳紀，字元方，後漢許（今河南許昌）人。陳寔之子，與弟諶俱以至德稱。兄弟孝養，世號「三君」。❷袁公　未詳。曾任鄴縣縣令。後漢末，袁氏諸公中，曾任鄴令的，未詳何人。❸賢家君　指陳元方之父陳寔。❹綏　安撫。❺鄴　漢置鄴縣，故城在今河南臨漳西四十里。❻周旋　古代行禮時進退揖讓的動作。❼動靜　行動和止息。

【語譯】陳紀在十一歲的時候，去拜見袁公；袁公問他說：「您的父親在太丘縣做官，遠近的人都稱讚他，究竟是怎樣施政的呢？」陳紀回答說：「我的父親在太丘做官的時候，用德義來引導強橫的人，用仁愛來安撫柔弱的人，聽任他們各自安土樂業，因此日子久了，就更加敬重我的父親了。」袁公說：「我從前曾做過鄴縣的縣令，做的正是這些事情；不曉得是您的父親效法我呢？還是我效法您的父親？」陳紀回答說：「周公和孔子，在不同的時代出生，而進退揖讓、一動一靜，雖遠隔萬里，卻是一樣的；因此周公不效法孔子，而孔子也不效法周公。」

【析評】本則記陳紀小時稱述他父親政績的故事。在這則故事裡，陳紀馭繁為簡地以仁德來概括他父親陳寔在太丘的政績，而又不亢不卑地用「周公不師孔子，孔子亦不師周公」來回答袁公「不知卿家君法孤，孤法卿父」之問，可看出陳紀是個夙慧過人的孩子。不過，據余嘉錫考證，陳紀十一歲那年正當永和四年，而陳寔出任太丘長，是在十三、四年後的事，因此以為「元方若於年十一時見袁公，安得問其家君太丘之政乎？此必魏、晉好事者之所為，以資談助，非實事也」（《世說新語箋疏》）。這種推斷，是頗近事實的。

4 賀太傅❶作吳郡，初不出門，吳中諸強族輕之，乃題府門云：「會稽雞，不能啼❷。」賀聞，故出行；至門反顧，索筆足之曰：「不可啼，殺吳兒❸。」於是至諸屯邸❹，檢校諸顧、陸❺役使官兵，及藏逋亡❻，悉以事言上，罪者甚眾。陸抗❼時為江陵❽都督，故下❾請孫皓❿，然後得釋。

【注釋】❶賀太傅　賀邵，字興伯，三國吳會稽山陰（今浙江紹興）人。奉公貞正，任吳郡太守，遷太子太傅，後為孫皓所殺。❷會稽雞二句　諷刺賀邵無所作為。賀邵，會稽人，故云。❸不可啼二句　謂不是不能做，是不可做，如果做起來，吳郡的子弟就要遭殃了。❹屯邸　率領軍隊屯守在外的將官之府邸。屯，駐守。邸，王侯官員的府第。三國時，顧、陸等豪族的子弟多率兵屯戍在外，而其府第在吳郡，故稱。❺顧陸　三國時，吳國在朝任要職顧姓的有顧雍、子邵及邵子譚、承。承曾任吳郡西部都尉，屯軍章阬。又陸姓的有陸遜、子抗，抗子晏、景、玄、機、雲等。遜曾任海昌屯田都尉，抗曾與諸葛恪換屯柴桑。❻藏逋亡　藏匿逃亡的人。漢末，天下喪亂。賦繁役重，人多離其本土，逃亡在外，幸為豪族勢家所藏匿，官府不敢追問。逋，逃。❼陸抗　字幼節。三國吳吳郡（今江蘇吳縣）人。丞相遜之子，孫策外孫。任江陵都督，遷大司馬，荊州牧。❽江陵　今湖北省江陵縣。❾下　自長江上游順水而下。自江陵下行至吳都。❿孫皓　字元宗，一名彭祖，字皓宗。權孫，粗暴驕盈，晉將王濬克建業，皓出降。

【語譯】太傅賀邵在出任吳郡郡守的時候，起初從來不走出府門，使得吳郡的一些豪族們都輕視他，於是在府門前題字說：「會稽雞，不能啼（會稽地方來的雞，是不會啼叫的）。」賀邵曉得後，特地出府行走；在走出府門時，回頭看了一下，便要了一枝筆，把題辭補足說：「不可啼，殺吳兒（會稽地方來的雞，是不能啼叫的，一啼叫的話，就要啄殺吳郡的豪族子弟了）。」題完字後，就到各豪強在吳郡的府邸，檢查一些受顧、陸等豪族所役使的官兵，以及所窩藏的逃亡人口，把全部事實向上呈報，由此獲罪的人很多。陸抗當時在江陵擔任都督的官職，得到消息，便特地沿江東下吳都向吳主孫皓請求，然後才獲得釋放。

【析評】本則記的是賀邵查報豪族不法情事的故事。從古以來，豪族在地方上牢不可破的勢力，往往給地方官帶來許多困擾，阻礙政令的推行；而賀邵在這則故事裡，卻一反地方官不聞不問的慣例，勇敢地挺身而出，終於使豪強服罪，的確是件大快人心的事。可悲的是，這樣一個「奉公貞正」（《三國志・吳志・賀邵傳》）的好官，最後還是沒逃過孫皓的毒手，真令人為之扼腕歎息。

5 山公❶以器重朝望，年踰七十，猶知管時任。貴勝❷年少，若和、裴、王之徒，並共宗詠。有署閣柱曰：「閣東，有大牛❸，和嶠❹鞅❺，裴楷❻鞦❼，王濟❽剔嬲❾不得休。」或云潘尼❿作之。

【注釋】❶山公　山濤，字巨源，晉懷（今河南武陟西南）人。少有器量，介然不群。性好老莊，每隱身自晦，為竹林七賢之一。累遷吏部尚書、右僕射、司徒。❷貴勝　尊貴而有權勢。❸大牛　指山濤。言其為人所牽制，不能自主。❹和嶠　字長輿，晉西平（今河南西平）人。少有盛名，武帝時為黃門侍郎，遷中書令。性至吝，時謂有錢癖。❺鞅　套在馬頸上的皮帶。謂前有和嶠夾頸，多所牽制。❻裴楷　見〈德行〉18注❸。❼鞦　絡於牛馬股後的皮帶。謂後有裴楷夾股。❽王濟　見〈言語〉24注❶。❾剔嬲　戲弄煩擾。❿潘尼　字正叔，晉中牟（今河南中牟）人。與從父岳俱以文章見知。累官太常卿。

【語　譯】山濤由於受到朝廷的器重，享有很高的聲望，年紀雖然超過了七十歲，還受命掌理當時朝廷的事務。而朝中顯貴有權勢的年輕人，如和嶠、裴楷、王濟之徒，在朝中也受到同樣的尊重與歌頌。於是有人在臺閣的門柱上題辭說：「閣道的東邊，有頭大牛，前有和嶠夾頸，後有裴楷夾股，而王濟又從中戲弄煩擾，永不休止。」有人認為這是潘尼所寫的。

【析　評】本則記有人批評山濤受人牽制的故事。這個人在故事裡，將山濤擬作大牛、和嶠擬作鞅、裴楷擬作鞦、王濟擬作「剔嬲不得休」的蝨物，緊密地從人與牛，以及有關牛的器、物身上產生聯想，以準確表出心意，在技巧上來說，是相當高明的。至於這個人，《晉書·潘岳傳》載：「岳才名冠世，為眾所疾，遂棲遲十年。出為河陽令，負其才而鬱鬱不得志，時尚書僕射山濤、領吏部王濟、裴楷等，並為帝所親遇，岳內非之，乃題閣道為謠曰：『閣道東，有大牛。王濟鞅，裴楷鞦，和嶠刺促不得休。』」而程炎震也說：「山濤以太康四年（西元二八三年）卒。此事當在咸寧、太康間。〈濤傳〉曰：『太康初，自尚書僕射遷右僕射，掌選如故。』時和嶠為中書令，裴楷、王濟並為侍中也。潘岳嘗為尚書郎，蓋在其時。〈岳傳〉載於河陽懷令之間，或有別本。潘尼則於太康中始舉秀才，為太常博士，疑不及濤時矣。」《世說新語箋疏》引）可知題柱的該是潘岳，而非潘尼。

6 賈充❶初定律令，與羊祜❷共咨太傅鄭沖❸。沖曰：「皋陶❹嚴明之旨，非僕闇❺懦所探。」羊曰：「上意欲令小加弘潤。」沖乃粗❻下意❼。

【注　釋】❶賈充　字公閭，晉平陵（今陝西咸陽西北）人。武帝時遷侍中，專以諂媚取容。❷羊祜　字叔子，晉泰山南城（今山東費縣西南）人。武帝時鎮襄陽，務修德，甚得江、漢人心。病卒，南城人聞祜喪，莫不號慟。❸鄭沖　字文和，晉開封人。清恬寡欲，博究儒學及諸子書。初仕魏，累官太保。入晉，拜太傅，進爵為公。❹皋陶　虞舜時賢臣，掌刑獄之事。❺闇　愚昧。❻粗　略為。❼下意　表達意見。

【語　譯】賈充在開始制定法律條令的時候，和羊祜一起去請教太傅鄭沖。鄭沖說：「皋陶嚴密明察的律令精意，不是我這個懦鈍而不明事理的人所能探知的。」羊祜說：「皇上的意思是想叫您稍微地加以擴充、潤飾。」鄭沖聽了，便略為表達了一些意見。

【析　評】本則記的是鄭沖奉命為新律提供意見的故事。由於鄭沖「雖位階臺輔，而不預世事」（《晉書・鄭沖傳》），所以在賈充和羊祜為新律向他請教時，會謙虛地婉拒，等到羊祜表明是皇上（文帝）的意思後，這才略為提供了一些意見，可知鄭沖是個「動必循禮，任真自守」（見同上）的一個人，由此看來，文帝會「命賈充、羊祜等分定禮儀、律令，皆先諮於沖，然後施行」（見同上），不是沒來由的。

7 山司徒❶前後選❷，殆周遍百官，舉無失才；凡所題目❸，皆如其言。唯用陸亮❹，是詔所用，與公意異，爭之不從。亮亦尋❺為賄敗。

【注　釋】❶山司徒　即山濤。見本篇5注❶。❷選　選拔人才。❸題目　品評人物的門類。❹陸亮　字長興，晉河內野王（今河南沁陽）人。性高明而率至，為賈充所親待。❺尋　隨即；不久。

【語　譯】司徒山濤前後選拔了許多人才，可說遍及各種職類，而每次舉拔都沒有錯失人才；凡是經他品評歸類的人，都像他所舉薦的一樣，各稱其職。唯有任用陸亮，是晉武帝直接下詔任用的，和山濤的意見相左，山濤力爭，武帝卻沒有聽從。陸亮不久由於受賄，被免了職。

【析　評】本則記山濤居選職時「舉無失才」的故事。在這則故事裡，作者特從反面舉出非經山濤所舉拔的陸亮，終於「賄敗」的事情為例，以證明山濤「周遍百官，舉無失才」的正面事實，舉證可說十分有力，足以說服讀者。《晉書・山濤傳》載山濤「每一官缺，輒啟擬數人，詔旨有所向，然後顯奏，隨帝意所欲為先。故帝之所用，或非舉首，眾情不察，以濤輕重任意。或譖之於帝，故帝手詔戒濤曰：『夫用人惟才，不遺疏遠單賤，天下便化矣。』而濤行之自若，一年之後，眾情乃寢」。由此可知山濤居於選職，是何等的公正、謹慎、自信而富於耐心了。這樣他「舉無失才」，而贏得朝廷上下的信任，是極自然的事。

8 嵇康❶被誅後，山公❷舉康子紹❸為祕書丞❹；紹諮公出處❺。公曰：「為君思之久矣！天地四時，猶有消息❻，而況人乎？」

【注釋】❶嵇康　見〈德行〉16注❷。❷山公　即山濤。見本篇5注❶。❸康子紹　嵇康的兒子嵇紹。字延祖，有文才。元康初，任給事黃門侍郎。永興初，河間王顒等造反，隨帝出征，戰死於湯陰。贈太尉，謚忠穆。❹祕書丞　官名。掌管宮中機密文書的工作。❺出處　等於說仕隱。出，出仕。處，退隱。❻消息　指盈虛盛衰，交替循環的現象。

【語譯】嵇康被殺以後，山濤推薦嵇康的兒子嵇紹當祕書丞的官；於是嵇紹去拜見山濤，請教他有關出仕或退隱的問題。山濤回答說：「我為你考慮了很久了！你看天地四時，尚有盈虛盛衰的現象，何況是人呢？」

【析評】本則記的是山濤舉薦嵇紹出任祕書丞的故事。由於嵇紹總覺得父親被誅後，不宜出仕，於是山濤便以「天地四時，猶有消息」為由，勸嵇紹效法天地四時，出任祕書丞。由此可見山濤真是個通情達理，能「甄拔隱屈」（《晉書・山濤傳》）的人。《晉書・嵇紹傳》載：「以父得非，請居私門。山濤領選，啟武帝曰：『《康誥》有言：「父子罪不相及。」嵇紹賢侔郤缺（春秋時晉大夫郤芮之子，芮欲弒晉文公被殺，胥臣薦以為下軍大夫，敗狄於箕，復為卿。見《左傳・僖公三十三年》），宜加旌命，請為祕書郎。』

帝謂濤曰：『如卿所言，乃堪為丞，何但郎也？』乃發詔徵之，起家為祕書丞。」可與此合讀，以增進對這則故事的了解。

9 王安期❶為東海郡❷，小吏盜池中魚，綱紀❸推之。王曰：「文王之囿，與眾共之❹，池魚復何足惜？」

【注釋】❶王安期　王承，字安期，晉太原晉陽（今山西太原）人。性沖淡，無所循向。累遷東海內史，為政清靜，受到吏民的懷念。渡江後，元帝引為從事中郎。❷東海郡　郡名。晉置，在今江蘇常熟北。❸綱紀　古官名。即主簿。❹文王之囿二句　《孟子．梁惠王下》：「文王之囿方七十里，芻蕘者往焉，雉兔者往焉，與民同之。民以為小，不亦宜乎？」

【語譯】王承在擔任東海郡郡守時，有一個小吏盜取官署池裡的魚，主簿追究這件事。王承聽了，便說：「古時文王的苑囿，是和民眾共同分享的，池中的魚又有甚麼值得可惜的呢？」

【析評】本則記王承不主張追究盜魚小吏罪刑的故事。王承所以不主張追究小吏的罪，是想師法古代聖王，所以他援用了「文王之囿，與眾共之」的故實，來表明心意。這個故實，見於《孟子．梁惠王上》，它的原文是這樣子的：「齊宣王問曰：『文王之囿方七十里，有諸？』孟子對曰：『於傳有之。』曰：『若是其大乎？』曰：『民猶以為小也。』曰：『寡人之囿方四十里，民猶以為大，何也？』曰：『文王之囿方七十里，芻蕘者往焉，雉兔者往焉，與民同之。民以為小，不亦宜乎？臣始至於境，問國之大禁，然後敢入。臣聞郊關之內有囿方四十里，殺其麋鹿者如殺人之罪，則是方四十里為阱於國中。民以為大，不亦宜乎？』」王承不願意「為阱」（布置陷阱）於郡中，自然就不主張去追究小吏盜魚之罪了。

10 王安期❶作東海郡，吏錄❷一犯夜人來。王問：「何處來？」云：「從師家受書還，不覺日晚。」王曰：「鞭撻❸寧越❹以立威名，恐非致治❺之本。」使吏送令歸家。

【注釋】❶王安期　即王承。見本篇9注❶。❷錄　登記在簿上。指拘捕。❸鞭撻　用鞭子抽打。指責罰。❹寧越　戰國中牟（今河南中牟）人。本是農夫，苦於耕稼之勞，力學十五年，遂為周威王師。見《呂氏春秋・博志》。寧，本作「甯」。❺致治　達到真正太平的治世。

【語譯】王承當東海郡的郡守，有一天，差役逮捕了一個犯夜行禁令的人回來。王承問他說：「你是從哪裡來的？」這個犯人回答說：「從老師家裡讀完書回來，不知不覺中天便晚了。」王承聽了，就說：「責罰一個像寧越一樣用功的讀書人，以建立威盛的名聲，恐怕不是達成太平治世的根本。」於是派了小吏送他回家。

【析評】本則記的是王承赦免一個讀書人罪刑的故事。在這則故事中，王承將無意中犯下夜禁的讀書人，比作寧越，不但不予追究，還差人送他回家，可看出王承是個能衡情度理、適度寬恕郡民的好太守。《晉書・王承傳》說他能「從容寬恕」、「政尚清淨，不為細察」，從本則與上一則故事中，可以獲得充分的證明。

11 成帝❶在石頭❷，任讓❸在帝前錄侍中鍾雅❹、右衛將軍劉超❺。帝泣曰：「還我侍中、右衛！」讓不奉詔，遂斬超、雅。事平❻之後，陶公❼與讓有舊，欲宥之。

許柳❽兒思妣❾者至佳，諸公欲全之。若全思妣，則不得不為陶全讓；於是欲并宥之。事奏，帝曰：「讓是殺我侍中、右衛者，不可宥！」諸公以少主不可違，并斬二人。

【注釋】❶成帝　即司馬衍。字世根，明帝太子。年二十二崩。❷石頭　古城名。在今南京市西石頭山之後。❸任讓　晉樂安（今江西樂安）人。曾隨蘇峻作亂。❹鍾雅　字彥冑，晉潁川（今河南禹縣）人。魏太傅鍾繇弟仲常的曾孫。少有大志，累遷至侍中。❺劉超　字世踰，晉琅邪（今江蘇東海）人。漢成陽景王六世孫。忠清慎密，為中宗所拔。後討王敦有功，封零陽伯，為義興太守，遷右衛將軍。❻事平　亂事平定。指誅殺蘇峻，討平亂事而言。❼陶公　即陶侃。見〈言語〉47注❶。❽許柳　字季祖，晉高陽（今河北高陽）人。蘇峻克京師，拜丹陽尹。後以罪誅。❾思妣　許永，字思妣。許柳之子。

【語譯】成帝司馬衍在石頭城，叛軍任讓當著成帝之面，拘捕侍中鍾雅、右衛將軍劉超。成帝哭著說：「還給我侍中和右衛將軍！」任讓不肯遵命，於是殺了鍾雅和劉超。等到討平叛亂之後，陶侃由於和任讓有舊誼，想要赦免他的罪。而叛將許柳的兒子思妣這個人非常好，朝中諸人也想要保全他。但是如果要保全柳思妣，則又不得不為陶侃保全任讓；因此想要一齊赦免他們。等到把這件事上奏成帝，成帝卻說：「任讓是殺我侍中、右衛將軍的人，不可以赦免！」諸公卿由於少主的命令不可違背，於是將兩人一起斬首。

【析評】本則記晉成帝不肯赦免叛軍任讓、柳思妣死罪的故事。這件事導因於蘇峻之造反。由於蘇峻攻克京師，逼成帝遷至石頭城，而這時任讓又當著成帝之面，拘捕隨侍在成帝身邊的鍾雅與劉超，並抗命把他們殺死；因此「事平」以後，成帝自然不肯赦免他的罪。而朝中諸人卻沒看清這一點，竟然請將柳思妣和任讓一併赦免。任、柳不免「并斬」的命運，這可說是必然的結局，是怪不得成帝的；何況成帝當時年僅十幾歲而已。

12 王丞相❶拜揚州，賓客數百人並加霑接❷，人人有悅色；唯有臨海一客姓任❸，及數胡人為未洽。公因便還，到過任邊云：「君出，臨海便無復人。」任大喜悅。因過胡人前彈指❹云：「蘭闍❺！蘭闍！」群胡同笑，四坐並懽。

【注釋】❶王丞相　即王導。見〈德行〉27注❸。❷霑接　優厚的接待。❸臨海一客姓任　即任顒。晉臨海（今浙江臨海）人。見劉孝標注。❹彈指　指以手作拳，屈食指，以大拇指捻彈作聲。表示讚許。❺蘭闍　胡語褒讚他人之詞。也作「阿蘭若」或「蘭若」。意指寂靜、安閒。

【語譯】丞相王導在出任揚州刺史的時候，來賀的賓客有數百人，都一一給與優渥的款待，使人人都露出喜悅的神色；唯有臨海地方的一個任姓客人，以及幾位胡人，還沒有照顧周到。於是王導就順便繞到任姓客人那裡，對他說：「你一出來，臨海就沒有人才了。」任姓客人聽了，大為高興。接著又到胡人的前面，輕彈著指頭用胡語讚說：「蘭闍！蘭闍！（你們多安靜啊！你們多安靜啊！）」一群胡人聽了，都笑了起來，使得四座的人全都感到高興。

【析評】本則記的是王導善待賓客的故事。在這則故事中，王導除使人人有悅色外，還用「君出，臨海便無復人」來讚美原先被他忽略的任姓客人，使他倍感知遇，這是十分不容易的事。尤其是用胡語來褒譽胡人，更屬難得。余嘉錫說：「茂宏（王導字）之意，蓋讚美諸胡僧於賓客喧噪之地，而能寂靜安心，如處菩提場中。然則己之未加霑接者，正恐擾其禪定耳。群胡意外得此褒譽，故皆大懽喜也。」（《世說新語箋疏》）由此看來，《晉陽秋》說他「接誘應會，少有牾者。雖疏交常賓，一見多輸寫款誠，自謂為導所遇，同之舊暱」（劉孝標注引，見同上），是有事實依據的，而王導能領袖群倫，助成晉之中興，豈是偶然！

13 陸太尉❶詣王丞相❷諮事，過後輒翻異❸；王公怪其如此，後以問陸。陸曰：「公❹長民❺短，臨時不知所言，既後覺其不可耳！」

【注釋】❶陸太尉　即陸玩。字士瑤，晉吳郡吳（今江蘇吳縣）人。器量淹雅，累遷侍中、尚書左僕射、尚書令，贈太尉。❷王丞相　即王導。見〈德行〉27注❸。❸翻異　指當時同意，過後又提出相反意見。❹公　指王丞相。❺民　陸玩自稱。

【語譯】太尉陸玩去拜見丞相王導商量政事，往往在事後又推翻原來的決定，提出新的意見；對他這種做法，丞相王導感到十分奇怪，於是有一天問他原因。太尉陸玩回答說：「您的權位和學識都在我之上，使我在當時緊張得不知道說些甚麼，因此事後才會覺得不能那樣做啊！」

【析評】本則記陸玩居下不諂、實事求是的故事。據《晉書・陸玩傳》載：「王導初至江左，思結人情，請婚於玩。玩對曰：『培塿無松柏，薰蕕不同器。玩雖不才，義不能為亂倫之始。』導乃止。」透過這件拒婚和本則「翻異」的故事，可知陸玩是個「輕易權貴」（見同上）的君子。而這件拒婚之事，也載於本書〈方正〉24則，余嘉錫說：「〈方正〉篇載導請婚於玩，而玩拒以義，不為亂倫之始，可見其意頗輕導。此答以『公長民短』（本《左傳・僖公四年》「筮短龜長」一語），謙辭耳。亦可謂居下不諂矣。」（《世說新語箋疏》）說得相當正確。

14 丞相❶嘗夏月至石頭❷看庾公❸，庾公正料事❹，丞相云：「暑，可小簡之。」庾公曰：「公之遺事❺，天下亦未以為允。」

【注釋】❶丞相　指王導。見〈德行〉27注❸。❷石頭　城名。見本篇11注❷。❸庾公　即庾亮。見〈德行〉31注❸。❹料事　處理事情。❺遺事　交付的事情。

【語譯】丞相王導曾經在夏季的月份裡到石頭城去看庾亮，庾亮正好在處理事情，丞相王導見了，便說：「天氣太熱了，做事可稍為簡要些，不必那麼繁瑣吧！」庾亮聽了，回答說：「這雖是您所交代的事情，但天下的人也未必會以為是妥當的。」

【析評】本則記的是王導在夏日勸庾亮稍簡公務的故事。由於兩人個性不同，所以待人處事的態度也不同。就從這則故事來看，王導顯然比較寬和，能從權，而庾亮則比較「峻整」（《晉書・庾亮傳》），不知變通。《晉書・庾亮傳》說：「王導輔政，以寬和得眾；亮任法裁物，頗以此失人心。」這可說是兩人最大不同的地方。

15 丞相❶末年，略不復省事❷，正封籙諾之❸。自歎曰：「人言我憒憒❹，後人當思此憒憒！」

【注釋】❶丞相　指王導。見〈德行〉27注❸。❷省事　視事；處理事務。❸正封籙諾之　只有封事、符命之類的文書才會作許可的批示。正，只。封，封事。指密封的奏章。古代人臣上奏機密要事，用皂囊封緘，以防洩密的，稱封事。籙，符命。指敘述瑞應，以歌頌天子盛德的文書。諾，批示許可。❹憒憒　糊塗的樣子。

【語　譯】丞相王導在晚年，大致說來，不再處理政事，只是在封事、符命之類的文書上簽可而已。他自己感歎道：「人都說我糊塗，後世的人一定會懷念我這種糊塗啊！」

【析　評】本則記王導晚年不復視事的故事。在這故事中，王導因不復視事，而自歎「憒憒」，在表面上看來，好像糊塗得一無作為，而實際上，卻可收到「無為而無不為」的效果，因此王導會說：「後人當思此憒憒。」劉孝標注引徐廣《歷紀》云：「導阿衡三世，經倫夷險，政務寬恕，事從簡易，故垂『遺愛』（《左傳・昭公二十年》：「及子產卒，仲尼聞之，出涕曰：『古之遺愛也！』」）之譽也。」（《世說新語箋疏》引）正可為這則故事作注腳。

16 陶公❶性檢厲❷，勤於事。作荊州時，敕船官悉錄❸鋸木屑，不限多少，咸不解此意。後正會❹，值積雪始晴，聽事前除❺雪後猶濕，於是悉用木屑覆之，都無所妨。官用竹，皆令錄厚頭，積之如山。後桓宣武❻伐蜀，裝船❼，悉以作釘。又云：嘗發所在竹篙❽，有一官長連根取之，仍當足❾，乃超兩階用之。

【注　釋】❶陶公　即陶侃。見〈言語〉47注❶。❷檢厲　謹慎嚴厲。❸錄　收藏。❹正會　指正月一日的集會。正，正旦。❺聽事前除　官府廳堂前面的臺階。聽事，官府治理政事的廳堂。除，臺階。❻桓宣武　即桓溫。見〈德行〉55注❶。❼裝船　製造船隻。❽篙　撐船的竹竿。❾足　指裝在篙端的鐵足。

【語　譯】陶侃生性謹慎嚴厲，做事勤勉努力。在出任荊州刺史時，下令船官把鋸木所剩下的木屑收藏起來，不論多少都不能丟棄，使得大家都不明白他這麼做的用意。後來在正月初一集會的時候，湊巧積雪初晴，廳堂前的臺階在下雪之後依然潮溼，於是整個用木屑把它覆蓋起來，使得大家行走一點都不受妨礙。又下令凡是官用的竹子，都留下粗厚的竹頭，堆積得像山一樣高；後來桓溫討伐西蜀時，需要製造船隻，就把這些粗厚的竹頭全做成釘子來用。又聽說：他曾下令挖掘所在地的竹做篙竿，當時有一個官長連根把竹子拔起，依然留下堅硬的竹頭，代替篙端的鐵腳，陶侃就把他提升兩級任用。

【析　評】本則記的是陶侃生性檢厲，勤於政事的故事。在這則短文裡，作者特地舉用陶侃利用鋸木屑以覆溼階、以厚竹頭做船釘、獎勵官長以竹根代鐵足的三件事例，為其「性檢厲，勤於事」作充分的證明。所謂先凡（總括）後目（條分），寫得條理清晰異常。雖然篇幅很短，使人讀了，卻對陶侃的為人處事，有個具體的了解。這在手法上來說，是相當可取的。

17 何驃騎❶作會稽，虞存❷弟謇❸作郡主簿。以何見客勞損，欲斷常客，使家人節量，擇可通者，作白事❹成，以見存。存時為何上佐❺，正與謇共食，語云：「白事甚好，待我食畢作教。」食竟，取筆題白事後云：「若得門亭長❻如郭林宗❼者，當如所白；汝何處得此人？」謇於是止。

【注　釋】❶何驃騎　即何充。見〈言語〉54注❶。❷虞存　字道長，晉會稽山陰（今浙江紹興）人。祖陽，散騎常侍。父偉，州西曹。幼而卓拔，風情高逸，累官衛軍長史、尚書吏部郎。❸謇　即虞謇。字道真，虞存之弟。仕至郡功曹。❹白事　古代文書的一種，今稱「報告」。❺上佐　官名。指治中。與別駕並為州府要職，故稱。❻門亭長　官名。古時每郡所屬正門，設有亭長一人。❼郭林宗　郭泰，字林宗，東漢界休（今山西介休）人。博通典籍，閉門教書，弟子凡數千人。生平喜好評論人物，卻不批評政治，所以未受黨錮之禍的牽連。死後蔡邕替他作碑文，盛讚他德業高遠，堪為後世法則。

【語　譯】驃騎將軍何充在出任會稽郡太守的時候，由虞存的弟弟虞謇擔任他的主簿。由於何充接見賓客，相當勞苦疲累，虞謇想要阻擋常來的賓客，讓僕人節制衡量，選擇真正有重要事情可以通報的賓客，寫成了一份報告，帶著它去見虞存。虞存在當時擔任何充的上佐，趁著正和虞謇一起用餐的當兒，對虞謇說：「你寫的報告很好，等我吃過了飯再提供一些意見給你。」等到吃過了飯，虞存便拿起筆，在這篇報告後面批示說：「如果能找到像郭泰一樣的人來當門亭長，就應該可以像你所陳述的方式來做；但是你要從哪裡找到這種人呢？」虞謇見後，就作罷了。

【析　評】本則記虞謇想為何充減少賓客的故事。本來虞謇想為何充「斷常客」，以免過度「勞損」，用意可謂至善。余嘉錫說：「〈品藻〉篇曰：『何次道為宰相，人有譏其信任不得其人。』注引《晉陽秋》曰：『充所暱庸雜，以此損名。』然則充之為人，乃不擇交友者。其作會稽時，必已如此。虞謇蓋嫌其賓客繁猥，故欲加以節量，不獨慮其勞損而已。」（《世說新語箋疏》）由此可進一步了解虞謇想為何充減少賓客的真正用意。但要「擇可通者」，卻難有一定的標準，又何況還存有人為好惡的因素在呢？因此虞存以難覓適當的人選充當此任為由，使虞謇打消了念頭，以免招來不必要的困擾，是相當明智的；這和出自「多一事不如少一事」的心態，自有不同。

18 王❶、劉❷與深公❸共看何驃騎❹，驃騎看文書不顧之。王謂何曰：「我今故與深公來相看，望卿擺撥❺常務，應對共言；那得方低頭看此邪？」何曰：「我不看此，卿等何以得存？」諸人以為佳。

【注　釋】❶王　王濛。見〈言語〉54注❹。❷劉　劉惔。見〈德行〉35注❶。❸深公　即竺法深。見〈言語〉48注

❶。❹何驃騎　即何充。見〈言語〉54注❶。❺擺撥　撇開；擱置。

【語　譯】王濛、劉惔和竺法深三人，一同去拜訪驃騎將軍何充，何充埋頭批閱文書，沒有理會他們。於是王濛對何充說：「我今天特地和深公來看您，希望您擺開日常事務，和我們對答共談；怎能這樣低著頭批閱文書呢？」何充回答說：「我不批閱這些文書的話，諸位又怎麼能夠生存呢？」大家都認為說得很好。

【析　評】本則記的是何充先公後私的故事。《晉書．何充傳》說：「充居宰相，雖無澄正改革之能，而強力有器局，臨朝正色，以社稷為己任；凡所選用，皆以功臣為先，不以私恩樹親戚。談者以此重之。」可見何充當時在大家的心目中，是個公而忘私的人。因此這次王濛、劉惔與竺法深三人來拜訪何充，對何充先公後私的做法，不但不會以為忤，反而會「以為佳」了。

19　桓公❶在荊州，全欲以德被江漢❷，恥以威刑肅物❸。令史❹受杖，正從朱衣上過。桓式❺年少，從外來，云：「向從閣下過，見令史受杖，上捎雲根，下拂地足❻。」意譏不著。桓公云：「我猶患其重。」

【注　釋】❶桓公　即桓溫。見〈言語〉55注❶。❷江漢　長江與漢水。因二水流經荊州轄境，故在此借以指荊州轄境。❸恥以威刑肅物　以用嚴厲的刑罰來端正民風為恥。肅物，正民。❹令史　官名。掌管文書。❺桓式　桓歆，字叔道，小字式。桓溫第三子，仕至尚書。❻上捎雲根二句　指木杖上著於天，下著於地。捎，拂；掠。雲根，高山雲起之處。指極高。地足，地腳。指極低。

【語　譯】桓溫在出任荊州刺史的時候，完全想要用恩德施於江漢一帶的百姓身上，因此不屑於用嚴厲的刑罰來端正民風。有一次有個令史，犯了過失，接受杖刑，木杖恰從朱衣上滑過，沒打在身上。桓歆當時年紀還小，剛從外面回來，看到這情形，便說：「剛才我從州府邊門下經過，看到一個令史在接受杖刑，而木杖卻上掠於天，下拂於地。」意思是譏諷木杖沒有打著人身。桓溫聽了，卻回答說：「我還怕打得太重呢！」

【析　評】本則記桓溫在荊州不以威刑肅物的故事。在這故事裡，桓溫對「上捎雲根，下拂地足」的杖打方式，還認為打得太重，可以推知他平日寬和為政之一斑。但是這件事的真實性，是有待詳考的。余嘉錫說：「桓公，《諸宮舊事》五作桓沖。下文桓公云作沖云，與孝標注作桓溫者不同。桓溫自徐州遷荊州，在永和元年。桓沖亦自徐州遷荊州，則在太元二年。溫與沖俱有別傳。《世說》於溫例稱桓公，於沖只稱車騎。以此考之，《舊事》為誤。然云恥以威刑肅物，在州寬和，殊不類溫之為人。桓式語含譏諷，亦不類以子對父，似此事本屬桓沖，《舊事》別有所本。《世說》屬之桓溫，乃傳聞異辭，疑不能明，俟更詳考。」（《世說新語箋疏》）說得很有道理。

20 簡文❶為相，事動❷經年，然後得過。桓公❸甚患其遲，常加勸勉。太宗❹曰：「一日萬機❺，那得速！」

【注　釋】❶簡文　即司馬昱。見〈德行〉37注❶。❷動　輒；往往。❸桓公　即桓溫。見〈言語〉55注❶。❹太宗　即簡文帝。太宗為其廟號。❺一日萬機　指一日之內當防止千萬凶險於未萌。機，通「幾」，隱微的意思。語見《尚書・皋陶謨》。

【語　譯】簡文帝在當丞相時，任何事情往往要經過年餘，然後才能做好。桓溫極怕他誤事，因此常常加以勉勵。簡文帝卻回答說：「一天之中要謹慎防止萬件凶險事務的發生，怎麼能快速解決呢！」

【析　評】本則記的是簡文帝處理政事過於遲緩的故事。由於簡文帝「清虛寡欲，尤善玄言」，且又「留心典籍，不以居處為意，凝塵滿席，湛如也」（見《晉書・簡文帝紀》），因此在「專總萬機」（見同上）之際，難免會有「事動經年，然後得過」的情形。這樣，由「豪爽有風概」（見《晉書・桓溫傳》）而又反對玄談的大司馬桓溫看來，自然就會憂心忡忡了。謝安稱簡文帝「為惠帝之流，清談差勝耳」（見《晉書・簡文帝紀》），是極持平之論。

21 山遐❶去東陽❷，王長史❸就簡文❹索東陽云：「承藉猛政，故可以和靜致治❺。」

【注　釋】❶山遐　字彥林，晉河內（今河南省）人。初任餘姚令，後為東陽太守。❷東陽　郡名。三國吳置，晉沿置。郡治在今浙江金華。❸王長史　即王濛。見〈言語〉54注❹。❹簡文　即司馬昱。見〈德行〉37注❶。❺致治　達到治平的境地。

【語　譯】山遐在解任東陽郡郡守的時候，內史王濛向簡文帝請求去當東陽太守，說：「憑藉前任苛猛的政治，因此可以用和緩虛靜的方式來達到治平的理想境界。」

【析　評】本則記王濛自請出任東陽太守的故事。因為前任太守山遐在東陽時「風政肅苛，多用刑戮，郡內苦之」（見劉孝標注引〈江惇傳〉），所以王濛才會以「承藉猛政，故可以和靜致治」為由，請求接任東陽太守。據《晉書・王濛傳》載：孫綽曾評論王濛說：「溫潤恬和。……性和暢，能言理，辭簡而有會。」可見王濛這回毛遂自薦，想要以寬濟猛，是很懂得治道且有自知之明的；可惜的是，簡文帝當時卻沒有答應他（見本書〈方正〉49則），不然，東陽地方的百姓就有福了。

22 殷浩❶始作揚州，劉尹❷行，日小欲晚，便使左右取襆❸。人問其故，答曰：「刺史嚴，不敢夜行。」

【注釋】❶殷浩　字淵源，晉陳郡長平（今山西高平）人。好《老》、《易》，頗富盛名。仕至揚州刺史、中軍將軍。後被廢，口無怨言，但終日在空中書寫「咄咄怪事」四字。❷劉尹　即劉惔。見〈德行〉35注❶。❸襆　裹有衣被等物的包袱，即行李。

【語譯】殷浩初做揚州刺史的時候，丹陽尹劉惔有一次出行，天色稍暗，將近黃昏，便叫左右的隨從取行李來。有人問他原因，劉惔回答說：「刺史處事嚴厲，我不敢在夜間行走。」

【析評】本則記的是劉惔以身作則、奉公守法的故事。劉惔「少清遠，有標奇」，而且「雅善言理」（見《晉書・劉惔傳》），在未出任丹陽尹之前，與王濛並為簡文帝的座上客，受到上賓的禮遇。這時已出任丹陽尹，非但未恃寵而驕，反以「刺史嚴，不敢夜行」，做為吏民的表率，是令人相當敬佩的。在丹陽尹任內，《晉書・劉惔傳》贊他「為政清整，門無雜賓」，豈是偶然？

23 謝公❶時，兵廝逋亡❷，多近竄南塘❸下諸舫中。或欲求一時❹搜索，謝公不許，云：「若不容置此輩，何以為京都？」

【注釋】❶謝公　即謝安。見〈德行〉33注❷。❷兵廝逋亡　兵士、僕役逃亡。廝，也作「厮」。指供差遣的奴僕。逋，逃。❸南塘　地名。位秦淮河南岸。在今南京市。❹一時　即刻。

【語譯】謝安在建康的時候，士兵、僕役相繼逃亡，大都就近逃入南塘一帶的許多船隻裡。有的人請求即刻加以搜索，謝安沒有答應，說：「如果不收容這些人，怎麼能稱為京都呢？」

【析　評】本則記謝安寬厚容眾的故事。由於京師為眾人所會聚之所在，因此謝安在京師（建康，今南京市）造創之際，寬大為懷，對逋亡的兵廝，不贊同加以搜捕。對這件事，《續晉陽秋》有較為詳細的記述：「自中原喪亂，民離本域，江左造創，豪族并兼，或客寓流離，名籍不立。太元中，外禦強氏，蒐簡民實，三吳頗加澄檢，正其里伍。其中時有山湖遁逸，往來都邑者。後將軍安方接客，時人有於坐言：『宜糺舍藏之失者。』安每以厚德化物，去其煩細。又以強寇入境，不宜加動人情。乃答之云：『卿所憂，在於客耳！然不爾，何以為京都？』」言者有慚色。」（劉孝標注引，見《世說新語箋疏》）由此可對本故事的始末，有更進一層的了解。《晉書・謝安傳》說：「安每鎮以和靖，御以長算。德政即行，文武用命，不存小察，弘以大綱，威懷外著。」證以此則與其他相關故事，可知這些話是有事實依據的。

24 王大❶為史部郎，嘗作選草❷，臨當奏，王僧彌❸來，聊出示之。僧彌得便以己意改易所選者近半。王大甚以為佳，更寫即奏。

【注　釋】❶王大　即王忱。見〈德行〉44注❷。❷選草　選拔人才的文稿。❸王僧彌　王珉，字季琰，小字僧彌。曾代王獻之為中書令，故又稱小令。晉琅邪國（治所在今山東臨沂北十五里）人。有才藝，善行書。累遷侍中、中書令。

【語　譯】王忱在擔任史部郎的時候，曾經草擬一篇選拔人才的奏章，正要上奏之際，碰巧王珉來了，便隨意拿給他看看。王珉乘機照自己的意思，更改了將近一半的人。王忱看了，認為很好，於是改寫一份上奏。

【析　評】本則記的是王忱與王珉選拔賢能的故事。王忱與王珉兩人在這則故事中，以人才為急的表現，可說極為難得，尤其是王忱那種「從善如流」的雅量，更令人讚賞。余嘉錫說：「此見王珉意在獎拔賢能，不以侵官為慮；而王忱亦能服善，惟以人才為急，不以侵己之權為嫌。為王珉易，為王忱難。」《世說新語箋疏》評得非常精當。

25 王東亭❶與張冠軍❷善。王既作吳郡，人問小令❸曰：「東亭作郡，風政❹何似？」答曰：「不知治化何如，唯與張祖希情好日隆耳。」

【注　釋】❶王東亭　即王珣。見〈言語〉102注❸。❷張冠軍　即張玄之，字祖希。見〈言語〉51注❶。❸小令　即王珉。見本篇24注❸。❹風政　指政治教化。

【語　譯】王珣和張玄之很要好。在王珣出任吳郡郡守以後，有人問王珣的弟弟王珉說：「你哥哥東亭（王珣）當郡守，他所推行的政治教化如何？」王珉回答說：「不曉得他所推行的政治教化如何，只知道他和張祖希（玄之）的交情日見深厚罷了。」

【析　評】本則記王珉側面讚譽王珣政績的故事。因為王珉是王珣的弟弟，對人「東亭作郡，風政何似」之問，不好正面回答，所以用「唯與張祖希情好日隆」作側面之讚譽。關於這點，余嘉錫說得好：「本書〈言語〉篇注引《續晉陽秋》，稱玄之（即張祖希）少以學顯，論者以為與謝玄同為南北之望，名亞謝玄。可見玄之甚為時人所推服。小令為東亭之弟，不便直譽其兄，故舉此以見意耳。」（《世說新語箋疏》）這樣「舉此以見意」，叩緊「王東亭與張冠軍善」的事實作答，是很富技巧的。

26 殷仲堪❶當之荊州，王東亭❷謂曰：「德以居全為稱❸，仁以不害物為名；方今宰牧華夏❹，處殺戮之職，與本操❺將不乖乎？」殷答曰：「皋陶❻造刑辟之制，不為不賢；孔丘居司寇之任❼，未為不仁。」

【注釋】❶殷仲堪　見〈德行〉40注❶。❷王東亭　即王珣。見〈言語〉102注❸。❸德以居全為稱　止於至善的稱之為德。❹宰牧華夏　本謂治理中國，在此指治理一州的地方。宰牧，治理。華夏，中國的古稱。❺本操　根本的操守，指仁德而言。❻皋陶　虞舜時賢臣。為獄官之長。皋，「皐」的俗字。❼孔丘居司寇之任　孔子曾任魯司寇，七日而誅殺亂政的少正卯。

【語譯】殷仲堪將往荊州擔任刺史時，王珣問他說：「止於至善稱為德，不害萬物稱為仁；如今你治理一州的地方，身居殺戮的職位，和你仁德的操守難道不相違背嗎？」殷仲堪回答說：「皋陶創設了刑罰的制度，不能說他不賢；孔子擔任司寇的職務，誅殺少正卯，不能說他不仁。」

【析評】本則記的是殷仲堪以為刑戮不違仁德的故事。本來刑戮是為保障地方安寧與居民幸福而設的，而保障地方安寧與居民幸福，是做人父母官的應盡責任。因此殷仲堪在這則故事裡，以皋陶與孔子刑戮不違仁德的史實為例，來說明這種道理，論據可說相當充分，足以反駁王珣的說法。

文學第四

1 鄭玄❶在馬融❷門下，三年不得相見，高足弟子傳授而已。嘗算渾天❸不合，諸弟子莫能解；或言玄能者，融召令算，一轉❹便決，眾咸駭服。及玄業成辭歸，既而融有禮樂皆東之歎；恐玄擅名而心忌焉。玄亦疑有追，乃坐橋下，在水上據屐❺。融果轉式❻逐之，告左右曰：「玄在土下、水上，而據木，此必死矣。」遂罷追。玄竟以得免。

【注釋】❶鄭玄　字康成，東漢高密（今山東高密）人。早年入太學受業，後師事馬融。為學以古文經說為主，兼取今文經說。曾注《易》、《書》、《詩》、三《禮》等，又著有《六藝論》、《毛詩譜》等。❷馬融　字季長，東漢茂陵（今陝西興平）人。曾任校書郎、南陽太守。後從事講學，從學者有數千人。鄭玄、盧植都是他的學生。遍注《周易》、《尚書》、《毛詩》、三《禮》、《論語》、《孝經》、《老子》、《淮南子》等，並著有《春秋三傳異同說》。❸渾天　本謂天體的運轉，在此借指曆數。古人以為天像鳥蛋的殼，地像蛋黃。天一半在地上，一半在地下，南北兩端固定，稱南北極，日月星辰繞兩極極軸而旋轉。❹一轉　計算一次。❺據屐　踩著木屐。❻轉式　旋轉卜具。為古代占卜法的一種，也作「旋式」。式，通「栻」，占卜用具，後稱星盤，類似羅盤。

【語　譯】鄭玄在馬融門下求學，過了三年，一直沒見到馬融，只是由品學兼優的弟子代為傳授而已。有一次推算曆數，無法合度，所有弟子都不能解決；有人說鄭玄會演算，於是馬融就召鄭玄來，要他演算，結果一換算，便解決了問題，使得大家都感到驚異、佩服。等到鄭玄完成學業，辭別東歸不久，馬融就興起禮樂皆東傳的感歎；深恐鄭玄名聲過大，致心生嫉妒。而這時鄭玄走在路上，也懷疑有人在追趕自己，於是坐在橋下，雙腳踩著木屐放進水裡。果然馬融這時正轉動著星盤占卜，以追查鄭玄的行蹤，占卜有了結果，就告訴左右的人說：「鄭玄處於土下、水上，而又依憑著木頭，必定是死了。」於是不再追趕。鄭玄也因而免去了災禍。

【析　評】本則記鄭玄倖免於難的故事。照常理推斷，鄭玄是馬融的學生，再怎樣「擅名」，馬融也不至於因「心忌」而想置他於死地，因此劉孝標注說：「馬融海內大儒，被服仁義。鄭玄名列門人，親傳其業，何猜忌而行鴆毒乎？委巷之言，賊夫人之子。」（《世說新語箋疏》引）而余嘉錫也說：「苟非狂易喪心，惡有此事？」（見同上）可見這則故事的真實性，是令人懷疑的。

2 鄭玄❶欲注《春秋傳》❷，尚未成；時行，與服子慎❸遇宿客舍，先未相識。服在外車上，與人說己注傳意，玄聽之良久，多與己同。玄就車與語曰：「吾久欲注，尚未了；聽君向言，多與吾同。今當盡以所注與君。」遂為服氏注。

【注　釋】❶鄭玄　見本篇1注❶。❷春秋傳　即《春秋左氏傳》。為十三經之一，簡稱《左傳》。❸服子慎　服虔，字子慎，東漢滎陽（今河南滎陽）人。舉孝廉，官至九江太守。著有《春秋左氏傳解誼》。

【語　譯】鄭玄想要為《春秋左氏傳》作注，還沒完成；有一天碰巧外出，和服虔在住宿旅舍時遇上了，卻彼此不相識。當時服虔在外面車上，和別人談自己為《春秋左氏傳》作注的內容，鄭玄聽了很久，發現有許多跟自己的說法相同。於是鄭玄就走向車前，對服虔說：「我老早就想要作注，卻還沒完成；剛剛聽你談話，發現大都和我的說法相同。現在想把我所注解的全部交給你。」於是服虔便作成了《左傳》

服氏注。

【析評】本則記鄭玄提供資料，幫助服虔完成《春秋左氏傳解誼》一書的故事。這則故事，據吳承仕《經籍舊音序錄》說：「惠棟《後漢書補注》十八云：『棟案：服氏《解誼》，僖十五年遇〈歸妹〉之〈睽〉，文十二年在〈師〉之〈臨〉，皆以互體說《易》，與鄭氏合，《世說》所稱為不謬矣。』鄭珍《鄭學錄・三》云：『按〈六藝論〉序《春秋》云：玄又為之注（自注：見劉知幾議）。』是康成實注《左傳》，自言明甚。其所以世無鄭注者，盡用所注之文與服子慎，而與服比注耳。義慶之言，為得其實。」（《世說新語箋疏》引）可知是事實；也可由此見出鄭玄是個學術至上、大公無私的人，值得後人敬佩。

3 鄭玄❶家奴婢皆讀書。嘗使一婢，不稱旨，將撻❷之，方自陳說；玄怒，使人曳著泥中❸。須臾，復有一婢來，問曰：「胡為乎泥中❹？」答曰：「薄言往愬，逢彼之怒❺。」

【注釋】❶鄭玄 見本篇1注❶。❷撻 鞭打。❸泥中 猶言地上。❹胡為乎泥中 為甚麼趴在地上呢。本為《詩經・邶風・式微》中的詩句，詩中的「泥中」原指衛邑，在此借泥為泥土之泥。❺薄言往愬二句 《詩經・邶風・柏舟》中的詩句。薄，急急忙忙。言，語助詞。愬，同「訴」。

【語譯】鄭玄家裡的奴婢都曾讀書。有一天，鄭玄差遣其中的一個婢女做事，不合鄭玄的意思，正準備鞭打她的時候，這個婢女卻為自己辯白；鄭玄很生氣，於是叫人拖出按在地上責罰。不一會兒，另有一個婢女走來，問說：「『胡為乎泥中』（為甚麼會趴在地上呢）？」這個婢女回答說：「『薄言往愬，逢彼之怒。』」（本要急忙地辯白，卻遇到他生氣啊！）」

【析　評】本則記鄭玄家奴婢皆熟讀古書的故事。在這則故事裡，鄭玄家的兩個婢女，針對所發生的事情，各用《詩經・邶風》的詩句，一問一答，以表情達意，可說都貼切無比。尤其是發問的婢女，將本為邑名的「泥中」引指地上，更是巧妙到極點。由於這件事情，近乎神奇，因此丁晏以為乃「小說傅會」（《鄭君年譜》，《世說新語箋疏》引），但余嘉錫卻以為：「子政童奴，皆吟《左氏》（見《論衡・案書》）；劉惔侍婢，悉誦〈靈光〉（見《蜀志》）。斯固古人所常有，安見鄭氏之必無？」（《世說新語箋疏》）既然如此，在沒有另外的證據發現前，姑留為佳話，是最妥當的。

4 服虔❶既善《春秋》❷，將為注，欲參考同異。聞崔烈❸集門生講傳，遂匿姓名，為烈門人賃❹作食。每當至講時，輒竊聽戶壁間。既知不能踰己，稍共諸生敘其短長。烈聞，不測何人，然素聞虔名，意疑之。明蚤往，及未寤❺，便呼：「子慎❻！子慎！」虔不覺驚應，遂相與友善。

【注　釋】❶服虔　見本篇2注❸。❷春秋　五經之一，孔子撰。採春秋時魯隱公至魯哀公間二百四十二年的各國史事，寓褒貶正名的大義。❸崔烈　字威考，東漢高陽安平（今河北安平）人。為崔駰之孫、崔瑗之姪。靈帝時，官至司徒、太尉。封陽平亭侯。❹賃　僱傭。❺寤　覺醒。❻子慎　服虔的字。

【語　譯】服虔一向對《春秋》很有研究，準備為傳作注，因此想要參考別人不同的意見。碰巧聽說崔烈正在集合許多門生，講授《春秋左氏傳》，於是隱匿自己的姓名，受僱於崔烈的門人，充當煮飯的傭工。每逢崔烈開講的時候，就躲在門牆邊竊聽。後來知道崔烈所了解的，不能超過自己，便稍稍地和一些門人談論崔烈說法的優劣。崔烈聽了這個消息，猜不出是誰，但久聞服虔的名聲，心中懷疑可能是他。因此在第二天一早，便趕去看服虔，乘他還沒覺醒時，故意地叫：「子慎！子慎！」果然服虔在不知不覺中驚相答應；於是兩人就成了好朋友。

【析評】本則記服虔與崔烈結成好友的故事。在這故事裡，服虔為了「參考同異」，不惜替人做傭工，這種堅毅的研究精神，的確讓人敬佩；而崔烈非但不以服虔「竊聽」為忤，還和服虔結交為友，這種寬大的胸懷，更是令人肅然起敬。他們這樣「共術同方」（余嘉錫《世說新語箋疏》），對經學所作的貢獻，是永不會磨滅的。

5 鍾會❶撰《四本論》❷始畢，甚欲使嵇公❸一見，置懷中；既詣，畏其難❹，懷不敢出。於戶外遙擲，便面❺急走。

【注釋】❶鍾會　見〈言語〉11注❷。❷四本論　談才性同、異、合、離的一本書。❸嵇公　即嵇康。見〈德行〉16注❷。❹難　詰責。❺面　以背相向。即反背。通「偭」。

【語譯】鍾會剛寫好《四本論》的著作，很想請嵇康過目一遍，因此把稿子揣在懷裡，往見嵇康；到了以後，又擔心受到詰難，不敢將稿子從懷中取出來。於是遠在門外把稿子擲入，就掉頭急忙地逃走。

【析評】本則記鍾會持稿請嵇康過目的故事。由於嵇康「博覽無不該通」（《晉書．嵇康傳》），為當代所推崇，因此鍾會撰了《四本論》，才會懷稿往訪，以求一見，卻沒想到臨時又因怕受到詰難，致不敢面見而返。據《晉書．嵇康傳》載：「初，康居貧，嘗與向秀共鍛於大樹之下，以自贍給。潁川鍾會，貴公子也，精練有才辯，故往造焉。康不為之禮，而鍛不輟。良久會去，康謂曰：『何所聞而來？何所見而去？』會曰：『聞所聞而來，見所見而去。』會以此憾之。」鍾會這次所以不敢面見嵇康而返，或許與此有關。

6 何晏❶為吏部尚書，有位望，時談客盈坐。王弼❷未弱冠，往見之。晏聞弼來，乃倒屣❸迎之，因條❹向者勝理語弼曰：「此理僕以為理極，可得復難❺不？」弼便作難，一坐人便以為屈。於是弼自為客主❻數番，皆一坐所不及。

【注釋】❶何晏　見〈言語〉14注❶。❷王弼　字輔嗣，三國魏山陽（今河南修武）人。為尚書郎。好論儒、道，辭才逸辯。曾注《易經》、《老子》，開魏晉玄學之風。❸倒屣　倒穿鞋子。形容熱情迎客。❹條　條舉。❺難　詰問；責難。❻客主　指辯論的雙方。

【語譯】何晏當吏部尚書，很有地位、聲望，來跟他談玄說理的客人經常滿座。王弼那時還不到二十歲，有一天去拜見何晏。何晏聽說王弼來訪，便熱烈地歡迎他，然後將剛才得勝的理論條舉出來，告訴王弼說：「這些論理，我認為是最精闢的了，你可不可以再提出問題來詰難論辯呢？」王弼便提出問題，加以詰難，在座的人都認為王弼理短，不及何晏。於是王弼自己扮演辯論的雙方，自難自答，論辯了好幾回，而所論辯的道理是一座的人都趕不上的。

【析評】本則記王弼以理屈何晏一座談客的故事。何晏由於善清談，而又有權有勢，在當時儼然成為天下談士的領袖，受到大家的尊重，而王弼以弱冠之齡，居然能以理屈何晏及一座談客，可以看出王弼在義理方面的造詣。劉孝標引〈弼別傳〉說王弼：「少而察惠，十餘歲便好《莊》、《老》，通辯能言。」（《世說新語箋疏》引）而《經典釋文・序錄》也說：「其後談論者，莫不宗尚玄言，唯王輔嗣妙得虛無之旨。」（見同上）這些讚美，王弼可當之無愧。

7 何平叔❶注《老子》❷始成，詣王輔嗣❸。見王注精奇，迺神伏❹曰：「若斯人，可與論天人之際矣！」因以所注為《道德二論》❺。

【注釋】❶何平叔 即何晏。見〈言語〉14注❶。❷老子 周老聃撰。分《道經》、《德經》兩篇，故又稱《道德經》。共八十一章，旨在闡揚無為的思想，為研究道家思想的重要典籍。❸王輔嗣 即王弼。見本篇6注❷。❹神伏 猶言心服。❺道德二論 因上篇言道，下篇言德，分為兩篇，故稱。今書已佚。

【語譯】何晏為《老子》作注，剛剛完成，便去拜訪王弼。見到王弼的注解，非常精闢奇妙，就心悅誠服地說：「像這樣的人，才可以跟他談天人之間的道理呀！」於是把自己所注的書改成《道德二論》。

【析評】本則記何晏推崇王弼《老子注》的故事。何晏在當代的學術界或政界，位望都極尊，而在這則故事裡，卻不恃此而驕，對年紀輕輕的王弼，不僅讚譽有加，並且將自己的注本改作《道德二論》，可知何晏能享有盛譽，絕不是偶然的。可惜他所撰的《道德二論》，現已不傳，不然倒可以證一證《魏氏春秋》所說「弼論道約美不如晏，自然出拔過之」（劉孝標注引）的話，究竟是否正確了。

8 王輔嗣❶弱冠詣裴徽❷，徽問曰：「夫無者，誠萬物之所資❸，聖人❹莫肯致言❺，而老子❻申之無已，何邪？」弼曰：「聖人體無，無又不可以訓，故言必及有；老莊❼未免於有，恆訓其所不足❽。」

【注釋】❶王輔嗣 即王弼。見本篇6注❷。❷裴徽 字文季，晉河東聞喜（今山西聞喜）人。太常裴潛之少弟。才理清明，能釋玄虛。仕至冀州刺史。❸所資 所憑藉。即根本。❹聖人 指孔子。❺致言 盡言；暢談。❻老子即老聃。一說姓李，名耳，字伯陽，周楚苦縣（今河南鹿邑）人。曾任周守藏史。相傳孔子曾向他問禮。為道家始祖，著有《老子》。❼莊　即莊周。戰國宋蒙縣（今河南商丘）人。曾任漆園吏。與老聃同為道家思想的代表人物。著有《莊子》。❽所不足　指「無」。

【語　譯】王弼在未滿二十歲時，去拜見裴徽，裴徽問他說：「所謂的『無』，真可說是萬物化生的根源，聖人不肯暢談，而老子卻一再地申論不已，這是為了甚麼呢？」王弼回答說：「聖人用生命去體貼出『無』來，而『無』又不可以解釋，所以一定論及『有』來顯『無』；老子和莊子則不免陷入『有』的畛域裡，因此經常申說自己還不能完全用生命去體貼的『無』。」

【析　評】本則記王弼對儒道兩家生命智慧有所體悟的故事。魏晉時代，雖瀰漫著道家思想，但世家大族的家庭生活以及社會秩序的維繫，仍賴儒家的那一套綱常倫理。因此孔子「聖人」的地位，並沒有動搖。在這故事中，王弼對裴徽的答語，正說明了孔子所以超越老、莊的地方。由於孔子對「形而上」的部分（如性與天道），很少論及，更不曾抽離人事而專談形上的道理。平時他只是就日常生活所接觸到的問題，當機指點，希望透過「下學」（下學人事），可以「上達」（上達天理）。他五十而知天命，無意，無必，無固，無我，把「『無』的智慧」體現在自己的生命中，因此他的生命活動，就是天理的顯現，他所指點的人倫事物，當下即顯智慧，這就是「以有顯無」。而老、莊，尤其是老子，對形上的道理，講求得特別多。對於「『無』的智慧」的了解，他是當行本色。可是在王弼看來，老、莊並沒有把它體貼到身上來，也就是還沒有進入到生命中去。他們還是落在世俗之中，對「『無』的智慧」有所「觀解」而已，這當然表示他們還「不足」。年僅弱冠的王弼，竟能有這樣的體悟，真叫人不敢相信，說他是思想界的奇才，該不會過譽吧！

9 傅嘏❶善言虛勝，荀粲❷談尚玄遠。每至共語，有爭而不相喻❸。裴冀州❹

釋二家之義，通彼我之懷，常使兩情皆得，彼此俱暢。

【注釋】❶傅嘏　字蘭碩，三國魏北地泥陽（今陝西耀縣）人。清理識要，善於論才性。累遷河南尹、尚書。❷荀粲　字奉倩，三國魏潁川潁陰（今河南許昌）人。太尉荀彧的小兒子。性簡貴，所交皆一時俊傑。因妻亡而傷悼過度，年餘亦亡，時年二十九。❸喻　明白；了解。❹裴冀州　即裴徽。見本篇8注❷。

【語譯】傅嘏善於談論虛無精微的道理，而荀粲喜歡談論玄妙幽遠的境界。由於兩人各有各的主張，因此只要湊在一起談論，就只有爭論，而無法互相了解。這時裴徽往往居間，闡明兩人談論的精義，溝通彼此的心意，使得兩人都心滿意足，彼此都感到歡暢。

【析評】本則記裴徽往往為傅嘏與荀粲居間通懷釋義的故事。一般說來，人的知識領域，各有其寬窄深淺，是各不相同的。以不同的寬窄深淺來彼此溝通，自然就難免會陷入本位，而產生扞格的現象。在這則故事中的傅嘏和荀粲，就是如此；而裴徽則在知識領域的寬度或深度上，顯然都超過傅、荀兩人，因此可以「釋二家之義，通彼我之懷」，使得「兩情皆得，彼此俱暢」。《三國志・魏志・管輅傳》裴松之注引〈輅別傳〉說裴徽「才理清明，能釋玄虛」這兩句讚美的話，可以用這則故事來加以證實。

10 何晏❶注《老子》❷未畢，見王弼❸，自說注《老子》旨。何意多所短，不復得作聲，但應之。遂不復注，因作《道德論》❹。

【注釋】❶何晏　見〈言語〉14注❶。❷老子　即《道德經》。見本篇7注❷。❸王弼　見本篇6注❷。❹道德論　即《道德二論》。見本篇7注❺。

【語　譯】何晏為《老子》作注，還沒注完，便去見王弼，把自己注《老子》的要旨說了出來。由於何注的要旨，王弼多認為不妥，使得何晏不能再說一句話，只有應聲說「是」而已。於是何晏不再作注，而改撰了《道德論》。

【析　評】本則記何晏停止注《老子》而改撰《道德論》的故事。這則故事與另見於本篇7「何平叔注《老子》」一則，同說一件事，而說辭卻微有不同。關於這點，余嘉錫說：「此與上文『何平叔注《老子》』條，一事兩見。而一云始成，一云未畢，餘亦小異。蓋本出兩書，臨川不能定其是非，故並存之也。」（《世說新語箋疏》）劉義慶在當時也「不能定其是非」，時至今日，除非有新的資料出現，那就更難加以確定了。

11　中朝❶時，有懷道之流❷，有詣王夷甫❸諮疑者。值王昨已語多，小極❹，不復相酬答；乃謂客曰：「身❺今少惡❻，裴逸民❼亦近在此，君可往問。」

【注　釋】❶中朝　指西晉。因東晉偏安江左，故以中朝稱西晉。❷懷道之流　心存道術之輩。在此指喜歡《老》、《莊》思想的人士。❸王夷甫　即王衍。見〈言語〉23注❷。❹小極　少倦。極，疲困。❺身　對自己的稱呼。猶言余、我。❻少惡　稍微不舒服。❼裴逸民　即裴頠。見〈言語〉23注❸。

【語　譯】西晉時，有許多喜歡老、莊思想的人士，其中有一位去拜見王衍，以詢問疑難的問題。去時湊巧王衍在前一天因為談得太多，有些疲倦，所以不願再作回答；於是對這位客人說：「我現在有點不舒服，而裴頠就住在附近，你可以去問他。」

【析　評】本則記王衍為客人推薦裴頠以解決疑難的故事。王衍這個人，據《晉書・王衍傳》載：「聲名藉甚，傾重當世。妙善玄言，唯談《老》、《莊》為事。每捉玉柄麈尾，與手同色。義理有所不安，隨即改更，世號『口中雌黃』。朝野翕然，謂之『一世龍門』。」可知他當時在玄談人士心目中的地位，是十分尊崇的。在這則故事中，有「懷道」之士會特地向他請益，就是基於這個緣故，而這個「懷道」之士，也只不過是眾多訪客中的一個罷了。至於裴頠，劉孝標注引《冀州記》說他「弘濟有清識，稽古善言名理，履行高整，自少知名」（見《世說新語箋疏》），而王衍本人也曾讚他「善談名理，混混有雅致」（見本書〈言語〉23則），可見裴頠在名理界也是個相當傑出的人士，在這故事裡，王衍特叫來訪的客人去請教裴頠，可說找對了人。而由此也可知王衍心胸之大，足以容納別人，欣賞別人，他能被尊為「一世龍門」，豈是無因？

12 裴成公❶作〈崇有論〉❷，時人攻難❸之，莫能折；唯王夷甫❹來，如❺小屈❻。時人即以王理難裴，理還復申。

【注釋】❶裴成公　即裴頠。見〈言語〉23注❸。❷崇有論　裴頠所撰。主張「有」為萬物之本，為規正當代虛誕之弊而作。僅一篇，文詞精當，為當時有名的論著。❸攻難　攻擊責難。❹王夷甫　即王衍。見〈言語〉23注❷。❺如　似。❻小屈　稍為屈服；稍遜一籌。

【語譯】裴頠撰了〈崇有論〉，當時的人都加以攻擊責難，卻沒人能使他屈服；只有王衍一來，才可以使他稍為屈服。於是當時人就用王衍的理論來責難裴頠的說法，卻又沒人能再駁倒裴頠的理論。

【析評】本則記裴頠著〈崇有論〉以矯時弊的故事。裴頠所以會撰〈崇有論〉，《晉書・裴頠傳》有如下的說明：「頠深患時俗放蕩，不尊儒術，何晏、阮籍素有高名於世，口談浮虛，不遵禮法，尸祿耽寵，仕不事事；至王衍之徒，聲譽太盛，位高勢重，不以物務自嬰，遂相放效，風教陵遲，乃著崇有之論，以釋其蔽。」可知裴頠在當時是想藉務實來矯正虛誕之風的。可惜風習已深，並沒有發生多大的作用，以致後來斷送了西晉的天下。據《晉書・王衍傳》載王衍在將死時說：「嗚呼！吾曹雖不如古人，向若不祖尚浮虛，勠力以匡天下，猶可不至今日！」至此才悔悟，為時已晚，只有徒使後人發「夷甫諸人，神州沉陸，幾曾回首」（辛棄疾〈水龍吟〉詞）之歎罷了。

13 諸葛宏❶年少不肯學問，始與王夷甫❷談，便已超詣❸。王歎曰：「卿天才卓出，若復小加研尋，一無所愧。」宏後看《莊》、《老》❹，更與王語，便足相抗衡❺。

【注釋】❶諸葛宏　字茂遠，晉琅邪（今江蘇東海）人。魏雍州刺史諸葛緒之子。有逸才，仕至司空主簿。❷王夷甫　即王衍。見〈言語〉23注❷。❸超詣　卓越的造詣。❹莊老　《莊子》和《老子》。《莊子》，周莊周所撰，三十三篇。多採寓言形式，闡發自然無為、虛無恬澹的思想。又稱《南華經》、《南華真經》。《老子》，見本篇7注❷。❺抗衡　力量相當；不分上下。

【語譯】諸葛宏在少年時，不肯用功讀書，但初次與王衍交談，就有了很高的造詣。王衍讚歎著說：「你天資卓越，如果能稍加研討，比起當代名流來，將毫不遜色。」於是諸葛宏在後來便研讀《莊子》和《老子》，有了心得，再和王衍談論，便足以和他旗鼓相當，不分上下了。

【析評】本則記諸葛宏少時在思想上就已有超卓造詣的故事。一般說來，思想界是沒有天才的，因為要有所成就，非在後天痛下「以有證無」的工夫不可。其中王弼可說是少數例外之一。而在這則故事中，諸葛宏竟被王衍譽為「天才卓出」，且在他稍讀《老》、《莊》之後，便足以和王衍相抗衡，可知也是個天才型人物，可惜他並沒有留下任何著作，不然就可以知道真相如何了。

14 衛玠❶總角❷時問樂令❸「夢」❹，樂云是「想」❺。衛曰：「形神所不接而夢，豈是想邪？」樂云：「因❻也。未嘗夢乘車入鼠穴，擣齏噉鐵杵❼，皆無想無因故也。」衛思「因」，經月不得，遂成病。樂聞，故命駕❽為剖析之，衛病即小差❾。樂歎曰：「此兒胸中，當必無膏肓之疾❿。」

【注釋】❶衛玠　見〈言語〉32注❶。❷總角　古時孩童束髮成兩角的髮型。多用以指少年時代。也作「總丱」。❸樂令　即樂廣。見〈德行〉23注❹。❹夢　《周禮》載夢有六種：一是正夢，謂無所感動、平安而夢；二是噩夢，謂驚愕而夢；三是思夢，謂覺時有所思念而夢；四是寤夢，謂覺時道之而夢；五是喜夢，謂喜悅而夢；六是懼夢，謂恐懼而夢。❺想　指有所思念而夢。❻因　指有所因緣而夢。❼擣齏噉鐵杵　謂用鐵杵擣碎辛辣的食物做為調味品，卻不食調味品而吃鐵杵。擣，舂；搥擊。也作「搗」。齏，辛辣的調味品。也作「虀」。噉，吃。也作「啖」。❽命駕　叫人駕車。❾小差　病稍微好轉。差，通「瘥」。病癒的意思。❿膏肓之疾　難於治療的重病。膏肓，指心臟以下、橫膈膜以上的部位。因部位深隱，藥物、針灸都難到達，故用以指難治的重病。

【語譯】衛玠在少年時候，問樂廣「夢」的成因，樂廣說那是由於有所思念的緣故。衛玠聽了，不解地又問：「通常形體和精神所不接遇的事情，也會出現於夢中，難道都是有所思念所致嗎？」樂廣回答說：「那還是有它的因緣啊！從來沒有人夢到坐車進入老鼠洞，或擣碎辛辣的作料卻吃起鐵杵的事情；這都是由於無所思念、無所因緣的緣故。」衛玠思索這種因緣的問題，經過個把月，還沒有結果，於是積鬱成病。樂廣知道了，特地叫人駕車，親到衛家，替他分析原因，使得衛玠的病情稍為好轉。樂廣見了，歎息說：「這孩子心中一有疑問就要求得答案，一定不會讓疾病深入膏肓之中的。」

【析　評】本則記樂廣為衛玠說明做夢成因的故事。通常人所做的夢，有的正所謂「日有所思，夜有所夢」，與自己當時的思緒有密切的關係，此即樂廣所謂的「想」、《周禮》所謂的「思夢」；而有的則與當時的思緒沒有密切的關係，卻越不出個人知行的整體經驗範圍，此即樂廣所謂的「因」、《周禮》所謂的「正夢」。劉孝標注云：「樂所言『想』者，蓋思夢也。『因』者，蓋正夢也。」（見《世說新語箋疏》）這樣來解釋樂廣所說的「想」和「因」，該是相當合理的。

15 庾子嵩❶讀《莊子》❷，開卷一尺許便放去，曰：「了不異人意。」

【注　釋】❶庾子嵩　庾敳，字子嵩，晉潁川鄢陵（今河南鄢陵）人。侍中庾峻的第三子。好《老》、《莊》。為陳留相，遷吏部郎，轉軍諮祭酒。❷莊子　見本篇13注❹。

【語　譯】庾敳讀《莊子》，展開書卷才一尺就放開，說：「和我的意思絲毫沒有不同的地方。」

【析　評】本則記庾敳讀《莊子》一書後加以讚歎的故事。自來一般自命不凡的人，都會以為得天獨厚，能洞燭至理，卻往往在讀了古書後，才發現古人已先我而言之，甚且在深、廣度上都超過了自己，於是大感「於我心有慼慼焉」，而產生嚮往之情。庾敳在這則故事中，讀了《莊子》之後，說：「了不異人意」，當是這種心理的反映。劉孝標注引《晉陽秋》說庾敳「恢廓有度量，自謂是老、莊之徒」（見《世說新語箋疏》），而《晉書・庾敳傳》也說他「天下多故，機變屢起，敳常靜默無為」。這些記載有助於了解庾敳這個人與這則故事。

16 客問樂令❶「旨不至」❷者，樂亦不復剖析文句，直以麈尾❸柄确❹几曰：「至不？」客曰：「至。」樂因又舉麈尾曰：「若至者，那得去？」於是客乃悟服。樂辭約而旨達，皆此類。

【注釋】❶樂令 即樂廣。見〈德行〉23注❹。❷旨不至 指由事物的名稱得不到事物的實際，二者不能密合無間。為名家重要理論之一。旨，本作「指」。原義為以手指物，後由動詞轉作名詞用，指事物的名稱、概念或共相。由於「旨」是從事物中抽提出來的共相，是抽象的，是不能感覺的，而能感覺的只是具體的事物，所以說「旨不至」，由此以證出抽象概念與具體事物的差別關係。說見《莊子・天下》、《公孫龍子・指物論》、《列子・仲尼》。❸麈尾 用麈的尾毛製成的拂塵。魏、晉時，人常執以清談。❹确 敲打。通「搉」。

【語譯】有個客人向樂廣請教「旨不至」的道理，樂廣連文句也不加以剖析，便直接用麈尾所製拂塵的木柄去敲打小桌子說：「這樣敲著（至）了沒有？」客人說：「敲著（至）了。」樂令接著又舉起麈尾所製的拂塵說：「如果是敲著（至）了，又怎麼能夠抽開呢？」於是客人才豁然開悟，對樂廣大為欽服。樂廣措語簡約，義理卻通達，大抵都像是這樣。

【析評】本則記樂廣為客人闡明「旨不至」義蘊的故事。在這故事裡，樂廣用反證的技巧，藉麈尾柄敲（至）几離（去）几的事情為例，說明「旨不至」，也就是抽象概念不能與具體事物等同的道理，使客人得以了悟，可說是十分奧妙的。對於這種論證，劉孝標的注加以說明說：「飛鳥之影，莫見其移；馳車之輪，曾不掩地。是以去不去矣，庸有至乎？至不至矣，庸有去乎？然則前至不異後至，至名所以生；前去不異後去，去名所以立。今天下無去矣，而去者非假哉？既為假矣，而至者豈實哉？」（見《世說新語箋疏》）有助於了解樂廣論證的奧妙。

17 初，注《莊子》❶者數十家，莫能究其旨要。向秀❷於舊注外為《解義》，妙析奇致❸，大暢玄風❹；唯〈秋水〉、〈至樂〉❺二篇未竟而秀卒。秀子幼，《義》遂零落❻，然猶有別本。郭象❼者，為人薄行❽有儁才。見秀《義》不傳於世，遂竊以為己注；乃自注〈秋水〉、〈至樂〉二篇，又易〈馬蹄〉❾一篇，其餘眾篇，或點定文句而已。後秀《義》別本出，故今有向、郭二《莊》，其義一也。

【注釋】❶莊子　見本篇13注❹。❷向秀　字子期，晉河內（今河南沁陽）人。雅好讀書，官至黃門侍郎、散騎常侍。為竹林七賢之一。曾注《莊子》，發明奇趣，振起玄風。❸奇致　奇妙的旨趣。致，旨趣。❹玄風　談論道家義理的風氣。❺秋水至樂　皆《莊子》篇名。❻零落　散失；不完整。❼郭象　字子玄，晉河南（今河南洛陽）人。好老、莊之學。東海王越曾引為太傅主簿。所注《莊子》，世傳乃竊取向秀之注而成，因此內容多與向注相同。❽薄行　品行不良。❾馬蹄　《莊子》篇名。

【語譯】早先，注《莊子》的有幾十家，都無法探明它的要旨。於是向秀在舊有注本之外，另作《解義》一書說解要義，對奇妙的旨趣，分析入微，使談玄說理的風氣大為興盛；可惜只剩〈秋水〉、〈至樂〉兩篇沒有注完，而向秀就不幸死了。當時向秀的兒子還小，無法承傳，家藏的正本就殘缺了，但還有別本留了下來。這時有個叫郭象的人，品行雖不良，卻有很好的才華。看到向秀的《解義》沒有在世上流傳，便竊取別本內容，當作自己的注解；然後自己注解了〈秋水〉、〈至樂〉兩篇，又改注〈馬蹄〉一篇，而另外的各篇，則只將文句加以點定而已。後來向秀的別本也流傳出來，所以現在有向、郭兩個《莊子》注本，它們的內容大致是相同的。

【析評】本則記郭象將向秀《莊子注》竊為己有的故事。時至今日，由於向秀的注本沒流傳下來，對於這則故事的真假，實在難於詳考。不過，余嘉錫以為「向秀《莊子注》，今已不傳，無以考見向、郭異同。《四庫總目》一百四十六〈莊子提要〉嘗就《列子》張湛注、陸氏《釋文》所引秀義，以校郭注，有向有郭無者，有絕不相同者，有互相出入者，有郭與向全同者，有郭增減字句大同小異者。知郭點定文句，殆非無證」（《世說新語箋疏》）。由此看來，這個傳說多半是可信的。

18 阮宣子❶有令聞，太尉王夷甫❷見而問曰：「老莊❸與聖教❹同異？」對曰：「將無同❺！」太尉善其言，辟之為掾❻。世謂「三語掾」❼。衛玠❽嘲之曰：「一言可辟，何假於三？」宣子曰：「苟是天下人望，亦可無言而辟，復何假一？」遂相與為友。

【注釋】❶阮宣子　阮修，字宣子，晉陳留尉氏（今河南尉氏）人。好《老》、《易》，能言理。曾任鴻臚丞、太子洗馬。❷王夷甫　即王衍。見〈言語〉23注❷。❸老莊　老子和莊子。見本篇8注❻、注❼。❹聖教　孔子之教。❺將無同　恐怕相同吧。將無，魏晉時口語，表示推測而偏於肯定的意思。猶今言恐怕、莫非。❻掾　古代屬官的通稱。即佐吏。❼三語掾　只回答三個字就被任用的佐吏。❽衛玠　見〈言語〉32注❶。

【語譯】阮修有很好的名聲，太尉王衍見了他就問他說：「老、莊和孔子之教有甚麼不同呢？」阮修回答說：「將無同（恐怕相同吧）！」太尉很欣賞他的回答，就召用為佐吏。當時的人都稱他為「三語掾」（憑三個字就被起用的佐吏）。衛玠聽了，就嘲笑他說：「靠一個字就可以被召用，何必要憑藉三個字呢？」阮修回答說：「如果是得到天下眾望的人，連話也可以不說，便被召用，又何必靠一個字呢？」於是兩人就這樣結為好朋友。

【析評】本則記阮修與衛玠結交為友的故事。在這故事裡，由於阮修對王衍「將無同」的三字回答，抹消了老、莊及孔教的對立，肯定了「名教即自然」的嶄新觀點，所以受到王衍的賞識，而且也由此種下了阮修與衛玠結交為友的因子，這確是值得傳為美談的一件事。不過，故事裡的阮修與王衍，經楊勇《世說新語校箋》的考證，該是阮瞻與王戎，而余嘉錫也說：「今《晉書．阮瞻傳》亦作『瞻見司徒王戎，戎問曰：「聖人貴名教，老、莊明自然，其旨同異？」瞻曰：「將無同！」』唐修《晉書》喜用《世說》，此獨與《世說》不同，知其必有所考矣。」（《世說新語箋疏》）可見《世說》所依據的資料，確是大有問題的。

19 裴散騎❶娶王太尉❷女，婚後三日，諸婿大會，當時名士，王、裴子弟悉集。郭子玄❸在坐，挑與裴談。子玄才甚豐贍，始數交，未快，郭陳張❹甚盛。裴徐理前語，理致❺甚微，四坐咨嗟稱快。王亦以為奇，謂諸人曰：「君輩勿為爾❻，將受困寡人❼女婿！」

【注釋】❶裴散騎　即裴遐。字叔道，晉河東聞喜（今山西聞喜）人。裴綽之子、裴楷之姪。善敘名理，辭氣清暢。曾任司空掾、散騎郎。❷王太尉　即王衍。見〈言語〉23注❷。❸郭子玄　即郭象。見本篇17注❼。❹陳張　鋪陳張揚。陳述其理而加以宣揚。❺理致　義理旨趣。❻為爾　如此。❼寡人　寡德的人，古代國君自稱的謙詞。在此王衍用以謙稱自己。

【語譯】散騎郎裴遐娶了太尉王衍的女兒，在結婚後的第三天，王家的女婿都一起聚會，而當時的名士，王家、裴家的子弟也都參加了這個盛會。當時郭象也在座，特地和裴遐交談。由於郭象才高學富，開始的幾回合交談，未能快意，因此陳述他的理論而加以宣揚，氣勢顯得特別強盛。而裴遐則從容不迫地整理他前面所談的話，義蘊旨趣，非常精微，使得四座的人都讚歎不已、大感痛快。王衍聽了，也認為很難得，於是對大家說：「你們不要這樣為難我家女婿，不然就要受困於我家女婿了！」

【析評】本則記裴遐善談義理，為眾所稱譽的故事。據劉孝標注引鄧粲《晉紀》所載：「遐以辯論為業，善敘名理，辭氣清暢，泠然若琴瑟。聞其言，知與不知，無不歎服。」（見《世說新語箋疏》）證以這則故事，可知《晉紀》的記載是可信的。

20 衛玠❶始度江，見王大將軍❷，因夜坐，大將軍命謝幼輿❸。玠見謝，甚悅之，都不復顧王，遂達旦微言❹。王永夕不得豫❺。玠體素羸❻，恆為母所禁；爾夕忽極❼，於此病篤，遂不起。

【注釋】❶衛玠　見〈言語〉32注❶。❷王大將軍　即王敦。晉琅邪臨沂（今山東臨沂）人。王導的堂弟。娶武帝女襄城公主，拜駙馬都尉。元帝即位建康，出為鎮東大將軍。後恃功專權，據武昌造反，入朝自為丞相。明帝時，舉兵再反，病死。❸謝幼輿　謝鯤，字幼輿，晉陳郡（今河南淮陽）人。性通簡，好《老》、《易》，善音樂。避亂江東，為豫章太守。後王敦引為長史。❹微言　精微的言論。❺豫　喜悅；高興。❻羸　瘦弱。❼極　疲困。

【語譯】衛玠剛渡過長江到了建康，便去拜見大將軍王敦，兩人在夜裡坐談之際，大將軍王敦特地叫謝鯤來作陪。當時衛玠一見了謝鯤，便非常喜歡他，完全不再理會王敦，於是理致愈談愈入微，一直談到天亮。使得王敦整夜都感到不高興。由於衛玠的身體向來虛弱，一切交際應酬常被他的母親所禁絕；而這天晚上突然破例，疲困過度，因此病趨嚴重，結果就這樣死了。

【析 評】本則記衛玠因與謝鯤夜談以致病死的故事。據《晉書・衛玠傳》，衛玠的死因是：「以王敦豪爽不群，而好居物上，恐非國之忠臣，求向建鄴。京師人士聞其姿容，觀者如堵。玠勞疾過甚，永嘉六年卒，時年二十七，時人謂玠被看殺。」從表面上看，與本故事所記的衛玠死因，有所不同，而其實，衛玠先與謝鯤夜談，使病情加重，然後死於「被看殺」，彼此並沒有矛盾的地方；因此本故事當是可信的。而在衛玠死後，《晉書・衛玠傳》載謝鯤「哭之慟，人問之曰：『子有何恤而致斯哀？』答曰：『棟梁折矣，不覺哀耳。』」謝鯤哀悼並推重如此，衛玠如有知，也可含笑於九泉了。

21 舊云王丞相❶過江左，止道「聲無哀樂❷」、「養生❸」、「言盡意❹」三理而已。然宛轉關生，無所不入。

【注 釋】❶王丞相 即王導。見〈德行〉27注❸。❷聲無哀樂 指聲音本身並沒有所謂的哀與樂。嵇康有〈聲無哀樂論〉，大意指哀樂往往交錯變換，有時聽到哭聲反而喜悅，有時聽到歌聲反而悲戚，可見哀樂之情是均同的。以均同之情，發萬殊之聲，那麼音聲自然是無常，無所謂哀樂的。❸養生 指人如能無為自得、調養生理，便可保有健康，延年益壽。嵇康有〈養生論〉專談這種道理。❹言盡意 指言語能完全表達一個人的思想情意。歐陽堅石有〈言盡意論〉，大意是說：理得於心，非言不暢。物定於彼，非名不辨。名逐物而遷，言因理而變，不得相與為二。這與古來「言不盡意」的說法不同。

【語 譯】從前有人說丞相王導渡過長江到江東以後，只談「聲無哀樂」、「養生」和「言盡意」三方面的道理而已。但由於他能轉展闡釋，推衍發揮，因此天下的道理全都涵攝在裡面了。

【析 評】本則記王導能體悟「三理」的故事。所謂的「三理」，正是魏晉玄學的主要論題。其中「聲無哀樂」，依據的是嵇康的理論，嵇康有〈聲無哀樂論〉，其最基本的論點，在於分別主觀客體的殊異、否定人心與聲音之間的聯繫；而「養生」，依據的也是嵇康的理論，嵇康有〈養生論〉，主要在闡說身心兼施的養生方法；至於「言盡意」，則依據的是歐陽建的理論，歐陽建有〈言盡意論〉，主張言與意不得分歧為二。而在這則故事裡，王導對這「三理」能加以推闡發揮，以至於「無所不入」，可知他也是個善於清談的人，不過他在這方面的資料並沒有留傳下來，以致無法獲知實際內容，這是十分可惜的事。

22 殷中軍❶為庾公❷長史❸，下都，王丞相❹為之集，桓公❺、王長史❻、王藍田❼、謝鎮西❽並在。丞相自起解帳❾，帶麈尾❿，語殷曰：「身⓫今日當與君共談析理。」既共清言，遂達三更。丞相與殷共相往反，其餘諸賢，略無所關。既彼我相盡，丞相乃歎曰：「向來語，乃竟未知理源所歸；至於辭喻不相負。正始⓬之音，正當爾耳！」明旦，桓宣武⓭語人曰：「昨夜聽殷、王清言，甚佳。仁祖⓮亦不寂寞，我亦時復造心⓯；顧看兩王掾⓰，輒翣如⓱生母狗馨。」

【注釋】❶殷中軍　即殷浩。見〈言語〉80注❷。❷庾公　即庾亮。見〈德行〉31注❶。❸長史　當作司馬。見劉孝標注。❹王丞相　即王導。見〈德行〉27注❸。❺桓公　即桓溫。見〈言語〉55注❶。❻王長史　即王濛。見〈言語〉54注❹。❼王藍田　即王述。字懷祖，晉太原晉陽（今山西太原）人。王湛之孫、王承之子。事親孝謹。襲爵藍田侯。❽謝鎮西　即謝尚。見〈言語〉46注❶。❾解帳　拉開帷帳。❿麈尾　用麈的尾毛製成的拂塵。⓫身　我。晉人自稱為身。⓬正始　三國魏邵陵厲公年號，自西元二四〇年起至二四八年止。當時王弼、何晏等，高談《老》、《莊》，致玄風盛行。⓭桓宣武　即桓溫。⓮仁祖　謝尚的字。⓯造心　有得於心。⓰兩王掾　指王濛與王述。⓱翣如　很像。翣，通「煞」。

【語　譯】殷浩擔任庾亮的長史，從荊州到長江下流的京都去，丞相王導特別為他舉行一次聚會，桓溫、王濛、王述、謝尚都在座。丞相王導親自起身，拉開了帷幕，手裡帶著麈尾製成的拂塵，向殷浩說：「我今天想和你一起談談有關辨名推理的問題。」於是兩人一起清談，一直談到三更半夜。在清談時，丞相王導和殷浩你來我往，互相辯難，使得其他在座的人幾乎都沒有插嘴的機會。等到兩人暢所欲言，討論結束後，丞相王導才歎說：「剛才我們所談的，竟然不理會理源的歸趨，無所不談，新意迭出；至於措辭譬喻，更是不相上下。正始時期清談的風概，正應如此呀！」第二天一早，桓溫告訴別人說：「昨天晚上聽了殷、王的清談，十分精采。仁祖也不孤單，表現不弱，而我也時有心得；但是看王濛與王述兩人，則說起話來小心謹慎，像極了才生育過的母狗。」

【析　評】本則記王導為殷浩約請當代諸名士聚會清談的故事。這次清談，規模相當大，除主角王導與殷浩外，尚有桓溫、王濛、王述、謝尚等配角，可說全是一時之選，因此其盛況是可想而知的。只可惜他們只「談」而不「寫」，不然，王導和桓溫在會後所作的讚美和批評，也就可以一一加以印證，而當時清談的廣泛內容與「辭喻」技巧，更可為魏晉玄學的研究，提供不少珍貴的資料。

23　殷中軍❶見佛經云：「理應在阿堵❷上。」

【注　釋】❶殷中軍　即殷浩。見〈言語〉80注❷。❷阿堵　這；這個。魏晉時口語。

【語　譯】殷浩見了佛經，便說：「玄理應在這上頭。」

【析　評】本則記殷浩以為名理、玄論與佛經相關的故事。劉大杰說：「殷浩是當日一個精研佛典的有名之士，他有所不懂，還要去請教道人。這一面證明佛理的玄妙，一面證明當時學者研究佛學的認真。再如孫綽論報應有徵調和釋孔的《喻道論》，郗超論佛法內容的《奉法要》（俱見《弘明集》），都是東晉名士的研究佛學的著作。在這種情形之下，佛學除了那種宗教的力量之外，又給與中國哲學界一種思想上的影響。」（《魏晉思想論》第二章）而韋政通也說：「據張曼濤先生的研究，三國時代的佛教，正與中國文化作第一次的內在結合，並指出何、王的玄學，曾受支讖、支謙一系般若『無』的影響，阮、嵇的養生成神之說，曾受世高、僧會禪法精神的影響。因此，他斷言，『佛教影響道家的新學興起，乃有其必然的內外因素。』……從思想史看，張說很值得注意，如果在東晉以前的一段時期裡，佛教與玄學沒有某種程度的結合，則東晉以後，佛學時期的突然出現，就成為難以理解的歷史現象了。」（《中國思想史》第十六章）由此看來，殷浩會說「理應在阿堵上」這句話，是可以充分理解的。

24 謝安❶年少時，請阮光祿❷道〈白馬論〉❸；為論以示謝。于時謝不即解❹阮語，重相咨盡❺。阮乃歎曰：「非但能言人不可得，正❻索解❼人亦不可得。」

【注釋】❶謝安　見〈德行〉33注❷。❷阮光祿　即阮裕。見〈德行〉32注❶。❸白馬論　戰國時名家學者公孫龍所作。旨在辨正名實，揭示概念內容、外延上的差別。主張馬為全稱，白馬有白的一種屬性，為馬的一部分，所以白馬不等於馬。❹即解　立刻了解。即，立刻。❺咨盡　詢問以盡義蘊。❻正　即；就是。❼索解　請求解答。

【語譯】謝安年少的時候，有一回向阮裕請教公孫龍子〈白馬論〉的道理；阮裕對謝安論述了一遍。但謝安當時卻不能立即了解阮裕的話，只好反覆地詢問，以求完全了解。事後阮裕便讚歎道：「不但能說別人所不能說的，就是請求解答的問題也是別人提不出來的。」

【析評】本則記謝安少時向阮裕請教〈白馬論〉的故事。〈白馬論〉為《公孫龍子》一書的一篇，旨在論「白馬非馬」，因它涉及概念內容與外延上的問題，故一經提出，便受到世人的重視，而成為公孫龍的成名論題；就是到了現在，還是為人所樂道不已。就在這則故事裡，謝安請阮裕講釋「白馬非馬」的道理，而阮裕於事後讚歎謝安的能言善問，可見這一論題在當時也受到注意，而且能了解這種道理的人實在不多。

25 褚季野❶語孫安國❷云：「北人❸學問，淵綜廣博。」孫答曰：「南人❹學問，清通簡要。」支道林❺聞之曰：「聖賢固所忘言。自中人以還❻，北人看書，如顯處視月；南人學問，如牖中窺日。」

【注　釋】❶褚季野　即褚裒。見〈德行〉34注❸。❷孫安國　即孫盛。見〈言語〉49注❶。❸北人　黃河以北的人。❹南人　黃河以南的人。❺支道林　即支遁。見〈言語〉45注❸。❻中人以還　中才以下。

【語　譯】褚裒告訴孫盛說：「北方人的學問，深蕪而廣博。」孫盛回答說：「南方人的學問，明達而簡要。」支遁聽到了，便說：「這本是聖賢所沒說過的。就以中才以下的人來說，北方人看書，就像是在開敞的地方看月亮似的；而南方人做起學問來，則像是在狹小的窗口裡窺看太陽一般。」

【析　評】本則記褚裒、孫盛和支遁論述南北人學問不同的故事。根據這則故事，南北人學問的不同，由褚、孫兩人看來，一在於博，一在於約。而支遁則針對褚、孫兩人的說法，先為它們下一「中人以還」的前提，再採譬喻的方式，作進一步的補充說明。對於支遁的這一補充說明，劉孝標加以注解說：「支所言，但譬成孫、褚之理也。然則學廣則難周，難周則識闇，故如顯處視月；學寡則易覈，易覈則智明，故如牖中窺日也。」《世說新語箋疏》則說：「嘉錫案：《北史．儒林傳序》曰：『南人約簡，得其英華；北學深蕪，窮其枝葉。』語即本此。實則道林之言，特為清談名理而發。延壽亦不過謂南人文學勝於北人耳。夫樸學浮文，本難一致。春華秋實，烏可並言？北人著述存於今者，如《水經注》、《齊民要術》

之類，淵綜廣博，自有千古，非南人所敢望也。嘉錫又案：此言北人博而不精，南人精而不博。」均有助於了解本則的要旨。

26 劉真長❶與殷淵源❷談，劉理如❸小屈。殷曰：「惡❹！卿不欲作將，善雲梯仰攻❺。」

【注釋】❶劉真長　即劉惔。見〈德行〉35注❶。❷殷淵源　即殷浩。見〈言語〉80注❷。❸如　似。❹惡　感歎詞。❺雲梯仰攻　用雲梯來攀高攻城。雲梯，古代用來攻城或窺望敵方的高梯，為春秋魯公輸般所製。相傳公輸般和墨子曾在楚王面前表演攻守之術，由公輸般用雲梯攻城，結果墨子九次都拒守成功。見《墨子・公輸》。

【語譯】劉惔和殷浩清談，劉惔的理論似乎稍遜一籌。殷浩便對劉惔說：「唉！您不願意作大將，卻善於用雲梯仰面攻城。」

【析評】本則記劉惔和殷浩清談的故事。在這則故事裡，殷浩以「不欲作將，善雲梯仰攻」來評劉惔，其用意，據張健看來，是「大將在廣袤的戰場上作戰，可以自由施展；用雲梯攻城，技術再高，也不免受到限制」（《六朝名士》），看法相當正確。殷浩的這兩句話，顯示他雖略占上風，卻備受威脅，迎戰甚苦。

27 殷中軍❶云：「康伯❷未得我牙後惠❸。」

【注釋】❶殷中軍　即殷浩。見〈言語〉80注❷。❷康伯　韓伯的字。見〈德行〉38注❷。❸牙後惠　指口頭褒獎之辭，猶「齒牙餘論」。惠，也作「慧」。

【語　譯】殷浩說：「韓伯沒有得到我片言隻語的推介或讚美。」

【析　評】本則記殷浩不為外甥韓伯吹噓的故事。韓伯有真才實學，很得殷浩的喜愛。據《晉書・韓伯傳》載：「潁川庾龢，名重一時，少所推服，常稱伯及王坦之曰：『思理倫和，我敬韓康伯；志力強正，吾愧王文度。自此以還，吾皆百之矣。』」可見韓伯受人器重之一斑。這樣，殷浩自然相信韓伯「能自標置」《晉書・韓伯傳》），那就大可不必為他費心了。

28 謝鎮西❶少時，聞殷浩❷能清言，故往造之。殷未過有所通❸，為謝標榜❹諸義，作數百語；既有佳致，兼辭條豐蔚❺，甚足以動心駭聽。謝注神傾意，不覺流汗交面。殷徐語左右：「取手巾與謝郎❻拭面。」

【注　釋】❶謝鎮西　即謝尚。見〈言語〉46注❶。❷殷浩　見〈言語〉80注❷。❸通　闡發。❹標榜　宣揚；闡發。❺辭條豐蔚　辭采豐美，條理明晰。❻謝郎　指謝尚。

【語　譯】謝尚年少的時候，聽說殷浩善於清談，因此特地去拜訪他。殷浩將自己未曾向人闡揚過的內容，為謝尚闡釋它的許多精義，一共說了幾百句話；既饒高妙的旨趣，而辭采也富贍，條理更清晰，足以令人聽後，大受感動，駭異不已。謝尚專心致志地傾聽，汗水在不知不覺中流滿臉上。殷浩見了，用緩慢的語調交代左右的人說：「拿一條手巾來，給謝先生擦擦臉。」

【析　評】本則記殷浩為謝尚闡釋義理的故事。《晉書・殷浩傳》說：「浩識度清遠，弱冠有美名，尤善玄言，與叔父融俱好《老》、《易》。融與浩口談則辭屈，著篇則融勝，浩由是為風流談論者所宗。」殷浩既然「為風流談論者所宗」，那麼在這則故事裡，謝尚在聽他談論後，會「動心駭聽」、「流汗交面」，實在不是件意外的事。

29 宣武❶集諸名勝❷講《易》❸，日說一卦。簡文❹欲聽，聞此便還，曰：「義自當有難易，其❺以一卦為限邪？」

【注釋】❶宣武 即桓溫。見〈言語〉55注❶。❷名勝 指當代名位通顯的人。即名流、名士。❸易 即《易經》。相傳伏羲畫八卦，後重為六十四卦，由周文王作卦辭、爻辭，孔子作〈十翼〉。本為卜筮之書，孔子用以教子弟，說明自然與人事現象的變化，做為個人修養處世的準則，於是成為儒家的經典。❹簡文 即司馬昱。見〈德行〉37注❶。❺其 豈。

【語譯】桓溫有一次聚集許多名士共同講論《易經》，每天討論六十四卦中的一卦。簡文帝本來想要去聽講，聽說一日限講一卦，便回來了，說：「每一卦的卦義本就有難易之別，怎麼可以限定每天講論一卦呢？」

【析評】本則記簡文帝不去參加桓溫所召集《易經》講論會的故事。據這則故事，簡文帝所以不去參加集會，是因為《易經》的每一卦「義自當有難易」，不宜作「日說一卦」的硬性限制。也就是說：該依卦義的難易，靈活調整時間的長短，以求曲盡各卦的義蘊，使得這個集會趨於完善。單從這一觀點來看，簡文帝所持的理由，是相當充分的。不過，從另一觀點來看，無論如何，「講」或「聽」總比不「講」不「聽」來得好，不是嗎？

30 有北來道人❶好才理❷，與林公❸相遇於瓦官寺❹，講《小品》❺；于時竺法深❻、孫興公❼悉共聽。此道人語，屢設疑難；林公辯答清析，辭氣俱爽。此道人每輒摧屈❽。孫問深公：「上人❾當是逆風家❿，向來何以都不言？」深公笑而不答。林公曰：「白旃檀⓫非不馥，焉能逆風？」深公得此義，夷然不屑⓬。

【注釋】❶道人　僧人。晉宋間佛教初行，稱僧徒為道人。❷才理　才性、名（玄）理。❸林公　即支遁。見〈言語〉45注❸。❹瓦官寺　寺名。在金陵城內。晉武帝時建。又名瓦棺寺。❺小品　釋氏《般若心經》，有詳本與略本。詳者為《大品》，略者為《小品》。❻竺法深　見〈德行〉30注❷。❼孫興公　即孫綽。見〈言語〉84注❶。❽摧屈　受挫而屈服。❾上人　對僧人的尊稱。在此指竺法深。❿逆風家　指迎風而上的人，喻善於攻難者。逆風，迎風而上。⓫白旃檀　即白檀香。香木名。檀香科，檀香屬。可作香料。皮潔而色白，故稱。⓬夷然不屑　指心中坦然，不屑於和人爭論。

【語譯】有一位來自北方的僧人喜歡談論才性、名（玄）理，和支遁在瓦官寺相遇，一起講論《小品》經；當時竺法深和孫綽都在旁聽講。這位僧人說話時，屢次發出疑難；而支遁卻答辯得清晰而有條理，言語聲調也都明快清爽。使得這位僧人每次都受到挫折，辭窮理屈。事後孫綽問竺法深說：「上人您該是善於攻難的『逆風家』，剛才為甚麼都不說話？」竺法深只微笑著，卻不回答。支遁說：「白檀香並不是不芬芳，但逆風怎麼能聞得到呢？」竺法深曉得這句話的涵義，卻顯出心中坦然，不屑於爭論的樣子。

【析評】本則記支遁和北方僧人共講《小品》佛經的故事。透過這則故事，可知在《小品》佛經的了悟上，支遁勝過北方僧人，而在修為上，則旁聽的竺法深似又勝支遁一籌，這就是所謂的「無聲勝有聲」啊！其中支遁勝北方僧人，在故事中，已有明文交代，而竺法深似又勝支遁一籌，則可從支遁「白旃檀非不馥」的兩句話與竺法深「得此義，夷然不屑」的反應上，探得消息。對於支遁「白旃檀非不馥」兩句話的喻意，王世懋認為「林公意謂波利質多天樹纔能逆風聞香（見劉孝標注引《成實論》。波利質多，梵語，花樹名，義譯「香遍樹」），白旃檀雖香，非天樹可比，焉能逆風！以天樹自許，而以白旃檀比深公」（《世說新語校箋》引）。而余嘉錫也說：「道林（支遁）以為雖法深亦不能抗己。」（《世說新語箋疏》）他們兩人的看法都很正確，有助於讀者對本故事的了解。

31 孫安國❶往殷中軍❷許❸共論，往反精苦，客主無間。左右進食，冷而復煗❹者數四。彼我奮擲麈尾❺，悉脫落滿餐飯中。賓主遂至暮忘食。殷乃語孫曰：「卿莫作強口馬，我當穿卿鼻！」孫曰：「卿不見決❻鼻牛，人當穿卿頰！」

【注釋】❶孫安國　即孫盛。見〈言語〉49注❶。❷殷中軍　即殷浩。見〈言語〉80注❷。❸許　處所。❹煗　把冷的東西弄熱。也作「暖」。❺奮擲麈尾　用力揮動拂塵。擲，振，揮動的意思。麈尾，用麈尾製成的拂塵。❻決　斷裂。

【語譯】孫盛到中軍殷浩那裡，和殷浩清談，兩人你來我往，論辯得非常精細深入，使得客主之間完全消除了客套虛禮的隔閡。左右的人送上飯菜，他們都顧不得進食，等飯菜冷了，再又加熱，總共加熱了許多次。他們舌戰的時候，都用力揮動著麈尾，以致麈尾全脫了毛，落滿在飯、菜裡。就這樣，一直談到日暮，主客都忘了進食。談到了最後，殷浩終於忍不住對孫盛說：「你別自認作嘴巴堅硬的馬，我要用繩子貫穿你的鼻子！」孫盛也不甘示弱地回答說：「你不會見到裂鼻而逃的牛，我會用繩子貫穿你的雙頰！」

【析評】本則記孫盛與殷浩清談相互爭勝的故事。作者在這則文字裡，透過兩人「至暮忘食」、「奮擲麈尾，悉脫落滿餐飯中」的情節與將對方比作馬、牛以穿鼻、穿頰的對話，來烘托出熱鬧、激烈的清談氣氛，可說處理得相當成功。尤其是最後，由義理之爭轉寫到口角之爭，更是精采生動，有著無限的趣味。至於舌戰結果誰勝誰負，就作者的安排看來，在義理之爭的部分，兩人是不相上下的；而在口角之爭的部分，則孫盛顯然勝過殷浩。關於前一點，劉孝標注引《續晉陽秋》說：「孫盛善理義。時中軍將軍擅名一時，能與劇談相抗者，唯盛而已。」（見《世說新語箋疏》）可以做為佐證；關於後一點，余嘉錫說：「牛鼻乃為人所穿，馬不穿鼻也。然穿鼻者常決鼻逃去，穿頰則莫能遁矣。」（《世說新語箋疏》）把殷浩和孫盛兩人話裡的意思，解釋得十分清楚，而兩人口角之爭的勝負，也就可以看出來了。

32

《莊子》〈逍遙〉篇❶，舊是難處，諸名賢所可鑽味❷，而不能拔理於郭、向之外❸。支道林❹在白馬寺❺中，將❻馮太常❼共語，因及〈逍遙〉。支卓然標新理於二家之表❽，立異義於眾賢之外，皆是諸名賢尋味之所不得。後遂用支理。

【注　釋】❶莊子逍遙篇　即《莊子．逍遙遊》篇。為《莊子》一書之首篇，旨在論自適自在、逍遙至樂的道理。《莊子》，見本篇13注❹。❷鑽味　鑽研玩味。❸不能拔理於郭向之外　在義理上不能越出郭象、向秀二家解說的範圍。郭，郭象。見本篇17注❼。向，向秀。見〈言語〉18注❷。❹支道林　即支遁。見〈言語〉45注❸。❺白馬寺　寺名。在今浙江餘杭。不同於洛陽的白馬寺。❻將　與；和。❼馮太常　即馮懷。字祖思，晉長樂（今河北冀縣）人。仕至太常、護國將軍。❽表　外。

【語　譯】《莊子．逍遙遊》一篇，從古以來就被認為存有疑難的地方，使得許多名流賢士都加以鑽研玩味，但在義理的闡發上，都不能超出郭象、向秀二家解說之外。有一次，支遁在白馬寺裡，和馮懷一起清談，順便談到〈逍遙遊〉。沒想到支遁識見超凡，別出新義，不但超出郭、向二家解說之外，就是對許多名流賢士來說，他所提出的不同見解，更遠超過他們，是他們探索玩味不出來的。於是此後就採用支遁的新義。

【析　評】本則記支遁以新義釋《莊子・逍遙遊》的故事。這則故事，在《高僧傳》裡是這樣記載的：「遁常在白馬寺，與劉系之等，談《莊子・逍遙》篇，云：『各適性以為逍遙。』遁曰：『不然！桀、跖以殘害為性，若適性為得者，彼亦逍遙矣。』於是退而注〈逍遙〉篇，群儒舊學，莫不歎伏。」（卷四）可知支遁注《莊子・逍遙遊》的新義，主要在於反對向、郭「夫大鵬之上九萬，尺鷃之起榆枋，小大雖差，各任其性。苟當其分，逍遙一也」（劉孝標注引向、郭〈逍遙義〉，今郭注，無首二句）的說法。據劉孝標注引支遁〈逍遙論〉說：「夫逍遙者，明至人之心也。莊生建言人道，而寄指鵬、鷃。鵬以營生之路曠，故失適於體外；鷃以在近而笑遠，有矜伐於心內。至人乘天正而高興，遊無窮於放浪；物物而不物於物，則遙然不我得，玄感不為，不疾而速，則逍然靡不適。此所以為逍遙也。」（見《世說新語箋疏》）對於支遁這篇文字，羅光解釋說：「對於《莊子》的逍遙，予以精神方面的解釋，雖沒有提到佛教的術語，但在文字以內，寓有禪觀的精神，內外都不滯於物，以遊於禪觀的無窮境界。」（《中國哲學思想史》）這樣看來，支遁解說〈逍遙遊〉，確實已「標新理於二家之表，立異義於眾賢之外」了。

33 殷中軍❶嘗至劉尹❷所清言，良久，殷理小屈，遊辭❸不已。劉亦不復答。殷去後，乃云：「田舍兒❹，強學人作爾馨❺語！」

【注　釋】❶殷中軍　即殷浩。見〈言語〉80注❷。❷劉尹　即劉惔。見〈德行〉35注❶。❸遊辭　說沒根據的話。❹田舍兒　農家子弟。即莊稼漢。❺爾馨　猶今語「這般」、「這樣」。馨，形容詞或副詞之詞尾，相當於今語之「般」、「樣」。

【語　譯】中軍殷浩曾經到劉惔那兒，和他清談，談了許久，殷浩在義理上稍稍受挫，便不斷地說些沒有根據的話來搪塞。劉惔見到這情形，也不再勉強作答。等到殷浩離開後，才說：「這莊稼漢，卻勉強學別人說這樣子的話！」

【析　評】本則記劉惔譏笑殷浩是「田舍兒」的故事。本來，殷浩「善於玄言」，在當代「為風流談論者所宗」（見《晉書・殷浩傳》），而在這個故事裡，面對劉惔，卻不免「理小屈，遊辭不已」，實在有異於殷浩平日的表現。因此這個故事如不假，則極可能當時所談的是殷浩所不熟悉而為劉惔所擅長的論題。設若如此，那麼殷浩被劉惔譏為「田舍兒」，是相當冤枉的；而由此也可看出劉惔平日「高自標置」（《晉書・劉惔傳》）之一斑。

34 殷中軍❶雖思慮通長，然於才性❷偏精；忽言及《四本》❸，便若湯池鐵城❹，無可攻之勢❺。

【注　釋】❶殷中軍　即殷浩。見〈言語〉80注❷。❷才性　才能、性情。❸四本　即《四本論》。見本篇5注❷。❹湯池鐵城　盛滿沸水的護城河和鐵製的城廓。形容城池之堅固。❺勢　機會。

【語　譯】中軍殷浩雖然思慮暢貫深長，但對於探討才能和性情關係的論題最為專精；一旦談到《四本論》，就像堅固的城池一樣，根本找不到可以攻擊的機會。

【析　評】本則記殷浩對才性問題特別有研究的故事。在殷浩之前，對才性問題有研究的有多人，其中最著名的是：「尚書傅嘏，論同；中書令李豐，論異；侍郎鍾會，論合；屯騎校尉王廣，論離。」（見本篇5劉孝標注）；後來鍾會特將各人意見會合起來，寫成《四本論》。而這本書，到了殷浩時代，由於「已不大流傳，見者也不完全了解，精於此道的似乎只有一個殷浩」（劉大杰《魏晉思想論》第七章），因此殷浩只要一談《四本論》，便無怪會像這則故事所說的「若湯池鐵城，無可攻之勢」了。

35 支道林❶造〈即色論〉❷，論成，示王中郎❸；中郎都無言。支曰：「默而識之❹乎？」王曰：「既無文殊❺，誰能見賞？」

【注釋】❶支道林　即支遁。見〈言語〉45注❸。❷即色論　支遁的一篇論著，主張色（現象）的本質，是不自有的；既不自有，則色即是空，但又不同於空。❸王中郎　即王坦之。見〈言語〉72注❶。❹默而識之　默默地記存在心裡。語出《論語・述而》。❺文殊　菩薩名。即文殊師利。也譯作曼殊室利。與普賢常侍於釋迦左右。手持劍，坐獅子。在佛家中，是象徵智慧的菩薩。

【語譯】支遁撰寫〈即色論〉，論著完成以後，拿給王坦之看；王坦之始終不發一言。支遁說：「有意見，難道要默默地記存在心裡，不說出來嗎？」王坦之回答說：「既然這裡沒有文殊菩薩，那麼誰能夠了解、讚美呢？」

【析評】本則記王坦之不讚許支遁〈即色論〉的故事。在當代，王坦之以排莊尊孔聞名，《晉書・王坦之傳》說他「有風格，尤非時俗放蕩，不敦儒教，頗尚刑名學」，可知他不贊成支遁「色即為空，色復異空」（《支道林集・妙觀章》，劉孝標注引）的主張，是有原因的。而他對支遁的回答，巧妙地用了佛家的故事，這是支遁最熟悉不過的。劉孝標注引《維摩詰經》說：「文殊師利問維摩詰（與釋迦牟尼同時的大居士）云：『何者是菩薩入不二法門？』時維摩詰默然無言，文殊師利歎曰：『是真入不二法門也。』」王坦之藉著這個故事，對支遁的〈即色論〉，可說已收到了「不評即評之矣」的效果。

36 王逸少❶作會稽，初至，支道林❷在焉。孫興公❸謂王曰：「支道林拔新領異❹，胸懷所及，乃自佳，卿欲見不？」王本自有一往雋氣❺，殊自輕之。後孫與支共載往王許❻，王都領域❼，不與交言；須臾支退。後正值王當行❽，車已在門；支語王曰：「君未可去，貧道❾與君小語。」因論《莊子．逍遙遊》❿。支作數千言，才藻新奇，花爛映發⓫。王遂披襟解帶，流連不能已⓬。

【注釋】❶王逸少　即王羲之。見〈言語〉62注❷。❷支道林　即支遁。見〈言語〉45注❸。❸孫興公　即孫綽。見〈言語〉84注❶。❹拔新領異　指見解超拔新穎，脫出凡俗。❺一往雋氣　一向有超逸的氣質。❻許　處所。❼領域　疆界；界線。在此用作動詞。指畫定界限。引申有矜持的意思。❽當行　將要出行。當，將。❾貧道　魏晉南北朝時僧人的自稱。❿莊子逍遙遊　見本篇32注❶。⓫才藻新奇二句　指才華清新奇偉，百花燦爛爭放。才藻，才華；才思文采。映發，襯映開放。⓬流連不能已　指沉迷其中，無法停止。

【語譯】王羲之出任會稽內史，上任之初，剛好支遁也在會稽。孫綽對王羲之說：「支道林的見解超拔，新穎脫俗，他心中所想像到的，都自然美好，你高興去見他嗎？」由於王羲之向來就有俊逸的氣質，自視不凡，當然很看不起支遁，因此就沒甚麼結果。後來孫綽和支遁一起乘車到王羲之的住處，王羲之始終很矜持，不跟支遁交談；支遁見此情形，不一會兒就告退了。過後不久，正好碰上王羲之要外出，車子都已經在門口等候；這時支遁出現了，便對王羲之說：「你別急著走，貧僧要和你小談一會兒。」於是談論起《莊子．逍遙遊》來。支遁一談就談了幾千言，才華清新奇偉，如同百花燦爛，爭奇鬥豔一般。王羲之聽了，十分佩服，便披開衣襟、寬解衣帶，沉迷在支遁的談論裡，不能自已。

【析評】本則記王羲之欽佩支遁的故事。王羲之所以欽佩支遁，是由於支遁對《莊子．逍遙遊》的解釋，能「卓然標新理於二家（郭象、向秀）之表，立異義於眾賢之外」（見本篇32則）的緣故。而劉孝標注引〈支法師傳〉說支遁「尋莊周，則辯聖人之逍遙。當時名勝（名士賢人），咸味其音旨」（見《世說新語箋疏》）。這則故事可為這段記載，提供一個很好的例證。

37 三乘❶佛家滯義，支道林❷分判，使三乘炳然；諸人在下坐聽，皆云可通。支下坐，自共說❸，正當❹得兩❺，入三❻便亂。今義弟子雖傳，猶不盡得。

【注釋】❶三乘　佛家引眾生得道的三條道路：一為聲聞乘，指悟四諦（苦、寂、滅、道）而得道，即小乘；二為緣覺乘，指悟因緣而得道，即中乘；三為菩薩乘，指行六度（布施、持戒、忍辱、精進、禪定、智慧），即大乘。乘，就是車乘。用以比喻運載眾生通往各自果地的佛法。❷支道林　即支遁。見〈言語〉45注❸。❸共說　共同研討。❹正當　只能。❺兩　指聲聞乘與緣覺乘。❻三　指菩薩乘。

【語譯】佛家三乘晦澀艱深的涵義，經支遁分析剖述之後，使得三乘的涵義顯然可見；許多人在座下坐著聽講，都認為道理圓融，可以了解。等到支遁下了講座，大家自行在一起研討，則只能領悟聲聞乘（小乘）和緣覺乘（中乘），一入菩薩乘（大乘），理路就紊亂不清了。時到今日，支遁剖述三乘的道理雖然由他的弟子傳了下來，但是依然不能完全得到他的精髓。

【析評】本則記支遁的弟子不能盡傳他三乘義理精髓的故事。通常人在聽講之際，由於慣用「想當然」的方式去了解別人的話，因此只要具備一定的程度，便都會以為「可通」。但一旦必須用自己的生命去深作體貼的時候，則往往不能得其要領，尤其是遇到艱深的道理，更是如此。就以佛家大乘的道理而言，自古以來，就被人公認為是最難體認的，那就難怪諸人會「入三便亂」，而「今義弟子雖傳，猶不盡得」了。

38 許掾❶年少時，人以比王苟子❷，許大不平。時諸人士及林法師❸，並在會稽西寺❹講，王亦在焉。許意甚忿，便往西寺與王論理，共決優劣；苦相折挫，王遂大屈❺。許復執王理，王執許理，更相覆疏❻，王復屈。許謂支法師❼曰：「弟子向語何似❽？」支從容曰：「君語，佳則佳矣，何至相苦邪？豈是求理中❾之談哉？」

【注　釋】❶許掾　即許詢。見〈言語〉69注❷。❷王苟子　即王脩。字敬仁，小字苟子。晉太原晉陽（今山西太原）人。明秀有美稱，善隸行書。曾任著作佐郎、琅邪王文學。後轉中軍司馬，未拜而卒。時年二十四。❸林法師　即支遁。見〈言語〉45注❸。❹西寺　寺名。在會稽（今浙江紹興）。❺大屈　大受挫折而屈服。❻覆疏　再次疏解義理。❼支法師　即林法師。❽何似　如何；怎樣。❾理中　得理之中。

【語　譯】許詢年少的時候，人家將他比作王脩，使得許詢大感不滿。有一回，許多名士及支遁，一起在會稽西寺講論名理，王脩也在座。許詢由於心中十分氣忿，便到西寺找王脩辯論義理，以一決勝負；他用盡苦心，向王脩問難，終於使得王脩遭到了大的挫敗。接著，許詢又執持王脩的理論，而由王脩執持許詢的理論，彼此再次疏解義理，結果王脩又招架不住。事後許詢對支遁說：「弟子剛才的話怎樣？」支遁緩緩地回答說：「你所說的話，好是好，但又何必為難人家呢？這難道是追求真理的談論態度嗎？」

【析　評】本則記許詢向王脩作意氣之爭的故事。在這則故事中，許詢找王脩「論理」，結果獲得大勝，本該受到大家的尊重才對；但由於他完全不論是非，強辭奪理以求勝，所以支遁深不以為然，認為非「求理中之談」，這不但值得許詢深思，也值得後人深思。

39 林道人❶詣謝公❷，東陽❸時始總角❹，新病起，體未堪勞；與林公❺講論，遂至相苦。母王夫人❻在壁後聽之，再遣信❼令還，而太傅❽留之使竟論❾。王夫人因自出云：「新婦❿少遭家難，一生所寄，唯在此兒。」因流涕抱兒以歸。謝公語同坐曰：「家嫂辭情慷慨，致⓫可傳述，恨不使朝士⓬見。」

【注釋】❶林道人　即支遁。見〈言語〉45注❸。❷謝公　即謝安。見〈德行〉33注❷。❸東陽　即謝朗。見〈言語〉71注❹。❹總角　見本篇14注❷。❺林公　即支遁。❻王夫人　即謝據之妻。姓王，名綏。為太原王韜之女。❼信　使者。❽太傅　即謝安。❾竟論　完成討論。即討論完畢的意思。❿新婦　婦人的自稱。⓫致　盡；極。⓬朝士　朝中官員。即京官。

【語譯】支遁去拜訪謝安，當時謝朗年紀還小，加上剛剛病好，體力衰弱，不堪勞累；他和支遁對談義理，以至於都想使對方陷入困境。他的母親王夫人在牆壁後面聽了，很不放心，便一再派人來叫他回去，而謝安卻留住他，讓他談完。王夫人不得已，只好自己出來說：「我年輕時候便遇到家庭變故，死了丈夫，一生的寄託只在這孩子身上。」於是流著眼淚抱了孩子回去。謝安見了，對同座的客人說：「家嫂為了孩子，說話直接，情緒激動，很值得大家傳述，可惜的是不能使朝中大臣看到這種情景。」

【析評】本則記謝朗母親發揮母愛的故事。一般說來，在人談話的時候，是不能隨意加以打斷的，尤其是在作嚴肅的學術座談之際，更是如此。因此在這則故事裡，謝朗的母親，在謝朗與支遁正談論義理時，不但「再遣信令還」，又自出「抱兒以歸」，這可說是非常不禮貌的行為，會使主客都感到尷尬。然而由謝安的寥寥數語，便化除了這種尷尬，散發出一片母愛的光輝來。言語的神奇，於此可見一斑；而謝朗母親的偉大母愛，也因此讓世人傳頌不已。

40 支道林❶、許掾❷諸人，共在會稽王❸齋頭❹。支為法師，許為都講❺。支通一義，四坐莫不厭心；許送一難，眾人莫不抃舞❻。但共嗟詠二家之美，不辯其理之所在。

【注釋】❶支道林　即支遁。見〈言語〉45注❸。❷許掾　即許詢。見〈言語〉69注❷。❸會稽王　即司馬昱。見〈德行〉37注❶。❹齋頭　精舍裡。精舍，修道時所居之所。❺支為法師二句　指由支遁主講、許詢唱經和發問。魏晉以後，佛家講經之制，由一人唱經發問，一人主講。主講的稱「法師」，唱經發問的稱「都講」。參見本書〈導讀〉。❻抃舞　鼓掌舞蹈。形容極為歡樂的樣子。

【語譯】支遁和許詢多人，共聚在會稽王司馬昱的精舍裡。由支遁主講佛法，而由許詢擔任唱經、發問的工作。支循每次闡發一個道理，四座的人聽了，沒有不感到滿意的；而許詢每次提出一個疑難，大家也沒有不鼓掌歡呼、手舞足蹈的。但是大家只是一起讚歎兩人講唱佛經的美妙，卻不能辨明其中義理的所在。

【析評】本則記支遁與許詢講唱佛經的故事。據《高僧傳》四載：「遁晚出山陰，講《維摩經》，遁為法師，許詢為都講。」可知支遁和許詢在這則故事裡，講唱的是《維摩經》。《維摩經》所記為摩詰居士向佛弟子舍利佛、彌勒及文殊菩薩問答之詞，內容以「眾生有病，我故病」為重心，以擴展佛家悲憫情懷，極為感人，可說是最富文學氣氛的一種佛門要典。而支遁，眾所周知，是個得道高僧；至於許詢，則是自「幼沖靈」、「憑樹構堂，蕭然自致」、「常與沙門支遁及謝安石、王羲之往來」（《建康實錄》八，《世說新語箋疏》引）的一個隱士，因此這次由他們講唱《維摩經》，結果熱烈到使聽者「莫不厭心」、「莫不抃舞」的地步，是絲毫不意外的。不過，眾人只「共嗟詠二家之美，不辯其理之所在」，這不能不說是「美中不足」的事情。

41 謝車騎❶在安西艱中❷，林道人❸往就語，將夕乃退。有人道上見者，問云：「公何處來？」答云：「今日與謝孝❹劇談一出❺來。」

【注釋】❶謝車騎 即謝玄。見〈言語〉78注❺。❷在安西艱中 在謝奕的喪期之中。安西，即謝奕。見〈德行〉33注❶。艱，憂。在此指父喪。❸林道人 即支遁。見〈言語〉45注❸。❹謝孝 謝玄。在服喪時的代稱。❺劇談一出 暢談一番。劇談，暢談。一出，一番。

【語譯】車騎將軍謝玄在為他的父親謝奕守喪期間，支遁去找他談論玄理，談到天快要黑時才離開。有人在路上遇到支遁，便問他說：「您打從哪裡來？」支遁回答說：「今天跟謝孝暢談一番回來。」

【析評】本則記支遁在謝玄守父喪期內找他清談的故事。由於謝玄「能玄言，善名理」（〈玄別傳〉，劉孝標注引），所以雖在「艱中」，這位「既通佛理，又精研《莊》、《老》」（劉大杰《魏晉思想論》第七章）的支遁，還是興致勃勃地找他「劇談一出」。支遁這樣愛好清談，不放過任何機會，難怪在這方面能有卓越的成就。

42 支道林❶初從東❷出，住東安寺❸中。王長史❹宿構精理，并撰其才藻❺，往與支語，不大當對❻；王敘致❼作數百語，自謂是名理奇藻❽。支徐徐謂曰：「身❾與君別多年，君義言❿了不長進。」王大慚而退。

【注釋】❶支道林 即支遁。見〈言語〉45注❸。❷東 指會稽。在今浙江紹興。❸東安寺 寺名。在建業（今南京市）。❹王長史 即王濛。見〈言語〉54注❹。❺撰其才藻 用他的才思文采撰寫講稿。才藻，才華；才思文采。❻當

對　匹敵。❼敘致　敘述旨趣。致，旨趣。❽名理奇藻　名理界中的奇文。名理，魏晉人把辨析事物名和理的是非同異叫名理。藻，指華美的文辭。❾身　我。❿義言　義理和言詞。

【語　譯】支遁才離開會稽，住在東安寺裡。長史王濛聽到這消息，就預先架構精妙的理論，並馳騁才思文采來撰寫講稿，到東安寺找支遁談論，結果不大能夠和支遁匹敵；王濛敘述旨趣，共用了數百句話，自己認為是名理界中的奇葩。支遁卻語調緩慢地說：「我和你分別多年，你的義理和詞采，卻一點都沒有長進。」王濛聽了，大感慚愧而離開。

【析　評】本則記王濛找支遁清談的故事。《晉書・王濛傳》載孫綽讚美王濛的話說：「濛性和暢，能言理，辭簡而有會。」又載謝安讚美王濛說：「王長史語甚不多，可謂有令音。」可見王濛在當時的清談界，也是很受重視的人；但由這則故事看來，則顯然難於和支遁抗衡。由此可知支遁在清談上的成就，卓然不群，是很少人可以匹敵的。

43 殷中軍❶讀《小品》❷，下二百籤❸，皆是精微、世之幽滯❹。嘗欲與支道林❺辯之，竟不得。今《小品》猶存。

【注　釋】❶殷中軍　即殷浩。見〈言語〉80注❷。❷小品　見本篇30注❺。❸籤　書籤。古人讀書有疑難處，往往加籤以記識。❹幽滯　幽深艱困。❺支道林　即支遁。見〈言語〉45注❸。

【語　譯】中軍將軍殷浩閱讀《小品》佛經，一共加了兩百個籤條，說的都是經中精細微妙、世人認為幽深難解的道理。他曾經想要向支遁討教，辨明義理，卻始終沒有機會。時到今日，《小品》佛經依然留存於世上。

【析評】本則記殷浩想要向支遁討教《小品》佛經疑難而未果的故事。由這則故事，可知殷浩這個人讀書的細心與虛心，他所以能在當代「為風流談論者所宗」（《晉書・殷浩傳》），與他這種讀書態度，該是有著密切關係的。劉孝標注引《高逸沙門傳》說：「殷浩能言名理，自以有所不達，欲訪之於遁。遂邂逅不遇，深以為恨。其為名識賞重，如此之至焉。」（見《世說新語箋疏》）當是就同一件事情而言。而劉注又引《語林》說：「浩於佛經有所不了，故遣人迎林公（支遁），林公乃虛懷欲往。王右軍駐之曰：『淵源（指殷浩）思致淵富，既未易為敵，且己所不解，上人未必能通。縱復服從，亦名不益高。若佻脫不合，便喪十年所保。可不須往！』林公亦以為然，遂止。」（見同上）這個記載不知真偽如何，如果是真的，那麼王羲之和支遁就未免太功利了。

44 佛經以為祛練神明❶，則聖人可致。簡文❷云：「不知便可登峰造極❸不？然陶練之功，尚不可誣❹。」

【注釋】❶祛練神明　指淨化、鍛鍊一個人的精神。祛，使純淨。練，鍛鍊。通「鍊」。神明，人的精神。❷簡文　即司馬昱。見〈德行〉37注❶。❸登峰造極　登上山峰，到達絕頂。比喻造詣精絕。❹誣　非議。

【語譯】佛經認為淨化、鍛鍊一個人的精神，便可到達聖人的境界。簡文帝說：「不曉得這樣是不是就可以造詣精絕，到達聖人的境界？然而陶冶、鍛鍊的功效，是不可非議的。」

【析評】本則記簡文帝肯定佛家陶鍊之功的故事。劉孝標注引《釋氏經》說：「一切眾生，皆有佛性。但能修智慧，斷煩惱，萬行具足，便成佛也。」（見《世說新語箋疏》）這可為故事中「祛練神明，則聖人可致」的兩句話作注解。而這種聖人的境界，由於特就「祛練神明」的終極點而言，不是人人可一蹴而幾的，因此簡文帝便有「不知便可登峰造極不」的話；至於一般「陶練之功」，則是僅就「祛練神明」

的起始點或過程而言，可以隨處找到例證，所以簡文帝說「尚不可誣」。由此看來，簡文帝是就日常所可見到的實際情形來說，而不是否定佛經「祛練神明，則聖人可致」的說法。

45 于法開❶始與支公❷爭名，後情❸漸歸支；意甚不分❹，遂遁跡剡❺下。遣弟子出都，語使過會稽❻。于時支公正講《小品》❼，開戒弟子：「道林❽講，比❾汝至，當在某品中。」因示語攻難數十番，云：「舊此中不可復通。」弟子如言詣支公。正值講，因謹述開意；往反多時，林公❿遂屈。厲聲曰：「君何足復受人寄載⓫來！」

【注釋】❶于法開　晉人。籍貫不詳。深思孤發，才辯縱橫。每與支遁爭即色空義，後遁居剡縣，改學醫術。❷支公　即支遁。見〈言語〉45注❸。❸情　人心；輿論。❹不分　不平、不以為然的意思。❺剡　舊縣名。在今浙江嵊縣西南。❻會稽　地名。在今浙江紹興。❼小品　見本篇30注❺。❽道林　指支遁。❾比　及；等到。❿林公　指支遁。⓫寄載　託付；傳達。

【語譯】于法開起初和支遁互爭名氣，後來輿情逐漸歸向支遁；這使得于法開心裡感到很不平，於是到剡縣隱居起來。有一次，他派遣一個弟子到都城去，並吩咐他要經過會稽。那時支遁正在會稽講論《小品》佛經，于法開囑咐這個弟子說：「支遁在講論《小品》佛經，等到你到了那裡，應該正講到某一品之中。」於是又指示告訴他數十回合的問答，並且說：「在過去，一講到這裡，就講不通了。」這個弟子便聽從于法開的話去拜見支遁。支遁正在講論某一品，這個弟子就小心翼翼地轉述于法開的意思；一來一往，問難了好長一段時間，終於使支遁屈服。但支遁卻不甘心地大聲說：「你何必受人託付，來傳達他的話呢！」

【析　評】本則記于法開和支遁爭名的故事。據《高僧傳》四載：「開有弟子法威，清悟有樞辯。開嘗使威出都，經過山陰（在會稽），支遁正講《小品》。開語威言：『道林講，比汝至，當至某品中。』示語攻難數十番，云：『此中舊難通。』威既至郡，正值遁講，果如開言。往復多番，遁遂屈，因厲聲曰：『君何足復受人寄載來耶！』」可知這則故事中的「弟子」，是指法威而言。而故事中所謂的「舊此中不可復通」，則該和殷浩下籤以為是「世之幽滯」的部分（見本篇43則），有著密切的關係。余嘉錫說：「淵源（指殷浩）所籤世之幽滯，必有即法開所謂『舊不可通』者。然則淵源之所不解者，道林亦未必盡解也。」（《世說新語箋疏》）看法十分合理。這樣，支遁在受「攻難數十番」後，自然就無法招架了。不過，這並不代表于法開勝過支遁，因為提出疑難是容易的，而解答就難了。

46 殷中軍❶問：「自然無心於稟受❷，何以正❸善人少，惡人多？」諸人莫有言者。劉尹❹答曰：「譬如瀉水著地，正自縱橫流漫，略無❺正方圓者。」一時絕歎，以為名通❻。

【注　釋】❶殷中軍　即殷浩。見〈言語〉80注❷。❷自然無心於稟受　指人稟性於自然，各有善惡，而自然並非有意為此。❸正　恰恰。❹劉尹　即劉惔。見〈德行〉35注❶。❺略無　一點也沒有。❻名通　猶言名言、名論。

【語　譯】中軍將軍殷浩問大家說：「自然將『性』賦予人時，並不是有意的，但是為甚麼恰好善人少，而惡人卻多呢？」大家都沒有辦法回答。只有劉惔回答說：「這就像倒水在地上，水便自動地恣肆而流，卻一個正方或正圓的也沒有一樣。」當時大家都讚歎絕倒，認為是至理名言。

【析　評】本則記劉惔妙答殷浩的故事。在這則故事裡，劉惔特以水「自縱橫流漫，略無正方圓者」為喻，來證明「善人少，惡人多」乃「理所當然」的道理，可說掌握了「以有象顯無象」的要領，的確十分巧妙。這樣來回答殷浩，話雖簡短，卻勝過千言萬語，那就無怪大家會「絕歎，以為名通」了。

47 康僧淵❶初過江，未有知者；恆周旋市肆，乞索以自營❷。忽往殷淵源❸許❹，值盛有賓客；殷使坐，粗與寒溫❺，遂及義理。語言辭旨，曾無愧色；領略粗舉，一往參詣❻。由是知之。

【注　釋】❶康僧淵　本西域人，生於長安。容止詳正，志業弘深。南渡後，在豫章山（在今浙江龍泉南）立寺，講說《持心梵天經》，從學之徒很多。後卒於寺。❷周旋市肆二句　指在市街打轉，以乞食自謀生活。周旋，往返。市肆，市中商店聚集的地方。自營，自謀生活。❸殷淵源　即殷浩。見〈言語〉80注❷。❹許　住處。❺寒溫　賓主相見時，泛談氣候寒暖等語以為應酬。即寒暄。❻領略粗舉二句　指由粗疏、概括的了解，逐步深入到高遠的境界。領略，理會。粗舉，粗疏；概括。一往，一直深入。參，高。詣，境界。

【語　譯】康僧淵剛渡江東來的時候，沒有人曉得他；他時常在街市上打轉，自行乞食，以謀生活。有一天，康僧淵突然到殷浩的住處，當時正值有許多賓客在那裡；殷浩見康僧淵到來，先讓他坐下，略跟他寒暄之後，便談到了義理。結果康僧淵在所運用的語言與表達的辭旨上，都不比殷浩遜色；而他對義理的領會，也由粗疏、概括一直深入到高遠的境界。就這樣，康僧淵便出名了。

【析　評】本則記康僧淵一夕成名的故事。由於殷浩精通《莊》、《老》，又深研佛理，在當代清談界是個眾望所歸的人。而在這則故事裡，康僧淵談論義理，在「語言辭旨」上，比起殷浩來，「曾無愧色」，可知康僧淵在這方面的深厚造詣，他能一舉成名，絕不是偶然的。《高僧傳》四載康僧淵「晉成之世，與康法暢、支敏度等俱過江，淵雖德愈暢、度，而別以清約自處。常乞匄自資，人未之識。後因分衛之次，遇陳郡殷浩。浩始問佛經深遠之理，卻辯俗書性情之義。自晝至曛，浩不能屈，由是改觀」。這段記載，顯然與本則同敘一件事，而詳略不同，有助於了解本故事。

48 殷、謝❶諸人共集，謝因問殷：「眼往屬❷萬形，萬形入眼不？」

【注釋】❶殷謝　指殷浩和謝安。分見〈言語〉80注❷、〈德行〉33注❷。❷屬　注視。通「矚」。

【語譯】殷浩、謝安等多人聚在一起，謝安順便問殷浩說：「用眼睛去注視萬物時，萬物是不是也進入了眼中呢？」

【析評】本則記謝安向殷浩請教有關眼識問題的故事。對這個問題，殷浩並沒有回答，而劉孝標注云：「《成實論》曰：『眼識不待到而知虛塵，假空與明，故得見色。若眼到色到，色閒則無空明；如眼觸目，則不能見彼。當知眼識不到而知。』依如此說，則眼不往，形不入，遙屬而見也。」（見《世說新語箋疏》）所謂「眼不往，形不入，遙屬而見也」，已代殷浩回答了謝安所提的問題。

49 人有問殷中軍❶：「何以將得位而夢棺器，將得財而夢屎穢？」殷曰：「官本是臭腐❷，所以將得而夢棺屍；財本是糞土❸，所以將得而夢穢汙。」時人以為名通❹。

【注　釋】❶殷中軍　即殷浩。見〈言語〉80注❷。❷臭腐　惡臭腐敗。❸糞土　汙穢的泥土。❹名通　猶言名言、名論。

【語　譯】有人問殷浩說：「為甚麼人快要得到官位就夢到棺材，快要得到財富就夢到骯髒的糞便呢？」殷浩回答說：「官位本來就是惡臭腐敗的，所以人快要得到了便夢到棺材和屍體；財富本來就是像汙穢的泥土一樣，所以快要得到時便夢到汙穢的東西。」當時的人都認為是名言。

【析　評】本則記殷浩為人釋夢的故事。在這故事中，殷浩由於將官位視為「臭腐」、財富看做「糞土」，不但應問作了貼切、新奇的解釋，更迎合了當代「視富貴如浮雲」的名士作風，所以他這種解釋被「時人以為名通」，是極自然不過的事。

50 殷中軍❶被廢東陽❷，始看佛經。初視《維摩詰》❸，疑「般若波羅蜜」❹太多；後見《小品》❺，恨此語少。

【注　釋】❶殷中軍　即殷浩。見〈言語〉80注❷。❷東陽　郡名。郡治在今浙江金華。❸維摩詰　佛經名。全稱為《維摩詰所說經》，簡稱《維摩經》或《維摩詰經》。經中所記為摩詰居士向佛弟子舍利佛、彌勒及文殊菩薩問答之詞；內容以「眾生有病，我故病」為重心，以擴展佛家悲憫情懷，極為感人。❹般若波羅蜜　指用智慧渡生死由此岸而至涅槃彼岸。般若、波羅蜜，皆梵語之音譯。般若，意指智慧。波羅蜜，意指度。即渡此岸至彼岸。❺小品　見本篇30注❺。

【語　譯】中軍將軍殷浩被黜退，住在東陽，開始閱讀佛經。他初讀《維摩詰經》，懷疑談「智度」的篇章太多；等到讀了《小品經》之後，又恨這個部分的文字太少。

【析　評】本則記殷浩研讀佛經日有進境的故事。殷浩在當時的清談界所以被推重，是由於他除深研《莊》、

《老》之外，又精通佛理的緣故。而他精通佛理的過程，可由這則故事，看出一個大概：以佛經而言，他先讀《維摩詰經》，而後及於小品《般若波羅蜜多心經》（簡稱《般若心經》）；以進境而言，他先是「疑多」，而後則「恨少」。對於殷浩的這種進境，劉孝標解釋說：「淵源（即殷浩）未暢其致，少而疑其多；已而究其宗，多而患其少也。」（見《世說新語箋疏》）解釋得十分合理。

51 支道林❶、殷淵源❷俱在相王❸許❹。相王謂二人：「可試一交言；而才性殆是淵源崤函之固❺，君其慎焉！」支初作，改轍❻遠之；數四交，不覺入其玄中❼。相王撫肩笑曰：「此自是其勝場❽，安可爭鋒❾！」

【注釋】❶支道林　即支遁。見〈言語〉45注❸。❷殷淵源　即殷浩。見〈言語〉80注❷。❸相王　指司馬昱。見〈德行〉37注❶。❹許　住處。❺崤函之固　指堅固如崤山與函谷關。崤，崤山。又名崤陵，在河南洛寧北。函，函谷關。位於河南靈寶東北，因設於崤山至潼津谷中，形勢深險如函，故稱。❻改轍　改換車道。比喻變更方向、方式。❼玄中　玄言的圈套裡。❽勝場　長處；拿手的項目或領域。❾爭鋒　交戰、爭鬥以決定勝負。

【語譯】支遁和殷浩都在會稽王司馬昱的府第裡。會稽王對他們兩個人說：「可以嘗試作一次交談；不過，在才性的問題上，殷浩可說固若崤函，防守十分嚴密，希望支遁能多加小心！」支遁聽了，在開始辯論的時候，便改變方向，盡量避開才性問題；但經多次往返論辯之後，仍然不知不覺地陷入殷浩玄言的圈套裡。會稽王見了，便拍著支遁的肩膀說：「這本來就是他擅長的論題，怎麼可以跟他爭勝呢！」

【析評】本則記支遁在才性問題上無法與殷浩爭鋒的故事。這則文字，與本篇34則所載殷浩「於才性偏精」的一則文字，可以合讀。由這兩則文字，可知殷浩在東晉時代，是善言才性、精通《四本論》的第一人選，是沒有人能夠抗衡的。

52 謝公❶因子弟集聚，問：「《毛詩》❷何句最佳？」遏❸稱曰：「『昔我往矣，楊柳依依；今我來思，雨雪霏霏❹。』」公曰：「『訏謨定命，遠猷辰告❺。』」謂此句偏❻有雅人❼深致。

【注　釋】❶謝公　即謝安。見〈德行〉33注❷。❷毛詩　指《詩經》。《詩經》在漢代，有齊、魯、韓、毛四家之學，今本為毛亨所傳，故稱《毛詩》。❸遏　即謝玄。見〈言語〉78注❺。❹昔我往矣四句　《詩經・小雅・采薇》詩句。依依，茂盛而柔弱的樣子。思，語氣詞。霏霏，雨雪細密的樣子。❺訏謨定命二句　《詩經・大雅・抑》詩句。訏謨，偉大的計畫。定命，安定國運。遠猷，宏遠的謀思。辰告，制定詔誥。辰，時。告，通告大眾。❻偏　特別。❼雅人　詩人。

【語　譯】謝安乘子弟聚在一起的時候，問大家說：「《詩經》裡以哪一句最好？」謝玄回答說：「『昔我往矣，楊柳依依；今我來思，雨雪霏霏。』（從前我出征之日，柔弱的楊柳，迎風披拂；如今我回來之時，細密的雨雪，紛紛而下。）」謝安卻說：「『訏謨定命，遠猷辰告。』（用偉大的計畫來安定國運，把宏遠的謀思及時通告大眾。）」謝安認為這兩句特別有詩人深遠的旨趣。

【析　評】本則記謝安與謝玄各選《詩經》中最佳詩句的故事。在這故事中，謝玄選了《詩經・小雅・采薇》中的四句，這是從一己的依依別情，也就是文學的觀點來著眼的；而謝安則選《詩經・大雅・抑》中的兩句，這是從治國的遠大心志，也就是政治的觀點來著眼的。由此可看出兩人性格、胸懷的不同。

53 張憑❶舉孝廉❷出都，負其才氣，謂必參時彥❸，欲詣劉尹❹；鄉里及同舉者共笑之。張遂詣劉，劉洗濯料事❺，處之下坐，唯通寒暑，神意不接。張欲自發，無端❻。頃之，長史❼諸賢來清言，客主有不通處，張乃遙於末坐判❽之，言約旨遠，足暢彼我之懷。一坐皆驚。真長❾延之上坐，清言彌日，因留宿至曉。張退，劉曰：「卿且去，正當❿取卿共詣撫軍⓫。」張還船，同侶問何處宿？張笑而不答。須臾，真長遣傳教⓬覓張孝廉船，同侶惋愕。即同載詣撫軍。至門，劉前進謂撫軍曰：「下官今日為公得一太常博士⓭妙選！」既前，撫軍與之話言，咨嗟稱善曰：「張憑勃窣為理窟⓮。」即用為太常博士。

【注釋】❶張憑　字長宗，晉吳郡（今江蘇吳縣）人。有意氣，為鄉里所稱。學尚所得，敏而有文。太守以才選舉孝廉，試策高第，為劉惔所推舉，補太常博士。累遷吏部郎、御史中丞。❷孝廉　漢代選舉官吏的科目名。即由郡國推舉孝順與廉潔之士。❸參時彥　參與當代名士之行列。❹劉尹　即劉惔。見〈德行〉35注❶。❺料事　處理事情。❻無端　沒有話頭。❼長史　即王濛。見〈言語〉54注❹。❽判　裁斷；辨明論定。❾真長　指劉惔。❿正當　即將。⓫撫軍　指司馬昱。見〈德行〉37注❶。⓬傳教　指郡吏。⓭太常博士　官名。太常之屬。魏始置，掌理引導乘輿、王公以下定誄謚的工作。⓮勃窣為理窟　指詞采繽紛、理致富贍。勃窣，富盛、繽紛的樣子。理窟，義理之會聚處。

【語譯】張憑被舉為孝廉，到京城去，自負很有才氣，認為一定可以躋身當代名士的行列，想要去拜訪劉惔；同鄉人士以及同時被舉為孝廉的人，都笑他不自量力。張憑不理會別人的譏笑，照樣去拜見劉惔；劉惔在洗濯東西、處理事務之後，才讓他坐在下座，只和他寒暄了幾句，情意不能進一步的溝通。張憑想要自行提出論題，卻找不到話頭。不一會兒，王濛等一些賢士都來到劉家清談，主客之間遇有意見不能相通的地方，張憑便遠在末座加以判別論定，所用言詞簡約，而意旨卻深遠，足以讓彼此的意見暢通。一座的人都驚訝不已。於是劉惔請他坐在上座，跟他清談整天，又繼續挽留他住宿到天明。等到第二天張憑告退時，劉惔又對他說：「你暫且回去，我準備找個機會和你一起去見撫軍將軍司馬昱。」張憑回到船上，同伴都問他昨夜是在哪裡住宿的？張憑只是笑著，不予回答。不久，劉惔果然派了一個郡吏來找張憑的船，使得同伴都很驚訝。張憑即刻就和劉惔同車去拜見撫軍將軍。到了府門，劉惔趨前對撫軍將軍說：「下官今天為您找到一個太常博士的最佳人選！」在張憑上前拜見之後，撫軍將軍就和他交談，結果讚歎叫好，說：「張憑的詞采繽紛，簡直是一座義理的寶窟。」於是立即起用為太常博士。

【析　評】本則記張憑受劉惔舉薦為太常博士的故事。據《晉書‧張憑傳》載：「祖鎮，蒼梧太守。憑年數歲，鎮謂其父曰：『我不如汝有佳兒。』憑曰：『阿翁豈宜以子戲父邪？』及長，有志氣，為鄉閭所稱。」可見張憑從小就懂得孝順，且穎異過人；那就無怪會被舉為孝廉，並「負其才氣」了。而他的才氣，在這則故事裡，受到了劉惔、王濛、司馬昱以及諸多名士的肯定，正所謂「勃窣為理窟」，足以使他名留千古。

54

汰法師❶云：「『六通❷』、『三明❸』同歸，正❹異名耳。」

【注　釋】❶汰法師　即竺法汰。晉東莞（今山東莒縣）人。少與道安同學。體器弘簡，道情冥到。❷六通　指六種神通力。一為天眼通，見遠方之色；二為天耳通，聞障外之聲；三為身通，飛行隱顯；四為它心通，水鏡萬慮；五為宿命通，神知已往；六為漏盡通，慧解累世。❸三明　指解脫在心，朗照過去、現在、未來三世的智慧。一為宿住智證明，即六通之宿命通；二為生死智證明，即六通之天眼、天耳、身、它心等通；三為漏盡智證明，即六通之漏盡通。

❹正　僅；止。

【語譯】竺法汰說：「佛經上所說的『六通』、『三明』，它們的旨趣一致，只是名稱不同罷了。」

【析評】本則記竺法汰談佛經「六通」和「三明」同歸異名的故事。劉孝標注云：「天眼、天耳、身通、它心、漏盡此五者，皆見在心之明也；宿命則過去心之明也；因天眼發未來之智，則未來心之明也。同歸異名，義在斯矣。」（見《世說新語箋疏》）這對竺法汰的說法，作了最明白的解釋。

55 支道林、許、謝盛德❶，共集王❷家。謝顧謂諸人：「今日可謂彥會❸，時既不可留，此集固亦難常，當共言詠，以瀉其懷。」許便問主人有《莊子》❹不？正得〈漁父〉❺一篇。謝看題，便各使四坐通❻。支道林先通，作七百許語，敘致精麗，才藻奇拔，眾咸稱善。於是四坐各言懷畢，謝問曰：「卿等盡不？」皆曰：「今日之言，少不自竭❼。」謝後粗難❽，因自敘其意，作萬餘語，才峰秀逸❾。既自難干❿，加意氣擬託，蕭然自得⓫，四坐莫不厭心。支謂謝曰：「君一往奔詣⓬，故復自佳耳！」

【注釋】❶支道林許謝盛德　指支遁、許詢、謝安等賢士。支道林，即支遁。見〈言語〉45注❸。許，即許詢。見〈言語〉69注❷。謝，即謝安。見〈德行〉33注❷。盛德，有盛德之人。即賢士。❷王　即王濛。見〈言語〉54注❹。❸彥會　名賢的聚會。❹莊子　見本篇13注❹。❺漁父　《莊子》的一篇。旨在藉漁父和孔子的問答，說明固守本真而大道自存的道理。❻通　陳述。❼少不自竭　不能自盡義蘊的人很少。即都能完全說出自己的意思。❽粗難　略微問難。❾才峰秀逸　指才高如峰，峻秀出眾。❿難干　難於干犯；難於找到破綻。⓫意氣擬託二句　指意閒氣定，隨時擬物託志，都表現得安逸自在。意氣，指意象、意境。擬託，比擬、寄託。蕭然，閒淡自得的樣子。⓬一往奔詣　指一直深入，奔往目標。詣，到達。

【語譯】支遁、許詢、謝安等賢士，共聚在王濛的家裡。謝安看著大家說：「今天可說是名賢的聚會，時光既不可停留，而這種聚會也實在難於常有，因此應該共同清談吟詠，以抒發各自的情懷。」許詢聽了，便問主人有沒有《莊子》這本書？結果只找到〈漁父〉一篇。謝安看了，宣布論題，便請四座的客人各自發表意見。支遁領先發言，共說了七百多句；他敘述的旨趣精緻富麗，而才思文采也出類拔萃，大家全都叫好。四座的客人都發表完各自的意見，謝安問說：「各位都充分表達了意見嗎？」大家回答說：「今天的座談，差不多暢所欲言了。」接著謝安便對各人的說法先略作問難，然後順勢敘述自己的意見，共說了一萬餘言，高才如秀峰聳立，極為峻逸出眾。他所陳述的義理，既本已不易找出破綻，加上把意境比擬寄託，都表現得安適自在，因此使四座的人都聽得心滿意足。於是支遁便對謝安說：「你一直深入，奔往義理的最高境界，所以自然就顯得佳妙啊！」

【析評】本則記謝安善於清談的故事。據《晉書・謝安傳》，謝安「弱冠，詣王濛清言良久，既去，濛子修曰：『向客何如大人？』濛曰：『此客亹亹，為來逼人。』王導亦深器之」，可見謝安在年輕時，即已善於清談，因此他在本故事中，講述義理，能使「四坐莫不厭心」，而贏得支遁「一往奔詣」的稱譽，是十分自然的事。

56 殷中軍、孫安國、王、謝❶能言諸賢，悉在會稽王❷許❸。殷與孫共論「易象妙於見形」❹。孫語道合，意氣干雲❺；一坐咸不安孫理，而辭不能屈。會稽王慨然歎曰：「使真長❻來，故應有以制彼。」即迎真長。孫意己不如。真長既至，先令孫自敘本理。孫粗說己語，亦覺絕不及向。劉便作二百許語，辭難簡切❼，孫理遂屈。一坐同時拊掌而笑，稱美良久。

【注　釋】❶殷中軍孫安國王謝　即殷浩、孫盛、王濛、謝尚。殷中軍，即殷浩。見〈言語〉80注❷。孫安國，即孫盛。見〈言語〉49注❶。王，即王濛。見〈言語〉54注❹。謝，指謝尚。見〈言語〉46注❶。❷會稽王　指司馬昱。見〈德行〉37注❶。❸許　住處。❹易象妙於見形　魏晉時清談論題之一。孫盛著有〈易象妙於見形論〉，主張由《周易》易象、繫辭的形器或言語，可以「因形達變，因言見情」，體會到宇宙萬物各種盈虛變化的道理。❺意氣干雲　指意態、氣概高可觸及雲際。形容意得志滿的樣子。❻真長　劉惔的字。見〈德行〉35注❶。❼辭難簡切　措辭問難，簡要切當。

【語　譯】殷浩、孫盛、王濛、謝尚等善於清談的一些賢士，都聚在會稽王司馬昱的府第裡。當時殷浩與孫盛共同討論「易象妙於見形」的問題。孫盛認為所談的很合道理，意氣便飛揚起來，高聳入雲；一座的人雖都認為孫盛所說的道理不妥，卻無法在言辭上使他屈服。會稽王見了，感歎地說：「假使真長來了，應該有辦法制服他。」於是馬上叫人去請劉惔。這時孫盛在心裡已感到自己比不上劉惔。等到劉惔來到，先讓孫盛自己陳述剛才所執持的理論。孫盛便大略地說出自己的說法，也覺得遠不如剛才那麼圓滿。劉惔聽完，便說了兩百多句話，措辭詰難，簡要而貼切，就這樣使孫盛辭窮理屈。一座的人同時報以掌聲，笑著叫好，稱讚不已。

【析　評】本則記劉惔攻破孫盛「易象妙於見形」理論的故事。在魏晉之際，關於「易體」的問題，大都以為微妙的道理，不可以用易象和繫辭來充分表現，而孫盛卻獨排眾議，以為「聖人知觀器不足以達變，故表圓應於著龜；圓應不可為典要，故寄妙跡於六爻。六爻周流，唯化所適。故雖一畫，而吉凶並彰；

微一則失之矣。擬器託象，而慶咎交著；繫器則失之矣。故設八卦者，蓋緣化之影跡也；天下者，寄見之一形也。圓影備未備之象，一形兼未形之形。」（劉孝標注引，見《世說新語箋疏》）他這種理論，在這則故事裡，雖使殷浩、王濛、謝尚等著名清談家屈服，卻被劉惔所攻破。辯論的結果雖然是如此，但這並不代表孫盛就真的認了輸，而且實在說，這次辯論的重要，也不在於誰輸誰贏。關於這點，唐翼明說：「他（孫盛）之輸給劉惔，部分是因為劉之聲勢奪人，部分是因為被圍攻後已經疲乏，很難說真的認了輸。這件事之所以重要，還不在於殷、孫或孫、劉之勝負，這件事之重要乃在於他標誌著咸康至永和間清談熱潮的顛峰。……在東晉，這次清談的盛況，不但空前，恐怕也是絕後。」（《魏晉清談》第六章）看法很正確。

57 僧意❶在瓦官寺❷中，王苟子❸來，與共語，便使其唱理❹。便謂王曰：「聖人有情不？」王曰：「無。」重問曰：「聖人如柱邪？」王曰：「如籌算❺；雖無情，運之者有情。」僧意云：「誰運聖人邪？」苟子不得答而去。

【注釋】❶僧意　生平不詳。❷瓦官寺　見本篇30注❹。❸王苟子　即王脩。見本篇38注❷。❹唱理　首先提出論點，自標一理。❺籌算　指刻有數字用以計算的竹籌。

【語譯】僧意住在瓦官寺裡，有一回王脩來訪，找他一起清談，便讓僧意先提出理論。僧意就問王脩說：「聖人有沒有情感？」王脩回答說：「沒有。」僧意再問說：「聖人像柱子一樣嗎？」王脩回答說：「如同用以計算的竹籌；雖然沒有情感，但是運用它的人卻有情感。」僧意又問說：「誰能運用聖人呢？」王脩無法作答，只好離開。

【析評】本則記僧意與王脩作聖人有情抑無情之辯的故事。在這則故事裡，王脩承何晏的說法，以為聖人無情，卻被僧意承王弼聖人有情之說，駁得啞口無言。可見在這場辯論裡，聖人有情說贏得了勝利。這種結果，可說是由於聖人有情說在理論與事實上，比較站得住腳的緣故。因為聖人是不同於凡人的，他能夠將自己「性」（體）的功能發揮到極致，所以依此而生的「情」（用），也就能「發而皆中節」（《禮記・中庸》）。這樣以「有情」而「皆中節」來看待聖人，總比看作「無情」來得合理些。而唐翼明也說：「受之於自然的『性』是本體，應物而生的『情』是末用，二者不宜相悖。……說聖人無情，則是有體無用。而且孔子是有情的，見於《論語》，說聖人無情，未免不顧事實。還有，聖人是人的最高境界，是可以仰慕學習的，說聖人無情，是把凡聖截然分開，聖人變成不可學習的怪物了。」（《魏晉清談》第三章）由此看來，王脩輸了這場辯論，是可以理解的。

58 司馬太傅❶問謝車騎❷：「惠子❸其書五車❹，何以無一言入玄❺？」謝曰：「故❻當是其妙處不傳。」

【注釋】❶司馬太傅　即司馬道子。見〈言語〉98注❶。❷謝車騎　即謝玄。見〈言語〉78注❺。❸惠子　即惠施。戰國宋人。為梁國相，善辯，與莊周友善。認為一切事物的差別，是由於相對而存在，因此主張「合同異」。為名家代表人物之一。著有《惠子》，但已亡佚。❹其書五車　指惠子書多，要用五輛車來載。語見《莊子・天下》。❺玄　微妙精深。多指佛、道的精妙義理而言。❻故　推測語氣詞。

【語譯】太傅司馬道子問謝玄說：「惠子的著作很多，要用五輛車子來載，為甚麼沒有一句話談到玄理呢？」謝玄回答說：「該是它的微妙處沒有流傳下來吧！」

【析評】本則記司馬道子與謝玄論惠子「無一言入玄」的故事。惠子是先秦名家鉅子之一，著述雖有「五車」之多，卻可惜都沒流傳下來。《莊子・天下》載：「惠施多方，其書五車。其道舛駁，其言也不中。歷物之意，曰：至大無外，謂之大一；至小無內，謂之小一。無厚，不可積也，其大千里。天與地卑，山與澤平。日方中方睨，物方生方死。大同而與小同異，此之謂小同異；萬物畢同畢異，此之謂大同異。南方無窮而有窮，今日適越而昔來。連環可解也。我知天下之中央，燕之北、越之南是也。氾愛萬物，天地一體也。」這是僅存的一份有關惠子學說的資料。由這份資料看來，惠施確實「無一言入玄」，司馬道子在這則故事裡，該是就「其道舛駁，其言也不中」而發問，而謝玄卻推測這是由於「妙處不傳」的緣故。謝玄會這樣推測，該是別有所見吧？

59 殷中軍❶被廢，徙東陽❷，大讀佛經，皆精解；唯至「事數」❸處不解。遇見一道人，問所籤❹，便釋然❺。

【注釋】❶殷中軍　即殷浩。見〈言語〉80注❷。❷東陽　地名。在今浙江金華。❸事數　指五陰（色、受、想、行、識）、十二入（六根、六塵）、四諦（苦、集、滅、道）、十二因緣（無明、行、識、名色、六處、觸、受、愛、取、有、生、老死）、五根（貪、瞋、癡、慢、疑）、五力（信、精進、念、定、慧）、七覺（擇法、精進、喜、輕安、念、定、行捨）之類。❹所籤　下籤記識疑難的地方。籤，書籤，古人讀書有疑難處，往往加籤以記識。❺釋然　消除疑慮的樣子。

【語譯】中軍將軍殷浩被黜退以後，移居東陽，很勤奮地閱讀佛經，對經義都能有精深的了解；唯獨讀到佛經裡有關四諦、五陰、七覺、十二入等數字的地方，卻不能理解。後來遇見一個僧人，向他請教這些下了籤條的地方，心中的疑惑才解開。

【析評】本則記殷浩在被黜後大讀佛經的故事。據本篇43則載殷浩「讀《小品》，下二百籤，皆是精微、世之幽滯。嘗欲與支道林辯之，竟不得」。而在這則故事裡，他對「事數」不解處，也都下籤條，且又向人虛心求教，可看出他對佛經所下的苦功與認真的態度，這是一般人所無法趕上的。他能這樣，在當代的清談界，自然能維盛譽於不墜了。

60 殷仲堪❶精覈玄論❷，人謂莫不研究。殷乃歎曰：「使我解《四本》❸，談不翅❹爾！」

【注　釋】❶殷仲堪　見〈德行〉40注❶。❷精覈玄論　對佛、道玄妙精微的理論有精細的研究。精覈，研究精細。玄論，玄妙精微的理論。多指佛、道思想而言。❸四本　即《四本論》。見本篇5注❷。❹不翅　同「不啻」。不止的意思。

【語　譯】殷仲堪精研玄理，人都說他在這方面是沒有不探究的。而殷仲堪卻感歎地說：「假如我了解《四本論》的話，所談的還不止於此呢！」

【析　評】本則記殷仲堪精研玄理，卻自憾不懂《四本論》的故事。據《晉書·殷仲堪傳》載：「仲堪能清言，善屬文，每云：『三日不讀《道德經》，便舌本間強。』其談理與韓康伯齊名，士咸愛之。」可見在這則故事裡說他「精覈玄論，人謂莫不研究」，是事實。而《四本論》所談的才性同異的問題，在當代能了解的人，唯有殷浩而已，因此殷仲堪在這則故事裡說：「使我解《四本》，談不翅爾！」也是事實。

61 殷荊州❶曾問遠公❷：「《易》以何為體❸？」答曰：「《易》以感❹為體。」殷曰：「銅山西崩，靈鐘東應❺，便是《易》耶？」遠公笑而不答。

【注釋】❶殷荊州　即殷仲堪。見〈德行〉40注❶。❷遠公　即釋慧遠。俗姓賈，晉雁門樓煩（今山西崞縣東）人。二十歲後，從道安大師出家，通達大乘奧旨。後與劉遺民、宗炳、慧永等十八人結白蓮社，同修淨業。著《法性論》，倡涅槃常住說。後世奉為蓮宗初祖。❸體　事物的主要部分；主體。❹感　感應。❺銅山西崩二句　指銅山在西邊崩塌，靈鐘就在東邊感應發聲。相傳在漢孝武帝時，未央宮前的鐘無故自鳴，三天三夜不止，東方朔以為銅是山之子、山是銅之母，恐怕是山崩的先兆。三天後，南郡太守果然上書說銅山崩塌。事見《漢書・東方朔傳》。銅山，產銅的山，在南郡（今湖北江陵）。

【語譯】殷仲堪曾經問慧遠說：「《易經》以甚麼為主體？」慧遠回答說：「《易經》以感應為主體。」殷仲堪又問：「相傳銅山在西邊崩塌，靈鐘就在東邊發出聲音，這就是《易經》的原理嗎？」慧遠聽了，只是笑了笑，不予回答。

【析評】本則記殷仲堪與慧遠討論《易》道主體的故事。在這則故事裡，殷仲堪以漢代「銅山西崩，靈鐘東應」的傳說，來證明慧遠所說「《易》以感為體」的道理。由於這個傳說既未必可信，而且也不能肯定是陰陽相感所造成的結果，因此慧遠聽後，只「笑而不答」，當含有「不以為然」的意思。

62

羊孚弟❶娶王永言❷女。及王家見婿，孚送弟俱往；時永言父東陽❸尚在，殷仲堪❹是東陽女婿，亦在坐。孚雅善理義，乃與仲堪道〈齊物〉❺。殷難之，羊云：「君四番❻後，當得見同。」殷笑曰：「乃可❼得盡，何必相同？」乃至四番後一通❽。殷咨嗟曰：「僕便無以相異。」歎為新拔者❾久之。

【注釋】❶羊孚弟　即羊輔。字幼仁，晉泰山（今山東泰安）人。仕至衛軍功曹。羊孚，見〈言語〉104注❷。❷王

永言　王訥之，字永言，晉琅邪（今江蘇東海）人。王彪之之孫。累官尚書左丞、御史中丞。❸東陽　指王臨之。王彪之之子。曾任東陽太守。❹殷仲堪　見〈德行〉40注❶。❺齊物　即〈齊物論〉。為《莊子》內篇之一，旨在論是非齊一、物我玄同的道理。❻四番　來往論辯四次。❼乃可　猶言寧可。❽通　會通。指不同的意見有了相同之處。❾新拔者　猶言新秀。

【語　譯】羊孚的弟弟羊輔，娶了王訥之的女兒。等到王家要見新女婿的時候，羊孚伴送弟弟一起前往；當時王訥之的父親王臨之還在世，而殷仲堪是王臨之的女婿，所以也在座。由於羊孚很善於談義理，於是和殷仲堪便自然地談到《莊子・齊物論》。當下殷仲堪先向他問難，羊孚說：「您經過四個回合的論辯後，應該會贊同我的意見。」殷仲堪聽了，笑著說：「寧可各暢所言，又何必有相同的意見呢？」結果在辯論四個回合後，兩人的意見竟然會通，有了相同之處。殷仲堪到了這個時候，才歎服地說：「我再也提不出不同的意見了。」而且不斷地讚美羊孚是個清談新秀。

【析　評】本則記殷仲堪大讚羊孚是清談新秀的故事。劉孝標注引《晉安帝紀》說殷仲堪「有思理，能清言」，而《晉書・殷仲堪傳》也說他「談理與韓康伯齊名，士咸愛之」，可知殷仲堪在東晉末期，是個很有清談修養的名士。而在這則故事裡，竟對晚輩的羊孚讚譽有加，以為是個「新拔者」，可見羊孚確是個不可多得的人才。不過，他只活了三十一歲而已，這是很令人惋惜的。

63　殷仲堪❶云：「三日不讀《道德經》❷，便覺舌本間強❸。」

【注　釋】❶殷仲堪　見〈德行〉40注❶。❷道德經　指《老子》。見本篇7注❷。❸間強　堵塞、僵硬。

【語　譯】殷仲堪說：「三天不讀《道德經》，就覺得舌根受阻而僵硬，說話不靈活。」

【析　評】本則記殷仲堪經常研讀《老子》的故事。由這則故事看來，殷仲堪所以能「精覈玄論」（見本篇60則），在清談時暢所欲言，當是由於他經常研讀《老子》的緣故。雖然他對《易經》和《莊子》也有研究（見本篇61、62則），但顯然地，最有心得的還是《老子》。

64 提婆❶初至，為東亭❷第講《阿毗曇》❸。始發講，坐裁❹半，僧彌❺便云：「都已曉。」即於坐分數四有意道人，更就餘屋自講。提婆講竟，東亭問法綱道人❻曰：「弟子都未解，阿彌❼那得已解？所得云何？」曰：「大略全是；故❽當小未精覈耳。」

【注釋】❶提婆　晉時西域高僧。姓瞿曇氏，罽賓（今中亞克什米爾一帶）人。俊朗有深鑑。曾應慧遠法師之請，翻譯《阿毗曇經》。❷東亭　即王珣。見〈言語〉102注❸。❸阿毗曇　佛經名。即《阿毘曇心論》，為尊者法勝嫌《婆沙論》太博，而略論它的要義而成。由晉提婆、慧遠所共譯，共四卷。❹裁　僅僅。通「才」、「纔」。❺僧彌　指王珉。見〈政事〉24注❸。❻法綱道人　氏族不詳。❼阿彌　指王珉。❽故　推測語氣詞。

【語譯】西域高僧提婆初到京師，便被王珣請到府裡，講《阿毘曇心論》。剛剛開講，座位才坐滿一半，王珉便說：「我都完全了解了。」於是從座中分出好多個有意另外聽講的僧人，換到其他的屋子，由自己主講。等到提婆講完，王珣問法綱道人說：「一些弟子都還沒了解，阿彌怎麼就能了解了呢？依你看，阿彌了解得怎樣？」法綱道人回答說：「大略的意旨都能完全掌握；但總有一些地方，應該還研究得不夠深入。」

【析評】本則記王珉能粗解《阿毗曇經》大義的故事。這則故事被採入《晉書・王珉傳》，作「時有外國沙門，名提婆，妙解法理，為珣兄弟講《毗曇經》。珉時尚幼，講未半，便云已解，即於別室與沙門法綱等數人自講。法綱歎曰：『大義皆是，但小未精耳。』」文字詳略不一，有助於了解本故事。不過，根據《高僧傳》一的記載，「更就餘屋自講」的是王僧珍，而非王珉。程炎震以為這是因珍（玠）、彌（弥）二字草書形近致誤（《世說新語箋疏》引）；楊勇也以為王珉卒於太元十三年（西元三八八年），至隆安元年（西元三九七年，據《高僧傳》一載：提婆於隆安元年遊京師），時已十年，無法見到提婆（見《世說新語校箋》）；因此，《世說新語》記「更就餘屋自講」的人為王珉，是大有問題的。

65 桓南郡❶與殷荊州❷共談，每相攻難；年餘後，但一兩番❸。桓自歎才思轉退，殷云：「此乃是君轉懈。」

【注釋】❶桓南郡　即桓玄。見〈德行〉41注❶。❷殷荊州　即殷仲堪。見〈德行〉40注❶。❸番　次；回。

【語譯】桓玄和殷仲堪一起清談，往往互相攻擊、問難；但過了一年多以後，每次清談只辯論一、兩回合而已。桓玄便感歎自己的才思變差了，殷仲堪卻說：「這只是你變懶的關係啊！」

【析評】本則記桓玄常與殷仲堪清談的故事。劉孝標注引周祇《隆安記》載：「玄善言理，棄郡還國，常與殷荊州仲堪終日談論不輟。」（見《世說新語箋疏》）而本則故事也記兩人「共談，每相攻難」，可見兩人常在一起清談；不過，由桓玄「自歎才思轉退」一事看來，桓玄雖「善言理」，但比起殷仲堪來，似乎還略遜一籌。

66 文帝❶嘗令東阿王❷七步作詩，不成者行大法❸。應聲便為詩曰：「煮豆持作羹，漉菽❹以為汁；萁❺在釜❻下燃，豆在釜中泣。本自同根生，相煎何太急！」

帝深有慚色。

【注　釋】❶文帝　即魏文帝曹丕。字子桓，三國譙（今安徽亳縣）人。曹操次子。篡漢，即帝位，國號魏。喜愛文學，創作與理論都有成就。著有《魏文帝集》。❷東阿王　即曹植。字子建。曹操第三子。天資聰敏，早年很受曹操喜愛，等到曹丕稱帝，備受猜忌，終致鬱抑而死。擅長五言詩，感情極豐富。謚思，世稱陳思王。著有《曹子建集》。❸行大法　用國法制裁。即處以重刑。❹漉菽　濾去豆渣。菽，豆。❺萁　豆莖。❻釜　烹飪之具。即現今之鍋子。

【語　譯】魏文帝曾經命令東阿王曹植在七步之內作好一首詩，作不成的話，就要用重刑懲罰。曹植當時應聲便作詩說：「煮熟豆子拿來作羹湯，濾去豆渣好作成豆汁；豆莖在鍋子底下燃燒，豆子在鍋子裡面哭泣。本來就是從一個根上生長的，為甚麼要煎熬得如此急迫！」魏文帝聽了，露出非常慚愧的神色。

【析　評】本則記曹植七步成詩以感悟魏文帝的故事。在這則故事裡，曹植受命七步中作詩，特以其豆之相煎，比喻骨肉之相殘，終於使魏文帝「深有慚色」。這與其說是曹植文思敏捷所致，不如說是他至情流露的結果。不是嗎？

67 魏朝封晉文王❶為公，備禮九錫❷，文王固讓不受。公卿將校，當❸詣府敦喻❹。司徒鄭沖❺馳遣信就阮籍❻求文；籍時在袁孝尼❼家，宿醉扶起，書札❽為之，無所點定❾，乃寫付使。時人以為神筆❿。

【注　釋】❶晉文王　指司馬昭。字子上。三國魏溫縣（今河南溫縣）人。曹髦在位時，為大將軍，專攬國政。後弒曹髦，立元帝奐。去世後，他的兒子炎篡位稱帝，建立晉朝，追謚為文帝。❷九錫　古代天子賞賜給有功諸侯的九種器物。即車馬、衣服、樂則、朱戶、納陛、虎賁、弓矢、鈇鉞、秬鬯。❸當 即。❹敦喻 誠懇地勸告。❺鄭沖 見〈政事〉6注❸。❻阮籍 見〈德行〉15注❷。❼袁孝尼 袁準，字孝尼。三國魏陳郡陽夏（今河南太康）人。忠信居正，不恥下問。曾任給事中。❽書札 書信。❾點定 改正文字或句讀，使成定稿。❿神筆 指文筆生動出色，如同神授。

【語譯】魏朝將封司馬昭為公，並備具盛禮，賜給他「九錫」，但司馬昭堅決辭謝，不肯接受。於是朝中的公卿將校，便到司馬昭的府裡，懇切地勸告他接受。就在這個時候，司徒鄭沖急遣使者去請阮籍寫一篇勸進文；當時阮籍正好在袁準的家裡，由於昨夜酒醉未醒，便勉強扶他起來，用信箋書寫，絲毫不加刪改，就寫好交給使者。當時的人都認為那是神來之筆。

【析評】本則記鄭沖請阮籍寫文章以勸進司馬昭的故事。這篇文章收入《昭明文選》卷四〇，題作〈為鄭沖勸晉王牋〉。劉孝標注引顧愷之《晉文章紀》評此文云：「落落有宏致。」《晉書・阮籍傳》也說它「辭甚清壯」。而依據這則故事，這篇文章是阮籍在「宿醉扶起」後所寫的，且「無所點定」，卻能寫得如此出色，那就無怪「時人以為神筆」了。

68 左太沖❶作〈三都賦〉❷初成，時人互有譏訾❸，思意不愜❹。後示張公❺，張曰：「此二京可三❻。然君文未重於世，宜以經高名之士。」思乃詢求於皇甫謐❼。謐見之嗟歎，遂為作敘。於是先相非貳❽者，莫不斂衽❾讚述焉。

【注釋】❶左太沖 左思，字太沖，晉臨淄（今山東臨淄）人。出身寒微，不善交遊。貌醜口訥，而博學能文。曾構思十年，寫成〈三都賦〉，洛陽為之紙貴。所作詩今僅存十四首，語言醇樸，筆力雄健。著有《左太沖集》。❷三都賦 賦篇名。分〈蜀都賦〉、〈吳都賦〉、〈魏都賦〉三篇。旨在論述立國的根本在於政治設施，而不在自然條件。❸譏

訾　譏刺詆毀。❹愜　滿足；暢快。❺張公　指張華。見〈德行〉12注❻。❻此二京可三　此文可與〈兩都賦〉、〈二京賦〉鼎足為三。二京，指西京長安與東京洛陽。漢班固有〈兩都賦〉、張衡有〈二京賦〉，皆極寫二京之形勢、物產與繁華，以反映漢代聲威。❼皇甫謐　字士安，晉安定朝那（今甘肅平涼）人。年二十餘始力學，博通百家之言。武帝時，屢徵不就。終生以著述為務。著有《帝王世紀》、《列女傳》、《高士傳》、《甲乙經》等。❽非貳　譏評；異議。❾斂衽　整飭衣襟。表示恭敬。

【語　譯】左思寫〈三都賦〉剛剛完成，當時的人對它都交相詆毀譏評，使得左思很不滿意。後來左思把它拿給張華看，張華說：「這篇文章可跟〈兩都賦〉、〈二京賦〉鼎足而三。不過，由於你還沒出名，未受世人的重視，所以應該先請聲望很高的人士為你品題一下。」於是左思就去請求皇甫謐幫忙。皇甫謐見了，大為歎賞，便親自為他寫了一篇序文。這樣一來，從前交相譏評、非議的人，莫不改口，對左思都表示敬意，讚譽中述。

【析　評】本則記左思寫成〈三都賦〉請人加以品題的故事。〈三都賦〉共分〈蜀都賦〉、〈吳都賦〉與〈魏都賦〉三篇，所賦雖各有側重，卻連成一個整體。首矜蜀之險阻，再誇吳之富饒，後讚魏之典章，從而論述立國的根本在於政治設施，而不在於自然條件。全賦依次敘來，規模宏大，且錯落有致，可說繼承了漢賦鋪張揚厲、以大為美的藝術傳統，正如張華在這則故事裡所認為的，足可以和班固的〈兩都賦〉、張衡的〈二京賦〉鼎足而三。不過，對於這則故事所述皇甫謐「為作敘」這件事，劉孝標注以為「皇甫謐西州高士，摯仲治（即摯虞）宿儒知名，非思倫匹。劉淵林（即劉逵）、衛伯輿（即衛瓘。相傳摯、劉、衛諸人皆曾為〈三都賦〉作序、注。）並蚤終，皆不為思賦序注也。凡諸注解，皆思自為，欲重其文，故假時人名姓也」（見《世說新語校箋》）。而徐震堮也說：「案《晉書・左思傳》：『陸機入洛，欲為此賦，聞思作之，撫掌而笑。與弟雲書曰：「此間有傖父，欲作〈三都賦〉，須其成，當以覆酒甕耳。」』二陸入洛，在太康之末，齊王冏誅趙王倫入洛，更在其後，其時賦尚未成，皇甫士安（即皇甫謐）卒於太康二年，安能為之作序？孝標之言，蓋得其實。」（見同上）可見皇甫謐「為作敘」一事的可信度，是極低的。

69 劉伶❶著〈酒德頌〉❷，意氣❸所寄。

【注釋】❶劉伶　字伯倫，晉沛國（今安徽宿縣）人。曾為建威將軍。武帝泰始初年對策，強調無為而治，後以不見用罷去。於是與阮籍、山濤、向秀、阮咸、王戎、嵇康等，寄情於竹林山水之鄉，號稱竹林七賢。性好酒，常乘鹿車攜酒，使人荷鍤相隨，說：「死便埋我！」（見劉孝標注引《名士傳》）著有〈酒德頌〉。❷酒德頌　文章名。用以歌頌酒德。以為飲酒有超越現實、與道為一的妙用。❸意氣　志趣。

【語譯】劉伶撰寫〈酒德頌〉，把一生的志趣都寄託在裡面。

【析評】本則記劉伶著〈酒德頌〉以寄平生意氣的故事。劉孝標注引《名士傳》載劉伶「肆意放蕩，以宇宙為狹。……土木形骸，遨遊一世」，而《晉書・劉伶傳》也說他「放情肆志，常以細宇宙、齊萬物為心」，可見他平生的意氣在於「細宇宙」、「齊萬物」、「與道為一」。而他的這種意氣，卻在〈酒德頌〉一文裡，透過「大人先生」的酒德加以表達。他在文裡寫「大人先生」的酒德說：「先生於是方捧罌承糟，銜杯漱醪，奮髯箕踞，枕麴藉糟，無思無慮，其樂陶陶。兀然而醉，慌爾而醒。靜聽不聞雷霆之聲，孰視不見太山之形。不覺寒暑之切肌，利欲之感情，俯觀萬物之擾擾，如江漢之載浮萍。」（劉孝標注引）由此看來，這則故事說他「著〈酒德頌〉，意氣所寄」，是一點也沒錯的。

70 樂令❶善於清言，而不長於手筆❷。將讓河南尹，請潘岳❸為表，潘云：「可作耳，要當得君意。」樂為述己所以為讓，標位❹二百許語。潘直取錯綜，便成名筆❺。時人咸云：「若樂不假潘之文，潘不取樂之旨，則無以成斯矣。」

【注釋】❶樂令　即樂廣。見〈德行〉23注❹。❷手筆　指文章的創作。❸潘岳　字安仁，晉滎陽中牟（今河南中牟）人。官至給事黃門侍郎，人稱「潘黃門」。擅長詩賦駢文，文辭綺麗。後為孫秀所誣陷，與石崇等一同被殺。明人輯有《潘黃門集》。❹標位　陳述宗旨。❺名筆　佳作；好文章。

【語譯】樂廣善於清談，卻不擅長寫作。當他準備辭去河南尹這個官職的時候，請潘岳替他寫一篇辭官表，潘岳說：「替你寫是可以的，但要合於你的心意才行。」於是樂廣就陳述自己所以辭官的原因，列舉要領，一共說了兩百多句話。潘岳把他說的話直接取來，加以錯綜運用，便寫成了一篇好文章。當時的人都說：「如果樂廣不借助潘岳的文辭，潘岳不取得樂廣的旨意，就無法寫成這一篇傑作。」

【析評】本則記潘岳為樂廣寫辭官表的故事。劉孝標注引《晉陽秋》說潘岳「善屬文，清綺絕世，蔡邕未能過也」，可見潘岳擅長寫作，文筆清綺絕倫。而《晉書・樂廣傳》說樂廣「性沖約，有遠識。……王衍自言：『與人語甚簡至，及見廣，便覺己之煩。』」可知樂廣不但有見識，而且能要言不煩。這樣由兩個人合作，以旨出樂廣、文成潘岳的方式寫成一篇文章，那自然就會像這則故事所說的「成名筆」了。

71 夏侯湛❶作〈周詩〉❷成，示潘安仁❸。安仁曰：「此文非徒溫雅，乃別見孝悌之性。」潘因此遂作〈家風詩〉❹。

【注釋】❶夏侯湛　字孝若，晉譙國（今安徽亳縣）人。為魏征西將軍夏侯淵的曾孫。幼有盛才，文章宏富。容觀俊美，與潘岳友善，每行止同輿接茵，人稱「連璧」。曾任太尉掾，拜郎中。後出為野王令。惠帝即位，任散騎常侍。元康初卒，年四十九。❷周詩　《詩經・小雅》中有〈南陔〉、〈白華〉、〈華黍〉、〈由庚〉、〈崇丘〉、〈由儀〉等義存辭亡的六篇詩，由夏侯湛補亡，稱〈周詩〉。❸潘安仁　即潘岳。見本篇70注❸。❹家風詩　詩篇名。潘岳作。旨在追述祖宗之德，藉以自戒。

【語　譯】夏侯湛補作〈周詩〉完成，拿給潘岳看。潘岳說：「這些詩不但溫厚典雅，而且還表露出孝、悌的至情。」潘岳因深受感動，所以就寫了〈家風詩〉。

【析　評】本則記潘岳受夏侯湛〈周詩〉感發而寫成〈家風詩〉的故事。潘岳的〈家風詩〉，據《藝文類聚》二十三所載是這樣子的：「綰髮綰髮，髮亦鬢止。日祗日祗，敬亦慎止。靡專靡有，受之父母。鳴鶴匪和，析薪弗荷。隱憂孔疚，我堂靡構。義方既訓，家道穎穎。豈敢荒寧，一日三省。」（《世說新語箋疏》引）從這些詩句看來，正以「載其宗祖（父母）之德及自戒」（劉孝標注引）為內容，這顯然是受夏侯湛〈周詩〉中「孝悌之性」的感發所寫成的。也由此可見詞章影響力之大。

72 孫子荊❶除婦服❷，作詩以示王武子❸。王曰：「未知文生於情？情生於文？覽之悽然，增伉儷之重❹。」

【注　釋】❶孫子荊　即孫楚。見〈言語〉24注❷。❷除婦服　脫去為妻子所服的喪服。指妻子去世，服喪已滿。❸王武子　即王濟。見〈言語〉24注❶。❹伉儷之重　夫妻的深情。

【語　譯】孫楚的妻子去世，在服喪期滿後，作了一首悼亡詩，拿給王濟看。王濟說：「不曉得是文詞生自情思呢？還是情思生自文詞？讀後令人感到悲悽，更加顯出了夫婦間的深情。」

【析評】本則記孫楚作悼亡詩的故事。這首悼亡詩，由於孫楚「才藻卓絕」（《晉書・孫楚傳》），而又伉儷情深，使得它情文並茂，渾然一體，所以王濟讀後，自然發出「未知文生於情、情生於文」之歎。

73 太叔廣❶甚辯給❷，而摯仲治❸長於翰墨❹，俱為列卿❺。每至公坐❻，廣談，仲治不能對；退著筆難廣，廣又不能答。

【注釋】❶太叔廣　字季思，晉東平（今山東東平）人。有口才。後因怕被成都王穎迫害，自殺而死。❷辯給　有口才；善於辯論。❸摯仲治　摯虞，字仲治，晉京兆長安（今陝西西安）人。少好學，師事皇甫謐，多所著述。官至祕書監、太常卿。永嘉時，因洛中大饑而餓死。❹翰墨　筆墨。此指撰寫文章。❺列卿　指諸卿之位。卿是古代最高的官階。❻公坐　公眾坐談之所。

【語譯】太叔廣很有口才，而摯虞則擅長寫作，兩人都位列群卿。每次到公眾場合，太叔廣所談的，摯虞不能應對；等到退席之後，摯虞提筆為文向太叔廣詰難，太叔廣又無法回答。

【析評】本則記太叔廣長於口才而摯虞則長於筆才的故事。從這則故事看來，好像太叔廣與摯虞，各有所長，也各有所短，實在很難分出上下。不過，就其影響力來說，則長於口才的太叔廣，由於受到時空的限制，顯然會比長於筆才的摯虞來得差些。劉孝標注引王隱《晉書》說：「廣無可記，虞多所錄，於斯為勝也。」看法很正確。

74 江左❶殷太常父子❷並能言理，亦有辯訥❸之異。揚州❹口談至劇❺，太常輒云：「汝更思吾論。」

【注釋】❶江左　指今江蘇南部長江以東的地方。。❷殷太常父子　指殷融、殷浩叔姪二人。殷融，字洪遠，晉陳郡長平（今河南西華）人。善清談，理義精微。著有〈象不盡意〉、〈大賢須易論〉等。殷浩，見〈言語〉80注❷。父子，古人也用以稱叔姪。❸辯訥　善辯與言語遲鈍。❹揚州　指殷浩。❺劇　急速；暢利。

【語譯】江東地方的殷融、殷浩叔姪二人，都能談論義理，但也有善辯與言語遲鈍的不同。善辯的殷浩在清談時，言詞非常快捷暢利，往往逼得訥澀的殷融說：「你再想一想我所說的道理。」

【析評】本則記殷融訥澀而殷浩善辯的故事。劉孝標注引《中興書》說殷融「理義精微，談者稱焉。兄子浩，亦能清言。每與浩談，有時而屈；退而著論，融更居長」。可見在清談時，殷融雖時居下風，但退而著論，卻往往勝過殷浩。這和上一篇所記太叔廣長於口才而摯虞卻長於筆才的情形，是一樣的。

75 庾子嵩❶作〈意賦〉❷成，從子文康❸見，問曰：「若有意邪，非賦之所盡；若無意邪，復何所賦？」答曰：「正在有意無意之間！」

【注釋】❶庾子嵩　即庾敳。見本篇15注❶。❷意賦　賦篇名。庾敳因見王室多難，知道終將遭禍而作。文載《晉書・庾敳傳》。❸文康　即庾亮。見〈德行〉31注❶。

【語譯】庾敳寫成〈意賦〉，拿給姪子庾亮看，庾亮看了，問說：「如果說是有意吧，不是一篇賦能完全表達的；如果說是無意吧，又何必作賦呢？」庾敳回答說：「它的妙處恰好在於有意無意之間呀！」

【析評】本則記庾敳作〈意賦〉以寄懷的故事。劉孝標注引《晉陽秋》載庾敳作賦的用意說：「見王室多難，知終將嬰禍，乃作〈意賦〉以寄懷。」由這種創作動機來看這篇賦的內容，所謂：「存亡既已均齊兮，正盡死復何歎。物咸定於無初兮，俟時至而後驗。……天地短於朝生兮，億代促於始旦。顧瞻宇宙微細兮，眇若豪鋒之半。」（見《晉書・庾敳傳》）所談的只是老莊一死生、同古今、齊小大的思想，這就是所謂的「無意」；而這種思想，卻足以寬解作者「終將嬰禍」的憂懼，這就是所謂的「有意」。因此，庾敳在這則故事中說此賦「正在有意無意之間」，確實道出了它的妙處。

76 郭景純❶詩❷云：「林無靜樹，川無停流。」阮孚❸云：「泓崢蕭瑟❹，實不可言；每讀此文，輒覺神超形越。」

【注釋】❶郭景純　郭璞，字景純，晉山西聞喜（今山西聞喜）人。學問淵博，精於詩賦、陰陽曆算、卜筮等。曾任著作佐郎。明帝時，王敦引為記室，為王敦謀反事占卜，得大凶，被殺。所作詩，風格超逸，富有自然主義精神。著有《爾雅注》、《山海經注》、《穆天子傳注》、《楚辭注》等。❷詩　指〈幽思篇〉。❸阮孚　字遙集，晉陳留尉氏（今河南開封）人。初辟太傅府，遷騎兵屬。元帝時，任安東將軍，蓬髮飲酒，不以王務嬰心。明帝即位，遷侍中。咸和初，拜丹陽尹。後出為廣州刺史，未至鎮而卒，年四十九。❹泓崢蕭瑟　形容山高水深，空寂冷清。

【語譯】郭璞有詩說：「山林裡沒有靜止的樹木，河川裡沒有不動的水流。」阮孚讀了，說：「山高水深，空寂而冷清，實在無法用言語來形容；但每回讀了這些詩句，便覺得精神和形體都超越了世俗。」

【析評】本則記阮孚讚美郭璞〈幽思篇〉一詩的故事。由於這首詩今已不傳，因此想單從這故事中所引的兩句來推斷它的內容意境，是很困難的。不過，作者在這詩句裡，將山川賦予生命，使它們產生靜動無常、時空綿延的效果，足以一清人之耳目。阮孚每次讀了，便「覺神超形越」，或許是這個緣故吧。

77 庾闡❶始作〈揚都賦〉❷，道溫、庾❸云：「溫挺義之標❹，庾作民之望❺；

方響則金聲❻，比德則玉亮。」庾公聞賦成，求看，兼贈貺❼之。闡更改「望」為「雋」❽，以「亮」為「潤」云。

【注釋】❶庾闡　字仲初，晉潁川鄢陵（今河南鄢陵）人。少孤，九歲便能作文。曾任散騎常侍，領大著作。所作〈揚都賦〉，很受當代重視。年五十四卒。❷揚都賦　賦篇名。庾闡所作。見《藝文類聚》六十一，但已非全篇。今嚴可均校輯《全晉文》輯有其佚文。❸溫庾　溫嶠與庾亮。溫嶠，見〈言語〉35注❸。庾亮，見〈德行〉31注❶。❹挺義之標　樹立道義的標幟。❺作民之望　做為人民的榜樣。❻方響則金聲　方，比擬。響，謂聲響、名聲。金聲，銅製樂器的聲音。❼贈貺　贈送。❽雋　俊傑。通「儁」、「俊」。

【語譯】庾闡剛寫好〈揚都賦〉，其中有稱讚溫嶠和庾亮的句子說：「溫嶠樹立德義的標幟，庾亮做為百姓的榜樣；他們的聲譽好比是鏗鏘的金聲，德性有如瑩潔的玉色。」庾亮聽說賦已寫成，便請庾闡讓他一睹為快，並贈送禮物給庾闡。庾闡在庾亮看過後，又把「望」改作「雋」，把「亮」改作「潤」，使得文章更趨完美。

【析評】本則記庾闡作〈揚都賦〉的故事。在這則故事中，庾闡將「亮」改為「潤」，是由於「『亮』字犯庾名」（余嘉錫《世說新語箋疏》）的緣故。既改「亮」為「潤」，就連帶地改「望」為「雋」，這樣才能與「潤」字叶韻。或許所改的不只這兩個韻字，但因前後文已亡佚，所以就無法指陳了。

78 孫興公❶作〈庾公誄〉❷。袁羊❸曰：「見此張緩❹。」于時以為名賞❺。

【注釋】❶孫興公　即孫綽。見〈言語〉84注❶。❷庾公誄　文章名。庾公，指庾亮。見〈德行〉31注❶。誄，哀祭文體的一種，用以記死者德行、功業並致哀悼之意。❸袁羊　袁喬，字彥叔，小字羊，晉陳郡（今河南淮陽）人。

曾從桓溫平蜀，封湘西伯。❹張緩　舒緩。❺名賞　有名的鑑賞。

【語　譯】孫綽寫了〈庾公誄〉。袁喬讀後說：「看了這篇文章會使人的心情舒展和緩。」當時的人都認為這是鑑賞文章的名言。

【析　評】本則記孫綽作〈庾公誄〉的故事。這篇誄文，劉孝標注引有「咨予與公，風流同歸。擬量托情，視公猶師。君子之交，相與無私。虛中納是，吐誠誨非。雖實不敏，敬佩弘韋。永戢話言，口誦心悲」一節，這雖不是它的全文，但從這些文句裡，可知孫綽是拿自己和庾亮的私交作骨幹，來抒寫對庾亮的崇仰與悼念之情的，讀後的確令人有溫潤和暢的感覺。應該是由於這個緣故，袁羊在這則故事中會以「見此張緩」來評賞這篇文章。雖然庾亮的兒子庾羲認為它有點誇大其辭，而有「先君與君自不至此」的說法（見〈方正〉48則），但時人還是以為袁羊評得好，因此視為「名賞」，給與極大的肯定。

79 庾仲初❶作〈揚都賦〉❷成，以呈庾亮❸，亮以親族之懷，大為其名價❹云：「可三二京❺，四三都❻。」於此人人競寫，都下紙為之貴。謝太傅❼云：「不得爾。此是屋下架屋❽耳！事事擬學，而不免儉狹❾。」

【注　釋】❶庾仲初　即庾闡。見本篇77注❶。❷揚都賦　見本篇77注❷。❸庾亮　見〈德行〉31注❶。❹名價　聲價；名聲。在此用作動詞，有抬高聲價的意思。❺三二京　指可與班固的〈兩都賦〉、張衡的〈二京賦〉鼎足為三。❻四三都　指可與班固的〈兩都賦〉、張衡的〈二京賦〉、左思的〈三都賦〉並駕為四。❼謝太傅　即謝安。見〈德行〉33注❷。❽屋下架屋　比喻仿造舊有的事物，且每況愈下。❾儉狹　狹小；狹隘。

【語　譯】庾闡寫好〈揚都賦〉，把它呈給庾亮看，庾亮看在族親的情分上，大力地抬高它的聲價說：「這篇賦可以和〈兩都賦〉、〈二京賦〉鼎足為三，也可以和〈兩都賦〉、〈二京賦〉、〈三都賦〉並駕為四。」於是人人競相抄寫，使得京城的紙因而昂貴了起來。謝安看到這種情形，便說：「不可以這樣。這是在屋子底子再架屋子啊！如果事事只求模擬，而不去創造，那就未免越來越狹隘淺陋了。」

【析評】本則記謝安批評當代模擬成風的故事。本來模擬是走向創作的必經階段，是不可少的，但只知一味模擬，將手段視為目的，則所謂「屋下架屋」，將永遠無法變奴為主，開闢出創造的康莊大道。因此謝安在這個故事中，藉庾闡所作〈揚都賦〉使「人人競寫」這件事，提出批評，以為「事事擬學，而不免儉狹」，這真是一針見血之論。

80

習鑿齒❶史才不常❷，宣武❸甚器之；未三十，便用為荊州治中❹。鑿齒謝牋亦云：「不遇明公，荊州老從事❺耳。」後至都，見簡文❻；返命❼，宣武問：「見相王❽何如？」答云：「一生不曾見此人！」從此忤旨❾，出為衡陽郡❿，性理遂錯⓫。於病中猶作《漢晉春秋》⓬，品評卓逸。

【注釋】❶習鑿齒 見〈言語〉72注❸。❷不常 不凡。❸宣武 即桓溫。見〈言語〉55注❶。❹治中 官名。主掌文書案卷。為州刺史的輔佐官員。❺從事 官名。為一般佐吏。❻簡文 即司馬昱。見〈德行〉37注❶。❼返命 覆命。❽相王 指司馬昱。❾忤旨 指違逆桓溫的心意。❿出為衡陽郡 出任衡陽郡的太守。⓫性理遂錯 神志因此錯亂。性理，猶言神志。⓬漢晉春秋 書名。記載漢光武帝至晉愍帝年間的史事，旨在斥桓溫覬覦之心。凡五十四卷。

【語譯】習鑿齒治史的才能很出眾，使得桓溫非常器重他；還不到三十歲，就任他為荊州治中。習鑿齒在寫給桓溫的謝函裡也說：「如果沒遇明公，那麼我在荊州就要做一輩子的從事之官了。」後來到了京城，見到簡文帝；回來覆命，桓溫問他說：「依你看，相王這個人怎樣？」習鑿齒回答說：「我一生之中從來沒見過這樣子的人才！」從此之後，習鑿齒就再也不能得到桓溫的歡心，結果被排擠，出任衡陽郡的太守，神志也因而有點錯亂。不過，在病中，他依然撰作了《漢晉春秋》，書中對人物、史事的品評，都有卓越獨到的見解。

【析評】本則記習鑿齒著《漢晉春秋》以斥桓溫覬覦神器的故事。據《晉書‧習鑿齒傳》，習鑿齒撰寫《漢晉春秋》一書的動機及其主要內容是這樣子的：「是時溫覬覦非望，鑿齒在郡，著《漢晉春秋》以裁正之。起漢光武，終於晉愍帝。於三國之時，蜀以宗室為正；魏武雖受漢禪晉，尚為篡逆；至文帝平蜀，乃為漢亡而晉始興焉。引世祖諱炎興而為禪受，明天心不可以勢力強也。」可見習鑿齒寫這本書，旨在斥桓溫覬覦之心。由此看來，習鑿齒在本則故事中，大讚簡文帝，說「一生不曾見此人」，當是已看出桓溫懷有異志，因此有意藉此以諷勸他。可惜桓溫始終不悟，不然後來就不致陰謀篡位不成，而留下千古惡名了。

81 孫興公❶云：「〈三都〉❷、〈二京〉❸，五經鼓吹❹。」

【注釋】❶孫興公　即孫綽。見〈言語〉84注❶。❷三都　指左思〈三都賦〉。見本篇68注❷。❸二京　指張衡〈二京賦〉。見本篇68注❻。❹五經鼓吹　為五經作宣揚。五經，指《詩》、《書》、《禮》、《易》、《春秋》。鼓吹，宣揚；使大家知曉。

【語譯】孫綽說：「〈三都賦〉和〈二京賦〉，可以替五經作宣揚，成為經典的羽翼。」

【析評】本則記孫綽認為〈三都賦〉和〈二京賦〉可以羽翼五經的故事。《晉書‧孫綽傳》：「（綽）絕重張衡、左思之賦，每云〈三都〉、〈二京〉，五經之鼓吹也。」左思的〈三都賦〉和張衡的〈二京賦〉，在表面上，雖分別歌頌了三都（蜀、吳、魏）、二京（西、東）的宏麗雄偉，但在實際上，卻藉此以表出諷諫的意思。就以〈三都賦〉來說，它諷諫人君要重視政治措施；而〈二京賦〉則諷諫人君不可荒淫無度，窮奢極欲。這種諷諫的內容，正如孫綽所說，可為五經的精義作宣揚；也由此可知這兩篇賦的重要性。

82 謝太傅❶問主簿❷陸退❸：「張憑❹何以作母誄❺，而不作父誄？」退答曰：「故❻當是丈夫之德，表於事行；婦人之美，非誄不顯。」

【注釋】❶謝太傅　即謝安。見〈德行〉33注❷。❷主簿　官名。主掌文書簿籍及印鑑，是掾吏的首領，相當於現在的主任祕書。❸陸退　字黎民，晉吳郡（今江蘇吳縣）人。三國吳陸凱的曾孫，張憑的女婿。仕至光祿大夫。❹張憑　見本篇53注❶。❺誄　哀祭文體的一種。用以記死者德行、功業，並致哀悼之意。❻故　推測語氣詞。

【語譯】太傅謝安問主簿陸退：「張憑為甚麼只為母親作誄，而不替父親作誄？」陸退回答說：「原因應該是由於男人的德行，都表現在事業、行為之上；而婦人的美德，則非靠誄文就無法彰顯。」

【析評】本則記陸退說明張憑不作父誄而只作母誄因由的故事。由於陸退是張憑的女婿，所以謝安會拿張憑「何以作母誄，而不作父誄」這個問題來問他，而陸退的回答，卻避開張憑個人的因素，廣就一般人的情況作說明，說明得十分合理。因為古時男人主外，其德行早就表現在「事行」之上，為人所知；而婦人則主內，其美德只表現在家庭瑣事之中，不為世人所知，真的是「非誄不顯」啊！

83 王敬仁❶年十三，作〈賢人論〉❷，長史❸送示真長❹。真長答云：「見敬仁所作論，便足參微言❺。」

【注釋】❶王敬仁　即王脩。見本篇38注❷。❷賢人論　文章名。《晉書・王脩傳》作〈賢全論〉。❸長史　指王濛。見〈言語〉54注❹。❹真長　即劉惔。見〈德行〉35注❶。❺微言　精微的言論。

【語譯】王脩在十三歲的時候，寫了一篇〈賢人論〉，他的父親王濛將它送給劉惔看。劉惔看了，便說：「看了敬仁所寫的論文，就足以從中參悟精微的道理。」

【析評】本則記劉惔讚美王脩〈賢人論〉一文的故事。這篇〈賢人論〉，劉孝標注引其中的片段說：「或問：『《易》稱賢人，黃裳元吉，苟未能闇與理會，何得不求通？求通則有損，有損則元吉之稱將虛設乎？』答曰：『賢人誠未能闇與理會，當居然人從，比之理盡，猶一豪之領一梁。一豪之領一梁，雖於理有損，不足以撓梁。賢有情之至寡，豪有形之至小，毫不至撓梁，於賢人何有損之者哉？』」可知這篇文字，主要在論說賢人如未能「闇與理會」，以居尊位，則當「居然（昭然、自然之意）人從」，絲毫不受損傷，以闡明《易・坤》六五「黃裳元吉」的道理。雖然所論說的道理，並不是十分精闢，而所謂「一毫之領一梁」的說法，也「晦澀難通」（余嘉錫《世說新語箋疏》），但以一個年僅十三歲的小孩來說，卻已十分難能可貴，因此劉惔特以「足參微言」來讚美他。這種讚美，想來是多少帶點鼓勵性質的。

84 孫興公❶云：「潘❷文爛若披錦❸，無處不善；陸❹文若排沙簡金❺，往往見寶。」

【注釋】❶孫興公　即孫綽。見〈言語〉84注❶。❷潘　即潘岳。見本篇70注❸。❸爛若披錦　燦爛得像展開的錦緞一樣。❹陸　即陸機。見〈言語〉26注❶。❺排沙簡金　淘去沙土，覓取黃金。簡，選。

【語　譯】孫綽說：「潘岳的文章，光彩奪目，有如展開的錦緞一般，沒有一個地方不美好；陸機的文章，好像淘去沙土，揀起黃金一樣，常常可以發現珍寶。」

【析　評】本則記孫綽評論潘岳與陸機文章的言辭。這則評論，也見於鍾嶸《詩品》，但作「潘詩爛若舒錦，無處不佳；陸文如披沙簡金，往往見寶」，且以為是謝混語，可供讀者參考。而鍾嶸也評潘岳說：「其源出于仲宣，《翰林》歎其翩翩然如翔禽之有羽毛、衣服之有綃縠。」又評陸機說：「其源出于陳思，才高詞贍，舉體華美，……其咀嚼英華，厭飫膏澤，文章之淵泉也。」這些評語，恰可為孫綽（或謝混）的話作注腳。

85 簡文❶稱許掾❷云：「玄度❸五言詩，可謂妙絕時人。」

【注　釋】❶簡文　即司馬昱。見〈德行〉37注❶。❷許掾　即許詢。見〈言語〉69注❷。❸玄度　許詢的字。

【語　譯】簡文帝稱讚許詢說：「玄度的五言詩，可說十分精美，超過當代的人。」

【析　評】本則記簡文帝讚美許詢五言詩的言辭。許詢的五言詩，今僅存〈竹扇〉一首，見《古詩紀》四十二，實在無法藉以窺出他作品的特色。不過，鍾嶸《詩品》將他和孫綽之詩並列為下品，並說他們「彌善恬淡之詞」，可見許詢的詩風是趨於恬淡的，這樣在崇尚虛談的簡文帝看來，自然就會特別讚賞，以為「妙絕時人」。關於這點，余嘉錫說：「簡文之所以盛稱之者，蓋簡文雅尚清談，詢與劉惔、王濛輩並蒙歎賞，以詢詩與真長之徒較，固當高出一頭，遂爾咨嗟，以為妙絕也。」（《世說新語箋疏》）看法很正確。

86 孫興公❶作〈天台賦〉❷成，以示范榮期❸，云：「卿試擲地，要作金石聲❹！」

范曰：「恐子之金石，非宮商中聲❺？」然每至佳句，輒云：「應是我輩語。」

【注釋】❶孫興公　即孫綽。見〈言語〉84注❶。❷天台賦　即〈遊天台山賦〉。賦中藉山水之刻劃，表現遊仙思想。對後世的山水文學，影響頗大。❸范榮期　范啟，字榮期，晉慎陽（今河南正陽北）人。以才義顯於世。仕至黃門郎。❹擲地要作金石聲　指擲在地上，會發出像鐘磬一樣的聲音。比喻詞章優美，聲調鏗鏘。❺非宮商中聲　不是悅耳的樂聲。宮商，指宮聲與商聲，為五聲中的頭兩聲，在此用以借指樂聲。

【語譯】孫綽寫好〈遊天台山賦〉，出示給范啟看，並說：「您試著把這篇賦擲在地上，會發出像是金、石一樣的樂聲喔！」范啟卻開玩笑地說：「恐怕你所謂的金、石聲，並不是悅耳的樂聲吧？」話雖是這麼說，但每讀到佳句的時候，便忘情地讚道：「這該是我們想說卻沒說出的話。」

【析評】本則記范啟讚美孫綽〈遊天台山賦〉一文的故事。在東晉時候，內亂外患，接踵而至，使文人心懷不安與苦悶，於是多託志於仙佛，以逃避現實的煩惱。孫綽的〈遊天台山賦〉所反映的就是這種情緒。由於它在刻劃山水上，「辭致甚工」（《晉書．孫綽傳》），正所謂「天然好言語，而君獨得之」，因此范啟會發出「應是我輩語」的讚歎。劉大杰說：「孫綽的〈天台山賦〉，在刻劃山水、描寫自然上，表現了過人的技巧，而成為寫景的佳構。……使他在魏晉賦中，別成一格。後來謝靈運的山水文學，是沿著這一系統而發展下去的。」（《中國文學發展史》第六章）可見這篇賦在文學史上的價值。

87 桓公❶見謝安石❷作簡文❸謚議❹，看竟，擲與坐上諸客曰：「此是安石碎金❺。」

【注釋】❶桓公　即桓溫。見〈言語〉55注❶。❷謝安石　謝安的字。見〈德行〉33注❷。❸簡文　即司馬昱。見

〈德行〉37注❶。❹謚議　謚號的建議。❺碎金　細碎的金子。比喻價值高的零星短篇佳作。

【語譯】桓溫看了謝安為簡文帝立謚所作的建議，看完後，把它擲給座上的其他賓客，說：「這是安石的短篇佳作，正像細碎的金子一樣，閃閃發光。」

【析評】本則記謝安為簡文帝作謚議的故事。據劉孝標注引劉謙之《晉紀》所載謝安的謚議是這樣子的：「謹按謚法：『一德不懈曰簡，道德博聞曰文。』《易》簡而天下之理得，觀乎人文，化成天下，儀之景行，猶有彷彿。宜尊號曰太宗，謚曰簡文。」這確是一則十分精悍的極短篇，足以顯示出簡文帝「留心典籍」、「沖虛簡貴」、「拱默守道」（《晉書・簡文帝紀》）的獨特學養；因此桓溫在這則故事中以「碎金」來讚美它，是非常貼切的。

88 袁虎❶小貧，嘗為人傭，載運租❷。謝鎮西❸經船行，其夜清風朗月，聞江渚間估客船❹上，有詠詩聲，甚有情致；所誦五言，又其所未嘗聞，歎美不能已。即遣委曲❺訊問，乃是袁自詠其所作〈詠史詩〉。因此相要❻，大相賞得❼。

【注釋】❶袁虎　即袁宏。見〈言語〉83注❶。❷租　田賦。❸謝鎮西　即謝尚。見〈言語〉46注❶。❹估客船　即商船。估客，商人。❺委曲　輾轉。❻要　邀請。❼賞得　欣賞、契合。

【語譯】袁宏小時候很貧窮，曾經替人幫傭，運載田賦。謝尚正好坐船經過，時值夜晚，清風徐吹，明月朗照，突然聽到從江渚之間的商船上，傳來了吟詠詩歌的聲音，很有情韻；而所吟誦的五言詩，又是自己所沒聽到過的，因此一直讚歎，不能自已。派人去多方打聽，才知道是袁宏在那兒吟詠自己所作的〈詠史詩〉。於是邀請袁宏到船上來，暢談之下，對袁宏十分欣賞，並且感到很投契。

【析評】本則記袁宏因歌詠自作〈詠史詩〉為謝尚所賞識的故事。《藝文類聚》五十五引有兩首袁宏的詩，《古詩紀》四十二題為〈詠史〉（見《世說新語箋疏》）。這兩首〈詠史詩〉，據劉孝標注引《續晉陽秋》說它們「辭文藻拔」、「是其風情所寄」。既然詩原就如此出色，又何況在「清風朗月」之下吟誦出來，那麼使謝尚聽了「歎美不能已」，是極自然之事了。

89 孫興公❶云：「潘❷文淺而淨，陸❸文深而蕪。」

【注釋】❶孫興公 即孫綽。見〈言語〉84注❶。❷潘 即潘岳。見本篇70注❸。❸陸 即陸機。見〈言語〉26注❶。

【語譯】孫綽說：「潘岳的文章淺近而潔淨，陸機的文章深遠而蕪雜。」

【析評】本則記孫綽評論潘岳、陸機作品的言辭。劉孝標注引《續文章志》說：「岳為文選言簡章，清綺絕倫。」又引《文章傳》說：「機善屬文，司空張華見其文章，篇篇稱善。猶譏其作文大治（大事鋪張之意），謂曰：『人之作文，患於不才；至子為文，乃患太多也。』」而鍾嶸也以為「陸才如海，潘才如江」（《詩品》上），這些評論，可以和孫綽的話相印證。不過，也有持相反看法的，如陳祚明就說：「安仁過情，士衡不及情；安仁任天真，士衡準古法。夫詩以道情，天真既優，而以古法繩之，曰未盡善，可也。蓋古人之能用法者，中亦以天真為本也。情則不及，而曰吾能用古法；無實而襲其形，何益乎？故安仁有詩而士衡無詩。鍾嶸惟以聲格論詩，曾未窺見詩旨。其所云『陸深而蕪，潘淺而淨』，互易評之，恰合不謬矣。」（《采菽堂古詩選》卷一一）可見從不同的文體或角度來看，是會有不同的結果的。

90 裴郎❶作《語林》❷，始出，大為遠近所傳。時流年少，無不傳寫，各有一通❸。載王東亭❹作〈經王公酒壚下賦〉❺，甚有才情❻。

【注釋】❶裴郎 指裴啟。字榮期，晉河東（今山西永濟東南）人。少有風姿才氣，好論古今人物。撰《語林》數卷。❷語林 書名。記漢、魏、兩晉士族名流的軼事和言談，文辭簡潔，為《世說新語》所取資。原書已佚，近人周樹人《古小說鉤沉》中有輯本。❸通 量詞。猶「份」。❹王東亭 即王珣。見〈言語〉102注❸。❺經王公酒壚下賦 賦篇名。王公，當作黃公。所賦的是王戎當尚書令時，經過黃公酒壚，懷念嵇康、阮籍的事情。見本書〈傷逝〉2。今賦已不傳。❻才情 才能的外現形式。指才調、才華。

【語譯】裴啟撰寫《語林》，剛剛問世，便廣為遠近所傳誦。當時的名流和年少才俊，都爭相傳抄，各自藏有一份。書中載有王珣所作〈經黃公酒壚下賦〉，特別顯得有才華。

【析評】本則記裴啟所撰《語林》載有王珣〈經黃公酒壚下賦〉一文的故事。據〈傷逝〉2則載：「王濬沖（即王戎）為尚書令，著公服，乘軺車，經黃公酒壚下過，顧謂後車客：『吾昔與嵇叔夜、阮嗣宗共酣飲於此壚；竹林之遊，亦預其末；自嵇生夭、阮公亡以來，便為時所羈紲。今日視此雖近，邈若山河。』」而〈輕詆〉24則劉孝標注引《續晉陽秋》云：「晉隆和中，河東裴啟撰漢、魏以來迄于今時，言語應對之可稱者，謂之《語林》。時人多好其事，文遂流行。後說太傅（指謝安）事不實，而有人於謝坐敘其黃公酒壚，司徒王珣為之賦，謝公加以與王不平，乃云：『君遂復作裴郎學！』自是眾咸鄙其事矣。」可見王珣所賦的是王戎的事。但王戎的事是不可靠的，所以謝安會深鄙這件事，斥為「裴郎學」。對於這一點，余嘉錫說：「〈傷逝〉篇載『王戎過黃公酒壚』事，注引〈竹林七賢論〉曰：『俗傳若此，潁川庾爰之嘗以問其伯文康（即庾亮），文康云：「中朝所不聞，江左忽有此論，蓋好事者為之耳。」』是此事之不實，庾亮已辯之於前。謝安蓋熟知之。乃俗語不實，流為丹青。王珣既因之以作賦，裴啟又本之以著書。於草野傳聞，不加考辨，則安石之深鄙其事斥為裴郎學，非過論也。但王珣賦甚有才情，謝以與王不平，故於其賦之工拙不置一詞。意以為選題既誣，其文字亦無足道焉耳。」（《世說新語箋疏》）由此看來，《語林》所載的事，不盡合於事實，它所以沒好好地留傳下來，與此不無關係。

91 謝萬❶作〈八賢論〉❷，與孫興公❸往反，小有利鈍❹。謝後出以示顧君齊❺，顧曰：「我亦作，知卿當無所名！」

【注釋】❶謝萬　見〈言語〉77注❶。❷八賢論　文名。論述漁父、屈原、季主（司馬季主，見《史記・日者列傳》）、賈誼、楚老、龔勝、孫登、嵇康等八賢，以為隱者為優，仕者為劣。❸孫興公　即孫綽。見〈言語〉84注❶。❹利鈍　猶言勝負。在此用其偏義，只有負的意思。❺顧君齊　顧夷，字君齊，晉吳郡（今江蘇吳縣）人。為顧霸之子。曾辟為州主簿，不肯就任。

【語譯】謝萬寫了〈八賢論〉，和孫綽往來論辯，稍微受到挫折。謝萬很不服氣，有一天便出示給顧夷看，顧夷看了，說：「如果我也提出詰難，猜想您該無話可說吧！」

【析評】本則記謝萬作〈八賢論〉的故事。〈八賢論〉的內容，據《晉書・謝萬傳》的記載是這樣子的：「敘漁父、屈原、季主、賈誼、楚老、龔勝、孫登、嵇康四隱四顯為〈八賢論〉，其旨以處者為優、出者為劣。」而孫綽卻反對這種「以處者為優、出者為劣」的說法，以為「體玄識遠者，出處同歸」（見劉孝標注）。平心而論，孫綽這種以學養、胸襟做為衡定優劣的標準，顯然比謝萬以仕隱判定優劣的看法，要高明一些，因此顧夷看了謝萬的〈八賢論〉會說：「我亦作，知卿當無所名。」是可以理解的。

92 桓宣武❶命袁彥伯❷作〈北征賦〉❸，既成，公與時賢共看，咸嗟歎之。時王珣❹在坐，云：「恨少一句；得『寫』字足韻，當佳。」袁即於坐攬筆益云：「感不絕於余心，泝❺流風而獨寫❻。」公謂王曰：「當今不得不以此事❼推袁！」

【注　釋】❶桓宣武　即桓溫。見〈言語〉55注❶。❷袁彥伯　即袁宏。見〈言語〉83注❶。❸北征賦　賦篇名。賦桓溫北征鮮卑事。寄慨遙深。❹王珣　見〈言語〉102注❸。❺泝　迎；逆。也作「遡」。❻寫　抒發。❼此事　指作賦。

【語　譯】桓溫命袁宏撰寫〈北征賦〉，寫好後，桓溫和當時的賢士名流共同欣賞，都讚歎不已。當時王珣也在座，說：「可惜少了一句；如果能用『寫』字作韻腳來補足，那就該更好。」袁宏聽了，馬上在座位上拿起筆來補足說：「感不絕於余心，泝流風而獨寫（在我內心裡湧生無限的感觸，對著迎面而來的風，獨自將它們宣洩出來）。」桓溫見了，對王珣說：「當今作賦，不得不推袁宏為第一了！」

【析　評】本則記袁宏作〈北征賦〉的故事。這個故事在《晉書．袁宏傳》裡有較為詳細的記載：「從桓溫北征，作〈北征賦〉，皆其文之高者。嘗與王珣、伏滔同在溫坐，溫令滔讀其〈北征賦〉，至『聞所傳於相傳，云獲麟於此野，誕靈物以瑞德，奚受體於虞者！疚尼父之洞泣，似實慟而非假。豈一性之足傷，乃致傷於天下』，其本至此便改韻。珣云：『此賦方傳千載，無容率耳。今於「天下」之後，移韻徙事，然於寫送之致，似為未盡。』滔云：『得益「寫」韻一句，或為小勝。』溫曰：『卿思益之。』宏應聲答曰：『感不絕於余心，遡流風而獨寫。』珣誦味久之，謂滔曰：『當今文章之美，故當共推此生。』」這段記載和本則所記，有兩點明顯的出入：一是認為有缺陷，要袁宏補足一韻的，除王珣外，還有伏滔；二是讚美袁宏文章的是王珣，而非桓溫。由於《晉書》這段記載，有《晉陽秋》（見劉孝標注引）作依據，該是比較可靠的。而其中記王珣以為〈北征賦〉「於『天下』之後，移韻徙事，然於寫送之致，似為未盡」，則可充分幫助讀者了解所以要以「寫字足韻」的原因，因為此段賦，一共押了「野」、「者」、「假」、「下」等同韻之字，以敘孔子的事，若照原來的樣子，在「下」字之後換韻，以另敘一事，則顯然意有未盡，而且文氣也顯得急促了些，所以由袁宏依王、伏兩人的意見，補上「感不絕於余心，泝（溯）流風而獨寫」兩句一韻，確實變得更加完美。也由此可看出王珣的眼光和袁宏的才華，實有過人之處，這是值得大家敬佩的。

93 孫興公❶道：「曹輔佐❷才，如白地❸明光錦❹；裁為負版絝❺，非無文采，酷❻無裁製。」

【注　釋】❶孫興公　即孫綽。見〈言語〉84注❶。❷曹輔佐　曹毗，字輔佐，晉譙國（今安徽亳縣）人。少好文籍，善作詞賦。累遷太學博士、尚書郎、光祿勳。❸白地　即白底。地，底子。❹明光錦　東晉時後趙官織的一種光白絲綢。有大明光、小明光的不同。❺負版絝　賤隸者的褲子。負版，背負邦國的圖籍檔案。在此指最基層的官員。絝，同「褲」。❻酷　可悲；可惜。

【語　譯】孫綽說：「曹輔佐的才華，就像白底的光亮絲綢；即使用以裁製基層官員的褲子，也掩蓋不了它的文采，只可惜沒有剪裁的技巧。」

【析　評】本則記孫綽評論曹毗文才的言辭。從這些言辭中，可知曹毗的文章，在孫綽看來，雖長於摛采，卻短於剪裁。《晉書・曹毗傳》說曹毗：「時桂陽張碩為神女杜蘭香所降，毗因以二篇詩嘲之，並續蘭香歌詩十篇，甚有文采。又著〈揚都賦〉，亞於庾闡。」雖說得不夠詳明具體，但多少也有助於了解孫綽所以這樣評論的原因。

94 袁彥伯❶作《名士傳》❷成，見謝公❸。公笑曰：「我嘗與諸人道江北事❹，特作狡獪❺耳；彥伯遂以著書！」

【注釋】❶袁彥伯　即袁宏。見〈言語〉83注❶。❷名士傳　書名。記述正始、竹林、中朝各名士之生平事蹟，共三卷。❸謝公　即謝安。見〈德行〉33注❷。❹江北事　指晉室南渡以前的事。❺狡獪　遊戲；玩笑。

【語譯】袁宏寫好《名士傳》，便帶著書去拜見謝安。謝安看了，笑著說：「我從前和大家談一些南渡以前的事情，只不過是說著好玩罷了；沒想到彥伯居然把它寫成書了！」

【析評】本則記袁宏作《名士傳》的故事。劉孝標注說：「宏以夏侯太初、何平叔、王輔嗣為正始名士，阮嗣宗、嵇叔夜、山巨源、向子期、劉伯倫、阮仲容、王濬仲為竹林名士，裴叔則、樂彥輔、王夷甫、庾子嵩、王安期、阮千里、衛叔寶、謝幼輿為中朝名士。」可知《名士傳》分為正始、竹林、中朝三個部分。而這三個部分名士的資料，從本則故事中謝安所說的話看來，大都取自謝安平日「狡獪」的言談，那麼它的可讀性，想來是很高的，只可惜今書已佚，不然，也可藉以多知道一些名士有趣的軼聞了。

95 王東亭❶到桓公❷吏，既伏閤下❸；桓令人竊取其白事❹。東亭即於閤下更作，無復向❺一字。

【注釋】❶王東亭　即王珣，見〈言語〉102注❸。❷桓公　即桓溫。見〈言語〉55注❶。❸閤下　小門外。閤，大門旁的小門。通「閣」。❹白事　陳述事情的簡牘。❺向　從前；方才。

【語譯】王珣到桓溫的官府，已伏在小門外候傳；桓溫卻暗中叫人偷走王珣陳述事情的文件。王珣丟了文件，就在小門外馬上再寫一篇，文中沒有一個字是和丟失的文件相同的。

【析 評】本則記桓溫試探王珣文才的故事。從這故事中知道王珣這次通過了桓溫的試探，展現出他敏捷的文才。據《晉書・王珣傳》載王珣：「弱冠與陳郡謝玄為桓溫掾，俱為溫所敬重，嘗謂之曰：『謝掾年四十，必擁旄杖節。王掾當作黑頭公（指拜三公之位的少壯大臣）。皆未易才也。』珣轉主簿。時溫經略中夏，竟無寧歲，軍中機務並委珣焉。」王珣能受到桓溫這樣的重視，當與這次的試探有著密切的關係。

96 桓宣武❶北征，袁虎❷時從，被責免官❸。會須露布文❹，喚袁倚馬前會❺作；手不輟筆，俄❻得七紙，絕可觀。東亭❼在側，極歎其才。袁虎云：「當今齒舌間得利❽。」

【注 釋】❶桓宣武　即桓溫。見〈言語〉55注❶。劉孝標注：「〈溫別傳〉曰：『溫以太和四年（西元三六九年）上疏自征鮮卑。』」❷袁虎　即袁宏。見〈言語〉83注❶。❸被責免官　袁宏因對王衍事失言而被桓溫斥責失官。見〈輕詆〉11。❹露布文　指不封口的公文或布告。可用以上書奏事、告捷，或做為檄文及其他通知。也稱露板、露版。❺會　當場。❻俄　片刻；須臾。❼東亭　即王珣。見〈言語〉102注❸。❽齒舌間得利　指受到言詞的讚賞。

【語 譯】桓溫北征鮮卑，袁宏當時隨侍在側，卻由於直言被責，失去官職。湊巧，這時桓溫急需寫一篇告捷的公文，於是叫袁宏倚在馬前當場撰作；袁宏受命，手不停筆地寫，片刻之間就寫了七張紙，非常值得觀賞。王珣在旁邊看了，十分讚歎袁宏的才華。袁宏聽後，說：「這該只是贏得別人言詞的讚美而已。」

【析評】本則記桓溫命袁宏倚馬撰寫告捷文書的故事。在這則故事裡，袁宏因「被責免官」在先，然後叫他「倚馬前」撰寫告捷文書，所以雖可藉此一展才華，但在內心裡依然不無憤懣之情，無怪他在聽王珣之讚美後，會說：「當令齒舌間得利。」對於這句話，王世懋解釋說：「言袁有此才，而官不利，徒得東亭歎賞，齒舌間得利而已，何益於事！」（徐震堮《世說新語校箋》引）解釋得很明白、正確。袁宏被責免官，參見本書〈輕詆〉11則。

97 袁宏❶始作〈東征賦〉❷，都不道陶公❸。胡奴❹誘之狹室中，臨以白刃，曰：「先公勳業如是，君作〈東征賦〉，云何相忽略？」宏窘蹙❺無計，便答：「我大道公，何以云無？」因誦曰：「精金❻百鍊，在割能斷。功則治人，職思❼靖亂。長沙❽之勳，為史所讚！」

【注釋】❶袁宏 見〈言語〉83注❶。❷東征賦 賦篇名。❸陶公 即陶侃。見〈言語〉47注❶。❹胡奴 陶範，字道則，小字胡奴，晉廬江潯陽（今江西九江）人。陶侃之第十子。曾任光祿勳、尚書祕書監。❺窘蹙 困窘迫促。❻精金 指上好的鐵。❼職思 常想。職，常。❽長沙 指陶侃。陶侃封長沙公。

【語譯】袁宏初寫〈東征賦〉，完全不提陶侃的功業。陶範很不高興，有一天把袁宏誘騙到一間狹小的密室裡，拿著刀子威脅他說：「先父的功業是如此偉大，而你寫〈東征賦〉，為甚麼忽略了他呢？」袁宏感到困窘急迫，無計可想，便隨口回答說：「我在文裡大大地頌揚令尊，怎麼說一字不提呢？」於是脫口稱頌說：「上好的鋼鐵，經過千錘百鍊，製成寶劍，用它來割物，無物不斷。不僅在治人方面，立下功業；又常想著平亂，為國家謀永久的太平。所以長沙公的勳業將永留青史，為人所頌讚！」

【析　評】本則記袁宏初作〈東征賦〉不提陶侃一字的故事。袁宏在這則故事裡，情急之下，終於出口成誦，化解了「窘蹙」的場面，這在「倚馬前」作「露布文」（見本篇96則）之外，又一次證實他的敏捷文才，確實不是常人可及的。不過，據劉孝標注引《續晉陽秋》說：「宏為大司馬記室參軍，後為〈東征賦〉，悉稱過江諸名望。時桓溫在南州，宏語眾云：『我決不及桓宣城（即桓彝）。』時伏滔在溫府，與宏善，苦諫之，宏笑而不答。滔密以啟溫，溫甚忿，以宏一時文宗，又聞此賦有聲，不欲令人顯聞之。後遊青山飲酌，既歸，公命宏同載，眾為危懼。行數里，問宏曰：『聞君作〈東征賦〉，多稱先賢，何故不及家君？』宏答曰：『尊公稱謂，自非下官所敢專，故未呈啟，不敢顯之耳。』溫乃云：『君欲為何辭？』宏即答云：『風鑒散朗，或搜或引。身雖可亡，道不可隕。則宣城之節，信為允也。』溫泫然而止。」可見袁宏在初作賦時，所不提的除陶侃外，相傳還有桓彝。對這一點，余嘉錫解釋說：「孝標之意，蓋疑不道陶公與不及桓彝為即一事，而傳聞異辭。今《晉書．文苑》宏傳則兩事並載。嘉錫以為二者宜皆有之。陶侃為庾亮所忌，於其身後奏廢其子夏，又殺其子稱，由是陶氏不顯於晉。當宏作賦時，陶氏式微已甚。其孫雖嗣爵，而名宦不達。陶範雖存，復不為名氏所與。觀〈方正〉篇載王脩齡卻陶胡奴送米，厭惡之情可見。非必胡奴之為人果得罪於清議也，真以其家，出自寒門，擯之不以為氣類，以示流品之嚴而已。宏之不道陶公，亦猶是耳。至於桓溫，固是老兵，然生殺在手，宏安敢違忤取禍？其初所以宣言不及桓宣城者，蓋腹稿已成，欲激溫發問，因而獻諛，以感動之耳。」（《世說新語箋疏》）見解很精到。

98 或問顧長康❶：「君〈箏賦〉❷，何如嵇康〈琴賦〉❸？」顧曰：「不賞者，作後出相遺❹；深識者，亦以高奇見貴。」

【注　釋】❶顧長康　即顧愷之。見〈言語〉85注❹。❷箏賦　賦篇名。❸嵇康琴賦　嵇康。見〈德行〉16注❷。〈琴賦〉，賦篇名。為嵇康名作之一。因嵇康深受《老》、《莊》的影響，故在此賦中，託琴言志，時時流露出避世遠禍、清心寡欲的思想。❹作後出相遺　以為後出轉精而讚賞它。遺，餽贈。引申有讚美的意思。

【語　譯】有人問顧愷之說：「你寫的〈箏賦〉，和嵇康的〈琴賦〉比起來，哪一篇為好呢？」顧愷之回答說：「對於我寫的〈箏賦〉，不會欣賞的人，會以為是後出轉精而讚美它；有深度鑑賞能力的人，則會以高雅奇偉來推崇它。」

【析　評】本則記顧愷之誇讚自己所作〈箏賦〉的故事。顧愷之所寫的〈箏賦〉，雖然沒流傳下來，以致無法與嵇康的〈琴賦〉作個比較，但單就《昭明文選》選〈琴賦〉而捨〈箏賦〉這件事，便可大致推斷出它們的優劣來。更何況《中興書》說顧愷之「為人遲鈍而自矜尚，為時所笑」（劉孝標注引）；而《續晉陽秋》也說他「矜伐過實，諸年少因相稱譽，以為戲弄」（見同上）；因此在這則故事裡，顧愷之會以為自作的〈箏賦〉勝過嵇康的〈琴賦〉，可能是由於他「癡絕」（見劉孝標注引宋明帝《文章志》）的緣故，是沒有客觀的依據的。

99 殷仲文❶天才宏贍❷，而讀書不甚廣。博亮❸歎曰：「若使殷仲文讀書半袁豹❹，才不減班固❺。」

【注　釋】❶殷仲文　見〈言語〉106注❷。❷宏贍　宏大豐富。❸博亮　當是傅亮之誤。傅亮，字季友，晉北地靈州（今寧夏靈武）人。傅瑗之子。曾任尚書令、左光祿大夫。後以罪伏誅。又，《晉書．殷仲文傳》作「謝靈運」。❹袁豹　字士蔚，晉陳郡陽夏（今河南太康）人。博學善文辭，有經國之才。初為著作佐郎，後任太尉長史、丹陽尹。❺班固　漢扶風安陵（今陝西咸陽）人。明帝時奉詔續其父彪所著《漢書》，積二十餘年完成，為我國第一部斷代史。長於辭賦，著有〈兩都賦〉、〈幽通賦〉等。另著有《白虎通義》，論五經異同，被視為漢代儒家類的子書。

【語　譯】殷仲文的天資很高，但讀的書卻不很多。傅亮歎息說：「如果殷仲文讀的書有袁豹的一半多，那麼他的文才想必不輸給班固。」

【析　評】本則記殷仲文天資極高卻讀書不多的故事。一般說來，讀書可以激發一個人的天資，使它發揮作用，如果書讀得不多，則所激發的天資必然有限，這樣任你「天才宏贍」，成就還是會大打折扣的。因此在這則故事裡傅亮會發出「若使殷仲文讀書半袁豹，才不減班固」的感歎。這兩句感歎的話，《晉書‧殷仲文傳》作謝靈運語，且云：「言其文多而見書少也。」對於這點不同，余嘉錫說：「案《文選集注》六十二江文通擬殷東陽〈興矚詩〉注引《雜說》云：『謝靈運謂仲文曰：「若讀書半袁豹，則文史不減班固。」』考《隋志》雜家有《雜說》二卷，沈約撰。則本傳自有所本，故與《世說》不同。」（《世說新語箋疏》）這樣看來，《晉書‧殷仲文傳》作謝靈運語，是另有依據的。

100 羊孚❶作〈雪讚〉云：「資清❷以化，乘氣以霏❸。遇象能鮮❹，即潔成輝。」桓胤❺遂以書扇。

【注　釋】❶羊孚　見〈言語〉104注❷。❷資清　憑著清淨的本質。❸霏　雨雪飄飛。❹遇象能鮮　碰觸了物象能使它鮮明。❺桓胤　字茂遠，晉譙國（今安徽亳縣）人。少有清操，以恬退見稱。初拜祕書丞，後遷中書令。桓玄篡位，為吏部尚書。玄死，歸降。後伏誅。

【語　譯】羊孚作〈雪讚〉說：「憑著清淨的本質而化生，乘著大氣而紛紛飄散。接觸到萬物能使它們的表象變得鮮明，落在潔白的東西上就令它閃閃生輝。」桓胤讀了很喜歡，便將它寫在扇面上。

【析　評】本則記羊孚作〈雪讚〉的故事。這首〈雪讚〉只是十六個字而已，卻掌握了雪的質性與形象，從它的形成、飄散，寫到擒布萬象，成功地描繪出一片銀輝世界。這就難怪桓胤見了，會用以「書扇」；如此一來，這把扇子就閃閃生輝、身價百倍了。

101 王孝伯❶在京行散❷，至其弟王睹❸戶前，問古詩中何句為最？睹思未答，孝伯詠「所遇無故物，焉得不速老❹」，「此句為佳。」

【注　釋】❶王孝伯　即王恭。見〈德行〉44注❶。❷行散　參見〈言語〉100注❾。❸王睹　王爽，字季明，小字睹，晉太原晉陽（今山西太原）人。強正有志力。仕至侍中。後因兄恭事敗，被誅。❹所遇無故物二句　是〈古詩十九首〉「回車駕言邁」一詩中的名句。

【語　譯】王恭在京城裡行散，走到他弟弟王爽的家門前，問王爽古詩中以哪一句最好？王爽心中想著，尚沒有回答，王恭便吟詠「所遇無故物，焉得不速老（所遇到的都不是舊有的事物，怎麼會不令人加速衰老呢）」，並說：「這兩句最好。」

【析　評】本則記王恭散步時詠詩以抒懷的故事。在這則故事中王恭所詠的兩句詩，出自〈古詩十九首〉中的第十一首，全詩為：「回車駕言邁，悠悠涉長道。四顧何茫茫，東風搖百草。所遇無故物，焉得不速老？盛衰各有時，立身苦不早。人生非金石，豈能長壽考？奄忽隨物化，榮名以為寶。」很明顯地，這是一首感懷詩。詩人在茫茫的人生路途上，面對自然界盛衰無常的現象，不得不感歎人生的短促與無奈；雖然他也指出立身要早、榮名可寶，但那只是理想，與現實是相距甚遠的；所以透過這首詩流露他濃厚的失意情緒，十分感人。而在這則故事裡，王恭特別擇出其中「所遇無故物，焉得不速老」兩句，以為最佳，與其說是因為它們乃詩中的警策名句，不如說是由於它們最能切合王恭當時心境的緣故。《晉書・王恭傳》說王恭「少有美譽，清操過人，自負才地高華，恆有宰輔之望。……及帝崩，會稽王道子執政，寵昵王國寶，委以機權。恭每正色直言，道子深憚而忿之。及赴山陵，罷朝，歎曰：『榱棟雖新，便有《黍離》之歎矣。』」由此可約略窺知王恭當時的心境。

102 桓玄❶嘗登江陵❷城南樓，云：「我今欲為王孝伯❸作誄❹。」因吟嘯良久，隨而下筆，一坐之閒❺，誄以之成。

【注釋】❶桓玄　見〈德行〉41注❶。❷江陵　地名。在今湖北江陵，城臨長江北岸。❸王孝伯　即王恭。見〈德行〉44注❶。❹誄　文體名。為累記死者德行、功業，並致哀悼之意的一種文辭。古時據以作謚，僅能用於上對下；後來則通行於一般人，成為哀祭體的一種。❺一坐之閒　坐立一次的時間。形容所用時間極短。

【語譯】桓玄有一次登上江陵城的南樓，說：「我現在想替王恭撰寫一篇誄文。」於是在吟哦長嘯很久之後，接著下筆疾書，不多久的工夫，誄文就寫好了。

【析評】本則記桓玄為王恭作誄的故事。這則故事當發生在桓玄執政之後。本來在簡文帝崩逝後，桓玄是和王恭、殷仲堪等，因王愉、司馬尚之兄弟把持朝政，而密謀起事的，結果不幸王恭卻在兵敗後被斬，因此桓玄執政後，即為王恭作誄，以備作謚之用。據《晉書・王恭傳》載：「初見執，遇故吏戴耆之為湖孰令，恭私告之曰：『我有庶兒未舉，在乳母家，卿為我送寄桓南郡（即桓玄）。』耆之遂送之於夏口。桓玄撫養之，為立喪庭弔祭焉。及玄執政，上表理恭，詔贈侍中、太保，謚曰忠簡。爽（王恭第四弟）贈太常，和（王恭之姪）及子簡並通直散騎郎。」桓玄這麼做，足可告慰王恭於地下了。

103 桓玄❶初并西夏❷，領荊、江二州，二府❸、一國❹。于時始雪，五處❺俱賀，五版❻並入。玄在聽事❼上，版至，即答版後，皆粲然成章，不相揉雜。

【注釋】❶桓玄　見〈德行〉41注❶。❷西夏　東晉、六朝時稱荊楚為西夏。❸二府　指後將軍府、八州都督府。❹一國　桓玄在桓溫去世後，襲封南郡公。❺五處　指荊州、江州、二府、一國。❻五版　指五處的賀牋。版，簡牘。❼聽事　官府處理公務的地方。本作「廳事」。

【語譯】桓玄剛剛攻克荊楚地區，統領荊州、江州，管轄二府、一國。那時正好下雪，五個地方都來道賀，呈上五張賀版。桓玄坐在廳堂上，每一賀版送到，便在版後酬答，無不斐然成章，沒有一點互相重複、混雜的地方。

【析評】本則記桓玄善於屬文的故事。《晉書・桓玄傳》載：桓玄「於是遂平荊雍，乃表求領江、荊二州。詔以玄都督荊、司、雍、秦、梁、益、寧七州、後將軍、荊州刺史、假節，以桓脩為江州刺史。玄上疏固爭江州，於是進督八州及揚、豫八郡，復領江州刺史。玄又輒以偉（桓玄之兄）為冠軍將軍、雍州刺史。時寇賊未平，朝廷難違其意，許之。玄於是樹用腹心，兵馬日盛。」可見這則故事即發生於此時。此外，《晉書・桓玄傳》又說他「善屬文」，關於這一點，很明顯地，可從桓玄在這則故事裡「版至，即答版後，皆粲然成章，不相揉雜」的表現上，獲得一個很好的證明。

104 桓玄❶下都❷，羊孚❸為兗州別駕❹，從京來詣門，牋云：「自頃世故睽離❺，心事淪蘊❻；明公啟晨光於積晦，澄百流以一源。」桓見牋，馳喚前，云：「子道❼，子道，來何遲？」即用為記室參軍。孟昶❽為劉牢之❾主簿，詣門謝，見云：「羊侯❿，羊侯，百口賴卿⓫！」

【注釋】❶桓玄 見〈德行〉41注❶。❷下都 東赴京城。東晉都於建康，處長江下游，凡自荊、江等州赴建康，都稱「下」。❸羊孚 見〈言語〉104注❷。❹別駕 官名。漢始置。又稱別駕從事史，為州刺史的佐吏。因刺史出巡時，別駕須另車隨行，故稱別駕。❺睽離 分散。❻淪薀 漸漬積聚。淪，漸漬。薀，同「蘊」。鬱積之意。❼子道 羊孚之字。❽孟昶 字彥達，晉平昌（今山東安丘）人。矜嚴有志局。少為王恭所知，參與起事，遷丹陽尹。後因歸降桓玄，慮事不濟，仰藥而死。❾劉牢之 字道堅，晉彭城（今江蘇銅山縣）人。沉毅多計數，為謝玄參軍。以平王恭有功，轉徐州刺史。桓玄下都，任前鋒，行征西將軍。玄至歸降，用為會稽內史。後縊死。❿羊侯 指羊孚。⓫百口賴卿 合族仰賴你活命。百口，形容人口眾多。

【語譯】桓玄東赴京城，羊孚當時擔任兗州別駕的官職，一聽到消息，就在桓玄趕赴京城的途中，迫不及待地從京城趕來，拜門求見，求見的牋文是這樣寫的：「自從最近世局多故，和您離散，我內心的憂愁就逐漸深積；只有賢明的您才能在層層的晦暗中開啟一片旭日的亮光，在混濁的百川中注入一道清澈的泉源。」桓玄見了牋文，立刻派人請羊孚到跟前，對他說：「子道，子道，你為甚麼這麼遲才來呢？」說完，立刻起用為記室參軍。這時，有個人叫孟昶的，做劉牢之的主簿，一聽說羊孚被起用為記室參軍，便來拜門謝罪，一見羊孚就說：「羊侯，羊侯，我全族百口的人都仰賴您活命！」

【析評】本則記羊孚向桓玄求用、孟昶向羊孚求救的故事。本來，孟昶是羊孚的朋友，在「桓玄下都」時，擔任征西將軍劉牢之的主簿。而劉牢之就在這個時候歸屬桓玄。歸屬之後，據《晉書・劉牢之傳》載：「玄以牢之為征東將軍、會稽太守，牢之乃歎曰：『始爾，便奪我兵，禍將至矣！』時玄屯相府，敬宣（劉牢之之長子）勸牢之襲玄，猶豫不決，移屯班瀆，將北奔廣陵相高雅之，欲據江北以距玄，集眾大議。參軍劉襲曰：『事不可者，莫大於反，而將軍往年反王兗州（王恭），近日反司馬郎君（即元顯），今復欲反桓公。一人而三反，豈得立也？』語畢，趨出，佐吏多散走。而敬宣先還京口，拔其家，失期不到。牢之謂其為劉襲所殺，乃自縊而死。」這樣看來，孟昶去見羊孚，當在劉牢之「自縊」的前後，因此有「百口賴卿」之語。可悲的是，孟昶在不久後，也因「慮事不濟」，自縊而死。由此可見魏晉人在時局動亂下，只要稍一把持不定，即將「遑遑不知所之」，到最後便步上絕境了。

中卷

方正第五

1 陳太丘❶與友期行❷，期日中❸，過中不至，太丘舍❹去。去後乃至。元方❺時年七歲，門外戲。客問元方：「尊君在不❻？」答曰：「待君久不至，已去。」友人便怒曰：「非人哉！與人期行，相委而去。」元方曰：「君與家君期日中，日中不至，則是無信；對子罵父，則是無禮。」友人慚，下車引❼之。元方入門不顧。

【注釋】❶陳太丘　即陳寔。見〈德行〉6注❶。❷期行　相約同行。❸日中　正午時分。❹舍　同「捨」。離開。❺元方　即陳紀。見〈德行〉6注❸。❻不　同「否」。句末疑問語氣詞。❼引　牽引。大人對小孩表示愛撫的動作。

【語譯】陳寔和朋友相約同行，約定中午動身，過了中午，那朋友還不來，陳寔就先走了。走了之後，那朋友才來。陳紀那時才七歲，正在門外遊戲。客人問他：「令尊在家嗎？」陳紀說：「等您好久，您不來，他先走了。」那朋友很生氣地說：「真不是人！跟人家約好同行，竟扔下別人先走了。」陳紀說：

「您跟家父約定中午動身，過了中午您不來，就是不守信用；又當著人家兒子罵他父親，就是沒有禮貌。」那朋友聽了很慚愧，下車來拉他的手，但是陳紀逕自進入家門而不理他。

【析　評】與人交接，言而有信，這是為人處世的通則。但世俗一般人往往不知反躬自省，凡事只知推卸責任，諉過他人。陳紀年紀雖小，義正辭嚴地鄙斥來客的無信、無禮，千載之下，我們仍然可以想像得到他那凜然無畏的神情。

2　南陽宗世林❶，與魏武同時，而甚薄❷其為人，不與之交。及魏武作司空❸，總朝政，從容問宗曰：「可以交未？」答曰：「松柏之志猶存。」世林既以忤旨見疏，位不配德；文帝兄弟每造其門，皆獨拜床下。其見禮如此。

【注　釋】❶宗世林　宗承，字世林，東漢南陽安眾（今河南鎮平東南）人。少修德雅正，確然不群，徵聘不就，聞德而至者如林。❷薄　輕視。❸司空　官名。周代為六卿之一，掌管建築工程及製造車服器械。漢改御史大夫為大司空，與大司徒、大司馬並列三公，後改稱司空。

【語　譯】南陽宗承，和曹操是同一個時代的人，可是他瞧不起曹操的為人，不願和他交往。等到曹操擔任司空，總理朝政時，溫和地對宗承說：「現在可以和我交往了吧？」宗承加以拒絕地說：「我那如松柏般堅貞的志節仍然未失。」宗承既已違逆了曹操的心意而被疏遠，也就不能依照他的賢德而給予適當的職位；然而曹丕、曹植兄弟每次去宗承家中拜訪時，都依禮在他的坐榻前拜見。由此可見，宗承是多麼的受到禮遇。

【析　評】史書上記載，曹操「少機警，有權謀，而任俠放蕩，不治行業」，因而對於儒家的倫理名教，並不重視。而且他深具野心，無時無刻不在培植自己的權力，想坐上皇帝的位子，宗承不願與他交往，可說是一本讀書人特立獨行的氣節。但根據《楚國先賢傳》說：「文帝徵為直諫大夫。」可見文帝時，宗承依然出任官職，所以余嘉錫《世說新語箋疏》說：「宗承少而薄操之為人，老乃食丕之祿，不願為漢司空之友，顧甘為魏皇帝之臣。魏晉人所謂方正者，大抵如此。東漢節義之風，其存焉者蓋寡矣。」不過，宗承原本深受文帝禮敬，故其出仕，與以佞諛取高位者，不可同日而語。

3 魏文帝受禪❶，陳群❷有慼容❸。帝問曰：「朕❹應天受命，卿何以不樂？」群曰：「臣與華歆❺服膺先朝，今雖欣聖化，猶義形於色。」

【注　釋】❶受禪　承受禪讓的帝位。此謂魏文帝稱帝。❷陳群　見〈德行〉6注❺。❸慼容　憂戚的表情。❹朕　我。古者尊卑均得自稱為朕，秦始皇起專用為皇帝的自稱。❺華歆　見〈德行〉10注❶。

【語　譯】魏文帝稱帝時，陳群面有憂戚的表情。文帝問他說：「我順應天命而就帝位，你為甚麼不高興呢？」陳群說：「臣和華歆都曾經事奉過漢朝；如今雖然非常高興能夠接受聖明天子的德化，卻仍不免由於道義的心而使臉上現出憂戚的表情了。」

【析　評】洪邁《容齋隨筆》說：「夫曹氏篡漢，忠臣義士之所宜痛心疾首，縱力不能討，忍復仕其朝為公卿乎？歆、群為一世之賢，所立不過如是。蓋自黨錮禍起，天下賢士大夫如李膺、范滂之徒，屠戮殆盡，故所存者，如是而已。士風不競，悲夫！」東漢末年的兩次黨錮之禍，讀書人死於刀下的不知有多少，而東漢崇尚氣節的士風，也被摧殘殆盡，陳群能夠不忘舊朝，義形於色，可說是難能可貴的了。

4 郭淮❶作關中❷都督，甚得民情，亦屢有戰庸❸。淮妻，太尉王淩❹之妹，坐❺淩事當并誅；使者徵攝❻甚急。淮使戒❼裝，克日❽當發。州府文武及百姓勸淮舉兵，淮不許。至期遣妻，百姓號泣追呼者數萬人；行數十里，淮乃命左右追夫人還。於是文武奔馳，如徇❾身首之急。既至，淮與宣帝❿書曰：「五子哀戀，思念其母；其母既亡，則無五子；五子若殞，亦復無淮。」宣帝乃表⓫，特原⓬淮妻。

【注　釋】❶郭淮　字伯濟，三國魏陽曲（今山西陽曲）人。魏文帝時，擢為雍州刺史，遷征西將軍。在關中三十餘年，功績顯著，遷儀同三司，贈大將軍。❷關中　相當於今陝西省。東自函谷關，西至隴關，二關之間，謂之關中。❸庸　功勞。❹王淩　字彥雲，三國魏太原祁（今山西祁縣）人。歷司空、太尉、征東將軍。因欲立楚王彪，丞相司馬懿親自討伐他。後知不能免罪，自殺而死。❺坐　受連累而入於罪。❻徵攝　追緝捉拿。❼戒　備；準備。❽克日　限定時日。克，通「剋」。❾徇　通「殉」。為達成某一理想或目的而犧牲生命。❿宣帝　即司馬懿。三國魏溫縣（今河南溫縣）人。有才略，受曹操父子重視。屢出師與蜀相諸葛亮相抗，使亮不能得志於中原。孫司馬炎篡魏，建立晉朝，追謚為宣帝。⓫表　下言於上。⓬原　寬宥。

【語　譯】郭淮擔任關中都督，很得民心，而且屢次有戰功。郭淮的妻子是太尉王淩的妹妹，因王淩犯罪而受株連，也要一起被殺；使者追緝捉拿得很急迫。郭淮叫太太準備好行裝，限定時日就要出發投案。州府文武官員和老百姓都勸郭淮舉兵反抗，郭淮不答應。到了送妻上路那天，百姓大聲哭泣著追隨的有幾萬人；走了幾十里，郭淮才命令左右把夫人追回。於是文武官吏飛奔地追趕，好像是自己有性命之憂一樣的迫切。郭淮上書給司馬懿說：「我那五個孩子哀傷依戀，思念他們的母親；他們的母親如果死了，五個孩子就活不了；五個孩子如果死了，那也就沒有我郭淮了。」司馬懿上表，特赦了郭淮的妻子。

【析　評】國法與私情，往往難以兩全，郭淮不許舉兵，雖是為了維護國法的尊嚴，但亦可見其方正的性格。郭頒《魏晉世語》記郭淮的五個兒子「叩頭流血請淮，淮不忍視，乃命追之」，完全是深受親情的激發，於是上書請命，終得寬宥，其實那也是出乎至誠感人的緣故。

5 諸葛亮❶之次❷渭濱❸，關中震動。魏明帝❹深懼晉宣王❺戰，乃遣辛毗❻為軍司馬❼。宣王既與亮對渭而陳❽，亮設誘譎萬方；宣王果大忿，將欲應之以重兵。亮遣間諜覘之，還曰：「有一老夫，毅然杖黃鉞❾，當軍門立，軍不得出。」亮曰：「此必辛佐治也。」

【注　釋】❶諸葛亮　字孔明，三國陽都（今山東沂水縣）人。隱居隆中，因劉備三顧茅廬而出來做官，曾聯吳敗曹操於赤壁，使蜀和魏、吳成鼎足三分的局勢。後受劉備遺詔輔政，壯志未伸而病死軍中。❷次　駐軍。❸渭濱　渭水之濱。在今陝西郿縣、武功境。❹魏明帝　見〈言語〉13注❶。❺晉宣王　即司馬懿。見本篇4注❿。❻辛毗　字佐治，三國魏陽翟（今河南禹縣）人，累遷衛尉。❼軍司馬　官名。據《三國志》本傳：辛毗為大將軍軍師。故此處「軍司馬」當作「軍師」，因晉人諱「師」，改軍師為軍司，「馬」字衍。❽陳　通「陣」。戰陣。❾黃鉞　以黃金為飾之鉞。鉞，大斧。本為帝王之儀仗，此處辛毗杖黃鉞，是由於他承明帝命監軍的緣故。

【語　譯】諸葛亮率兵北伐，駐軍於渭水之濱，關中為之震驚。魏明帝恐怕司馬懿出戰，就派辛毗為軍司馬。司馬懿和諸葛亮在渭水兩岸對陣，諸葛亮用盡各種挑釁詐騙的方法誘使對方出戰；司馬懿果然大為生氣，將要出大兵應戰。諸葛亮派了一名間諜去窺探，回報說：「魏軍中有一位老將，手裡握著金斧，堅毅地站在軍營大門口，魏軍因此無法出動。」諸葛亮說：「這一定是辛毗。」

【析　評】蜀漢後主建興十二年（西元二三四年）春天，諸葛亮率兵北伐，駐軍在五丈原（今陝西武功），與司馬懿的魏軍隔著渭水對峙。由於蜀兵勞師遠征，糧運困難，利於速戰速決，所以諸葛亮不斷挑戰，甚至送婦女所用的頭巾和髮飾，以激怒司馬懿。魏明帝恐怕司馬懿沉不住氣，特派辛毗持節制止。史書上說辛毗是「骨鯁之臣」，而《世說》記其「毅然杖黃鉞，當軍門立，軍不得出」，那種威武的神情，令人肅然起敬。但是根據余嘉錫《世說新語箋疏》說：「《朱子語類》一百三十六曰：『司馬懿甚畏孔明，便使得辛毗來，遏令不出兵，其實是不敢出也。』斯言當矣。蓋懿自審戰則必敗，畏蜀如虎，故惟深溝高壘以自保。然以坐擁大軍而顯露怯弱之形，群情憤激，怨謗紛然，乃不得不累表請戰以弭謗。叡心知其然，遂使辛毗至軍，假君命以威眾。君臣上下，相與為偽，設為此謀，以老蜀師。佐治之仗節當門，裝模作樣，不過傀儡登場，聽人提掇耳。」此一說法，讓我們對當時的實際情況有較明確的認識。可惜諸葛亮最後仍因糧盡勢窮，在那一年的八月病死於五丈原。

6 夏侯玄❶既被桎梏❷，時鍾毓❸為廷尉❹；鍾會❺先不與玄相知，因便狎之。玄曰：「雖復刑餘之人，未敢聞命！」考掠❻初無一言。臨刑東市❼，顏色不異。

【注　釋】❶夏侯玄　字太初，三國魏譙國（今安徽亳縣）人。曹爽輔政，任征西將軍，掌管雍、涼州軍事。其後因司馬師權重，中書令李豐謀殺司馬師以玄代之，事洩，玄被捕殺。❷桎梏　古代加在犯人腳和手上的木製刑具。引申為囚禁。❸鍾毓　見〈言語〉11注❶。❹廷尉　官名。掌刑獄。❺鍾會　見〈言語〉11注❷。❻考掠　拷問鞭笞。❼東市　漢代在長安東市處決死刑犯，後因以東市為刑場。

【語　譯】夏侯玄被收押了，當時鍾毓擔任廷尉；他的弟弟鍾會原先與夏侯玄並不互相了解，所以對夏侯玄講了一些輕慢侮弄的話。夏侯玄說：「我雖然是受過刑的犯人，也不能受人侮辱！」他在受拷問時，始終不發一言。押到刑場受戮時，神色絲毫不變。

【析　評】《世說》此則提到「鍾會先不與玄相知」，其實根據郭頒《魏晉世語》的說法：「鍾會年少於玄，玄不與交。」是則鍾會之狎侮夏侯玄，恐係挾怨而有意報復的緣故。而夏侯玄雖身陷囹圄，仍一本高朗的風格，嚴詞以對，充分表現出中國士大夫的典型本色。

7 夏侯泰初❶與廣陵陳本❷善，本與玄在本母前宴飲；本弟騫❸行還，徑入至堂戶。泰初因起曰：「可得同，不可得而雜。」

【注　釋】❶夏侯泰初　即夏侯玄。見本篇6注❶。❷陳本　字休元，三國魏東陽（今安徽天長西北）人。歷郡守、廷尉，有率御之才，遷鎮北將軍。❸騫　字休淵，本弟，滑稽而多智謀，仕至大司馬。

【語　譯】夏侯玄與廣陵人陳本友善，陳本與夏侯玄在陳本母親前宴飲；陳本的弟弟騫回來，直接走到堂屋的門口。夏侯玄因而站起來說：「可以同飲，但不可以亂了禮節。」

【析　評】禮是人倫社會的準則。夏侯玄因與陳本友善，而在本母前宴飲。本弟陳騫之為人，據《晉陽秋》記載：「無謇諤風，滑稽而多智謀。」另據習鑿齒《漢晉春秋》說：「謇（當為「騫」之誤）時為中領軍。」但鄉黨貴齒，不論德位。所以當他「逕入至堂戶」，夏侯玄告以「不可得而雜」，意即仍應依禮而行，對年長者必為拜。史稱夏侯玄「風格高朗，弘辯博暢」，由此可見。

8 高貴鄉公❶薨，內外諠譁。司馬文王❷問侍中陳泰❸曰：「何以靜之？」泰云：「唯殺賈充❹以謝天下。」文王曰：「可復下此不？」對曰：「但見其上，未見其下。」

【注釋】❶高貴鄉公　即曹髦。字彥士，曹丕孫。初封高貴鄉公，司馬師廢曹芳，立髦為帝。其後司馬昭專朝政，髦不甘坐受廢辱，自率親隨數百人，謀誅昭，反為昭之黨徒所殺。❷司馬文王　即司馬昭。見〈德行〉15注❶。❸陳泰　字玄伯，陳群的兒子。累遷征西將軍，後徵為尚書右僕射。高貴鄉公被弒，號哭盡哀，嘔血而卒。❹賈充　字公閭，晉襄陵（今山西襄陵）人。初仕魏，晉武帝受禪，有佐命功，遷司空、侍中、尚書令，專以諂媚取容，卒謚武。

【語　譯】高貴鄉公被弒之後，朝廷內外動盪不已。司馬昭問侍中陳泰說：「要如何才能使群情平靜呢？」陳泰說：「只有殺掉賈充，來向天下人謝罪。」司馬昭說：「有沒有比這辦法輕一些的呢？」陳泰說：「只有比這更重的刑罰，沒有比這更輕的方法。」

【析　評】高貴鄉公即位後，司馬昭專擅朝政，帝髦見威權日去，於是在甘露五年（西元二六〇年）五月，親率宮中僮僕，出宮討昭。昭的黨羽賈充迎戰於宮門，帝為充部將成濟弒殺。陳泰勸司馬昭誅賈充，以謝天下，司馬昭不肯，《魏氏春秋》記陳泰「遂嘔血死」，這種不畏權勢的方正精神，實在令人欽敬。

9 和嶠❶為武帝❷所親重，語嶠：「東宮❸頃似更成進，卿試往看。」還，問何如？答云：「皇太子聖質如初。」

【注釋】❶和嶠　見〈德行〉17注❷。❷武帝　即司馬炎。見〈德行〉17注❺。❸東宮　太子。此指司馬衷（晉惠帝）。

【語　譯】和嶠受到晉武帝的親近推重，武帝告訴和嶠說：「最近太子好像比較進步，你試著去觀察一下。」和嶠去看過之後，武帝問怎樣？和嶠說：「皇太子的資質仍如往常。」

【析　評】《世說》此則所提到的「東宮」，就是後來繼位的晉惠帝。他生性癡愚，據《晉書‧惠帝紀》說：「天下荒亂，百姓餓死，帝曰：『何不食肉糜？』」真是愚闇無知。和嶠據實直言，不肯佞諛取容，自是方正之士。

10 諸葛靚❶後入晉，除❷侍中召不起。以與晉室有讎❸，常背洛水而坐。與武帝❹有舊，帝欲見之而無由，乃請諸葛妃❺呼靚。既來，帝就太妃間相見。禮畢，酒酣，帝曰：「卿故❻復憶竹馬❼之好不？」靚曰：「臣不能吞炭漆身❽，今日復睹聖顏！」因涕泗百行。帝於是慚悔而去。

【注　釋】❶諸葛靚　三國時人，原仕吳為大司馬，吳亡，逃竄不出。❷除　拜官授職；除去故官就新官。❸與晉室有讎　諸葛靚之父誕為晉文帝司馬昭所殺。❹武帝　即司馬炎。見〈德行〉17注❺。❺諸葛妃　晉武帝叔母琅邪王妃，諸葛靚之姊。❻故　仍舊；依然。❼竹馬　兒童遊戲時當馬騎的竹竿。指小兒女嬉戲天真爛漫的情狀。❽吞炭漆身　戰國時，韓、魏、趙合力攻殺智伯。智伯的門客豫讓要為智伯報仇，恐為人識，便漆身為厲（癩），吞炭為啞，改變面貌聲音，想乘間刺殺趙襄子。

【語　譯】諸葛靚在吳國被晉朝滅亡以後，被徵召擔任侍中而不肯接受。他因為與晉朝有仇，所以常背對著洛水而坐。他與晉武帝是舊相識，武帝想要見他一面，卻沒有法子，於是請諸葛妃召喚諸葛靚來。諸葛靚來了，兩人就在太妃那兒見了面。行禮之後，一起喝酒，喝得有了幾分醉意，晉武帝說：「你還記得我們騎著竹馬時候的情誼嗎？」諸葛靚說：「我不能像戰國時代的豫讓那樣，為故主吞炭成啞巴、漆身變形，以圖報仇，卻反而和皇上相見！」因而淚流滿面。晉武帝感到慚愧而黯然離去。

【析　評】《晉諸公贊》說：「吳亡，靚入洛，以父誕為太祖所殺，誓不見世祖。世祖叔母琅邪王妃，靚之姊也。帝後因靚在姊間，往就見焉，靚逃於廁中，於是以至孝發名。」所記雖與《世說》略異，但表現出諸葛靚的方正性格，則毫無二致。

11 武帝❶語和嶠❷曰：「我欲先痛罵王武子❸，然後爵之。」嶠曰：「武子儁爽❹，恐不可屈。」帝遂召武子苦責之，因曰：「知愧不？」武子曰：「『尺布斗粟❺』之謠，常為陛下恥之；他人能令疏親，臣不能使親親，以此愧陛下。」

【注　釋】❶武帝　即司馬炎。見〈德行〉17注❺。❷和嶠　見〈德行〉17注❷。❸王武子　即王濟。見〈言語〉24注❶。❹儁爽　俊逸豪爽。❺尺布斗粟　漢文帝弟淮南厲王劉長因謀反事敗，被徙蜀郡，在路上不食而死。民間作歌曰：「一尺布，尚可縫；一斗粟，尚可舂。兄弟二人，不能相容。」後以「尺布斗粟」比喻兄弟間因利害衝突而不相容的情形。

【語　譯】晉武帝對和嶠說：「我想先痛罵王濟一頓，然後再封他爵位。」和嶠說：「王濟個性俊逸豪爽，恐怕不能使他屈服。」武帝就召王濟來，責備一番，然後問他：「你知道愧疚嗎？」王濟說：「當年漢文帝與其弟不相容，民間有『尺布斗粟』的歌謠，我也常為陛下感到羞恥；別人能使疏遠的人親近，我卻不能勸使親人親密，就只這一點愧對陛下。」

【析　評】《晉書・王濟傳》記王濟之為人，少有逸才，風姿英爽，氣蓋一時，娶晉武帝的女兒常山公主為妻。而《晉書・文六王傳》記齊王司馬攸「才望出武帝之右」，是以武帝即位，乃使司馬攸出居於齊。王濟陳請不可，又遣常山公主入諫，因而惹怒了武帝，武帝自以為「兄弟至親，今出齊王，自是朕家事」（見《晉書・王濟傳》），而王濟遂以「尺布斗粟」的歌謠，反諷武帝容不下自己的兄弟。由此可見，感到愧疚的，應當是武帝才對。

12 杜預❶之❷荊州，頓❸七里橋❹，朝士悉祖❺。預少賤，好豪俠，不為物❻所許。楊濟❼既名氏雄俊，不堪，不坐而去。須臾，和長輿❽來，問楊右衛❾何在？客曰：「向來，不坐而去。」長輿曰：「必大夏門❿下盤馬⓫。」往大夏門，果大閱騎。長輿抱內車共載歸，坐如初。

【注　釋】❶杜預　字元凱，晉杜陵（今陝西長安）人。曾都督荊州諸軍事，鎮襄陽，以平吳功封當陽侯。酷嗜《左傳》，著有《春秋左氏經傳集解》。❷之　往。❸頓　止宿。❹七里橋　地名。在洛陽縣東。❺祖　出行前，祭祀路神。引申為餞行送別。❻物　指公眾。❼楊濟　字文通，晉弘農（今河南靈寶北）人。有才識，累遷太子太傅。❽和長輿　即和嶠。見〈德行〉17注❷。❾楊右衛　即楊濟。濟曾任右衛將軍。❿大夏門　洛陽城門。⓫盤馬　跨馬盤旋。

【語　譯】杜預受命都督荊州諸軍事，屯兵七里橋，朝中文武官員都來餞行送別。杜預少年時出身微賤，又喜歡打抱不平，不為時人所稱許。楊濟是當時傑出的名士，有點看不起他，沒有坐下就走了。沒多久，和嶠來了，問楊濟在哪兒？坐客說：「剛才來過，沒坐下就走了。」和嶠說：「他一定是到大夏門騎馬去了。」於是便到大夏門去，果然，楊濟正在那兒檢閱馬匹。和嶠把他抱進車裡，載著一同回去，坐在餞行的筵席。

【析　評】《世說》此則以為「預少賤」，其實杜預為漢御史大夫杜延年十一世孫；祖父杜畿，魏太保；父杜恕，幽州、荊州刺史，亦皆貴顯，而謂之「少賤」的原因，據《晉書．杜預傳》言：「其父與宣帝不相能，遂以幽死。預久不得調，故少長貧賤。」由於魏晉時代重視門閥觀念，門第不相等，不通婚姻，身分不當，甚至不同坐交談。所以楊濟「不坐而去」，也就在於杜預「少長貧賤」的緣故。

13 杜預❶拜鎮南將軍，朝士悉至，皆在連榻❷坐；時亦有裴叔則❸。羊穉舒❹後至，曰：「杜元凱乃復連榻坐客？」不坐便去。杜請裴追之。羊去數里住馬，既而俱還杜許❺。

【注　釋】❶杜預　見本篇12注❶。❷連榻　連綴的坐榻。❸裴叔則　即裴楷。見〈德行〉18注❸。❹羊穉舒　羊琇，字穉舒，晉泰山（今山東泰安東南）人。通濟有才幹，累遷左將軍、特進。❺許　處所。

【語　譯】杜預官拜鎮南將軍，朝中文武官員都來道賀，大家都是連榻而坐；當時裴楷也在座。羊琇後來才到，說：「杜預又以連榻來招待客人坐嗎？」不坐下來就走了。杜預請裴楷追他。羊琇走了幾里路停下馬來，然後跟裴楷一起回到杜預的住處。

【析　評】《世說》此則所記，與上一則可合看。余嘉錫《世說新語箋疏》說：「《晉書》琇為司馬師妻景獻皇后之從父弟，楊濟亦司馬炎妻武悼皇后之叔父，與杜預並晉室懿親。預功名遠出其上，而二人皆鄙預如此，蓋以預為罪人之子，出身貧賤，故不屑與之同坐也。此為挾貴而驕，不當列於〈方正〉之篇。」關於「預為罪人之子」，可參見上一則的「析評」，而晉人重視門閥觀念，真可說是牢不可破了。

14 晉武帝❶時，荀勖❷為中書監，和嶠❸為令。故事❹，監、令由來共車。嶠性雅正，常疾❺勖諂諛。後公車❻來，嶠便登，正向前坐，不復容勖；勖方更覓車，然得去。監、令各給車自此始。

【注釋】❶晉武帝　即司馬炎。見〈德行〉17注❺。❷荀勖　見〈言語〉99注❼。❸和嶠　見〈德行〉17注❷。❹故事　先例；舊例。❺疾　憎恨。❻公車　官車。

【語譯】晉武帝時，荀勖擔任中書監，和嶠擔任中書令。依照先前的慣例，中書省的監、令是同坐一車的。但是和嶠性情耿直，經常不滿荀勖諂媚阿諛的作風。後來公家的車子一來，和嶠就先上車，在前面坐得端端正正的，不再有足夠的空間可以讓荀勖坐下；荀勖只好另外找車坐，然後才能離去。從此以後，中書監、中書令就各自乘坐一車了。

【析評】和嶠為人方正，本篇9則曾記其不肯佞諛取容，據實直言太子資質的事。而荀勖性佞媚，據《晉書・荀勖傳》說：「時帝素知太子闇弱，恐後亂國，遣勖及和嶠往觀之。勖還盛稱太子之德，而嶠云太子如初，於是天下貴嶠而賤勖。」又說：「勖久管機密，有才思，探得人主微旨，不犯顏迕爭，故得始終全其寵祿。」而王隱《晉書》總評說：「後世若有良史，當著佞倖傳。」荀勖之為人由此可知，難怪和嶠不願與他共乘。

15 山公❶大兒❷短箸帢❸，車中倚。武帝❹欲見之，山公不敢辭，問兒；兒不肯行。時論乃云勝山公。

【注釋】❶山公　山濤。見〈言語〉78注❸。❷大兒　長子。此指山該，字伯倫，有器識，仕至左衛將軍。❸短箸帢　沒戴帽子。短，缺少。箸，穿著。帢，便帽，狀如弁而缺四角，用縑帛縫製，相傳為曹操所創。❹武帝　即司馬炎。見〈德行〉17注❺。

【語譯】山濤的長子沒戴帽子，在車中倚靠著。武帝想要見他，山濤不敢推辭，問他兒子；他的兒子不肯前往。當時的人因此認為他兒子的器識勝過山濤。

【析評】孔子的弟子仲由（子路）性好勇，魯哀公十五年，發生孔悝之難，據《左傳》記載：當時子路和石乞、孟黶搏鬥，子路被戈擊中，帽帶也被截斷了，子路說：「君子死，冠不免。」仍然結好帽帶子才死去。古人這種臨死不廢禮的精神，實在令人敬佩。山該因為沒戴帽子，不肯見武帝，也是這種精神的表現。

16 向雄❶為河內主簿❷，有公事不及雄，而太守劉準❸橫怒，遂與杖遣之。雄後為黃門郎，劉為侍中，初不交言。武帝❹聞之，敕雄復君臣之好，雄不得已詣劉，再拜曰：「向受詔而來，而君臣之義絕，何如？」於是即去。武帝聞尚不和，乃怒問雄曰：「我令卿復君臣之好，何以猶絕？」雄曰：「古之君子，進人以禮，退人以禮；今之君子，進人若將加諸膝，退人若將墜諸淵。臣於劉河內，不為戎首❺，亦已幸甚，安復為君臣之好？」武帝從之。

【注釋】❶向雄　字茂伯，晉河內山陽（今河南修武西北）人。有節概，仕至河南尹，賜爵關內侯。❷主簿　官名。

漢以後，在中央機關或地方郡縣官府中，主管文書簿籍及印鑑。❸劉準　字君平，沛國杼秋（今江蘇蕭縣西）人。少以清正稱。累遷河內太守、侍中、尚書僕射、司徒。❹武帝　即司馬炎。見〈德行〉17注❺。❺戎首　泛指挑起爭端的人。

【語譯】向雄擔任河內主簿，有一件公事與他無關，而太守劉準亂發脾氣，打了他一頓板子，又免掉他的職務。向雄後來做了黃門郎，劉準擔任侍中，但兩人見面始終不相交談。晉武帝知道了，下令向雄對劉準重修原來上司、下屬的友好關係，向雄不得已，只好去見劉準，再拜之後說：「我受詔而來，但我們上司、下屬的關係早已斷絕了，你說怎麼樣？」說完就走了。武帝聽說兩人仍未和好，生氣地責問向雄說：「我命令你去重修原來上司、下屬的友好關係，為甚麼還是不相往來？」向雄說：「古代的君子，用人的時候以禮相待，不用人的時候也是依禮而行；現在的君子，用人的時候就好像是要讓他坐在膝蓋上，不用人的時候就好像是要把他推進深淵。我對劉準，不再去挑起爭端就已經不錯了，怎麼能跟他重修上司、下屬的友好關係呢？」武帝只好由他了。

【析評】《論語・憲問》篇中記有人問孔子說：「以德報怨，何如？」孔子說：「何以報德？以直報怨，以德報德。」人與人之間的交往，難免會有恩德和仇怨。報答恩德，或報復仇怨，總要順乎情理，過與不及，都不適宜，所以「人以國士遇我，我以國士報之；以凡人遇我，我以凡人報之」。向雄無辜而受劉準笞杖，後雖同在門下省任官，而不交言，其實也是一種持平的態度啊！

17 齊王冏❶為大司馬輔政，嵇紹❷為侍中，詣冏諮事。冏設宰會，召葛旟❸、董艾❹等共論時宜。旟等白冏：「嵇侍中善於絲竹，公可令操之。」遂進樂器，紹推卻不受。冏曰：「今日共為歡，卿何卻邪？」紹曰：「公協輔皇室，令作事可法；紹雖官卑，職備常伯❺。操絲比竹❻，蓋樂官之事。豈可以先王法之服，為伶人❼之業？今逼高命，不敢苟辭；當釋冠冕，襲❽私服。此紹之心也。」旟等不自得而退。

【注釋】❶齊王冏　司馬冏，字景治。少聰慧，及長，謙約好施，襲封為齊王。趙王倫篡位，冏起義兵誅倫，拜大司馬，加九錫，執掌政治大權。但恣用群小，不復朝覲，遂為長沙王所誅。❷嵇紹　見〈德行〉43注❾。❸葛旟　字虛旟。齊王從事中郎。齊王起義，轉長史。既克趙王倫，與董艾等人專執威權。冏敗，見誅。❹董艾　字叔智，晉弘農（今河南靈寶）人。少好功名，不修士檢。齊王起義，艾為新汲令，赴軍，用艾領右將軍。王敗，見誅。❺常伯　泛稱給事天子左右的官。此指侍中。❻操絲比竹　吹彈管弦。❼伶人　古代樂人。❽襲　穿。

【語譯】齊王冏擔任大司馬，輔佐朝政，當時嵇紹擔任侍中，到齊王冏那兒商議國事。齊王冏召集屬官會議，葛旟、董艾等人都來參加，共同討論時事。葛旟等人對齊王冏說：「嵇紹擅長音樂，您可請他演奏一曲。」於是齊王冏就叫人拿樂器給嵇紹演奏，嵇紹不肯接受。齊王冏說：「今天大家一起歡聚，你何必推辭呢？」嵇紹說：「您輔弼皇室，所作所為都應當是大家的榜樣；我的官職雖小，卻也是侍中的職位。演奏音樂，是樂官的事。我怎麼可以穿著先王制定的官服，而去做伶人的事？現在逼於長官的命令，不敢推辭；我應當脫下官服，改穿便服，才敢應命。這是我的心意。」葛旟等人自覺不好意思的告退了。

【析評】晉有八王之亂，為了爭奪政權，彼此攻殺不止，齊王冏即其中之一。根據虞預《晉書》記載：「趙王倫篡位，冏起兵誅倫，拜大司馬，加九錫，政皆決之。而恣用群小，不復朝覲，遂為長沙王所誅。」《世說》此則所記葛旟、董艾等人，即屬「群小」。嵇紹不肯「以先王法之服，為伶人之業」，其實寓有諷諫之意，惜齊王冏未悟，而驕奢日甚，其後乃被誅殺。

18 盧志❶於眾坐問陸士衡❷：「陸遜❸、陸抗❹是君何物？」答曰：「如卿於盧毓❺、盧珽❻！」士龍❼失色。既出戶，謂兄曰：「何至如此？彼容不相知也。」士衡正色曰：「我父祖名播海內，寧有不知？鬼子❽敢爾！」議者疑二陸優劣，謝公❾以此定之。

【注釋】❶盧志　字子通（一作子道），范陽（今河北涿縣）人。少知名，歷成都王長史、衛尉卿、尚書郎。❷陸士衡　即陸機。見〈言語〉26注❶。❸陸遜　字伯言，陸機之祖父，累遷丞相。❹陸抗　陸機之父。見〈政事〉4注❼。❺盧毓　字子家，盧志之祖父，三國魏時為司空。❻盧珽　字子笏，盧志之父，位至尚書。❼士龍　陸雲，字士龍，陸機之弟。儒雅有俊才，善著述。累遷太子舍人、清河內史。後為成都王所害。❽鬼子　據劉孝標注引《孔氏志怪》，相傳漢時人盧充與鬼為婚生子，盧志即其後裔。❾謝公　即謝安。見〈德行〉33注❷。

【語譯】盧志在眾人面前問陸機說：「陸遜、陸抗是你的甚麼人？」陸機回答說：「就像你跟盧毓、盧珽的關係一般！」陸雲因此變了臉色。出門後，對他的哥哥說：「何必這樣回答他呢？他或許是真的不知道。」陸機很嚴肅地說：「我們的父親、祖父，名聲傳播四海之內，有誰不知道？這個鬼小子竟敢這樣！」當時的人難以評論陸機、陸雲兄弟二人的優劣，謝安就用這一件事判定它。

【析評】《世說》記「議者疑二陸優劣，謝公以此定之」，據葉夢得《避暑錄話》說：「晉史以為議者以此定二陸優劣，畢竟機優乎？雲優乎？度晉史意，不書於雲傳，而書於機傳，蓋謂機優也。以吾觀之，機不逮雲遠矣。人斥其祖父名固非是，吾能少忍，未必為不孝。而亦從而斥之，是一言之間，志在報復，而自忘其過，尚能置大恩怨乎？」但余嘉錫《世說新語箋疏》說：「晉、六朝人極重避諱，盧志面斥士衡祖父之名，是為無禮。此雖生今之世，亦所不許。揆以當時人情，更不容忍受。故謝安以士衡為優，此乃古今風俗不同，無足怪也。」其後陸機、陸雲兄弟被成都王所殺，與盧志挾怨進讒有關，誠可哀痛。

19 羊忱❶性甚貞烈，趙王倫❷為相國，忱為太傅長史，乃版❸以參相國軍事。使者卒至，忱深懼豫禍，不暇被馬❹，於是帖騎❺而避。使者追之，忱善射，矢左右發；使者不敢進，遂得免。

【注釋】❶羊忱　字長和，一名陶，晉泰山平陽（今山東鄒縣）人。歷太傅長史、揚州刺史，遷侍中。永嘉五年，遭亂被害。❷趙王倫　即司馬倫。見〈德行〉18注❶。❸版　即「板官」。晉時，王公大臣得自委任屬官。委官有板，長一尺二寸，闊七寸，在板上書授官之詞，稱板官。❹被馬　即鞴馬。以鞍裝馬。❺帖騎　跨不施鞍勒之馬。

【語譯】羊忱的個性非常正直剛烈，趙王倫擔任相國，羊忱擔任太傅長史，趙王倫要委任他為相國參軍。使者突然而來，羊忱深恐將來惹禍，來不及套上馬鞍，立刻騎著不加馬鞍和轡繩的馬走避。使者追來，羊忱善射，左右發箭；使者不敢前進，因而能脫身。

【析評】古語說：「良禽擇木而棲，賢臣擇主而事。」晉惠帝在位時，趙王倫自為相國，陰謀篡位，但他素性庸愚，毫無遠略。羊忱深知趙王倫終必招致禍亂，為了明哲保身，所以不肯身陷危險漩渦。可惜後來永嘉亂起，羊忱仍遭殺害。

20 王太尉❶不與庾子嵩❷交，庾卿❸之不置。王曰：「君❹不得為爾。」庾曰：「卿自君我，我自卿卿；我自用我法，卿自用卿法。」

【注　釋】❶王太尉　即王衍。見〈言語〉23注❷。❷庾子嵩　即庾敳。見〈文學〉15注❶。❸卿　第二人稱代名詞。下於己者或儕輩間親暱而不拘禮數者稱卿。❹君　第二人稱代名詞。儕輩之間稱君。

【語　譯】王衍不願意跟庾敳交往，庾敳卻仍不停地用「卿」字暱稱王衍。王衍說：「君不能這樣稱呼。」庾敳說：「卿自用『君』字稱我，我自用『卿』字稱卿；我自用我的稱法，卿自用卿的稱法。」

【析　評】《晉書》本傳記庾敳平日「未嘗以事嬰心」，可見他為人的曠達。但他性儉家富，而王衍則口不言錢，稱錢為「阿堵物」（見〈規箴〉9則），或許是由於這個緣故，所以王衍不願與庾敳交往。庾敳並不在意，仍然一意孤行地以「卿」字暱稱王衍，實在有趣。

21 阮宣子❶伐社樹❷，有人止之。宣子曰：「社而為樹，伐樹則社亡；樹而為社，伐樹則社移矣。」

【注　釋】❶阮宣子　即阮脩。見〈文學〉18注❶。❷社樹　古時立社所栽的樹。

【語　譯】阮脩砍伐社樹，有人加以阻止。阮脩說：「社神如果就是這棵樹，砍掉這棵樹，社神就會逃亡；這棵樹如果就是社神，砍掉這棵樹，社神就會移走。」

【析　評】魏晉時代，由於政治黑暗，戰亂頻仍，一般人遭受貧窮和死亡的襲擊，精神上極端苦悶，為了尋求心靈的慰藉，道教、佛教在這個時期都開始興盛起來，即使士大夫也都很迷信鬼神，干寶《搜神記》就是以修史的態度收錄一些鬼怪故事。而社神本是古來的一種民間信仰，阮脩砍掉社樹，在他認為：不管樹就是社，或者社就是樹，只要社有神靈，社神自然會避開逃走。阮脩的目的，完全是為了破除留在當時人心中的迷信。

22 阮宣子❶論鬼神有無者，或以人死有鬼。宣子獨以為無，曰：「今見鬼者云，箸❷生時衣服；若人死有鬼，衣服復有鬼邪？」

【注釋】❶阮宣子　即阮脩。見〈文學〉18注❶。❷箸　穿著。

【語譯】阮脩與人討論人死後會不會變鬼的問題，有人認為人死就變鬼。阮脩獨自認為不會變鬼，他說：「現在自認為見過鬼的人說，鬼穿著他在世時的衣服；如果人死變鬼，難道衣服也會變鬼嗎？」

【析評】《世說》此則所記，宜與上一則合看。上一則記阮脩以實際行動破除迷信，此一則記阮脩論人死不會變成鬼的道理。其實在阮脩之前，東漢王充的《論衡》篇中就已經提出相同的理論。王充認為：如果人死為鬼，那麼「人見之，宜徒見裸袒之形，無為見衣帶被服也」。如此從常識的觀點加以駁斥，十分有力。

23 元皇帝❶既登祚，以鄭后❷之寵，欲舍明帝❸而立簡文❹。時議者咸謂：「舍長立少，既於理非倫，且明帝以聰亮英斷，益宜為儲副❺。」周❻、王❼諸公並苦爭❽懇切。唯刁玄亮❾獨欲奉少主，以阿帝旨。元帝便欲施行，慮諸公不奉詔，於是先喚周侯、丞相入，然後欲出詔付刁。周、王既入，始至階頭，帝逆❿遣傳詔，遏⓫使就東廂。周侯未悟，即略卻⓬，下階。丞相披撥⓭傳詔，徑至御床⓮前，曰：「不審陛下何以不見臣？」帝默默無言，乃探懷中黃紙詔裂擲之。由此皇儲始定。

周侯方慨然愧歎曰：「我常自言勝茂弘，今始知不如也！」

【注　釋】❶元皇帝　即晉元帝。見〈言語〉29注❶。❷鄭后　字阿春，滎陽（今河南滎澤西南）人。元帝納為夫人，甚寵，生簡文帝。❸明帝　司馬紹，字道畿。性至孝，善撫將士，時王導輔政，朝多賢俊。在位三年崩。❹簡文　即晉簡文帝。見〈德行〉37注❶。❺儲副　被確認為君位的繼承者，意思是君主之副。多指太子。❻周　即周顗。見〈言語〉30注❷。❼王　即王導。見〈德行〉27注❸。❽爭　同「諍」。❾刁玄亮　刁協，字玄亮，晉饒安（今河北鹽山縣南）人。少好學，累遷尚書令。❿逆　迎面。⓫遏　阻止。⓬略卻　稍微退後。⓭披撥　以手從旁推開。⓮御床　帝王的坐榻。

【語　譯】晉元帝登基之後，因為寵幸鄭后，想要廢棄長子明帝而改立少子簡文帝為太子。當時議論這件事的人都說：「廢長立少，不但不合常理，而且明帝聰明果斷，更適合立為太子。」周顗、王導等大臣都極力懇切地勸諫。只有刁協一人想奉立少主，以阿附皇帝的意旨。元帝一心就想這樣去做，怕諸大臣不肯接受詔令，於是先召喚周顗、王導進宮，然後想把立太子的詔書交給刁協。周顗、王導進宮以後，才走到臺階上，元帝就派使者迎向他們傳令，阻止他們上殿，讓他們到東廂房。周顗一時未明究竟，就退了幾步，下了臺階。王導用手推開使者，直接走到皇帝的坐榻之前說：「不知道陛下為甚麼不見臣下？」元帝沉默地無話可說，只好把懷中的黃紙詔書取出來，撕碎了扔在地上。於是明帝立為太子的事才確定下來。周顗慚愧地感歎說：「我常自以為才智勝過王導，現在才知道自己比不上他！」

【析　評】晉室偏安江南，初期的政治，尚能維持穩定的局面，王導的貢獻不少。《世說》此一則記元帝立皇儲的故事，尤可見王導臨事果毅方正的性格。余嘉錫《世說新語箋疏》引李慈銘云：「案簡文崩時年五十三。當元帝之崩，未三歲耳。是年三月顗即被害。果有此言，又當在前。兒甫墜地，便欲廢立，揆之理勢，斷為虛誣。」李氏從生卒年斷言此一則記事不盡可信，可供參考。

24 王丞相❶初在江左❷，欲結援❸吳人，請婚陸太尉❹。對曰：「培塿❺無松柏，薰蕕❻不同器。玩雖不才，義不為亂倫之始。」

【注釋】❶王丞相　即王導。見〈德行〉27注❸。❷江左　指長江下游以東的地區。即今江蘇省一帶。❸結援　結合攀援。❹陸太尉　即陸玩。見〈政事〉13注❶。❺培塿　小土丘。❻薰蕕　香草和臭草。

【語譯】王導剛到江南的時候，想要籠絡吳地的人士，要求和太尉陸玩締結兒女的婚事。陸玩說：「小山丘上不會有松柏這一類大樹，香草和臭草不能收藏在一個器物裡；我雖然沒有甚麼才幹，卻也不會第一個去做違反倫常的人。」

【析評】晉朝王室偏安江左之初，人心浮動，土著豪族多不歸附，而且鄙視北來的人士，稱之為「傖父」（見〈雅量〉18則）。故王導雖有意拉攏，以助晉室在江南重建政權，因而向陸玩請婚。但陸玩卻託詞婉拒，言雖謙，意實不屑。由此可見當時北來人士與南方世族間的隔閡極深。

25 諸葛恢❶大女，適太尉庾亮❷兒，次女適徐州刺史羊忱❸兒。亮子被蘇峻❹害，改適江虨❺。恢兒娶鄧攸❻女。于時謝尚書❼求其小女婚，恢乃云：「羊、鄧是平婚，江家我顧伊，庾家伊顧我，不能復與謝裒兒婚。」及恢亡，遂婚。於是王右軍❽往謝家看新婦，猶有恢之遺法，威儀端詳，容服光整。王歎曰：「我在，遣女裁❾得爾耳！」

【注　釋】❶諸葛恢　字道明，晉陽都（今山東沂水縣）人。少有令名，避難江左，中宗召補主簿，累遷尚書令。❷庾亮　見〈德行〉31注❶。❸羊忱　見本篇19注❶。❹蘇峻　字子高，晉長廣掖（今山東掖縣）人。永嘉之亂時，糾合流民數千家以自守。南渡後，任冠軍將軍、歷陽內史等官。後舉兵反，兵敗而死。❺江虨　字思玄，晉陳留（今河南陳留）人。博學知名，兼善弈。累遷尚書左僕射、護軍將軍。❻鄧攸　見〈德行〉28注❶。❼謝尚書　謝裒，字幼儒，晉陳郡（今河南淮陽）人。歷侍中、吏部尚書、吳國內史。❽王右軍　即王羲之。見〈言語〉62注❷。❾裁　通「纔」。

【語　譯】諸葛恢的大女兒，嫁給太尉庾亮的兒子，次女嫁給徐州刺史羊忱的兒子。庾亮的兒子被蘇峻殺害，諸葛恢的大女兒就改嫁給江虨。諸葛恢的兒子娶鄧攸的女兒。當時尚書謝裒想要他的兒子娶諸葛恢的小女兒，諸葛恢說：「我家和羊、鄧兩家是對等聯姻，江家是我眷顧他，庾家是他眷顧我，我家不能再跟謝裒的兒子聯姻。」等到諸葛恢去世，謝裒的兒子還是娶了諸葛恢的小女兒。於是王羲之到謝家去看新婦，發現依然具有諸葛恢遺留下來的法度，威儀端莊安詳，服飾光鮮整飭。王羲之感歎說：「我這個還在世的人，嫁女兒也只能這樣罷了！」

【析　評】魏晉時代，重視門閥觀念，有名望的世族無不講究門當戶對的聯姻。晉室南遷之初，時人尚不以謝氏為世家，故諸葛恢不肯與為婚。余嘉錫《世說新語箋疏》說：「諸葛三君（按：指諸葛瑾、諸葛亮、諸葛誕），功名鼎盛，彪炳人寰，繼以瞻、恪、靚，皆有重名。故渡江之初，猶以王、葛並稱。至於謝氏，雖為江左高門，而實自萬、安兄弟其名始盛。謝裒（安父）父衡雖以儒素稱，而官止國子祭酒，功業無聞，非諸葛氏之比。故恢不肯與為婚。恢死後，謝氏興，而葛氏微，其女遂卒歸謝氏。後來太傅名德，冠絕當時，封、胡、羯、末，爭榮競秀。由是王、謝齊名，無復知有王、葛矣。可見寒門士族，相與代興，固自存乎其人。冢中枯骨，未可盡恃。又可見一姓家門之盛，亦非一朝一夕之故也。」至於王羲之往謝家看新婦，據《南史・徐摛傳》說：「晉宋以來，初昏三日，婦見舅姑，眾賓皆列觀。」而諸葛恢之女猶有遺法，更是令人感佩。

26 周叔治❶作晉陵太守，周侯❷、仲智❸往別。叔治以將別，涕泗不止。仲智恚之曰：「斯人乃婦女！與人別，唯啼泣。」便舍去。周侯獨留與飲酒言話。臨別流涕，撫其背曰：「阿奴❹，好自愛！」

【注釋】❶周叔治　周謨，字叔治。晉汝南安成（今河南汝南東南）人。周顗的二弟。仕至中護軍。❷周侯　即周顗。見〈言語〉30注❷。❸仲智　周嵩，字仲智，周謨的次兄。性絞直果俠，每以才氣陵物。後為王敦所殺。❹阿奴　對幼小者的暱稱。此用以稱弟。

【語譯】周謨出任晉陵太守，他的兩個哥哥周顗、周嵩去送別。周謨因為將要別離，淚流不止。周嵩生氣地說：「你這個人簡直就像個婦人！別離的時候，只會啼哭流淚。」說完就掉頭離去。周顗一個人留下，與弟弟飲酒、談話。臨別時流著眼淚，撫拍著周謨的背說：「阿弟，你此去要多自愛！」

【析評】兄弟話別，一剛一柔，周謨流淚不止，而周嵩則表現出「絞直果俠」的個性。其後周顗被王敦所害，據劉孝標注引鄧粲《晉紀》說：「顗被害，王敦使人弔焉。嵩曰：『亡兄，天下有義人，為天下無義人所殺，復何所弔？』敦甚銜之，猶取為從事中郎，因事誅嵩。」周嵩的率直任性，由此可見。

27 周伯仁❶為吏部尚書，在省內夜疾危急。時刁玄亮❷為尚書令，營救備親好之至。良久小損❸。明旦報仲智❹，仲智狼狽❺來。始入戶，刁下床對之大泣，說伯仁昨危急之狀。仲智手批❻之，刁為辟易❼於戶側。既前，都不問病，直云：「君在中朝，與和長輿❽齊名，那與佞人刁協有情！」逕便出。

【注　釋】❶周伯仁　即周顗。見〈言語〉30注❷。❷刁玄亮　即刁協。見本篇23注❽。❸小損　稍減。指病痛減輕。❹仲智　即周嵩。見本篇26注❸。❺狼狽　猝遽；匆忙。❻批　用手背擊打。❼辟易　因害怕而退縮。❽和長輿　即和嶠。見〈德行〉17注❷。

【語　譯】周顗擔任吏部尚書，夜間在衙門內忽生急病，情況危險。當時刁協擔任尚書令，極力設法加以救助，充分表現出親近友好的態度。許久之後，才稍稍減輕病痛。第二天早晨，報知周嵩，周嵩匆忙地趕來。才進房門，刁協走下床來，對他大哭，訴說周顗昨晚危急的情況。周顗用手打了刁協一巴掌，刁協害怕得躲到門邊去。周嵩走到床前，也不問病情，直率地說：「你在朝廷裡，一向跟和嶠齊名，怎麼可以跟小人刁協有交情！」說完就揚長而去。

【析　評】《世說》此則所記，可與上一則合看。周嵩個性的率直，在這兩則故事中表露無遺。刁協即使是個「佞人」，但在周顗病危時，伸出援手，加以救助，而「刁下床對之大泣，說伯仁昨危急之狀」，當係出自真情，而非造作。周嵩不顧世俗一般人情，不理刁協，而且率直責問周顗，那種堅持做人原則的個性，劉義慶生動寫來，躍然紙上。

28 王含❶作廬江郡，貪濁狼籍❷。王敦❸護其兄，故於眾坐稱：「家兄在郡定佳，廬江人士咸稱之。」時何充❹為敦主簿，在坐，正色曰：「充即廬江人，所聞異於此！」敦默然。旁人為之反側❺，充晏然神意自若。

【注　釋】❶王含　見〈言語〉37注❷。❷狼籍　指行為不檢、名聲敗壞。❸王敦　見〈言語〉37注❶。❹何充　見〈言語〉54注❶。❺反側　不安。

【語譯】王含擔任廬江郡太守，貪汙瀆職，聲名敗壞。王敦袒護他的哥哥，故意在大眾面前說：「家兄擔任郡太守一定是做得很不錯，廬江人都稱讚他。」當時何充擔任王敦的主簿，也在座中，表情很嚴正地說：「我何充就是廬江人，我聽到的，跟這大不相同！」王敦啞口無言。其他的人都為何充感到不安，何充的神情卻安然自在。

【析評】當眾戳破人家的謊言，已經足以讓人感到難堪，可能因此而懷恨一輩子，何況是針對自己的頂頭上司，那真的是要讓旁人為他捏把冷汗。王敦有意袒護貪汙瀆職的兄長，何充卻神色自若地指出實情，其實那也是為了要替廬江百姓出一口氣。而何充不畏強權、耿直方正的性格，也從字裡行間充分表現出來。

29 顧孟著❶嘗以酒勸周伯仁❷，伯仁不受；顧因移勸柱，而語柱曰：「詎可便作棟梁自遇？」周得之欣然，遂為衿契❸。

【注釋】❶顧孟著　顧顯，字孟著，晉吳郡（今江蘇吳縣）人。少有名望，為散騎侍郎，早卒。❷周伯仁　即周顗。見〈言語〉30注❷。❸衿契　情意相投的朋友。

【語譯】顧顯曾經向周顗勸酒，周顗不肯喝；顧顯就轉身舉杯向柱子勸酒說：「你怎麼可以就以棟梁自居呢？」周顗一聽笑了，從此結為情投意合的好朋友。

【析評】幽默，不只是讓人發噱，往往可以促成正面的效果。周顗當時已是朝廷重臣，國之棟梁，顧顯「因移勸柱」，讓周顗欣然接受這份情誼，可說是一種智慧的高度表現。

30 元帝❶在西堂，會諸公飲酒，未大醉。帝問：「今名臣共集，何如堯、舜？」時周伯仁❷為僕射，因厲聲曰：「今雖同人主，復那得等於聖治！」帝大怒，還內，作手詔，滿一黃紙，遂付廷尉令收❸，因欲殺之。後數日，詔出周，群臣往省之。周曰：「近知當不死，罪不足至此。」

【注釋】❶元帝　見〈言語〉29注❶。按：《世說》本作「明帝」，劉孝標注：「明帝未即位，顗已為王敦所殺，此說非也。」❷周伯仁　即周顗。見〈言語〉30注❷。❸收　拘捕。

【語譯】晉元帝在西堂與群臣喝酒，尚未大醉。問說：「今天的盛會，名臣共聚，比起唐堯、虞舜的時代怎麼樣？」當時周顗擔任僕射，大聲說：「現在雖然同樣是人主，又哪能說就跟堯、舜時代的聖明政治一樣呢！」元帝大怒，回到內宮，親自寫了一道手詔，滿滿的一張黃紙上都是字，交給廷尉要收捕周顗，想殺掉他。過了幾天，詔令將周顗貶出京師，群臣都去探視他。周顗說：「這幾天我就知道死不了，我的罪還不至於這麼大。」

【析評】晉朝王室渡江建立政權，雖然暫時獲得穩定，但北方中原故土仍待規復。元帝酒後卻自以為有如堯、舜之治，周顗當面掃興，自是忠臣犯顏直諫的一種表現。而元帝之欲加戮，則顯現出苟且偏安的心態。東晉一直到末年，仍不能有所作為，也正是這種心態作祟所致。

31 王大將軍❶當下❷，時咸謂無緣爾。伯仁❸曰：「今主非堯、舜，何能無過？且人臣安得稱兵以向朝廷？處仲❹狼抗❺剛愎，王平子❻何在？」

【注釋】❶王大將軍　即王敦。見〈言語〉37注❶。❷下　指王敦東下至建康（今南京市）。❸伯仁　即周顗。見〈言語〉30注❷。❹處仲　王敦的字。❺狼抗　傲慢；暴戾。❻王平子　即王澄。見〈德行〉23注❶。

【語譯】大將軍王敦起兵而下，當時的人都認為他無緣得逞。周顗說：「當今的君主並非堯、舜，怎能沒有甚麼過失？而且人臣怎麼可以舉兵攻打朝廷？王敦為人暴戾剛愎，王澄在哪裡呢？」

【析評】東晉元帝在江南建號之後，以王敦總軍事，但王敦素來桀傲，有專制朝廷的野心。永昌元年（西元三二二年）正月，王敦反於武昌，引兵攻向建康，《世說》記周顗深感憂憤地說：「王平子何在？」平子，王澄的字。據《晉書》本傳說：「澄夙有盛名，出於敦右，士庶莫不傾慕之，兼勇力絕，素為敦所憚。」可惜王澄時已被王敦所害。後來王敦攻入建康，專擅朝政，多害忠良，元帝備受恐懼，幾至不保。

32　王敦❶既下，住船石頭❷，欲有廢明帝❸意。賓客盈坐，敦知帝聰明，欲以不孝廢之；每言帝不孝之狀，而皆云溫太真❹所說：「溫嘗為東宮率❺，後為吾司馬，甚悉之。」須臾，溫來，敦便奮其威容，問溫曰：「皇太子作人何似？」溫曰：「小人無以測君子。」敦聲色並厲，欲以威力使從己，乃重問溫：「太子何以稱佳？」溫曰：「鉤深致遠❻，蓋非淺識所測；然以禮侍親，可稱為孝。」

【注釋】❶王敦　見〈言語〉37注❶。❷石頭　城名。故址在今南京市西石頭山後。❸明帝　見本篇23注❸。❹溫太真　即溫嶠。見〈言語〉36注❶。❺率　官名。秦漢時設衛率，主領兵卒、門衛，以衛東宮。❻鉤深致遠　物在深處，能鉤取之；物在遠方，能招致之。指人才力的優異高強或治學的廣博精深。

【語　譯】王敦起兵而下，船泊石頭城，心裡存著廢去太子（明帝）的意圖。王敦知道明帝很聰明，想用不孝的理由廢立；經常向人說起明帝不孝的情形，而且都說是溫嶠所說的：「溫嶠曾擔任東宮率，又當過我的司馬，所以知道得很詳細。」不久，溫嶠來了，王敦就擺出很威嚴的樣子，問溫嶠說：「太子做人怎麼樣？」溫嶠說：「小人不能測度君子的為人。」王敦聲色俱厲，想用威力使溫嶠屈從自己的意思，於是重新問溫嶠：「為甚麼說太子好？」溫嶠說：「他是否具有高強的才力，不是我淺薄的才識所能測度的；但我確知他能夠以禮侍奉雙親，可說是孝子。」

【析　評】《世說》此則所記，據《太平御覽》引《晉中興書》說：「王敦欲謗帝以不孝，於眾坐明帝罪云：『溫太真在東宮久，最所知悉。』因厲聲問嶠，謂懼威必與己同。嶠正色對曰：『鉤深致遠，小人無以測君子。當今諒闇之際，唯有至性可稱。』敦嘿然不悅。然憚其居正，不敢害之。」諒闇，係天子居喪之稱。故余嘉錫《世說新語箋疏》說：「觀其稱當今諒闇之際，則此事當在永昌元年閏十一月元帝崩之後，明帝太寧元年四月王敦下屯于湖之前。敦方謀篡逆，故有廢帝之意。」由此可見，王敦欲趁新主乍立時機篡位，所以打算用「不孝」的藉口將明帝廢了，沒想到溫嶠不畏強權，正言以對，遏阻了小人的詭計，不使得逞。

33 王大將軍❶既反，至石頭❷，周伯仁❸往見之。謂周曰：「卿何以相負？」對曰：「公戎車❹犯正，下官忝率六軍❺，而王師不振，以此負公。」

【注　釋】❶王大將軍　即王敦。見〈言語〉37注❶。❷石頭　城名。見本篇32注❷。❸周伯仁　即周顗。見〈言語〉30注❷。❹戎車　兵車。此泛指軍隊。❺六軍　周代制度，一萬二千五百人為一軍，大國三軍，次國二軍，小國一軍，天子有六軍。此指國家的軍隊。

【語　譯】大將軍王敦造反，率兵直逼石頭城，周顗去見王敦。王敦對周顗說：「你為甚麼對不起我？」周顗回答說：「您起兵作亂犯上，我率領王師抵抗，卻未能得勝，這是我對不起您的地方。」

【析　評】東晉元帝永昌元年（西元三二二年）正月，王敦反於武昌，據劉孝標《世說新語注》引《晉陽秋》說：「王敦既下，六軍敗績。顗長史郝嘏及左右文武勸顗避難。顗曰：『吾備位大臣，朝廷傾撓，豈可草間求活，投身胡虜耶？』乃與朝士詣敦。」由此可見周顗忠義奮發的氣概。至於王敦責以「卿何以相負」一事，據胡三省《資治通鑑音注》說：「愍帝建興元年，顗為杜弢所困，投敦於豫章，故敦以為德。」而周顗不稍曲撓，嚴斥王敦，余嘉錫《世說新語箋疏》說：「伯仁臨難不屈，義正詞嚴，可謂正色立朝，有孔父之節者矣。」孔父，係春秋時代宋國大夫，《公羊傳》說他「正色而立於朝，則人莫敢過而致難於其君」。用以比擬周顗，可說是十分貼切。

34 蘇峻❶既至石頭❷，百僚奔散，唯侍中鍾雅❸獨在帝側。或謂鍾曰：「見可而進，知難而退，古之道也。君性亮直，必不容於寇讎；何不用隨時之宜，而坐待其斃邪？」鍾曰：「國亂不能匡，君危不能濟，而各遜遁❹以求免，吾懼董狐❺將執簡❻而進矣！」

【注　釋】❶蘇峻　見本篇25注❹。❷石頭　城名。見本篇32注❷。❸鍾雅　見〈政事〉11注❹。❹遜遁　退避逃走。❺董狐　春秋時晉國的史官。趙穿弒晉靈公，趙盾未糾辦，董狐乃書曰：「趙盾弒其君。」孔子稱為古之良史。❻簡　古代用以書寫的狹長竹片。

【語　譯】蘇峻的叛軍攻打到石頭城，百官僚屬四散逃亡，只有侍中鍾雅獨自留在皇帝的身旁。有人對鍾雅說：「國家的情勢若有可為就進身為官，有困難就及時退身隱居，這是自古相傳的道理。你的性情光明正直，一定不為敵人所容；何不隨機應變，採取權宜之計，卻要坐以待斃呢？」鍾雅說：「國家有亂不能匡正，君主有危險不能救助，而各自退避逃走，以求免於禍亂，我怕像董狐那樣的史官拿著簡策來記下這件事！」

【析　評】蘇峻因討王敦有功，升為歷陽內史，本來朝廷對他寄望頗深，仰為禦北的屏障。但是他潛蓄逆志，招納亡命，逐漸擴充實力，在東晉成帝咸和二年（西元三二七年）反於歷陽，渡江直攻建康。侍中鍾雅在朝廷百官紛紛倉皇逃亡的情況之下，「獨在帝側」，實在令人肅然起敬。余嘉錫《世說新語箋疏》說：「《世說・方正》篇之目，惟伯仁、太真及鍾雅數公可以無愧焉。其他諸人之事，雖復播為美談，皆自好者優為之耳。」周顗、溫嶠的事蹟，本篇前已述及。鍾雅所謂「吾懼董狐將執簡而進矣」，可令但求苟免偷生之徒知所警惕。

35 庾公❶臨去，顧語鍾❷後事，深以相委。鍾曰：「棟折榱崩❸，誰之責邪？」庾曰：「今日之事，不容復言，卿當期克復之效耳！」鍾曰：「想足下不愧荀林父❹耳！」

【注　釋】❶庾公　即庾亮。見〈德行〉31注❶。❷鍾　即鍾雅。見〈政事〉11注❹。❸棟折榱崩　棟梁折斷，椽桷崩塌。比喻國家滅亡。❹荀林父　春秋晉國大夫，字伯。曾率師與楚戰，敗於邲，其後將功贖罪，攻滅赤狄。

【語　譯】庾亮因蘇峻亂事而出走的時候，告訴鍾雅日後事宜，非常慎重的作了交代。鍾雅說：「國家滅亡，誰的責任呢？」庾亮說：「今天的局面，不容許我們再說甚麼，你應當期望能夠收復京師才是！」

鍾雅說：「我想足下不愧是荀林父啊！」

【析　評】東晉成帝即位後，庾亮為中書令，一意以強固中央、抑制地方勢力為務，而歷陽內史蘇峻，有銳卒萬人，器械甚精，對朝廷甚為驕蹇。咸和二年（西元三二七年），庾亮乃要求蘇峻交出兵權，至京師擔任大司農，峻不從，並以討亮為名，興兵攻陷建康，庾亮出奔尋陽（今江西九江）。《世說》此則記庾亮臨去之時，與鍾雅互以救亡圖存相勉，言辭懇切，令人感動。

36 蘇峻❶時，孔群❷在橫塘❸為匡術❹所逼，王丞相❺保存術，因眾坐戲語，令術勸群酒，以釋橫塘之憾。群答曰：「德非孔子，厄同匡人❻；雖陽和❼布氣，鷹化為鳩❽，至於識者，猶憎其眼。」

【注　釋】❶蘇峻　見本篇25注❹。❷孔群　字敬休，晉會稽山陰（今浙江紹興）人。有智局，仕至御史中丞。❸橫塘　在今江蘇江寧西南。❹匡術　晉人，曾任阜陵令、懷德令。蘇峻造反時，參與其事，後舉苑城降。❺王丞相　即王導。見〈德行〉27注❸。❻匡人　原指匡地的人，此兼指姓匡的人。匡，春秋衛地名。在今河北長垣西南。魯定公十三年（西元前四九七年），孔子離開衛國，準備到陳國去，經過匡。匡人曾經遭受過魯國陽貨的掠奪和殘殺，而孔子的相貌很像陽貨，便以為孔子就是過去曾經殘害過匡地的人，於是囚禁了孔子。❼陽和　溫暖和暢之氣；春氣。❽鷹化為鳩　是說到了春天，氣候變得溫暖，連鳥的性情也變了。鷹是性喜兇猛擊殺的鳥，鳩（布穀鳥）是性喜仁愛和平的鳥。

【語　譯】蘇峻造反的時候，孔群曾經在橫塘受到匡術的威脅，後來丞相王導保全了匡術，藉著大家都在座的時候，開玩笑地要匡術向孔群勸酒，以化解在橫塘所結的怨。孔群說：「我的德行比不上孔子，卻同樣遭受匡人的困擾；雖然春天展現了溫暖的氣候，老鷹的性情變得像布穀鳥那麼溫和，但有見識的人，還是憎惡牠那邪惡的眼睛。」

【析　評】蘇峻謀反時，匡術參與其事，後蘇峻敗亡，術又歸順，可見匡術實在是一個反覆無常的小人。在表面上，孔群是因為與匡術曾有過節，而不肯和解，並且引用「鷹化為鳩，猶憎其眼」的典故，其實也是為了匡術邪僻善變，不值得交往的緣故。

37 蘇子高❶事平，王❷、庾❸諸公欲用孔廷尉❹為丹陽。亂離之後，百姓彫弊❺，孔慨然曰：「昔肅祖❻臨崩，諸君親升御床，並蒙眷識，共奉遺詔；孔坦疏賤，不在顧命❼之列；既有艱難，則以微臣為先。今猶俎上腐肉❽，任人膾截耳！」於是拂衣❾而去。諸公亦止。

【注　釋】❶蘇子高　即蘇峻。見本篇25注❹。❷王　即王導。見〈德行〉27注❸。❸庾　即庾亮。見〈德行〉31注❸。❹孔廷尉　即孔坦。見〈言語〉43注❸。❺彫弊　衰敗。❻肅祖　即晉明帝。見本篇23注❸。❼顧命　天子之遺詔。❽俎上腐肉　比喻居於任人宰割的處境。❾拂衣　表示決絕之意。

【語　譯】蘇峻的亂事平定了，王導、庾亮等人想要任用孔坦為丹陽太守。由於在動亂流離之後，百姓十分困苦，孔坦便感慨地說：「從前明帝臨崩時，諸君親到御床之前，一起得到眷愛賞識，共同接受皇帝的遺詔；那時我身分低賤，不在領受遺詔的行列；如今有了艱難，卻把我推在前頭來承擔。這就像是把我當做切菜板上的腐肉，任人宰割罷了！」於是決絕而去。王導等人也不再提這件事。

【析　評】蘇峻亂後，都城所在的丹陽郡，滿目瘡痍，百姓塗炭，復原重建的工作十分艱鉅。《太平御覽》引《語林》說：「蘇峻新平，溫、庾諸公以朝廷初復，京尹宜得望實，唯孔君平可以處之。」但據《世說》此則所記，孔坦以為朝廷重臣此時當挺身而出，肩擔重責大任，不可畏難推卸，有負先王顧命的心意。

38 孔車騎❶與中丞❷共行，在御道逢匡術❸，賓從甚盛，因往與車騎共語。中丞初不視，直云：「鷹化為鳩❹，眾鳥猶惡其眼！」術大怒，便欲刃之。車騎下車抱術曰：「族弟發狂，卿為我宥之！」始得全首領。

【注釋】❶孔車騎　孔愉，字敬康，晉會稽山陰（今浙江紹興）人。初辟中宗參軍，因功封餘不亭侯，累遷尚書左僕射，贈車騎將軍。❷中丞　即孔群。見本篇36注❷。❸匡術　見本篇36注❹。❹鷹化為鳩　見本篇36注❽。

【語譯】孔愉和孔群同行，在御道上遇見了匡術，後面跟著許多賓客隨從，匡術因而上前與孔愉說話。孔群並不正眼看匡術，只是說：「老鷹變得像布穀鳥那麼溫和，眾鳥還是會憎惡牠那邪惡的眼睛！」匡術大怒，拔刀就要殺孔群。孔愉趕緊下車抱住匡術說：「我的族弟發瘋了，你看我的面子原諒他吧！」孔群這才保全了性命。

【析評】《世說》此則所記，與本篇36則所記略有不同，余嘉錫《世說新語箋疏》說：「此與上『孔群在橫塘』一條，即一事而傳聞異辭。觀其兩條，皆以鷹化為鳩為言，則當同在峻敗術降之後。而一則術勸以酒，而群猶不釋憾；一則群僅不視術，而幾被手刃。所言未嘗有異，何所遭之不同耶？」既然傳聞異辭，故《世說》兩說並存以傳疑。

39 梅頤❶嘗有惠於陶公❷，後為豫章太守，有事，王丞相❸遣收之。侃曰：「天子富於春秋，萬機自諸侯出；王公既得錄，陶公何為不可放？」乃遣人於江口奪之。頤見陶公拜，陶公止之。頤曰：「梅仲真膝，明日豈可復屈邪？」

【注釋】❶梅頤　字仲真，晉汝南西平（今河南西平）人。按：梅頤，當作梅賾，為豫章內史。❷陶公　即陶侃。見〈言語〉47注❶。❸王丞相　即王導。見〈德行〉27注❸。

【語譯】梅頤曾經有恩於陶侃，後來擔任豫章太守時，出了事情，丞相王導派人把梅頤收押起來。陶侃說：「當今的天子還年輕，國家的政事都由諸侯作主；王丞相既然可以收押人，我又為甚麼不可以把人放掉？」於是就派人在江口把梅頤攔截下來。梅頤一見到陶侃，就要下拜，陶侃制止他。梅頤說：「我的雙膝，明天難道還會再向別人下跪嗎？」

【析評】《晉書・陶侃傳》記王敦將殺陶侃時，「諮議參軍梅陶、長史陳頒言於敦曰：『周訪與侃親姻，如左右手，安有斷人左手而右手不應者乎！』敦意遂解，於是設盛饌以餞之」。由此可見，有惠於陶侃者，實是梅陶。余嘉錫《世說新語箋疏》說：「陶公之救仲真，乃感叔真之惠，而藉手其兄以報之耳。《世說》謂頤有惠於陶公，當屬傳聞之誤。」陶侃為了報恩，出面釋放被拘捕的梅頤，而梅頤感激下拜，陶侃加以制止，兩人的真誠相待，至為感人。

40 王丞相❶作❷女伎，施設床席；蔡公❸先在坐，不悅而去。王亦不留。

【注釋】❶王丞相　即王導。見〈德行〉27注❸。❷作　陳列。❸蔡公　蔡謨，字道明，晉濟陽考城（今河南考城）人。博學有識，仕至揚州刺史。

【語　譯】丞相王導陳列女伎，安排坐席；蔡謨原先就在座，不高興而離去，王導也不留他。

【析　評】東晉元帝時代，王導出謀建策，全力輔佐，可說是江左第一重臣，號為「仲父」。到了成帝咸康以後，東晉大局底定，王導也開始做起承平宰相來，所以會有「作女伎」的事，而《晉書・蔡謨傳》記「謨性方雅」，自然「不悅而去」。由此可見，人各有志，不可勉強。

41 何次道❶、庾季堅❷二人並為元輔。成帝❸初崩，于時嗣君未定，何欲立嗣子❹；庾及朝議以外寇方強，嗣子沖❺幼，乃立康帝❻。康帝登阼，會群臣，謂何曰：「朕今所以承大業，為誰之議？」何答曰：「陛下龍飛❼，此是庾冰之功，非臣之力。于時用微臣之議，今不睹盛明之世。」帝有慚色。

【注　釋】❶何次道　即何充。見〈言語〉54注❶。❷庾季堅　庾冰，字季堅，庾亮之弟。少有檢操，累遷車騎將軍、江州刺史。❸成帝　見〈政事〉11注❶。❹嗣子　嫡長子。❺沖　幼小。❻康帝　司馬岳，字世同，成帝的同母弟。成帝崩，即位，年二十二。❼龍飛　比喻皇帝即位。

【語　譯】何充、庾冰二人同為朝廷中的輔政大臣。晉成帝剛逝世，這時繼位的國君還沒有確定，何充主張擁立成帝的嫡長子；庾冰和其他朝臣認為外患正強，皇子年紀太小，於是改立成帝的弟弟為康帝。康帝即位後，會集群臣，對何充說：「朕能夠繼承大業，是誰的主意？」何充回答說：「陛下登基，這是庾冰的功勞，並不是我的力量。那時如果大家採用我的主意，現在就看不到如此興盛昌明的時代了。」康帝的臉上有慚愧的神色。

【析　評】庾冰主張立康帝，其實另有私心，據《晉書・何充傳》說：「庾冰兄弟以舅氏輔王室，權侔人主，慮易世之後，戚屬轉疏，將為外物所攻，謀立康帝，即帝母弟也。」而何充則一本傳統，認為「父子相傳，先王舊典，忽妄改易，懼非長計」，即使康帝即位之後，談起此事，仍不避忌，充分表現出強正不撓的本色。

42 江僕射❶年少，王丞相❷呼與共棊。王手❸常不如兩道許，而欲敵道❹戲，試以觀之。江不即下。王曰：「君何以不行？」江曰：「恐不得爾！」傍有客曰：「此年少，戲乃不惡。」王徐舉首曰：「此年少，非唯圍棊見勝！」

【注釋】❶江僕射　即江虨。見本篇25注❺。❷王丞相　即王導。見〈德行〉27注❸。❸手　手段。指弈棋的技能。❹敵道　對等；平手。

【語譯】江虨年少時，王導叫他來一起下棋。王導的棋力總是在輸掉兩子左右，卻試著想要跟江虨下一盤平手棋，藉此觀察他。江虨很慎重地不輕易落子。王導說：「你為甚麼還不落子？」江虨說：「下快了恐怕不能贏棋！」旁邊有一位客人說：「這個少年人，棋藝真不錯。」王導緩緩地抬起頭來說：「這位少年人，哪裡只是棋藝不錯而已！」

【析評】劉孝標注引范汪《棊品》說：「虨與王恬等棊第一品，導第五品。」由此可知江虨的棋藝出眾。而王導雖棋藝不如人，但能夠從棋局當中，看出江虨的才幹，充分表現出宰相的風範，具有知人之明。

43 孔君平❶疾篤，庾司空❷為會稽，省之，相問訊甚至，為之流涕。庾既下床，孔慨然曰：「大丈夫將終，不問安國寧家之術，迺作兒女子相問！」庾聞，迴謝之，請其話言❸。

【注釋】❶孔君平　即孔坦。見〈言語〉43注❸。❷庾司空　即庾冰。見本篇41注❷。❸話言　善言。

【語譯】孔坦病得很嚴重，庾冰正在會稽任官，前去探視他，慰問他的病情非常仔細，甚至為他流下淚來。庾冰走開病床以後，孔坦感慨地說：「大丈夫將要死了，不問安定國家的道理，卻作兒女私情般的問候！」庾冰聽了，立刻回過頭來向他道歉，並且請他說出治國平天下的意見。

【析評】東晉偏安江南，中原猶待規復，而孔坦為人方直，時向成帝切諫。《晉書・孔坦傳》說：「坦每發憤，以國事為己憂，嘗從容言於帝曰：『陛下春秋以長，聖敬日躋，宜博納朝臣，諮諏善道。』」今觀其臨終責備庾冰之語，那種憂心國事、鞠躬盡瘁的精神，實在令人敬佩。

44 桓大司馬❶詣劉尹❷，臥不起；桓彎彈彈劉枕，丸迸碎床褥間。劉作色而起曰：「使君❸如馨❹地，寧可鬥戰求勝！」桓甚有恨容。

【注釋】❶桓大司馬　即桓溫。見〈言語〉55注❶。❷劉尹　即劉惔。見〈德行〉35注❶。❸使君　漢時稱刺史，漢以後亦用以尊稱州郡長官。劉惔為沛國人，沛國屬徐州，而桓溫曾為徐州刺史，故稱。❹如馨　如此；這樣。

【語譯】桓溫去拜訪劉惔，劉惔躺在床上不起來；桓溫拿起彈弓彈射劉惔的枕頭，彈丸迸裂在床被上。劉惔生氣地從床上起來說：「使君有這樣的本事，寧可到戰場上去求取勝利！」桓溫聽了露出痛恨的神色。

【析　評】東晉前期，許多南遷的志士，仍力圖光復中原國土。桓溫有文武才，雄略過人，一意以北伐為務。他在得勢之後，首先平定整個長江中上游，然後三次出兵北伐，一度收復洛陽，結果因糧運不繼，無功而還，從此桓溫聲名頓挫。劉惔以「寧可鬥戰求勝」譏之，正說中桓溫的心痛處，難怪他會有「恨容」了。

45 後來年少，多有道深公❶者。深公謂曰：「黃吻❷年少，勿為評論宿士。昔嘗與元明二帝❸、王庾二公❹周旋❺。」

【注　釋】❶深公　竺法深。見〈德行〉30注❷。❷黃吻　黃口。比喻童幼。❸元明二帝　晉元帝、晉明帝。見〈言語〉29注❶、本篇23注❸。❹王庾二公　王導、庾亮。見〈德行〉27注❸、〈德行〉31注❶。❺周旋　應酬；交往。

【語　譯】許多少年名士，經常背後談論竺法深。竺法深對他們說：「你們這些後生小輩，不要信口評論前輩。我以前曾和元帝、明帝、王導、庾亮等人交往。」

【析　評】〈德行〉30則曾提到桓彝制止他人批評高僧深公，並列舉深公廣受稱揚的事實。此一則記深公自謂當年與元帝、明帝、王導、庾亮諸人往來情形。其實深公並非自抬身價，主要是在告誡後來年少應自勉力，有所作為，切勿信口批評前輩的名士。

46 王中郎❶年少時，江虨❷為僕射，領選❸，欲擬之為尚書郎，有語王者。王曰：「自過江來，尚書郎正用第二人❹，何得擬我？」江聞而止。

【注　釋】❶王中郎　即王坦之。見〈言語〉72注❶。❷江虨　見本篇25注❺。❸領選　掌管選取任用賢才事。❹第二人　指第二流人。晉人重門第，把一般寒門子弟稱為第二流人。

【語　譯】王坦之年少時，江虨擔任僕射，掌管選取任用賢才的職務，想要舉用王坦之為尚書郎，有人告訴王坦之這件事。王坦之說：「自從渡江南來，尚書郎都是任用寒門子弟，怎麼可能擬定我呢？」江虨聽了只好作罷。

【析　評】世族制度在魏晉時代至為興盛，一般世家子弟，享有特權，自視甚高，往往不屑擔任伏案撰擬文書的職位。余嘉錫《世說新語箋疏》說：「蓋自中朝名士王衍之徒，祖尚浮虛，不以物務自嬰，轉相仿效，習成風尚。以遺事為高，以任職為俗，江左偏安，此弊未改。尚書諸曹郎，主文書起草，無吏部之權勢，而有刀筆之煩，固名士之所不屑。惟出身寒素者為能黽勉奉公，不以簿書期會為恥，選曹亦樂得而用焉。相沿日久，積重難返。坦之嘗著《廢莊》之論，非不欲了公事者，然以世族例不為此官，亦拂然拒之矣。士大夫之風氣如此，而欲望其鞠躬盡瘁，知無不為，何可得也！」《世說》此則列入〈方正〉，以今日眼光視之，未必切當。

47　王述❶轉尚書令，事行便拜。文度❷曰：「故應讓杜許❸。」藍田云：「汝謂我堪此否？」文度曰：「何為不堪！但克讓自是美事，恐不可闕。」藍田慨然曰：「既云堪，何為復讓？人言汝勝我，實不如我！」

【注　釋】❶王述　見〈文學〉22注❼。❷文度　即王坦之。見〈言語〉72注❶。❸杜許　不詳何人。

【語　譯】王述轉任尚書令，命令一到就接受了。王坦之說：「根據過去的慣例，應該謙讓一下他人。」

王述說：「你認為我能夠勝任這個職位嗎？」王坦之說：「怎麼會不勝任呢！但是能夠謙讓自是美事，禮貌上恐不可缺。」王述感慨地說：「既然說是能夠勝任，為甚麼還要謙讓？人家說你將來會勝過我，其實是不如我呀！」

【析　評】謙讓自是美德，但矯情虛讓，則非所宜。劉孝標注引〈述別傳〉說：「述常以為人之處世，當先量己而後動，義無虛讓，是以當辭便當固執。其貞正不踰皆此類。」本篇前一則記王坦之不屑擔任尚書郎，父子二人相較，誠如王述所說：「實不如我。」

48 孫興公❶作〈庾公誄〉，文多托寄❷之辭；既成，示庾道恩❸。庾見，慨然送還之，曰：「先君與君，自不至於此。」

【注　釋】❶孫興公　即孫綽。見〈言語〉84注❶。❷托寄　依附。❸庾道恩　庾羲，字叔和，小字道恩，庾亮的第三子。位建威將軍、吳國內史。

【語　譯】孫綽寫了一篇〈庾公誄〉，文中有很多依附的言辭；誄文作成之後，拿去給庾羲看。庾羲看過之後，感慨地把誄文送還給孫綽說：「先君與你的交情，還不到這個程度。」

【析　評】庾亮歷仕東晉元帝、明帝、成帝三朝，成帝初，並曾以帝舅為中書令，掌握朝政，至為顯赫。孫綽撰寫誄文，哀悼死者，難免攀附之辭，實亦人情之常。而庾羲明告以交情不至於此，自是與其個性率直有關。由此可見，「修辭立其誠」，不宜忽略。

49 王長史❶求東陽，撫軍❷不用。後疾篤臨終，撫軍哀歎曰：「吾將負仲祖於此，命用之！」長史曰：「人言會稽王癡，真癡！」

【注　釋】❶王長史　即王濛。見〈言語〉54注❹。❷撫軍　即晉簡文帝。見〈德行〉37注❶。

【語　譯】王濛要求擔任東陽太守，晉簡文帝不肯加以任用。後來王濛病重將死，晉簡文帝哀歎地說：「我將會對王濛有所虧欠，還是任命他為東陽太守吧！」王濛說：「人家說會稽王（即晉簡文帝）癡，果真是癡！」

【析　評】王濛向簡文帝請求擔任東陽太守這一件事，另見〈政事〉21則。簡文帝在王濛臨終的時候，雖然有所感觸，而有意成全，但為時已晚。簡文帝的這一番心意，誠如王濛所說：真癡。

50　劉簡❶作桓宣武❷別駕，後為東曹參軍，頗以剛直見疏；嘗聽訊，簡都無言。宣武問：「劉東曹何以不下意❸？」答曰：「會❹不能用！」宣武亦無怪色。

【注　釋】❶劉簡　字仲約，晉南陽（今河南南陽）人。仕至大司馬參軍。❷桓宣武　即桓溫。見〈言語〉55注❶。❸下意　提意見或表示意見。❹會　終究；反正。

【語　譯】劉簡擔任桓溫的別駕，後改任東曹參軍，由於為人剛直，並不怎麼得到桓溫的器重；曾經參與審訊案件，劉簡一句話也不說。桓溫問他：「劉東曹，你為甚麼不表示一下意見？」劉簡回答說：「反正說了也不會被採納！」桓溫也沒有怪他的樣子。

【析　評】桓溫為人雄豪跋扈，因征伐有功，官至大司馬，都督內外軍事，權傾一時，把持朝政，而且挾持震主之威，久蓄無君之志。劉簡既「以剛直見疏」，可見早已洞悉桓溫的心機，深知多言無益。但劉簡逕以「會不能用」回答，而桓溫不見怪，卻也讓人不得不佩服桓溫能容人的雅量。

51 劉真長❶、王仲祖❷共行，日旰❸未食。有相識小人貽其餐，肴案甚盛，真長辭焉。仲祖曰：「聊以充虛，何苦辭？」真長曰：「小人❹都不可與作緣❺。」

【注釋】❶劉真長　即劉惔。見〈德行〉35注❶。❷王仲祖　即王濛。見〈言語〉54注❹。❸日旰　日落時分。❹小人　晉人每以門第自驕，士族階級對普通百姓，都稱之為小人，不與交接。❺作緣　來往；打交道。

【語譯】劉惔、王濛同行，到了天黑還沒有進食。有一位平常認識的小人給他們飯食，菜餚很豐盛，劉惔推辭了。王濛說：「聊且用來充飢，何必推辭？」劉惔說：「不可以跟小人打交道。」

【析評】世俗一般小人，往往心術不正，「近之則不遜，遠之則怨」，尤其是對人一點恩惠，不但念念不忘，甚至求人報答，否則一輩子見怪。此則所提到的「小人」，未必是心術不正，所以劉惔不願意接受肴案，容或是自矜門第，但「防人之心不可無」，卻也不能不小心防範。

52 王脩齡❶嘗在東山甚貧乏，陶胡奴❷為烏程令，送一船米遺之，卻不肯取；直答語：「王脩齡若飢，自當就謝仁祖❸索食，不須陶胡奴米。」

【注釋】❶王脩齡　即王胡之。見〈言語〉81注❶。❷陶胡奴　即陶範。見〈文學〉97注❹。❸謝仁祖　即謝尚。見〈言語〉46注❶。

【語譯】王胡之住在東山時很窮困，陶範擔任烏程縣令，送他一船米，他不肯接受；只是回答說：「我如果餓了，自當向謝尚索求飯食，用不著陶範的米。」

【析　評】王胡之堅拒陶範贈米，據余嘉錫《世說新語箋疏》說：「〈侃別傳〉及今《晉書》均言範最知名，不知其人以何事得罪於清議，致脩齡拒之如此其甚。疑因陶氏本出寒門，士行雖立大功，而王、謝家兒不免猶以老兵視之。其子夏、斌復不肖，同室操戈，以取大戮。故脩齡羞與範為伍。於此固見晉人流品之嚴，而寒士欲立門戶為士大夫，亦至不易矣。」但〈賞譽〉131則記劉惔論胡之「亦名士之高操者」，而劉孝標注引〈王胡之別傳〉說：「胡之治身清約，以風操自居。」則此處記胡之堅拒陶範贈米，當與其本身志節清高有關，恐怕不完全是門第之見。

53 阮光祿❶赴山陵❷，至都，不往殷、劉❸許，過事便還。諸人相與追之。阮亦知時流必當逐己，乃遄疾而去，至方山不相及。劉尹時索會稽，乃歎曰：「我入，當泊安石❹渚下耳，不敢復近思曠傍；伊便能捉杖打人，不易！」

【注　釋】❶阮光祿　即阮裕。見〈德行〉32注❶。❷山陵　帝王的墳墓。此指晉成帝陵寢。❸殷劉　殷浩、劉惔。見〈言語〉80注❷、〈德行〉35注❶。❹安石　即謝安。見〈德行〉33注❷。

【語　譯】阮裕去拜謁晉成帝的陵寢，到了都城，不去探望殷浩、劉惔等人，辦完事就踏上歸途。很多人都一路追趕著他。阮裕也知道當時的名流一定會來追自己，於是加快速度離去，一直到方山也沒被追上。劉惔當時正要求調任會稽太守，感歎地說：「我到會稽，一定要停泊在謝安住處的水邊，不敢再靠近阮裕旁；他就是要用手杖打人，也不容易打到。」

【析　評】據《晉書》記載：阮裕「以德業知名」，居會稽剡山，「有肥遁之意」；而謝安當時雖有重名，猶未顯達，亦隱居於會稽東山。劉惔歎以「當洎安石渚下，不敢復近思曠傍」的原因，據余嘉錫《世說新語箋疏》說：「蓋安石為真長妹婿，且其平日攜妓游賞，與人同樂，固自和易近人。而思曠則務遠時流，沉冥獨往故也。後來兩人之出處殊途，亦可於此觀之矣。」此說可供參考。

54 王、劉❶與桓公❷共至覆舟山看，酒酣後，劉牽腳加桓公頸，桓公甚不堪，舉手撥去。既還，王長史語劉曰：「伊詎可以形色加人不？」

【注釋】❶王劉　王濛、劉惔。見〈言語〉54注❹、〈德行〉35注❶。❷桓公　即桓溫。見〈言語〉55注❶。

【語譯】王濛、劉惔與桓溫一起到覆舟山遊覽，酒喝得很痛快時，劉惔把腳擱在桓溫的頸上，桓溫不能忍受，舉手推開。回來以後，王濛告訴劉惔說：「他怎麼可以對人使脾氣？」

【析評】晉室南渡以後，自咸康至永和（西元三三五～三五六年），前後約二十餘年，是一段比較平靜的時期，清談風氣也因此在士族中重振起來。而清談名士，往往順情適性，不重禮法。劉惔於酒後，「牽腳加桓公頸」，正是清談名士的表現；而王濛之言，也是清談名士的見解。這一類言行，都是魏晉時代那種玄虛放蕩的風氣所形成的。

55 桓公❶問桓子野❷：「謝安石❸料萬石❹必敗，何以不諫？」子野答曰：「故當出於難犯耳！」桓作色曰：「萬石撓弱凡才，有何嚴顏難犯？」

【注釋】❶桓公　即桓溫。見〈言語〉55注❶。❷桓子野　桓伊，字叔夏，小字子野，晉譙國銍（今安徽宿縣西南）

人。少有才藝，又善聲律，累遷豫州刺史，贈右將軍。❸謝安石　即謝安。見〈德行〉33注❷。❹萬石　即謝萬。見〈言語〉77注❶。

【語　譯】桓溫問桓伊：「謝安早就料到謝萬會打敗戰，為甚麼不早勸他呢？」桓伊回答說：「或許是由於難以冒犯他吧！」桓溫生氣地說：「謝萬是個懦弱平凡的人，有甚麼威嚴的顏面難以冒犯？」

【析　評】〈簡傲〉14則記謝萬恃才傲物，幸賴謝安從旁協助，得免一死的經過，可見手足之情至深。而《太平御覽》引《俗說》說：「謝萬作吳興郡，其兄安時隨至郡中。萬眠常晏起，安清朝便往床前，叩屏風呼萬起。」謝安對於謝萬日常生活尚且如此約束，哪有早就料到謝萬會打敗戰，而謝安卻不早勸誡的道理？余嘉錫《世說新語箋疏》說：「非不諫也，意者友于義重，務在掩覆，不令彰著，故無聞焉耳。」此雖是臆測，但就謝安平日對謝萬的關懷來看，應當是實情。

56 羅君章❶曾在人家，主人令與坐上客共語。答曰：「相識已多，不煩復爾。」

【注　釋】❶羅君章　羅含，字君章，晉桂陽耒陽（今湖南耒陽）人。累遷散騎常侍、廷尉、長沙相。

【語　譯】羅含曾經在別人家裡做客，主人要他跟在座的賓客談話。羅含說：「相識的人已經很多，不必再添麻煩了。」

【析　評】《晉書》本傳載羅含「轉州別駕，以廨舍諠擾，於城西池小洲上立茅屋，伐木為床，織葦為席而居，布衣蔬食，晏如也」，可見羅含性本恬靜，所謂「相識已多，不煩復爾」，並非有意拒人於千里之外，而是個性使然。

57 韓康伯❶病，拄杖前庭消搖❷，見諸謝❸皆富貴，轟隱交路❹；歎曰：「此復何異王莽時！」

【注　釋】❶韓康伯　即韓伯。見〈德行〉38注❷。❷消搖　安閒自得。❸諸謝　謝家子弟。❹轟隱交路　指車聲轟隆，不絕於路途。

【語　譯】韓伯生病，拄著拐杖在屋前院子裡散步，看見謝家子弟都是有財有勢，乘坐車子，車聲轟隆，不絕於路途；他感歎地說：「這種情形跟王莽的時代又有甚麼不同啊！」

【析　評】據《漢書》載：「王莽宗族凡十侯、五大司馬，外戚莫盛焉。」而東晉孝武帝即位後，謝安執政，太元四年（西元三七九年），前秦苻堅派兵南寇，戰無不捷。五年五月，朝廷以謝安為衛將軍、儀同三司，封建昌縣公，謝石封興平縣伯，謝玄封東興縣侯，兄弟叔姪三人同時受封。而余嘉錫《世說新語箋疏》以為韓伯與諸謝積有夙嫌，「見其兄弟叔姪三人同時受封，忌其太盛，故以王莽之十侯為比。據《建康實錄》九，康伯即以五年八月卒。其後苻堅入寇，玄與安子琰大破之于淝水，為國家建再造之功，則康伯已不及見矣。謝安善處功名之際，玄、琰亦盡瘁國事，有何跋扈？至同王莽！此乃康伯懷挾私憤，肆行讒謗。臨川不察，濫加采摭，甚無謂也」。此說可供參考。

58 王文度❶為桓公❷長史，桓為兒求王女，王許諮藍田❸。既還，藍田愛念文度，雖長大，猶抱著膝上。文度因言桓求己女婚。藍田大怒，排文度下膝曰：「惡見文度已復癡，畏桓溫面？兵，那可嫁女與之！」文度還報云：「下官家中先得婚處。」桓公曰：「吾知矣，此尊府君不肯耳。」後桓女遂嫁文度兒。

【注釋】❶王文度　即王坦之。見〈言語〉72注❶。❷桓公　即桓溫。見〈言語〉55注❶。❸藍田　即王述。見〈文學〉22注❼。

【語譯】王坦之擔任桓溫的長史，桓溫為自己的兒子向王坦之要求娶他的女兒，王坦之答應回家徵求父親王述的意見。王坦之回到家裡，王述疼愛王坦之，即使王坦之已經長大成人了，仍然抱他在膝上。王坦之藉著這個機會提起桓溫要娶自己女兒為媳婦的事。王述大怒，把王坦之推到膝下說：「看你怎麼也癡呆了，你怕桓溫的臉色嗎？他只是個武夫，怎麼可以把女兒嫁到他家！」王坦之回報桓溫說：「我們家先要對婚事斟酌一番。」桓溫說：「我知道了，這是令尊不肯罷了。」後來桓溫的女兒嫁給王坦之的兒子。

【析評】魏晉時代重視門閥觀念，名門貴族的子弟，容或迎娶寒門之女；但名門貴族之女，必不肯下嫁寒門子弟。王述不願其孫女嫁給桓溫之子，據余嘉錫《世說新語箋疏》說：「蓋溫雖為桓榮之後，桓彝之子，而彝之先世名位不昌，不在名門貴族之列。故溫雖位極人臣，而當時士大夫猶鄙其地寒，不以士流處之，於此可見門戶之嚴。」由此可知王述雖口頭上說是「兵，那可嫁女與之」，其實也是由於門閥觀念使然。

59 王子敬❶數歲時，嘗看諸門生樗蒲❷；見有勝負，因曰：「南風不競❸。」門生輩輕其小兒，迺曰：「此郎❹亦管中窺豹，時見一斑❺。」子敬瞋目曰：「遠慚荀奉倩❻，近愧劉真長❼！」遂拂衣而去。

【注　釋】❶王子敬　即王獻之。見〈德行〉39注❶。❷樗蒱　古代的博戲。❸南風不競　語出《左傳》。原指南方的音樂音調不強勁，此處用以比喻坐在南邊的門生，競賽的力量不強，顯示出敗跡。❹郎　門生、家奴稱其主人之子。❺管中窺豹二句　比喻只見局部，而未見全體。此謂王獻之所見片面。❻荀奉倩　即荀粲。見〈文學〉9注❷。❼劉真長　即劉惔。見〈德行〉35注❶。

【語　譯】王獻之才幾歲的時候，曾經觀看他父親的門生們博戲；他看出有勝負，因此說：「南風不競。」門生們輕視他年紀小，就說：「郎君只是片面的了解，就像是從竹管中看豹，只能看到豹身的斑紋。」王獻之張大眼睛說：「遠慚荀粲，近愧劉惔！」於是生氣地離去。

【析　評】荀粲和劉惔都是魏晉時代傑出人物，劉孝標注引〈粲別傳〉說：「粲簡貴，不與常人交接，所交皆一時俊傑。」（見〈惑溺〉2則），而《世說》本篇51則記劉惔說「小人都不可與作緣」，可見荀、劉二人之潔身自好，嚴於擇交。王獻之時雖年幼，一定心已仰慕，故余嘉錫《世說新語箋疏》說：「獻之自悔看門生游戲，且輕易發言，致為所侮，故以荀、劉為愧。觀其詞氣如此，可謂幼有成人之度矣。」此說切當，可供參考。

60　謝公❶聞羊綏❷佳，致意令來，終不肯詣。後綏為太學博士，因事見謝公，公即取以為主簿。

【注　釋】❶謝公　即謝安。見〈德行〉33注❷。❷羊綏　字仲彥，晉泰山（今山東泰安）人。仕至中書侍郎。

【語　譯】謝安聽說羊綏這個人很有才幹，向他表達心意，希望他來擔任自己的僚屬，卻始終不肯來見。後來羊綏擔任太學博士，因事來見謝安，謝安就任用他為主簿。

【析評】《論語・衛靈公》記孔子說：「君子病無能焉，不病人之不己知也。」一般人的通病，往往是急於讓人知道自己的才能，生怕別人不曉得，不能加以任用。其實只要具備真才實學，自然實至名歸，受人器重。此則所提到的羊綏，受知於謝安，就是一個很好的例子。

61 王右軍❶與謝公❷詣阮公❸，至門，語謝：「故❹當共推主人。」謝曰：「推人正自難。」

【注釋】❶王右軍　即王羲之。見〈言語〉62注❷。❷謝公　即謝安。見〈德行〉33注❷。❸阮公　即阮裕。見〈德行〉32注❶。❹故　應當。表示加重語氣。

【語譯】王羲之和謝安一起去拜訪阮裕，到了門口，王羲之告訴謝安說：「我們應當一起推重主人。」謝安說：「推重別人正是一件為難的事。」

【析評】余嘉錫《世說新語箋疏》引程炎震云：「王長於謝十七歲，阮以年少呼右軍，亦當長十餘歲，視謝更為宿齒矣。而謝不相推，豈亦如根矩之於康成耶？」根矩，三國魏邴原的字。邴原欲遠遊學，往見孫崧。孫崧說：「君鄉里鄭君（鄭玄，字康成）……誠學者之師模也。君乃舍之，躡屣千里，所謂以鄭為東家丘者也。」傳說孔子的西鄰不知孔子是聖人，逕稱他為「東家丘」，後遂引以為不識人的典故。但據《晉書》記載：阮裕、謝安曾同時隱居於會稽，而阮裕「以德業知名」，謝安豈有不尊此宿齒的道理？只是賢者本不重虛譽，所以謝安才說：「推人正自難。」

62 太極殿❶始成，王子敬❷時為謝公❸長史；謝送版，使王題之。王有不平色，語信❹云：「可擲箸門外！」謝後見王曰：「題之上殿何若？昔魏朝韋誕❺諸人，亦自為也。」王曰：「魏祚所以不長！」謝以為名言。

【注　釋】❶太極殿　晉孝武帝太元三年（西元三七八年）所建造的新宮。高八丈，長二十七丈，廣十丈。❷王子敬　即王獻之。見〈德行〉39注❶。❸謝公　即謝安。見〈德行〉33注❷。❹信　使者。❺韋誕　字仲將，晉京兆杜陵（今陝西西安東南）人。官至光祿大夫。善楷書，精文學。韋誕題榜事，見〈巧藝〉3。

【語　譯】太極殿剛落成，王獻之當時擔任謝安的長史；謝安派人送一塊版給王獻之，請他題字。王獻之不願意，告訴使者說：「可以把版丟到門外去！」謝安後來見到了王獻之說：「題字掛在殿上，有何不可？從前魏朝韋誕等人，也曾做過。」王獻之說：「這就是魏朝不能長存的緣故！」謝安認為他說得很有道理。

【析　評】李慈銘《晉書札記》說：「宮殿題榜，國之大事。雖在高流，豈宜為恥？謝以宰相擇人書之，何至難言？王亦何能深拒？據《世說》言：謝送版使王題之，王有不平色。後謝見王，言昔魏韋誕諸人亦為之。王曰：『魏祚所以不長。』是則獻之特以謝不先語之，逕使書，故有不平。及謝舉韋事，獻之意猶歉然，故有此對。」由此可知，王獻之不願題榜，並非擔心晉朝王室有如「魏祚所以不長」，只是為了「謝不先語之」的緣故。

63 王恭❶欲請江盧奴❷為長史，晨往詣江，江猶在帳中；王坐，不敢即言，良久乃得及。江不應，直❸喚人取酒，自飲一盌，又不與王。王且笑且言：「那得獨飲？」江云：「卿亦復須邪？」更使酌與王。王飲酒畢，因得自解去。未出戶，江歎曰：「人自量固為難！」

【注釋】❶王恭　見〈德行〉44注❶。❷江盧奴　江敳，字仲凱，小字盧奴，晉濟陽（今山東定陶西北）人。以簡退著稱，歷黃門侍郎、驃騎咨議。❸直　止；只。

【語譯】王恭想請江敳擔任長史，清晨就去拜訪江敳，江敳還睡在帳中；王恭坐下後，不敢立刻說明來意，等了好久才提起。江敳並不答話，只是叫人拿酒來，自己喝了一碗，也不給王恭喝。王恭一邊笑著一邊說：「哪有一個人喝酒的呢？」江敳說：「你也要喝酒嗎？」這才叫人給他斟酒。王恭喝完了酒，就藉機告辭而去。還沒走出門，聽見江敳歎氣說：「人要能知道自己的分量，真是不容易啊！」

【析評】據劉孝標注引《晉安帝紀》說：江敳為人，以「簡退著稱」，由此可以推知，江敳並非熱衷名利的人。但王恭既然以禮往見，江敳卻顯得有一點傲慢無禮。這或許是受到魏晉名士不拘禮法的風氣所影響，才會表現出這種言行。

64　孝武❶問王爽❷：「卿何如卿兄？」王答曰：「風流❸秀出，臣不如恭❹；忠孝亦何可以假人！」

【注釋】❶孝武　晉孝武帝。❷王爽　見〈文學〉101注❸。❸風流　指當時名士自由的精神、脫俗的言行、超逸的風度。❹恭　即王恭。見〈德行〉44注❶。

【語譯】晉孝武帝問王爽：「你跟你哥哥比起來怎麼樣？」王爽回答說：「言行儀表俊秀傑出，我不如家兄王恭；至於忠君孝親又怎敢讓他！」

【析　評】忠孝是做人的原則，任何人都應當有這種體認。王爽不以忠孝讓人，同時也表現出他的正直個性。所以劉孝標注引《中興書》說：「爽忠孝正直，烈宗崩，王國寶夜開門入，為遺詔。爽為黃門郎，距之曰：『大行晏駕，太子未立，敢有先入者，斬！』國寶懼，乃止。」王爽那種義正辭嚴、凜然無畏的神情，可以想像得見。

65 王爽❶與司馬太傅❷飲酒，太傅醉，呼王為「小子」。王曰：「亡祖長史❸，與簡文皇帝❹為布衣之交；亡姑亡姊，伉儷二宮❺。何小子之有？」

【注　釋】❶王爽　見〈文學〉101注❸。❷司馬太傅　即司馬道子。見〈言語〉98注❶。❸長史　即王濛。見〈言語〉54注❹。❹簡文皇帝　見〈德行〉37注❶。❺亡姑亡姊二句　王爽的姑姑王穆之，為哀帝皇后。姊姊王法惠，為孝武帝皇后。

【語　譯】王爽跟司馬道子喝酒，道子喝醉了，呼叫王爽為「小子」。王爽說：「我那已過世的祖父王長史，跟簡文皇帝原是未顯貴時的至交好友；過世的姑姑和姊姊，分別是哀帝和孝武帝的皇后。我怎麼會是個小子呢？」

【析　評】《世說》此則所記，可與上一則合看。上一則記王爽不肯以忠孝讓人，此一則以事實表現出王爽為人剛正的性格。司馬道子雖是醉時以「小子」相呼，王爽仍感不悅而自表身世，此並非以家世驕人，而是由於不為所侮的緣故。

66 張玄❶與王建武❷先不相識，後遇於范豫章❸許❹，范令二人共語。張因正坐斂衽，王熟視良久，不對。張大失望便去。范苦譬留之，遂不肯住。范是王之舅，乃讓王曰：「張玄，吳士之秀，亦見遇於時；而使至於此，深不可解！」王笑曰：「張祖希若欲相識，自應見詣。」范馳報張，張便束帶造之。遂舉觴對語，賓主無愧色。

【注釋】❶張玄　見〈言語〉51注❶。❷王建武　即王忱。見〈德行〉44注❷。❸范豫章　即范甯。見〈言語〉97注❶。❹許　處所。

【語譯】張玄和王忱原本不相認識，後來在范甯家裡相遇，范甯請兩人一起聊天。張玄正襟危坐，王忱仔細看著他，久久不說話。張玄很感失望，便要離去。范甯苦心開導挽留他，他還是不肯留下。范甯是王忱的舅舅，便責怪他說：「張玄是吳郡傑出的名士，而且受到時人的推重；你卻這樣對他，我實在不了解是為了甚麼！」王忱笑著說：「張玄如果想認識我，就應該自己來拜見我。」范甯趕緊去告訴張玄，張玄就整裝拜訪王忱。兩人舉杯對飲交談，賓主毫無愧色。

【析評】《晉書・王忱傳》記王忱為人：「性任達不拘，末年尤嗜酒，一飲連月不醒，或裸體而游，每歎三日不飲，便覺形神不相親。」由此可知，王忱的放浪形骸作風。但此則記他與張玄「熟視良久，不對」，可說是矯情之至，這也是魏晉名士的一種怪誕的行為表現。

雅量❶第六

1 豫章太守顧劭❷，是雍❸之子。劭在郡卒，雍盛集僚屬自圍棊❹。外啟信❺至，而無兒書，雖神色不變，而心了❻其故；以爪掐掌❼，血流沾襟。賓客既散，方歎曰：「已無延陵❽之高，豈可有喪明之責❾！」於是豁情散哀❿，顏色自若。

【注　釋】❶雅量　指心胸開闊，度量恢宏，能包容萬物的氣度。❷顧劭　字孝則，三國吳郡人（治所在今江蘇吳縣）。為顧雍的長子，年二十七，出任豫章（郡名。治所在今江西南昌）太守，有良好的政績，在郡五年，卒於郡所。❸雍　顧雍，字元歎，三國吳郡人。出身江南士族，有才幹，曾任吳丞相十九年，朝野歸服。《三國志・吳志》有傳。❹圍棊　即圍棋。❺信　指送信的人。❻了　明白。❼掐掌　用指甲刺入掌心。❽延陵　指春秋時吳公子季札，又稱延陵季子。是個明禮的人，他的長子去世，能依禮加以安葬。事見《禮記・檀弓下》。❾喪明之責　春秋時，孔子的弟子子夏因兒子去世，把眼睛哭瞎了，受到曾子的責備。事見《禮記・檀弓上》。喪明，比喻喪子。❿豁情散哀　舒展情懷，排遣悲哀。

【語　譯】豫章太守顧劭，是顧雍的兒子。顧劭在郡所去世時，顧雍正大集部屬，親自和人下圍棋。當外面有人稟告信差來到，卻沒有他兒子的信件，雖然顧雍的神色不變，可是已心明其故；因而他強忍悲痛用指甲掐入自己的手心，以致流出血來，沾染了衣襟。賓客散去以後，他才歎道：「我雖然沒有延陵季子的高行，怎可有因為喪子失明而招致的責備呢！」於是他舒展情懷，排遣哀傷，臉色和平常一樣。

【析　評】此則在描述顧雍遇到喪子之痛，仍能強忍悲痛，使賓客盡歡而散。顧雍是東漢經學家蔡邕的弟子，在孫權時代，出任東吳的丞相，歷十九年，極受倚重。古人曾云：「宰相肚裡可撐船。」表示宰相的度量大，有容人的雅量。但本則主題不擺在容人的雅量上，而特別強調顧雍能勉強壓抑自己悲痛的器量。文中敘述顧雍正集聚僚屬，與人對弈，卻得到長子顧劭不幸去世的壞消息。他雖然強忍悲痛，神色不露；但內心的哀痛，已表現在「以爪掐掌，血流沾褥」的事實上。喪禮雖以哀感為主，但聖人制禮，意在教人節哀順變，不致因過度悲慟而損傷身體、危及性命。所以延陵季子的長子死在齊國，便就地把他葬在那裡；墓穴深不及泉，斂以時裝；既葬，以土封壙，長寬僅僅掩蓋墓穴，不求其大；其高成人垂手可按，不求其隆；埋葬以後，季子依禮左袒露肩，向右方一面號哭一面繞墳三匝，且說：「骨肉又回到土裡，這是很自然的。至於你的靈魂，卻沒有地方不能去啊！沒有地方不能去啊！（你就逍遙自在地去吧！）」然後就離開了。孔子得知此事，深讚季子合禮；大概因為他沒有為葬兒子而勞民傷財，因為他對待兒子雖死猶生而使穴深不及泉，因為他能依禮行事並通達生死之道吧？這種高尚的情操，豈是常人可及？就是孔子的高足子夏也做不到啊！子夏的兒子死了，他竟哭瞎了眼睛；曾子因他哀毀傷身，且不為父母而為兒子哀毀傷身，加以罪責。故顧雍以此二事為鑑，勉居二者之間，氣度可謂恢弘。

2　嵇中散❶臨刑東市❷，神氣不變，索❸琴彈之，奏〈廣陵散〉❹。曲終，曰：「袁孝尼❺嘗請學此散，吾靳❻，固未與，〈廣陵散〉於今絕矣！」太學生三千人上書請以為師，不許。文王❼亦尋❽悔焉。

【注釋】❶嵇中散　即嵇康。因娶三國時魏宗室長樂公主，為中散大夫，故稱嵇中散。見〈德行〉16注❷。❷東市　本指漢代長安東門外處決死刑犯的地方，後借作刑場的代稱。嵇康臨刑的東市，據《洛陽伽藍記》二的記載，是洛陽東門外的牛馬市。❸索　索取；討取。❹廣陵散　古琴曲名。此琴曲於嵇康死後，便成絕響。後因稱絕學或事成絕響為廣陵散。❺袁孝尼　即袁準。見〈文學〉67注❼。❻靳　吝惜。❼文王　即晉文帝司馬昭。見〈德行〉15注❶。❽尋隨即，俄頃。

【語譯】嵇中散在東市臨處決時，神色不變，還要求給他一張琴彈奏，奏了一曲〈廣陵散〉。彈完了，說道：「袁孝尼曾請求學這個曲調，我捨不得，所以沒教給他，〈廣陵散〉從今以後就失傳了！」當時有太學生三千人上書，請求朝廷赦免他，讓他做他們的老師，沒有被允許。嵇中散被處死後，文王隨即也感到後悔。

【析評】嵇康性情曠達，因有才學而不被世所用，隱於竹林，於正始年間，與阮籍、山濤、劉伶、阮咸、向秀、王戎等六人交遊，世稱「正始詩人」或「竹林七賢」。魏常道鄉公景元三年，因他曾對鍾會無禮（參見〈簡傲〉3則）被鍾誣害，為司馬昭所殺，當時才四十歲。這一篇記載首先說明嵇康臨刑時，依然神色自若，毫無畏懼，並且向人索取一張琴，彈奏了一曲〈廣陵散〉。還感慨地說，有人要向他學此曲，他不捨得教他，如今要受刑了，〈廣陵散〉從此就成絕響了。其次說明當時太學生還出面請願，要求赦免嵇康，但司馬昭不肯放過他。最後說明嵇康被處死後，司馬昭不久也感到後悔。因為嵇康畢竟是個有才學的名士，當時司馬昭只是為了嫉才而殺了他，顯得心胸狹小，缺少雅量。同時，嵇康在臨刑時，也感慨自己吝嗇，不捨得將〈廣陵散〉教給袁孝尼，使它從此失傳。這是一則無論是情節的安排，或是內容的處理，都極為生動、極具效果的極短篇。

3 夏侯太初❶嘗倚柱作書❷，時大雨，霹靂❸破所倚柱，衣服焦然❹，神色無變，書亦如故❺。賓客左右，皆跌蕩不得住❻。

【注釋】❶夏侯太初　即夏侯玄。見〈方正〉6注❶。❷倚柱作書　倚靠在柱上寫文章。❸霹靂　指急雷。❹衣服焦然　衣服燒焦。然，同「燃」。❺書亦如故　也依然跟剛才一樣在寫文章。❻跌蕩不得住　搖晃跌倒而站不住。

【語　譯】夏侯太初曾依靠在屋柱上寫文章，當時下大雨，急雷劈開他所依靠的柱子，他的衣服也被燒焦了，但他神色不變，依然跟剛才一樣在寫文章。賓客和左右的人，都搖晃跌倒而站不住了。

【析　評】這一則意在讚揚三國時魏國征西將軍夏侯玄遇事鎮靜的工夫。劉孝標注引晉裴啟《語林》：太初從魏帝拜陵，陪列於松柏下。時暴雨霹靂，正中所立之樹，冠冕焦壞。左右睹之皆伏，太初顏色不改。所記與《世說新語》大同小異。

4 王戎七歲，嘗與諸小兒遊，看道邊李樹多子折枝❶。諸兒競走❷取之，唯戎不動。人問之，答曰：「樹在道邊而多子，此必苦李❸。」取之信然❹。

【注　釋】❶李樹多子折枝　李樹結實過多而壓斷枝條。❷競走　爭相奔跑。❸苦李　苦澀不甜的李子。❹信然　果然；確實如此。

【語　譯】王戎七歲時，曾經和許多小孩在一起遊玩，看到路邊李樹因結實過多而壓斷枝條。那些小孩爭著跑去採摘，只有王戎站立不動。有人問他，王戎答道：「樹在路邊而結了那麼多果實，這必定是苦澀的李子。」採來一嚐，果然不錯。

【析　評】這一則描寫王戎小時候，便有過人的推理能力。如果路邊的李子甜美，早就被過路的人採光了；如今竟結實纍纍，無人採擷，這些李子必然是苦的，可想而知。但天下有幾個人能當機立斷呢？末了一句「取之信然」，收結巧妙。必須「取之」方知「信然」，則聞之尚且不知，無怪《名士傳》說「戎由是有神理（推理如神）之稱」了。值得一提的是：此則描述王戎的早慧，似以列入〈夙慧〉篇，更為得當。「夙慧」，便是早慧的意思。

5 魏明帝❶於宣武場❷上，斷虎爪牙❸，縱百姓觀之。王戎七歲，亦往看，虎承間❹攀欄而吼，其聲震地，觀者無不辟易顛仆❺。戎湛然❻不動，了無恐色❼。

【注　釋】❶魏明帝　即曹叡。見〈言語〉13注❶。❷宣武場　習武操兵的場地。在今河南洛陽故洛陽城北宣武觀的旁邊。❸斷虎爪牙　割斷老虎的爪牙。❹承間　趁機會。間，空隙。❺辟易顛仆　辟易，因恐懼而退避。顛仆，因驚慌而跌倒。❻湛然　深沉的樣子。在此用以形容沉著的樣子。❼了無恐色　毫無害怕的臉色。

【語　譯】魏明帝在宣武場上，砍斷老虎的爪牙，讓武士表演與虎相搏，開放給老百姓觀賞。王戎那年七歲，也前往觀看，老虎趁機會攀在柵欄上吼叫，聲音震動大地，觀看的人沒有一個不因恐懼而退避，甚至於跌倒。王戎卻沉著不動，臉上毫無恐懼的神色。

【析　評】這則短文，分三個層次，來烘托王戎雖小，卻勇敢沉著，異於常人。第一個層次，敘述魏明帝好武尚勇，縱情逸樂，公開作人虎搏鬥的殘酷表演。第二層次，敘述王戎年僅七歲，也前往觀賞表演，觀眾一聞虎吼，便紛紛退避。第三層次，寫王戎卻沉著不動，毫無懼色，與眾不同。《世說新語》每則雖短，卻結構謹嚴，層次分明，是極佳的極短篇。古人寫文章，惜墨如金，力求簡潔，從不浪費筆墨，字字如珠璣，與後世的繁瑣有異。

6 王戎❶為侍中❷，南郡❸太守劉肇❹遺❺「筒中箋布」❻五十端❼，戎雖不受，厚報❽其書。

【注　釋】❶王戎　見〈德行〉16注❶。❷侍中　本為皇帝身邊理事的官員，魏晉南北朝時，屬於門下省，掌理樞要，共議國政。❸南郡　晉郡名。治所在今湖北江陵東南。❹劉肇　《晉書》無傳，生平不詳。❺遺　饋贈；送禮物給人。❻筒中箋布　置於竹筒中的名貴細布，又名黃潤布。❼端　布帛兩丈為一端，兩端為一匹。❽報　答覆。

【語　譯】王戎擔任侍中時，南郡太守劉肇贈送放在竹筒中的細布五十端給王戎，王戎雖然不肯接受，卻很溫厚地回了一封信給劉肇。

【析　評】這是一則發人深省的故事。王戎雖因不貪財貨，拒絕接受劉肇贈送給他的厚禮；但依然宅心仁厚，認為他沒有不良的企圖，寫回信向他道謝。這件事，當時的人卻有不同的看法：司隸校尉劉毅認為劉肇存心賄賂，奏請治罪除名。另有一批人認為王戎不檢舉劉肇，反婉言回信，其中必有隱私；幸虧晉武帝了解王戎，對朝臣說：「以戎之為士，義豈懷私？」是說王戎平素守義，哪裡會懷有私心？才平息了眾人的非議。(以上見劉孝標注引《晉陽秋》、《竹林七賢論》。) 這事引起爭議，只緣劉肇的贈禮太重。揚雄〈蜀都賦〉說：「筒中黃潤，一端數金。」漢代以黃金一斤為一金。五十端「筒中箋布」，折合上百斤的黃金，委實多得驚人——「五十」，宋本作「五」，似較合理；送這樣的厚禮，意欲何求，委實費人猜疑。王戎大概見肇來信只言送禮致敬，不及他事，自忖無力助肇得到更大的利益，他沒有理由賄賂自己；於是從好處想，璧還禮品，回信道謝。這是他忠厚過人之處；而劉毅之徒，自恃清高，往壞處看，以為肇必有所求，戎必與肇有勾結，所以既不敢收受贓物，也不敢得罪姦人。這便是所謂「以小人之心，度君子之腹」吧？

7 裴叔則❶被收❷，神氣無變，舉止自若❸，求紙筆作書。書成，救者多，乃得免❹。後位儀同三司❺。

【注　釋】❶裴叔則　即裴楷。見〈德行〉18注❸。❷被收　被朝廷的官吏所收押。❸自若　鎮定自如；維持原來的樣子。❹免　赦罪；釋放。❺儀同三司　官名。以其儀制與三公同而得名。東漢改大司馬為太尉，與司徒、司空並稱三司，也稱三公。

【語　譯】裴叔則被朝廷收押，神色氣度不變，舉動鎮靜如常，向看管的人索取紙和筆來寫信。信寫好了發出去，來援救他的人很多，於是獲得釋放。後來他做到儀同三司的官位。

【析　評】據《晉書．傅祗傳》，叔則的兒子裴瓚娶楊駿之女為妻，楊駿專政伏誅（詳見《晉書．楊駿傳》），尚書左僕射荀愷與叔則不合，奏叔則與駿勾結，使被收押。後得傅祗為他辯白，才獲赦免。常人含怨受押，一定驚慌失措，氣急敗壞；叔則卻舉止自若，作書待援。那種篤定自信的意境，幾人可及？

8 王夷甫❶嘗屬❷族人事，經時❸未行；遇於一處飲燕❹，因語之曰：「近屬尊❺事，那得❻不行❼？」族人大怒，便舉樏❽擲其面。夷甫都❾無言。盥洗❿畢，牽王丞相⓫臂，與共載去；在車中照鏡語丞相曰：「汝看我眼光，迺⓬出牛背上！」

【注　釋】❶王夷甫　即王衍。見〈言語〉23注❷。❷屬　託付。通「囑」。❸經時　經過很久的時間。❹飲燕　宴飲。燕，通「宴」。❺尊　對人的敬稱。❻那得　怎可；怎能。❼不行　不做。❽樏　食盒。詳參〈任誕〉41注㉔。❾都　全。❿盥洗　清洗。⓫王丞相　指王導。見〈德行〉27注❸。⓬迺　尚且；還能。劉孝標注「汝看我眼光」二句云：「王夷甫蓋自謂風神英俊，不至與人校。」誤甚。參見「析評」欄。

【語　譯】王夷甫曾託族人辦一件事，經過很久的時間都沒處理；恰好同在一個地方宴飲時遇見了，就對他說：「最近託您的事，怎能不辦呢？」那族人聽了大怒，順手舉起食盒朝他臉上扔去。夷甫一句話也沒說。清洗完畢，拉著王丞相的手臂，和他同乘一輛牛車離開；在車上，他照著鏡子對丞相叫道：「你看我的眼光，還能超出牛背上呢！」

【析評】這一則記事，說明夷甫存心仁厚，竭誠待人，故能對族人蠻橫無理的暴行，毫無抗爭。當族人舉樏迎面擲來，一定打得他鼻青眼腫；他洗臉時，雙眼一定痛得睜不開，所以洗完了臉，非得牽著王導的手臂，靠王導的導引、陪伴，才能登車離去。當他在車中勉強睜開腫脹的眼皮，想從鏡中檢視自己的慘狀，發覺眼皮居然還能抬得很高，眼光居然能從牛背上方掃射出去，自己居然逃脫了失明的厄運；於是情不自禁地大叫起「汝看我眼光，迺出牛背上」來。明習禮儀的夷甫，居然用「汝」來稱呼王導，可見他興奮忘形的一斑。而這種情意的委曲變化，都被作者以簡練的文詞，一一捕捉了。

9 裴遐❶在周馥❷所，馥設主人❸。遐與人圍棊，馥司馬❹行酒❺；正戲，不時為飲。司馬恚，因曳❻遐墜地。遐還坐，舉止如常，顏色不變，復戲如故。王夷甫❼問遐：「當時何得顏色不異？」答曰：「直❽是闇當❾故耳。」

【注釋】❶裴遐　見〈文學〉19注❶。❷周馥　字祖宣，晉汝南郡（治所在今河南汝南）人。曾任徐州刺史，加冠軍將軍、假節。徵為廷尉。後代劉準為征東將軍，以見東海王越不盡臣節，又見群賊猖獗，洛陽孤危，獻策遷都壽春。越先攻之，不勝；求救於元帝，帝遣揚威將軍甘卓等敗之，奔於項，為新蔡王確所拘，憂憤而死。❸主人　主管事務的人。下文行酒的司馬即主人之一。❹司馬　將軍之屬官。❺行酒　巡行酌酒勸飲。❻曳　拖拉。❼王夷甫　即王衍。見〈言語〉23注❷。❽直　但；只。❾闇當　糊塗。

【語譯】裴遐在周馥家，周馥設有主管事務的人替他招待賓客。裴遐和人下圍棋，周馥屬下的司馬不斷前來勸酒；因為正纏鬥得難解難分，不能隨時飲酒，司馬氣了，硬把裴遐從座位中拖得墜落地上。裴遐回到原位，舉止如常，顏色不變，照舊和對手纏鬥。後來王夷甫問裴遐：「當時你怎麼能面不改色呢？」答道：「只是我太糊塗的緣故。」

【析評】周顗好客，唯恐招待不周，特設「主人」相助；而這位擔任「主人」的司馬負責行酒，唯恐酒剩得太多，被周顗責怪，情急之下，大動肝火，把裴遐曳墜於地。司馬的心情，稍明事理的人都能了解；但身臨其境，不報以顏色的，恐怕絕無僅有。單就這一點說，已可看出裴遐的不凡。而當夷甫問遐何得如此的時候，遐但以自己糊塗，不懂得變臉色為對；更透露他「大智若愚」、「大巧若拙」的本色，這種意量，就絕非凡俗可及了。

10 劉慶孫❶在太傅❷府，于時人士，多為所構❸；唯庾子嵩❹縱心事❺外，無跡❻可間。後以其性儉家富，說太傅令換❼千萬，冀❽其有吝❾，於此可乘❿。太傅於眾坐中問庾，庾時頹然⓫已醉，幘⓬墮几上，以頭就⓭穿取；徐答云：「下官⓮家故⓯可有兩娑⓰千萬，隨公所取。」於是乃服。後有人向庾道此，庾曰：「可謂以小人之慮⓱，度君子之心！」

【注釋】❶劉慶孫　劉輿，字慶孫，晉中山國（治所在今河北定縣）人。有豪俠才智，善交結，為范陽王虓所親暱。虓卒，太傅司馬越用為長史。❷太傅　指司馬越。越字元超，高密王泰的長子。少有美名，為朝廷內外所宗。惠帝以為太傅。懷帝即位，委政於越，致越專權弄勢，州郡背叛，上下崩離。永嘉五年，越以禍結怨深，危不自安，請伐石勒，聊為舒解；病死於項。❸構　設計誣害。❹庾子嵩　即庾敳。見〈文學〉15注❶。❺事　世事。❻跡　事跡。❼換　貸；借。❽冀　希望。❾吝　顧惜；捨不得。❿乘　用；利用。⓫頹然　萎靡不振的樣子。⓬幘　包頭之巾。⓭就湊近；湊過去。⓮下官　屬吏對長官自稱下官。⓯故　必定。⓰娑　三。庾操方言，讀「三」為「娑」。⓱慮　心思。

【語　譯】劉慶孫在太傅司馬越的官府，當時有名望的人，大多被他設計誣害了；只有庾子嵩超然放心於世事之外，沒有事跡可供他挑撥離間。後來因為他天性節儉，家庭富有，便勸太傅叫他借一千萬錢來，希望他有所顧惜，以便利用這個機會。太傅於許多人在座時向庾子嵩借錢，庾子嵩當時已經醉得東倒西歪了，正好頭巾墜落在桌子上，他便把頭湊過去想把頭巾戴回來；只聽他不慌不忙地答道：「下官家裡一定能有兩娑（三）千萬，您隨便取用吧。」劉慶孫這才心悅誠服了。後來有人向庾子嵩說起這件事，庾子嵩說：「這可以說是以小人的想法，猜測君子的心懷了！」

【析　評】劉輿的陷人入罪，可謂無所不用其極，令人髮指。他的詭計這次不能得逞，病在觀念上發生嚴重的錯誤。他認為節儉而富有的人，全都是一毛不拔的小氣鬼；只要使太傅向他借錢，就能使他原形畢露，自取其禍。不料太傅在他絕對無法預防的情況下提出要求，他在頹然已醉，顫顫巍巍，以頭穿幘，隨時可能倒栽在几上的當兒，從容承諾，了無驚心，足以表明他的慷慨；而他舌頭因酒醉而僵硬，把「兩三千萬」說成「兩『娑』千萬」，更足以表明他的真誠。一個天生的小氣鬼，哪能醉得迷迷糊糊時假裝大方呢？無怪工於心計的劉某也得拜服了。子嵩「以小人之慮，度君子之心」一語，本於《左傳・昭公二十八年》「願以小人之腹，為君子之心」，而稍加變化，用以責備劉輿，可謂恰到好處。這句話後人修飾作「以小人之心，度君子之腹」（見《醒世恆言》七），便成為最常用的成語。

11 王夷甫❶與裴景聲❷志好不同，景聲惡欲取❸之，卒不能回❹。乃故詣王，肆言極罵❺，要❻王答❼己，欲以分謗❽。王不為動色，徐曰：「白眼兒❾遂❿作。」

【注　釋】❶王夷甫　即王衍。見〈言語〉23注❷。❷裴景聲　裴邈，字景聲，晉河東郡聞喜縣（今山西聞喜）人。

少有通才，堂兄頠甚為賞識；每與清談，終日達曙。曾任太傅從事中郎、左司馬，監東海王越軍事。❸取　戰勝；打敗。❹回　使之屈服。回有屈曲之意。❺肆言極罵　極盡能力破口大罵。肆、極皆竭力之意。❻要　希求。❼答　回應。❽分謗　分擔世人對自己的非議。❾白眼兒　指裴邈。因他常為狂傲、躁怒而用白眼看人。❿遂　終於。

【語　譯】王夷甫和裴景聲的志向與喜愛不同，裴景聲討厭他，想打倒他，卻始終不能如願。於是故意去找王夷甫，盡力破口大罵，希望王夷甫回應自己，分擔世人對自己的非議。王夷甫卻不肯因此生氣變色，慢慢地說：「那白眼兒終於發作了。」

【析　評】王、裴最大的不同，是一個平和，一個多怒。這迫使景聲故意去惹夷甫生氣，好讓世人不再拿他和自己對比。景聲的意圖，夷甫早就察覺了，所以受到不同程度的刺激，不為所動；但深知總有一天他將使出爆炸性的手段。這一天終於到了。但夷甫早在胸中預留了容人的空間，沒有因爆炸而爆炸。裴景聲卻多了一個「白眼兒」的封號。

12　王夷甫❶長裴成公❷四歲，不與❸相知❹，時共集一處，皆當時名士。謂王曰：「裴令令望❺何足計！」王便卿裴❻。裴曰：「自可全君雅志❼。」

【注　釋】❶王夷甫　即王衍。見〈言語〉23注❷。❷裴成公　即裴頠。官至尚書左僕射，服秩印綬與尚書令同，故又稱「裴令」。諡成。見〈言語〉23注❸。❸與　稱；謂。❹相知　知己。❺令望　美譽。❻卿裴　以「卿」稱裴。魏、晉時對地位、年齡下於己者或同輩之間，以「卿」相稱，表示親近而不拘禮數。❼雅志　雅意；宿願。

【語　譯】王夷甫比裴成公大四歲，二人不能說是知己，但時常聚在一起，都是當時有名望的人。有人對王夷甫說：「裴令的聲望哪能跟您比呢！」王夷甫就親切地以「卿」稱裴成公。裴成公感謝道：「我當然該完成您的宿願。」

【析　評】這一則記王夷甫氣度恢宏，能委屈自己，平息謗言，成全裴成公的美譽；成公也心存感激，故以不負他的雅意自勵。

13 有往來者❶，云庾公❷有東下❸意；或謂王公❹：「可潛稍嚴❺，以備不虞❻。」王公曰：「我與元規雖俱王臣❼，本懷布衣之好；若其欲來，吾角巾❽徑❾還烏衣❿，何所稍嚴？」

【注　釋】❶往來者　指時在王導、庾公之間往來的賓客。❷庾公　指庾亮。亮字元規。見〈德行〉31注❶。❸東下　謂舉兵自武昌沿江東下至建康。時庾亮鎮武昌，欲發兵內向。❹王公　指王導。見〈德行〉27注❸。❺嚴　警戒。❻不虞　沒有料到的事。❼王臣　輔助王室的大臣。❽角巾　謂戴角巾，改穿平民的服裝。角巾，古代平民所戴的頭巾。❾徑　直接。❿烏衣　巷名。在今南京市東南。三國時吳在此設烏衣營，因兵士服烏衣得名。東晉時，王、謝諸望族群居於此。

【語　譯】有一個居間往來的人，說庾公有舉兵東下的意圖；於是有人對王公道：「應該暗中稍微戒備，以防意外。」王公說：「我和元規雖然都是輔佐王室的大臣，卻一直懷念著貧賤時的交情；如果他想來，我將頭戴角巾，直接回到烏衣巷去隱居；哪裡用得著稍微戒備呢？」

【析　評】據《晉書・王導傳》，晉明帝崩，王導、庾亮等同受遺詔，輔佐幼主成帝。時王主政於內，庾雖出鎮於外，仍執朝廷之權。南蠻校尉陶稱（陶侃庶子）私下告訴王導，說亮將舉兵內向。則本文所謂「往來者」，實指陶稱而言。然《晉書・庾亮傳》云：「時王導輔政，主幼時難；務存大綱，不拘細目，委任趙胤、賈寧等諸將，並不奉法，大臣患之。陶侃嘗欲起兵廢導，而郗鑒不從，乃止。至是，亮又欲率眾黜導，又以諮鑒，而鑒又不許。」可見陶稱所言不虛。這種事，王導不會不知，但他含容隱忍，欲以至誠破解，終使實事化為流言。意量之弘遠，令人肅然起敬。

14 王丞相❶主簿❷欲檢校❸帳下❹，公語主簿：「欲與主簿周旋❺：無為❻知❼人几案間事❽。」

【注釋】❶王丞相　指王導。見〈德行〉27注❸。❷主簿　官名。晉時三師、三公之屬，多置此官，負責文書簿籍，掌管印鑑，為屬吏之首。❸檢校　查核。❹帳下　指丞相官府中的幕僚。帳，指幕府、衙署。❺周旋　應酬；商量。❻無為　不用。❼知　管理。❽几案間事　指在辦公桌上處理的公事。即經手辦理的公事。

【語譯】王丞相的主簿想查核府中幕僚的績效，王導對主簿說：「我想和主簿商量一下：您不必去管人家經辦的事務了。」

【析評】這一則記王導教其主簿，可就下官的權責，作原則性的指導，把公事交下去分層負責；不可大權獨攬，以苛察為明，終致因小失大。王導果然是宰輔之材，不然不能有此見識。

15 祖士少❶好財，阮遙集❷好屐，並恆自經營❸，同是一累❹，而未判其得失❺。人有詣祖，見料視❻財物，客至，屏當❼未盡，餘兩小簏❽著❾背後，傾身障之，意未能平❿。或有詣阮，見自吹火蠟屐，因歎曰：「未知一生當著幾量⓫屐！」神色閑暢。於是勝負始分。

【注　釋】❶祖士少　祖約，字士少，晉范陽國遒縣（今河北淶水縣北）人。官至平西將軍、豫州刺史。與蘇峻反，峻敗投奔石勒。因貪得無厭，奪人田地，為勒所殺。❷阮遙集　阮孚，字遙集，晉陳留國（治所在今河南陳留東北）人，阮咸的次子。風韻疏誕，少有門風。官至廣州刺史。❸經營　管理；處理。❹累　負擔。❺得失　泛指事之成敗、損益、優劣等。此謂優劣。❻料視　照料；整理。❼屏當　收拾。❽簏　竹箱。❾著　收藏。通「貯」。❿平　安。⓫量　雙。通「緉」。

【語　譯】祖士少喜歡財物，阮遙集偏愛木屐，兩人經常親自管理，都成生活上的一種負擔，可是始終未能判斷他們的優劣。有人去拜訪祖士少，見他正在整理財物；他見客人到來，東西一時收拾不完，就把剩下的兩小箱藏在背後，傾斜著身子遮住，心中仍覺不安。有人去拜訪阮遙集，見他正在吹火融蠟，為屐上蠟，看到來客就慨歎道：「不知一生能穿幾雙木屐啊！」神色悠閒舒暢。從此，他們的高下才有了分別。

【析　評】人人都有特別喜愛的寵物，只要得之有道，無傷大雅，就沒有高下之分，沒有可不可以之別。所以雖然祖約好財，阮孚好屐，而且都好得成了累贅；但累的是他們自己，別人就無從判其得失。然而祖約好財，卻又覺得自己的嗜好太卑下，所以盤點財物時被別人看見，便忸怩不安了。在常人眼中，木屐穿在腳上，不是比財物更骯髒嗎？可是偏偏被阮孚愛上了，不但蒐集，而且製作，任誰看見，他也泰然自若，不以為意。相較之下，阮為愛好而愛好的執著心理，不是比祖鄙財而愛財的矛盾心結，更為健康嗎？而且財物何罪，而被加以骯髒之名？不是因為愛財的人取之不義，用之無道嗎？劉孝標注引〈祖約別傳〉說：「約本幽州冠族，賓客填門，(石) 勒登高望見車騎，大驚；又使占奪鄉里先人田地，地主多恨；勒惡之，遂誅約。」也說明了他不欲人知的短處。

16 許侍中❶、顧司空❷俱作丞相❸從事❹，爾時已被遇❺，遊宴❻集聚，略無不同。嘗夜至丞相許❼戲，二人歡極；丞相便命使入己帳眠。顧至曉迴轉，不得快熟❽；許上床便咍臺❾大鼾。丞相顧❿語諸客曰：「此中⓫亦⓬是難得眠處。」

【注釋】❶許侍中　許璪，字思文，晉義興郡陽羨縣（在今江蘇宜興南五里）人。官至吏部侍郎。❷顧司空　指顧和。見〈言語〉33注❶。❸丞相　指王導。見〈德行〉27注❸。❹從事　官名。主管文書。❺被遇　受到優遇。❻遊宴　遊樂。❼許　處所；住所。❽快熟　舒適地熟睡。❾咍臺　睡覺時呼息的聲音。❿顧　回首。⓫此中　指帳中。⓬亦　確實。

【語譯】許侍中和顧司空一起當丞相王導的從事，那時已受到優厚的待遇，無論參加遊樂或聚會，表現得毫無差異。他們曾夜晚到丞相家玩樂，兩個人歡喜極了；丞相就叫他們到自己的床帳中睡覺。顧和一直到天亮都在床上翻來覆去，不能舒暢熟睡；許璪一上床就鼾聲大作了。丞相見了，回頭對其他客人說：「這裡面確實是難得安眠的地方啊。」

【析評】許璪鑽入丞相帳中，倒頭便睡，毫不在意，絕非常人可及；王導「此中亦是難得眠處」一語，一方面表現出許璪在難眠處咍臺大鼾的寬宏氣度，一方面也道出丞相經常憂思國事、不得安眠的苦衷。言之有物，意味雋永。

17 庾太尉❶風儀❷偉長❸，不輕舉止，時人皆以為假；亮有大兒❹數歲，雅重❺之質，便自如此，人知是天性。溫太真❻嘗隱幔怛之❼，此兒神色恬然❽，乃徐跪曰：「君侯❾何以為此？」論者謂不減亮。蘇峻❿時遇害。或云：「見阿恭，知元規非假。」

【注釋】❶庾太尉　指庾亮。字元規。見〈德行〉31注❶。❷風儀　風度儀表。❸偉長　特別優美。❹大兒　指庾會。會字會宗，小字阿恭。見劉孝標注引《庾氏譜》。會，《晉書‧庾亮傳》作「彬」。❺雅重　高雅莊重。❻溫太真　即溫嶠。見〈言語〉35注❸。❼隱幔怛之　隱藏於幔後嚇唬他。❽恬然　安閒的樣子。❾君侯　秦、漢時稱爵位最高者為徹侯，後避武帝諱改稱通侯，或稱君侯。❿蘇峻　見〈方正〉25注❹。

【語譯】庾太尉的風度儀表特別優美，從不輕舉妄動，當時的人都認為是假裝的；庾亮有大兒子，年僅數歲，高雅莊重的氣質，自然便已如此，大家才知道那是他的本性。溫太真曾躲在帷幔嚇唬他，這孩子神情安閒，慢慢跪下說：「君侯為甚麼做這樣的事呢？」當時評論的人都認為他不比庾亮差。蘇峻作亂時他被殺害。有人說：「見到阿恭，就知道元規不是假裝的。」

【析評】庾會少年老成，當他徐問太真「君侯何以為此」，未知太真如何應對？幸有此兒，庾太尉得免矯揉造作之譏。

18 褚公❶於章安❷令遷❸太尉❹記室參軍❺，名字已顯❻而位微❼，人未多識。公東出，乘估客❽船，送故吏數人，投錢唐❾亭❿住。爾時吳興⓫沈充⓬為縣令，當⓭送客過浙江⓮；客出⓯，亭吏驅公移牛屋下。潮水⓰至，沈令起彷徨⓱，問牛屋下是何物人⓲？吏云：「昨有一傖父⓳，來寄亭中；有尊貴客，權移之。」令有酒色，因遙問：「傖父，欲食餅不？姓何等？可共語。」褚因舉手答曰：「河南⓴褚季野。」遠近久承㉑公名，今於是大遽㉒，不敢移㉓公，便於牛屋下脩刺㉔詣公。更宰殺為饌㉕，具㉖於公前，鞭撻亭吏，欲以謝慚㉗。公與之酌宴㉘，言色無異，狀如不覺。今送公至界。

【注釋】❶褚公　指褚裒。字季野。見〈德行〉34注❸。❷章安　晉縣名。在今浙江臨海東南一百五十里之章安鎮。❸遷　晉升。❹太尉　官名。三公之一，掌軍事。❺記室參軍　官名。東漢諸王、三公及大將軍皆設有記室令史，掌章表書記文檄。晉因之，或稱記室督、記室參軍。❻顯　顯達；榮顯聞達。❼微　隱微；卑賤。❽估客　販賣貨物的行商；商人。❾錢唐　晉縣名。屬吳郡。在今浙江杭縣。❿亭　供行人停留食宿的賓館。⓫吳興　晉郡名。治所在今浙江吳興。⓬沈充　未詳。與〈規箴〉16注❷之沈充非一人。⓭當　將。⓮浙江　水名。在浙江省。由新安江及蘭溪會合而成，東北流至桐廬縣為桐江，至富陽縣為富春江，至舊錢塘縣（即今杭縣）境為錢塘江，注入東海；以其多曲折，故總稱浙江。⓯出　出現。謂到來。⓰潮水　因受日、月的引力及地球自轉的影響而高漲的江水。⓱彷徨　往來徘徊。⓲何物人　甚麼人。⓳傖父　粗鄙的人。三國鼎立時，南北相輕，北人罵吳人為「貉子」（見〈惑溺〉4），吳人罵北人為「傖父」。降至東晉，居吳既久的中原舊族，也稱後來的北人為「傖父」。⓴河南　晉郡名。治所在今河南洛陽東北三十里。㉑久承　久仰。㉒遽　惶恐。㉓移　勞動。㉔脩刺　寫好晉見時所用的名片。脩，通「修」。書寫。刺，名刺；名片。古代無紙，削竹木寫上自己的姓名，供拜訪通名使用，故謂之刺；後世用紙書，謂之名帖、名片，或仍相沿稱刺或名刺。㉕饌　飯食。㉖具　供置；擺設。㉗謝慚　因慚愧而向人道歉。㉘酌宴　宴飲。

【語譯】褚公由章安縣令晉升為郗太尉的記室參軍，名望已經顯著，可是官位低微，一般人大都不認識他。褚公有一次東行，搭乘載運商人的船，送幾位官場上的老同事，進入錢唐縣的賓館中住宿。當時吳興沈充為縣令，將送客過浙江；客人到了，經管賓館的亭吏便把褚公趕到牛棚中過夜。次日早潮湧到，沈令起床徘徊，問牛棚裡是甚麼人？亭吏說：「昨天有一個傖父，到賓館來借宿；因為有您的貴客，姑且叫他搬了過去。」縣令面有酒色，就遠遠問道：「傖父，想吃餅嗎？姓甚麼？我們談一談吧。」褚公就舉手答道：「我是河南褚季野。」遠近久仰褚公的大名了，於是縣令非常惶恐，不敢再勞動褚公，就在牛棚裡寫好名片，拜見褚公。更宰殺牲口、做好飯菜，擺在褚公面前，還鞭打了亭吏，表示慚愧道歉。褚公和他宴飲，言談和臉色毫無異狀，樣子好像不覺得有甚麼不對。後來縣令一直把褚公送到縣界。

【析　評】浙江下游自海寧縣以至入海口，形似漏斗，外廣約九十六公里，內廣約十九公里，海潮上漲，湧至狹窄處，怒浪翻騰，高達十公尺，蔚為大觀。潮水上達杭縣，雖成強弩之末，聲勢仍怵目驚心；這就是沈令宿醉未醒，卻早起彷徨的原因。亭吏是個勢利小人，想討好縣令，竟遭鞭打，罪有應得。但沈令先呼傖父，再問姓名，莽撞失序，也不能盡用醉酒塞責；他用以謝慚的方式，也難以令人苟同。反是在牛棚蹲了一夜的褚公，言色始終平和，在任由他人擺布中，散發出泱泱大度。作者筆法的高妙，就從這種對比反襯的描繪中顯現。

19 郗太尉❶在京口❷，遣門生❸與王丞相❹書，求女❺婿。丞相語郗信❻：「君往東廂❼，任意選之。」門生歸，白❽郗曰：「王家諸郎，亦皆可嘉❾，聞來覓婿，咸自矜持❿；唯有一郎，在東床上坦腹⓫食，如不聞。」郗公云：「正此好。」訪之，乃是逸少⓬。因嫁女與焉⓭。

【注　釋】❶郗太尉　指郗鑒。見〈德行〉24注❶。❷京口　地名。在今江蘇丹徒。❸門生　這裡指依附世族在其門下供役使的人。參見顧炎武《日知錄・座主門生》。❹王丞相　指王導。見〈德行〉27注❸。❺女　郗鑒女，名璿，字子房。❻信　晉人稱使者為「信」。❼東廂　東側的廂房。廂，正房兩側的房屋。❽白　稟告。❾可嘉　值得讚美。❿矜

持　故作莊重。⓫坦腹　裸露著肚子。⓬逸少　即王羲之。見〈言語〉62注❷。⓭焉　與「之」相當。指逸少。

【語　譯】郗太尉在京口時，派一個門生送信給王丞相，請他在子姪中給找個女婿。丞相對使者說：「請你到東廂房裡，隨意選一個吧。」學生回去，向郗太尉稟告道：「王家那些兒郎，都很不錯，聽說有人來找女婿，全都矜持起來；只有一位，在東邊床上露著肚子吃東西，好像不知道似的。」郗公說：「就是這一個好。」派人去詢問，知是王逸少。便把女兒嫁給他了。

【析　評】《太平御覽》八六〇引王隱《晉書》：「王羲之幼有風操，郗虞卿聞王氏諸子皆後（當作「俊」），令使選婿。諸子皆飾容以待客，羲之獨坦腹東床，嚙胡餅，神色自若。」床在古代，是可坐可臥的用具，羲之正吃東西，應是坐著。坦腹而坐，捧餅而嚙，皆非雅相，卻不失男兒本色。王氏諸子皆俊，此郎真率過人；郗公選為快婿，見識可謂超卓。

20 過江初，拜官❶，與❷飾❸供饌❹。羊曼❺拜丹陽❻尹❼，客來早者，並得佳設❽；日晏❾漸罄❿，不復及精。隨客早晚，不問貴賤。羊固⓫拜臨海⓬，竟日皆美供⓭；雖晚至者，亦獲盛饌。時論以固之豐華⓮，不如曼之真率⓯。

【注　釋】❶拜官　拜受官職。❷與　皆。通「舉」。宋本作「輿」，亦通「舉」。❸飾　整治。通「飭」。❹供饌　供給賀客的膳食。❺羊曼　字祖延，晉泰山郡南城縣（在今山東費縣西南九十里）人。頹縱任俠，好飲酒，與陳留、阮放等號「兗州八達」。官至丹陽尹。為蘇峻所害。❻丹陽　晉郡名。治建鄴（在今江蘇江寧東南五里）。《晉書・地理志》作「丹楊」。❼尹　晉時各郡之長官稱太守；京師所在則稱「尹」。❽佳設　謂美好的飲食。❾日晏　日暮。❿罄　盡。⓫羊固　字道安，晉泰山郡（治所在今山東泰安東北十七里）人。善行草。官至黃門侍郎。贈大鴻臚。⓬臨海　謂臨海郡太守。郡治在今浙江臨海東南一百五十里。⓭美供　同「佳設」。參見注❽。⓮豐華　充足而精美。⓯真率　真誠而直爽。

【語　譯】晉室東渡不久，拜受官職的時候，都要準備酒食，招待賀客。羊曼被任命為丹陽尹，客人來得早的，都得到美好的飲食；黃昏時漸被吃光，再也談不上精緻。這樣待遇隨客人到達的早晚而不同，卻不論身分的貴賤。羊固這次被任命為臨海郡太守，整天都提供美好的飲食；雖然到得晚的，也能得到豐盛的菜餚。當時的公論，認為羊固的充足精美，不如羊曼的真誠直爽。

【析　評】這段文章的主眼，全在「不問貴賤」一句；東西逐漸吃完，不再補充，並不能表示羊曼的真率。羊固隨時補足食物，保持筵席的豐華，也具有待客的真誠；但如他的供奉有貴賤之分，在豐華中有等差，又當別論。因此，時人以固不如曼。

21 周仲智❶飲酒醉，瞋目還面謂伯仁❷曰：「君才不如弟，而橫❸得重名！」須臾❹，舉蠟燭火擲伯仁。伯仁笑曰：「阿奴❺火攻，固❻出下策❼耳！」

【注　釋】❶周仲智　即周嵩。見〈方正〉26注❸。❷伯仁　即周顗，仲智之兄。見〈言語〉30注❷。❸橫　意外；僥倖。❹須臾　不久。❺阿奴　父兄對子弟的暱稱。❻固　一再地。❼下策　末策；低劣的計策。

【語　譯】周仲智喝酒喝醉了，瞪著眼睛回頭對他哥哥伯仁說：「你的才能還不如你老弟，卻僥倖得到大名！」不久，又舉起點燃的蠟燭擲向伯仁。伯仁笑著說：「阿奴採用火攻，只是一再使用下策而已！」

【析　評】這一則記仲智一再激怒伯仁，想和他大吵一架，宣洩積怨；伯仁心明其計，譏為下策，毫不動氣。兄弟一動一靜，高下立判。

22 顧和❶始為揚州❷從事❸，月旦❹當朝❺，未入頃❻，停車州門❼外。周侯❽詣丞相❾，歷❿和車邊過，和覓蝨⓫，夷然⓬不動；周既過，反還，指顧心曰：「此中何所有？」顧搏⓭蝨如故，徐應曰：「此中最是難測地。」周侯既入，語丞相曰：「卿州吏中，有一令僕⓮才！」

【注　釋】❶顧和　見〈言語〉33注❶。❷揚州　州名。治建鄴（在今江蘇江寧東南五里）。❸從事　官名。州刺史之佐吏。❹月旦　農曆每月初一。❺朝　僚屬拜見長官。❻頃　片刻。❼州門　州廨的大門。❽周侯　指周顗。見〈言語〉30注❷。❾丞相　指王導。見〈德行〉27注❸。❿歷　經過。⓫蝨　寄生在人畜身上吸血的昆蟲。魏、晉時人生活放蕩，不勤換洗衣服，多生蝨。⓬夷然　安定的樣子。⓭搏　捕捉。⓮令僕　尚書令與僕射，皆官名。唐、宋為宰相之職。

【語　譯】顧和剛任揚州從事，初一將去拜見長官，還未進入州廨的時候，停車於門外。這時周侯去進見丞相，從顧和車旁經過，見顧和正在找蝨子，安如泰山，不受影響；周侯已走過去了，又折回來，指著顧和的心說：「這裡面有甚麼呢？」顧和照舊捉他的蝨子，從容答道：「這裡面是最難猜測的地方。」周侯進入相府以後，告訴丞相說：「您的州官中，有一位可任令、僕的人才！」

【析　評】蝨子本寄生在不洗澡、少換衣褲的平民身上，但魏、晉時，高級知識分子崇尚自然，不講衛生，普受感染。按理說，捫蝨破蟣，並非文雅之事，不宜公然為之；可是顧和竟在州廨門口捉起蝨子來。這看在周侯眼中，傾服他的任性放達，雖已從他車旁經過，也要特地折返，問他心中何有，才能如此篤定，旁若無人？顧和「此中最是難測地」的答辭，一語道破了心靈的神妙深沉，更是出乎周侯意料，驚為蓋世之才。

23 庾太尉❶與蘇峻❷戰，敗，率左右十餘人，乘小船西奔。亂兵相剝掠❸，射，誤中柂工❹，應弦❺而倒。舉船上咸失色分散。亮不動容，徐曰：「此手那可使箸❻賊？」眾迺❼安。

【注　釋】❶庾太尉　指庾亮。見〈德行〉31注❶。❷蘇峻　見〈方正〉25注❹。❸剝掠　搶奪。❹柂工　掌舵的人。柂，通「舵」。❺弦　指弓弦彈出來的聲音。❻箸　射中；射到。通「著」。❼迺　方才。

【語　譯】庾太尉和蘇峻作戰，兵敗，率領十多個親信的人，乘小船向西逃亡。半路上有叛變的士兵來搶奪他們，庾亮開弓射賊，卻誤中舵公，舵公應聲而倒。全船的人都大驚失色，分散逃命。庾亮卻容顏不改，慢慢說道：「我這雙手，哪能叫它射中賊人呢？」大家才安定下來。

【析　評】「射，誤中柂工」，《晉書・庾亮傳》作「亮左右射，誤中柂工」，點明射者為亮；「左右射」，向前後左右亂射之意，非「左右之人射」，傳的上文只說兵敗之後，「亮乘小船西奔」，未言「率左右十餘人」事。庾亮既殺柂工，船上的人恐受誤傷，故紛紛走避。亮見狀說「此手那可使箸賊」，其義有二：一則故作諧語，自我解嘲，言賊人不足汙我手；一則示意眾人射賊，不再自射。眾人聞其笑語而解頤，見他罷手而安心，遂能同舟共濟，化險為夷。《春秋》文辭隱微而意義明顯（《左傳・成公十四年》「《春秋》之稱，微而顯」），本文得其神髓。

24 庾小征西❶嘗出未還，婦母阮❷，是劉萬安❸妻，與女上安陵❹城樓上。俄頃翼歸，策❺良馬，盛輿衛❻。阮語女：「聞庾郎能騎，我何由❼得見？」婦告翼，翼便為於道開鹵簿❽盤馬❾。始兩轉，墜馬墮地；意❿至⓫自若。

【注　釋】❶庾小征西　指庾翼。庾翼，字稺恭。潁川鄢陵（今河南鄢陵）人。兄亮卒，授命都督江、荊、司、雍、梁、益六州軍事、安西將軍、荊州刺史、假節，代亮鎮武昌。康帝即位，又進翼征西將軍，領南蠻校尉。卒，追贈車騎將軍，諡肅。❷婦母阮　翼娶劉綏女，字靜女。綏妻陳留阮蕃女，字幼娥。❸劉萬安　即劉綏。晉高平國（治所在今山東金鄉西北四十里）人。曾任驃騎長史。❹安陵　當作「安陸」，地名。在今湖北安陸北。參閱本則「析評」欄。❺策　鞭打；驅使。❻輿衛　隨行的車輛和衛隊。❼何由　用甚麼方法。❽鹵簿　儀仗隊。鹵，通「櫓」。大盾。隊員持盾，有前後部伍的位置，都記在簿籍上，故名。❾盤馬　騎馬盤旋。❿意　指意態、神情姿態。⓫至　極。

【語　譯】庾小征西曾出遠門未歸；他的岳母阮氏，是劉萬安的妻子，就和女兒登上安陸城的城樓上守候。不久庾翼回來了，驅策著駿馬，有大批的從車和衛隊簇擁著。阮氏對女兒說：「聽說庾郎善於騎馬，我怎麼能看看呢？」庾妻派人告訴庾翼，庾翼就在路上使儀隊向四周散開，在中間繞著圈子騎馬，給老夫人看。才轉了兩圈，就落馬摔在地上；可是他的神態卻極為鎮定。

【析　評】庾翼繼其兄亮為征西將軍，故稱「庾小征西」，加以區別。《晉書．庾翼傳》云：庾亮卒，翼代亮鎮守武昌；晉康帝建元元年，翼欲率師北伐石勒之姪石季龍，移鎮安陸；二年，還鎮武昌；次年穆帝永和元年，卒於任所。無居安陵事。故知阮氏所登，應是安陸城樓。當庾郎得知岳母和妻子在城樓上守候，並且希望欣賞他的馬術，於是忘了旅途勞頓，立刻排開陣式，登鞍表演，以慰親懷。至於墜馬墮地，事出意外，常人必認為當眾出醜，大為羞慚；但庾翼志在娛親，獨能情態自如，不以為意。

25 宣武❶與簡文❷、太宰❸共載，密令人在輿前後鳴鼓大叫；鹵簿❹中驚擾，太宰惶怖❺求下輿；顧看簡文，穆然❻清恬❼。宣武語人曰：「朝廷間故❽復有此賢！」

【注　釋】❶宣武　指桓溫。見〈言語〉55注❶。❷簡文　晉簡文帝。見〈德行〉37注❶。❸太宰　指司馬晞。見〈黜免〉7注❷。❹鹵簿　見本篇24注❽。❺惶怖　恐懼。❻穆然　平和安定的樣子。❼清恬　清靜安寧。❽故　原來。

【語　譯】桓宣武和簡文帝、太宰晞同乘一車，暗中使人在車駕前後擊鼓大叫；於是儀隊中一片驚慌擾亂，太宰也害怕得請求下車；但是回頭看簡文帝，平和恬靜，神情不改。後來宣武對人說：「朝廷裡原來還有這樣的賢人！」

【析　評】桓溫心懷不軌，窺伺帝位；既廢帝奕、立簡文，又獨攬大權，作威作福。他雖有「既不能流芳後世，亦不足復遺臭萬載邪」的豪語（見〈尤悔〉13則），曾盛讚王敦為「可兒」（見〈賞譽〉79則），但始終不敢起兵作亂，而企盼晉帝禪位；主要是受到簡文德量震懾的緣故。而簡文帝的德量，可從這則記事看出一二。

26　王劭❶、王薈❷共詣宣武❸，正值收❹庾希❺家。薈不自安，逡巡❻欲去；劭堅坐不動，待收信❼還，得不❽定，迺出。論者以劭為優。

【注　釋】❶王劭　字敬倫，丞相導第五子，研賞玄理，善治容儀，大司馬桓溫稱為鳳雛。官至尚書僕射、吳國內史。❷王薈　字敬文，王導最少子。有清高之譽。官至鎮南將軍。卒，贈衛將軍。❸宣武　指桓溫。見〈言語〉55注❶。❹收　拘捕。❺庾希　字始彥，司空冰之長子。曾任徐、兗二州刺史。希兄弟貴盛，為桓溫所陷，先後被殺。❻逡巡　遲疑不進的樣子。❼信　信使；使者。❽不　語助詞。無義。

【語　譯】王劭和王薈一同去拜訪桓宣武，正趕上桓溫派人去拘捕庾希的家人。王薈內心感到不安，遲疑不前，想要離去；王劭卻安坐不動，一直等拘捕的使者回來，事情安定下來，才辭去。議論的人，都認為王劭比較優越。

【析　評】據《晉書‧簡文帝紀》，桓溫收捕庾家，在簡文帝咸安二年七月。同書〈庾亮傳〉云：亮弟冰有七子——希、襲、友、蘊、倩、邈、柔。亮是明穆皇后之兄，冰女又為海西公（廢帝奕）妃；故希兄弟皆顯貴，深受桓溫猜忌。及海西公廢，桓溫殺倩與柔，希聚眾夜入京口城，釋放囚徒，配備武器，稱海西公密旨，討伐桓溫，京都震擾。後來溫遣東海郡太守周少孫破城擒希，並收其家人，斬希、邈及子姪五人於建康。王劭兄弟到桓溫處，搜捕的號令已發，絕無挽回的餘地；故王薈的退縮不安實屬多餘，反不如王劭從容安坐、靜觀其變。

27 桓宣武❶與郗超❷議芟夷❸朝臣，條牒❹既定，其夜同宿；明晨起，呼謝安、王坦之入，擲疏❺示之。郗猶在帳內。謝都無言；王直擲還，云多。宣武取筆欲除，郗不覺竊從帳中與宣武言。謝含笑曰：「郗生可謂入幕賓❻也！」

【注　釋】❶桓宣武　指桓溫。見〈言語〉55注❶。❷郗超　見〈言語〉59注❺。❸芟夷　剷除。❹條牒　分條陳述的奏章。❺疏　條牒；奏章。❻入幕賓　謂極受親信，能進入長官床帳中共商機要的幕僚。

【語　譯】桓宣武和郗超商量剷除朝中異己的大臣，條陳的奏章已經擬定，當晚同榻而眠；明早起床，便叫謝安和王坦之進屋，把奏章丟給他們看。這時郗超還在帳子裡。謝安看了奏章一句話也沒說；王坦之卻直接丟了回去，說人太多了。宣武拿起筆來想刪除些，郗超不知不覺地悄悄在帳中和宣武說話。謝安含笑道：「郗先生可以算是入幕之賓了！」

【析評】劉孝標注引《續晉陽秋》，言郗超慕桓溫雄武，深自結納；溫也深相器重，故潛謀密計，莫不與他共商。《晉書》云：晉孝武帝時，溫威振內外，幸賴安與坦之盡忠輔佐，平安無事（見〈謝安傳〉）。又云：溫懷不軌，欲立霸王之基，超為之謀。謝安與王坦之嘗詣溫論事，溫令超帳中臥聽之，風動帳開，安笑曰：「郗生可謂入幕之賓矣。」與本則所述微異。但所謂「入幕之賓」，必屬實錄，妙語解頤；不唯舒緩了當時的尷尬和對立，也滋潤了後世的言談，流為風趣的成語。沒有恢宏的度量，絕對說不出這樣的話來。

28 謝太傅❶盤桓❷東山❸時，與孫興公❹諸人汎海❺戲。風起浪涌❻，孫、王❼諸人色並遽❽，便唱❾使還；太傅神情方王❿，吟嘯⓫不言。舟人以公貌閑意說⓬，猶去⓭不止；既風轉急，浪猛，諸人皆諠⓮動不坐。公徐云：「如此，將無⓯歸！」眾人即承響⓰而回。於是審⓱其量，足以鎮安⓲朝野⓳。

【注釋】❶謝太傅　指謝安。見〈德行〉33注❷。❷盤桓　逗留。❸東山　山名。在今浙江上虞西南四十五里。謝安在此優遊六、七年，聞徵召不至。❹孫興公　指孫綽。見〈言語〉84注❶。❺汎海　浮舟於海。汎，通「泛」。漂浮。❻涌　水波向上升騰。❼王　指王羲之。劉孝標注引《中興書》曰：「安元居會稽，與支道林、王羲之、許詢共游處。出則漁弋山水，入則談說屬文，未嘗有處世意也。」❽遽　惶恐。❾唱　高呼；大喊。❿王　盛。同「旺」。⓫吟嘯　歌詠。⓬貌閑意說　神色悠閒，心情和悅。說，同「悅」。⓭去　進；前進。⓮諠　驚呼。⓯將無　恐怕。⓰承響　應聲。⓱審　仔細考察研究。⓲鎮安　安定。⓳朝野　朝廷與民間。

【語譯】謝太傅逗留在東山的時候，和孫興公等人去海上泛舟遊玩。不料海風突起，浪濤升騰，孫興公、王羲之等人都現出惶恐的臉色，就大聲叫船夫回航；只有太傅神態正盛，只顧歌詠，不發一言。船夫因為謝公容色悠閒，心情和悅，便仍然打槳前進，不肯停止；不久風颳得更加緊急，浪湧得更加兇猛，大家都驚呼走動，不敢安坐。謝公才不慌不忙地說：「像這樣，恐怕該回去了吧！」大家就應聲回座了。從這件事情觀察他的度量，就足夠安定朝野了。

【析評】風浪初起，謝安表現出臨危不亂的勇敢；風急浪猛時，又表現出沉著應變的膽識。這正是在亂世之中，鎮安朝野、平治天下的宰輔之才。

29 桓公❶伏甲❷設饌，廣延❸朝士❹，因此欲誅謝安❺、王坦之❻。王甚遽，問謝曰：「當作❼何計？」謝神意不變，謂文度曰：「晉祚❽存亡，在此一行！」相與俱前。王之恐狀，轉見❾於色；謝之寬容❿，愈表⓫於貌。望階趨席⓬，方作「洛生詠⓭」，諷「浩浩洪流⓮」；桓選⓯其曠遠⓰，乃趣⓱解兵⓲。王、謝舊齊名，於此始判⓳優劣。

【注釋】❶桓公　指桓溫。見〈言語〉55注❶。❷伏甲　埋伏武士。❸廣延　廣泛邀請。❹朝士　泛指朝廷中的卿大夫。即今日所謂中央的官吏。❺謝安　見〈德行〉33注❷。❻王坦之　字文度。見〈言語〉72注❶。❼作　使用。❽晉祚　謂晉之國運。祚，福。古人認為上天賜福給帝王則其國存，不賜福則其國亡。故國運之盛衰，繫於福祚之得失。❾轉見　漸漸顯露。轉，漸。見，同「現」。❿寬容　寬宏的形象。⓫表　表現。⓬趨席　快步入席。⓭洛生詠　晉時最盛行的洛陽書生之吟詠方式。劉孝標注引宋明帝《文章志》：「(謝)安能作洛下(洛陽)書生詠，而少有鼻疾，語音濁(謂語音重濁而帶有鼻音)。後名流多斅(同「學」)其詠；莫能及，手掩鼻而吟焉。」參見〈輕詆〉26「析評」

欄。⑭浩浩洪流　《文選・嵇叔夜・贈（兄憙）秀才入軍詩五首之三》：「浩浩洪流，帶（環繞）我邦畿（王畿）。……思我良朋，如渴如飢。願言不獲（謂不能如願。言，語助詞。無義），愴矣其悲！」言本欲與桓同輔晉室，如洪流之帶邦畿。今不獲所願，不得桓之合作，所以愴然而獨悲。⑮選　膽怯。通「僎」。各本作「憚」，亦通。⑯曠遠　廣闊。⑰趣　急速。⑱解兵　撤退伏兵。⑲判　分。

【語　譯】桓溫埋伏下武士，陳設盛饌，大宴朝臣，想乘這個機會，殺掉謝安和王坦之。王坦之非常惶恐，問謝安說：「該用甚麼法子對付？」謝安神情如常，對坦之說：「大晉國祚的存亡，就看你我此行的成敗！」二人就一同前往。王坦之內心恐懼的情狀，輾轉從臉色上顯露出來；而謝安寬厚容人的胸襟，更加表現於外貌。謝安望著堂前的臺階，快步走到席位，才用他有名的「洛生詠」朗誦出嵇康「浩浩洪流」的詩句；桓溫因為他心胸廣闊遠大而膽怯，就立刻撤退伏兵。王、謝本來是齊名的，在這件事情中才分別出高下。

【析　評】《晉書・謝安傳》：「簡文帝疾篤，（桓）溫上疏薦安宜受顧命（帝王臨終的遺命）。及帝崩，溫入赴山陵（帝王的墳墓），止新亭，大陳兵衛，將移（變動）晉室，呼安及王坦之，欲於坐害之。坦之甚懼，問計於安。安神色不變，曰：『晉祚存亡，在此一行。』既見溫，坦之流汗沾衣，倒執手版；安從容就席，坐定，謂溫曰：『安聞諸侯有道，守在四鄰。明公何須壁後置人邪？』溫笑曰：『正自不能不爾耳。』遂笑語移日（言時間長久）。坦之與安初齊名，至是方知坦之之劣。」可與本則互足。安諷「浩浩洪流」，當在桓溫笑語之後。這四個字，安以他特有的鼻音，加上洛陽書生沉重的濁音讀出，自有震撼人心的力量；而嵇康詩意的曠遠，也正好傳達出謝安的胸臆；使得桓溫喪膽，怯不敢發。而謝安式的「洛生詠」，也就風動天下，令人「掩鼻」了。

30　謝太傅❶與王文度❷共詣郗超❸，日旰❹未得前❺，王便欲去。謝曰：「不能為性命忍俄頃❻？」

【注　釋】❶謝太傅　指謝安。見〈德行〉33注❷。❷王文度　即王坦之。見〈言語〉72注❶。❸郗超　見〈言語〉59注❺。超得寵於桓溫，專生殺之大權。❹日旰　時間已晚。旰，晚。❺前　進見。❻俄頃　少頃；一會兒。

【語　譯】謝太傅和王文度一同去拜訪郗超，時間已晚還未能進見，王文度就想要離去。謝安說：「你不能為了保全性命忍一會兒嗎？」

【析　評】郗超有才能，是桓溫的「入幕之賓」（見本篇27則），為「能令（桓）公喜，能令公怒」（見〈寵禮〉3則）的人物。謝安和王坦之，既久為桓溫忌憚，欲除之而後快，那麼對桓的爪牙，就必須格外小心。謝、王聯袂來訪，郗超遲遲不見，顯然想示以顏色；當他終於接見時，如王、謝已去，後果不問可知。坦之量淺，見不及此，幸賴謝公道盡險釁，終獲保全。

31

支道林❶還東❷，時賢並送於征虜亭❸。蔡子叔❹前至，坐近林公；謝萬石❺後來，坐小遠。蔡暫起，謝移就其處。蔡還，見謝在焉，因合褥❻舉謝擲地，自復坐。謝冠幘❼傾脫，乃徐起振衣❽就席，神意甚平❾，不覺瞋沮❿。坐定，謂蔡曰：「卿奇人，殆⓫壞⓬我面！」蔡答曰：「我本不為卿面作計⓭！」其後二人俱不介意⓮。

【注　釋】❶支道林　即支遁。見〈言語〉63注❶。❷東　東晉時，建康以會稽、吳郡為「東」。此指會稽郡剡縣，故城在今浙江嵊縣。❸征虜亭　亭名。晉孝武帝太元中征虜將軍謝石所立，見《太平御覽》一九四引《丹陽記》，在今江蘇江寧東。❹蔡子叔　蔡系，字子叔，晉濟陽郡（治所在今山東定陶西北四里）人，司徒模第二子。官至撫軍長史。❺謝萬石　即謝萬。見〈言語〉77注❶。❻褥　坐墊。❼幘　頭巾。❽振衣　抖落衣上的塵土。❾平　平和。❿瞋沮　憤怒和沮喪。⓫殆　幾乎；差一點兒。⓬壞　弄壞；弄傷。⓭作計　打算。⓮介意　放在心上。

【語　譯】支道林要回到在京師東方的會稽去，當時的賢達都到征虜亭去送他。蔡子叔先到，坐位挨近林公；謝萬石後來，坐位稍遠。蔡子叔暫時起身離開，謝萬石就移到他的位子上。蔡子叔回來，見謝萬石坐在那裡，就連同坐墊把謝萬石舉起來丟在地上，自己再回到原位。謝萬石的帽子和頭巾都傾斜脫落了，就慢慢爬起來，抖落衣上的塵土入席，神態很平和，並不覺得生氣或沮喪。坐定以後，對蔡子叔說：「您是個奇特的人，可是差一點兒毀了我的臉！」蔡子叔答道：「我根本就沒有考慮過您的臉！」此後，兩個人都不把這事放在心上。

【析　評】程炎震《世說新語箋證》，以為晉哀帝初立，召謝萬石為散騎常侍，會謝萬石卒，不果（見《初學記》一二及《晉書》本傳）。據《高僧傳．支遁傳》：「哀帝即位，出都，止東林寺。涉將三載，乃還東山。」則支遁還東時，謝萬石已死一、二年。《晉書．謝萬傳》敘此事，但云「送客」，不言支遁，殆已覺其誤。《高僧傳》作「謝安石」，亦誤；謝安此時當在吳興，不在建康。所言甚是。但不論所送為誰，均對二人忿爭之後，毫不介意的雅量無傷。

32

郗嘉賓❶欽崇❷釋道安❸德問❹，餉❺米千斛❻，修書累紙❼，意寄❽殷勤❾。道安答，直❿云：「損米⓫。」愈覺有待⓬之為煩。

【注　釋】❶郗嘉賓　即郗超。見〈言語〉59注❺。❷欽崇　敬重仰慕；敬仰。❸釋道安　晉安平郡扶柳縣（今河北冀縣西南六十里）人。本姓衛，十二歲為沙門。天資聰敏，相貌極醜。晉武帝時率弟子慧遠等四百餘人避難於襄陽。居十五年，前秦苻堅攻占襄陽，遂往長安。以佛經遠流東土，錯誤甚多，乃標序篇目，分條注解。自支道林等，皆尊其理。❹德問　道德聲望。❺餉　饋贈。❻斛　量器名。古以十斗為一斛。❼累紙　連續數紙。❽寄　傳達。❾殷勤　真誠懇切。❿直　僅；只。⓫損米　謂嘉賓減省下自己所需要的米給自己。損，減少。⓬有待　有所等待；有所依恃。謂有賴華美浮辭的文章。

【語　譯】郗嘉賓敬仰釋道安的道德聲望，送給他白米千斛，並寫了一封連篇累牘的長信，傳達誠懇的情意。道安回信，只說：「損米（謝謝您為我省下來的米）。」使人更覺得依恃華美浮辭的文章是煩人的。

【析　評】文章本貴簡潔，務求辭能達意而已；但東晉文風，堆砌辭藻故實，崇尚浮華，故郗超寫信贈米，累牘連篇，不能罷休。道安卻能力挽狂瀾，回信只寫「損米」二字，不啻給他一記當頭棒喝。這兩個字，字面當「減省下來的米」講；但內裡的涵義卻是說：把多餘的東西送給別人，何足掛齒；唯有像您這樣，自己節口縮食，救我飢腸，才見真情，令人難忘。道安針對郗超解衣推食的盛意，回信道謝，書面雖僅二字，但由衷感激之忱，不待鋪陳，自然洋溢紙上，不言而喻。妙筆生花，歎為觀止，不僅「覺有待之為煩」而已。

33

謝安南❶免吏部尚書還東❷，謝太傅❸赴桓公❹司馬❺出西，相遇於破岡❻；既當遠別，遂停三日共語。太傅欲慰其失官，安南輒引以他端❼；雖信宿❽中塗❾，竟不言及此事。太傅深恨在心未盡，謂同舟曰：「謝奉故是奇士！」

【注　釋】❶謝安南　謝奉，字弘道，晉會稽郡山陰縣（今浙江紹興）人。曾任安南將軍、廣州刺史、吏部尚書。❷東　指山陰。參見本篇31注❷。❸謝太傅　指謝安。見〈德行〉33注❷。❹桓公　指桓溫。見〈言語〉55注❶。❺司馬大將軍的屬官。時桓溫為征西大將軍。❻破岡　地未詳。應在建康（今江蘇江寧南）東。吳大帝赤烏八年，鑿句容（縣名。今屬江蘇）中道至雲陽（今江蘇丹陽），以通船艦，號破岡瀆。見《景定建康志・破岡瀆》。❼端　事。❽信宿　連宿兩夜。❾中塗　途中。塗，通「途」。

【語　譯】謝安南被免除吏部尚書的官職，從京師回東方的會稽，謝太傅恰巧要去擔任桓公的司馬，離開會稽西行進京，二人在破岡相遇；既然又要遠別，就在那兒停留三天，互道衷腸。太傅每想安慰安南丟掉官職，安南總是用其他的事把話頭扯開；雖然在中途逗留兩宿，始終不曾談到此事。太傅因心意未盡，深感遺憾，對同船的人說：「謝奉實在是個奇特的人！」

【析　評】謝奉，《晉書》無傳，為何免吏部尚書，不可考。謝安赴桓公司馬，當在晉穆帝升平四年。《晉書・禮志》載有穆帝崩，哀帝立，尚書謝奉等六人議繼統事；則奉失官不久，又復本職，初非因罪免官。一個受屈罷職的人，正需親人安慰；但奉與謝安在破岡相遇，共處三天，絕口不談蒙怨之事，不願接受別人的關懷與憐憫。這樣的人，天下少有，無怪謝安讚他為「奇士」。

34 戴公❶從東出，謝太傅❷往看之。謝本輕戴，見但與論琴書；戴既無吝色❸，而談琴書愈妙。謝悠然❹知其量。

【注　釋】❶戴公　指戴逵。逵字安道，晉譙國（治所在今安徽亳縣）人，後遷居會稽郡之剡縣（今浙江嵊縣）。少博學，好談論，多才藝。性高潔，孝帝時累徵不就，郡縣催逼不已，乃逃於吳，旋返剡。卒於晉武帝太元年間。❷謝太傅　指謝安。見〈德行〉33注❷。❸吝色　為難的神色。❹悠然　欣然自得的樣子。

【語　譯】戴逵從京師東方的會稽外出，謝安去探望他。謝安一向瞧不起戴逵，見面後只和他談論一些彈琴寫字的技巧；戴公不但沒有為難的神色，而且講起琴藝書法來，越來越神妙。謝安這才欣然得知他的雅量。

【析　評】本則記戴逵以「人不知而不慍」（見《論語・學而》）的雅量，終使看不起他的謝安傾心相待。由此可見一個人雅量的影響力之大。

35 謝公❶與人圍棊，俄而謝玄❷淮上信❸至。看書竟，默然無言，徐向局。客問淮上利害❹，答曰：「小兒輩❺大破賊。」意色❻舉止，不異於常。

【注　釋】❶謝公　指謝安。見〈德行〉33注❷。❷謝玄　見〈言語〉78注❺。❸信　送信的使者。❹利害　勝負。❺小兒輩　指謝安子謝琰與姪謝玄。❻意色　神情；神態。

【語　譯】謝公和客人下圍棋，不久謝玄從淮水前線派來的信使到達。謝公看完來信，沉默無語，慢慢面向棋盤。客人問起淮水前線的勝敗，他才答道：「小兒輩已經大破賊兵。」他的神態行動，和平常完全一樣。

【析　評】晉孝武帝太元八年，前秦苻堅率軍入侵，號稱百萬，占據壽陽，京師震恐，加謝安征討大都督，詔謝玄為前鋒，都督徐兗青三州、揚州之晉陵、幽州之燕國諸軍事，與叔父征虜將軍石、從弟輔國將軍琰、西中郎將桓伊等共同抵拒。苻堅列陣臨淝水（源出安徽合肥西北，北流至壽縣，又西北經八公山南入淮河），玄、琰等以精兵八千渡淝水，決戰淝水南，堅中流矢，眾奔潰，自相踐踏投水而死者不計其數（見《晉書》七九）。這就是史家所謂的「淝水之戰」。本則所記，則是謝安收到捷報後的反應。《晉書・謝安傳》說他「看書既竟，便攝（摺疊）於床上，了無喜色，棊如故。客問之，徐答云：『小兒輩遂已（已經）破賊。』既罷還內（內室），過戶限（門檻），心甚喜，不覺屐齒之折（斷）。其矯情鎮物（掩飾真情，使別人欽佩）如此」，以為他既知子姪已取得關係國家存亡的勝利，卻毫無喜容，也不主動宣告，違背人情。所說雖然有理，但謝安的「矯情」，一般人是絕對辨不到的。

36 王子猷❶、子敬❷曾俱坐一室，上忽發火，子猷遽走避，不惶❸取屐；子敬神色恬然❹，徐喚左右，扶憑❺而出，不異平常。世以此定二王神宇❻。

【注釋】❶王子猷　王徽之，字子猷，羲之第五子。卓犖不羈，官至黃門御郎。❷子敬　即王獻之。徽之弟。見〈德行〉39注❶。❸不惶　來不及。惶，通「遑」。❹恬然　安閒的樣子。❺扶憑　扶持依靠。❻神宇　神情器宇；氣度。

【語譯】王子猷、子敬曾同在一間屋子裡坐著，屋上忽然失火，子猷倉皇逃避，連木屐都來不及穿；子敬卻神色安閒，從容召來侍從人員，把他攙扶出來，和平常一樣。世人就根據這件事論定二王氣度的高下。

【析評】此言子猷、子敬兄弟原本齊名，終因子敬從容避火，才論定他的神宇超越乃兄。

37 苻堅❶遊魂❷近境，謝太傅❸謂子敬❹曰：「可將❺當軸❻，了其此處❼！」

【注釋】❶苻堅　見〈識鑒〉22注❸。❷遊魂　似飄忽不定的鬼魂，言其出沒無常。❸謝太傅　指謝安。見〈德行〉33注❷。❹子敬　即王獻之。見德行39注❶。❺將　扶助。❻當軸　喻官居中樞要職、主持國政的人。❼了其此處　了之此處；在此處把他們殲滅。了，殲滅。其，相當於「之」。指苻堅的軍隊。

【語譯】苻堅率領人馬像遊魂似的逼近了邊境，謝太傅對王子敬說：「你可以輔助國政，在此地把賊兵殲滅！」

【析評】苻堅於晉廢帝奕太和元年十月，命王猛、楊安寇晉北疆荊州（見《晉書・廢帝海西公紀》），本則所記，似即王、楊近境時事。此時當軸者為繼廢帝而立的簡文帝昱。昱於穆帝永和二年奉崇德太后詔，專總萬機；太和元年，進位丞相，錄尚書事（見《晉書・簡文帝紀》）。強敵神出鬼沒，突來犯境；謝安志在殲敵，毫不憂懼，雅量為時人所重。

38 王僧彌❶、謝車騎❷共王小奴❸許❹集。僧彌舉酒勸謝云：「奉使君❺一觴。」謝曰：「可爾❻！」僧彌勃然❼起，作色❽曰：「汝故是吳興❾溪中釣褐❿耳，何敢譸張⓫！」謝徐撫掌而笑曰：「衞軍⓬，僧彌殊不肅省⓭，乃侵陵⓮上國⓯也。」

【注釋】❶王僧彌　即王珉，小字僧彌。見〈政事〉24注❸。❷謝車騎　指謝玄。見〈言語〉78注❺。❸王小奴　王薈小字。見本篇26注❷。❹許　處所；住所。❺使君　對州郡長官的尊稱。謝玄曾為兗州、徐州刺史。❻可爾　今語「可以了」、「行了」之意。示不欲再飲。❼勃然　突然。❽作色　臉色因生氣而改變。❾吳興　郡名。治所在今浙江吳興。玄叔父安，曾為吳興太守，玄少時從在任所，故珉譏為吳興釣褐。❿釣褐　釣魚的褐夫。褐，古代貧賤者所穿的粗布衣，在此借指褐夫。即貧賤的人。宋本譌作「碣」。玄性喜釣魚，詳本則「析評」欄。⓫譸張　強橫；囂張。⓬衞軍　指王薈。據《晉書・王薈傳》：「（薈）督浙江東五郡、左將軍、會稽內史，進號鎮軍將軍，加散騎常侍。卒於官，贈衞將軍。」則王當以「鎮軍」相稱，不得以身後贈官「衞軍」為稱；譯文改為「鎮軍」。⓭不肅省　不謹慎反省。指不好好想想自己身在何處。⓮侵陵　侵犯欺陵。⓯上國　指吳國。王薈曾任吳國內史，見《晉書》本傳。晉時吳、吳興等郡，西周時為吳國故地。西周本稱中原諸侯為上國，與荊蠻地區的吳、楚相對而言；及春秋時魯成公世，楚大夫巫臣因與子反爭娶夏姬而奔晉，晉侯派他出使於吳，巫臣教吳人乘車、用兵之法，並令其子為吳行人，掌朝覲聘問之事，吳國從此強大，盡滅原屬楚國的蠻夷，與中原諸侯相交往，升登「上國」的行列，見《左傳・成公七年》、

《史記・吳世家》。

【語　譯】王僧彌和謝車騎一同在王小奴家聚會。王僧彌舉杯向謝玄勸酒道：「敬使君一杯。」謝玄回絕道：「行了！」王僧彌突然跳起來，翻臉道：「你原本是吳興溪流中貧賤的漁夫而已，怎麼敢這樣囂張！」謝玄從容鼓掌笑著說：「鎮軍，僧彌一點兒也不肯好好想想自己身在何處，竟冒犯起您的『上國』來了。」

【析　評】王僧彌向謝玄敬酒，謝玄不經意地應了一聲「可爾」，只是不想再喝而已，並無他意；怎料王僧彌以為受到鄙視，勃然作色，破口大罵，把當時身為吳興太守姪兒的謝玄貶成了「吳興溪中釣碣」。《太平御覽》八三四：「謝玄與兄書曰：『居家大都無所為，正（只）以垂綸（垂釣）為事，足以永日（終日，消磨一整天時間）。……』」又與書曰：『昨日疏（信）成後，出釣，手所獲魚，以為二坩（盛物的陶器）鮓（醃魚、糟魚之類便於久藏的魚食品），今奉送。』」同書卷八六二：「謝玄與婦書曰：『昨出釣，獲魚，作一坩鮓，今奉送。』」可見他釣魚成癖的一斑。謝玄因此受罵，原應反脣相譏；但他一見曾任吳國內史的王小奴，過去身為吳興地區的高級長官，也隨著自己受辱——王僧彌是北方琅邪人，卻忘了自己此刻寄居江南，他口中的「釣碣」固然低賤；心中的「吳興」也仍是榛狉的蠻荒之地——就忘了自己的屈辱，故作從容地以「僧彌殊不肅省，乃侵陵上國也」去安慰王小奴。這種度量，自非常人可及。

39 王東亭❶為桓宣武❷主簿❸，既承藉❹有美譽，公甚敬其人地❺，為一府之望❻。初，見謝❼失儀❽，而神色自若；坐上賓客即相貶笑。公曰：「不然。觀其情貌，必自不凡；吾當試之。」後因月朝❾閣下伏❿，公於內走馬直出突⓫之，左右皆宕仆⓬，而王不動。名價⓭於是大重，咸云：「是公輔⓮器也！」

【注　釋】❶王東亭　指王珣。見〈言語〉102注❸。❷桓宣武　指桓溫。見〈言語〉55注❶。❸主簿　官名。晉時三公及門府儀同之屬多置此官，負責文書簿籍，掌管印鑑，為屬官之長。❹承藉　依恃先人功業的庇蔭。❺人地　人品和門第。❻望　有名的人物。❼見謝　謁見致謝。❽失儀　不合禮儀；失禮。❾月朝　眾屬官於陰曆每月初一拜見主官。❿閣下伏　俯伏於大門旁的小戶下。閣，通「閤」。門旁戶。⓫突　衝撞。⓬宕仆　搖動傾倒。宕，通「蕩」。⓭名價　聲價；名聲。⓮公輔　三公和輔相。

【語　譯】王東亭作桓宣武主簿時，既依恃先人功業的庇蔭而享有美名，桓公也很尊敬他的人品門第，就成為全府最有名的人物。當初，他謁見桓公時雖一度失禮，神色仍舊不變；可是在座的賓客卻加以貶損譏笑。桓公說：「事實並不像你們所說的。仔細觀察他的神情狀貌，一定能發現他自然不同凡響的地方；我將試探他一下。」後來眾屬官因為月朝伏在閣下等候，桓公從裡面快馬加鞭一直衝向他們，左右的人都搖擺跌倒，可是王東亭動也不動。他的名聲從此大為增加，大家都說：「他真是三公或丞相之類的大才！」

【析　評】王東亭是丞相王導的孫兒、領軍王洽的長子，少以清秀著稱；門第高尚，聲譽美好。受到這種盛名之累，人見他偶而失儀，就加以無情的貶笑，完全忽略了他臨危不亂、莊敬自強的天性；只有桓公略見端倪。後來桓公利用月朝的機會，快馬衝突，證實了所見的不虛；東亭終於以他非凡的才器，贏得應有的尊重。

40 太元❶末，長星❷見，孝武❸心甚惡之。夜，華林園❹中飲酒，舉桮❺屬❻星云：「長星，勸爾一桮酒！自古何時有萬歲天子？」

【注　釋】❶太元　晉孝武帝年號。西元三七六～三九六年。❷長星　彗星之屬。光芒有一直指，或竟天，或十丈，或二、三丈，不定。古人認為長星出現，王者或諸侯、大臣將死。❸孝武　即晉孝武帝。見〈言語〉89注❷。❹華林園　宮苑名。三國吳建，故址在今南京市雞鳴山南古臺城內。❺桮　同「杯」。酒杯。❻屬　勸。

【語譯】東晉太元末年，長星在天空出現，孝武帝心裡非常厭惡。可是當天夜晚，他在華林園中飲酒時，卻舉起酒杯來勸妖星說：「長星啊，勸你喝一杯酒吧！從古以來，甚麼時候有過長命萬歲的天子呢？」

【析評】相傳長星出現，負有結束帝王、將、相壽命的任務。孝武帝說「勸爾一桮酒」，意思是請長星不必操勞，無妨暫且休息；又說「自古何時有萬歲天子」，是講我非萬歲天子，死生有命，到時候自將離開人世，無須苦苦催逼。這話說得非常豁達而通情理；同時也不卑不亢，恰合他的身分。

41 殷荊州❶有所識，作賦❷，是東皙❸慢戲❹之流❺。殷甚以為有才，語❻王恭❼：「適❽見新文，甚可觀❾。」便於手巾函中出之。王讀，殷笑之不自勝❿。王看竟，既不笑，亦不言好惡，但以如意⓫點⓬之而已。殷悵然自失⓭。

【注釋】❶殷荊州　指殷仲堪。見〈德行〉40注❶。❷賦　文體名。以抒情為主，講求聲調之美，注重排比鋪陳。❸東皙　字廣微，晉陽平郡元城縣（在今河北大名東）人。博學多識。曾作〈餅賦〉等文，文甚詼諧有趣。官著作佐郎、尚書郎。《晉書》有傳。❹慢戲　輕佻諧謔。❺流　流派；派別。❻語　告。❼王恭　見〈德行〉44注❶。❽適才。❾可觀　值得觀賞。❿勝　盡；止。⓫如意　器物名。本為搔背癢的小杖，柄端作手指形或心形。用骨、角、玉、石、竹、木、銅、鐵等製成，長三尺許；因搔癢可如人意，因而得名。亦可用以指畫或記事備忘。近代的如意，柄端多作芝形、雲形，長一、二尺，取其名稱吉祥，專供玩賞而已。⓬點　輕輕連續觸擊。⓭悵然自失　心中悔恨，失去了主意。

【語譯】殷荊州有一個認識的人，善於作賦，屬於東皙輕佻諧謔的一派。殷荊州以為他很有才華，便告訴王恭：「我剛才看到一篇新寫的文章，很值得觀賞。」就在盛手帕的小匣中拿出來給他看。王恭閱讀的時候，殷荊州在一旁笑個不停。王恭看完了，既不笑，也不說好壞，只用手中的如意在上面輕輕點了幾下。殷荊州心中惱恨，不知道怎麼辦才好。

【析　評】束晳〈餅賦〉云：「玄冬（冬季）猛寒，清晨之會。涕凍鼻中，霜凝口外。充虛解戰（寒戰），湯餅為最。弱似春綿，白若秋練。氣勃鬱（迴旋的樣子）以揚布，香飛散而遠遍。行人失涎（流口水）於下風，童僕空噍（嚼）而斜眄。擎器者舐脣，立侍者乾咽。」（見《藝文類聚》七二）文甚詼諧，時人病其鄙俗（見《晉書・束晳傳》）。殷仲堪拿了一篇類似的東西給王恭看，而王恭卻是一位「清廉貴峻、志存格正」（見〈德行〉44劉孝標注引〈恭別傳〉）、不苟言笑、端正嚴肅的人。無怪他在殷仲堪的笑聲中看完之後，但以如意輕點，欲言又止了。

42 羊綏❶第二子孚❷，少有儁才❸，與謝益壽❹相好。嘗蚤❺往謝許❻，未食；俄而王齊❼、王睹❽來，既先不相識，王向席，有不說❾色，欲使羊去。羊了❿不眄⓫，唯腳委⓬几上，詠矚⓭自若⓮。謝與王敘寒溫⓯數語畢，還與羊談賞⓰；王方悟⓱其奇，乃合⓲共語。須臾⓳食下⓴，二王都不得餐，唯屬㉑羊不暇。羊不大應對㉒之，而盛進食，食畢便退。遂苦相留，羊義㉓不住，直云：「向㉔者㉕不得從命，中國㉖尚虛㉗。」二王，是孝伯㉘兩弟。

【注　釋】❶羊綏　見〈方正〉60注❷。❷孚　羊孚。見〈言語〉104注❷。❸儁才　傑出的才智。❹謝益壽　即謝混。

見〈言語〉105注❶。❺蚤　通「早」。❻許　處所；住所。❼王齊　即王熙。熙字叔和，小字齊，恭次弟，娶鄱陽公主。官太子洗馬。早卒。❽王睹　見〈文學〉101注❸。❾說　同「悅」。❿了　完全。⓫眄　斜視。⓬委　放置。⓭詠矚　指吟詠觀看詩文。⓮自若　自如。像原來一樣，毫不緊張。⓯寒溫　寒暄。相見時互道天氣冷暖的應酬話。⓰談賞　互相交談欣賞。⓱悟　領會；察覺。⓲合　與；和。⓳須臾　不久。⓴食下　酒菜擺好。下為陳設之意。故設果品叫「下果」，見〈紕漏〉1；設茶叫「下飲」，見〈紕漏〉4；上菜叫「下食」，見〈德行〉6。㉑屬　囑咐。通「囑」。㉒應對　回話。㉓義　指「來而不往非禮也」的道理。㉔向　剛才。通「曏」。㉕者　句中停頓語氣詞。㉖中國　即國中。指腹中。詳見「析評」欄。㉗虛　空；餓。㉘孝伯　即王恭。見〈德行〉44注❶。

【語　譯】羊綏的次子羊孚，從小就才智出眾，和謝益壽很親密。他曾一早到謝家去，還沒有吃飯；不久王齊、王睹來了，因為以前並不相識，所以二王就座時，臉上露出不高興的神色，想使羊孚離開。羊孚根本不睬他們，只把腳翹在几上，照常吟詠觀看詩文。謝和二王寒暄幾句後，又回來和羊談論欣賞；二王這才察覺他的奇特，於是和他交談。不久酒菜擺好了，二王都來不及自己進食，只忙著勸羊孚多吃。可是羊孚不很答理他們，大吃一頓，吃完就要告退。於是二王竭力挽留，羊孚基於「來而不往非禮也」的道理，不肯停留，只說：「剛才我不能遵命離開，是為了肚子裡還空空的。」二王，就是王孝伯的兩個弟弟。

【析　評】余嘉錫《箋疏》云：「二王先欲羊去，羊已覺之，而置不與較。及二王前倨後恭，苦留共談，羊乃云：『向者，君欲我去，不得從命者，直因腹內尚虛。今食已飽，便當逕去耳。』云『中國尚虛』者，蓋當時人常語，以腹心比中國，四肢比夷狄也。」所言甚是。但解「中國尚虛」一語，似有未安；因為「中國」應是「國中」之意，猶「中心」謂「心中」（《詩・小雅・桑》「中心藏之，何日忘之」），「中田」謂「田中」（《詩・小雅・信南山》「中田有廬，疆場有瓜」）。「國」喻身體，腹居身體之中，故謂之「中國」。量淺的人，一見二王傲慢之色，也許顧不得飢腸轆轆，忿恨離去；但羊孚卻能以牙還牙，既使二王刮目相待，飽餐之後，任他百般苦求，也只留下一句還以顏色、表明立場的話，揚長而去。快人快語，令人心儀。

43 劉越石❶為胡騎❷所圍數重，城中窘迫❸無計❹。劉始夕❺，乘月❻登樓清嘯❼，胡賊聞之，皆悽然❽長歎；中夜❾奏胡笳❿，賊皆流涕⓫歔欷⓬，人有懷土之切⓭；向晚⓮，又吹，賊並棄圍而散走。或云是劉道真⓯。

【注釋】❶劉越石　即劉琨。見〈言語〉35注❶。❷胡騎　胡人的馬兵。❸窘迫　急迫。❹無計　想不出對策。❺始夕　天剛黑的時候。❻乘月　趁著月正美。❼清嘯　吹起音調淒涼的口哨。嘯，噘口作聲；吹口哨。❽悽然　悲傷的樣子。❾中夜　夜中；夜半。❿胡笳　古代北方民族的一種管樂器。其音悲涼。⓫涕　淚。⓬歔欷　悲泣聲。⓭切　急切之情。⓮向晚　夜色將晚。指月亮將沉沒的時候。⓯劉道真　即劉寶。見〈德行〉22注❶。

【語譯】劉越石被胡人的騎兵重重包圍，城裡的人都感到困窘，且無計可施。劉越石卻在天剛黑的時候，趁著月色正美，登上城樓，吹起音調淒涼的口哨，胡賊聽了，莫不哀傷地長歎；半夜的時候，他又吹起胡笳來，賊兵全都流淚悲泣，人人有了急迫的思鄉之情；到了月落的時候，他又吹奏起來，賊兵皆解圍潰散逃走。也有人說這是劉道真的事情。

【析評】眾人窘迫無計的時候，劉越石獨從容以長嘯、鳴笳攻破胡人的心防，使強敵棄圍散走，可見他才器的宏偉。劉孝標注：「敬胤以為魯連談笑，乃可以卻秦軍（見《戰國策・趙策三》）；越石一嘯，犬羯奔走；未為信然也。」疑此事非實。是以此條正文及注文，宋本皆無，唯《考異》有，且謂「邵本收在〈雅量〉門」。

識鑒❶第七

1 曹公❷少時見橋玄❸，玄謂曰：「天下方亂，群雄虎爭，撥❹而理之，非君乎？然君實是亂世之英雄❺，治世❻之姦賊！恨吾老矣，不見君富貴，當以子孫相累❼。」

【注釋】❶識鑒　謂賞識人才，鑑別是非。❷曹公　指曹操。見〈言語〉8注❷。❸橋玄　字公祖，梁國睢陽（在今河南商丘南）人。嚴明有才略，長於知人。入魏，官至尚書令。初，曹操為諸生，未知名，玄甚異之。❹撥　治。❺英雄　聰明秀出謂之英，膽力過人謂之雄。漢、魏品評人物所用名目之一。❻治世　太平之世。❼累　託付。

【語譯】曹操小時候見到橋玄，橋玄對他說：「當今天下正亂，各路英雄像猛虎似的互相爭鬥，能夠出面治理的，不就是你嗎？然而你實在是亂世的英雄，治世的奸賊啊！真遺憾我已經老了，不能看到你大富大貴；但我將把子孫託付給你，煩請多多關照。」

【析評】劉孝標注：「按《世語》曰：『玄謂太祖：「君未有名，可交許子將。」太祖乃造子將，子將納焉。』孫盛《雜語》曰：『太祖嘗問許子將：「我何如人？」固問，然後子將答曰：「治世之能臣，亂世之姦雄。」太祖大笑。』《世說》所言謬矣。」所謂《世說》之謬，似有二端：一謂批評曹操者為子將而非橋玄；一謂「亂世之英雄，治世之姦賊」之語失實。此則前是而後非。《三國志・魏志・武帝紀》二月丁卯葬高陵注引〈曹瞞傳〉：「太祖為人佻易無威重。好音樂，倡優在側，常以日達夕。被輕綃，身自佩小鞶囊，以盛手巾細物；時或冠帢帽以見賓客。每與人談論，戲弄言論，盡無所隱；及歡悅大笑，至以頭沒杯案中，肴膳皆沾汙巾幘。其輕易如此。然持法峻刻，諸將有計畫勝出己者，隨以法誅之；及故人舊怨，亦皆無餘。其所刑殺，輒對之垂涕嗟痛之，終無所活。初，袁忠為沛相，嘗欲以法治太祖，沛國桓邵亦輕之；及在兗州，陳留邊讓言議頗侵太祖，太祖殺讓，族其家，忠、邵俱避難交州，太祖遣使就太守士燮盡族之。桓邵得出首（自首），拜謝於庭中，太祖謂曰：『跪可解死也！』遂殺之。常（曾）出軍，行經麥中，令士卒無敗（損傷）麥，犯者死；騎士皆下馬，付麥（使麥互相依附。付通「附」）以相持；於是太祖馬騰入麥中，敕主簿議罪。主簿對以《春秋》之義，罰不加於尊（《穀梁傳・襄公二十九年》：「貴人非所刑也。」）。太祖曰：『制法而自犯之，何以帥下？然孤為軍帥，不可自殺，請自刑。』因援劍割髮以置地。又有幸姬常從晝寢，枕之臥，告之曰：『須臾覺我（叫醒我）。』姬見太祖臥安，未即寤（使之醒）；及自覺，棒殺之。常討賊，廩穀不足，私謂主者曰：『如何？』主者曰：『可以小斛以足之。』太祖曰：『善！』後軍中言太祖欺眾，太祖謂主者曰：『特當借君死以厭眾（滿足眾心），不然事不解。』乃斬之，取首題（頭。題、首同義）徇（巡行宣命）曰：『行小斛，盜官穀，斬之軍門。』其酷虐變詐，皆此類也。」參以本書〈假譎〉3、4，〈忿狷〉1等則所記，均可見他不能為治世之能臣。

2　曹公❶問裴潛❷曰：「卿昔與劉備❸共在荊州❹，卿以備才如何？」潛曰：「使居中國❺，能亂人，不能為治；若乘❻邊守險，足為一方之主❼。」

【注釋】❶曹公　指曹操。見〈言語〉8注❷。❷裴潛　字文行，河東（郡名。治安邑，在今山西夏縣北）人。避亂荊州，劉表以賓禮相待；潛以表非霸王之才，遂南適長沙。入魏，官至尚書令。贈太常。❸劉備　字玄德，涿郡涿縣（今屬河北）人。不甚樂讀書，喜狗馬、音樂、衣服。少語言，善下人，喜怒不形於色，好交結豪俠。東漢末，得諸葛亮輔佐，聯吳大敗曹操於赤壁。因取荊州，並得益州、漢中，與魏、吳成鼎足之勢。及曹丕廢漢獻帝，備稱帝於成都，國號漢，史稱蜀漢。次年與吳決戰猇亭，大敗，病死於永安，諡昭烈。❹荊州　州名。約有今湖北、湖南兩省及河南、貴州、廣西、廣東省的一部。後漢治漢壽（在今湖南常德東四十里）。初平中劉表為荊州刺史，徙治襄陽（今湖北襄陽）。晉初治襄陽，後治江陵。陶侃嘗移荊州鎮巴陵（今湖南岳陽），建始初仍鎮江陵，太元初移鎮上明（今湖北松滋西），後仍還江陵。❺中國　中原。上古時代，我國華夏族建國於黃河流域，以為居天下之中，故稱中國，而稱環繞於四周的地區為四方。❻乘　防守。❼主　首領。

【語譯】曹公問裴潛道：「您從前和劉備都在荊州，您認為劉備的才能怎樣？」裴潛說：「假使讓他處於中原，只能擾亂人民，不能妥善治理；如果讓他防守邊疆險要地區，就足以成為一方的霸主。」

【析評】《三國志・蜀志・先主傳》：「先主不甚樂讀書，喜狗馬、音樂、衣服。……少語言，喜怒不形於色，好交結豪俠，年少爭附之。」不甚讀書，則不明古聖先賢經世濟民的大道，不能君臨中國；好結交豪俠，得人心之歸附，則乘邊守險，將強兵勇，足為一方的雄主。裴潛所說，可謂知人之論。

3　何晏❶、鄧颺❷、夏侯玄❸並求傅嘏❹交，而嘏終不許。諸人乃因荀粲❺說合❻之，謂嘏曰：「夏侯太初，一時之傑士，虛心❼於子，而卿意懷不可❽。交合❾則好成，不合則致隙❿。二賢若穆⓫，則國之休⓬；此藺相如所以下廉頗⓭也。」傅曰：「夏侯太初，志大心勞，能合虛譽⓮，誠所謂利口覆國之人⓯。何晏、鄧颺有為⓰而躁，博而寡要⓱，外好利而內無關籥⓲，貴同惡異，多言而妒前⓳。多言多釁⓴，妒前無親。以吾觀之，此三『賢者』，皆敗德之人爾；遠之猶恐罹禍，況可親之邪？」後皆如其言。

【注　釋】❶何晏　見〈言語〉14注❶。❷鄧颺　字玄茂，魏南陽郡宛縣（今河南南陽）人。鄧禹之後，少得士名。魏明帝時為中書郎，魏齊王正始中遷侍中尚書。為人貪財好色，後因阿附曹爽被殺。❸夏侯玄　字太初。見〈方正〉6注❶。❹傅嘏　見〈文學〉9注❶。❺荀粲　見〈文學〉9注❷。❻說合　勸說以成其事。❼虛心　心無成見。❽意懷不可　執意不肯。❾交合　投合；應合。❿隟　怨恨。同「隙」。⓫穆　和睦。通「睦」。⓬休　福。⓭藺相如所以下廉頗　戰國時秦昭襄王欲以十五城交換趙之和氏璧，相如懷璧往獻，見秦王無償城意，乃以計取還，終得完璧歸趙。澠池之會，秦王欲辱趙王，又為相如所挫；既歸，以相如功大，拜為上卿，位在趙將廉頗之上。頗怒，欲辱之；相如常避匿，謂其左右曰：「吾所以為此者，以先國家之急而後私讎也。」頗聞，負荊請罪，卒為刎頸之交。詳見《史記・廉頗藺相如列傳》。⓮志大心勞二句　謂因其志向誇張而必須勞心彌補，使能合於虛譽。⓯利口覆國之人　語本《論語・陽貨》：孔子曰「惡利口之覆家邦者」。何晏注：「孔曰利口之人，多言少實，苟能（只能）悅媚時君，傾覆國家。」利口，謂能言善辯。⓰有為　有志氣。⓱要　要點；綱領。⓲關籥　門閂。橫者為關，直者為𨷲。籥通「𨷲」。在此引申為約束之意。⓳前　才德超己之前者。⓴釁　瑕隙；缺失。

【語　譯】何晏、鄧颺、夏侯玄都要求和傅嘏交朋友，但是傅嘏始終不答應。這幾個人就託荀粲出面替他們說合，對傅嘏說：「夏侯太初，是一代的俊傑，他虛心和您結交，而您執意不肯。我認為您們能互相投合，就成為一樁美事；不能投合，便難免結成怨仇。您二位賢士如果和睦相處，就是國家的洪福；這便是藺相如甘願屈居廉頗之下的道理了。」傅嘏說：「夏侯太初，志向浮誇，必須勞心彌補，才能符合所得的虛譽，正是所謂以能言善辯的利口使國家覆亡的人。何晏、鄧颺雖有志氣，但性情浮躁；雖然博學，但缺乏綱要；行為貪好私利，內心卻無以節制；只重視意見和自己相同的人，而厭惡和自己違異的人；話說得很多，而嫉妒才德勝過自己的人。話說多了，缺陷也會增多；嫉妒才德勝過自己的人，就不會有親近自己的人。據我看來，這三位『賢者』，都是品德敗壞的人罷了；離他們遠遠的還恐怕遭受災禍，怎可親近他們呢？」後來全都應了他的話。

【析　評】《世說》此則，本於《傅子》，參見《三國志・魏志・傅嘏傳》裴注所引，不具錄。《傅子》一書，乃傅嘏從弟玄所著。《晉書・列女傳》云：杜有道妻嚴氏，字憲。女韡有美德，傅玄求為繼室，憲便許之；時玄與何晏、鄧颺不睦，晏等每欲害之，時人莫肯共婚。及憲許玄，內外以為憂懼。或曰：「何、鄧執權，必為玄害，亦由（通「猶」）排山壓卵，以湯（熱水）沃雪耳，奈何（如何）與之為親？」憲曰：「晏等驕侈，必將自敗。司馬太傅（司馬懿），獸睡耳！吾恐卵破雪銷（溶化），行自有在（勢所必至）。」遂與玄為婚，晏等尋亦為宣帝（司馬懿）所誅。觀此，則玄與晏、颺積怨之深，已至水火不容之地步。再者，魏明帝時司馬懿與大將軍曹爽爭權，嘏為司馬氏之死黨，晏、颺則曹爽之謀臣，壁壘分明；其後爽敗，與晏、颺等皆伏誅，而嘏則以功為河南尹，轉尚書（事詳《晉書・宣帝紀》、《三國志・魏志・傅嘏傳》）；而夏侯玄之死，則因中書令李豐與皇后父光祿大夫張緝謀，欲以玄輔政而誅司馬師，事洩被殺（見《三國志・魏志・夏侯玄傳》）；三人罹禍，均與自身品德無關。本則言傅嘏拒不與三人交，及讖議三人語，疑是傅嘏與傅玄挾怨捏造，後世不察，信以為真，做為定評；其實不然。

4 晉武帝❶講武❷於宣武場❸，帝欲偃武修文❹，親自臨幸❺，悉召群臣。山公❻謂不宜爾❼，因與諸尚書❽言孫、吳❾用兵本意；遂究論❿，舉坐無不咨嗟⓫。皆曰：「山少傅乃天下名言！」後諸王⓬驕汰⓭，輕遘⓮禍難，於是寇盜處處蟻合⓯，郡、國多以無備，不能制服；遂漸熾盛，皆如公言。時人以謂⓰「山濤不學孫、吳，而闇與之⓱理會」。王夷甫⓲亦歎云：「公闇與道合！」

【注釋】❶晉武帝　見〈德行〉17注❺。❷講武　講論研習軍事。❸宣武場　見〈雅量〉5注❷。❹偃武修文　終止武備，修明文教。❺臨幸　謂帝王親自到達。昔稱帝王親自到達為幸。❻山公　指山濤。見〈政事〉5注❶。❼爾如此。❽尚書　官名。掌殿內文書。群臣章奏均經尚書處理，位不高而權大，且得帝王親信。❾孫吳　孫武，齊人。吳起，衛人。皆戰國時兵法大家。❿究論　徹底討論。⓫咨嗟　讚歎。⓬諸王　晉武帝司馬炎稱帝後，大封宗室。武帝死，惠帝立，汝南王司馬亮專權於先，其後楚王司馬瑋、趙王司馬倫、齊王司馬冏、河間王司馬顒、成都王司馬穎、長沙王司馬乂、東海王司馬越，先後起兵奪權，爭戰十六年乃止。史稱八王之亂。⓭驕汰　驕傲自大。⓮遘　構成；造成。通「構」。⓯蟻合　如蟻之聚合，形容眾多。⓰以謂　以為。謂，通「為」。⓱之　其。指孫、吳兵法。⓲王夷甫　即王衍。見〈言語〉23注❷。

【語　譯】晉武帝在宣武場講習軍事，他想從此止息武備，修明文教，所以親自駕臨，並召集全部大臣。山公認為不該這麼做，就和諸位尚書談論孫武、吳起用兵的本意；接著就徹底討論這個問題，所有在座的人沒有不歎賞的。都說：「山少傅所說的，真是天下的至理名言！」後來晉室諸王驕傲自大、輕意造反，於是各處的盜寇像蟻群似的聚合，各郡、國大都因為沒有武備，不能制服他們；於是他們的氣焰逐漸盛大起來，都如山公所預言。當時的人認為「山濤雖不學孫、吳的兵法，可是見解卻暗中和兵法的原理相合」。王夷甫也讚歎道：「山公的意思和大道暗合！」

【析　評】孫子有言：「故用兵之法，無恃其不來，恃我有以待（禦）也。無恃其不攻，恃吾有所不可攻也。」（《孫子‧九變》）吳子也說：「昔承桑氏之君修德廢武以滅其國，有扈氏之君恃眾好勇以喪其社稷；明主鑒茲，必內修文德，外治武備。」（《吳子‧圖國》）都強調「有備無患」、不可去兵的道理。劉孝標注引〈竹林七賢論〉：「（晉武帝）咸寧中，吳既平，上將為桃林、華山之事（《偽古文尚書‧武成》云：周武王滅商，「偃武修文，歸馬于華山之陽（南），放牛于桃林（今河南靈寶、陝西潼關之間）之野，示天下弗服（不再使用）」），息役弭兵（息兵），示天下以大安。於是州郡悉去兵，大郡置武吏百人，小郡五十人。時京師猶講武，山濤因論孫、吳用兵本意。濤為人常簡默，蓋以為（治）國者不可以忘戰，故及之。」知本則所記，為武帝平吳以後事。

5 王夷甫❶父乂❷，為平北將軍，有公事❸，使行人論❹不得；時夷甫在京師，命駕❺見僕射羊祜❻、尚書山濤❼。夷甫時總角❽，姿才秀異，敘致❾既快，事加❿有理。濤甚奇之，既退，看之不輟；乃歎曰：「生兒不當如王夷甫邪？」羊祜曰：「亂天下者，必此子也！」

【注釋】❶王夷甫　即王衍。見〈言語〉23注❷。❷父乂　見〈德行〉26注❷。❸公事　指免官的公文。❹論　申辯。❺命駕　命令御者駕駛車馬。❻羊祜　見〈言語〉86注❸。❼山濤　見〈政事〉5注❶。❽總角　古代男女未成年前束髮為兩角狀，謂之總角。此借為年幼之意。❾致　傳達。❿加　執行；施行。

【語譯】王夷甫的父親王乂，當平北將軍時，收到免職的公文，派使者去申辯，不得要領；這時王夷甫正在京城，就命令御者駕車去拜見僕射羊祜、尚書山濤。王夷甫當時雖然幼小，但才能美好出眾，陳詞達意明快，做起事來也有條理。山濤覺得他非常特殊，當他辭出後，仍盯住他看個不停；然後讚歎道：「生兒子，不該像王夷甫這樣嗎？」羊祜說：「將來擾亂天下的，一定是這小子了！」

【析評】本則載羊祜語，似甚突兀，然觀劉孝標注引《晉陽秋》：「夷甫父乂，有簡書將免官。夷甫年十四（《晉書》本傳同，宋本作「十七」），見所繼從舅羊祜，申陳事狀，辭甚俊偉。祜不然之（不以為然），夷甫拂衣而起。祜顧謂賓客曰：『此人必將以盛名處（居）當世大位；然敗俗傷化者，必此人也！』」則知山濤所讚賞的是王夷甫表面的英氣逼人，辭鋒銳利；而羊祜所察覺的是他強詞奪理、目無尊長的本心，因知他將來一定是個橫行不法、誤盡蒼生的亂種。

6 潘陽仲❶見王敦❷少時，謂曰：「君『蜂目❸』已露，但『豺聲❹』未振❺耳。必能食人❻，亦當為人所食！」

【注　釋】❶潘陽仲　潘滔，字陽仲，晉滎陽（治所在今河南滎澤西南十七里）人。有文學才識，初為太傅東海王越長史，永嘉末為河南尹，遇害。❷王敦　見〈文學〉20注❷。❸蜂目　突起如蜂的雙眼。謂猙獰的相貌。❹豺聲　殘暴如豺的聲音。❺振　發。❻食人　比喻害死人。

【語　譯】潘陽仲在王敦少年時見到他，曾對他說：「你的『蜂目』已顯露了，但是『豺聲』還未發出。你將來一定能吃別人，也將被別人所吃掉！」

【析　評】潘陽仲所說，是一個援古議今的例子。《左傳・文公元年》云「初，楚子（楚成王）將以商臣為大子（太子），訪諸（問之於）令尹子上，子上曰：『君之齒（年齡）未也（還不到立太子的時候），而又多愛（多寵妃），黜（商臣）乃亂（作亂）也。楚國之舉（立太子），恆（常）在少者；且是人也，蠭（同「蜂」）目而豺聲，忍（殘忍）人也；不可立也。』弗聽。既（已立商臣），又欲立王子職（商臣庶弟）」，商臣乃弒父自立。猛獸獵食，必瞋目咆哮，然後捕噬獵物；但「物競天擇，適者生存」，今日食人，來日為人所食，亦勢所必至。潘陽仲可謂善於取譬推理了。

7 石勒❶不知書❷，使人讀《漢書》❸。聞酈食其❹勸立六國❺後，刻印將授之，大驚曰：「此法當失，云何❻得遂有天下？」至留侯❼諫，迺曰：「賴有此耳！」

【注　釋】❶石勒　字世龍，上黨郡武鄉縣（在今山西榆社北）人，匈奴之後裔。雄勇好騎射，永嘉初，豪傑並起，投靠汲桑，為左前督。桑敗，眾推勒為主，攻下州縣，都於襄國（在今河北邢臺西南）。晉成帝咸和五年，僭號趙天王，行皇帝事。死，諡明皇帝。❷知書　識字。❸漢書　東漢班固撰。記載高祖元年至王莽地皇四年二百二十九年間大事，為我國第一部紀傳體斷代史。固曾為竇憲中護軍，漢和帝與宦官合謀殺憲，固被捕，死獄中，其妹昭補撰八〈表〉及〈天文志〉，成書一百二十卷。❹酈食其　漢陳留郡高陽縣（在今河北高陽東二十五里）人。高祖謀士，以功封廣野君。後為齊王田廣烹殺。❺六國　戰國時函谷關以東之齊、燕、韓、趙、魏、楚六國。當時盡被秦併吞。❻云何　為何；為甚麼。❼留侯　張良，字子房。家五世相韓。秦滅韓，佐漢高祖滅秦、楚，封留侯。

【語　譯】石勒不識字，使人讀《漢書》給他聽。當聽到酈食其勸劉邦立六國君主的後裔為王，劉邦令人刻好了印信將要發給他們，大吃一驚，道：「這辦法理應失敗，為甚麼能順利地得到天下呢？」等聽到留侯的勸諫，才說：「全靠有這一席話了！」

【析　評】劉孝標注引鄧粲《晉紀》：「勒手不能書，目不識字；每於軍中令人誦讀，聽之，皆解其義。」《漢書・張良傳》：「漢三年，項羽急圍漢王（劉邦）於滎陽，漢王憂恐，與酈食其謀橈（削弱）楚（西楚霸王項羽）權。酈生曰：『昔湯伐桀，封其後杞；武王誅紂，封其後宋。今秦無道，伐滅六國，無立錐之地。陛下誠復立六國後，此皆爭戴陛下德義，願為臣妾；德義已行，南面稱伯（霸），楚必斂衽而朝。』漢王曰：『善。趣（急；快）刻印，先生因行佩之（趁出使之便，給他們佩帶）。』酈生未行，良從外來謁漢王。漢王方食（正在吃飯），曰：『客有為我計橈楚權者。』具以酈生計告良，曰：『於子房何如？』良曰：『誰為陛下畫此計者？陛下事去矣（言大勢已去，不可挽救）！』漢王曰：『何哉？』良曰：『臣請借前箸以籌之：昔湯、武伐桀、紂，封其後者，度（忖度）能制其死命也；今陛下能制項籍（字羽）死命乎？其不可一矣。武王入殷，表商容（殷賢人）閭（里門），式箕子門（表、式，標示），封比干（紂王的叔伯父。一說，紂庶兄）墓（增土於墓，表示禮敬）；今陛下能乎？其不可二矣。發鉅橋（倉名）之粟，散鹿臺（臺名）之財，以賜貧窮；今陛下能乎？其不可三矣。殷事以（通「已」）畢，偃革（兵車革輅）為軒（禮車朱軒。即「偃武修文」，參見本篇4注❹），倒載干戈，示不復用；今陛下能乎？其不可四矣。休馬華山之陽，示無所為；今陛下能乎？其不可五矣。息牛桃林之墟（同「野」），示天下不復輸積（參見本篇4「析評」欄）；今陛下能乎？其不可六矣。且夫天下游士（從事遊說活動的人），左（乖隔；別離）親戚，棄墳墓，去故舊，從陛下者，但日夜望咫尺之地；今乃立六國後，唯無復立者，游士各歸事其主，從親戚，反故舊，陛下誰與取天下乎？其不可七矣。且楚唯毋彊，六國復橈而從之（言唯當使楚不再強盛，強則六國弱而從之），陛下焉得而臣之？其不可八矣。誠用此謀，陛下事去矣。』漢王輟食吐哺（口中的食物），罵曰：『豎儒，幾敗乃公事！』令趣銷印。」看來石勒在識鑑上確有過人的地方。

8 衛玠❶年五歲，神衿❷可愛。祖太保❸曰：「此兒有異；顧❹吾老，不見其大❺耳！」

【注釋】❶衛玠　見〈言語〉32注❶。❷神衿　神情。衿謂情懷。❸太保　指衛瓘。字伯玉，河東郡安邑縣（今屬山西）人。少以明識清允著稱。弱冠為魏尚書郎，轉中書郎，時權臣曹爽專政，瓘優遊其間，無所親疏，甚為傅嘏所重，譽為「邦有道則知（通「智」），邦無道則愚，其知可及也，其愚不可及也」（見《論語・公冶長》）的甯武子。官至太保，為楚王瑋所害。❹顧　但。❺大　兼有成長、昌盛之義。

【語譯】衛玠五歲的時候，神情非常可愛。他的祖父太保衛瓘說：「這孩子與眾不同；但恨我太老了，看不到他長大昌盛了！」

【析評】劉孝標注引〈玠別傳〉：「玠有虛令之秀（空靈之美。令，通「靈」），清勝之氣（清高出眾的氣度），在群伍（同輩）之中，有異人之望。祖太保見玠五歲曰：『此兒神爽聰令（聰明），與眾大異；恐吾年老，不及見爾！』」所說比此則詳細。

9 劉越石❶云：「華彥夏❷識能❸不足，彊梁❹有餘。」

【注釋】❶劉越石　即劉琨。見〈言語〉35注❶。❷華彥夏　華軼，字彥夏，晉平原國（治所在今山東平原南二十里）人。官至江州刺史，傾心下士，甚得眾望。後因不從元帝命被殺。❸識能　見識和能力。❹彊梁　強橫；固執專橫。

【語　譯】劉越石說：「華彥夏的見識和才能不夠，但固執專橫的性格卻有餘。」

【析　評】據《晉書》〈安帝紀〉及〈華軼傳〉，華軼於懷帝永嘉中為江州刺史。時懷帝孤危，四方瓦解，但軼有匡復天下的大志，遣貢入洛，不失臣節。但他自以為受到懷帝的派遣，不能只聽從上官琅邪王司馬睿的控御，凡事必須見到詔書才肯辨理；永嘉七年，懷帝被漢主劉聰所殺，死於平陽，司空荀藩等移檄天下，奉睿為盟主，軼又不肯從命；睿乃使豫章內史周廣、前江州刺史衛展襲軼，追斬於安城。永嘉初，睿用王導計，始鎮建鄴，以顧榮為司馬，賀循為參佐，王敦、王導、周顗、刁協為腹心股肱，賓禮名賢，江東歸心；而華軼始終視若無睹，自取其禍，實可證劉越石知人之深。

10 張季鷹❶辟❷齊王東曹掾，在洛❸，見秋風起，因思吳中❹菰❺菜、蓴❻羹、鱸魚❼膾，曰：「人生貴得適意❽爾！何能羈宦❾數千里以要❿名爵⓫？」遂命駕便歸。俄而齊王敗，時人皆謂為見機⓬。

【注　釋】❶張季鷹　張翰，字季鷹。父儼，吳大鴻臚。翰有清才美望，博學能文，辭義清新。大司馬齊王冏徵召為東曹掾。❷辟　徵召。❸洛　洛陽。❹吳中　江蘇省吳縣，古稱吳中。❺菰　又稱茭白，生於水中。地下莖可作蔬菜，世稱菰首或茭白筍。❻蓴　又稱蓴菜，生淺水中。葉橢圓形而厚，有長柄，嫩時可作羹，滑美可口。❼鱸魚　指四鰓鱸。鱸魚的一種。長約四、五寸，通體無鱗，皮色白有黑點，口巨頭大；兩鰓膨脹，呈絳色之紅文，似有四鰓，故名。生淞江，尤宜膾。潔白鬆軟，又無腥味，在諸魚之上。淞江源於太湖，湖中亦有鱸，止三鰓，味不及。❽適意　稱心如意。❾羈宦　當官旅居於外。❿要　求。⓫名爵　功名和爵位。⓬見機　謂事前能明察事物細微的變化，及時制定應變的方法。機，通「幾」。指隱微的先兆。

【語　譯】張季鷹奉齊王徵召為東曹掾，住在洛陽，當他看見秋風興起，就想到家鄉吳中菰菜、蓴羹、鱸魚膾的美味，說：「人生在世，最可貴的是能稱心如意地過日子罷了！哪能為了追求功名爵位，羈留在幾千里外做官呢？」於是叫御者駕車就還鄉了。不久齊王事敗身死，當時人都說他是一個能見機行事的人。

【析　評】晉惠帝永寧元年正月，趙王倫篡位，遷帝於金墉城。三月，齊王冏起兵討倫，傳檄州郡。四月辛酉，左衛將軍王輿、尚書淮陵王漼率兵入宮，逐倫歸其府第，惠帝復位；丁卯，誅倫及其黨與。六月，冏誅討賊黨既畢，率眾入洛，威震京都，天子就拜大司馬，加九錫之命。冏於是輔政，置掾屬四十人，張季鷹當於此時受召入洛。冏又坐拜百官，唯寵親昵，大築館第，沉湎酒色，日益驕恣，不入朝見；於是朝廷側目，海內失望。次年（太安元年）十二月，河間王顒表奏齊王冏窺伺神器，有無君之心；與成都王穎、新野王歆、范陽王虓率兵十萬，同會洛陽，請廢冏，以穎輔政。長沙王乂又徑入宮，發兵攻冏府，擒冏，斬於閶闔門外。事詳《晉書》〈惠帝紀〉、〈齊王冏傳〉及《資治通鑑》八四。明於冏入洛以後的作為，則知張季鷹棄官而歸，不僅苟求適意而已，實藉蓴羹、鱸膾之思，以為遠嫌避禍之計。謂之「見機」，誰說不宜？

11 諸葛道明❶初過江左❷，自名道明，名亞❸王、庾❹之下。先為臨沂❺令，丞相⑥謂曰：「明府⑦當為黑頭公⑧。」

【注釋】❶諸葛道明　即諸葛恢。見〈方正〉25注❶。❷江左　長江下游以東地區。即今江蘇一帶。❸亞　次於。❹王庾　王導、庾亮。分見〈德行〉27注❸、31注❶。❺臨沂　今山東臨沂北五十里。❻丞相　指王導。❼明府　漢、魏稱太守、牧尹為明府君，省稱明府。晉以後也用以稱縣令。王導是臨沂人，故稱曾為臨沂令的諸葛恢為明府。❽黑頭公　指少壯而居高位的人。

【語譯】諸葛恢剛渡過長江到達江東，自己改名道明，名聲僅次於王導和庾亮。因為他從前當過臨沂縣縣令，丞相王導對他說：「明府將來一定是個黑頭的王公。」

【析評】本則所記，是諸葛恢到達江左以後的事。「先為臨沂令」一語，意在說明王導稱他為「明府」的原因。「明府」是人民對地方長官的尊稱；王導以丞相之尊，稱已經卸任的縣令為明府，一方面表現出他自身的謙虛，一方面也顯示出他對這位後起之秀衷心的推許。

12 王平子❶素不知❷眉子❸，曰：「志大其量❹，終當死塢壁❺間！」

【注釋】❶王平子　即王澄。見〈德行〉23注❶。❷知　賞識。❸眉子　王玄，字眉子，夷甫子。東海王越徵為掾，後為陳留太守，大行威罰，為塢人所害。❹志大其量　雄心大於其器量。謂志氣大而才德不足。❺塢壁　防禦敵寇的土牆。指沙場、戰場。

【語譯】王平子一向不欣賞王眉子，曾說他：「雄心太大，但器量狹小，最後將死在沙場上，不得善終！」

【析評】《晉書・王玄傳》：「玄素名家，有豪氣；荒弊（百事荒廢敗壞）之時，人情（人心）不附。王將赴祖逖，為盜所害焉。」則王玄的下場，早為王平子所言中。但王平子的話，也不是隨便胡說的。王眉子恃家世良好，故能躐等高居人上；但因他「志大其量」，難免誇大僭越，背棄人情；處身於荒弊的亂世，居高位而不得人心，一旦陷入生死關頭，怎能不眾叛親離，自取其禍？這是事有必至，理所固然，無庸置疑的。

13 王大將軍❶始下❷，楊朗❸苦諫，不從；遂為王致力❹。乘「中鳴雲露車」❺逕前，曰：「聽下官鼓音，一進而捷！」王先把其手曰：「事克，當相用❻為荊州❼！」既而忘之，以為南郡❽。王敗後，明帝收❾朗，欲殺之；帝尋崩❿，得免。後兼三公⓫，署⓬數十人為官屬⓭；此諸人當時並無名，後皆被⓮知遇⓯。于時稱其知人。

【注　釋】❶王大將軍　指王敦。見〈文學〉20注❷。❷下　東晉都建康，位長江下游，故自荊、江等州赴都曰「下」。❸楊朗　字世彥，晉弘農（今河南靈寶南四十里）人。有器識才量，官至雍州刺史。❹致力　盡力。❺中鳴雲露車　車名。似即設有望樓，中置金鼓，用以窺伺敵情、指揮進退的雲車。❻相用　用你。相，關係詞，用於動詞之上，表示動詞下省去一個用作賓語的人稱代詞。❼為荊州　治理荊州。指為荊州刺史。荊州，見本篇2注❹。❽南郡　郡名。轄境東至今湖北武昌、黃崗，西至四川巫山，北至湖北襄陽、安陸，南至湖北恩施。治江陵，即今縣，屬湖北。❾收　拘捕。❿帝尋崩　明帝崩於太寧三年（西元三二五年）。帝王死叫「崩」。王敦死於二年七月。⓫三公　晉代以太尉、司徒、司空為三公，是輔佐晉帝掌握軍政大權的最高官員。⓬署　部置；分部安排。⓭官屬　屬吏；屬官。⓮被　受。⓯知遇　賞識禮待。

【語　譯】王大將軍剛率兵沿江而下，直向建康，楊朗雖竭力勸諫，不肯聽從；只好盡力為他效勞。楊朗乘了一輛「中鳴雲露車」奮勇直前，對王敦說：「請聽下官的鼓聲，保證一次進攻就得勝！」王敦當時握著他的手說：「事成，我將讓你當荊州刺史！」事後卻忘了諾言，只讓他當了南郡太守。王失敗後，晉明帝拘捕楊朗，想要殺他；但明帝不久就死了，楊朗才能免於一死。後來他兼任三公的要職，安插了幾十人做屬官；這些人當時都沒沒無聞，後來全受到帝王的賞識禮待。當時的人都稱讚他知人善舉。

【析　評】晉元帝末年，王敦專制朝廷，造反的行跡已顯；明帝以劉隗為鎮北將軍，戴若思為鎮西將軍，率領揚州兵馬，表面以討胡為名，事實是防禦王敦，所以王敦於永昌元年（西元三二二年）率眾下建康，以誅隗為名（見《晉書・王敦傳》）。本則云「王大將軍始下」，便是指此而言。敦反，楊朗苦諫不從，不得已而為他效力，臣屬之節尚未盡失；至於王敦背信，許以刺史，用為太守，楊朗終無怨言，也可看出他克己守分，絕不會作亂犯上的一面；故明帝既崩，成帝免其一死，棄瑕錄用。此後他忠直無私，全本正道事君，終獲「知人」的美譽，就可謂「實至名歸」了。

14 周伯仁母❶，冬至❷舉酒賜三子❸，曰：「吾本謂度江託足❹無所；爾家有相❺，爾等並羅列，吾復何憂❻？」周嵩起，長跪❼而泣曰：「不如阿母言。伯仁為人，志大而才短；名重而識闇❽；好乘人之弊❾。此非自全之道。嵩性狼抗❿，亦不容於世。唯阿奴⓫碌碌⓬，當在阿母目下⓭耳。」

【注　釋】❶周伯仁母　周顗母李氏，字絡秀，汝南郡（治所在今河南汝南）人。參見〈賢媛〉18。❷冬至　二十四節氣之一，在今農曆十一月中，國曆十二月二十二或二十三日。當天北半球夜最長而晝最短，以後則晝漸長而夜漸短，直到夏至而反是，故《史記・律書》云：「氣（指構成宇宙萬物的物質，又稱元氣）始於冬至，周而復生。」因此古人最重此節，雖至貧困，亦必更換新衣，備辦飲食，祭祀祖先，往來慶賀。❸三子　周顗、嵩、謨。分見〈言語〉30注❷，〈方正〉26注❸、❶。❹託足　立足；安身。❺相　丞相。晉元帝太興初，周顗為尚書左僕射，領吏部，任丞相職。魏、晉以後，真正擔任丞相的多用其他名義，而丞相只用以安置權臣如曹操、王導等。❻爾等並羅列二句　一本作「爾等並羅列吾前，復何憂」。羅列，排列。謂排列於朝堂，在朝中做官。❼長跪　伸直腰、股（大腿）而跪。❽識闇　見識不明；沒有見識。❾乘人之弊　乘人之危；趁人危困之時加以打擊。❿狼抗　傲慢；暴戾。⓫阿奴　對幼小者的暱稱。此用以稱弟。⓬碌碌　平庸無能。⓭目下　眼前。

【語　譯】周伯仁的母親，在冬至那一天拿著酒分賜給三個兒子，對他們說：「我本來以為渡江以後，沒有安身的地方；可是現在你們家有了丞相，你們也都在朝中當官，我還有甚麼好憂愁呢？」周嵩抬起身來，長跪著哭泣道：「並不像阿母所說的。伯仁這個人，雄心太大，可是才華不足；名望很重，可是見識不明；又喜歡乘人之危。這都不合保全自身的道理。我的性格狂妄自大，也得不到世人的寬容。只有阿弟平庸無能，應能留在阿母眼前，承歡膝下。」

【析　評】本則記周母只見眼前，而周嵩能慮以後。伯仁剛正，西堂之會，直斥明帝之政，不得等於聖治（見〈方正〉30則）；石頭之役，面責王敦戎車犯正，且以王師不振見負（見〈方正〉33則）；都是大義凜然，卻有違明哲保身之道的例子，故終於被王敦所害。周嵩狂傲，弟謨臨別啼泣，視為婦女，便自捨去（見〈方正〉26則）；其兄顗病危，刁協極力營救，幸得保全，嵩竟手批刁協，恨兄與佞人有情，不問病而驟別（見〈方正〉27則）；也都是他目中無人的表現，故難免被王敦借故殺死。至於周謨以庸碌全生，歷任少府、丹陽尹、侍中、中護軍，封西平侯；卒贈金紫光祿大夫，謚曰貞（見《晉書》本傳），應是他大智若愚，能效法莊子自處於材與不材之間（見《莊子・山木》），故免於累。這正是他的全身之術，哪裡是他兩位哥哥可企及的呢！

15 王大將軍❶既亡，王應❷欲投世儒❸，世儒為江州❹；王含❺欲投王舒❻，舒為荊州。含語應曰：「大將軍平素與江州❼云何❽？而汝欲歸之！」應曰：「此乃所以宜往也！江州當人❾彊盛時，能抗同異❿，此非常人所行；及睹衰厄⓫，必興愍惻⓬。荊州守文⓭，豈能作意表⓮行事⓯？」含不從，遂共投舒。舒果沉含父子于江。彬聞應當⓰來，密具船以待之；竟不得來，深以為恨。

【注釋】❶王大將軍　指王敦。見〈文學〉20注❷。❷王應　字安期，王敦兄含之字。敦無子，養為嗣，以為武衛將軍，用為副貳。敦敗被殺。❸世儒　即王彬。彬字世儒，晉琅邪國（治所在今山東臨沂北十五里）人。英爽雅正，與晉元帝為姨兄弟。累遷江州刺史、左僕射。贈衛將軍。❹為江州　治理江州。指為江州刺史。江州，州名。轄有今湖北舊武昌府及江西地，治武昌（今武昌市）。❺王含　見〈言語〉37注❷。❻王舒　字處明，王導從弟。不營當時名，潛心學植。明帝初，為荊州刺史。及蘇峻反，帥師平亂，封彭澤縣侯。贈車騎大將軍。❼江州　指王世儒。❽云何　如何；怎樣。❾人　指王敦。❿抗同異　謂反抗不同的意見或作為。同異，謂異。⓫衰厄　衰敗困苦。⓬愍惻　哀憐。⓭守文　遵守成法。文，指法度。⓮意表　意外。⓯行事　行徑；作為。⓰當　將。

【語　譯】王大將軍已經敗亡，他收養的嗣子王應想去投奔王世儒，王世儒是江州刺史；但王應的生父王含卻想去投奔王舒，王舒是荊州刺史。王含對王應說：「大將軍平常和王江州怎麼樣？你卻想去歸附他！」王應說：「這正是應該前往的原因啊！王江州在別人勢力強盛時，能反對他不同的意見，這不是一般人做得出來的；等他見到我們的困苦，一定會興起惻隱之心。王荊州一向拘守成法，哪能做出人意外的事情？」王含不聽，就一同投奔王舒。王舒果然把王含父子投在長江裡，把他們活活淹死。王彬聽說王應將到江州來，暗中備船等待；最後卻不能來，覺得非常遺憾。

【析評】劉孝標注引〈王彬別傳〉：「從兄敦下石頭，害周伯仁（事詳〈尤悔〉6則）；彬與顗（即伯仁）素善，往哭其尸，甚慟。既而見敦，敦怪其有慘容而問之，答曰：『向哭周伯仁，情不能已。』敦曰：『伯仁自致刑戮，汝復何為者哉？』彬曰：『伯仁清譽之士，有何罪？』因數（責）敦曰：『抗旌（理）犯上，殺戮忠良！』音辭慷慨，與淚俱下。敦怒甚。丞相在坐，代為之懼，命彬曰：『拜謝（跪拜謝罪）。』彬曰：『有足疾，比（近）來見天子尚不欲拜，何跪之有（哪有給他下跪的道理）！』敦曰：『腳疾何如頸疾（腳痛可比得上頸痛）！』以親故，不害之。」王應謂彬「能抗同異」，當指此事而言。《書經》說：「父不慈，子不祗（敬），兄不友（友愛），弟不共（恭順），不相及也（其罪各不相干）。」（見《左傳‧僖公三十三年》引〈康誥〉，今《尚書》無此文）又說：「罰弗及嗣，賞延于世（嗣、世皆謂後代子孫）。」（見〈大禹謨〉）王彬明書達理，因料他將權衡輕重，從寬發落；而王舒不知通變，必以嚴刑峻法自高，王含攜子投奔，禍實自取。然孝標注云：「昔酈寄賣友見譏（事詳《史記‧酈商列傳》），況販（出賣）兄弟以求安？舒非人矣！」於理亦甚妥當。

16 武昌孟嘉❶作庾太尉❷州從事❸，已知名。褚太傅❹有知人鑒❺，罷豫章❻還，過武昌❼，問庾曰：「聞孟從事佳，今在此不？」庾云：「試自求之。」褚眄睞❽良久，指嘉曰：「此君小異，得無❾是乎？」庾大笑曰：「然！」于時既歎褚之默識❿，又欣嘉之見賞。

【注釋】❶孟嘉　字萬年，晉江夏郡鄳縣（今河南羅山縣西南九里）人。曾祖父宗，吳司空。祖父揖，晉廬陵太守。宗葬武昌陽新縣（今湖北陽新西南六十里），子孫遂落戶於是。嘉少以清操知名。太尉庾亮領江州，徵嘉為廬陵部從事。

後為桓溫參事，轉從事郎中，遷長史。❷庾太尉　指庾亮。見〈德行〉31注❶。❸從事　官名。晉時郡各置部從事一名。省稱從事；別有守從事、武猛從事，位較卑。見《晉書・職官志》。❹褚太傅　指褚裒。見〈德行〉34注❸。❺鑒　指評鑑的能力。❻豫章　郡名。治所在今江西南昌。❼武昌　見本篇15注❹。❽眄睞　左右觀察。❾得無　莫非。❿默識　把見聞默默記在心中。即有見識。識，記住。

【語　譯】武昌人孟嘉當庾太尉的州從事時，已經很出名了。褚太傅有鑑賞人才的能力，當他辭去豫章太守回家，經過武昌，問庾太尉道：「聽說孟從事很有才華，此刻在不在這兒？」庾太尉說：「你試著自己找吧。」褚太傅左右看了很久，才指著孟嘉說：「這位先生和別人不大一樣，莫非就是他吧？」庾太尉大笑道：「是呀！」當時的人，既歎服褚太傅有見識，又為孟嘉受太傅賞識而高興。

【析　評】劉孝標注引〈嘉別傳〉：「嘉喜酣暢，愈多不亂。(桓)溫問：『酒有何好，而卿嗜之？』嘉曰：『明公未得酒中趣爾。』又問：『聽伎，絲不如竹(琴瑟之樂不如笙簫)，竹不如肉(笙簫之樂不如人的聲音之雋永)，何也？』答曰：『漸近自然(言絲竹之樂，皆不如人的聲音接近自然；而絲相去最遠)。』」在脫口而出的言語中充滿理趣，顯見孟嘉有真才實學，斷非浪得大名者可比。一個有才學的人，自然有非凡的氣象流露在面貌和舉止上，有心人不難察覺。只可惜這一種有心人太少，所以懷才不遇的古今無算，因而時人見到孟嘉的際遇，便特別感到欣慰。

17 戴安道❶年十餘歲，在瓦官寺❷畫。王長史❸見之曰：「此童非徒能畫，亦終當致名❹；恨吾老，不見其盛時耳！」

【注　釋】❶戴安道　即戴逵。見〈雅量〉34注❶。❷瓦官寺　佛寺名，在建康(今南京市)鳳凰臺。又名慧方寺。❸王長史　指王濛。見〈言語〉54注❹。❹致名　招致盛名。即出名。

【語 譯】戴安道十多歲的時候，在瓦官寺繪畫。王長史見了說：「這孩子不但能畫，將來也一定出名；只恨我太老了，不能看到他那時的盛況了！」

【析 評】劉孝標注引《續晉陽秋》：「逵善圖畫，窮巧丹青也。」《晉書．戴逵傳》也說他「少博學，好談論，善屬文，能鼓琴，工書畫；其餘巧藝，靡不畢綜。總角時，以雞卵汁溲白瓦屑作〈鄭玄碑〉，又為文而自鐫之，詞麗器妙，時人莫不驚歎」。由此看來，戴逵是一個多才多藝的人，不僅能窮丹青之妙。王濛初次見他，似乎已從作畫之中，看出他多面的才情，料他有朝一日，終將得名；但他的才情，並非時人所能賞識，故王濛寄望於身後。王濛死時僅三十九歲，此言「吾老」，加重「不見其盛時」的遺憾之情而已，並非真正年老。

18 王仲祖❶、謝仁祖❷、劉真長❸俱至丹陽❹墓所省❺殷揚州❻，絕有確然之志❼。既反❽，王、謝相謂曰：「淵源不起❾，當如蒼生❿何？」深為憂歎。劉曰：「卿諸人真憂淵源不起邪？」

【注 釋】❶王仲祖　即王濛。見〈言語〉54注❹。❷謝仁祖　即謝尚。見〈言語〉46注❶。❸劉真長　即劉惔。見〈德行〉35注❶。❹丹陽　縣名。《晉書．地理志》作「丹楊」。故城在今安徽當塗東。❺省　問候。❻殷揚州　指殷浩。見〈言語〉80注❷。❼確然之志　堅定不移之志。確然，堅固的樣子。❽反　歸。通「返」。❾起　出仕。❿蒼生　指百姓、眾民。

【語 譯】王仲祖、謝仁祖、劉真長，一同到丹陽墓地去問候隱居在那兒的殷淵源，知道他堅不出仕的意願絕對不會動搖。回去以後，王、謝互相說：「淵源不肯當官，將怎麼辦才對得起天下蒼生？」他們深深為此憂傷感歎。劉真長卻說：「諸位真擔心淵源不肯當官嗎？」

【析評】殷浩摒絕世事，退居墓所，幾近十年（事詳〈賞譽〉99則「析評」欄，請參閱）；但是功名對人的誘惑，幾乎是不可抗拒的，當時朝野既對殷浩寄有厚望，劉真長料他無力堅持，故出此言。《晉書・殷浩傳》載：「建元初，庾冰兄弟及何充等相繼卒，簡文帝時在藩，始綜萬機，衛將軍褚裒薦浩，徵為建武將軍、揚州刺史。浩上疏陳讓，并致牋於簡文，具自申敘。簡文答之曰：『屬當（正值）厄運，危弊理盡，誠賴時有其才，不復遠求版築（昔傳說版築於傅巖之野，殷高宗舉以為相。此言不必遠求賢者）。足下沉識淹長（淵深的知識廣博無涯），思綜通練（思想通達洗練），起而明之，足以經濟（經世濟民）。若復深存挹退（謙退之心），苟遂本懷（初志），吾恐天下之事於此去矣（從此敗壞）。今紘領（綱領）不振（不舉），晉綱不綱，顛蹈東海，復可得邪？由此言之，足下去就，即是時之廢興；時之廢興，則家國不異（言隨時廢興）。足下弘思之，靜算之，亦將有以深鑒可否。望必廢本懷，率（循）群情也。』浩頻陳讓，自三月至七月，乃受拜焉。」則殷浩為簡文誠意所感，終於改變初衷，挺身而出，與貪圖功名者有異。

19　小庾❶臨終，自表以子園客❷為代；朝廷❸慮其不從命，未知所遣，乃共議用桓溫❹。劉尹❺曰：「使伊去，必能克定❻西楚❼；然恐不可復制。」

【注釋】❶小庾　指庾翼。見〈雅量〉24注❶。❷園客　庾爰之，字仲真，小字園客，翼第二子，有父風。❸朝廷　本指帝王接受朝見、處理政務的地方，在此借為中央政府的代稱。庾翼卒於晉穆帝永和元年七月，帝時年二歲，皇太后臨朝攝政。❹桓溫　見〈言語〉55注❶。❺劉尹　指劉惔。見〈德行〉35注❶。❻克定　平定。❼西楚　古三楚之一，即今淮北一帶。

【語　譯】庾翼臨死時，上表給朝廷，請求以次子園客接替自己的職位；朝廷上下擔心他不服從命令，又不知派誰才好，於是共同商量，決定任用桓溫。劉尹知道此事，便說：「讓他去，必能平定西楚；但是以後恐怕就不能再控制他了。」

【析　評】劉孝標注引宋明帝《文章志》：「翼表其子代任，朝廷畏憚之，議者欲以授桓溫。時簡文輔政，然之。劉惔曰：『溫去必能定西楚，然恐不復能制。願大王自鎮上流，惔請為從軍司馬。』簡文不許。溫後果如惔所算也。」《晉書・劉惔傳》則說：「惔每奇溫才，而知其有不臣之跡。及溫為荊州，惔言於帝曰：『溫不可使居形勝地，其位號常宜抑之。』勸帝自鎮上流，而己為軍司（據此，前引《文章志》「惔請為從軍司馬」一語，衍「從」、「馬」二字），帝不納。又請自行，復不聽。及溫伐蜀，時咸謂未易可制，惟惔以為必克。或問其故，云：『以蒲博驗之，其不必得，則不為也。恐溫終專制朝廷。』及後竟如其言。」據此，知劉惔所言屢中，乃是他日常細心觀察的結果，並非臆測所得。其伐蜀事，參見下則。

20 桓公❶將伐蜀❷，在事❸諸賢，咸以李勢❹在蜀既久，承藉❺累葉❻，且形據上流，三峽❼未易可克。唯劉尹❽云：「伊必能克蜀。觀其蒲博❾，不必得，則不為。」

【注　釋】❶桓公　指桓溫。見〈言語〉55注❶。❷蜀　今四川地區之別稱。❸在事　居官任事。❹李勢　字子仁，晉略陽郡臨渭縣（今甘肅秦安東南八十里）人。其先李特，因晉亂據蜀。特子雄，僭號稱王於成都。勢祖驤，即李特之弟。驤生壽，壽篡位自立，勢即壽子。晉安西將軍荊州刺史桓溫伐蜀，勢歸降，遷於揚州。凡六世四十七年而亡。❺承藉　憑藉。❻累葉　累世。葉，通「世」。❼三峽　峽名。自四川奉節至湖北宜昌，長江兩岸，形成峽谷，最險處有三（歷代稱名不一），合稱三峽。❽劉尹　指劉惔。見〈德行〉35注❶。❾蒱博　以樗蒱之戲賭博。參見〈任誕〉26注❺、〈忿狷〉4注❹、❺。蒱，通「捕」。

【語　譯】桓公將攻打巴蜀，在位的名賢，都認為李勢在巴蜀已久，憑藉著累世的基業，而且在地勢方面處於長江上游，那險要的三峽，不是隨便就能占領的。只有劉尹說：「他必能制服巴蜀。看他賭博的習氣就知道了，沒把握贏，就絕不下手。」

【析　評】請參閱上則「析評」欄。

21

謝公❶在東山❷畜妓❸，簡文❹曰：「安石必出❺；既與人同樂，亦不得不與人同憂。」

【注　釋】❶謝公　指謝安。見〈德行〉33注❷。❷東山　山名。在今浙江上虞西南四十五里。❸畜妓　畜養歌妓。❹簡文　晉簡文帝。見〈德行〉37注❶。❺出　出山；出仕。

【語　譯】謝公安石在東山畜養了一些歌女，簡文帝說：「安石一定會出山的；他既然和別人同安樂，也不得不和別人共患難。」

【析　評】謝安既然畜養一批歌伎，一定是要她們在宴會中跳舞唱歌，歡愉嘉賓，與眾同樂，而非一人獨享；他請來的嘉賓，多是富貴利達的顯要，這些顯要欽佩謝安的才德，必將誘之以富貴，動之以感情，遲早把他逼入宦海，患難與共，使他在道義上無力招架。所以簡文帝得到報告，立刻做了如此的評估判斷。謝安隱居東山的事，請參閱〈排調〉26、27、32等則及其「析評」。

22 郗超❶與謝玄❷不善。苻堅❸將問晉鼎❹，既已狼噬梁、岐❺，又虎視淮陰❻矣。于時朝議遣玄北討，人間❼頗有異同❽之論；唯超曰：「是必濟❾事。吾昔嘗與共在桓宣武❿府，見使才皆盡；雖履屐⓫之間，亦得其任⓬。以此推之，容⓭必能立勳。」元功⓮既舉，時人咸歎超之先覺⓯，又重⓰其不以愛憎匿⓱善。

【注釋】❶郗超　見〈言語〉59注❺。❷謝玄　見〈言語〉78注❺。❸苻堅　字永固，晉武都郡（治所在今甘肅成縣西八十里）氐人。本姓蒲，祖父洪因讖文有「艸付應王」之語，及其孫堅背上有「艸付」字樣，遂改姓苻。堅伯父健僭帝號，建都長安，史稱前秦。健卒，子生立；凶暴，群臣殺之而立堅。堅立，滅前燕，取仇池，陷晉漢中，取成都，克前涼，定代地，在十六國中最為強盛。晉孝武帝太元八年，堅帥師寇晉，為謝玄等大敗於淝水。後為姚萇所殺。❹問晉鼎　謂謀取晉之帝位。周定王元年，楚陳師示威於周郊，定王使王孫滿勞之，楚莊王問周傳國九鼎的輕重，有取而代之的野心。事見《左傳・宣公三年》。❺梁岐　指冀州。梁，山名。即呂梁山，在今山西離石。岐，山名。即狐岐山，在今山東介休。❻淮陰　郡名。治所在今江蘇淮陰東南之淮陰故城。❼人間　世間。❽異同　謂異。不同。與下文「愛憎」之偏用「憎」字同例。❾濟　成。❿桓宣武　即桓溫。見〈言語〉55注❶。⓫履屐　鞋與木屐。屐有二齒，便於在泥地行走。⓬任　任用。⓭容　當。⓮元功　佐興帝業的大功。⓯先覺　領先察覺事理。⓰重　崇尚；重視。⓱匿　隱藏。

【語譯】郗超和謝玄不睦。苻堅將篡奪晉君的帝位，已經狼吞了梁、岐之地，又進而虎視著淮陰郡。當時朝廷打算派謝玄帥師北伐，但世間很有些反對的論調；只有郗超說：「他必能成事。我從前曾和他在桓宣武府中共事，看他使人人都能盡展長才；雖然小得如同履、屐間的差異，也能各得適當的任用。由此看來，他一定能夠建立大功。」等到謝玄立下了輔助王業的勳勞，當時的人都讚歎郗超的先知先覺，也推崇他不因個人的好惡而隱蔽別人的長處。

【析評】《晉書・郗超傳》：「常謂其父（郗愔，見〈捷悟〉6注❶）名公（郗鑒，見〈德行〉24注❶）之字，位應在謝安右（上），而安入掌機權，愔優游而已；恆懷憤憤，發言慷慨，由是與謝氏不穆（通「睦」），安亦深恨之。」謝玄是謝安的姪兒，故郗超也與他互有心結。但至為難得的是國難方殷之際，郗超能拋開私人的恩怨，讚許謝玄的知人善使，舒緩了反對的聲浪，有助於謝玄的建功立業。劉孝標注引《中興書》：「于時氐賊彊盛，朝議求文武良將可鎮靖北方者，衛大將軍（謝）安曰：『唯兄子玄可任此事。』中書郎郗超聞而歎曰：『安違眾舉親，明也。玄必不負其舉。』」是郗超把他和謝安的恩怨也置於九霄雲外，更為難得。據《資治通鑑》一〇四，晉孝武帝太元二年，謝玄以征西司馬為兗州刺史，領廣陵相。當年十二月，郗超卒。又據《晉書・孝武帝紀》，太元八年，冬，謝玄及苻堅戰於淝水，大破之。則謝玄受舉於太元二年，成功於八年。謝玄之元功，郗超未及見。

23 韓康伯❶與謝玄❷亦無深好❸，玄北征❹後，巷議❺疑❻其不振❼。康伯曰：「此人好名，必能戰。」玄聞之甚忿❽，常於眾中厲色❾曰：「丈夫提千兵，入死地❿，以事君親⓫故發；不得復云為名！」

【注釋】❶韓康伯　即韓伯。見〈德行〉38注❷。❷謝玄　見〈言語〉78注❺。❸深好　深厚的友誼。❹北征　謂奉命討伐北方的苻秦。參見前則。❺巷議　街巷中的議論；輿論。❻疑　恐懼；害怕。❼不振　謂不能挽救危局。振，救。❽忿　怨恨；憤怒。❾厲色　嚴肅的臉色。❿死地　必死之地。指戰地。⓫君親　君主和親人。

【語譯】韓康伯和謝玄也沒有深厚的交情，謝玄帥師北伐後，大眾議論紛紛，唯恐他不能挽救危局。韓康伯說：「這個人好名，一定能努力打仗。」謝玄聽了非常氣憤，常常在群眾中帶著嚴肅的臉色說：「大丈夫帥領千軍萬馬，進入必死的戰地，是為了侍奉君親、竭盡忠孝才努力奮發的；不得再說只為了求名！」

【析　評】謝玄所說，深合保衛民族國家之大義。古人雖有「貪夫殉財，烈士殉名」的說法，但為了追求名、財而死，都是死於私利；韓康伯謂謝玄能為名而死戰得勝，心存鄙視之意，無怪謝玄要「聞之甚忿」，厲色抗議了。

24 褚期生❶少時，謝公❷甚知❸之，恆云：「褚期生若不佳者❹，僕❺不復相士❻。」

【注　釋】❶褚期生　褚爽，字弘茂，小字期生，晉河南郡陽翟縣（在今河南禹縣）人。好《老》、《莊》言，不慕榮利，官至義興太守。女為恭帝皇后。❷謝公　指謝安。見〈德行〉33注❷。❸知　賞識。❹者　句末停頓語氣詞。❺僕　自身的謙稱。❻相士　觀察士子的狀貌而知其才德的高下。

【語　譯】褚期生年少時，謝公很賞識他，常對人說：「褚期生如果表現不好，我就不再評論士子的高下了。」

【析　評】劉孝標注引《續晉陽秋》，云褚期生長大後，「果俊邁有風氣（風度），好《老》、《莊》之言。當世榮譽，弗之屬也」，可見謝安有知人之明。

25 郗超❶與傅瑗❷周旋❸，瑗見其二子❹並總髮❺。超觀之良久，謂瑗曰：「小者才名皆勝❻；然保卿家❼，終當在兄。」即傅亮兄弟也。

【注釋】❶郗超 見〈言語〉59注❺。❷傅瑗 字叔玉，晉北地郡靈州縣（在今寧夏靈武西南）人。官至安城太守。❸周旋 交往。❹二子 迪與亮。迪字長猷，位至五兵尚書，贈太常。其弟亮，字季友，官至光祿大夫；劉宋文帝元嘉三年，以罪伏誅。❺總髮 總角。參見〈文學〉14注❷。❻勝 超過。❼家 指家族的命脈。

【語譯】郗超和傅瑗交情很好，傅瑗介紹他兩個年幼的兒子。郗超仔細看了很久，對傅瑗說：「這個小的，將來才氣、名聲都會超過大的；但是保全您家族命脈的責任，最後將落在那哥哥身上。」所說的就是傅迪、傅亮兩兄弟了。

【析評】《宋書・傅亮傳》：「父瑗與郗超善，超嘗造瑗，瑗見其二子迪及亮。亮年四、五歲，超令人解亮衣，使左右持去，初（始終）無吝色。超謂瑗曰：『卿小兒才名位宦，當遠踰於兄；然保家傳祚，終在大者。』」敘事較詳。傅亮於宋文帝元嘉三年死，年五十三；則生於晉孝武帝寧康二年，太元二年郗超卒時，年方四歲。四歲的孩童，已粗通人事，當眾解衣，應知忸怩羞恥，而傅亮了無此態，與傅迪異，故郗超得據此推斷。才情卓犖的人，往往開創有餘，守成不足；富貴而驕，自召其禍。傅迪善儒學，官至五兵尚書，宋武帝永初二年卒，追贈太常。以功名終。傅亮與徐羨之等弒宋少帝，立文帝，官至中書監、尚書令，加光祿大夫、開府儀同三司。旋被殺；文帝感傅亮迎立之誠，赦其諸子。以上均見《宋書》本傳。

26 王恭❶隨父❷在會稽，王大❸自都❹來拜墓，恭暫往墓下❺看之；二人素善，遂十餘日方還。父問恭何故多日？對曰：「與阿大語，蟬連❻不得歸。」因語之曰：「恐阿大非爾之友❼。」終乖愛好❽，果如其言。

【注釋】❶王恭　見〈德行〉44注❶。❷父　指王蘊。見〈賞譽〉137注❷。❸王大　指王忱。見〈德行〉44注❷。❹都　指建康。❺下　指所在之處。❻蟬連　連續不斷。❼友　同志為友。❽終乖愛好　謂終致意見不合。事詳〈賞譽〉153。

【語譯】王恭隨父親住在會稽，王大從都城前來拜祭祖墳，王恭暫時到墓地去看他；兩個人一向交情很好，於是相聚十多天才回家。王恭父問他為甚麼滯留這麼多天？答道：「和阿大談話，談得沒完沒了，所以不能回來。」王恭父就告訴他說：「只怕阿大並不是你志同道合的朋友。」最後二人意見不合，果然如他所說。

【析評】王蘊為會稽內史，當在晉孝武帝太元四年至九年之間。《易・頤》云：「君子以慎言語，節飲食。」又〈繫辭下〉云：「吉人之辭寡，躁人之辭多。」而王忱喋喋不休，故知他是個浮躁多言的小人，難與為友。請參閱〈賞譽〉153則「析評」欄。

27 車胤父❶作南平郡功曹❷，太守王胡之❸避司馬無忌之難❹，置郡于澧陰❺。是時胤十餘歲，胡之每❻出，嘗於籬中見而異焉❼；謂胤父曰：「此兒當致高名❽！」後遊集❾，恆命❿之。胤長，又為桓宣武⓫所知。清通⓬於多士⓭之世，官至選曹尚書⓮。

【注釋】❶車胤父　胤字武子，晉南平郡（治所在今湖南安鄉北）人。父育。胤恭勤博學，家貧不常得油，夏夜常用白色絹囊盛螢火蟲數十照明讀書。官至吏部尚書，封臨湘侯。後因劾奏元顯未成，被迫自殺。❷功曹　官名。郡守的佐吏，掌考察記錄功勞。❸王胡之　見〈言語〉81注❶。❹司馬無忌之難　參見〈仇隙〉3。❺澧陰　《晉書・地理志》無此縣，疑「澧」為「灃」字之誤。晉有天門郡治澧陽（今湖南天門），位澧水之陽（北），「澧陰」應謂澧水之陰（南），指與澧陽縣隔水相望之地，非縣名。其地在南平縣西，相去不遠。❻每　數次；多次。❼異焉　異之；以之為異。❽高名　大名。❾遊集　交遊聚會。❿命　召。⓫桓宣武　即桓溫。見〈言語〉55注❶。⓬清通　心地清淨，官運通達。⓭多士　才士眾多。⓮選曹尚書　官名。主詮選官吏。

【語譯】車胤的父親為南平郡功曹的時候，郡守王胡之為了逃避司馬無忌的災禍，把治所設於澧陰。那時車胤只有十多歲，王胡之好幾次出門，曾在竹籬中看到他，覺得他與眾不同；所以對車胤的父親說：「這孩子必將得到大名！」後來與朋友交遊聚會，經常召他奉陪。車胤成年以後，又受到桓宣武的賞識。在那人才濟濟的時代，他始終心地清淨、官運亨通，一直升遷到選曹尚書的職位。

【析評】車胤囊螢苦讀的故事，世人皆知。一個飽學的孩子，言行舉止，當然和常童有異，不難為有心人察覺；這就是他先後得到王胡之和桓溫賞識的主因。然車胤不僅學問好，更難得的是他官位雖越來越高，但始終保持心地的清淨，才能在濟濟多士的時代，青雲直上，亨通無阻。所以本文「清通於多士之世」，是值得我們咀嚼回味的。

28 王忱❶死，西鎮❷未定；朝貴❸人人有望❹。時殷仲堪❺在門下❻，雖居機要❼，資名❽輕小，人情❾未以方嶽❿相許⓫。晉孝武⓬欲拔親近腹心⓭，遂以殷為荊州。事定，詔未出，王珣⓮問殷曰：「陝西⓯何故未有處分⓰？」殷曰：「已有人。」王歷⓱問公卿，咸云非；王自許才地⓲，必應在己，復問：「非我邪？」殷曰：「亦似非。」其夜詔出，用殷。王語所親曰：「豈有黃門郎⓳而受如此任⓴？

仲堪此舉，迺是國之亡徵㉑！」

【注　釋】❶王忱　見〈德行〉44注❷。❷西鎮　指駐守西方重鎮的大吏。即荊州刺史。❸朝貴　朝中有權勢的高官。❹有望　盼望。有，助詞。無義。❺殷仲堪　見〈德行〉40注❶。❻門下　門下省的略稱，掌管詔令的官署。晉孝武帝以仲堪為黃門侍郎。❼機要　指參與機密要政受到親信的地位。❽資名　地位與名聲。❾人情　輿情；民意。❿方嶽　地方長官，如刺史、太守。⓫許　認可。⓬晉孝武　即晉孝武帝。見〈言語〉89注❷。⓭腹心　喻親信。⓮王珣　見〈言語〉102注❸。⓯陝西　謂荊州。晉室東遷，王居建鄴，揚、荊二州為京師根本之所寄。猶周代周公所治之陝東與召公所治之陝西。故稱揚州為東陝，荊州為西陝或陝西。⓰處分　處理。⓱歷　普遍。⓲才地　才能與門地（也作「門第」）。⓳黃門郎　「給事黃門侍郎」之省稱，官名。與侍中俱管門下省事。⓴任　責任。㉑亡徵　滅亡的徵兆。

【語　譯】王忱死了，鎮守西方的大員尚未確定；朝中的顯貴，人人都盼望出馬接替。當時殷仲堪在門下省做事，雖位居機要，但地位和名聲低微，輿情認為他不足擔當地方首長的重任。可是晉孝武帝想選拔親信的人物，於是以殷仲堪為荊州刺史。事已確定，詔令尚未發出，王珣問殷仲堪道：「陝西的事，為甚麼還沒處理？」殷仲堪說：「已有人了。」王珣遍問朝裡的公卿，殷仲堪都說不是；王珣自以為憑才能與門第，這任務一定該落在自己身上，又問道：「莫非是我嗎？」殷仲堪說：「也好像不是。」那天晚上詔令發出，任用了殷仲堪。王珣告訴親信的人說：「哪有一個小小的黃門郎卻承受如此的重任？仲堪這次被舉用，就是國家滅亡的徵兆啊！」

【析　評】國家用人，應有一定的制度。縱使遇到具有奇才異德的俊傑，值得破格拔擢，也必須眾議咸同，才可任用，不得憑個人的私智，擅自決斷；因為個人的識鑑能力是有限的，而且也常會受到私心的蒙蔽。就以此事為例，晉孝武遇到方面大員出缺，竟棄滿朝文武重臣於不顧，在那極端重視門第聲望的時代，祕密選用了資名輕小的殷仲堪，一直到詔命發出，大家才曉得是怎麼一回事！仲堪得君王如此的賞識拔擢，固然值得他慶幸欣喜；可是輿情的失望憤慨，必將在國家的興衰存亡上反應無遺。春秋時，衛懿公

賞譽❶第八

1 陳仲舉❷嘗歎曰：「若周子居❸者，真治國之器❹；譬諸寶劍，則世之干將❺。」

【注釋】❶賞譽　稱讚別人的才德。❷陳仲舉　即陳蕃。見〈德行〉1注❶。❸周子居　周乘，字子居，後漢汝南郡安城縣（在今江西安福西）人。聰朗特立，與陳仲舉、黃叔度為友。為太山太守，有惠政。❹器　器用。比喻人才。❺干將　寶劍名。春秋時吳人干將與其妻莫邪善製劍，曾鑄二劍，陽曰干將，陰曰莫邪；自匿其陽，而獻其陰與吳王闔閭，王以為寶。見《吳越春秋》。

【語譯】陳仲舉曾讚歎道：「像周子居，真是治理國家的大器；如果用寶劍來作比喻，那就是世上鋒利無比的干將。」

【析評】干將、莫邪二劍，乃「采五山之鐵精，六合之金英」，在「候天伺地，陰陽同光，百神臨觀，天氣下降」的條件下，「干將妻乃斷髮剪爪，投於爐中」，以應「神物之化，須人而成」的需要，並「使童女、童男三百人鼓橐裝炭」（見《吳越春秋》二），熔鑄而成的人間至寶，而干將又以雄劍之尊，獨占鰲頭。陳仲舉以譽周子居，是把他視作古今無雙的奇才，可謂賞譽的極致。《北堂書鈔》三六引《汝南先賢傳》：「周乘為交州刺史，上言願為聖朝掃清一方。太守聞乘之威，即上疾乞骸，屬縣解印四十餘城。」足見所譽不虛。

2 世目李元禮❶：「謖謖❷如勁松❸下風。」

【注釋】❶李元禮 即李膺。見〈德行〉4注❶。❷謖謖 風聲。❸勁松 挺立而不畏風寒的松樹。比喻剛強不屈的人。

【語譯】世人品評李元禮說：「他好像颼颼吹過勁松下的強風。」

【析評】劉孝標注引《李氏家傳》：「膺嶽峙（特立）淵清（如淵水之深靜澄清），峻貌貴重（嚴峻的相貌令人敬重）。」是說李元禮威儀莊肅，令人見而生畏。本則所記，則強調他忠告善道，不達目的絕不停止的一面：再剛強固執有如勁松的人，他也要諄諄勸誡，使他從風向善。

3 謝子微❶見許子將兄弟❷，曰：「平輿之淵，有二龍焉！」見許子政弱冠❸之時，歎曰：「若許子政者，有幹國之器❹！正色忠謇❺，則陳仲舉之匹❻；伐惡退不肖，范孟博❼之風。」

【注釋】❶謝子微 謝甄，字子微，後漢汝南郡召陵縣（今河南郾城東三十五里）人。善於評鑑人物。曾任豫章從事。❷許子將兄弟 許虔，字子政，後漢汝南郡平輿縣（今河南汝南東南六十里）人。體尚高潔，雅正寬亮。弟邵，字子將，常以評鑑清濁為務，虔自以為不及；為郡功曹，尊賢貴德，黜姦廢惡，全郡肅靜。❸弱冠 古時男子二十歲成人，初加冠；體尚未壯，故稱弱。後稱年少為弱冠。據《三國志・魏志・和洽傳》注引《汝南先賢傳》，子微初見子政，子政年十八歲。❹幹國之器 為國辦事的才能。❺正色忠謇 態度端莊嚴肅，為人忠誠正直。❻匹 匹敵；才德相當的對手。❼范孟博 范滂，字孟博，東漢汝南郡細陽縣（今安徽太和東。細陽，《後漢書》作征羌，誤）人。為功曹，辟公府掾。滂在職，凡行違孝悌、不仁不義者，全部斥退。後因黨禍被殺。見《後漢書・黨錮傳》。

【語　譯】謝子微見到許子將兄弟，便說：「在平輿這個深淵，有兩條龍呢！」當他見到年少時的許子政，讚歎道：「像許子政這樣的人，一定有為國辦事的才具！他的態度端莊嚴肅，為人忠誠正直，則是陳仲舉的對手；他想誅伐惡人，斥退無能的人，大有范孟博的作風。」

【析　評】謝子微以龍比喻許子政兄弟，所以用「淵」比喻他們生長的地方——平輿；因為龍是潛於深淵的神物。而且謝子微當許子政年少時就已看出他的不凡，認為他兼有陳仲舉、范孟博的長處，後來果如所言，可說是善鑒人倫的英才。

4 公孫度❶目邴原❷：「所謂雲中白鶴，非燕雀之網所能羅❸也。」

【注　釋】❶公孫度　字升濟，魏遼東郡襄平縣（今遼寧遼陽北七十里）人。曾任冀州刺史、遼東太守。❷邴原　字根矩，魏東莞郡朱虛縣（今山東臨朐東六十里）人。博學多聞，品德美好，知時將亂，避居遼東。及歸，魏王徵為東閤祭酒，累遷五官中郎長史。❸羅　網羅；以網捕捉。

【語　譯】公孫度品評邴原道：「他是世人所說的雲中白鶴，不是用捕捉燕子、麻雀的網能夠獲得的。」

【析　評】白鶴高飛雲外，遠離地面，非網羅所能及；比喻高人避世遠引，非常法得留用。據劉孝標注引〈邴原別傳〉，原避地遼東，遼東太守公孫度厚加禮待；中國既寧，原欲還鄉，為度禁絕，乃灌醉看守的人，乘夜逃走。數日，度覺，屬下請追捕，度說：「邴君所謂雲中白鶴，非鶉、鷃之網所能羅也。」便任他逍遙自去。

5 鍾士季❶目王安豐❷：「阿戎了了❸解人意。」謂：「裴令公❹之談，經日不竭。」吏部郎闕❺，文帝問其人於鍾會，會曰：「裴楷清通❻，王戎簡要❼，皆其選也。」於是用裴。

【注釋】❶鍾士季　即鍾會。見〈言語〉11注❷。❷王安豐　即王戎。見〈德行〉16注❶。❸了了　聰明伶俐，通曉事理。❹裴令公　指裴楷。見〈德行〉18注❸。❺闕　官位出缺。❻清通　清明而通達。❼簡要　精簡而得要。

【語譯】鍾會品評王安豐說：「阿戎通曉事理，善解人意。」又說：「裴令公的言論，整天都談不完。」吏部郎官的職位出缺了，文帝向鍾會問適當的人選；鍾會說：「裴楷清明通達，王戎精簡得要，都是理想的人選。」因此就任用了裴楷。

【析評】這一則文中的「裴令公」，宋本作「裴公」，注云：「裴頠，已見。」與後文不相屬。楊勇《校箋》援《晉書．裴楷傳》，謂「裴公」當作「裴令公」，所見甚是，茲據改。阿戎了了解人意，故處事發言，簡要明快；裴楷思想清通，故談玄說理，觸類旁通，左右逢源，竟日不絕；簡要則寡味，於是文帝用裴楷而捨王戎。

6　王濬沖❶、裴叔則❷二人，總角❸詣鍾士季❹。須臾去後，客問鍾曰：「向二童何如？」鍾曰：「裴楷清通，王戎簡要❺。後二十年，此二賢當為吏部尚書❻，冀爾時天下無復滯才❼。」

【注釋】❶王濬沖　即王戎。見〈德行〉16注❶。❷裴叔則　即裴楷。見〈德行〉18注❸。❸總角　指童年。古代兒童的髮型，於頭頂兩側束辮為結，其狀如角，稱為總角。引申指幼年時代。❹鍾士季　即鍾會。見〈言語〉11注❷。

❺裴楷清通二句　見本篇5注❻、❼及「析評」欄。❻吏部尚書　官名。為掌管官吏選任、銓敘、勳階等事的吏部之主官。❼滯才　被遺漏的人才。滯，遺漏。

【語　譯】王濬沖、裴叔則兩個人，童年時去拜見鍾士季。不一會兒走了以後，有客人問鍾士季說：「剛才這兩個孩子怎麼樣？」鍾士季說：「裴楷清明通達，王戎精簡得要。二十年後，這兩位賢人應做吏部尚書，希望到那時候天下就不再有被遺漏的人才了。」

【析　評】這一則承接前則，說明王戎、裴楷的性格和表現雖有不同，但都有知人善舉的才能，故鍾會對他倆寄以厚望。

7　諺❶曰：「後來❷領袖❸有❹裴秀❺。」

【注　釋】❶諺　民間流傳的常語。❷後來　後進；後起。❸領袖　衣服的領和袖。比喻能提攜他人、為人表率的人。❹有　為；是。❺裴秀　字季彥，晉河東郡聞喜縣（今屬山西）人。有風操，八歲能作文。父終，讓財與兄。晉受禪，封鉅鹿公。後累遷左光祿、司空。

【語　譯】民間的傳言說：「後起的領袖是裴秀。」

【析　評】裴秀的叔父裴徽，有盛名；裴秀十多歲的時候，有一位客人才拜見裴徽出來，就過訪裴秀，時人因此傳言道：「後進領袖有裴秀。」事見劉孝標注引虞預《晉書》。據此，知時人心目中的先進領袖是裴徽，故稱秀為「後來領袖」。

8　裴令公❶目夏侯太初❷：「肅肅❸如入廊廟❹中，不脩敬❺而人自敬。」一曰：

「如入宗廟，琅琅❻但見禮樂器❼。」「見鍾士季❽，如觀武庫❾，森森❿但睹矛戟在前。見傅蘭碩⓫，汪翔⓬靡所不有。見山巨源⓭，如登山臨下，幽然深遠。」

【注釋】❶裴令公　指裴楷。見〈德行〉18注❸。❷夏侯太初　即夏侯玄。見〈方正〉6注❶。❸肅肅　嚴肅的樣子。❹廊廟　宮殿四周的廊和太廟，是古代帝王和大臣議論政事的地方。後遂稱朝廷為廊廟。❺脩敬　修養敬慎，刻意求敬。脩，通「修」。❻琅琅　俊美的樣子。❼禮樂器　用以行禮奏樂的法度之器。❽鍾士季　即鍾會。見〈言語〉11注❷。❾武庫　儲藏武器的倉庫。❿森森　繁密的樣子。⓫傅蘭碩　即傅嘏。見〈文學〉9注❶。⓬汪翔　即汪洋。廣博無際的樣子。宋本作「汪廧」。「翔」、「廧」並通「洋」。⓭山巨源　即山濤。見〈政事〉5注❶。

【語譯】裴令公品評夏侯太初說：「見了他，內心就嚴肅得好像進入朝廷，不必刻意求敬，人便自然產生敬意。」又說：「好像進入宗廟，琳琅滿目，只看見一些禮樂法度之器。」裴令公說：「見了鍾士季，好像觀察武庫，密密麻麻的，只見矛戟陳列在面前。見了傅蘭碩，知他學識廣博無際，彷佛萬事萬物無所不有。見了山巨源，好像登上高山向下俯視，一片幽暗，深遠難測。」

【析評】這一則記裴楷對夏侯玄、鍾會、傅嘏、山濤的觀感：夏侯玄一言一行，莫不中規蹈矩，有如禮樂之器，各有形制，令人肅然起敬；鍾會不苟言笑，冷如冰霜，使人見而生畏，如觀武庫；傅嘏學識廣博，包羅萬有；山濤為人深沉，幽遠難測；可說各有其特色。

9　羊公❶還洛，郭奕❷為野王❸令；羊至界，遣人要❹之，郭便自往。既見，歎曰：「羊叔子何必❺減❻郭太業！」復往羊許，小悉❼還，又歎曰：「羊叔子去人❽遠矣！」羊既去，郭送之彌日❾，一舉❿數百里；遂⓫以出境免官，復歎曰：

「羊叔子何必減顏子⑫！」

【注釋】❶羊公　指羊祜。字叔子。見〈言語〉86注❸。❷郭奕　字太業（「太」也作「泰」，通作「大」。故劉孝標注引《晉諸公贊》作「泰業」，《晉書》本傳作「大業」），晉太原郡陽曲縣（今山西太原北四十五里）人。有才望，歷任雍州刺史、尚書。❸野王　縣名。即今河南沁縣。❹要　邀約。❺何必　哪會一定；不一定。❻減　不及；不如。❼小悉　少選；少頃；不久。❽去人　超出常人。❾彌日　整天；終日。❿舉　行動。⓫遂　終；竟。⓬顏子　指顏回。見〈言語〉46注❺。

【語譯】羊公將回洛陽，郭奕擔任野王縣縣令；羊公到達縣界，派人約見他，郭奕就親自去拜見。郭奕見過羊公以後，讚歎道：「羊叔子哪會一定不如我郭太業啊！」後來再去羊公的住所，不久回來，又讚歎道：「羊叔子超出常人太遠了！」羊公離開縣境，郭奕送了他一整天，一口氣走了好幾百里；竟因為擅自出境被免了官職，再讚歎道：「羊叔子哪會一定不如顏子呢！」

【析評】這一則記郭奕原本自視甚高，但一見羊公，以為他不亞於自己；再見羊公，又自比於常人，覺得遠不如叔子；最後終因送羊公而曠職免官，但他毫不悔恨，以為羊公足以媲美顏淵。顏子樂道好學，善言德行，孟子把他譽為「具體而微」的孔聖（見《孟子．公孫丑上》），丟官後的郭奕，竟拿羊公比顏子；可見他自比於羊公，是「每況愈下」了。

10 王戎❶目山巨源❷：「如璞玉渾金❸，人皆欽❹其寶❺，莫知名其器❻。」

【注釋】❶王戎　見〈德行〉16注❶。❷山巨源　即山濤。見〈政事〉5注❶。❸璞玉渾金　形容天性純美，如未經雕琢的玉、未曾提煉的金。❹欽　敬佩。❺寶　指寶貴的特質。❻器　有形的具體事物。指山巨源這個人。

【語譯】王戎品評山巨源說：「他好像未雕琢的玉、待提煉的金，人人都欽佩他那寶貴的特質，卻不知怎樣形容他這個人。」

【析評】王戎的意思，是說未雕琢的玉，人稱「璞玉」；未精煉的金，世稱「渾金」；山巨源的天性美好，未經人為的修飾，有如璞玉渾金，世人卻但知敬佩，無以名之。

11 羊長和❶父繇❷，與太傅祜❸同堂❹相善；仕至車騎掾，蚤❺卒。長和兄弟五人，幼孤❻；祜來哭，見長和哀容舉止，宛若成人，迺歎曰：「從兄❼不亡矣！」

【注釋】❶羊長和　即羊忱。見〈方正〉19注❶。❷繇　字堪甫，晉太（也作「泰」）山郡（治所在今山東泰安東北十七里）人。官至車騎掾。生五子：秉、洽、式、亮、忱。❸祜　見〈言語〉86注❸。❹同堂　同祖父的親屬。繇、祜皆是羊續孫，為同堂兄弟（今稱堂兄弟）。❺蚤　通「早」。❻孤　無父曰孤。❼從兄　「從父兄」的略稱。即堂兄。同一宗族，次於至親的親屬叫「從」。

【語譯】羊長和的父親羊繇，與太傅羊祜是堂兄弟，相處得很好；但他官至車騎掾時，很年輕就死了。羊長和兄弟五個人，很小便失去父親；當羊祜來哭祭的時候，看見羊長和哀慼的容貌和得體的舉動，彷彿成人，便讚歎道：「堂兄可說是不死了！」

【析評】羊長和是五兄弟中最小的一個，幼年喪父，而哀容舉止，宛如成人，自然惹人愛憐；於是羊祜便把羊繇的影子壓縮在具有父風的羊長和身上，他的精神因有所寄託而不滅，所以說：「從兄不亡矣！」

12 山公❶舉阮咸❷為吏部郎❸，目曰：「清真寡欲❹，萬物不能移也。」

【注　釋】❶山公　指山濤。見〈政事〉5注❶。❷阮咸　字仲容，晉陳留郡尉氏縣（今江蘇六合）人。任達不拘，與叔父籍齊名。妙解音律，善彈琵琶。曾任散騎侍郎、始平太守。❸吏部郎　官名。主管選舉。晉時特別重視其人選，其職位也高於諸曹郎。❹清真寡欲　純潔樸實，少有慾望。

【語　譯】山公薦舉阮咸為吏部郎，並品評道：「他純潔樸實，少有慾望，世間任何東西都不能改變他的節操。」

【析　評】吏部郎肩負為國舉才的大任，如果操守不好，貪賄受賂，賣官鬻爵，就會敗壞風紀，擾亂朝綱，所以山公向晉武帝推薦清心寡欲的阮咸，但武帝因「咸行已多違禮度」（見劉注引《晉陽秋》），「耽酒虛浮」，終於錄用了陸亮（見《全晉文．山濤．啟事》注）。阮咸違禮度的事，由本書〈任誕〉12、15則所記，可見一斑。其身放達不羈，恐難奉守官常；武帝不用，很有道理。

13 王戎❶目阮文業❷：「清倫❸有鑒識❹，漢元❺以來，未有此人。」

【注　釋】❶王戎　見〈德行〉16注❶。❷阮文業　阮武，字文業，晉陳留郡尉氏縣（今江蘇六合）人。闊達博通，深遠高雅。魏末曾任清河太守。❸清倫　神志清明而有條理。❹鑒識　鑒裁識別的能力。在此指評鑑人倫而言。❺漢元　漢初；漢朝初年。

【語　譯】王戎品評阮文業說：「神志清明而有條理，有評鑑人品高下的能力，從漢初到現在，都沒有這樣的人物。」

【析　評】劉孝標注引《陳留志》：「武，魏末河清太守。族子籍，年總角，未知名；武見而偉之，以為勝己。知人多此類。」漢有清河郡，「河清」應是「清河」的誤倒；《晉書．阮籍傳》云「族兄文業」，則阮籍為阮文業的族弟，而非族子。阮籍年幼尚未成名，阮文業已看出他的不凡，足證他鑑識的高超。

14 武元夏❶目裴、王❷曰：「戎尚約❸，楷清通❹。」

【注　釋】❶武元夏　武陔，字元夏，晉沛國竹邑縣（今安徽宿縣北二十里）人。與弟韶、茂皆幼有才望。官至左僕射。❷裴王　指裴楷、王戎。見〈德行〉18注❸、〈德行〉16注❶。❸尚約　崇尚簡要。❹清通　清明而通達。

【語　譯】武元夏品評裴楷和王戎說：「王戎崇尚簡要，裴楷清明通達。」

【析　評】武氏所論，與本篇5則載鍾士季語相同，請參閱。

15 庾子嵩❶目和嶠❷：「森森❸如千丈松，雖磊砢❹有節目❺，施❻之大廈❼，有棟梁❽之用。」

【注　釋】❶庾子嵩　即庾敳。見〈文學〉15注❶。❷和嶠　見〈德行〉17注❷。❸森森　高聳的樣子。❹磊砢　眾石重疊不平的樣子。在此借指樹多節目。❺節目　樹木枝幹交接處為節，紋理糾結處為目。❻施　安置。❼大廈　比喻國家。❽棟梁　屋頂的正梁為棟，兩側楹柱上的橫木為梁。比喻承擔重任的人。

【語　譯】庾子嵩品評和嶠道：「直挺挺聳立著，如同千丈的高松，雖然有很多節目，安置在大廈上，卻有當作棟梁的用處。」

【析　評】《晉書．庾敳傳》說：「敳有重名，為縉紳所推，而聚斂積實，談者譏之。都官溫嶠奏之，敳更器嶠，目嶠森森如千丈松，……」以庾敳所品評的是溫嶠；但同書〈和嶠傳〉則說：「太傅從事中郎庾敳見而歎曰：『嶠森森如千丈松，……』」與本則所記相同。和嶠卒於元康二年（西元二九二年），庾敳為太傅司馬越從事中郎則在永興元年（西元三〇四年），相去十二年；且溫嶠曾任都官從事，和嶠未任此職；故知作溫嶠者為是。《呂氏春秋・舉難》：「尺之木必有節目，寸之玉必有瑕瓋；先王知物之不可全也，故擇物而貴取一也。」一謂可取之處。節目、瑕瓋（玉斑）皆喻缺陷。據此而言，則知庾子嵩以千丈松喻溫嶠，是說他才情高峻雄偉，缺點雖多，卻瑕不揜瑜，可為承擔國家重任的棟梁之材。

16 王戎❶云：「太尉❷神姿❸高徹❹，如瑤林瓊樹❺，自然是風塵❻外物。」

【注釋】❶王戎　見〈德行〉16注❶。❷太尉　指王衍。見〈言語〉23注❷。❸神姿　指人的神情姿態。❹高徹　高明爽朗。❺瑤林瓊樹　枝葉如玉的仙樹。瑤、瓊，皆美玉名。❻風塵　指人世。言人間混亂，如風起塵揚，一片昏濁。

【語譯】王戎說：「王太尉的神情姿態，高明爽朗，好像玉樹瓊林，自然是塵世以外的物品。」

【析評】《名士傳》說：「夷甫天形奇特，明秀若神。」（見劉孝標注）也道出王夷甫風采出塵的特質。王戎所說的「高徹」，《名士傳》用「明」字表達，因為「徹」有從頭至尾，通明到底的意思。至於《名士傳》所用的「秀」字，王戎則以「如瑤林瓊樹」一語兼攝：瑤、瓊之類的美玉，通體透明，具有「高徹」的德性；而這種仙樹的神奇與秀麗，自非人間凡林所能比。至於「自然是風塵外物」這句話，對瑤林瓊樹而言，就表明那是仙樹；對王太尉而言，則表明他是神人；與《名士傳》「若神」的比擬也是一致的。這兩段文章，真是互為表裡，相得益彰啊！

17 王汝南❶既除所生服❷，遂停墓所❸。兄子濟❹，每來拜墓，略❺不過❻叔，叔亦不候❼濟；脫❽時過止❾，寒溫而已。後聊❿試問近事，答對⓫甚有音辭⓬，出濟意外，濟極惋愕⑬。仍⑭與語，轉造⑮精微。濟先略無子姪之敬，既聞其言，不覺懍然⑯，心形俱肅。遂留共語，彌日累夜⑰。濟雖儁爽⑱，自視缺然⑲，乃喟然歎曰：「家有名士，三十年而不知！」濟去，叔送至門。濟從騎有一馬，絕難乘，少能騎者。濟聊問叔：「好騎乘⑳不？」曰：「亦好爾。」濟又使騎難乘馬；叔姿形既妙，回策如縈㉑，名騎無以過之。濟益歎其難測，非復一事。既還，渾問濟：「何以暫㉒行累日？」濟曰：「始得㉓一叔。」渾問其故，濟具歎述如此。渾曰：「何如我？」濟曰：「濟以上㉔人。」武帝每見濟，輒以湛調之，曰：「卿家癡叔死未？」濟常無以答；既而得叔後，武帝又問如前，濟曰：「臣叔不癡。」稱其實美。帝曰：「誰比？」濟曰：「山濤㉕以下，魏舒㉖以上。」於是顯名；年二十八，始宦。

【注釋】❶王汝南　指王湛。湛字處仲，晉太原郡晉陽縣（今山西太原）人。父昶，兄司徒渾。有識度，寡言語，兄弟宗族皆以為癡，其父獨以為異。官至汝南內史。❷除所生服　守父喪期滿，脫去喪服。❸墓所　指父王昶的墓地。❹兄子濟　渾次子，見〈言語〉24注❶。❺略　全。❻過　見；拜訪。❼候　問候；探望。❽脫　或許；偶而。❾止　居處；住所。❿聊　姑且。⓫答對　應答；回答。對，也是答的意思。⓬甚有音辭　謂言辭甚有文采。音辭，即言辭。⓭惋愕　惋惜驚訝。⓮仍　接連不斷；接著。⓯造　至；及於。⓰懍然　敬畏的樣子。⓱彌日累夜　謂整一晝夜。彌，滿；整。累，重疊。⓲儁爽　才華出眾，性情豪爽。儁，通「儁」、「俊」。⓳自視缺然　自覺不滿。⓴騎

乘　騎馬。乘也是騎的意思。㉑回策如縈　運轉馬鞭如淩空盤旋。㉒暫　突然。㉓得　了解。㉔以上　之上。㉕山濤　見〈政事〉5注❶。㉖魏舒　字陽元，晉任城郡樊縣（在今山東滋陽西南六十里）人。曾任相國參軍，文帝深為器重，每朝罷，以目送他離去，說：「魏舒堂堂，人之領袖！」官至司徒。

【語　譯】王汝南已經脫除父親的喪服，就在墓地住下來。他哥哥王渾的兒子王濟，每次來祭拜祖墳，從來不過訪叔叔，叔叔也不去問候王濟；偶而有時候經過叔叔的住所，也只談一談氣候的寒暖罷了。後來姑且試著探問時事，回答的言辭很有文采，出乎王濟意料之外，王濟非常惋惜驚訝。再和他談下去，他的話轉到一個精深奧妙的境界。王濟早先對叔叔一點也沒有子姪的敬意，聽了他的話以後，不覺懍然生畏，身心俱敬。就留下一同談話，談了整整一晝夜。王濟雖然才智出眾、性情豪爽，但對自己並不滿意，於是高聲歎息著說：「家裡有一位名士，過了三十年，我都不知道！」王濟告辭，叔叔送到門口。隨從王濟的騎兵有一匹馬，極難駕馭，很少有人能騎。王濟姑且問叔叔說：「您喜歡騎馬嗎？」叔叔說：「也很喜歡。」王濟又讓他騎這匹難以駕馭的馬；叔叔不但騎馬的姿態很好，揮動著的馬鞭好像在空中盤旋，回轉自如，縱使著名的騎士也無法勝過。王濟更加歎服他高深莫測，不僅一事。回家以後，王渾問王濟道：「為甚麼突然出去了好幾天？」王濟說：「這才能了解一位叔叔啊。」王渾問他緣故，王濟把前情一一敘述，並這樣讚歎著。王渾問：「他和我相比，怎麼樣？」王濟答：「很難說，但至少是在濟之上的人物。」晉武帝每次見到王濟，都拿王湛調笑他，說：「你家癡呆的叔叔死了沒有？」王濟都無法回答；等他了解叔叔以後，武帝又像以前那樣問他，王濟說：「臣的叔父並不癡呆。」稱讚他實在很好。武帝說：「他能和誰相比呢？」王濟說：「應排名在山濤之下，魏舒之上。」王湛因此聲名顯耀；到了二十八歲，才開始做官。

【析　評】這一則記王湛從小謙虛自守，不露才華，人皆以為癡呆；幸姪兒王濟偶然察覺，報告武帝，才能揚名於世。由於篇末有「年二十八，始宦」的記述，故知上文王濟歎「家有名士，三十年而不知」，三十舉成數而言，實接近三十年之意；且不知者亦不僅王濟，當包括家人在內。

18

裴僕射❶，時人謂為言談之林藪❷。

【注釋】❶裴僕射　指裴頠。見〈言語〉23注❸。❷林藪　喻事物會聚的地方。眾木相聚為林，水、草會聚的澤地為藪。

【語譯】裴僕射，當時的人都說他是言語談說的森林澤藪。

【析評】林藪是樹木、水、草匯萃之處，引申為事物聚集之所；所謂「言談之林藪」，是說他善於言談，辭語豐博。劉孝標注引《惠帝起居注》「頠理甚淵博，贍於論難」，及〈言語〉23則「裴僕射善談名理，混混有雅致」，皆可作此則的注腳。

19

張華❶見褚陶❷，語陸平原❸曰：「君兄弟❹龍躍雲津❺，顧彥先❻鳳鳴朝陽❼，謂東南之寶已盡，不意復見褚生！」陸曰：「公未睹不鳴不躍者❽耳！」

【注釋】❶張華　見〈德行〉12注❻。❷褚陶　字季雅，晉吳郡錢塘縣（今浙江杭縣）人。官至中尉。❸陸平原　即陸機。見〈言語〉26注❶。❹兄弟　指陸機及其弟雲。雲，見下則注⑳。❺雲津　天河；銀河。❻顧彥先　即顧榮。見〈德行〉25注❶。❼朝陽　山的東面。古稱山東為朝陽，山西為夕陽。❽不鳴不躍者　謂謙虛自守、不肯自我表現的人。

【語譯】張華見過褚陶以後，告訴陸平原說：「您兄弟二人像龍在天河騰躍，顧彥先像鳳在山東高鳴，我以為東南方寶貴的才俊只有這幾位，不料又遇見了褚先生！」陸平原說：「您只是沒見過那些不鳴不躍的人罷了！」

【析評】「龍躍雲津」比喻英雄崛起，人所共睹；語本孔融〈薦禰衡表〉：「龍躍天衢，振翼雲漢。」「鳳鳴朝陽」比喻賢才遇時，得展長才；典出《詩．大雅．卷阿》：「鳳凰鳴矣，于彼高岡。梧桐生矣，于彼朝陽。」然天下英才，爭鳴者寡，淵默者眾，如褚陶受張華賞識，實因他自鳴自躍所致；張華竟以為東南之寶，止此三人，所見極為淺陋。陸機能以得譽之身，為更多不鳴不躍、人所不知者抱不平，指摘張華見識狹窄，意量宏深，令人起敬。

20 有問秀才❶：「吳舊姓❷何如？」答曰：「吳府君❸，聖王之老成❹，明時❺之雋乂❻；朱永長❼，理物❽之至德，清選❾之高望❿；嚴仲弼⓫，九皐⓬之鳴鶴，空谷⓭之白駒；顧彥先⓮，八音⓯之琴瑟，五色⓰之龍章⓱；張威伯⓲，歲寒之茂松，幽夜之逸光；陸士衡⓳、士龍⓴，鴻鵠㉑之裴回㉒，懸鼓之待槌。凡此諸君，以洪筆㉓為鉏耒㉔，以紙札㉕為良田，以玄默㉖為稼穡㉗，以義理㉘為豐年㉙，以談論㉚為英華㉛，以忠恕㉜為珍寶；著㉝文章㉞為錦繡㉟，蘊㊱五經為繒帛㊲；坐㊳謙虛為席薦㊴，張㊵義讓為帷幙㊶，行㊷仁義為室宇㊸，修道德為廣宅。」

【注釋】❶秀才　指蔡洪。見〈言語〉22注❶。❷姓　官吏。❸吳府君　指吳展。字士季，後漢下邳國（在今江蘇邳縣東）人。忠誠有幹才，高潔守信用。仕吳為廣州刺史、吳郡太守。吳平，退隱下邳。❹老成　即老成人。年老成德的人。❺明時　指政治清明的時代。❻雋乂　指傑出的人。雋，通「俊」。才德過千人為俊，過百人為乂。❼朱永長　朱誕，字永長，吳郡（治所在今江蘇吳縣）人。吳朝舉賢良，官至議郎。入晉歸隱在家。❽理物　事物的常理。❾清選　精選。❿高望　名望崇高的人。⓫嚴仲弼　嚴隱，字仲弼，吳郡人。天賦清純，思想宏深。吳朝舉賢良，官宛陵令。入晉去職，不復出。⓬九皋　大澤。九，數之終。喻深遠。皋，澤。一說：高陵。九，有高義。皋，陵。⓭空谷　大谷；深谷。⓮顧彥先　即顧榮。見〈德行〉25注❶。⓯八音　泛指各種聲音。⓰五色　青（藍）、黃、赤、白、黑五種顏色。泛指各種顏色。⓱龍章　龍形圖紋。古用於君王的禮服、旌旗。⓲張威伯　張暢，字威伯，吳郡人。稟性堅明，志行清朗。⓳陸士衡　即陸機。見〈言語〉26注❶。⓴士龍　陸雲，字士龍。吳大司馬抗的第五子，機的同母弟。六歲能賦詩，文才與機齊名，時稱「二陸」。官至清河內史。與機俱為成都王司馬穎所害。㉑鴻鵠　天鵝。㉒裴回　往返回旋。同「徘徊」。㉓洪筆　大筆。指善寫宏篇巨著的筆。㉔鉏耒　鋤頭和耒，皆農具名。鉏，同「鋤」。耒，原始的翻土工具。形如木叉。㉕紙札　紙張和供寫字用的木板。㉖玄默　沉靜無為。㉗稼穡　泛指農事勞動。種穀曰稼，收穫曰穡。㉘義理　經義名理。㉙豐年　豐收。年，年成；農作物的收成。㉚談論　談論玄理。㉛英華　花朵。比喻表現於外的才華。英、華皆花朵之意。㉜忠恕　盡己謂之忠，推己及人謂之恕。㉝箸　顯露。通「著」。㉞文章　花紋。比喻才華。㉟錦繡　織綵為文曰錦，刺綵為文曰繡。借指美好的事物。㊱蘊　收藏。㊲繒帛　白色的絲織物。古謂之繒，漢謂之帛。㊳坐　坐守；固守。㊴席薦　供坐臥的墊具。用農作物禾、麥等莖稈編成的叫薦，用蒲草之類編成的叫席。㊵張　張揚；聲張宣揚。㊶帷幙　帳幕。在旁曰帷，在上曰幕。幙，同「幕」。㊷行　使用；施行。㊸室宇　內室；居室。

【語　譯】有人問秀才蔡洪：「舊時吳朝的官吏怎麼樣？」答道：「吳府君，可以說是聖王治下的老成人，政治清明時代的俊傑；朱永長，是依據常理精選出來的德行、聲望最高的人；嚴仲弼，有如在大澤上翱翔的鳴鶴，在深谷中馳騁的白駒；顧彥先，好像能演奏各種樂音的琴瑟，包含各種彩色的龍形圖紋；張威伯，宛若寒冬中的茂松，黑夜裡的流星；陸士衡及士龍，彷彿天鵝似的徘徊無依，懸鼓似的待槌發聲。這幾位君子，把大筆當做鋤耒，把紙札當做良田，把沉靜無為當做農耕，把經義名理當做豐收，把談玄論理當做花朵，把忠誠寬厚當做珍寶；顯露才華，使它成為錦繡；收藏五經，使它成為白繒。坐守謙虛，把它當做席塾；張揚辭讓，把它當做帳幕；施行仁義，把它當做居住的內室；修養道德，把它當做廣大的住宅。」

【析　評】這一則記蔡洪品評吳、陸等七君子的話，先分別加以讚美，復總論他們的才德。他稱讚吳府君的老成、雋乂，而加上「聖王」、「明時」的限制詞，似乎隱寓著恨府君生不逢辰之意。《詩．小雅．鶴鳴》有「鶴鳴于九皋，聲聞于野」、「鶴鳴于九皋，聲聞于天」的詩句，蔡洪據以將聲名遠播的嚴仲弼比喻成鳴鶴。《詩．小雅．白駒》有「皎皎白駒，在彼空谷。生芻（新刈的草）一束，其人如玉」的詩句，本是說有一個德美如玉的人騎白駒遁入空谷，並束生芻餵牠；蔡洪卻斷章取義，把如玉的仲弼喻作空谷中的白駒。蔡洪又讚揚顧彥先多才多藝，張威伯忠貞出色。《史記．陳涉世家》載涉「燕雀安知鴻鵠之志」之語，〈留侯世家〉又載戚夫人「鴻鵠高飛，一舉千里」之歌；陸士衡兄弟，懷才不遇，惆悵徘徊，所以蔡洪把他們比作鴻鵠、懸鼓。總論部分，除「以玄默為稼穡」，主張清靜無為，「蘊五經為繒帛」，主張絕聖棄智，略呈老、莊的色彩；大致仍遵循儒家的傳統。「坐謙虛為席薦」以下四句，皆本孟子「居仁由義」（《孟子．盡心上》）之義，因謙虛可統於義讓，義讓可統於仁義，仁義可統於道德；故引以為喻的席薦、帷幙、室宇、廣宅，也由小而大，極有條理。

21　人問王夷甫❶：「山巨源❷義理何如？是誰輩❸？」王曰：「此人初不肯以談自居。然不讀《老》、《莊》，時聞其詠，往往與其旨合。」

【注　釋】❶王夷甫　即王衍。見〈言語〉23注❷。❷山巨源　即山濤。見〈政事〉5注❶。❸輩　比。

【語　譯】有人問王夷甫說：「山巨源所講的道理怎麼樣？可以和誰相比？」王夷甫答道：「這個人一點

也不肯以善於清談自居。雖然不讀《老》、《莊》，但有時候聽他吟詠詩文，常常和他們的意思相合。」

【析　評】這一則記山濤性近老、莊，雖不讀他們的書，但義理與他們冥合。

22　洛中雅雅❶有三嘏：劉粹❷字純嘏，宏❸字終嘏，漠❹字沖嘏。是親兄弟，王安豐甥❺，並是王安豐❻女婿；宏，真長❼祖也。洛中錚錚❽馮惠卿❾，名蓀，是播❿子。蓀與邢喬⓫俱司徒李胤⓬外孫，及胤子順⓭並知名。時稱：「馮才清，李才明，純粹⓮邢。」

【注　釋】❶雅雅　溫文儒雅。❷劉粹　沛國（治所在今江蘇蕭縣西北）人。曾任侍中、南中郎將。❸宏　曾任祕書監、光祿大夫。❹漠　有才智，官至湘州刺史。❺王安豐甥　當作「武周甥」。甥謂外孫，古也稱女兒之子為甥。劉孝標注：「按《劉氏譜》：劉邠妻，武周女，生粹、宏、漠。非王氏甥。」武周，字伯南，沛國竹邑（故城在今安徽宿縣北）人。仕至光祿大夫。❻王安豐　即王戎。見〈德行〉16注❶。❼真長　即劉惔。見〈德行〉35注❶。❽錚錚　美好的聲名。❾馮惠卿　馮蓀，字惠卿，少以才悟，識當世之宜。官至侍中，為長沙王所害。❿播　字友聲，晉長樂國（治所在今河北冀縣）。官至大宗正。⓫邢喬　字曾伯，晉河間國（治所在今河北獻縣）人。有才學，官至司隸校尉。⓬李胤　字宣伯，遼東郡襄平縣（在今遼寧遼陽北七十里）人。官至司徒。⓭順　字曼長，官至太僕卿。⓮純粹　精美無瑕。至美曰純，齊同曰粹。

【語　譯】洛陽有三位溫文儒雅而同時又叫「嘏」的人：劉粹字純嘏，劉宏字終嘏，劉漠字沖嘏。他們是親兄弟，武周的外孫，並且都是王安豐的女婿；劉宏，就是劉真長的祖父。洛陽還有聲名美好的馮惠卿，名蓀，是馮播的兒子。馮蓀和邢喬都是司徒李胤的外孫，他們與李胤的兒子李順同時聞名於世。當時的人說：「馮蓀的才德清高，李順的才德顯著，才德精美無瑕的是邢喬。」

【析　評】這一則品評洛陽「三嘏」及馮蓀、邢喬，兼述他們的家世。文中有「三嘏」是「王安豐甥，並是王安豐女婿」句；如果王安豐真正接連三次把女兒嫁給外甥，近親婚配，在中國婚姻史上恐怕已經創造了最高紀錄。可是據劉孝標注所引的《劉氏譜》（見本則注❺），他們實是武周的外孫，「王安豐甥」，應是「武周甥」傳鈔時涉下文所造成的錯誤；所以在不便更改正文的情況下，就在譯文中加以訂正。還有，古人對姊妹之子或女兒之子都稱「甥」，後者今日雖已不用，但說「三嘏」是「武周甥」時，我們卻非用不可；倘說「王安豐甥」時，當然得採取前者——試想把女兒嫁給外孫，即以外孫為女婿，而且接二連三地這樣做，是何等驚世駭俗的怪事啊！

23　衛伯玉❶為尚書令❷，見樂廣❸與中朝名士談議，奇之曰：「自昔諸人沒❹已來，常恐微言❺將絕，今乃復聞斯言於君矣！」命子弟造之，曰：「此人，人之水鏡❻也；見之，若披❼雲霧睹青天！」

【注　釋】❶衛伯玉　即衛瓘。見〈識鑒〉8注❸。❷尚書令　官名。掌管章奏文書。❸樂廣　見〈德行〉23注❹。❹沒　死。通「歿」。❺微言　精微奧妙之言。❻水鏡　清水和明鏡。比喻人爽朗而有識鑑。❼披　分散。

【語　譯】衛伯玉當尚書令，看見樂廣和朝中名士談論，覺得他很奇特，就對他說：「自從諸位前輩逝世以來，我常怕精微奧妙的清言將要斷絕，今天竟在您這裡再度聽見這一類的話了！」後來又命令子弟去拜訪他，並且說：「這個人，彷彿是人中的清水、明鏡；看見他，就好像雲開霧散，重睹青天一樣！」

【析　評】衛伯玉所謂的「諸人」，據劉孝標引《晉陽秋》、王隱《晉書》，指何晏、鄧颺等人而言。所謂

「常恐微言將絕」，則本劉歆〈移書讓太常博士〉（見《文選》及《漢書・楚元王傳》）「及夫子（孔子）沒而微言（《春秋》的微言）絕」之語。水、鏡、青天，都是明潔爽朗，令人見後自覺心靈瑩徹開敞之物；衛伯玉引以為喻，意在告訴子弟，往見樂廣，必將獲得教益。

24 王太尉❶曰：「見裴令公❷精明❸朗然❹，籠蓋❺人上，非凡識也！若死而可作❻，當與之同歸。」或云王戎❼語。

【注釋】❶王太尉　指王衍。見〈言語〉23注❷。❷裴令公　即裴楷。見〈德行〉18注❸。❸精明　精細明察。❹朗然　清晰的樣子。❺籠蓋　如籠之蓋罩於事物之上。言高出而無所不包。❻作　起；復活。❼王戎　見〈德行〉16注❶。

【語譯】王太尉說：「我一見到裴令公判斷事理精明清晰，蓋過世人，就知道他的見識非凡！如果他能死而復活，我將和他歸向相同的目標。」有人說這是王戎的話。

【析評】據《晉書・裴楷傳》，裴楷少與王戎齊名；而王衍在他病篤時奉詔省疾，歎其神儁；那麼本則所記，應是裴楷死後，王衍所說無疑。《禮記・檀弓下》：「趙文子與叔譽（皆春秋時晉大夫）觀乎九原（山名。晉卿大夫墓地所在），文子曰：『死者如可作也，吾誰與歸？』」太尉語本此。

25 王夷甫❶自歎：「我與樂令❷談，未嘗不覺我言為煩❸！」

【注釋】❶王夷甫　即王衍。見〈言語〉23注❷。❷樂令　指樂廣。見〈德行〉23注❹。❸煩　繁雜瑣碎。

【語　譯】王夷甫自己感歎道：「我和樂令談話，沒有一次不覺得我的話是煩瑣的！」

【析　評】據《晉陽秋》，樂廣善於用簡約的言辭，滿足聽者的心意；於所不知，便絕口不談；太尉王夷甫、光祿大夫裴叔則，都覺得他的話簡要到極點，自己說的都繁雜細碎（見劉孝標注引），所言較本則為詳。

26 郭子玄❶有儁才❷，能言《老》、《莊》；庾敳❸嘗稱之，每曰：「郭子玄何必減❹庾子嵩！」

【注　釋】❶郭子玄　即郭象。見〈文學〉17注❼。❷儁才　卓越的才智。儁，同「俊」。❸庾敳　見〈文學〉15注❶。❹減　不及；不如。

【語　譯】郭子玄有超群的才智，能談論《老子》、《莊子》的道理；庾敳曾稱讚他，常說：「郭子玄哪裡會一定不如庾子嵩呢！」

【析　評】這一則記事，與〈文學〉15、17二則參看，其義自明。郭象雖為人薄行，竊向秀《莊子注》為己注；但他的《老》、《莊》之學，必非世人所及，才能得到庾敳的讚賞。

27 王平子❶目太尉❷：「阿兄形似道，而神鋒❸太儁❹。」太尉答曰：「誠不如卿落落穆穆❺。」

【注　釋】❶王平子　即王澄。見〈德行〉23注❶。❷太尉　指王衍。見〈言語〉23注❷。❸神鋒　指人的風采氣派。

❹儁 出色；卓越。同「俊」。❺落落穆穆 恬淡端莊的樣子。

【語譯】王平子品評王太尉說：「阿兄的容貌已近似虛無的道體，可是風采氣派太出色了。」太尉答道：「確實不如你那恬淡端莊的樣子。」

【析評】漢嚴遵《道德指歸論》四：「夫道體虛無，而萬物有形。」所以修道的人，必須努力去知去欲，「致虛」、「守靜」（使心靈空虛無知，靜默無欲。見《老子》十六），達到「微妙玄通，深不可識」的地步（見《老子》十五），才算與虛無的道體相合，才算是得道。可是王太尉呢？表面上似乎做到了，一旦採取行動，卻偏離道體，鋒芒畢露，顯現出個人的色采；因而王平子只說他「形似道」而已。這一點，是王太尉自己也承認的，所以用「誠不如卿落落穆穆」回敬王平子，自歎弗如。

28 太傅❶府有三才：劉慶孫❷長才❸，潘陽仲❹大才❺，裴景聲❻清才❼。

【注釋】❶太傅 指東海王司馬越。見〈雅量〉10注❷。❷劉慶孫 即劉輿。見〈雅量〉10注❶。❸長才 高才；英才。❹潘陽仲 即潘滔。見〈識鑒〉6注❶。❺大才 堪當大用的人才。❻裴景聲 即裴邈。見〈雅量〉11注❷。❼清才 清高有操守的人。

【語譯】司馬太尉官府裡有所謂「三才」：劉慶孫才能高超，人稱「長才」；潘陽仲堪當大用，人稱「大才」；裴景聲方正廉潔，人稱「清才」。

【析評】劉孝標注引《八王故事》：「劉輿才長綜覈（善於綜合事物的名實，加以考核），潘滔以博學為名，裴邈彊力方正，皆為東海王所暱，俱顯一府。故時人稱曰：輿長才，滔大才，邈清才也。」余嘉錫《箋疏》說：「此三人者，劉輿最為邪鄙；裴邈事蹟不甚詳；惟潘滔能識王敦，可謂智士；要之為司馬越所暱，輔之為惡，皆非君子也。」所言極是，可做為《八王故事》「皆為東海王所暱」一語之注腳。

劉、裴、潘之事，參見〈雅量〉10、11及〈識鑒〉6諸則。

29 林下諸賢❶，各有儁才子：籍子渾❷，器量❸弘曠❹；康子紹❺，清遠❻雅正❼；濤子簡❽，疏通❾高素❿；咸子瞻⓫，虛夷有遠志；瞻弟孚⓬，爽朗⓭多所遺；秀子純⓮、悌⓯，並令淑有清流⓰；戎子萬子⓱，有大成之風⓲，苗而不秀⓳；唯伶子無聞。凡此諸子，唯瞻為冠；紹、簡亦見重當世。

【注釋】❶林下諸賢　指竹林七賢。見〈任誕〉1。❷渾　阮渾，字長成，清虛寡欲，官至太子中庶子。❸器量　指人的才識和度量。❹弘曠　廣闊。弘，通「宏」。❺紹　嵇紹，見〈德行〉43注❾。❻清遠　清明廣遠。❼雅正　高雅方正。❽簡　山簡，字季倫，平和文雅，具有父風。曾任尚書、征南將軍。❾疏通　通達。❿高素　高尚清廉。⓫瞻　阮瞻，字千里，平易真率，清心寡欲。讀書不求甚解，而識其大要。官至太子舍人。年三十卒。⓬孚　阮孚，風格怪誕不羈，具有家聲。初為安東參軍，蓬髮飲酒。不以王務為念。⓭爽朗　開豁明朗。⓮純　向純，字長悌，官至侍中。⓯悌　向悌，字叔遜，官至御史中丞。⓰清流　清高的習氣。⓱萬子　王綏，字萬子，被徵為太尉掾，不就。年十九，病肥胖而卒。⓲大成之風　品學大有成就的氣度。⓳苗而不秀　禾穀之類的植物生苗而沒有開花。比喻人未長成而早夭。秀指無花萼、花冠的花。

【語譯】竹林諸賢，各有才德出眾的兒子：阮籍的兒子阮渾，才識度量廣大開闊；嵇康的兒子嵇紹，清明廣遠，高雅方正；山濤的兒子山簡，思想通達而高潔；阮咸的兒子阮瞻，謙虛平易而有遠大的志向；阮瞻的弟弟阮孚，豁達明朗而多所疏忽；向秀的兒子向純和向悌，都美好有清高的習氣；王戎的兒子王萬子，有品學大有成就的氣度，可惜像「苗而不秀」似的夭折了；只有劉伶的兒子沒有聲名。在這幾位後起之秀中，當推阮瞻為首；嵇紹和山簡也被當時的人所尊重。

【析評】這一則記竹林七賢，除劉伶外，各有才智卓越的兒子。《晉書・王戎傳》說：「子萬，有美名，少而大肥；戎令食穅，而肥愈甚，年十九卒。有庶子興，戎所不齒；以從弟陽平太守愔子為嗣。」王興很可能被「有大成之風」的王萬子比了下去，失掉為嗣的資格；因而臨川也特別借孔子痛惜顏淵早死的「苗而不秀者有矣夫！秀而不實者有矣夫」的話（見《論語・子罕》），以「苗而不秀」比喻王萬子的夭殤。

30 庾子躬❶有廢疾❷，甚知名❸；家在城西，號曰城西公府。

【注釋】❶庾子躬　庾琮，字子躬，潁川郡（治所在今河南許昌東北）人。官至太尉掾。❷廢疾　肢體殘廢的疾病。❸知名　有名於時；為人所知。

【語譯】庾子躬患有肢體殘廢的疾病，在當時很有名望；因為他的家在城西，大家就把它叫做「城西公府」。

【析評】患有廢疾的人不便行動，所以庾子躬無法到太尉府去上班，府中有事，就派人到他家中請教。因為往來的官員絡繹不絕，位於城西的庾家，儼然成為第二座公府——太尉、司徒、司空，時稱「三公」，所以也可稱太尉府為「公府」。於是庾家「城西公府」的別號，就不脛而走，家喻戶曉了。

31 王夷甫❶語樂令❷：「名士無多人，故❸當容❹平子❺知。」

【注釋】❶王夷甫　即王衍。見〈言語〉23注❷。❷樂令　指樂廣。見〈德行〉23注❹。❸故　必定。❹容　允許。

❺平子　即王澄。見〈德行〉23注❶。

【語　譯】王夷甫告訴樂令說：「當今的名士並沒有多少人，一定該讓平子都知道。」

【析　評】「名士」，本指知名的人物；但魏晉時代，則專稱唾棄禮法、任性放誕、好談玄理的人。命義略有不同。據劉孝標注引〈王澄別傳〉，王平子的堂兄王戎，兄王夷甫，名冠當年；四海人士，一經王平子品題，二兄便做為定論，不復費心。與本則記事合觀，更能看出王夷甫對弟弟的信任和尊重。

32 王太尉❶云：「郭子玄❷語議，如懸河❸寫❹水，注而不竭。」

【注　釋】❶王太尉　指王衍。見〈言語〉23注❷。❷郭子玄　即郭象。見〈文學〉17注❼。❸懸河　指瀑布。❹寫　傾瀉。同「瀉」。

【語　譯】王太尉說：「郭子玄談論起來，好像懸河瀉水，灌注不盡。」

【析　評】《北堂書鈔》九八引《語林》：「王太尉問孫興公曰：『郭象何如人？』答曰：『其辭清雅，奕奕（盛美）有餘。吐章陳文，如懸河瀉水，注而不竭。』」後世「口如懸河」一語本此；但以出於孫興公口，與本則不同。

33 司馬太傅❶府多名士，一時儁異❷。庾文康❸云：「見子嵩❹在其中，常自神王❺。」

【注　釋】❶司馬太傅　即司馬越。見〈雅量〉10注❷。❷儁異　才智出眾、不同凡俗的人。即俊傑。❸庾文康　即庾亮。見〈德行〉31注❶。❹子嵩　即庾敳。見〈文學〉15注❶。❺王　盛。通「旺」。

【語譯】司馬太傅府上有很多名士，都是當代的俊傑。庾文康說：「看見子嵩在這群人裡，常常獨個兒精神旺盛。」

【析評】庾文康是庾子嵩的姪子，年十六時，東海王越徵召為掾，不就，隨父在會稽；而子嵩參越軍事，轉軍諮祭酒。時越府多儁異，子嵩在其中，常袖手旁觀，不表意見（以上見《晉書》庾敳、庾亮傳）。因為太傅府中的名士，多非善類（請參閱本篇28則「析評」），所以文康「見子嵩」云云的意思，應是讚佩子嵩特立獨行，不與這批「名士」同流合汙；並不是說他的表現比別人更好，對太傅的貢獻比別人更大。再者，把本則「神王」一詞，譯作「精神旺盛」，是採用了饒宗頤《校箋》的說法。此說的好處，是能與〈雅量〉28則「太傅神情方王」的注解統一；但是「王」古代是可以與「往」通假的，《詩・大雅・板》「及爾出王」，毛《傳》：「王，往。」就是很好的例證，把「神王」讀作「神往」，也是很通順的。

34　太傅東海王❶鎮許昌❷，以王安期❸為記室參軍❹，雅相知重。敕❺世子毗❻曰：「夫學之所益者淺，體❼之所安❽者深；閑習❾禮度，不如式瞻❿儀形⓫；諷味⓬遺言，不如親承音旨⓭。王參軍人倫⓮之表⓯，汝其師⓰之。」或曰：「王、趙、鄧三參軍，人倫之表，汝其師之。」謂安期、鄧伯道⓱、趙穆⓲也。袁宏⓳作《名士傳》⓴，直㉑云「王參軍」；或云趙家先㉒猶有此本㉓。

【注釋】❶東海王　指司馬越。見〈雅量〉10注❷。❷許昌　地名。在今河南許昌西南。❸王安期　即王承。見〈政事〉9注❶。❹記室參軍　官名。諸王、三公及大將軍的屬官，掌章表書記。❺敕　告誡。❻世子毗　東海王越的太子。曾任鎮國將軍。後為石勒軍所殺。❼體　實行；實踐。❽安　對事物感到安適滿足。❾閑習　熟習。閑，通「嫻」。❿式瞻　觀看。式，助詞。無義。⓫儀形　榜樣。同「儀刑」。⓬諷味　誦讀玩味。⓭音旨　言談意旨。⓮人倫　人類。⓯表　表率；模範。⓰師　效法；學習。⓱鄧伯道　即鄧攸。見〈德行〉28注❶。⓲趙穆　字季子，汲郡（治所汲，在今河南汲縣西南二十五里）人。品德純美，才識清通。曾任太傅越參軍、吳郡太守，封南鄉侯。⓳袁宏　見〈言語〉83注❶。⓴名士傳　書名。已佚。㉑直　僅僅。㉒先　先世；祖先。㉓本　版本。指《名士傳》並言「王、趙、鄧三參軍」的版本。

【語　譯】太傅東海王鎮守許昌的時候，任命王安期為記室參軍，對他極為了解和尊重。曾告誡世子司馬毗說：「一味學習所得的好處少，親身實踐所獲的滿足多；熟習禮法，不如觀看別人的榜樣；誦讀玩味前人的遺言，不如親自領教時賢的言談意旨。王參軍是群眾的表率，希望你跟他學習。」或者說：「王、趙、鄧三位參軍，是群眾的表率，希望你跟他們學習。」說的是王安期、鄧伯道和趙穆。袁宏撰寫《名士傳》，僅僅說「王參軍」；但有人說趙家的祖先，還擁有過這並稱三參軍的版本。

【析　評】司馬越的為人雖不足取，但他這番誡敕兒子的言論卻發人深省。劉義慶這一則記事，是依據所見袁宏的《名士傳》寫的，只提到「王參軍」為人倫之表；但他聽說早先流傳的別本《名士傳》並稱「王、趙、鄧三參軍」，而且這個版本有人在趙家親自見過；由於疑不能明，只好並存其說了。

35 庾太尉❶少為王眉子❷所知；庾過江，歎王曰：「庇❸其宇❹下，使人忘寒暑！」

【注　釋】❶庾太尉　指庾亮。見〈德行〉31注❶。❷王眉子　即王玄。見〈識鑒〉12注❸。❸庇　寄託。❹宇　房屋；屋頂。

【語　譯】庾太尉從小就受到王眉子的賞識；所以庾渡江到建業以後，讚歎王說：「寄託在他的屋頂下，使人忘記了嚴寒和溽暑！」

【析　評】庾亮從小受王玄的賞識與呵護，離開他以後，倍感世態的炎涼，不禁發出如此的讚歎。「宇」喻王玄的德澤，「寒暑」喻人情的冷暖。

36 謝幼輿❶曰：「友人王眉子❷，清通簡暢；嵇延祖❸，弘雅劭長❹；董仲道❺，卓犖❻有致度❼。」

【注　釋】❶謝幼輿　即謝鯤。見〈文學〉20注❸。❷王眉子　即王玄。見〈識鑒〉12注❸。❸嵇延祖　即嵇紹。見〈德行〉43注❾。❹劭長　美好盛大。劭，通「邵」。長，有盛大之意。❺董仲道　董養，字仲道。晉武帝泰始初到洛陽，干祿求榮。元康年間見惠帝廢庶母楊太后，知天理既滅，大亂將起，乃告別謝鯤、阮孚，與妻荷擔入蜀，莫知所終。❻卓犖　高超出眾的樣子。❼致度　情趣與風度。

【語　譯】謝幼輿說：「我的好友王眉子，清明通達，簡易和暢；嵇延祖，廣博高雅，美好盛大；董仲道，高超出眾，很有情趣和風度。」

【析　評】王眉子的「清通簡暢」，上一則庾亮的讚語可為明證；嵇延祖的「弘雅劭長」，由他不計父仇，終死惠帝之難，後世多有不同的評論，請參閱〈德行〉43、〈政事〉8、〈方正〉10等則的「注釋」與「析評」；至於董仲道的「卓犖有致度」，從他的出處明快有道，便可看出。

37

王公❶目太尉❷：「巖巖❸清峙❹，壁立千仞❺。」

【注　釋】❶王公　指王導。見〈德行〉27注❸。❷太尉　指王衍。見〈言語〉23注❷。❸巖巖　高峻的樣子。❹清峙　清秀地聳立著。❺千仞　比喻極高。八尺為仞。

【語　譯】王公品評王太尉道：「高峻清秀地聳立著，好像一堵千仞的牆壁站在那裡。」

【析　評】劉孝標注引顧愷之〈夷甫畫贊〉曰：「夷甫天形瓌特（容貌美好奇特），識者以為巖巖秀峙，壁立千仞。」以王公所贊者，王夷甫之天形；而贊辭與〈容止〉5則山公美嵇叔夜「巖巖若孤松之獨立」彷彿；本則似以移入〈容止〉篇為宜。不然，則二語所贊，當指王夷甫的峻德。

38

庾太尉❶在洛下，問訊❷中郎❸。中郎留之云：「諸人當來！」尋❹溫元甫❺、劉王喬❻、裴叔則❼俱至，酬酢❽終日。庾公猶憶劉、裴之才儁，元甫之清中❾。

【注　釋】❶庾太尉　指庾亮。見〈德行〉31注❶。❷問訊　問候。❸中郎　即庾敳。見〈文學〉15注❶。❹尋　隨即；不久。❺溫元甫　溫幾，字元甫，晉太原國（治晉陽，即今山西太原）人。才性清高和婉，官至湘州刺史。❻劉王喬　劉疇，字王喬，晉彭城國（治所在今江蘇銅山縣）人。善談名理，官至司徒左長史。❼裴叔則　即裴楷。見〈德行〉18注❸。❽酬酢　朋友交際應酬。❾清中　清高平正。「中」，一作「平」。

【語　譯】庾太尉在洛陽，去問候中郎。中郎挽留他說：「諸位友人就要來了！」不久溫元甫、劉王喬、裴叔則都到了，應酬了一整天。庾太尉還記得劉、裴的才學出眾，元甫為人的清高平正。

【析　評】這一則記溫、劉、裴三子的才德早成，予人的印象深刻；故久別重逢，庾亮猶能記憶。

39 蔡司徒❶在洛，見陸機兄弟❷住參佐❸廨❹中。三間瓦屋，士龍住東頭，士衡住西頭。士龍為人，文弱可愛；士衡長七尺餘，聲作鐘聲，言多慷慨❺。

【注釋】❶蔡司徒　指蔡謨。見〈方正〉40注❸。❷陸機兄弟　陸機（字士衡）與陸雲（字士龍）。分見〈言語〉26注❶及本篇20注⑳。❸參佐　僚屬；職員。❹廨　官舍；官吏的宿舍。❺慷慨　情意激昂。

【語譯】蔡司徒在洛陽，看見陸機兄弟住在公家的職員宿舍裡。一排三間瓦屋，陸雲住在東側，陸機住在西側。陸雲的樣子，斯文弱小，非常可愛；陸機卻身長七尺有餘，聲若洪鐘，說的話大多激昂慷慨。

【析評】這一則記陸機兄弟尚未顯達時的生活狀況，及容貌聲音的差異。住屋則一西一東，體格則一大一小，聲音則一洪一細，為人則一個可畏一個可愛，各走極端，相映成趣。

40 王長史❶是庾子躬❷外孫，丞相❸目子躬云：「入理泓然❹，我已❺上人。」

【注釋】❶王長史　指王濛。見〈言語〉54注❹。❷庾子躬　即庾琮。見本篇30注❶。❸丞相　指王導。見〈德行〉27注❸。❹泓然　清澈的樣子。❺已　同「以」。

【語譯】王長史是庾子躬的外孫，王丞相品評庾子躬道：「精通事理，是在我以上的人物。」

【析評】劉孝標注引《王氏譜》：「濛父訥，娶潁川庾琮之女，字三壽也。」又注：「子躬，子嵩（敳）兄也。」可見庾子躬不但自身知名，其兄、其婿、其外孫也都是一時的賢俊。

41 庾太尉❶目庾中郎❷：「家從❸談談❹之許❺！」

【注釋】❶庾太尉　指庾亮。見〈德行〉31注❶。❷庾中郎　即庾敳。見〈文學〉15注❶。❸家從　家從父；對人稱自己的從父。敳與亮父琛皆庾道之孫，亮為敳之族子，敳為亮之從父；故亮稱敳為家從。❹談談　深邃的樣子。相當於「沉沉」。❺之許　句末驚歎語氣詞。

【語譯】庾太尉品評庾中郎道：「家從父的言論非常深遠啊！」

【析評】本則「家從談談之許」，語法少見，劉孝標注：「一作『家從談之祖』。從，一作誦。許，一作辭。」似均為不得其解而妄改。晉人習以「許」為句末語助詞，本篇91則「便足對人多多許」、144則「故未易多有許」皆是；但「之」、「許」連用，僅此一見而已。劉注引《名士傳》：「敳不為辨析之談，而舉其旨要。」是說庾中郎的言論不作膚淺的分析，而深中事理的關鍵，與庾太尉「談談」的讚辭相合。

42 庾公❶目中郎❷：「神氣融散❸，差❹如得上。」

【注釋】❶庾公　指庾亮。見〈德行〉31注❶。❷中郎　即庾敳。見〈文學〉15注❶。❸融散　上升而擴散。融，炊氣上出。❹差　頗。

【語譯】庾公品評庾中郎道：「他的精氣上升而擴散，形體也很像能隨著上升。」

【析評】庾中郎是一位矮胖型的人物，〈容止〉18則說他「長不滿七尺，腰帶十圍，頹然自放」；但是他神采昂揚，看起來他那肥胖的體型並未給人沉濁墮落的印象，反而覺得有如炊具中的蒸氣上升，又自然而恣縱地散發開來，不可阻遏，也無法思議。這就是他不同凡俗之處。

43 劉琨❶稱祖車騎❷為朗詣❸，曰：「少為王敦❹所歎。」

【注釋】❶劉琨　見〈言語〉35注❶。❷祖車騎　祖逖，字士穉，晉范陽郡遒縣（今河北淶水縣）人。少孤，豁達不修小節，輕財好施。元帝時為豫州刺史。卒，贈車騎將軍。❸朗詣　明達。在此指明達事理的人。❹王敦　見〈文學〉20注❷。

【語譯】劉琨稱讚祖車騎是明達事理的人，對人說：「他從小就受到王敦的讚歎。」

【析評】據劉孝標注引《晉陽秋》，祖逖與司空劉琨皆以雄豪著名，年二十四，與劉琨同為司州主簿，私交甚篤，同被而寢，午夜忽聞四處雄雞驚鳴，世人以為不祥，他們卻起身異口同聲地說：「這不是邪惡的聲音啊！」因為天下大亂，豪傑並起，正是他們報效國家、恢復中原的良機。從這個故事中，可知二人相知之深，以及劉琨讚辭的可信。

44 時人目庾中郎❶：「善於託大❷，長於自藏❸。」

【注釋】❶庾中郎　即庾敳。見〈文學〉15注❶。❷託大　指寄身於高位，擺脫是非的糾纏。❸自藏　掩藏自己的真意。

【語譯】當時的人品評庾中郎道：「他善於利用自己的地位，擺脫是非的糾纏，也很會掩藏自己的真意。」

【析評】在天下多事、機詐屢起的時代，很多人特立獨行，表現出濃厚的個人色彩，希望能有所作為；結果竟相繼捲入是非的漩渦，慘遭橫禍。可是據劉孝標注引《名士傳》，庾敳雖歷任要職，卻從來不捲入世事的紛爭，只是調和各方面的意見，保持緘默，所以能苟全性命，超身於憂喜之外。本則所記的，正是他這種長處。

45 王平子❶邁世❷有儁才，少所推服；每聞衛玠❸言，輒歎息絕倒❹。

【注釋】❶王平子　即王澄。見〈德行〉23注❶。❷邁世　超越世俗。❸衛玠　見〈言語〉32注❶。❹絕倒　極為傾倒、佩服。

【語譯】王平子超脫世俗，有過人的才智，很少的人受到他的推崇佩服；但是每次聽了衛玠的言論，就大加讚歎，極為傾倒。

【析評】劉孝標注引〈玠別傳〉，言衛玠善談名理，精通《老》、《莊》，王平子雖高傲邁世，每聞其議論到達要妙之處，就絕倒於座。前後聽了三次，也倒了三次，時人傳言道：「衛君談道，平子三倒。」「絕倒」應是氣絕倒地的意思，古代用以形容人因極度喜樂、悲哀或讚賞，身體傾側，不能自持的樣子。程炎震《世說新語箋證》說：「澄、玠皆以永嘉六年卒。澄四十四，玠二十七。蓋以澄長玠十七歲而推服玠，故為異耳。」

46 王大將軍❶與元皇❷表❸云：「舒❹風概簡正❺，允❻作雅人❼，自多於邃❽，最是臣少所知拔。中間夷甫❾、澄見語：『卿知處明、茂弘❿。茂弘已有令名，真副⓫卿清論；處明，親疏無知之者。吾常以卿言為意，絕未有得，恐已悔之？』臣慨然⓬曰：『君以此試⓭，頃來始乃有稱之者！』言常人正自患知之使過，不知使負實。」

【注　釋】❶王大將軍　指王敦。見〈文學〉20注❷。❷元皇　即晉元帝司馬叡。見〈言語〉29注❶。❸表　古代群臣上書給帝王體裁的一種，多用以陳述衷情。❹舒　王舒，字處明。見〈識鑒〉15注❻。❺簡正　簡易平正。❻允　信；果真。❼雅人　高尚的人。❽邃　王邃，字處重，晉琅邪國（治所開陽，在今山東臨沂北十五里）人。清廉剛正，官至尚書左僕射。與兄舒，並為王敦的從弟。❾夷甫　即王衍。見〈言語〉23注❷。夷甫與澄為兄弟，一稱字，一稱名，乃晉人避晉成帝諱所追改。❿茂弘　即王導。見〈德行〉27注❸。⓫副　符合。⓬慨然　激動的樣子。⓭試　考驗。

【語　譯】王大將軍上表給元帝說：「王舒的風采氣概，確實是一個高尚的人，自然勝過王邃，是臣從小最賞識、最喜歡提拔的。稍後王夷甫、王澄告訴臣說：『你賞識處明和茂弘。茂弘已經有了美好的名譽，的確符合你的高論；可是對於處明，無論親疏，沒有一個賞識他的。我常把你讚美他的話掛在心上，卻一點驗證也找不到，恐怕你已經後悔了吧？』臣很激動地說：『請你們把我說過的話再考驗一下，近來就開始有人稱讚他了！』這是說一般人只怕賞識一個人賞識得過了頭，卻不曉得已使自己的論斷虧負了事實。」

【析　評】孔子說：「唯仁者，能好人，能惡人。」（見《論語・里仁》）因為仁者心存忠厚，對他人的愛惡，有公正客觀的標準，且能掌握得恰如其分，不致發生過度或不足的毛病；不像一般人，多少會感情用事，拿不準分寸，甚至惡劣到愛之欲其生、惡之欲其死的地步，等而上之，當人有了品評不公的自覺，就會產生與其好惡過實，寧使不足的心理，而這種心理，被王敦「常人正自患知之使過，不知使負實」一語道破。

47　周侯❶於荊州敗績❷，還，未得用；王丞相❸與人書曰：「雅流❹弘器❺，何可得遺❻？」

【注釋】❶周侯　即周顗。見〈言語〉30注❷。❷敗績　軍隊大敗潰散。❸王丞相　指王導。見〈德行〉27注❸。❹雅流　風流儒雅之輩。❺弘器　大器。弘，通「宏」。❻遺　棄。

【語譯】周侯在荊州作戰失利，大敗而歸，沒有得到任用；王丞相給人寫信說：「風流儒雅的大器，怎可隨便拋棄？」

【析評】晉愍帝建興元年，周顗為荊州刺史，才上任，建平流人傅密等叛變，迎蜀賊杜弢入寇，顗狼狽失據，幸得陶侃派兵援救，得免於難。顗至武昌投奔王敦，敦竟以侃代顗。顗回建康，未得即時獲用（事見《資治通鑑》、《晉書》本傳、劉孝標注引鄧粲《晉紀》），故王導與人書，盛讚他為雅流弘器，唯恐人才流落。

48 時人欲題目❶高坐❷而未能，桓廷尉❸以問周侯❹。周侯曰：「可謂卓朗❺。」桓公❻曰：「精神淵箸❼。」

【注釋】❶題目　評量。❷高坐　即高坐道人。見〈言語〉39注❶。❸桓廷尉　指桓彝。見〈德行〉30注❶。❹周侯　即周顗。見〈言語〉30注❷。❺卓朗　卓越高明。❻桓公　指桓溫。見〈言語〉55注❶。❼淵箸　沉穩而宣著。箸，通「著」。

【語譯】當時的人想要評量高坐道人，卻不能得到結論，桓廷尉就去請問周侯。周侯說：「他的為人，可以說卓越且高明。」桓公說：「他的精神沉穩而宣著。」

【析評】高坐是一位深藏若虛、不露鋒芒的胡僧，他從來不說漢語（見〈言語〉39則），也增加了他的神祕性，增加了品評他的困難。周侯所謂「卓朗」，說出了他明著於外的特質；但他沉潛幽微的一面，深不可測，桓公便用一個「淵」字概括，加以補足；至於「箸」字，和「朗」的意思相同。從這兩個人的評語，我們大致可以了解高坐的為人。

49 王大將軍❶稱其兒❷云：「其神候❸似欲❹可❺。」

【注釋】❶王大將軍　指王敦。見〈文學〉20注❷。❷兒　指王應。見〈識鑒〉15注❷。❸神候　神情。❹欲　將要。❺可　合適；令人滿意。

【語譯】王大將軍稱讚他的兒子說：「他的神情似乎要令人滿意了。」

【析評】王敦無子，收養他哥哥王含的兒子王應為嗣。本則所記，就是王敦稱讚王應的話。身為人父，沒有不望子成龍的；王敦對這位過繼的兒子，自然也有很高的期許；而王應在神情中展現出來的才德，竟不負他的願望。我們可從「其神候似欲可」的讚辭中，察覺王大將軍既喜自己有眼光選中王應，且喜王應的表現能令他心滿意足，已獲致了雙重的欣慰。

50 卞令❶目叔向❷：「朗朗❸如百間屋。」

【注釋】❶卞令　指卞壼。卞壼，字望之，晉濟陰郡冤句縣（在今山東菏澤西南）人。少以貴正見稱，官至尚書令。成帝初立，與庾亮同心輔政。及蘇峻作亂攻京師，扶病戰死。❷叔向　春秋時晉大夫羊舌肸。一說：當為卞壼之叔，名向。後說為是。❸朗朗　氣度恢弘的樣子。

【語譯】卞令品評叔父卞向道：「他的氣度恢弘，好像具有一百個房間的巨屋。」

【析評】舊說下令所品評的是春秋時晉國的賢大夫叔向，但《世說》所載，皆當時語；且品題人物，縱使親見其人，也未必得到結論，如本篇48則時人目高坐而未能，即是一例，何能上論古人？明人周嬰《卮林》一以為下令當有叔名向，加以品題標榜，與前則王大將軍稱其兒同類。所見甚是。惜其叔的行誼，已不可考。

51 王敦❶為大將軍，鎮豫章❷。衛玠❸避亂從洛投敦，相見欣然，談話彌日❹。于時謝鯤❺為長史，敦謂鯤曰：「不意永嘉❻之中，復聞正始❼之音；阿平❽若在，當復絕倒❾！」

【注釋】❶王敦　見〈文學〉20注❷。❷豫章　晉郡名。治所在今江西南昌。❸衛玠　見〈言語〉32注❶。❹彌日　終日；整天。❺謝鯤　見〈文學〉20注❸。❻永嘉　晉懷帝年號。西元三〇七～三一二年。❼正始　魏明帝養子齊王芳年號。西元二四〇～二四八年。❽阿平　指王澄。見〈德行〉23注❶。❾絕倒　見本篇45注❹及「析評」。

【語譯】王敦為大將軍，鎮守豫章郡。衛玠逃難，從洛陽投奔王敦，兩人相見非常高興，話談了一整天。當時謝鯤任將軍府長史，王敦對謝鯤說：「不料在永嘉年間，又聽到正始時代的清音；阿平如果在座，必將再度絕倒！」

【析評】魏正始中，何晏、王弼等人，祖述老、莊，開玄學清談之風；兩晉、南北朝時稱當時「棄經典而尚老、莊，蔑禮法而崇放達」（顧炎武語，見《日知錄》十三）的言論風尚為「正始之音」、「正始遺風」，並廣被於時流，奉為典範；本則所述，即為早期的例證。另如《宋書》載：羊玄保二子，太祖賜名咸、粲，謂玄保曰：「欲令卿二子有林下正始餘風。」《南齊書》載：袁粲言於帝曰：「臣觀張緒，有正始遺風。」《南史》載：何尚之謂王球：「正始之風尚在。」亦可見流俗之所尚。又本篇45則述王平子每聞衛玠言就歎息絕倒事；本則言「阿平若在，當復絕倒」，下則又言王平子稱其兒事，「阿平」應指王平子無疑；而《晉書・衛玠傳》述作「阿平叔若在，當復絕倒」，以何晏當「阿平」，殊無依據；余嘉錫以為後人妄改，可從。

52 王平子❶與人書，稱其兒❷「風氣❸日上，足散人懷❹」。

【注釋】❶王平子　即王澄。見〈德行〉23注❶。❷其兒　指王澄的次子王徽。見〈言語〉67注❷。❸風氣　風度氣概。❹散人懷　使人心寬慰。

【語譯】王平子寫信給別人，稱讚他的兒子「風神氣度一天比一天上進，足以寬慰人心」。

【析評】看見子女上進，是最令父母寬心的事情；王平子稱許兒子的話，十足代表了天下父母的心聲。據劉孝標注引〈澄別傳〉說：「徽邁上，有父風。」既然子肖其父，那麼王平子說他「風氣日上」，是有道理的。可是王隱《晉書》說「澄通朗，好人倫，情無所繫」（見本篇27則注引）；本書〈德行〉23則言王平子「以任放為達」，時人已有非議；他兒子的「風氣」究竟如何，在此無法推測。

53 胡母彥國❶吐佳言如屑❷，後進❸領袖。

【注釋】❶胡母彥國　即胡母（也作「毋」）輔之。見〈德行〉23注❷。❷吐佳言如屑　劉孝標注：「言談之流，霏霏如解木出屑也。」❸後進　後輩。

【語譯】胡母彥國發表嘉言，好像鋸木屑似的紛飛不絕，真是後輩的領袖。

【析評】《晉書・胡毋輔之傳》：「（輔之）與王澄、王敦、庾敳俱為太尉王衍所昵，號曰四友。澄嘗與人書曰：『彥國吐佳言如鋸木屑，霏霏不絕，誠為後進領袖也。』」則本則所記，乃王澄語，讚美彥國辯才無礙。

54 王丞相❶云：「刁玄亮❷之察察❸，戴若思❹之巖巖❺，卞望之❻之峰岠❼。」

【注釋】❶王丞相　指王導。見〈德行〉27注❸。❷刁玄亮　即刁協。見〈方正〉23注❽。❸察察　高潔的樣子。❹戴若思　戴儼，亦作戴淵，字若思，晉廣陵郡（治所在今江蘇江都）人。有風度，性閑靜，少好遊俠，不拘操守。官至征西將軍，為王敦所害。❺巖巖　高峻的樣子。❻卞望之　見本篇50注❻。❼峰岠　嚴峻不可親近的樣子。岠，大山，見《玉篇》。宋本作「距」，古字通用。

【語譯】王丞相說：「刁玄亮的清廉，戴若思的莊重，卞望之的嚴峻。」

【析評】徐震堮《校箋》：「此句下《御覽》四四七引《郭子》，有『並一見我而服也』句，語意始備。疑義慶有意刪去，以就〈賞譽〉之目。」所言甚是。

55 大將軍❶語右軍❷：「汝是我家佳子弟❸，當不減阮主簿❹。」

【注釋】❶大將軍　指王敦。見〈文學〉20注❷。❷右軍　指王羲之。見〈言語〉62注❷。❸佳子弟　人才出眾的晚輩。❹阮主簿　指阮裕。見〈德行〉32注❶。

【語譯】大將軍對王右軍說：「你是我家很出色的子姪，絕不遜於阮主簿。」

【析評】《晉書・王羲之傳》：「深為從伯敦、導所器重，時陳留阮裕有重名，為敦主簿，敦謂羲之曰：

『汝是吾家佳子弟，當不減阮主簿。』」裕亦目（品評）羲之與王承、王悅為王氏三少。」劉孝標注引《中興書》：「阮裕少有德行，王敦聞其名，召為主簿；知敦有不臣之心，縱酒昏酣，不綜其事。」可見阮裕確有他過人的地方。

56 世目周侯❶：「嶷❷如斷山❸。」

【注釋】❶周侯 即周顗。見〈言語〉30注❷。❷嶷 高峻；嚴峻。❸斷山 高聳壁立的山。

【語譯】世人品評周侯說：「嚴峻得好像壁立高聳的孤山。」

【析評】這一則記周顗有威儀，看起來有如嚴峻的斷山，令人不敢媟嫚。劉孝標注引《晉陽秋》：「汝南貴泰淵，清操之士，嘗嘆曰：『汝、潁固多賢士，自頃陵遲，雅道殆衰，今復見周伯仁！伯仁將法舊風，清我邦族矣！』」周顗見重於當世，由此可見一斑。

57 王丞相❶招祖約❷夜語，至曉不眠；明旦有客，公頭鬢未理，體亦小倦。客曰：「公昨夜如似失眠？」公曰：「昨夜與士少語，遂使人忘疲。」

【注釋】❶王丞相 指王導。見〈德行〉27注❸。❷祖約 字士少。見〈雅量〉15注❶。

【語譯】王丞相邀祖約夜晚談話，到天亮都未睡覺；次晨有客來訪，王公頭髮沒有梳理，身體也有些疲倦。客人說：「您昨夜好像失眠了吧？」王公說：「昨晚和士少談話，就使人忘了疲倦。」

【析評】這一則記祖約善於清談，與王導夜語，句句投機，使他忘了疲倦，通宵未眠的事。

58 王大將軍❶與丞相❷書，稱楊朗❸曰：「世彥識器❹理致❺，才隱明斷❻。既為國器❼，且是楊侯淮❽之子，位望❾絕為陵遲❿，卿亦足與之處。」

【注　釋】❶王大將軍　指王敦。見〈文學〉20注❷。❷丞相　指王導。見〈德行〉27注❸。❸楊朗　字世彥。見〈識鑒〉13注❸。❹識器　見識與器度。❺理致　文理與情致。❻明斷　精於判斷。❼國器　國之大器；全國最特出的人才。❽楊侯淮　楊淮，字始立，晉弘農郡華陰縣（在今陝西華陰東南）人。惠帝元康末為冀州（治所在今河北高邑西南）刺史。❾位望　地位和聲望。❿陵遲　衰落。

【語　譯】王大將軍寫信給王丞相，稱讚楊朗道：「世彥的見識器度很有條理情趣，才華不露，精於判斷。他既然身為國家的大器，而且是楊侯淮的兒子，地位聲望雖然衰落到極點，您也值得和他交往。」

【析　評】〈識鑒〉7則劉孝標注引《楊氏譜》：「朗祖囂，典軍校尉。父淮，冀州刺史。」《晉書・楊佺期傳》：「楊佺期，弘農華陰人，漢太尉震之後也。曾祖準，太常。」可見楊朗的祖先，極為顯貴。劉注又引王隱《晉書》，言朗「仕至雍州刺史」，位亦不惡；本則所記，應是他微賤時事。

59 何次道❶往丞相❷許，丞相以麈尾❸指坐，呼何共坐，曰：「來！來！此是君坐。」

【注　釋】❶何次道　即何充。見〈言語〉54注❶。❷丞相　指王導。見〈德行〉27注❸。❸麈尾　拂塵。麈，獸名。角似鹿，蹄似牛，尾似驢，頸背似駱駝，俗稱「四不像」。古以麈尾為拂塵，魏晉名士清談，常拿在手中指畫。

【語　譯】何次道去王丞相府上，丞相用拂塵指著座位，叫何同坐，說：「來！來！這是您的座位。」

【析評】何充的母親，是王導妻子的姊姊；而何充的妻子，又是明穆皇后的妹妹；所以從小與王導友善。這一次王導非但親切地招呼他，也有公開表示使他繼承相位的意思。

60 丞相❶治揚州❷廨舍❸，案行❹而言曰：「我正為次道❺治此爾！」何少為王公所重，故屢發此歎。

【注釋】❶丞相　指王導。見〈德行〉27注❸。❷揚州　州名。治所壽春，在今安徽壽縣。❸廨舍　官吏辦公及居住的處所。❹案行　巡視。❺次道　即何充。見〈言語〉54注❶。

【語譯】王丞相修繕好揚州刺史的官舍，一邊巡視一邊說：「我就是為了次道才修理這所房子呀！」何次道從小就被王公看重，所以屢次發出這樣的讚歎。

【析評】這一則承前則而言，請參看。

61 王丞相❶拜司徒❷，而歎曰：「劉王喬❸若過江，我不獨拜公。」

【注釋】❶王丞相　指王導。見〈德行〉27注❸。❷司徒　官名。為三公之一，主管教化。❸劉王喬　即劉疇。見本篇38注❻。

【語譯】王丞相被任命為司徒的時候，感歎著說：「劉王喬如果能渡江南來，就不獨我有資格當司徒公了。」

【析評】劉王喬官至司徒左長史，劉孝標注引曹嘉之《晉紀》：「疇有重名，永嘉中為閻鼎所害，司徒蔡謨每歎曰：『若使劉王喬得南渡，司徒公之美選也。』可見他有司徒之才，並非王導一人的私見。晉懷帝永嘉五年，漢兵攻陷洛陽，天水閻鼎想立功鄉里，奉秦王入主長安；時王喬為鼎參佐，不願西入關中，逃亡被殺。事詳《晉書・閻鼎傳》。

62 王藍田❶為人晚成❷，時人乃謂之癡；王丞相❸以其東海❹子，辟為掾。常集聚，王公每發言，眾人競贊之；述於末坐曰：「主❺非堯舜，何得事事皆是？」丞相甚相歎賞。

【注釋】❶王藍田　即王述。見〈文學〉22注❼。❷晚成　成就較晚。❸王丞相　指王導。見〈德行〉27注❸。❹東海　指述父承。時為東海太守。見〈政事〉9注❶。❺主　古代大夫的家臣稱大夫為主。此指丞相。

【語譯】王藍田大器晚成，當時的人卻說他癡獃；王丞相因為他是王東海的兒子，聘用他為佐吏。曾經有一次集會，王公每次發言，眾人都爭相讚美；王藍田在末座上說：「丞相又不是堯、舜，怎能事事都對呢？」丞相非常讚賞他的話。

【析評】一個成就較遲的大才，多半是他不願顯露才華，受人忽視的結果，並非智慧成熟緩慢所致；可是一旦受到有識者的賞識，他立刻能脫穎而出，大放異彩。癡獃的王藍田，幸而得到父蔭，進入王丞相的門庭；但直到集會時，恭陪末座的他，在忍無可忍的狀況下，獨排眾議，說了「主非堯舜」那句話，才真正受到王丞相和眾人的欣賞和看重，奠定了他的名望，正是一個鮮明的例證。

63 世目楊朗❶，沉審❷經斷❸。蔡司徒❹云：「若使中朝❺不亂，楊氏作公❻方未已！」謝公❼云：「朗是大才！」

【注釋】❶楊朗 見〈識鑒〉13注❸。❷沉審 沉靜詳審。❸經斷 經營判斷。❹蔡司徒 指蔡謨。見〈方正〉40注❸。❺中朝 晉南渡以後，稱西晉洛都為中朝，因其在中原之故。❻楊氏作公 楊準有六子：喬、髦、朗、琳、俊、仲，皆有美名，論者以為皆有臺輔之望。見劉注引《八王故事》。❼謝公 指謝安。見〈德行〉33注❷。

【語譯】世人品評楊朗，說他為人沉靜仔細，善於經營判斷。蔡司徒說：「假使中朝沒有禍亂，楊家子弟還不止當三公呢！」謝公說：「楊朗是個大才！」

【析評】西晉時期，共有武、惠、懷、愍四主。武帝平庸，只談「平生常事」；惠帝低能，因此賈后干政、八王之亂、永嘉之禍接踵而至，五胡亂華也因此發生。終致愍帝被擄，晉室渡江而南。蔡謨所謂中朝之亂，應泛指諸事而言。

64 劉萬安❶即道真❷從子，庾公❸所謂「灼然玉舉❹」。又云：「千人亦見❺，百人亦見。」

【注釋】❶劉萬安 劉綏，字萬安，晉高平國（治所在今山東金鄉西北四十里）人。曾任驃騎長史。❷道真 即劉寶。見〈德行〉22注❶。❸庾公 即庾琮。見本篇30注❶。❹灼然玉舉 鮮明玉立。形容人風姿秀美出眾。❺見 顯露。同「現」。

【語譯】劉萬安就是道真的姪兒，庾公所謂「灼然玉舉（鮮明玉立）」的人。庾公又說：「他在一千人中也能顯露自己的特色，一百人中也能顯露自己的特色。」

【析評】灼然，副詞，鮮明的樣子；玉舉，猶玉立，喻人風姿秀美。「灼然」一詞，晉代也是考試科目的名稱，如《晉書・鄧攸傳》「灼然二品」，《晉書・苻堅載記下》「門在灼然者，為崇文義從」等是；但在此文，應作副詞使用，詞意始通，「千人亦見，百人亦見」二語，言雖置身於千百人中，也無人能掩蓋他的風姿，即在重申「灼然玉舉」之意。

65 庾公❶為護軍❷，屬桓廷尉❸覓一佳吏，乃經年。桓後遇見徐寧❹，而知之，遂致❺於庾公，曰：「人所應有，其不必有；人所應無，己不必無。真海岱❻清士！」

【注釋】❶庾公　指庾亮。見〈德行〉31注❶。❷護軍　官名。魏置護軍將軍，主武官選。晉因之，並領營兵，權任甚重。❸桓廷尉　指桓彝。見〈德行〉30注❶。❹徐寧　字安期，東海郡郯縣（在今山東郯縣西南三十里）人。通朗有德素，少知名。歷任吏部郎、左將軍、江州刺史。❺致　推薦。❻海岱　指東海與泰山間，古青、徐二州之地。

【語譯】庾公擔任護軍將軍，託桓廷尉替他找一位好佐吏，竟經過一年還未找到。桓廷尉後來遇見徐寧，很賞識他，就推薦給庾公，說：「別人認為應該有的，他不一定有；別人認為應該沒有的，他不一定沒有。真是海岱之間的清高之士！」

【析評】桓廷尉認為徐寧是一位不同流俗的清高之士，所以把他推薦給庾公。余嘉錫《箋疏》說：「夫所謂人所應無者，謂衡之禮法不當有者也。而晉之名士，因不為禮法所拘，禮所應無而竟有之者多矣。如王平子、謝幼輿之徒所為皆是也。時流競相慕效，卞望之欲奏治之，而王導、庾亮不從。徐寧行事不知何如？然見用於庾亮，疑亦不羈之流，故桓彝評之如此。」所言甚是。

66 桓茂倫❶云：「褚季野❷皮裡陽秋❸。」謂其裁中❹也。

【注釋】❶桓茂倫 即桓彝。見〈德行〉30注❶。❷褚季野 即褚裒。見〈德行〉34注❸。❸皮裡陽秋 原作「皮裡春秋」，晉人因晉簡文宣鄭太后名「春」，避諱所改。謂人表面不作評論，而內心有所褒貶。皮謂皮袋、皮囊。指人身體而言。❹裁中 制裁於心中。

【語譯】桓茂倫說：「褚季野是一部皮裡的《春秋》。」是說他在心中論斷是非。

【析評】《春秋》是孔子褒善貶惡，使人明白正名定分之理的經書；而褚季野口不言是非，心中卻對是非自有論斷，所以桓彝稱他為「皮裡《春秋》」。

67 何次道❶嘗送東❷人，瞻望見賈寧❸在後輪❹中，曰：「此人不死，終為諸侯上客❺！」

【注釋】❶何次道 即何充。見〈言語〉54注❶。❷東 東晉都建康，稱其東方的會稽、吳郡為東。❸賈寧 字建寧，晉長樂國（今河北冀縣）人。曾為蘇峻謀主，峻敗先降，官至新安太守。❹輪 指車。❺上客 尊貴的客人。

【語譯】何次道有一回送東來的客人還鄉，遠遠看見賈寧在後面的車上，便說：「這個人如果不死，將來一定當諸侯的貴客！」

【析評】何次道應見賈寧風姿秀美，故有此言。

68 杜弘治❶墓崩，哀容不稱。庾公❷顧謂諸客曰：「弘治至羸❸，不可以致哀❹。」又曰：「弘治哭，不可哀。」

【注　釋】❶杜弘治　杜乂，字弘治，京兆郡杜陵縣（今陝西長安東南）人。性純和，美姿容，曾任丹陽丞，早死，晉成帝娶其女為后。見《晉書・杜乂傳》。❷庾公　指庾亮。❸羸　瘦弱。❹致哀　極盡悲哀。

【語　譯】杜弘治父親的墓穴崩坍了，他臉上的哀容和內心的傷悲很不相稱。庾公回頭對諸位弔喪的賓客說：「弘治太瘦弱了，不可以極度悲哀。」又說：「弘治哭吧，但不能太哀傷啊。」

【析　評】這件事，史傳不見記載，所謂「墓崩」，當指杜弘治父杜錫下葬時墓穴崩坍而言，故庾公及諸客均在場目睹一切。父死墓崩，孝子本當哀慟逾恆，但杜弘治無此表現，所以說他「哀容不稱」。當諸多送殯的賓客紛紛議論時，庾亮憐惜杜弘治的純和與瘦弱，發言替他解圍，並勸他努力節哀，很有長者的風範。

69　世稱「庾文康❶為豐年玉❷，穉恭❸為荒年穀❹」。庾家論云：「是文康稱恭為荒年穀、庾長仁❺為豐年玉。」

【注　釋】❶庾文康　即庾亮。見〈德行〉31注❶。❷豐年玉　比喻太平盛世能負擔國家重任的大臣。❸穉恭　即庾翼。見〈雅量〉24注❶。❹荒年穀　比喻亂世救國濟民的豪傑。❺庾長仁　庾統，字長仁，小字赤玉，晉潁川郡鄢陵縣（在今河南鄢陵西北）人。衛將軍懌子，官至尋陽太守。

【語　譯】世人說「庾文康是豐年玉（治世的重臣），庾穉恭是荒年穀（亂世救國濟民的豪傑）」。庾家人評論道：「是文康把穉恭叫做荒年穀、庾長仁叫做豐年玉的。」

【析　評】玉器是古代朝廷中的重器，如諸侯始受封，天子賜以圭，加以刻識，做為符信：公執桓圭，侯執信圭，伯執躬圭，子封穀璧，男封蒲璧（見《周禮・春官・典瑞》），合稱五瑞，或稱五玉（見《書・舜典》）；所以「豐年玉」，比喻治世的公、侯或負擔國家重任的大臣。荒年的五穀，可以救濟人民，使免於死亡；所以「荒年穀」，比喻國家多事之秋，能解決問題、拯人民於水火的人才。治世之臣，應能深謀遠慮，制定長治久安之計；亂世之傑，則當隨機應變，消弭迫在眉睫之禍。二者一徐一疾，才情各異；一長一短，功效也有不同。

70 世目：「杜弘治❶標鮮❷，季野❸穆少❹。」

【注　釋】❶杜弘治　即杜乂。見本篇68注❶。❷標鮮　標緻清新。❸季野　即褚裒。見〈德行〉34注❸。❹穆少　沉默寡言。穆，通「默」。

【語　譯】世人品評道：「杜弘治美好清新，褚季野沉默寡言。」

【析　評】杜弘治標鮮，參閱本篇68、71二則。褚季野穆少，參閱〈德行〉34及本篇66二則。

71 有人目杜弘治❶：「標鮮清令❷，盛德可風❸，可樂詠❹也。」

【注　釋】❶杜弘治　即杜乂。見本篇68注❶。❷標鮮清令　標鮮，標緻清新。清令，高潔美好。❸盛德可風　大德可以感化世人。❹樂詠　作樂歌詠。

【語　譯】有人品評杜弘治說：「標緻清新，高潔美好；他的大德能夠感化世人，可以作樂歌詠。」

【析評】這一則記杜弘治，不但外型美好，也有內在的盛德相配，值得加以歌頌。

72 庾公❶云：「逸少❷國舉❸。」故庾倪❹為碑文云：「拔萃國舉。」

【注釋】❶庾公　指庾亮。見〈德行〉31注❶。❷逸少　即王羲之。見〈言語〉62注❷。❸國舉　受國人推崇的人。❹庾倪　庾倩，字少彥，小字倪。晉潁川郡鄢陵縣（在今河南鄢陵西北）人。有才能器局，官至太宰長史。

【語譯】庾公說：「王逸少是受國人推崇的人。」所以庾倪給逸少作碑文說：「出類拔萃，受國人推崇。」

【析評】《孟子‧公孫丑上》：「出於其類，拔乎其萃，自生民以來，未有盛於孔子也！」類謂人類，萃謂人群，皆指天下所有的人。庾公以「逸少國舉」相讚，國謂全國的人而非天下的人，是人類的一部分而非全體；所以庾倪依據《孟子》加上「拔萃」二字，以補「國舉」的不足。庾倪的用意雖美，但不知王羲之是否受之有愧呢？

73 庾稺恭❶與桓溫❷書，稱：「劉道生❸日夕在事❹，大小殊快；義懷❺通樂❻既佳，且足作友，正實良器。推此與君，同濟❼艱不❽者也。」

【注釋】❶庾稺恭　即庾翼。見〈雅量〉24注❶。❷桓溫　見〈言語〉55注❶。❸劉道生　劉恢，字道生，晉沛國（在今安徽宿縣西北）人。思理淹通，有文武才。官至車騎司馬，年三十六卒，贈前將軍。一說劉恢即劉惔（見〈德行〉35注❶），見余嘉錫《箋疏》。❹在事　居官任事。❺義懷　美好的胸懷。❻通樂　通達和樂。❼濟　排除。通「擠」。❽不　助詞，無義。

【語　譯】庾穉恭寫信給桓溫，說：「劉道生日夜在職辦公，事無大小，都能很迅速地解決；他胸襟美好，通達和樂固然不錯，又值得和他做朋友，實在是個良才。把這個人推薦給您，因為他將是和您一同排除艱難的人啊。」

【析　評】本則記庾穉恭向桓溫推薦劉道生，盛讚他的才能和品德，希望桓溫能以良師益友相待，使他能施展長才，共濟時艱，完成大業。詞義委婉懇切，不可多得。

74 王藍田❶拜揚州，主簿❷請諱❸。教云：「亡祖先君❹，名播海內，遠近所知；內諱❺不出於外❻。餘無所諱。」

【注　釋】❶王藍田　即王述。見〈文學〉22注❼。❷主簿　官名。負責文書簿籍，掌管印鑑，為屬吏之長。❸請諱　晉人極重家諱，故新官上任，僚屬必先請問他父祖的名字，以免無意中冒犯。❹亡祖先君　述祖湛，字處沖，晉汝南內史。父承，字安期，車騎將軍、東海太守。分見本篇17注❶、〈政事〉9注❶。❺內諱　舊稱婦女之名為內諱。❻不出於外　《禮記．曲禮上》「婦諱不出門」，言避婦人的名諱，僅限於家門之內，外人無所避忌。

【語　譯】王藍田官拜揚州刺史，主簿請問他的家諱。告主簿說：「先祖父和先父，名揚海內，遠近的人都知道的；長輩婦女的名字只在家門裡面避諱，並不超出門外。其他的就沒有甚麼避忌了。」

【析　評】《禮記．曲禮上》載：「入竟（通「境」）而問禁，入國而問俗，入門（家門）而問諱。」可見避諱的風氣由來已久，但由古至今，未有魏、晉時代之興盛。本書〈方正〉18則，記盧志直呼陸機父、祖之名，機也稱志父、祖之名相報；〈任誕〉50則，記桓玄聽說「溫酒」，乃流涕嗚咽。〈排調〉2則，載鍾會的父親名繇，晉文帝以「望卿遙遙不至」相戲。《禮記．曲禮上》云：「禮，不諱嫌名。」又云：

「君所無私諱。」與人名字音相近的字為「嫌名」，若「繇」與「遙」是；於禮，私家的名諱，在君前本是不避忌的，何況文帝又是用的嫌名；鍾會本當一笑置之便了，可是他竟以稱呼文帝父名「懿」反擊，並把與文帝同伙的二陳也罵了進去。又〈排調〉33則，也記了一個同類的故事。均請參看。

75 蕭中郎❶，孫承公❷婦父，劉尹❸在撫軍❹坐，時擬為太常❺。劉尹云：「蕭祖周不知便可作三公不？自此以還，無所不堪。」

【注釋】❶蕭中郎　指蕭輪。字祖周，晉樂安國（治所高苑，在今山東桓臺東）人。有才學，善三《禮》，歷任常侍、國子博士。❷孫承公　即孫統。字承公，晉太原國（治晉陽，即今山西太原）人。善屬文，官至餘姚令。❸劉尹　指劉惔。見〈德行〉35注❶。❹撫軍　簡文帝時為撫軍大將軍。簡文帝，見〈德行〉37注❶。❺太常　官名。為列卿之一，掌宗廟禮儀。

【語譯】蕭中郎是孫承公的岳父，劉尹在撫軍大將軍座中，當時已議定任命中郎為太常。劉尹說：「蕭祖周（即中郎）不知道是否就能當三公？從此以後，沒有職位他不能擔當了。」

【析評】晉時太常為列卿之一，位僅次於諸公——太宰、太傅、太保、司徒、司空、左右光祿大夫、光祿大夫，開府（開建府署，辟置僚屬）位從公者為文官公；大司馬、大將軍、太尉、驃騎、車騎、衛將軍、諸大將軍，開府位從公者為武官公之下（見《晉書・職官志》）。蕭中郎即將為太常，故劉尹讚賞他的才華，以為從此將青雲直上，位極三公——諸公中位最尊者：周代以太師、太傅、太保為三公；晉初避景帝諱，改稱太師為太宰，與太傅、太保為上公，無其人則闕，另以太尉、司徒、司空為三公。

76 謝太傅❶未冠❷，始出西❸，詣王長史❹，清言良久。去後，苟子❺問曰：「向客❻何如尊❼？」長史曰：「向客亹亹❽，為來逼人。」

【注　釋】❶謝太傅　指謝安。見〈德行〉33注❷。❷未冠　古代男子二十行成人禮，結髮戴冠，故稱未滿二十歲為未冠。❸出西　謝安未仕時寄居會稽，故稱出會稽西入都城建康為「出西」。❹王長史　指王濛。見〈言語〉54注❹。❺苟子　王濛子脩。見〈文學〉38注❷。❻向客　剛才來的客人。向，通「曏」。❼尊　晉時稱父為尊。❽亹亹　奮勉不倦的樣子。

【語　譯】謝太傅還未成年，初次離開會稽西入建康，去拜訪王長史，清談很久。等他走了以後，王苟子問道：「剛才來的客人和爸相比，怎麼樣？」王長史說：「剛來的客人說個沒完沒了，是為著逼人來的。」

【析　評】本則記謝安少時善辯，英氣逼人，使以「風流雅正」、「放邁不群」著稱的王濛（見劉孝標注引〈王長史別傳〉），備感威脅。

77 王右軍❶語劉尹❷：「故當共推安石❸。」劉尹曰：「若安石東山❹志立，當與天下共推之。」

【注　釋】❶王右軍　指王羲之。見〈言語〉62注❷。❷劉尹　指劉惔。見〈德行〉35注❶。❸安石　謝安字。見〈德行〉33注❷。❹東山　山名。在今浙江上虞西南四十五里。安石少時在此隱居。

【語　譯】王右軍告訴劉尹說：「我們一定得共同推舉安石。」劉尹說：「如果安石在東山立志做官，我將和天下的人一同推舉他。」

【析　評】劉孝標注引《續晉陽秋》，言謝安早年隱居會稽上虞縣，六、七年間，徵召不就；雖經有司相繼彈奏，朝廷禁錮，也晏然處之，不屑一顧。劉尹是一位「有雅裁，雖華門陋巷，晏如也」（見〈德行〉35則劉孝標注引〈劉尹別傳〉）的賢者，當然同情謝安的心志，不願逼他出仕；他回答王右軍的話，就是謝安的出處，應從其所好，不必相強之意。

78 謝公❶稱藍田❷：「掇皮❸皆真。」

【注　釋】❶謝公　指謝安。見〈德行〉33注❷。❷藍田　即王述。見〈文學〉22注❼。❸掇皮　削去其皮。掇，削。通「剟」。

【語　譯】謝公稱讚王藍田：「剝了他的皮看，也全部都是真情。」

【析　評】謝公所謂「掇皮皆真」，與〈排調〉50則范啟所說「掇皮無餘潤」一語相當，都是通體真情、表裡如一的意思。請參看。

79 桓溫❶行，經王敦❷墓邊過，望之云：「可兒❸！可兒！」

【注　釋】❶桓溫　見〈言語〉55注❶。❷王敦　見〈文學〉20注❷。❸可兒　性行使人覺得滿意、可愛的人。與「可人」相當。劉孝標注引〈孫綽與庾亮牋〉：「王敦可人之目，數十年間也。」知王敦生時素有「可人」之名，桓溫從而稱之。

【語　譯】桓溫出行，從王敦墓旁經過，遙望著說：「可兒！可兒！」

【析評】晉元帝永昌元年，王敦以清君側、誅劉隗等為名，起兵反，入朝自為丞相。元帝死，敦退屯姑熟，明帝太元二年又反，揮兵入江寧，途中病死，眾潰，戮屍懸首於市。桓溫對這樣的人稱讚不已，正是他包藏禍心，引為同類的寫照。《晉書》本傳云：溫以雄武專朝，志在篡奪，或臥對親僚曰：「為爾寂寂，將為文、景所笑！」眾莫敢對。既而撫枕起曰：「既不能流芳後世，不足復遺臭萬載邪！」（參閱〈尤悔〉13則）嘗行經王敦墓，望之曰：「可人，可人！」其心跡若是。

80

殷中軍❶道王右軍❷，云：「逸少清貴❸人，吾於❹之甚至❺，一時❻無所後❼！」

【注釋】❶殷中軍　指殷浩。見〈言語〉80注❷。❷王右軍　指王羲之。字逸少。見〈言語〉62注❷。❸清貴　清高尊貴。❹於　親厚；照顧。❺至　周到。❻一時　即時；立刻。❼後　怠慢；遲疑。

【語譯】殷中軍講起王右軍來，對人說：「逸少是清高尊貴的人，我照顧他非常周到，只要他有事交代，我立刻照辦，絕不遲疑！」

【析評】這一則說王右軍以他清貴的人品，使殷浩傾心照顧，不敢有絲毫怠慢。

81

王仲祖❶稱殷淵源❷：「非以長勝人，處❸長亦勝人。」

【注釋】❶王仲祖　即王濛。見〈言語〉54注❹。❷殷淵源　即殷浩。見〈言語〉80注❷。❸處　留；保留。

【語譯】王仲祖稱讚殷淵源道：「他不但以他的長處勝過別人，在保留自己的長處方面也勝過了別人。」

【析　評】孟子說：「有天爵者，有人爵者。仁義忠信、樂善不倦，此天爵也；公卿大夫，此人爵也。古之人，修其天爵，而人爵從之。今之人，修其天爵，以要（求）人爵；既得人爵，而棄其天爵，則惑之甚者也。終亦必亡而已矣。」（見《孟子．告子上》）殷淵源的長處，在於他仁義忠信、樂善不倦之類的天爵（天賦的美德。劉孝標注引《晉陽秋》「浩善以通和待物」）；而更值得讚許的，是他既得高官，仕至揚州刺史、中軍將軍，獲致人爵，仍能竭力保留他的天爵，為常人所不及。這是最難能可貴的。

82

王司州❶與殷中軍❷語，歎云：「己之府奧❸，蚤❹已傾寫而見❺；殷陳勢❻浩汗❼，眾源未可得測。」

【注　釋】❶王司州　指王胡之。見〈言語〉81注❶。❷殷中軍　指殷浩。見〈言語〉80注❷。❸府奧　深藏於心中的意旨。❹蚤　通「早」。❺傾寫而見　完全表露出來。寫，同「瀉」。見，顯露。通「現」。❻陳勢　軍隊作戰時行列編組的形勢。在此借指言辭組織嚴整的形勢。陳，通「敶」。今作「陣」。❼浩汗　廣大無邊的樣子。

【語　譯】王司州和殷中軍交談以後，讚歎道：「我自己深藏在心底的意思，早已傾瀉表白出來；可是殷中軍的言辭，陣勢浩瀚，許多的來源，沒有辦法探測。」

【析　評】王司州用「陣勢」比喻殷浩言談組織的嚴密完整、辭義的雄健豪逸；用「浩汗」形容他議論範圍的廣闊；用「眾源未可得測」說明他學殖的豐盛；造語雄奇妥帖，已自不同凡響。而殷浩受到他的讚頌，風標之高，可以想見。

83

王長史❶謂林公❷：「真長❸可謂『金玉滿堂』。」林公曰：「『金玉滿堂』，復何為簡選❹？」王曰：「非為簡選，直❺致言處❻自寡耳。」

【注釋】❶王長史　指王濛。見〈言語〉54注❹。❷林公　指支遁。見〈言語〉63注❶。❸真長　即劉惔。見〈德行〉35注❶。❹簡選　選擇；精挑細選。「簡」也是選的意思。❺直　只是。❻致言處　話說到最高的境界。致，極致。

【語譯】王長史對林公說：「劉真長滿肚子學問，可說是『金玉滿堂』了。」林公說：「既然『金玉滿堂』，說話時為甚麼還精挑細選呢？」王長史說：「不是要精挑細選，只因話說到最高的境界自然就少了。」

【析評】《老子》九：「金玉滿堂，莫之能守。」這滿堂的金玉，本指珍寶眾多，但王濛借來比喻劉惔的學識豐富。看樣子劉惔講話，慢吞吞地，非常簡短，不像一般所謂有學問的人，動輒不假思索，口若懸河；所以林公聽了「真長可謂『金至滿堂』」的話，不以為然。王濛指正他，說劉惔吐辭緩慢，不是為了要挑選該說甚麼，而是在考慮如何說得要言不煩；他的話不多，不是因為無話可說，而是「吉人之辭寡」（見《易・繫辭下》），「吉人」即「賢人」，賢人說話，但求達意而已，不會和別人比長短的。兩相比較，林公的見識，不如王長史遠甚。

84 王長史❶道江道群❷：「人可❸應有，乃❹不必有；人可應無，己必無。」

【注釋】❶王長史　指王濛。見〈言語〉54注❹。❷江道群　江灌，字道群，晉陳留國（治所在今河南陳留東北）人。有才器。歷任尚書、中護軍。❸可　相當於「所」，語氣詞。無義。❹乃　連接詞。卻；可是。

【語譯】王長史讚美江道群說：「常人應該有的東西，他卻不一定有；常人應該沒有的東西，他本身一定沒有。」

【析評】人所應有，指民生的必需品，或理應擁有的東西。人所應無，指品德上的缺陷，或不當取得的東西。《晉書・江灌傳》說：「時謝奕為尚書，銓敘不允（公平），灌每執正不從，奕託以他事免之，受黜無怨色。」又說：「灌性方正，視權貴蔑如也，為大司馬桓溫所惡。……時溫方執權，朝廷希旨（朝中的官員都迎合他的旨意），故灌積年不調。」王濛所讚美的，正是他那方正廉潔、不忮不求的品格。

85 會稽❶孔沉❷、魏顗❸、虞球❹、虞存❺、謝奉❻，並是四族之儁，于時之傑。孫興公❼目之曰：「沉為孔家金，顗為魏家玉，虞❽為長、琳❾宗，謝❿為弘道伏⓫。」

【注釋】❶會稽　郡名。治山陰。即今浙江紹興。❷孔沈　見〈言語〉44注❷。❸魏顗　字長齊，晉會稽（郡名。治所在今浙江紹興）人。官至山陰令。❹虞球　字和琳，晉會稽郡餘姚縣（今屬浙江），仕至黃門侍郎。❺虞存　字道長，見〈政事〉17注❷。❻謝奉　字弘道，見〈雅量〉33注❶。❼孫興公　即孫綽。見〈言語〉84注❶。❽虞　指虞氏宗親。❾長琳　虞存及虞球的字。❿謝　指謝氏宗親。⓫伏　佩服。

【語譯】會稽的孔沉、魏顗、虞球、虞存、謝奉，全是這四族的才俊，當時的豪傑。孫興公品評他們道：「沉是孔家的黃金，顗是魏家的美玉；虞家因為道長（虞存）、和琳（虞球）的才華而尊崇他們，謝家因為弘道（謝奉）的美德而佩服他。」

【析評】金為五金之長，久埋不生鏽，百鍊不減輕，象徵著穩定亮麗的才華。玉為石之美者，溫潤而有光澤，堅剛而不屈曲，象徵著君子的美德。興公之意，孔沉、二虞，以才華受族人尊崇；而魏顗、謝奉，以美德獲宗人欽佩；以才德可分為二，以族姓故分為四，措詞頗有離合變化的奇趣。請參看〈排調〉48、〈政事〉17、〈雅量〉33諸則。

86 王仲祖❶、劉真長❷造殷中軍❸談，談竟，俱載去。劉謂王曰：「淵源真可❹！」王曰：「卿故❺墮其雲霧中。」

【注釋】❶王仲祖　即王濛。見〈言語〉54注❹。❷劉真長　即劉惔。見〈德行〉35注❶。❸殷中軍　指殷浩。見〈言語〉80注❷。❹真可　真可以；真了不起。❺故　必定；一定。通「固」。

【語譯】王仲祖和劉真長到殷中軍處談玄；談完了，同車離去。劉真長對王仲祖說：「淵源（殷中軍）真了不起啊！」王仲祖說：「您一定墜到他言談的雲霧中了。」

【析評】劉孝標注引《中興書》：「浩能言理，談論精微，長於《老》、《易》，故風流者（出眾而喜好風雅的人）皆宗歸之。」因殷淵源的談論有這般誘人的特色，一旦大放厥辭，宛如噴雲吐霧，引人入勝，不覺沉迷其中。王仲祖是先劉真長「墮其雲霧中」的人物，故聞讚歎，一語道破他的心意。

87 劉尹❶每稱王長史❷云：「性至通，而自然❸有節❹。」

【注釋】❶劉尹　指劉惔。見〈德行〉35注❶。❷王長史　指王濛。見〈言語〉54注❹。❸自然　不造作。❹有節　有節度；有分寸。言恰如其分。

【語譯】劉尹常常稱讚王長史說：「他的性情極為通達，而且行為很自然、很有分寸。」

【析評】劉孝標注引〈濛別傳〉：「濛之交物（與人交接），虛己納善，恕而後行，希見其喜慍之色；凡與一面，莫不敬而愛之。然少孤，事諸母甚謹，篤義（篤守禮義）穆族（親睦宗族），不修小潔，以清貧見稱。」「不修小潔」即不修小節的意思，可為本則「性至通」的注腳；他「交物」、事母、守義、睦族皆有節度，也因此語而顯得出乎自然、不假造作的意味。

88 王右軍❶道謝萬石❷：「在林澤❸中，為自遒上❹。」歎林公❺：「器❻明神儁。」道祖士少❼：「風領毛骨❽，恐沒世❾不復見如此人。」道劉真長❿：「標雲柯⓫而不扶疏⓬。」

【注釋】❶王右軍　指王羲之。見〈言語〉62注❷。❷謝萬石　即謝萬。見〈言語〉77注❶。❸林澤　山林、水澤。指隱居的地方。❹遒上　剛健超群。❺林公　指支遁。見〈言語〉63注❶。❻器　有形的具體事物。在此指人的儀容氣派。❼祖士少　即祖約。見〈雅量〉15注❶。❽風領毛骨　謂其生有異相。其領（頸）如鳳（神鳥。通作「鳳」），故云「風領」。毛骨，指容貌骨相。❾沒世　終身；永久。❿劉真長　即劉惔。見〈德行〉35注❶。⓫標雲柯　梢頭入雲的樹枝。⓬扶疏　樹枝繁茂分披的樣子。

【語譯】王右軍稱道謝萬石說：「縱使隱居在山林川澤裡，他的行為也自然剛健超群。」歎賞林公說：「他的儀表清明，神情俊秀。」讚美祖士少說：「他生有鳳頸的異相，恐怕我終身都不能再見到像這樣有才華的人了。」讚美劉真長說：「他孤高得像一棵高聳入雲的大樹，卻沒有繁茂分披的枝條。」

【析評】據《晉書．謝萬傳》及劉孝標注引《中興書》，謝萬是太傅謝安的弟弟，才氣高俊，早有時譽，而且仕途順利；故知王右軍「在林澤中」，為假設語。遒上的氣質，多在逆境中養成；謝萬生於順境，但他剛健的性行，不下林澤中人，自非常人可及。人的儀表和精神，能相配稱的極少；林公卻神形俱美，「器明神儁」，是以可頌。至於劉真長，貴為晉明帝的女婿，娶了廬陵公主，屢居達官，「然性不偶俗，心淡榮利，雖身登顯列，而每挹降，閑靜自守而已」（見劉注引〈劉尹別傳〉）；故王右軍以孤高之樹為喻。可是祖約的為人，貪鄙叛戾（參閱〈雅量〉15則），然王右軍父子，交口讚譽（參閱本篇132則）；王導和他夜語，通宵忘倦（見本篇57則）；自當有其過人處。余嘉錫《世說新語箋疏》：「《御覽》四四七引《郭子》曰：『祖士少道右軍：「王家阿菟（羲之小名），何緣復減處仲（王敦字）？」……』觀《郭子》之言，乃知王氏父子假借士少者，感其獎譽之私耳。此正晉人互相標榜之習，逸少（羲之字）賢者，亦自不免。」似有可商。

89

簡文❶目庾赤玉❷：「省❸率治除。」謝仁祖❹云：「庾赤玉胸中無宿物❺。」

【注　釋】❶簡文　晉簡文帝。見〈德行〉37注❶。❷庾赤玉　即庾統。見本篇69注❺。❸省　過失。通「眚」。❹謝仁祖　即謝尚。見〈言語〉46注❶。❺宿物　隔夜的髒東西。指宿惡。

【語　譯】簡文帝品評庾赤玉道：「他把小小的過失都整治剷除了。」謝仁祖說：「庾赤玉的胸中沒有任何隔夜猶存的過惡。」

【析　評】簡文讚美庾統善於改過；謝仁祖則說他隨時自新，胸無宿惡，完美無瑕。

90

殷中軍❶道韓太常❷曰：「康伯少自標置❸，居然是出群器；及其發言遣辭，往往❹有情致❺。」

【注　釋】❶殷中軍　指殷浩。見〈言語〉80注❷。❷韓太常　指韓康伯。見〈德行〉38注❷。❸標置　標舉品目，排定名位。❹往往　處處。❺情致　意味；情趣。

【語　譯】殷中軍稱道韓太常說：「康伯從小就自我標榜，排定名位，竟然是個出群超眾的人物；等到他發表言論，處處都有情趣。」

【析　評】一個少小就自命不凡的人物，長大後很難成器，而韓康伯居然能出類拔萃，所以受到舅父殷浩的讚賞；殷中軍尤其喜愛的，是韓康伯言辭的情致。劉孝標注引《續晉陽秋》「康伯清和有思理，幼為舅殷浩所稱」，與本則所述相合。

91 簡文❶道王懷祖❷：「才既不長❸，於榮利❹又不淡❺；直以真率❻少許，便足對❼人多多許❽。」

【注　釋】❶簡文　即晉簡文帝。見〈德行〉37注❶。❷王懷祖　即王述。見〈文學〉22注❼。❸長　善；優。❹榮利　功名利祿。❺淡　淡薄。❻真率　純真坦率。❼對　敵對；對付。❽多多許　謂諸多長處。許，助詞。無義，上「少許」同。

【語　譯】簡文帝稱道王懷祖說：「他的才華既然不好，名利心也不淡薄；但他只憑少許純真坦率的本性，就足夠敵對別人許許多多的長處。」

【析　評】劉孝標注引《晉陽秋》：「述少貧約，簞瓢陋巷，不求聞達，由是為有識所重。」僅就他少時為言。據《晉書》本傳，王述少孤，事母至孝，安貧守約，不求聞達。少襲父爵。年三十，尚未知名，人或謂之癡。後為王導徵召，漸受朝廷重用。每受職，不為虛讓；凡有所辭，終必不受。其子坦之為桓溫長史，溫欲嫁女與坦之；述大怒，坦之乃辭以他故，遂止。故簡文言王述才既不長，唯以真率敵人，絕非虛語。

92 林公❶謂王右軍❷：「長史❸作數百語，無非德音❹，如恨不苦❺。」王曰：「長史自不欲苦物。」

【注　釋】❶林公　指支遁。見〈言語〉63注❶。❷王右軍　指王羲之。見〈言語〉62注❷。❸長史　指王濛。見〈言語〉54注❹。❹德音　善言。❺苦　窮人以辭；說得別人無話可說。

【語　譯】林公對王右軍說：「王長史作了好幾百句話的長篇大論，沒有一句不好，好像恨不得講得別人無話可說似的。」王右軍說：「長史本不想講得別人無話可說啊。」

【析　評】右軍的意思，是說長史口如懸河，每發言遣辭，但求表達他自己的衷曲，並無壓倒別人的存心。

93 殷中軍❶與人書，道謝萬❷：「文理❸轉遒❹，成殊不易。」

【注　釋】❶殷中軍　指殷浩。見〈言語〉80注❷。❷謝萬　見〈言語〉77注❶。❸文理　文辭的理致；文辭傳達的思想情趣。❹遒　強勁有力。

【語　譯】殷中軍給人寫信，稱道謝萬說：「他文辭的理致轉變得強勁有力，這種成就得來極不容易。」

【析　評】劉孝標注引《中興書》：「萬才器雋（俊）秀，善自衒曜，故致有時譽。兼善屬文，能談論，時人稱之。」則謝萬所獲，絕非虛譽。

94 王長史❶云：「江思悛❷思懷所通❸，不翅❹儒域。」

【注　釋】❶王長史　指王濛。見〈言語〉54注❹。❷江思悛　江惇，字思悛，晉陳留國（治所在今河南陳留東北）人，僕射虨之弟。好學，博覽群書，兼通儒道。徵拜博士、著作郎，皆不就。年四十九而卒。❸通　到達。❹翅　僅；只。通「啻」。

【語　譯】王長史說：「江思悛思想所達到的，不僅是儒家的境界。」

【析　評】劉孝標注引徐廣《晉紀》，云思悛「博覽《墳》、《典》」（即《三墳》、《五典》，古書名。此作古書之代稱），儒、道兼綜」；所以王濛說他的造詣，不止儒域。

95 許玄度❶送母❷，始出都，人問劉尹❸：「玄度定稱所聞不？」劉曰：「才情過於所聞。」

【注　釋】❶許玄度　即許詢。見〈言語〉69注❷。❷母　華軼之女。❸劉尹　指劉惔。見〈德行〉35注❶。

【語　譯】許玄度送他的母親，剛出都城，有人問劉尹說：「玄度確實和我們所知道的相稱嗎？」劉尹說：「他的才華勝過大家所知道的。」

【析　評】孟子說：「聲聞過情（實，才情），君子恥之。」（見《孟子．離婁下》）許玄度才情超過名聲，正是君子所欽羨的。

96 阮光祿❶云：「王家有三年少❷：右軍❸、安期❹、長豫❺。」

【注　釋】❶阮光祿　指阮裕。見〈德行〉32注❶。❷年少　青年男子。❸右軍　指王羲之。見〈言語〉62注❷。❹安

期　即王應。見〈識鑒〉15注❷。❺長豫　即王悅。見〈德行〉29注❶。

【語　譯】阮光祿說：「王家有三位青年才俊：右軍、安期、長豫。」

【析　評】《晉書・王羲之傳》：「裕目羲之與王承、王悅為王氏三少。」因王承與王應同字安期致誤。孝承為太原人，與琅邪羲之、應、悅族望不同；且王承為坦之之父，年輩較尊，不當與羲之等列；故從劉孝標注。

97 謝公❶道豫章❷：「若遇七賢❸，必自把臂❹入林。」

【注　釋】❶謝公　指謝安。見〈德行〉33注❷。❷豫章　指謝鯤。見〈文學〉20注❸。❸七賢　指竹林七賢。詳見〈任誕〉1及「注釋」。❹把臂　握人手臂，表示親近。

【語　譯】謝公稱道謝豫章說：「他如果遇到竹林七賢，一定會互相抓著手臂進入竹林。」

【析　評】謝公言豫章與七賢，同聲相應，同氣相求，如能相遇，必將把臂言歡，不忍別離。

98 王長史❶歎林公❷：「尋微❸之功，不減輔嗣❹。」

【注　釋】❶王長史　指王濛。見〈言語〉54注❹。❷林公　指支遁。見〈言語〉63注❶。❸微　隱微奧妙的意旨。在此指《老》、《莊》的微旨。❹輔嗣　即王弼。見〈文學〉6注❷。

【語　譯】王長史歎賞林公道：「他探尋《老》、《莊》微旨的成果，不下於王輔嗣。」

【析　評】王弼功在《老》、《莊》；而林公亦因崇尚《老》、《莊》，《道賢論》比之向秀（見〈文學〉36則劉孝標注），與弼同功。《太平御覽》六五五云林公「初至京師，太原王濛甚重之，曰：『造微之功，不減輔嗣。』」「造」亦造訪、探尋之意，與本則所述相同，當為一事。

99 殷淵源❶在墓所幾❷十年，于時❸朝野以擬管、葛❹；起❺不起，以卜❻江左❼興亡。

【注釋】❶殷淵源　即殷浩。見〈言語〉80注❷。❷幾　將近。《晉書》本傳述作「遂屏居墓所，幾將十年」。❸于時　指晉穆帝永和初年。❹管葛　指春秋時齊桓公之相管仲及三國時蜀漢之丞相諸葛亮。❺起　出任。❻卜　預料；推測。❼江左　長江下游以東地區。又稱江東。在此借指晉室。

【語譯】殷淵源在祖墳所在地隱居了將近十年，當時朝野人士把他比作管仲和諸葛亮；用他出不出來做官，預卜晉室的興亡。

【析評】據劉孝標注引《續晉陽秋》及《晉書．殷浩傳》，永和初年，穆帝年幼，母后臨朝聽政，簡文任登宰輔，時桓溫平蜀，威勢轉盛，朝廷忌憚；簡文因浩為朝野所重，又得衛將軍褚裒薦舉，徵為建武將軍、揚州刺史，引為心腹，與溫對抗。在此之前，三府（太尉、司空、司徒的府署）徵召，皆不就；安西將軍庾翼請他當司馬，拜侍中、安西軍司，也稱病推辭；退居墓所，幾近十年，時王濛、謝尚伺察其出處，以卜江左晉室的興亡。雖然殷浩時譽甚隆，但才德不在經世，連年北伐，終於兵敗山桑，被廢為庶人（參見〈黜免〉3、5二則「析評」欄）。所以唐史臣批評他說：「殷浩清徽雅量，眾議攸（所）歸，高秩厚禮，不行而至。咸謂教義由其而興，社稷俟以安危。及其入處國鈞（國家重任），未有嘉謀善政；出總戎律，唯聞蹙國喪師。是知風流（放蕩而有才氣的人）異貞固之才（固守正道的人才），談論（清談）非奇正之要（用兵的關鍵。古時用兵，以對陣交鋒為正，設計突擊為奇）。」（見《晉書》本傳）

100
殷中軍❶道右軍❷：「清鑒❸貴要❹。」

【注釋】❶殷中軍　指殷浩。見〈言語〉80注❷。❷右軍　指王羲之。見〈言語〉62注❷。❸清鑒　清明。❹貴要　權要；居高位而有權勢的人。

【語譯】殷中軍稱道王右軍說：「他是一位思慮清明的權要。」

【析評】清鑑與昏昧相對。權高位重的人物，大抵昏憒不明，右軍獨能反是，故為殷浩讚賞。

101
謝太傅❶為桓公❷司馬，桓詣謝，值謝梳頭，遽取衣幘❸；桓公云：「何煩此？」因下❹共語至暝❺。既去，謂左右曰：「頗❻曾見如此人不？」

【注釋】❶謝太傅　指謝安。見〈德行〉33注❷。❷桓公　指桓溫。見〈言語〉55注❶。❸幘　頭巾。❹下　進入。❺暝　暮；黃昏。❻頗　疑詞。相當於「可」。

【語譯】謝安任桓溫司馬的時候，桓公去拜訪謝安，正好謝安在梳頭，急忙拿起外衣、頭巾，準備穿戴迎客；桓公說：「何必為這種小節煩勞？」謝安就遵命進入客廳，和桓公一同談到黃昏。桓公離開謝家以後，對左右的隨從說：「你們可曾見過像這樣的人物沒有？」

【析評】《晉書・謝安傳》：「溫後詣安，值其理髮。安性遲緩，久而方罷，使取幘。溫見，留之（指取幘的人）曰：『令司馬著帽進。』」與本則微有不同。古人束髮服幘，加冠於上，溫盼謝速進，故使勿服幘，僅著帽即可。謝安隱居會稽東山，穆帝升平三年，年四十，征西大將軍桓溫始請為司馬。

102 謝公❶作宣武❷司馬，屬門生數十人於田曹中郎❸趙悅子❹，悅子以告宣武；宣武云：「且為❺用半。」趙俄而悉用之，曰：「昔安石在東山❻，縉紳❼敦逼，恐不豫❽人事；況今自鄉選，反違之邪？」

【注釋】❶謝公　指謝安。見〈德行〉33注❷。❷宣武　即桓溫。見〈言語〉55注❶。❸田曹中郎　田曹尚書的幕僚。田曹尚書，官名。掌管農政。❹趙悅子　趙悅，字悅子，晉下邳國（故城在今江蘇邳縣東）人。歷任大司馬參軍、左衛將軍。❺為　介詞。表示目的，相當於「為了」。此句「為」下省「之」字，指謝公。❻東山　山名。在浙江上虞西南。謝安在此隱居，年四十始出任桓溫司馬。❼縉紳　指做官的人。縉，插。通「搢」。古代官吏插笏板於紳（束在腰上的大帶），故稱。❽豫　參與。通「與」。

【語譯】謝公任桓宣武的司馬時，把幾十個門生託付給田曹中郎趙悅子，趙悅子把這事告訴了桓宣武；桓宣武說：「姑且為了他錄用一半吧。」趙悅子隔了不久竟全部錄用了，對人說：「從前謝安石在東山隱居，當朝大臣不斷敦請逼迫，唯恐他不肯參與世事；何況他現在親自推選地方賢士，怎能反而違背他的意思呢？」

【析評】本則言桓溫禮賢之心，不及趙悅。

103 桓宣武❶表❷云謝尚❸「神懷❹挺率❺，少致民譽」。

【注釋】❶桓宣武　即桓溫。見〈言語〉55注❶。❷表　指〈平洛表〉，載溫集。見劉孝標注。❸謝尚　見〈言語〉46注❶。❹神懷　神采和情懷。❺挺率　卓越特出。

【語　譯】桓溫〈平洛表〉說謝尚「神采和情懷，都卓越出眾，小時候就得到大眾的讚譽」。

【析　評】晉穆帝永和十二年八月，桓溫北平中州，上表請以謝尚為都督司州諸軍事，進據洛陽；謝尚因重病不行，逾年而死。謝尚神懷挺率，外內俱美，參見本書〈言語〉46、〈容止〉32等則。

104

世目謝尚❶為令達❷。阮遙集❸云：「清暢似❹達。」或云：「尚自然令上❺。」

【注　釋】❶謝尚　見〈言語〉46注❶。❷令達　美好通達。❸阮遙集　即阮孚。見〈雅量〉15注❷。❹似　相當於「而」。通「以」。❺令上　美好卓越。

【語　譯】世人品評謝尚是個美好通達的人。阮遙集說：「他清明和暢而通達。」有人說：「謝尚天性自然而美好出眾。」

【析　評】劉孝標注引《晉陽秋》：「尚率易（坦誠平易）挺達，超悟（高超的理解力）令上。」和本則文字比較，「率易」與「自然」接近，「超悟」和「清暢」相通，均就其性靈之美而言。

105

桓大司馬❶病❷，謝公❸往省❹病，從東門入；桓公遙望，歎曰：「吾門中久不見如此人！」

【注　釋】❶桓大司馬　指桓溫。見〈言語〉55注❶。❷病　病重。《太平御覽》四〇五引「病」下有「篤」字，義同。❸謝公　指謝安。見〈德行〉33注❷。❹省　探視；探看。

【語　譯】桓大司馬病重了，謝公前往探看病情，從東門進入官邸；桓公遠遠看見了，讚歎道：「我家門中，好久沒見過像這樣的人物了！」

【析　評】劉孝標注：「溫時在姑孰（在今安徽當塗）。」《晉書》本傳，言孝武帝即位，徵桓溫入輔。及溫入朝，拜高平陵（簡文帝陵），見簡文及被己殺害之殷涓顯靈，因而得病，凡停留京師十四日，歸於姑孰，寢疾不起。桓溫暗示朝廷加己九錫，謝安等密緩其事，未成而卒。是本則所記，乃桓溫病重時事；命在旦夕，仍醉心於謝安的風儀，足見傾慕之深。

106 簡文❶目敬豫❷為「朗豫❸」。

【注　釋】❶簡文　即晉簡文帝。見〈德行〉37注❶。❷敬豫　即王恬。見〈德行〉29注❹。❸豫　樂。

【語　譯】簡文帝品評王敬豫是「爽朗樂觀的人」。

【析　評】本書〈德行〉29則，言王導見長子長豫則喜，見次子敬豫則嗔，而長豫竟先敬豫死。王恬不朗豫，何能如此？

107 孫興公❶為庾公❷參軍，共遊白石山❸，衛君長❹在坐。孫曰：「此子神情都不關山水，而❺能作文？」庾公曰：「衛風韻❻雖不及卿諸人，傾倒處亦不近❼。」孫遂沐浴❽此言。

【注　釋】❶孫興公　即孫綽。見〈言語〉84注❶。❷庾公　指庾亮。見〈德行〉31注❶。❸白石山　山名。在今江蘇吳縣西北三十里，舊名白豸山。❹衛君長　衛永，字君長，晉成陽（故城在今山東濮縣東南）人，官至左軍長史。

❺而　副詞。相當於「猶」、「還」。❻風韻　風度韻致。❼近　淺近；平凡。❽沐浴　沉漬。

【語　譯】孫興公做庾公的參軍，同去白石山遊覽，衛君長也在座中。孫興公私下說：「這個人的神情，一點也不關心山水，還能寫文章嗎？」庾公說：「衛君的風韻雖然比不上你們幾位，但他使人佩服的地方，也不平凡啊。」孫公的心就久久沉浸在這句話裡。

【析　評】這一則記庾亮有寬厚知人之心，使孫綽沉漬在他的話裡，不能自己。請參閱本篇109則「析評」欄。

108 王右軍❶目陳玄伯❷：「壘塊❸有正骨。」

【注　釋】❶王右軍　指王羲之。見〈言語〉62注❷。❷陳玄伯　即陳泰。見〈方正〉8注❸。❸壘塊　累積的土塊。比喻心中鬱悶不平之氣。

【語　譯】王右軍品評陳玄伯道：「他心中充滿了憤憤不平的壘塊（鬱結），有正直的骨氣。」

【析　評】一個人胸中的壘塊，是從他的正骨產生的；試想人而不具方正的風骨，怎會憤世嫉俗、鬱積不平之氣呢？陳泰的壘塊和正骨，在他勸司馬昭殺賈充的事件中表露無遺，請參閱〈方正〉8則。

109 王長史❶云：「劉尹❷知我，勝我自知。」

【注　釋】❶王長史　指王濛。見〈言語〉54注❹。❷劉尹　指劉惔。見〈德行〉35注❶。

【語　譯】王長史說：「劉尹知道我，勝過我自己所知道的。」

【析評】老子說：「知人者智，自知者明。」（《老子》三三）「智」謂智慧，「明」謂聖明。「智」如火燭，可用以照亮他人；「明」如鏡鑑，可藉以省察自己。照亮他人，就可以清楚看見他人的長短；省察自己，則能夠徹底檢討自己的得失。「知人」已屬不易，「自知」尤為困難；王濛此言，很值得我們玩味。請參閱本篇107則。

110 王❶、劉❷聽林公❸講，王語劉曰：「向❹高坐❺者，故❻是凶物❼！」復更聽，王又曰：「自是鉢紵❽後王、何人❾也！」

【注釋】❶王　指王濛。見〈言語〉54注❹。❷劉　指劉惔。見〈德行〉35注❶。❸林公　指支遁。見〈言語〉63注❶。❹向　介詞。相當於「在」。❺高坐　上座。❻故　副詞。必定。❼凶物　凶猛難制服的人物。❽鉢紵　衣鉢。紵，通「緇」。謂僧衣。鉢，梵語鉢多羅的省稱。指僧人的食器。佛家以衣鉢為師徒相傳的證物，並做為佛法承傳的依據；故「鉢紵後」，意謂佛門之後、佛徒之中。❾王何人　王弼、何晏之類的人。王，見〈文學〉6注❷，何，見〈言語〉14注❶。

【語譯】王濛、劉惔聽林公講經，王濛悄悄對劉惔說：「在上座（說法）的，一定是凶猛難馴的人物！」接著再聽下去，王濛又說：「卻是佛徒中的王弼、何晏之類的人啊！」

【析評】這一則記王濛、劉惔第一次見到當代高僧支遁，聽他講經說法的情形。據劉孝標注引《高逸沙門傳》，王濛在祇洹寺中見支遁在上座講經，每舉麈尾，就滔滔不絕地發數百言，情理俱暢，在場的一百多人，皆瞠目結舌，洗耳恭聽，所以讚美他是「鉢紵後王、何人」。王弼、何晏兼宗儒道，承先啟後，為正始盟主（參見本篇51則「析評」欄），辭情高逸，為風流之冠，終六朝之世，江左稱有才辯者，均以「王何」為名。

111 許玄度❶言：「〈琴賦〉❷所謂『非至精者，不能與之析理』，劉尹❸其人；『非淵靜❹者，不能與之閑止❺』，簡文❻其人。」

【注釋】❶許玄度 即許詢。見〈言語〉69注❷。❷琴賦 賦名。嵇康撰。❸劉尹 指劉惔。見〈德行〉35注❶。❹淵靜 深沉靜默。❺閑止 閒居；避人獨居。閑，通「閒」。止，居。❻簡文 即晉簡文帝。見〈德行〉37注❶。

【語譯】許玄度說：「〈琴賦〉所謂『非至精者（不是最精明的人），不能與之析理（不能和他分析道理）』，劉尹就是那樣的人了；『非淵靜者（不是深沉靜默的人），不能與之閑止（不能和他避世隱居）』，簡文帝就是那樣的人了。」

【析評】《晉書・劉惔傳》：「以惔雅善言理，簡文帝初作相，與王濛並為談客，俱蒙上賓禮。時孫盛作〈易象妙於見形論〉，帝使殷浩難之，不能屈。……乃命迎惔。盛素敬服惔，及至，便與抗答，辭甚簡至（簡易通達），盛理遂屈。一坐撫掌大笑，咸美稱之。」又本書〈識鑒〉18、19、20等則所記，也是他析理精微的明證。至於簡文的淵深沉默，清虛寡慾，本書〈言語〉39、61、〈德行〉37等則所記三事，足見一斑。請參看。

112 魏隱兄弟❶，少有學義❷，總角❸詣謝奉❹；奉與語，大說之，曰：「大宗❺雖衰，魏氏已復有人！」

【注釋】❶魏隱兄弟 魏隱，字安時，晉會稽郡上虞縣（在今浙江上虞西）人，曾任義興太守、御史中丞。弟逷，官至黃門郎。❷學義 學問和威儀。❸總角 見〈文學〉14注❷。❹謝奉 見〈雅量〉33注❶。❺大宗 古代宗法制度，以始祖嫡長子的世系為大宗，其他庶子的世系為小宗。

【語　譯】魏隱和魏遏兩兄弟，從小就有學問、威儀，年少時去拜訪謝奉；謝奉和他們交談後，非常歡喜，說：「大宗雖然衰微了，可是你們魏家已經又有了新人！」

【析　評】魏隱兄弟的世系，今已不詳；但據本則所述，應屬魏氏小宗。其時魏家大宗子孫衰微，沒沒無聞；但隱、遏足維家聲，光耀門楣，謝奉讚為傳人。

113 簡文❶云：「淵源❷語不超詣❸簡至❹，然經綸❺思尋❻處，故有局陳❼。」

【注　釋】❶簡文　即晉簡文帝。見〈德行〉37注❶。❷淵源　即殷浩。見〈言語〉80注❷。❸超詣　過人的造詣。❹簡至　簡易通達。❺經綸　整理絲縷，理出頭緒叫經，紡成紗線叫綸。引申為經營治理之意。❻思尋　思索；思考探索。❼局陳　比喻條理。言布置得當，如設在棋局上的陣式。陳，通「敶」，今作「陣」。

【語　譯】簡文帝說：「殷淵源的話，並沒有進入超群的境界，也不夠簡潔平易、明達事理，可是在經營思索方面，確實有條有理。」

【析　評】簡文帝以為殷浩說話，理路分明，且有層次；但言辭尚未達到「簡至」的化境，有待改善。此於〈文學〉22則記殷浩與王導清談至於三更，始彼此意盡辭竭，完滿收場，可知梗概。

114 初，法汰❶北來，未知名，王領軍❷供養❸之，每與周旋❹行來❺，往名勝許，輒與俱；不得汰，便停車不行。因此名遂重。

【注釋】❶法汰　即竺法汰。見〈文學〉54注❶。❷王領軍　指王洽。字敬和，丞相導第三子，曾任吳郡內史、中領軍，年二十六而死。❸供養　佛教稱以生活所需招待僧人為供養。❹周旋　應酬。❺行來　往來。

【語譯】起初竺法汰從北方的新野來到揚州，尚未出名，王領軍供養他，每參加往來應酬，或去名勝地區，都要和他在一起；找不到竺法汰，就停車不動。因此竺法汰就聲名日隆了。

【析評】劉孝標注引車頻《秦書》，言釋道安被慕容晉擄掠，欲投襄陽，行至新野（縣名。今屬河南），使竺法汰赴揚州（治建鄴，在今江蘇江寧南）；法汰遂渡江，到達揚土。據此，本則謂「法汰北來」，就大概之方位為言，新野實在建鄴的西偏北方。又據《高僧傳》五，竺法汰卒於晉孝武帝太元十二年，此事當發生於孝武帝初年。

115 王長史❶與大司馬❷書，道淵源❸：「識致❹安處❺，足副時談❻。」

【注釋】❶王長史　指王濛。見〈言語〉54注❹。❷大司馬　指桓溫。見〈言語〉55注❶。❸淵源　即殷浩。見〈言語〉80注❷。❹識致　見地。❺安處　妥貼。❻時談　時人的讚美。

【語譯】王長史寫信給大司馬桓溫，稱道殷淵源說：「他的見地妥貼，十分符合時人的讚美。」

【析評】《晉書‧殷浩傳》：「或問浩曰：『將莅官而夢棺，將得財而夢糞。何也？』浩曰：『官本臭腐，故將得官而夢屍；錢本糞土，故將得錢而夢穢。』時人以為名言。」可為本則的注腳。

116 謝公❶云：「劉尹❷語審細❸。」

【注 釋】❶謝公 指謝安。見〈德行〉33注❷。❷劉尹 指劉惔。見〈德行〉35注❶。❸審細 詳盡周密。

【語 譯】謝公說：「劉尹的話，詳審周密。」

【析 評】這一則當與本篇118則合看。

117 桓公❶語嘉賓❷：「阿源❸有德有言❹，向使❺作令、僕❻，足以儀刑❼百揆❽，朝廷用違其才耳！」

【注 釋】❶桓公 指桓溫。見〈言語〉55注❶。❷嘉賓 指郗超。見〈言語〉59注❺。❸阿源 對殷浩的暱稱。❹有德有言 德謂完美的道德模範，言謂可以傳世的思想言論。❺向使 假使。❻令僕 尚書令與僕射，皆官名。唐、宋為宰相之職。❼儀刑 做為模範。刑，通「型」。❽百揆 百官。

【語 譯】桓公對郗嘉賓說：「阿源有德、有言，就是還沒有功勳；假使叫他當尚書令或僕射，足以作百官的模範，朝廷雖然任用了他，卻違棄了他的才華。」

【析 評】《左傳・襄公二四年》：「大（太）上有立德，其次有立功，其次有立言，雖久不廢，此之謂三不朽。」「大上」是「最高」之意。桓公意謂古人以立德、立功、立言為三種不朽的功業；而殷浩有德、有言，獨功勳不立，是朝廷未能任賢使能，辜負了他的才華所致。

118 簡文❶語嘉賓❷：「劉尹❸語末後亦小異；迴復❹其言，亦乃無過。」

【注 釋】❶簡文 即晉簡文帝。見〈德行〉37注❶。❷嘉賓 即郗超。見〈言語〉59注❺。❸劉尹 即劉惔。見〈德行〉35注❶。❹迴復　反覆思惟的意思。

【語　譯】簡文帝對郗嘉賓說：「劉尹話的末尾部分，也和開端有點兒不同；但反覆推敲他的言辭，倒也沒有不妥。」

【析　評】本篇116則說劉語審細，故他的話條理一貫，首尾相應，縱使末尾小有修正，也無傷大體，故能無過。

119 孫興公❶、許玄度❷共在白樓亭❸，共商略先往名達❹。林公❺既非所關❻，聽訖云：「二賢❼故自❽有才情！」

【注　釋】❶孫興公　即孫綽。見〈言語〉84注❶。❷許玄度　即許詢。見〈言語〉69注❷。❸白樓亭　亭名。在山陰（今浙江紹興）。❹名達　名人賢達。❺林公　指支遁。見〈言語〉63注❶。❻關　涉及。❼賢　對人的尊稱，相當於「君」、「公」、「先生」等。❽自　副詞。自然地；不借助外物地。

【語　譯】孫興公、許玄度同在白樓亭上，一起品評先到的名人賢達。林公既不關他們所談到的，聽完了就說：「這兩位先生確實富有才華！」

【析　評】孫、許在亭上評論先到的知名人物，林公應非二人所知，故能置身度外，洗耳恭聽。他們批評的人，自然是林公所熟知的；因為月旦人物，已成一代風氣。當林公聽他們說得頭頭是道，異常中肯，自不免肅然起敬，趨前讚美。

120 王右軍❶道東陽❷：「我家阿林❸，章清❹太出！」

【注　釋】❶王右軍　指王羲之。見〈言語〉62注❷。❷東陽　指王臨之。字仲產，晉琅邪國（治所在今山東臨沂北十五里）人。官至東陽太守。❸阿林　即王臨之。劉孝標注：「『林』，應為『臨』。」也可能是臨之的小名。❹章清　指明顯清高的美德。章，通「彰」。

【語　譯】王右軍稱道王東陽說：「我們家的阿林，明顯清高的美德太出色了！」

【析　評】王右軍是王導的姪兒。而王臨之則是王導的堂弟王彬的孫子，比王右軍晚了一輩；《晉書》無傳，事蹟不可考。

121 王長史❶與劉尹❷書，道淵源❸：「觸事長易。」

【注　釋】❶王長史　指王濛。見〈言語〉54注❹。❷劉尹　指劉惔。見〈德行〉35注❶。❸淵源　即殷浩。見〈言語〉80注❷。

【語　譯】王長史寫信給劉尹，稱道殷淵源說：「他遇到事情總是很輕易就解決了。」

【析　評】處理緊急繁難的事務，必須井井有條，從容不迫，才能給人「觸事長易」的感覺。

122 謝中郎❶云：「王脩載❷樂託❸之性，出自門風❹。」

【注　釋】❶謝中郎　指謝萬。見〈言語〉77注❶。❷王脩載　即王耆之。字脩載，晉琅邪國（治所在今山東臨沂北十五里）人，荊州刺史廙第三子。歷任中書郎、鄱陽太守、給事中。❸樂託　指不拘小節，放蕩不羈。同「落拓」、「落托」。❹門風　家風；家族的傳統習尚。

【語　譯】謝中郎說：「王脩載放浪不拘小節的個性，本於家風。」

【析　評】落拓不拘的人，指胸懷大志的奇士，而非淺薄無行的浪蕩子。王氏的門風，可從王脩載的叔父王彬、彬子彪之、堂兄王棱的行事略見一二。王彬為人樸素方直，周顗為王敦所害（參閱〈尤悔〉6則），曾怒斥王敦：「兄（敦為彬堂兄）杭旌犯順，殺害忠良，謀圖不軌，禍及門戶！」王敦大怒，時王導在座，勸王彬起謝，王彬托有腳疾不肯。王敦說：「腳痛何如頸痛？」王彬意氣自若，殊無懼容。王彪之曾為廷尉，時人比之張釋之。王棱也因王敦欺君罔上，驕傲自負，日夕苦諫，王敦派人把他殺害。並見《晉書・王廙傳》。

123 林公❶云：「王敬仁❷是超悟人。」

【注　釋】❶林公　指支遁。見〈言語〉63注❶。❷王敬仁　即王脩。見〈文學〉38注❷。

【語　譯】林公說：「王敬仁是一位悟性卓越的人。」

【析　評】王敬仁是王濛的兒子，年二十四而卒。〈文學〉38則劉孝標注引《文字志》：「昔王弼之沒，與脩同年，故脩弟熙乃歎曰：『無愧於古人，而年與之齊也。』」以為王脩天資穎悟，可媲美於王弼。而〈文學〉6則注引〈弼別傳〉：「（弼）少而察惠（明察聰慧），十餘歲便好《莊》、《老》，通辯能言，為傅嘏所知。吏部尚書何晏甚奇之，題之曰：『後生可畏。若斯人者，可與言天人之際矣！』」王脩亦當有此長處，故本則劉注引《文字志》：「脩之少有令秀之稱。」

124 劉尹❶先推謝鎮西❷；謝後雅❸重劉，曰：「昔嘗北面❹。」

【注釋】❶劉尹　指劉惔。見〈德行〉35注❶。❷謝鎮西　指謝尚。見〈言語〉46注❶。❸雅　甚。❹北面　舊時君見臣，師見生，尊見卑，南面而坐；故向人稱臣、拜人為師、尊長，皆稱北面。

【語譯】劉尹先推崇謝鎮西；後來謝鎮西也非常尊重劉尹，對人說：「從前我曾經北面拜他為師。」

【析評】劉孝標注，以為謝尚年長於劉惔，神穎夙彰，而說「北面」於劉，並不可信。其實奉人為師，心儀即可，不必具有形式；惺惺相惜，也無分年齡長幼；此注過於拘泥。

125

謝太傅❶稱王脩齡❷曰：「司州可與林澤遊❸。」

【注釋】❶謝太傅　指謝安。見〈德行〉33注❷。❷王脩齡　即王胡之。官至司州刺史。見〈言語〉81注❶。❸林澤遊　隱逸優遊於山林川澤之中。

【語譯】謝太傅稱讚王脩齡道：「可以和王司州在山林川澤中優遊自得。」

【析評】謝安這句話的意思，是說王脩齡不但在朝是一位賢臣，下野也必能適情於山水。他的話，可以在〈言語〉81則的記述中得到印證，劉孝標注引〈王胡之別傳〉：「胡之常遺世務，以高尚為情，與謝安相善也。」也可參考。

126

諺曰：「揚州❶獨步王文度❷，後來出人郗嘉賓❸。」

【注釋】❶揚州　州名。今江蘇、安徽、江西、浙江、福建等省皆其地。❷王文度　即王坦之。見〈言語〉72注❶。❸郗嘉賓　即郗超。見〈言語〉59注❺。

【語譯】諺語說：「在揚州一時無雙的是王文度，後來出人頭地的是郗嘉賓。」

【析評】劉孝標注引《續晉陽秋》：「超少有才氣，越世負俗（超越世俗的羈絆），不循常檢（尋常的約束）。時人為一代盛譽者語曰：『太才（最上等的才德）槃槃（盛大的樣子）謝家安，江東獨步王文度，盛德日新郗嘉賓。』」其語小異，其意實同。

127

人問王長史❶江虨兄弟群從❷，王答曰：「諸江皆復足自生活。」

【注釋】❶王長史　指王濛。見〈言語〉54注❹。❷江虨兄弟群從　江虨的兄弟及諸堂兄弟。虨及弟惇、堂兄弟灌等，並有德行。

【語譯】有人問王長史有關江虨兄弟和他們的堂兄弟的情形，王長史答道：「江家兄弟都卓然自立，也足以過自己願意過的生活。」

【析評】常人總覺得事與願違，不滿意自己所過的日子，也無力改進；只有智德超群的人，才能審時度勢，開創自己的事業，安排自己的生活，無怨無悔，怡然自得。在王濛的心目中，江家兄弟，便屬於後者。

128

謝太傅❶道安北❷：「見之，乃不使人厭；然出戶去，不復使人思。」

【注釋】❶謝太傅　指謝安。見〈德行〉33注❷。❷安北　指王坦之。見〈言語〉72注❶。

【語譯】謝太傅稱道王安北說：「看見他，還不使人討厭；然而出門離去，也不使人想念。」

【析評】本篇126則載時諺「揚州獨步王文度」語，與謝安此論，大相逕庭。劉孝標注引《續晉陽秋》：「謝安初攜幼稚、同好，養志海濱，襟情超暢，尤好聲律；然抑之以禮，在哀能至（極），弟萬之喪，不聽絲竹者將十年。及輔政，而修室第園館，麗車服，雖朞功之慘，不廢妓樂。王坦之因苦諫焉。」以為謝公不思，可能因王坦之直言苦諫之故。存此備考。

129
謝公❶云：「司州❷造勝❸遍決❹。」

【注釋】❶謝公　指謝安。見〈德行〉33注❷。❷司州　指王胡之。見〈言語〉81注❶。❸造勝　到達勝境（優越美好的境界）。❹遍決　周遍果決；周延果斷。

【語譯】謝公說：「王司州的思想已到達優美的境界，言辭周延而簡短果斷。」

【析評】劉孝標注引宋明帝《文章志》：「胡之性簡，好達玄言。」「好」與「遍決」之義相通，「達」即「造勝」之意。言談果決，必簡短明快，性使如此。

130
劉尹❶云：「見何次道❷飲酒，使人欲傾家釀！」

【注釋】❶劉尹　指劉惔。見〈德行〉35注❶。❷何次道　即何充。見〈言語〉54注❶。

【語譯】劉尹說：「看何次道飲酒能寬容自持的樣子，真讓人想把家裡釀造的美酒全部倒給他喝！」

【析評】俗話說「酒能亂性」，本性一亂，就蠻橫霸道起來，不能自制。劉孝標注：「充飲酒能溫克。」《詩・小雅・小宛》：「人之齊聖，飲酒溫克。」鄭玄箋：「中正通知（智）之人，飲酒雖醉，猶能溫藉自持以勝。」「溫克」即「能溫藉（寬容包涵）」之意；「溫」讀為「蘊」，二字古通。溫藉自持以勝酒力，則不至於亂性；性不亂，則亹亹清談，聞者忘俗，唯恐酒盡人散。余嘉錫云：《晉書．何充傳》亦載此語，然《書鈔》一四八引《鄭子》（當作「郭子」），乃作「何幼道」，並有注云：「何唯（當作「準」）。見〈棲逸〉5注❶），字幼道也。」參〈政事〉18注引《晉陽秋》：「何充與王濛、劉惔好尚不同，由此見識於當世。」則劉尹此言，似當為何準而發；豈後人以準名不如充，遂移之何充耶？（見《世說新語箋疏》）可從。

131 謝太傅❶語真長❷：「阿齡❸於此事，故欲❹太厲❺。」劉曰：「亦名士之高操❻者。」

【注釋】❶謝太傅　指謝安。見〈德行〉33注❷。❷真長　即劉惔。見〈德行〉35注❶。❸阿齡　王胡之的小名。見〈言語〉81注❶。❹欲　期望。❺厲　嚴厲；認真厲害。❻高操　清高的志節。

【語譯】謝太傅對劉真長說：「阿齡對這件事，確實期望得太高了。」劉真長說：「那也是具有清高志節的名士應有的現象啊。」

【析評】劉孝標注引〈王胡之別傳〉云：「胡之治身清約，以風操自居。」一個自覺有風範、操守的人，對己、對人的要求，都有很高、很嚴的標準，予人一種過分苛刻的印象；所以謝安說他「太厲」，有責怪之意，而劉惔視為尋常，以平常心對待。

132 王子猷❶說：「世目士少❷為朗❸，我家❹亦以為徹❺朗。」

【注　釋】❶王子猷　即王徽之。羲之第五子。見〈雅量〉36注❶。❷士少　即祖約。見〈雅量〉15注❶。❸朗　清明。❹家　家父、家尊的省稱。指王羲之。❺徹　通透。

【語　譯】王子猷說：「世人品評祖士少天性清朗，我父親也認為他生性通徹清朗。」

【析　評】劉盼遂《世說新語校箋》：「『我家』似指其父右軍也。本篇（按：實見〈品藻〉69則）『謝公問孫僧奴：「君家道衛君長云何？」』〈排調〉44則嘉賓謂郗倉曰：『人以汝家比武侯，復何所言？』皆以『家』為『父』。」所見甚是。考〈品藻〉75則有謝公問王子敬「君書何如君家尊」語，則「家」應即「家尊」的省稱，指其父言；僅一「家」字，並無「父」意。

133

謝公❶云：「長史❷語甚不多，可謂有令音❸。」

【注　釋】❶謝公　指謝安。見〈德行〉33注❷。❷長史　指王濛。見〈言語〉54注❹。❸令音　善言。令，通「靈」。善。

【語　譯】謝公說：「王長史的話不很多，但所說的，可以說是很好的言論。」

【析　評】這一則所強調的，是話在精不在多。

134

謝鎮西❶道敬仁❷：「文學❸鏃鏃❹，無能不新❺。」

【注　釋】❶謝鎮西　指謝尚。見〈言語〉46注❶。❷敬仁　即王脩。見〈文學〉38注❷。❸文學　指文章博學，兼及清談之事。❹鏃鏃　挺拔特出的樣子。❺無能不新　「能無不新」之倒裝句，言所能無有不新。

【語　譯】謝鎮西稱道王敬仁說：「他在文章、博學、清談方面的才能，挺拔特出；所表現的，沒有不新穎脫俗的。」

【析　評】劉孝標注引《語林》：「敬仁有異才，時賢皆重之。王右軍在郡迎敬仁，叔仁（即王蘊，見本篇137注❷）輒同車，常惡其遲；後以馬迎敬仁，雖復風雨，亦不以車也。」其受右軍愛重如此。

135 劉尹❶道江道群❷：「不能言而能不言。」

【注　釋】❶劉尹　指劉惔。見〈德行〉35注❶。❷江道群　即江灌。見本篇84注❷。

【語　譯】劉尹稱道江道群說：「他不能說的就能不說。」

【析　評】此則言江灌雖不能言，卻能以不言勝別人的胡言亂語，別有可愛之處。

136 林公❶云：「見司州❷警悟❸交至，使人不得住，亦終日忘疲。」

【注　釋】❶林公　指支遁。見〈言語〉63注❶。❷司州　指王胡之。見〈言語〉81注❶。❸警悟　機敏聰慧。

【語　譯】林公說：「每次看見王司州又機敏又聰明的談鋒，就使人不能自已，也整天忘倦。」

【析　評】劉孝標注引〈王胡之別傳〉云：「胡之少有風尚（風采儀態），才器率舉，有秀悟之稱。」又云：「胡之好談諧，善屬文辭，為當世所重。」（見〈品藻〉60則）王胡之以他美秀的風采、聰穎的天資、廣泛的才能、詼諧的談吐引人入勝，所以使人終日忘疲，欲罷不能。

137 世稱：「荀子❶秀出，阿興❷清和。」

【注釋】❶荀子　即王脩。見〈文學〉38注❷。❷阿興　即王蘊。字叔仁，小字阿興。晉陽（今山西太原）人。王濛子，晉孝武定皇后父。初補吳興太守，甚有德政。後遷光祿大夫，封建昌縣侯，官徐州刺史。蘊素嗜酒，晚年尤甚。

【語譯】世人都說：「荀子秀麗出眾，阿興高潔謙和。」

【析評】秀出之美是外發的，引人注目的；清和之美是內斂的，不求人知的；二人各擅勝場，成為鮮明的對比，所以同獲世譽。

138 簡文❶云：「劉尹❷茗朾❸有實理。」

【注釋】❶簡文　即晉簡文帝。見〈德行〉37注❶。❷劉尹　即劉惔。見〈德行〉35注❶。❸茗朾　大醉無所知的樣子。同「酩酊」。〈任誕〉19作「茗芋」。

【語譯】簡文帝說：「劉尹外表好像懵懂無知，言論卻有充足的義理。」

【析評】「茗朾」，又作「茗仃」、「茗芋」、「茗打」，《晉書・山簡傳》作「酩酊」，為一疊韻衍聲複詞，皆醉後無知的樣子，本無定字；一本作「茗柯」，乃傳鈔之誤。本則言劉惔貌似無知，言有實理；非謂當其醉中，亦無妄語——醉無妄語，不得謂之沉醉，「茗朾有實理」作如是解，便形成語意上的矛盾。

139 謝胡兒❶作箸作郎❷，嘗作〈王堪❸傳〉；不諳堪是何似人，咨謝公。謝公曰：「世胄亦被遇。堪，烈❹之子，阮千里❺姨兄弟，潘安仁❻中外❼——安仁詩所謂『子親伊姑，我父唯舅❽』。是許允❾婿。」

【注釋】❶謝胡兒 即謝朗。見〈言語〉71注❹。❷箸作郎 官名。箸，一作「著」。《晉書・職官志》：「著作郎一人，謂之大著作郎，專掌史任（撰著國史）。又置佐著作郎八人。著作郎始到職，必撰名臣傳一人。」❸王堪 字世胄，晉東平郡壽張縣（在今山東東平西南）人。少以高亮義正稱。為尚書左丞，晉懷帝永嘉四年為石勒所害，贈太師。❹烈 王烈，字陽秀，早知名。魏朝為治書御史。❺阮千里 即阮瞻。見本篇29注⓫。❻潘安仁 即潘岳。見〈文學〉70注❸。❼中外 即中表。父親姊妹（姑母）的兒女叫外兄弟姊妹或外表，母親的兄弟（舅父）姊妹（姨母）的兒女叫內兄弟姊妹或內表；互稱中外或中表。❽子親伊姑二句 「伊」、「唯」皆句中語氣詞，無義。❾許允 字士宗，魏高陽（縣名。今屬河北）人。官至領軍將軍。

【語譯】謝胡兒初任著作郎，曾撰〈王堪傳〉；但他不了解王堪是怎樣一個人，就去詢問謝安。謝公說：「世胄也曾受到主上的知遇。他是王烈的兒子，阮千里的姨兄弟，潘安仁的表兄弟——安仁詩中所謂『子親伊姑（您的母親是我的姑姑），我父唯舅（我的父親是您的舅舅）』，便指此而言。他也是許允的女婿。」

【析評】魏、晉時期，政權為強宗大族所把持；晉室南渡以後，世族勢力更籠罩江東新土，形成牢不可破的門閥社會。當時的世族，莫不標榜「郡望」（郡中顯貴的氏姓），做為區分士庶的標準；重視「譜牒」（記述宗族世系的書），藉以維繫宗族的聲望。而且為了保持門第血統的純正，世族絕對不與寒門通婚；「婚宦失類」，被視為莫大的恥辱。在這種社會風氣之下，一時的名流清士，均以記憶人物氏族為能事。本則記謝安見問，應答如流，並能舉潘安仁的詩句為證，可見他是個中佼佼者。劉孝標注引《岳集》：「堪為成都王軍司馬，岳送至北邙別，作詩曰：『微微髮膚，受之父母。峨峨王侯，中外之首。子親伊姑，我父唯舅。』」《文館詞林》一五二載其全詩，題〈贈王胄〉，凡五章；本注但引其首章，並略去「昆同瓜瓞，志齊執友」二句。

140 謝太傅❶重鄧僕射❷，常言：「天地無知，使伯道無兒！」

【注釋】❶謝太傅　指謝安。見〈德行〉33注❷。❷鄧僕射　指鄧攸。字伯道。見〈德行〉28注❶。

【語譯】謝太傅很尊重鄧僕射，常說：「天地不明事理，竟使伯道沒有兒子！」

【析評】鄧伯道無兒，事詳〈德行〉28則。請參看。劉孝標注引《晉陽秋》：「鄧攸既棄子，遂無繼嗣，為有識傷惜（感傷惋惜）。」

141 謝公❶與王右軍❷書曰：「敬和❸棲託❹好佳❺。」

【注釋】❶謝公　指謝安。見〈德行〉33注❷。❷王右軍　指王羲之。見〈言語〉62注❷。❸敬和　即王洽。見本篇114注❷。❹棲託　寄託；安身。❺好佳　指美好的境界。

【語譯】謝公寫信給王右軍說：「敬和託身於美好的境界。」

【析評】劉孝標注引《中興書》：「洽於公子中最知名，與潁川荀羨（見〈言語〉74注❶）俱有美稱。」因為王洽是這樣一位賢公子，所以謝公欣然寫信給王右軍，報告他的境遇佳善，樂於見到他在天時、地利、人和的順境中，有最完美的發展。本篇114則，述王洽供養竺法汰事，可為他「棲託好佳」之一證。

142 吳❶四姓，舊目❷云：「張❸文，朱❹武，陸❺忠，顧❻厚。」

【注釋】❶吳　指三國時代的吳國。❷目　或作「日」。❸張　張昭之族。昭，見〈排調〉1注❻。❹朱　朱桓之族。

桓字休穆，三國吳吳郡吳（今江蘇吳縣）人。屢破魏師，拜前將軍，領青州牧，假節。赤烏元年卒，吏士男女，無不號慕。子異嗣，太平二年，假節，為大都督，旋為姦人所害。❺陸　陸遜之族。遜，見〈方正〉18注❸。❻顧　顧雍之族。雍，見〈雅量〉1注❸。

【語　譯】吳國四大姓，舊日有人品評道：「張家能文，朱家能武，陸家忠誠，顧家寬厚。」

【析　評】這一則敘述東吳張、朱、陸、顧四家，深受時譽。張昭著《春秋左氏傳解》及《論語注》；少子休為吳主權太子登的僚友，從昭受讀《漢書》，轉授孫登；故譽為「張文」。朱桓為濡須督，破魏大司馬曹仁軍，封嘉興侯，遷奮武將軍；子異，赤烏四年獻計破魏樊城外圍大軍，建興元年大破魏胡遵、諸葛誕軍，太平二年假節為大都督；故譽為「朱武」。陸遜赤烏七年為丞相，先此，太子登卒，立其弟和為太子，不久吳主權又欲廢和而立其弟魯王霸；遜再三上疏力爭，權不聽許，且累遣中使譴責，致遜憂國而死；次子抗，貞亮籌幹，咸有父風；故譽為「陸忠」。顧雍溫文守正，曾因中書呂壹誣諂，受吳主權譴責；後壹罪發，收繫廷尉，雍往審問，顏色平和如常，臨出，問壹：「君意得無欲有所言（您是不是還有話要說）？」壹叩首無言。時尚書郎懷敘當面罵壹，雍責敘道：「官有正法，何至於此！」子邵，起家為豫章太守，下車祀先賢徐孺子墓，優待其後；擇小吏資質佳者，令就學，擇其先進，加以拔擢；宅心仁厚，風化大行；故譽為「顧厚」。

143 謝公❶語王孝伯❷：「君家藍田❸，舉體無常人事！」

【注　釋】❶謝公　指謝安。見〈德行〉33注❷。❷王孝伯　即王恭。見〈德行〉44注❶。❸藍田　即王述。見〈文學〉22注❼。

【語　譯】謝公對王孝伯說：「您家的藍田，全身上下所做出來的，沒有一件是常人能辨的事！」

【析評】王述性急（見〈忿狷〉2則），但率真（見本篇78、91二則）有所容（見〈忿狷〉5則），所作所為，多為常人不及，本書〈方正〉47、58、〈賞譽〉62、74、〈簡傲〉10等則所敘，可見一斑。謝公隱惡揚善，故作此言。劉孝標注：「按：述雖簡，而性不寬裕（此本〈品藻〉23則為言）；投火怒蠅，方之未甚。若非太傅虛相褒飾，則《世說》謬設斯語也。」全盤予以否定，未達立言意旨之故。「投火怒蠅」，皆言性急敗事之類。楊勇《校箋》引《蒙求》：「《左傳・定公三年》：『邾子怒夷射姑旋于廷，執之弗得，滋怒，自投于床，廢于爐炭，爛，遂卒。』《魏略》：『王思作書，蠅集筆端，驅之復來；思怒，自起逐蠅，遂擲筆，蹋壞之。』」可參考。

144 許掾❶嘗詣簡文❷，爾夜風恬❸月朗，乃共作曲室❹中語。襟情❺之詠，偏❻是許之所長；辭寄❼清婉❽，有逾平日。簡文雖契素❾，此遇尤相咨嗟❿；不覺造膝⓫，共叉手語，達于將旦。既而曰：「玄度才情，故⓬未易多有許⓭！」

【注釋】❶許掾　指許詢。見〈言語〉69注❷。❷簡文　即晉簡文帝。見〈德行〉37注❶。❸恬　安靜。❹曲室　深邃幽隱的密室。❺襟情　情懷；心懷。❻偏　副詞，表示程度，與「特別」、「最」相當。❼辭寄　託辭寄意。❽清婉　清麗委婉。❾契素　素相投合。素，平素；一向。❿咨嗟　讚歎。⓫造膝　至於膝前。謂親近。⓬故　確實。⓭許　感歎語氣詞，相當於「啊」。

【語譯】許玄度曾去拜見簡文帝，那天晚上風靜月明，就一同在幽深的密室中交談。吟詠情懷，原是許玄度特別擅長的；而他今宵託辭寄意，清麗委婉，更勝過平常。簡文帝雖和他早就情投意合，這次相會對他尤其讚歎；所以不知不覺地移坐在他的膝前，互相交叉著手指說話，直到天快亮的時候。事後簡文帝說：「玄度的才華，確實不易多得啊！」

【析　評】月明風靜的良夜，原是知交促膝談心的吉時；擅於抒發情懷的許詢，得此風月之助，所以辭清意婉，尤勝平日，使簡文更為傾服。

145 殷允❶出西，郗超❷與袁虎❸書云：「子思求良朋，託好❹足下，勿以『開美』❺求之。」世目袁為「開美」，故子敬❻詩曰：「袁生開美度。」

【注　釋】❶殷允　字子思，陳郡（治所在今河南淮陽）人。太常康第六子，恭素謙退，有儒者之風。曾任吏部尚書。❷郗超　見〈言語〉59注❺。❸袁虎　即袁宏。見〈言語〉83注❶。❹好　友好；朋友。指殷允。❺開美　開朗美好，不失常度。❻子敬　即王獻之。見〈德行〉39注❶。

【語　譯】殷允離開西京洛陽時，郗超給袁虎寫了一封信說：「子思去尋求良朋，我就把他這位好友託付給您，但請不要以『開美』（開朗美好）要求他。」世人品評袁虎是「開美」的人，所以王子敬有詩讚美道：「袁生『開美』度（袁先生有開朗美好的風度）。」

【析　評】東晉遷都建康，故以舊都洛陽為「西」。晉帝奕太和四年，前秦取洛陽；則允之出西，應在其前。袁生以「開美」名世，開謂性情豁達爽朗，美謂豁達爽朗而能得其正。如敢愛敢恨，是開朗的表現，但「愛之欲其生，惡之欲其死」（見《論語・顏淵》），則不得謂之「美」；孔子說：「唯仁者，能好人，能惡人。」（見《論語・里仁》）言唯宅心仁厚中正的人，才能公平地愛惡他人，常人是做不到的。郗超請袁勿以「開美」求之於允，有殷允才德雖美，然在「開美」方面不及袁生之意。懇託之外，兼作讚頌之用，遣辭非常巧妙。

146 謝車騎❶問謝公❷：「真長❸性至峭❹，何足乃❺重？」答曰：「是不見耳。阿❻見子敬❼，尚使人不能已。」

【注　釋】❶謝車騎　指謝玄。見〈言語〉78注❺。❷謝公　指謝安。見〈德行〉33注❷。❸真長　即劉惔。見〈德行〉35注❶。❹峭　嚴峻；苛刻。❺乃　助詞，無義。❻阿　我。❼子敬　即王獻之。見〈德行〉39注❶。

【語　譯】謝車騎問謝公說：「劉真長性情極其苛刻，有甚麼好看重的？」謝公答道：「那是你沒有見過他罷了。我見到王子敬，都還使我不能自已。（何況是劉真長呢？）」

【析　評】程炎震《箋證》：「劉惔卒時，謝玄才六、七歲，故不見也。」則謝玄說「真長性至峭」，乃得之傳聞，故謝安據親眼所見，並以二人所敬重的王獻之和他相比，做為回答。

147 謝公❶領❷中書監❸，王東亭❹有事應同上省❺。王後至，坐促；王、謝雖不通❻，太傅猶斂膝容之。王神意閒暢❼，謝公傾目❽。還，謂劉夫人❾曰：「向見阿苽❿，故自⓫未易有；雖不相關，正自使人不能已已！」

【注　釋】❶謝公　指謝安。見〈德行〉33注❷。❷領　兼任較低級的職務叫「領」。❸中書監　官名。與中書令並置，掌管機密。❹王東亭　即王珣。見〈言語〉102注❸。❺省　指中書省。總管國家政事的官署。❻不通　絕交不相往來。❼神意閒暢　神情悠閒，意態舒暢。❽傾目　側目。因敬畏不敢正視，故側目而視。❾劉夫人　謝安妻。見〈德行〉36注❶。❿阿苽　王珣的小名叫法護，又叫阿苽。苽，同「瓜」。⓫故自　正自；確實。故、自皆誠意。

【語　譯】太傅謝公兼領中書監的時候，王東亭有事應該一同到中書省去。王東亭後到，座席排得很擠；

王、謝兩家雖已不相往來，太傅還是收斂雙膝讓他坐在旁邊。這時王東亭神情悠閒，意態舒暢，而謝公只敢側目偷偷看他。謝公回家以後，對劉夫人說：「剛才見到阿苽，真是難得的人才；雖然他跟我毫不相干，確實使人傾佩不已啊！」

【析評】〈傷逝〉15則劉孝標注引《中興書》：「珣兄弟皆婿謝氏（珣與弟珉，皆謝安女婿），以猜嫌離婚。太傅既與珣絕婚，又離珉妻，由是二族遂成仇釁。」《晉書・王珣傳》本之。二書於猜嫌事，皆語焉不詳，未可深考。但以情理判斷，謝安既一怒而與王珣絕婚，又迫使無辜的王珉離異，未免過分；日後再見二人，心中難免有愧。這應是此次相會，一個神意閒暢、一個傾目而視的原因之一。再者，王珣也必然有他恢宏的氣度、過人的才德，事情既已發生，就不再與人計較，這從〈傷逝〉15則記王東亭慟哭謝公事，可見一斑；他深受謝公敬畏，自是理所當然。

148 王子敬❶語謝公❷：「公故蕭灑❸！」謝曰：「身❹不蕭灑，君道身最得❺，身正❻自調暢❼。」

【注釋】❶王子敬　即王獻之。見〈德行〉39注❶。❷謝公　指謝安。見〈德行〉33注❷。❸蕭灑　超逸脫俗。❹身　我。❺得　適當。❻正　僅；只。❼調暢　調和通暢。

【語譯】王子敬對謝公說：「您真瀟灑脫俗啊！」謝公說：「我並不想擺出瀟灑脫俗的架式，但您說我說得最恰當，我只是使身心自然地調和通暢而已。」

【析評】本則記謝公「夫子自道」，他瀟灑出塵的風采，並非刻意造作而成，乃是心有所得，自然流露的結果。與孟子「君子所性，仁義禮智根於心；其生色也，睟然見於面，盎於背，施於四體，四體不言而喻（君子稟受的天性，仁義禮智都根植於內心；所流露出來的色象，清和潤澤地顯現於顏面，盈溢於肩背，分布於四肢，不待四肢言語，我們就知道他天性的內涵了）」（見《孟子・盡心上》）的話相合。

149 謝車騎❶初見王文度❷，曰：「見文度，雖蕭灑相遇❸，其復愔愔❹竟夕。」

【注釋】❶謝車騎　指謝玄。見〈言語〉78注❺。❷王文度　即王坦之。見〈言語〉72注❶。❸遇　對待。❹愔愔　和悅平靜的樣子。

【語譯】謝車騎第一次見過王文度以後，對人說：「見到文度，我雖然用瀟灑脫俗態度對待他，他仍然整夜和悅平靜，毫不在意。」

【析評】初見王坦之，謝玄有意地以瀟灑相待，試探他的天性是否瀟灑，而王坦之終宵保持平和的態度，不為所動。那麼二人瀟灑程度的深淺，也就不言而喻。

150 范豫章❶謂王荊州❷：「卿風流❸儁望❹，真後來之秀！」王曰：「不有此舅，焉有此甥？」

【注釋】❶范豫章　指范甯。見〈言語〉97注❶。❷王荊州　指王忱。見〈德行〉44注❷。❸風流　指當時名士自由的精神，脫俗的言行，超逸的風度。❹儁望　高超的聲譽。

【語譯】范豫章對王荊州說：「你有傑出的言行風采、崇高的聲望，真是後起之秀啊！」王荊州說：「沒有您這樣的舅舅，哪會有我這樣的外甥呢？」

【析評】據《王氏譜》，王坦之娶順陽郡范汪的女兒，名蓋，即范甯的妹妹，生王忱。（見〈方正〉66則劉孝標注引）故舅甥作此對話。

151 子敬❶與子猷❷書，道：「兄伯❸蕭索寡會❹，遇酒則酣暢❺忘反❻，乃自可矜❼。」

【注釋】❶子敬　即王獻之。見〈德行〉39注❶。❷子猷　即王徽之。見〈雅量〉36注❶。❸兄伯　兄長；哥哥。❹蕭索寡會　落落寡合；性情孤僻，少有合得來的人。❺酣暢　暢飲盡歡。❻忘反　出而忘歸。反，通「返」。❼可矜　可貴。

【語譯】王子敬寫信給王子猷，說：「阿兄平時落落寡合，但一碰到酒就盡情暢飲，樂而忘返，那才真正可貴。」

【析評】《中興書》說：「徽之，羲之第五子，卓犖不羈，欲為傲達。」（〈雅量〉36則劉孝標注引）所謂「欲為傲達」，意味著他的高傲放達，是假裝出來的，是造作不自然的，於是給人一種「蕭索寡會」、不可親近的印象。但每遇酒酣暢之際，他就拋棄了傲達的面具，顯示出天然的本性，這種本性看在弟弟王獻之的眼裡，才是親切可貴的；所以特別寫信告知乃兄，有勉勵之意。這種手足之情，也是非常可貴的。

152 張天錫❶世雄涼州❷，以力弱詣京師；雖遠方殊類，亦邊人之傑也。聞皇京多才，欽羨彌至；猶在渚❸住，司馬著作❹往詣之。言容鄙陋，無可觀聽，天錫心甚悔來；以遐外❺可以自固。王彌❻有儁才美譽，當時聞而造焉。既至，天錫見其風神清令❼，言話如流，陳說古今，無不貫悉❽；又諳人物氏族，中❾來皆有證據。天錫訝服。

【注　釋】❶張天錫　見〈言語〉94注❶。❷涼州　州名。今甘肅省。治所在今甘肅武威。❸渚　水涯；水邊。❹司馬著作　官名。其人未詳。❺遐外　邊遠的外地。❻王彌　即王珉。小名僧彌。見〈政事〉24注❸。❼清令　高潔美好。❽貫悉　通達完盡。❾中　得。

【語　譯】張天錫一家人，世代在涼州稱雄，後來因為勢力衰弱，來到京城建康；他雖是遠方的異族，也算是邊陲人士的豪傑。他聽說京都有很多人才，內心極為敬慕；但當他還暫住江邊時，有一位司馬著作去拜訪他。言語容貌，粗俗醜陋，全無可觀可聽之處，張天錫心裡很後悔來到這兒；因為在邊遠的外地，還可以保全自己。王彌有卓越的才智和美好的聲譽，當時聽人說起張天錫，就去看他。到達以後，張天錫見他風度清高美好，言談暢如流水，道古說今，莫不通達完美；他也熟悉人物的高下，世系的流衍，說起來都有證據。張天錫這才驚訝傾服。

【析　評】張天錫世雄涼州，力弱而歸京師事，請參閱〈言語〉94則。他本是安定烏氏（在今甘肅涇川）人，家世孝廉，以儒學顯（見《晉書・張軌傳》），原非異族殊類；但《晉書・孝武帝紀》說：「太元元年，秋，七月，苻堅將苟萇陷涼州，虜刺史張天錫，盡有其地。」既被苻堅所擒，用為侍中、僕射，直到太元八年十月，晉軍大敗苻秦於淝水，天錫始歸（見《建康實錄》九），臨川以其事秦，所以視為「殊類」。熟悉人物氏族，當時認為是難能可貴的事，請參閱本篇139則「析評」欄。

153 王恭❶始與王建武❷甚有情，後遇袁悅❸之間，遂致疑隟❹；然每至興會❺，故❻有相思。時恭嘗行散❼至京口❽射堂，于時清露晨流，新桐初引；恭目之曰：「王大❾故自濯濯❿！」

【注　釋】❶王恭　見〈德行〉44注❶。❷王建武　指王忱。見〈德行〉44注❷。❸袁悅　字元禮，陳郡陽夏（今河南太康）人。官至驃騎咨議。太元中有寵於會稽王司馬道萬，每勸專攬朝權，王頗採納。王恭得知，報告孝武帝，託他罪誅悅於市中。❹疑隟　因猜疑而產生的隔閡與仇恨。隟，同「隙」。❺興會　情景交會，有所感發。❻故　仍舊。❼行散　南北朝人喜歡服用五石散，服後藥毒發作，身體生熱，須藉步行來散發，謂之「行散」或「行藥」。❽京口　地名。在今江蘇丹徒。❾王大　即王忱。小名佛大。❿濯濯　清新明淨的樣子。

【語　譯】王恭起初和王建武很有交情，後來遇到袁悅挑撥離間，就使他們心生嫌隙；然而每逢情景交會，有所感發，仍舊有相思之情。當時王恭曾因行散走到京口的射堂，正是清潔的露水在晨光中流動，新生的桐葉才抽出幼芽的時候；王恭眼看著這些歎道：「王大正像這景色一樣的清新明淨！」

【析　評】這一則記王恭未能忘情於王忱之事，然恭為忱的族子（同族兄弟之子），竟稱族父為「王大」，可見怨恨之深。積怨之事，據劉孝標注引《晉安帝紀》：「初，忱與族子恭少相善，齊聲見稱；及並登朝，俱為主（安帝）相（會稽王司馬道子）所待（禮待）。內外始有不咸（不和。謂主、相不和）之論，恭獨深憂之，乃告忱曰：『悠悠之論，頗有異同，當由驃騎（道子為驃騎將軍）簡（疏）於朝覲故也。將無從容切言之邪？若主相諧睦，吾徒得勠力明時（使時政清明），復何憂哉？』忱以為然，而慮弗見用，乃令袁悅具言之；悅每欲間恭，乃於王（忱）坐嘖讓（怒責）恭曰：『卿何妄生同異（指主相不和之說），疑誤朝野！』其言切厲（嚴厲）。恭雖惋悵，謂（以為）忱為構己（設計陷害自己）也；忱雖心不負恭，而無以自亮（明）；於是情好大離，怨隟成矣。」此外，請參閱〈忿狷〉7則。

154 司馬太傅❶為二王目曰：「孝伯❷亭亭❸直上，阿大❹羅羅❺清疏❻。」

【注釋】❶司馬太傅　指司馬道子。見〈言語〉98注❶。❷孝伯　即王恭。見〈德行〉44注❶。❸亭亭　聳立的樣子。❹阿大　指王忱。見〈德行〉44注❷。❺羅羅　爽朗的樣子。❻清疏　清明疏放；清靜明朗且不受拘束。

【語譯】司馬太傅品評二王說：「孝伯孤高挺拔，阿大爽朗疏放。」

【析評】劉孝標注：「恭正直亢烈，忱通朗誕放。」謹從之注、譯如前。王恭剛正自持，力求上進，與王忱爽朗誕放，風流倜儻，適成鮮明的對比，皆常人所不及；幸勿以各走極端看待。

155 王恭❶有清辭❷簡旨，能敘說❸；而讀書少，頗有重出❹。有人道：「孝伯常有新意，不覺為煩❺。」

【注釋】❶王恭　見〈德行〉44注❶。❷清辭　清新的言詞。❸敘說　陳述己意。❹重出　重複出現。❺煩　厭煩。

【語譯】王恭有清晰的言詞，簡要的意旨，能陳述自己的見解；然而讀的書很少，時常重複引用。所以有人說：「孝伯的話裡經常有嶄新的意見，聽了也不覺得厭煩。」

【析評】此則言王恭善於言談，雖讀書不多，但能以不斷闡發新意，補足己短，使聞者忘倦。

156 殷仲堪❶喪後，桓玄❷問仲文❸：「卿家仲堪，定是何似人？」仲文曰：「雖不能休明❹一世，足以映徹❺九泉❻。」

【注釋】❶殷仲堪　見〈德行〉40注❶。❷桓玄　見〈德行〉41注❶。❸仲文　見〈言語〉106注❷。劉孝標注引《續晉陽秋》：「仲堪，仲文之從兄也。少有美譽。」❹休明　德行美好光大。❺映徹　照遍。❻九泉　地下深處。指人死後靈魂歸往之處。

【語譯】殷仲堪死後，桓玄問殷仲文道：「你家的仲堪，到底是怎樣的人物？」殷仲文說：「他德行的美好盛大，雖不能蓋過世上所有的人，卻足以光耀九泉，普受景仰。」

【析評】殷仲堪自從得到晉孝武帝的寵遇，被擢任荊州刺史，都督荊、益、寧三州軍事，與桓玄相遇以來，始則互相敬畏，繼之以互相猜忌；到了隆安三年，玄襲仲堪於江陵，仲堪敗走，為追兵所獲，至柞溪（在湖北江陵北二十里），逼令自殺。仲堪既死，桓玄又問其為人於仲文。仲文是仲堪的堂弟、桓玄的姊夫（見《文選集注．江文通．擬殷東陽興矚詩》注引王韶《晉紀》），甚受桓玄寵信；桓玄所以問他，無非想知道他的向背。殷仲文說殷仲堪不能休明一世，暗示他的才德不能與桓玄相比；說他足以映徹九泉，意謂已超越所有的古人；總而言之，是說殷仲堪之德，超邁古今，唯在桓玄一人之下而已。他的妙答，既把桓玄捧上了三十三天，又維護了家門的尊嚴；而且在勝敗已分、死敵既亡的情況下，更凸顯桓玄的高明，及己心的嚮往，使這位野心家滿意而去。

157 祖士少❶道王右軍❷：「王家阿菟❸，何緣復減處仲❹！」

【注釋】❶祖士少　即祖約。見〈雅量〉15注❶。❷王右軍　指王羲之。見〈言語〉62注❷。❸阿菟　羲之的小名。❹處仲　即王敦。見〈文學〉20注❷。

【語譯】祖士少稱道王右軍說：「王家的阿菟，憑甚麼說他還不如處仲！」

【析評】《晉書．王敦傳》：「敦眉目疏朗，性簡脫，有鑒裁，學通《左氏》（《春秋左氏傳》），口不言財利。尤好清談，時人莫知，惟族兄戎異之。經略指麾，千里之外肅然，而麾下擾而不能整。」再加本書〈豪爽〉1、2，〈汰侈〉2等則的敘述，當他反兆未萌之時，確有過人之處；而王右軍少時澀訥，曾受王敦的開導（見〈輕詆〉5則）；則世人以為王右軍不如王敦，甚為有理。士少此言，當發於右軍頭角嶄露之後。

品藻❶第九

1 汝南陳仲舉❷、潁川李元禮❸二人，共論其功德❹，不能定先後❺。蔡伯喈❻評之曰：「陳仲舉彊於犯上❼，李元禮嚴於攝下❽。犯上難，攝下易。」仲舉遂在三君❾之下❿，元禮居八俊⓫之上⓬。

【注　釋】❶品藻　評論人物，定其文質高下。❷陳仲舉　即陳蕃。見〈德行〉1注❶。❸李元禮　即李膺。見〈德行〉4注❶。❹功德　功業和德行。❺先後　前後、高下的次序。❻蔡伯喈　蔡邕，字伯喈，東漢陳留郡圉縣（今河南杞縣南五十里）人。博學多能，精通辭章、天文、術數、書畫、音樂。獻帝時董卓為司空，強徵邕為中郎將。後卓被殺，遂為王允所誅。❼彊於犯上　因擇善固執而冒犯君長。於，而。❽嚴於攝下　因謹守法度而嚴控屬下。攝，控制。❾三君　指漢人竇武、劉淑、陳蕃。少有高操，海內尊稱三君。見劉孝標注引謝沈《漢書》。《後漢書・黨錮傳》同。❿下　末；尾。⓫八俊　指漢人李膺、王暢、荀緄、朱寓、魏朗、劉佑、杜楷、趙典。見劉孝標注引薛瑩《漢書》。《後漢書・黨錮傳》劉佑作劉祐、荀緄作荀昱、杜楷作杜密。⓬上　始；首。

【語　譯】汝南陳仲舉、潁川李元禮兩個人，時賢共同論次他們的功業和德行，卻不能確定誰高誰低。蔡伯喈評判道：「陳仲舉能擇善固執，冒犯君長；李元禮能謹守法度，嚴控屬下。冒犯君長的事情難做，嚴控屬下的作為易行。」陳仲舉於是被排列在三君之末，李元禮則名居八俊之首。

【析　評】一般人比較陳蕃和李膺，只比他們的才德，所以論而未決。如劉孝標注引姚信《士緯》：「陳仲舉勝氣高烈，有王臣之節；李元禮忠壯正直，有社稷之能。」請問「勝氣高烈」和「忠壯正直」這兩種氣質，「王臣之節」和「社稷之能」這兩種稟賦，如何能比出高下呢？蔡伯喈則不然，他專就這兩個人待人處世的態度一個項目上比，於是先後立判，疑論乃定。所謂「犯上難，攝下易」，是人人都懂的道理；但「道在邇，而求諸遠」，本是天下的通病啊！《後漢書·黨錮傳序》說：「時海內希風（迎合一時風尚）之流，遂共相標榜，指天下名士，為之稱號：上曰三君，次曰八俊，……君者，言一世之所宗也。……俊者，言人之英也。」由此可見，排名「三君之下」的陳仲舉，已較「居八俊之上」的李元禮略高一等，這實由蔡伯喈所賜。

2 龐士元❶至吳❷，吳人並友之。見陸績❸、顧劭❹、全琮❺而為之目❻曰：「陸子所謂駑馬有逸足❼之用，顧子所謂駑牛可以負重致遠。」或問：「如所目，陸為勝邪？」曰：「駑馬雖精速❽，能致一人耳；駑牛一日行百里，所致豈一人哉？」吳人無以難❾。「全子好聲名❿，似汝南樊子昭⓫。」

【注釋】❶龐士元　龐統，字士元，三國蜀襄陽（今湖北襄陽）人。其叔德公稱他為鳳雛。劉備使為治中從事，與諸葛亮並為軍師中郎將。勸備取蜀，進軍圍攻雒縣，中流矢卒。時年三十六。❷吳　吳郡的治所。今江蘇吳縣。❸陸績　績字公紀，三國吳吳郡人。博學多識，孫權徵召為奏曹掾，忌恨他的耿直，派他出去當鬱林太守。年三十二卒。❹顧劭　劭字孝則，少與舅父陸績齊名。見〈雅量〉1注❷。❺全琮　琮字子璜，吳郡錢唐（今浙江杭縣）人。父柔曾使運米數千斛到吳縣販賣，琮全部用以救濟從中州避亂而來的難民。仕吳至右大司馬、左軍師。❻目　品評。❼逸足　快步。《文選·傅毅·舞賦》「良駿逸足」，故在此借為良駿的代稱。❽精速　很快。精，甚。❾難　詰責。❿聲名　聲望名譽。⓫樊子昭　汝南郡（治所平輿，在今河南汝南東南六十里）人。商賈的學徒出身，年至七十，退能守靜（保持平和恬淡），進不苟競（不以不正當的手段競爭功名利祿）。見劉孝標注引蔣濟〈萬機論〉。

【語　譯】龐士元到達吳縣，當地的名士都和他結交。當他見過陸績、顧劭、全琮，就品評他們說：「陸子好像是世俗所說具有駿馬那種快步用途的駑馬，顧子好像是世俗所說可以任重致遠的駑牛。」有人問：「照您的評論，是陸績比較好嗎？」答道：「駑馬雖跑得很快，只能運送一個人而已；駑牛一天只能走一百里，運送的何止一個人呢？」吳人都沒有話反駁他。龐士元又說：「全子的聲譽很好，很像汝南的樊子昭。」

【析　評】吳將周瑜助劉備取荊州後，孫權拜瑜為偏將軍，兼領南郡太守，劉備以左將軍兼領荊州牧。漢獻帝建安十五年（西元二一〇年）周瑜卒，龐士元送喪至吳。本則所記，就是他在吳所說的話。龐士元對於陸、顧舅甥二人，讚許他們雖非千里騏驥或八百駮牛（見〈汰侈〉6則）的上聖，卻是有實際用途的賢才。然陸績如駑馬而作逸足，動作快速而勉強；顧劭為駑牛而守本分，舉止緩慢而從容；所以顧劭辦事的潛力，實在陸績之上。這番議論的要點，就是重視他們貢獻的多少，而非做事的快慢。至於評論全琮的話，《三國志・蜀志・龐統傳》述作「謂全琮曰：『卿好施慕名，有似汝南樊子昭；雖智力不多，亦一時之佳也。』」意思更清楚了，但改成當面批評全琮，恐非事實。

3 顧劭❶嘗與龐士元❷宿語❸，問曰：「聞子名知人❹，吾與足下孰愈❺？」曰：「陶冶❻世俗❼，與時浮沉❽，吾不如子；論王霸❾之餘策❿，覽倚伏⓫之要害⓬，吾似有一日之長⓭。」劭亦安其言⓮。

【注　釋】❶顧劭　見〈雅量〉1注❷。❷龐士元　見本篇2注❶。❸宿語　夜談。❹名知人　以知人出名。名，出名的。知人，能識別他人的賢愚善惡。❺孰愈　誰比較強。愈，勝過；賢；強。❻陶冶　燒製陶器，治煉金屬。比喻教化培育。❼世俗　指當代一般的平庸之人。❽與時浮沉　隨世俗的好惡趨向而行事。❾王霸　以美德行仁政者為王，以武力假仁義之名服人者為霸。❿餘策　遺留下來的謀略。⓫倚伏　指事物相互依存、轉化。⓬要害　關係全局的緊要之處。⓭一日之長　才能比他人略強。⓮安其言　認為他的話很妥帖。安，善。

【語譯】顧劭曾經和龐士元夜談，問道：「聽說您以知人出名，那麼我和您誰強些呢？」龐士元說：「教育世俗之人，隨著他們好惡的趨向潛移默化，我不如您；至於討論古代王者、霸者所遺留的謀略，觀察事物互相依存、互相轉化的關鍵，我似乎略強一些。」顧劭也認為他的話很妥帖。

【析評】這一則記龐士元論顧劭是一位具有親和力的教育家，而自己則是一個具有判斷力的政治家。此論顧劭，和前面一則「顧子所謂駑牛可以負重致遠」的話是一致的：一個教育家，總是與世浮沉，不求顯耀自己，默默地耕耘，以化成天下為己任的。至於龐士元說自己明察「倚伏之要害」，證以《襄陽記》載劉備向司馬德操請教當世要務，德操說：「俗士（謙稱自己）豈識時務，此間自有伏龍（指諸葛亮）、鳳雛（指龐統）。」（〈言語〉9則劉孝標注引）可知亦非妄言；世事互相依存、轉化的關鍵不能明察，怎能算是識時務的俊傑呢？

4 諸葛瑾❶、弟亮❷及從弟誕❸，並有盛名，各在一國。于時以為蜀得其龍❹，吳得其虎，魏得其狗❺。誕在魏，與夏侯玄❻齊名；瑾在吳，吳朝服其弘量❼。

【注釋】❶諸葛瑾　字子瑜，後漢琅邪諸縣（在今山東諸城西南三十里）人，後遷居陽都（在今山東沂水縣南）。事親至孝。仕吳，官至豫州牧。❷亮　見〈方正〉5注❶。❸誕　字公休。為吏部郎時，人事完全公開，群僚莫不慎其所舉。仕魏，官至大司空。後因起兵反司馬昭，敗死。❹龍　指諸葛亮。❺狗　太公《六韜》以文、武、龍、虎、豹、犬為六次，知古人視犬，僅下龍虎一等，與狗彘、豬狗之狗文義不同。本余嘉錫《世說新語箋疏》說。❻夏侯玄　見

〈方正〉6注❶。❼弘量　寬宏的度量。弘，大。通「宏」。

【語　譯】諸葛瑾和他的弟弟諸葛亮、堂弟諸葛誕，都有很好的名聲，三國時各在一國。當時的人認為蜀國得到其中的龍，吳國得到其中的虎，魏國得到其中的狗。諸葛誕在魏，和夏侯玄齊名；諸葛瑾在吳，吳國朝廷的君臣都佩服他寬宏的度量。

【析　評】這一則記諸葛兄弟三人，才氣雖有高下，卻都是人中豪傑。他們在鼎足而立的三國中，各處一方，盡忠事主，都沒有受到君上的猜疑，也沒引起世人的呰議。《吳書》載：諸葛瑾奉孫權命使蜀，與弟諸葛亮只在洽辦公事時相見，不作私下的往來——見劉孝標注引。如此謹嚴地克制自己，就是他們苟全性命於亂世的不二法門吧？

5 司馬文王❶問武陔❷：「陳玄伯❸何如其父司空❹？」陔曰：「通雅博暢❺，能以天下聲教❻為己任者，不如也；明練簡至❼，立功立事❽，過之。」

【注　釋】❶司馬文王　即晉文帝司馬昭。見〈德行〉15注❶。❷武陔　見〈賞譽〉14注❶。❸陳玄伯　即陳泰。見〈方正〉8注❸。❹司空　指陳群。見〈德行〉6注❺。❺通雅博暢　通達儒雅，博洽充實。❻聲教　天子的聲威和教化。❼明練簡至　明達幹練，簡易妥當。至，當。❽立功立事　建立功勳與事業。

【語　譯】司馬文王問武陔說：「陳玄伯和他父親司空陳長文相比，怎麼樣？」武陔答道：「在為人通達儒雅，學識廣博充實，能以宣揚天子聲威教化為己任的方面，玄伯不如他的父親；但在辦事明達幹練，精簡妥當，建功立業的方面，就勝過司空了。」

【析　評】劉孝標注引《魏志》：「陔與泰善，故文王問之。」而武陔的答辭，是說陳群立志高遠，非陳泰所能及；但陳泰則以務本求實、不尚浮華的態度，建立了他的功業，亦非其父可比。若兼有二人的才德，就成為彬彬君子了。

6 正始❶中，人士❷比論❸，以五荀方❹五陳：荀淑❺方陳寔❻，荀靖❼方陳諶❽，荀爽❾方陳紀❿，荀彧⓫方陳群⓬，荀顗⓭方陳泰⓮。又以八裴方八王：裴徽⓯方王祥⓰，裴楷⓱方王夷甫⓲，裴康⓳方王綏⓴，裴綽㉑方王澄㉒，裴瓚㉓方王敦㉔，裴遐㉕方王導㉖，裴頠㉗方王戎㉘，裴邈㉙方王玄㉚。

【注釋】❶正始　魏齊王曹芳的年號。當西元二四〇～二四九年。❷人士　有名望的人。❸比論　類比論斷。❹方　相並；並列；擺在一起；同等看待。❺荀淑　見〈德行〉5注❷。❻陳寔　見〈德行〉6注❶。❼荀靖　字叔慈，潁川郡（治許昌，今河南許昌）人。有俊才，以孝著名。兄弟八人，時稱「八龍」。❽陳諶　見〈德行〉6注❹。❾荀爽　荀淑子，靖弟。見〈德行〉6注❽。❿陳紀　見〈德行〉6注❸。⓫荀彧　字文若，潁川人。為人英偉，禮賢下士。為漢侍中，守尚書令。年五十卒，追贈太尉，諡敬侯。⓬陳群　見〈德行〉6注❺。⓭荀顗　字景倩，荀彧子。謹守禮義，深識國典。晉受禪，封臨淮公，掌朝儀，立典制。卒，諡康公。⓮陳泰　見〈方正〉8注❸。⓯裴徽　見〈文學〉8注❷。⓰王祥　見〈德行〉14注❶。⓱裴楷　見〈德行〉18注❸。⓲王夷甫　即王衍。見〈言語〉23注❷。⓳裴康　字仲豫，裴徽子。有弘量，曾任太子左率。⓴王綏　見〈德行〉42注❹。㉑裴綽　字季舒（一作仲舒，非），名次於其兄楷。歷任中書、黃門侍郎。㉒王澄　見〈德行〉23注❶。㉓裴瓚　字國寶，楷之子。才氣俊爽，官至中書郎。㉔王敦　見〈文學〉20注❷。㉕裴遐　見〈文學〉19注❶。㉖王導　見〈德行〉27注❸。㉗裴頠　見〈言語〉23注❸。㉘王戎　見〈德行〉16注❶。㉙裴邈　見〈雅量〉11注❷。㉚王玄　見〈識鑒〉12注❸。

【語譯】正始年間，對有名望的人加以類比論斷，把五荀和五陳並列，即：荀淑與陳寔相並，荀靖與陳諶相並，荀爽與陳紀相並，荀彧與陳群相並，荀顗與陳泰相並。又把八裴和八王並列，即：裴徽與王祥相並，裴楷與王夷甫相並，裴康與王綏相並，裴綽與王澄相並，裴瓚與王敦相並，裴遐與王導相並，裴頠與王戎相並，裴邈與王玄相並。

【析評】兩種事物有相似處，舉其一以明另一，謂之類比。正始年間，世人在荀、陳、裴、王四個旺族之中，各選五人或八人，按其才德名望，兩兩相配，合成一十三組，如本則所述；但以現存之資料，已難明各組相似的所在。

7 冀州❶刺史楊準❷二子喬❸與髦❹，俱總角❺為成器❻；準與裴頠❼、樂廣❽友善，遣見之。頠性弘方❾，愛喬之有高韻❿；謂準曰：「喬當及卿，髦小減也。」廣性清淳⓫，愛髦之有神檢⓬；謂準曰：「喬自及卿，然髦尤精出！」準笑曰：「我二兒之優劣，乃裴、樂之優劣⓭。」論者評之：以為喬雖高韻，而神檢不逮，樂言為得；然並為後出之雋⓮。

【注釋】❶冀州　州名。包括今河北、河南兩省北部。治房子，在今河北高邑西南。❷楊準　見〈賞譽〉58注❽。❸喬　字國彥，爽朗有高遠之志。❹髦　字士彥，清廉公正，有高超的見識。❺總角　指少年。總有聚束之意。古代男女未成年前束髮作兩角之狀，故稱。❻成器　美好的器物。在此比喻有作為的人。成，善。❼裴頠　見〈言語〉23注❸。❽樂廣　見〈德行〉23注❹。❾弘方　寬宏方正。❿高韻　高雅的氣質。⓫清淳　高潔淳樸。⓬神檢　風神節操。⓭我二兒之優劣二句　謂裴、樂各以己之所長獎勉二兒，二兒實不敢當。優劣，在此偏用優意。⓮後出之雋　後起之秀。雋，通「俊」。

【語 譯】冀州刺史楊準的兩個兒子楊喬和楊髦，都少年有成；楊準和裴頠、樂廣交情很好，就叫二子去拜見他們。裴頠的天性寬宏方正，喜歡楊喬有高雅的氣質；所以後來對楊準說：「喬的成就將趕得上您，髦稍微差些。」樂廣的天性高潔淳樸，喜歡楊髦有風神節操；所以對楊準說：「喬雖然趕得上您，可是髦更加精美出色！」楊準笑道：「我這兩個孩兒的長處，實是裴、樂二位伯伯的長處啊。」議論這件事情的人加以評判：認為楊喬雖氣質高雅，但在風神節操方面稍覺不足，樂廣的話比較合適；然而這兩兄弟都是後起之秀。

【析 評】《易・繫辭》說：「方以類聚，物以群分。」意思是天下的人各以所喜愛的道術（即「方」）分類相聚，萬物各依其族群加以區分。因此裴頠弘方，愛喬之高韻；樂廣清淳，愛髦之神檢；楊準笑說「我二兒之優劣，乃裴、樂之優劣」，可謂知人、知言之論，並寓有為二兒遜謝過獎之意。為父的楊準如此說，自然十分得體；然論者終以樂廣之言得宜。可見當時的人，除了一個人的高韻，尤重他的神檢。

8 劉令言❶始入洛，見諸名士而歎曰：「王夷甫❷太鮮明❸，樂彥輔❹我所敬，張茂先❺我所不解，周弘武❻巧於用短，杜方叔❼拙於用長。」

【注 釋】❶劉令言　劉訥，字令言。彭城叢亭人。曾任司隸校尉。❷王夷甫　即王衍。見〈言語〉23注❷。❸鮮明　精明；處事明決。❹樂彥輔　即樂廣。見〈德行〉23注❹。❺張茂先　即張華。見〈德行〉12注❻。❻周弘武　周恢，字弘武，汝南（郡名。治所在今河南汝南）人。官至秦相。❼杜方叔　杜育，字方叔，襄城郡定陵縣（在今河南舞陽北十五里）人。幼有神童之稱；及長，又得杜聖之號。官至國子祭酒。洛陽將陷，為賊所殺。

【語 譯】劉令言初到洛陽，拜見諸名士後歎息道：「王夷甫處理事務過於精明，樂彥甫是我所尊敬的，張茂先的言行我不能了解，周弘武善於利用自己的缺點，杜方叔不善於發揮自己的長處。」

【析　評】這一則記劉令言評論洛中五名士，獨敬樂廣的為人，於王夷甫等四人皆有所不滿。做事精明本來很好，但王夷甫太鮮明，就患了「過猶不及」的病；《晉書》本傳云：「衍素輕趙王倫之為人，及倫篡位，衍陽（通「佯」）狂斫婢以自免。」殺婢以保全自己的性命，不是精明得太過火嗎？《晉書‧張華傳》說張茂先學業優博，器識弘曠，時人罕能測之。劉令言也對他莫測高深，自承不解；但張華一肚子學問，卻不能深入淺出地說給人聽，倘非囫圇吞棗，消化未盡，必屬自欺欺人，故弄玄虛，都不值得讚美。周弘武巧於用短，無非以暴露己短，去爭取別人的同情或寬恕。杜方叔拙於用長，就是不能發揮自我，和沒有長處一樣；也都不足取法。

9 王夷甫❶云：「閭丘沖❷，優於滿奮❸、郗隆❹；此三人，並是高才❺，沖最先達❻。」

【注　釋】❶王夷甫　即王衍。見〈言語〉23注❷。❷閭丘沖　字賓卿，晉高平國（治昌邑，在今山東金鄉西北四十里）人。平實恬淡，博學多識。官至光祿勳。❸滿奮　見〈言語〉20注❶。❹郗隆　字弘始，晉高平國（參見注❷）人。為人通達坦誠，見識高明。為吏部郎、揚州刺史。❺高才　才能高超的人。❻先達　先輩；前輩。指依次排列於最前者。

【語　譯】王夷甫說：「閭丘沖的才德，勝過滿奮和郗隆；雖然這三位全都是才能高超的人，丘沖卻是最特出的一個。」

【析　評】劉孝標注引《兗州記》，云當時高平人才輩出，滿奮、郝（當作「郗」）隆均在閭丘沖前，名位已顯；但劉寶、王夷甫仍認為丘沖所享的盛名，足以超過二人。與這一則記事相合。

10 王夷甫❶以王東海❷比樂令❸，故王中郎❹作碑云：「當時標榜❺，為樂廣之儷❻。」

【注釋】❶王夷甫　即王衍。見〈言語〉23注❷。❷王東海　即王承。見〈政事〉9注❶。❸樂令　指樂廣。見〈德行〉23注❹。❹王中郎　指王坦之。見〈言語〉72注❶。❺標榜　品評。❻儷　耦；對手。指才德相當的人。

【語譯】王夷甫常用王東海比擬樂令，所以王中郎為東海撰寫碑文說：「當時品評人物，認為他是樂廣的對手。」

【析評】劉孝標注引《江左名士傳》：「承言理辨物，但明其旨要，不為辭費（不說無謂的空話），有識伏（佩服。通「服」）其約而能通。太尉王夷甫一世龍門（當代文人所宗仰的人物。典出〈德行〉4則），見而雅重之，以比南陽樂廣。」則王東海、樂令，均以說理辨物簡約暢達著稱，故一經王夷甫品題，即成定論。

11 庾中郎❶與王平子❷鴈行❸。

【注釋】❶庾中郎　即庾敳。見〈文學〉15注❶。❷王平子　即王澄。見〈德行〉23注❶。❸鴈行　相次排列，如雁飛的行列。鴈，也作「雁」。候鳥名。體形似鵝，茶褐色，腹部白；嘴蒼黃色，扁平，邊緣有鋸齒；腳短，黃色。群飛時排成斜一字或人字形，謂之雁行。

【語譯】庾中郎和王平子的才德在伯仲間，如雁行有序。

【析評】據劉孝標注引《晉陽秋》，王衍品題人物，以為阿平（王澄）第一，子崇（庾敳）第二，處仲

（王敦）第三；但庾敳認為澄、敦都不如自己。本則所記，似從敳論，以中郎略出平子之上，但相去不遠。

12 王大將軍❶在西朝❷時，見周侯❸輒扇面❹，不得住；後渡江左❺，不能復爾。王歎曰：「不知是我進，伯仁退？」

【注釋】❶王大將軍　指王敦。見〈文學〉20注❷。❷西朝　西晉都洛陽，渡江後以其在建康之西，故稱「西朝」。❸周侯　指周顗。見〈言語〉30注❷。❹扇面　宋本「扇」下有「障」字，義不可通。《考異》無，是。扇面，謂以麈尾扇搧臉。晉時清談之士，幾無不服五石散，服散後身體發熱，必須搧涼，故冬月亦持扇。❺江左　長江下游以東地區。又稱江東。

【語譯】王大將軍在西都洛陽時，每次見到周侯就自覺赧愧面熱，用扇子把臉搧個不停；後來渡江而東，就不會再這樣了。王敦感歎道：「不知道是我的才德長進了，還是伯仁退步了？」

【析評】〈言語〉30則劉孝標注引《晉陽秋》：「顗正體（本體）嶷然（卓異），儕輩不敢媟也。」可見伯仁不但才德好，也有端莊出眾的儀表。這樣的人，自然使人敬畏，不敢輕慢。《建康實錄》五引《中興書》說：「王敦素憚顗，每見顗輒面熱，雖冬月仍交扇不休。」據本則所記，那是西晉時候的事；但晉室東渡以後，就沒有這回事了，王敦對伯仁的敬畏之心減弱了。文中「不能復爾」一句，那「能」字用得極好，表示原本一見周顗就自然面熱，自然搧個不停；現在卻想使面熱也不能辦到了。這是甚麼緣故呢？王敦自我檢討，認為先前令自己慚赧的是伯仁的才德，現在不復有這種感覺，自然是彼此的才德有了消長，非我進則伯仁退，相去不遠了。才德長進原是可喜的事，王敦為何要「歎」呢？眼見心目中的偶像墮落，任誰都會感到惋惜吧！

13 會稽虞騤❶，元皇❷時與桓宣武❸同使❹，其人有才理❺勝望❻。王丞相❼嘗謂騤曰：「孔愉❽有公才而無公望，丁潭❾有公望而無公才，兼之者其在卿乎！」騤未達❿而喪。

【注　釋】❶虞騤　字思行，晉會稽郡餘姚縣（今屬浙江）人。曾任吏部郎、吳興太守，後徵為金紫光祿大夫，卒。❷元皇　即晉元帝。見〈言語〉29注❶。❸桓宣武　即桓溫。然《晉書・虞騤傳》載：「與譙國桓彝俱為吏部郎，情好甚篤；彝遺溫拜騤，騤使子谷拜彝。」又〈桓彝傳〉：「元皇時，嘗仕吏部郎。」且溫生於懷帝永嘉六年，至元帝末，年方十二，不能與虞騤同朝為官。此「桓宣武」當作桓彝，或於其下增一「父」字。彝，見〈德行〉30注❶。❹同使　各本作「同俠」，不可解，此從《考異》。同使似即今語「同事」之意；或謂「俠」乃「僚」字之誤，亦通。指同為吏部郎而言。❺才理　才思；才氣和思路。❻勝望　美名；美好的聲譽。望，聲譽。❼王丞相　指王導。見〈德行〉27注❸。❽孔愉　見〈方正〉38注❶。❾丁潭　字世康，晉會稽郡山陰縣（今浙江紹興）人。為人深沉和順，官至光祿大夫。❿達　顯貴。

【語　譯】會稽虞騤，在晉元帝時和桓宣武（的父親桓彝）同事，這個人有很好的才思和聲譽。王丞相曾對虞騤說：「孔愉有桓公的才思卻沒有桓公的聲望，丁潭有桓公的聲望卻沒有桓公的才思，兼有這兩種長處的只怕在於您了！」可惜虞騤未曾顯貴就死了。

【析　評】劉孝標注引《會稽後賢記》，言丁潭「少與孔愉齊名」；又引《晉陽秋》說：「孔敬康（孔愉）、丁世康（丁潭）、張偉康（張茂）俱著名，時謂『會稽三康』。」王導卻認為虞騤的才思勝望，超越孔、丁，媲美桓彝；所以劉注引〈虞光祿傳〉說：「騤未登台鼎（舊稱三公為台鼎），時論稱屈（委屈）。」本則末句，也有惋惜不平的意思。

14 明帝❶問周伯仁❷：「卿自謂何如郗鑒❸？」周曰：「鑒方臣，如有功夫❹。」復問郗，郗曰：「周顗比臣，有國士❺門風❻。」

【注釋】❶明帝　當是「元帝」之誤。周顗於元帝末年為王敦所殺，不應有明帝相問的事。元帝，見〈言語〉29注❶。❷周伯仁　即周顗。見〈言語〉30注❷。❸郗鑒　見〈德行〉24注❶。❹功夫　素養；平日的修養。❺國士　國中才德出眾的人。❻門風　流派的風氣、習尚。即風格。

【語譯】晉明帝（當作晉元帝）問周伯仁道：「您自以為和郗鑒相比怎麼樣？」周伯仁說：「郗鑒比臣，好像有功夫些。」元帝又問郗鑒，郗鑒說：「周顗比臣，更具國士的風格。」

【析評】這一則與本篇19則所載，當是不同的人對同一件事所作的紀錄，請參看。劉孝標注引鄧粲《晉紀》：「伯仁清正（清高正直）嶷然（神采出眾），以德望（品德和名譽）稱之。」郗鑒也由衷讚美他「有國士門風」，可見他的德望確實勝過郗鑒；而這一點，周伯仁也心裡有數。可是元帝問伯仁的時候，他若照實直說，未免狂傲損人；只好謙辭以對，說郗鑒「如（好像）」比自己「有功夫」些。《南齊書・王僧虔傳》說：「宋文帝書，自云可比王子敬（即王獻之。見〈德行〉39注❶）；時議者云：『天然勝羊欣，功夫少於欣。』」所謂天然，指先天的稟賦；功夫，則指後天人為的修養。伯仁「鑒方臣，如有功夫」這句話，不講郗鑒的稟賦不如自己，卻閃爍其詞地說他修養的功夫似乎比自己做得多一些些，可說是一種明褒暗貶、欲蓋彌彰的高妙手法。

15 王大將軍❶下❷，庾公❸問：「聞卿有四友，何者是？」答曰：「君家中郎❹，我家太尉❺、阿平❻，胡母彥國❼。阿平故❽當最劣。」庾曰：「似未肯❾劣。」庾又問：「何者居其右⑩？」王曰：「自有人。」又問：「何者是？」王曰：「噫！其自有公論⑪。」王左右蹋庾公⑫，公乃止。

【注　釋】❶王大將軍　指王敦。見〈文學〉20注❷。❷下　下都；自長江順流而下至京都。敦鎮武昌，故以至建康為下。❸庾公　指庾亮。見〈德行〉31注❶。❹中郎　即庾敳。見〈文學〉15注❶。❺太尉　指王衍。見〈言語〉23注❷。❻阿平　即王澄。見〈德行〉23注❶。❼胡母彥國　見〈德行〉23注❷。❽故　相當於「則」。❾肯　可。❿右　首；第一。古人尚右，以右為首、為上、為尊、為貴。⑪公論　公眾的評論。⑫蹋庾公　用腳偷偷踩庾亮。暗示他不要窮究，因為王敦所指的正是他自己。

【語　譯】王大將軍順江而下到都城去，庾公問道：「聽說您有四位好友，是哪些人呢？」答道：「府上的中郎，我家的太尉和阿平，還有胡母彥國。阿平就該算最差的了。」庾公說：「好像不能說他最差呀。」庾公又問：「甚麼人位居第一呢？」王敦說：「自然有人。」又問：「是誰呢？」王敦說：「唉！那自有公論，用不著我說了。」王敦身邊的人悄悄踩一下庾公的腳，庾公才停止追問。

【析　評】王敦以為他與庾敳、王衍、王澄、胡母彥國四友，己最優，澄最劣。但劉孝標注引《八王故事》：「胡母輔之（即彥國）少有雅俗鑒識，與王澄、庾敳、王敦、王夷甫（即衍）為四友。」《晉書・胡母輔之傳》說他「與王澄、王敦、庾敳俱為太尉王衍所昵，號曰四友。澄嘗與人書曰：『彥國吐嘉言如鋸木屑，霏霏不絕，誠為後進領袖也！』」王澄的排名均在王敦之上，不當為最劣；而王澄推崇彥國為後進領袖，也不以敦為最優；可見世人對這五人的品評並無定論。因而庾公既不贊同阿平最劣的說法，又追問「何者居其右」。王敦私心以自己為群龍之首，卻缺乏公議為基礎，始終不敢明說，而使出了「自有公論」的擋箭牌，辭窮理屈的窘狀已經呈現，庾公如果再逼問下去，必將發生火爆場面，大傷和氣；幸虧王敦左右情急智生，及時蹋了庾公一腳，使他恍然大悟，化解了無謂的糾紛。

16 人問丞相❶：「周侯❷何如和嶠❸？」答曰：「長輿嵯嶭❹。」

【注釋】❶丞相 指王導。見〈德行〉27注❸。❷周侯 指周顗。見〈言語〉30注❷。❸和嶠 見〈德行〉17注❷。❹嵯嶭 嵯峨；高峻的樣子。嶭，通「峨」。

【語譯】有人問王丞相：「周侯與和嶠相比怎麼樣？」答道：「長輿的氣派更加高峻雄偉。」

【析評】《晉紀》說「伯仁（周侯）清正嶷然」，而他也以天生具有這種本性，無須刻意培養自傲（詳見本篇14則「析評」）。但王導以為在氣派方面，和嶠猶有過之。劉孝標注引虞預《晉書》說：「嶠自封植，嶷然不群。」封植是培養栽植的意思。可見和嶠所以出類拔萃，勝過周侯，是他把天賦嵯峨的本性努力保存培養所獲致的結果。

17 明帝❶問謝鯤❷：「君自謂何如庾亮❸？」答曰：「端委❹廟堂❺，使百僚準則❻，臣不如亮；一丘一壑❼，自謂❽過之。」

【注釋】❶明帝 晉明帝。見〈方正〉23注❸。❷謝鯤 見〈文學〉20注❸。❸庾亮 見〈德行〉31注❶。❹端委 端正而寬長委地的朝服。❺廟堂 本指宗廟和明堂。古代帝王遇到大事，告於宗廟，議於明堂，故也借指朝廷。此處用後義。❻準則 奉為模範。❼一丘一壑 指隱居於山丘谿壑之間。❽謂 以為；認為。通「為」。

【語譯】晉明帝問謝鯤說：「您自以為和庾亮相比怎麼樣？」答道：「穿著禮服站在朝廷裡，使百官奉為模範，臣不如庾亮；但是隱居在山丘谿壑之間樂志守道，自以為會勝過他。」

【析評】這一則記謝、庾二人，在仕、隱之間，互有短長。《漢書・敘傳》班嗣論莊周說：「漁釣於一壑，則萬物不奸（犯。通「干」）其志；栖遲（遊息；居住）於一丘，則天下不易其樂（把天下給他，也不能改變他的歡樂）。」謝鯤「一丘一壑」之語本此。鄧粲《晉紀》說：「鯤與王澄之徒，慕竹林諸人（參見〈任誕〉1則），散首披髮，裸袒箕踞，謂之『八達』。故鄰家之女，折其兩齒；世為謠曰：『任達不已，幼輿折齒！』鯤有勝情遠槩（優美的情致和高尚的節操），為朝廷之望（眾所敬仰的人），故時以庾亮方焉（比之）。」

18 王丞相❶二弟不過江，曰穎❷，曰敞❸。時論以穎比鄧伯道❹，敞比溫忠武❺。議郎❻、祭酒❼者也。

【注釋】❶王丞相　指王導。見〈德行〉27注❸。❷穎　字茂英，官至議郎。年二十卒。❸敞　字茂平，徵丞相祭酒，不就；襲爵堂邑公。年二十二卒。❹鄧伯道　即鄧攸。見〈德行〉28注❶。❺溫忠武　即溫嶠。見〈言語〉35注❸。❻議郎　官名。秩比六百石，徵賢良方正、敦樸有道之士任之，掌顧問應對。❼祭酒　官名。晉時諸公下置有西、東閤祭酒各一人。

【語譯】王丞相的兩位弟弟早死，沒有隨朝廷渡江而東，一位叫穎，一位叫敞。當時的議論，拿王穎比擬鄧伯道，王敞比擬溫忠武。這兩位便是曾經分別當過議郎、祭酒的人。

【析評】晉元帝大興元年（西元三一八年），遷都建業，王導已四十三歲，故知其二弟穎、敞不過江，均因早死之故。《晉書・王導傳》說：「二弟穎、敞，少與導俱知名，時人以穎方溫太真（即溫忠武），以敞比鄧伯道。」與本則有異。

19 明帝❶問周侯❷：「論者以卿比郗鑒❸，云何？」周曰：「陛下不須牽顗比。」

【注　釋】❶明帝　當作「元帝」。參見本篇14注❶。❷周侯　指周顗。見〈言語〉30注❷。❸郗鑒　見〈德行〉24注❶。

【語　譯】晉明帝（當作晉元帝）問周侯道：「評論的人拿您比擬郗鑒，您怎麼說呢？」周侯說：「陛下不必硬拉著顗和他相比。」

【析　評】「陛下不須牽顗比」，是一句模稜兩可的話，因為它含有「顗不配和他相比」或「顗不屑和他相比」的雙重語意，費人猜疑。當然他的真意是不屑，而希望元帝聽成不配，以免受到狂傲的譏評。由此看來，本篇14則周顗所說的「鑒方臣，如有功夫」，足以表明他所重視的是自然本性，並不在乎人為修養的功夫，所以勉強分了一些給郗鑒，敷衍元帝。雖然如此，他仍要加上一個「如」字，以示自己的功夫也不一定落於郗鑒之下，希望元帝能慢慢體會。

20 王丞相❶云：「雒下❷論，以我比安期❸、千里❹；我亦不推此二人❺，唯共推太尉❻——此君特秀！」

【注　釋】❶王丞相　指王導。見〈德行〉27注❸。❷雒下　諸本作「頃下」，誤。從《太平御覽》四四七引《郭子》改。雒下，指洛陽地區。❸安期　即王承。見〈政事〉9注❶。❹千里　即阮瞻。見〈賞譽〉29注⓫。❺我亦不推此二人　諸本誤作「亦推此二人」，從《太平御覽》四四七引《郭子》改。亦，助詞，無義。❻太尉　指王衍。見〈言語〉23注❷。

【語　譯】王丞相說：「洛陽地區的輿論，拿我比擬安期、千里；我可不推崇這兩個人，只和大家一齊推崇太尉——此君特別優秀！」

【析評】這一則記王導不滿眾論，不屑與安期、千里相比，只願向王太尉看齊。足見他自許與對王太尉推崇之高。

21 宋禕❶曾為王大將軍❷妾，後屬謝鎮西❸。鎮西問禕：「我何如王？」答曰：「王比使君❹，田舍❺、貴人耳！」鎮西妖冶❻故也。

【注釋】❶宋禕　石崇歌妓綠珠（見〈仇隙〉1注❹）的女弟子，有美色，善吹笛。見《太平御覽》三八一引《俗說》。❷王大將軍　指王敦。見〈文學〉20注❷。❸謝鎮西　指謝尚。見〈言語〉46注❶。❹使君　漢、晉對州郡長官的尊稱。❺田舍　田舍翁、田舍郎的省稱，今語「鄉巴佬」之意。❻妖冶　本謂嬌媚美豔，在此借當為精靈浮華之意。

【語譯】宋禕曾經是王大將軍的侍妾，後來又歸屬於謝鎮西。謝鎮西問宋禕：「我和王敦相比怎麼樣？」答道：「王敦和使君相比，正好像鄉巴佬比大貴人啊！」因謝鎮西為人精靈浮華的緣故。

【析評】王敦少時，本有田舍郎的渾號，事見〈豪爽〉1則，故知宋禕言此，並非為了討好謝尚，無端誣罔王敦，而是據實說的。田舍郎笨拙樸實，不解風情；顯貴的人，精靈浮華，善體人意；宋禕引以為喻，頗為切當。

22 明帝❶問周伯仁❷：「卿自謂何如庾元規❸？」對曰：「蕭條❹方外❺，亮不如臣；從容❻廊廟❼，臣不如亮。」

【注　釋】❶明帝　晉明帝。見〈方正〉23注❸。❷周伯仁　即周顗。見〈言語〉30注❷。❸庾元規　即庾亮。見〈德行〉31注❶。❹蕭條　優遊；閒暇自得。❺方外　世俗之外。❻從容　和緩自然。❼廊廟　指朝廷。廊，宮殿四周的走廊。廟，太廟。均為君臣議事的地方。

【語　譯】晉明帝問周伯仁道：「您自以為和庾元規相比怎麼樣？」答道：「優遊於世俗之外，庾亮不如臣；但是從容不迫地在朝廷上往來，臣就不如庾亮。」

【析　評】這一則所記的對話，與本篇14則雷同；劉孝標注：「按諸書皆以謝鯤比亮，不聞周顗。」以本則為傳聞之誤，甚是。

23　王丞相❶辟王藍田❷為掾❸，庾公❹問丞相：「藍田何似？」王曰：「真獨簡貴❺，不減父祖❻；然曠澹❼處，故當❽不如爾。」

【注　釋】❶王丞相　指王導。見〈德行〉27注❸。❷王藍田　即王述。見〈文學〉22注❼。❸掾　屬官；部屬。❹庾公　即庾亮。見〈德行〉31注❶。❺真獨簡貴　率真獨特，簡約高貴。❻父祖　父親與祖父。指王承與王湛。分見〈政事〉9注❶、〈賞譽〉17注❶。❼曠澹　心胸開闊，淡於名利。❽故當　必當。

【語　譯】王丞相徵召王藍田當他的屬官，庾公問丞相說：「王藍田是怎樣的人呢？」王丞相說：「在率真出眾、簡約高貴方面，不遜於他的父親和祖父；但在心胸開闊、淡泊名利方面，無論如何都比不上他們。」

【析　評】這一則記王述雖心胸較父祖狹窄，且不能忘情於名利，但仍為一世之俊傑。

24 卞望之❶云：「郗公❷體中有三反：方❸於事上，好下❹佞己❺，一反；治身清貞❻，大脩計校❼，二反；自好讀書，憎人學問❽，三反。」

【注釋】❶卞望之　即卞壼。見〈賞譽〉50注❶。❷郗公　指郗鑒。見〈德行〉24注❶。❸方　方正刻板，違背情理。❹下　謙讓。❺佞己　討好自己的人。❻清貞　清平守正，合乎中道。❼大脩計校　言治事時則大肆斤斤計較。脩，整治。通「修」。計校，算計。也作「計較」。❽學問　學習和詢問。

【語譯】卞望之說：「郗公身體裡有三種自相矛盾的現象：在事奉長上時刻板得違背情理，卻喜歡對討好自己的人謙和有禮，這是第一種矛盾；他在修身方面清平中正，但在做事時卻大肆計較，這是第二種矛盾；他自己喜歡讀書，卻討厭別人學習發問，這是第三種矛盾。」

【析評】人心深處，多少都會有些自相矛盾的現象存在，但很少像郗鑒所表現的那麼露骨。他要向長上表現他的守正不阿，又要使部屬覺得他親切隨和，於是產生了第一種矛盾，處處和長上故唱反調，卻喜歡部下能曲意奉承自己。他在個人的修養上，希望自己能謹守中庸之道，平易近人；但在處理公務時，又作極端苛刻的要求，於是產生了第二種矛盾。他喜歡讀書充實自己，在書本中獲致心得，於是對別人只想倚賴他人取得學問，深惡痛絕，好像不願意別人求學似的，因而形成了第三種矛盾。當然這第三種矛盾，好像可以用郗公想在學問上保持領先地位來解釋；但與他「治身清貞」的原則不符，所以不宜作如是觀。

25 世論溫太真❶，是過江第二流❷之高者。時名輩❸共說人物，第一將盡之間；溫常失色❹。

【注釋】❶溫太真　即溫嶠。見〈言語〉35注❸。❷流　等；等級。❸名輩　指名望、輩分俱高的人。❹失色　臉上失去血色；面無人色。

【語譯】世人品評溫太真，認為他是晉室東渡以來第二等名士中的佼佼者。當時名望輩分很高的人一同評論人物，又把他排列在第一等的近尾處；溫太真聽了，常難過得面無人色。

【析評】自東漢末年施行察舉制度，藉鄉黨評議拔舉人才；而許劭和他的堂兄許靖也經常以私人身分品評鄉黨人物，首開風氣（《後漢書・許劭傳》：「初，劭與靖俱有高名，好共覈論鄉黨人物，每月輒更其品題，故汝南俗有『月旦評』焉。」農曆每月初一為月旦，劭等每月更換所評議的人物，故稱「月旦評」），其風至晉猶盛；所以太真屢次聽說自己在時人心目中的地位並不很高，都不免難過失色。余嘉錫說：「太真智勇兼備，忠義過人，求之兩晉，殆罕其匹。而當時以為第二流，蓋自汝南月旦評以來，所謂人倫鑒裁（評鑑名人的等級）者，久矣不足盡據矣。」（見《世說新語箋疏》）太真聞此，可以含笑九泉了。

26 王丞相❶云：「見謝仁祖❷，恆令人得上❸；與何次道❹語，唯舉手指地曰：『正自爾馨❺！』」

【注釋】❶王丞相　指王導。見〈德行〉27注❸。❷謝仁祖　即謝尚。見〈言語〉46注❶。❸上　意氣昂揚。❹何次道　即何充。見〈言語〉54注❶。❺馨　語助詞，無義。

【語譯】王丞相說：「見到謝仁祖，聽了他的高論，總是使人意氣昂揚；但是跟何次道談話，只能叫人舉手指著地面說：『就和這個一樣！』」

【析評】這一則記謝仁祖善於談說，能鼓舞人心；何次道言語無味，有如空曠平坦的大地。王導雖從小就尊重何充，每見何充必召他同坐（見〈賞譽〉59、60二則）；但並不諱言他拙於言辭的短處。當時劉惔曾說：「見何次道飲酒，使人欲傾家釀。」（見〈賞譽〉130則）也證明何充不善清談，才使人想盡傾家釀以後，好藉酒罄而散席，並且從此不再邀他共飲。

27 何次道❶為宰相，人有譏其信任不得其人。阮思曠❷慨然❸曰：「次道自不至此。但布衣❹超居宰相之位，可恨；唯此一條而已。」

【注　釋】❶何次道　即何充。見〈言語〉54注❶。❷阮思曠　即阮裕。見〈德行〉32注❶。❸慨然　憤激的樣子。❹布衣　古代平民穿布製的衣服，故借為平民的代稱。

【語　譯】何次道當宰相時，有人譏笑他所信任的都不是理想的人。阮思曠憤慨地說：「次道自然不至於差勁到這種地步。但他以一個布衣之士，越級登上宰相的官位，不得意的人自然覺得他可恨；他只有這一項錯誤而已。」

【析　評】晉人非常重視門第，何充以一個平民而登宰相之位，所以招人譏詆。阮思曠說他的過錯唯此出身寒微一項而已，意思是他若家世顯赫，就沒有人敢毀謗他了。此語道盡了平民的心酸。

28 王右軍❶少時，丞相❷云：「逸少何緣復❸減❹萬安❺邪？」

【注　釋】❶王右軍　指王羲之。見〈言語〉62注❷。❷丞相　指王導。見〈德行〉27注❸。❸復　加強語氣的副詞。❹減　不及；不如。❺萬安　即劉綏。見〈賞譽〉64注❶。

【語譯】王右軍小時候，丞相對人說：「逸少為甚麼那樣不如萬安呢？」

【析評】據《晉書・王羲之傳》，王羲之幼時言語遲鈍；十三歲才受到周顗的賞識，知名於世；成年以後，辯才無礙，擅長書法，深得堂伯王敦、王導的器重。這一則所記，是他幼年時候的事。這位言語遲鈍的幼孩，和「灼然玉舉」的劉萬安（見〈賞譽〉64則）相比，自然相形見絀，使王導羞慚不滿。

29 郗司空❶家有傖奴❷，知及文章，事事有意❸；王右軍❹向劉尹❺稱之。劉問：「何如方回❻？」王曰：「此正小人有意向❼耳，何得便比方回？」劉曰：「若不如方回，故❽是常奴耳！」

【注釋】❶郗司空　指郗鑒。見〈德行〉24注❶。《晉書・劉惔傳》作郗愔，誤。愔為司空時，王、劉逝世已久。❷傖奴　奴僕。魏、晉時江東稱北方人為傖。❸有意　即有心。謂專心注意別人所忽略的地方。❹王右軍　指王羲之。見〈言語〉62注❷。❺劉尹　指劉惔。見〈德行〉35注❶。❻方回　即郗愔，字方回，高平金鄉（在今山東金鄉西北）人。郗鑒長子。淵清純素，無執無競。歷會稽內史、侍中、司徒。❼意向　心意之所向。即志向、志氣。❽故　依然；仍舊。

【語譯】郗司空家裡有一個奴僕，略知詩文，做事也處處留心；所以王右軍向劉尹稱讚他。劉尹問：「拿他和方回比，怎麼樣？」王右軍說：「這只是下人中稍有志氣的罷了，哪能就拿他比方回呢？」劉尹說：「如果比不上方回，仍舊是個平常的奴隸啊！」

【析評】劉尹「若不如方回，故是常奴」這句話，是說天下只有方回那樣的人才值得稱讚；不如方回的人，全都是普通的奴才，何足掛齒？方回在劉尹心目中的分量，由此可知。

30
時人道阮思曠❶：「骨氣❷不及右軍❸，簡秀❹不如真長❺，韶潤❻不如仲祖❼，思致❽不如淵源❾；而兼有諸人之美。」

【注釋】❶阮思曠　即阮裕。見〈德行〉32注❶。❷骨氣　方正不屈的氣概。❸右軍　指王羲之。見〈言語〉62注❷。❹簡秀　簡易美好。❺真長　即劉惔。見〈德行〉35注❶。❻韶潤　神采清秀照人。韶，美。潤，光潤。❼仲祖　即王濛。見〈言語〉54注❹。❽思致　思想意趣。❾淵源　即殷浩。見〈政事〉22注❶。

【語譯】當時的人都說阮思曠：「在氣節的守正不屈方面比不上王右軍，在道德的簡易美好方面比不上劉真長，在神采的清秀照人方面比不上王仲祖，在思想意趣方面比不上殷淵源；卻兼有這些人其他的長處。」

【析評】據劉孝標注引《中興書》，阮裕崇尚自然，以為人不須博學，只應以禮讓為先，所以整天懶懶散散，不事修習；但因天資美好，時人自然奉為模範。由本則所記，可見他稟賦的茂盛，實非常人可及。

31
簡文❶云：「何平叔❷巧累於❸理，嵇叔夜❹雋❺傷其道。」

【注釋】❶簡文　即晉簡文帝。見〈德行〉37注❶。❷何平叔　即何晏。見〈言語〉14注❶。❸於　相當於「其」。❹嵇叔夜　即嵇康。見〈德行〉16注❷。❺雋　才智出眾。通「儁」、「俊」。

【語譯】晉簡文帝說：「何平叔的智巧妨礙了真率的理，嵇叔夜的雋拔傷害了虛澹的道。」

【析評】劉孝標注：「理本真率，巧則乖其致；道唯虛澹，雋則違其宗；所以二子不免也。」「致」謂旨趣，「宗」謂歸趨。「不免」則指：何晏阿黨曹爽，為司馬懿所害；嵇康受呂安的連累，被司馬昭所殺

（參見〈雅量〉2則）；皆不免於難。

32 時人共論晉武帝❶出齊王❷之與❸立惠帝❹，其失孰多？多謂立惠帝為重。桓溫曰：「不然；使子繼父業，弟承家祀，有何不可？」

【注釋】❶晉武帝　見〈德行〉17注❺。❷出齊王　命齊王離開京都，回到封地。齊王名攸，字大猷，晉文帝司馬昭第二子，武帝炎之弟。孝親禮賢，仁惠好施，甚得眾心。初，荀勗、馮紞受武帝寵信，攸憎勗諂佞；勗恐攸倘能繼承王位必殺自己，乃與紞離間攸，請武帝令攸歸齊（都臨淄，今屬山東），以絕後患。帝誤從所請，攸憂憤嘔血而死。見劉孝標注引《晉陽秋》、《晉書・文六王傳》。❸之與　與。「之」也是與的意思。❹惠帝　見〈方正〉9注❸。

【語譯】當時的人一同討論晉武帝外放齊王和立惠帝為嗣兩件事，哪一件過失較大？大多數認為立惠帝較重。桓溫卻說：「事實並不如此；讓兒子繼承父親的基業，弟弟繼承家族的祭祀，有甚麼不可以呢？」

【析評】據《晉書・文六王傳》，齊王攸很賢明，極受文帝寵愛，每見攸，就撫坐床呼他的小名說：「這是桃符的寶座啊！」好幾次都差一點立他為太子。而惠帝則是從小就現出愚昧的人物，本書〈方正〉9、〈規箴〉7二則所載，可見一斑。武帝泰始三年，立惠帝為皇太子，事在出齊王前。當時大概有人以為縱使立了昏聵的惠帝，如有齊王留京輔佐，也可化險為夷，所以出齊王才是更嚴重的失誤；便與主張立惠帝為重的人唱起反調來。平心而論，當初不立惠帝，根本就不會發生這次的爭論，多數人的見解是對的。然而桓溫卻做起和事佬來，以為武帝立惠帝為皇太子，讓他纘繼自己的事業；使大弟攸歸齊就封，與其他王侯一同屏藩晉室，保家衛國，延續家族的香煙；應是並行不悖的事情，無所謂功過是非。果真如此，那麼晉王朝就不會從惠帝始，便突然一蹶不振了。

33 人問殷淵源❶：「當世王公以卿比裴叔道❷，云何？」殷曰：「故❸當以識❹通暗處❺。」

【注釋】❶殷淵源　即殷浩。見〈言語〉80注❷。❷裴叔道　即裴遐。見〈文學〉19注❶。❸故　似若。❹識　知識；見識。❺暗處　比喻玄妙之理。

【語譯】有人問殷淵源道：「當代的王公貴族拿您比擬裴叔道，您怎麼說呢？」殷淵源說：「似乎該用誰的見識能通曉玄妙的道理來衡量啊。」

【析評】《晉書．殷浩傳》說：「浩識度清遠（見識與氣度清明高遠），弱冠有美名，尤善玄言，與叔父融俱好《老》、《易》。融與浩口談則辭屈，著篇（寫文章）則融勝，浩由是為風流談論者所宗。」而〈文學〉19則劉孝標注引鄧粲《晉紀》則說：「遐以辯論為業，善敘名理，辭氣清暢，泠然若琴瑟。聞其言者，知與不知，無不歎服。」可見二人都以善於清談，享譽於世；但就本則所記，殷浩自己以為洞觀精微，非裴遐所能及。

34 撫軍❶問殷浩❷：「卿定何如裴逸民❸？」良久答曰：「故當勝❹耳。」

【注釋】❶撫軍　指簡文帝。見〈德行〉37注❶。簡文於晉穆帝時以撫軍大將軍輔政。❷殷浩　見〈言語〉80注❷。❸裴逸民　即裴頠。見〈言語〉23注❸。❹勝　超越。

【語譯】撫軍大將軍問殷浩說：「您和裴逸民相比，究竟怎麼樣？」殷浩很久以後才回答道：「我似乎要略勝一籌。」

【析評】據〈言語〉23則及劉孝標注引《冀州記》：「顗弘濟（普救人急），有清識，稽古（研習古事），善言名理。」可見殷浩與裴顗也同以善於清談著名。此則記浩自以為勝於顗。請參閱本篇33、35則「析評」欄。

35 桓公❶少與殷侯❷齊名，常有競心。桓問殷：「卿何如我？」殷云：「我與我周旋❸久，寧作我。」

【注釋】❶桓公 指桓溫。見〈言語〉55注❶。❷殷侯 指殷浩。見〈言語〉80注❷。❸周旋 交戰；鬥爭。

【語譯】桓公從小就和殷侯齊名，常有和殷侯爭勝的意念；所以桓公問殷侯說：「您和我相比，怎麼樣？」殷侯說：「我內心反覆自我鬥爭了很久，還是情願當我自己。」

【析評】本篇33則至此，一連三則，記殷浩以為時賢都不能和他相比；自視之高，可以想見。本則「我與我周旋久，寧作我」二句，是說殷浩私心自訟，寧當桓溫，還是仍做故我？經過長久的反覆尋思，仍做故我獲勝。表示二人高下略等，慎重比較之後，方知殷浩實勝桓溫。《晉書・殷浩傳》改作「我與君周旋久，寧作我也」，「周旋」轉作交際應酬之意，雖亦可通，但語意平淡，盡失曲折婉轉的情致，不及《新語》深刻。浩傳又云：「溫既以雄豪自許，每輕浩，浩不憚也。」就因不憚，才敢說「寧作我」，不肯屈身當桓溫，故終為桓溫所害。請參閱本篇38則「析評」欄。

36 撫軍❶問孫興公❷：「劉真長❸何如？」曰：「清蔚簡令❹。」「王仲祖❺何如？」曰：「溫潤恬和❻。」「桓溫❼何如？」曰：「高爽邁出❽。」「謝仁祖❾何如？」曰：「清令易達❿。」「阮思曠⓫何如？」曰：「弘潤通長⓬。」「袁羊⓭何如？」曰：「洮洮清便⓮。」「殷洪遠⓯何如？」曰：「遠有致思⓰。」「卿自謂何如？」曰：「下官⓱才能所經，悉不如諸賢；至於斟酌⓲時宜⓳，籠罩⓴當世，亦多所不及。然以不才㉑時復㉒託懷玄勝㉓，遠詠㉔《老》、《莊》，蕭條㉕高寄㉖，不與㉗時務經懷；自謂此心無所與㉘讓也。」

【注釋】❶撫軍　指簡文帝。見本篇34注❶。❷孫興公　即孫綽。見〈言語〉84注❶。❸劉真長　即劉惔。見〈德行〉35注❶。❹清蔚簡令　清秀華麗，簡要美好。蔚，文采華美。令，美好。通「靈」。❺王仲祖　即王濛。見〈言語〉54注❹。❻溫潤恬和　溫厚柔潤，恬淡平和。❼桓溫　見〈言語〉55注❶。❽高爽邁出　高傲豪爽，超邁出眾。❾謝仁祖　即謝尚。見〈言語〉46注❶。❿清令易達　清靜美好，平易暢達。⓫阮思曠　即阮裕。見〈德行〉32注❶。⓬弘潤通長　寬弘仁慈，通曉事理。長，指深遠的事理。⓭袁羊　即袁喬。見〈文學〉78注❸。⓮洮洮清便　精純專一，清靜安適。洮，以水沖洗，淘汰雜質。通「淘」。故「洮洮」應為純一的樣子。⓯殷洪遠　即殷融。見〈文學〉74注❷。⓰遠有致思　心志高遠而有意把自己的意思傳達給別人。指他懷有兼善天下的大志。⓱下官　郡國屬吏對長官及國主的自稱。亦可稱臣。⓲斟酌　考慮可否而決定取捨。⓳時宜　時事所宜；適合現時的要務。⓴籠罩　覆蓋。㉑不才　本為沒有才學之意，在此作自稱的謙詞。㉒復　語助詞。用以加強語氣。㉓玄勝　指高遠脫俗的美好境界。㉔遠詠　吟詠。㉕蕭條　優遊；閒暇自得。㉖高寄　寄情於世俗之外。㉗與　使。㉘與　句中停頓語氣詞，無義。

【語譯】撫軍將軍問孫興公說：「劉真長這個人怎麼樣？」答道：「儀態清秀華麗，言行簡要美好。」「王仲祖怎麼樣？」答道：「性情溫厚柔潤，恬淡平和。」「桓溫怎麼樣？」答道：「神情高傲豪爽，超群出眾。」「謝仁祖怎麼樣？」答道：「風神清靜美好，心胸平易開通。」「阮思曠怎麼樣？」答道：「為人寬弘仁慈，精通事理。」「袁羊怎麼樣？」答道：「用心專一，清靜無妄。」「殷洪遠怎麼樣？」答道：「志向高遠，而且有意推己及人。」「您自以為怎麼樣呢？」答道：「下官的才能和修養，都不如諸位賢俊；談到考量適合現今的要務，壓倒當代的良才，也有很多比不上他們的地方。然而因為我經常把胸懷寄託在高遠的勝境，吟詠著《老子》、《莊子》，閒暇自得地寄情於世俗之外，不讓當世的要事經過我心；所以我自以為這顆心和任何人的相比，也毫不遜色，沒有甚麼好謙讓的。」

【析評】孫綽以「蕭條高寄，不與時務經懷」自許，正是晉代高級知識分子競談玄理、不務世事的自白。此風一長，「遂使神州陸沉，百年丘墟」（桓溫語，見〈輕詆〉11則），不可挽救。

37 桓大司馬❶下都，問真長❷曰：「聞會稽王❸語奇進❹，爾邪？」劉曰：「極進，然故是第二流中人耳。」桓曰：「第一流復是誰？」劉曰：「正是我輩耳！」

【注釋】❶桓大司馬　指桓溫。見〈言語〉55注❶。❷真長　劉惔字，見〈德行〉35注❶。❸會稽王　指晉簡文帝。見〈德行〉37注❶。❹奇進　出奇地進步。奇有出人意外的意思。

【語譯】桓大司馬從荊州來到京都，問劉真長說：「聽說會稽王的言談出奇進步，真這樣嗎？」劉真長答道：「極有進步，然而仍舊是第二流中的人物。」桓大司馬說：「第一流的又是誰呢？」劉真長道：「就是我們啊！」

【析評】劉孝標注引〈桓溫別傳〉，以桓大司馬下都為晉哀帝興寧九年事；然興寧三年（西元三六五年）哀帝崩，無九年。《晉書．哀帝紀》興寧元年雖載有「詔司徒、會稽王昱總內外眾務」、「加征西大將軍桓溫侍中、大司馬、都督中外諸軍事、錄尚書事、假黃鉞」，與注引〈別傳〉相合；然興寧元年，劉惔逝世已久，程炎震《箋證》遂以此事當發生於穆帝永和元年（西元三四五年），桓溫自徐州轉任荊州刺史時，可從；本則稱桓溫為大司馬，據後事為言。又劉注引徐廣《晉紀》：「凡稱風流者，皆舉王（濛）、劉（惔）為宗焉。」（見前則注）可見真長以第一流自居，並非虛語。

38 殷侯❶既廢❷，桓公❸語諸人曰：「少時與淵源共騎竹馬，我棄去，已❹輒取之。故當出❺我下！」

【注釋】❶殷侯　指殷浩。見〈言語〉80注❷。❷廢　廢棄不用。參見〈黜免〉3「析評」。❸桓公　指桓溫。見〈言語〉55注❶。❹已　隨即。❺出　居於；處於。

【語譯】殷侯已被廢為庶人，桓公告訴大家道：「小時候曾和殷淵源同騎一根竹馬，我把竹馬丟掉，他隨著就據為己有。他本來就該處於我的下面嘛！」

【析評】《晉書·殷浩傳》云：桓溫已滅蜀（穆帝永和三年），威勢轉盛，朝廷忌憚。時簡文輔政，因殷浩有盛名，引為心腹，對抗桓溫，於是桓、殷互相疑猜。後殷浩統軍北征許昌、洛陽，為羌人降將姚襄復叛所敗，桓溫乃上疏罪浩，使他被廢為庶人，取得最後勝利。於是桓溫在得意之餘，對諸人訴說這段往事。請參閱〈黜免〉3及本篇35則「析評」欄。

39 人問撫軍❶：「殷浩❷談竟何如？」答曰：「不能勝人；差可❸獻酬❹群心❺。」

【注釋】❶撫軍　指簡文帝。見〈德行〉37注❶。❷殷浩　見〈言語〉80注❷。❸差可　尚可。❹獻酬　酬酢；互相應酬。❺群心　眾人之意。

【語譯】有人問撫軍將軍說：「殷浩的談吐究竟怎麼樣？」答道：「不能勝過別人；還可以和大家的意思應酬一下。」

【析評】這一則是說殷浩的談吐，只能與眾人對答，使談話不致中輟，並無新奇過人之處。

40 簡文❶云：「謝安南❷清令不如其弟❸，學義❹不及孔嚴❺；居然自勝❻。」

【注釋】❶簡文　晉簡文帝，見〈德行〉37注❶。❷謝安南　指謝奉。見〈雅量〉33注❶。❸清令不如其弟　風神清靜美好不如他的弟弟謝聘。聘字弘遠，曾任侍中、廷尉卿。❹學義　學問和威儀。「義」本指自己的威儀，今通作「儀」。❺孔嚴　字彭祖，晉會稽郡山陰縣（今浙江紹興）人。有才學，曾任丹陽尹、尚書、西陽侯。❻自勝　自然得勝。言以聽任天真——未受禮俗影響的本性——致勝。

【語譯】簡文帝說：「謝安南在風神清靜美好方面不如他的弟弟，在學問威儀方面比不上孔嚴；但他竟然以聽任天真勝過他們。」

【析評】這一則記謝奉、謝聘、孔嚴三人，在道德修養上各有所長。但謝聘的「清令」，孔嚴的「學義」，都是受後天禮俗教化的影響而形成；終不敵安南遵循自然、聽任天真所表現出來的那種先天的美善。

41 未廢海西公❶時，王元琳❷問桓元子❸：「箕子❹、比干❺，跡異心❻同，不審明公孰是孰非？」曰：「仁稱❼不異，寧為管仲❽。」

【注　釋】❶海西公　晉廢帝司馬奕，字延齡，成帝子。為大司馬桓溫所誣害，降封海西縣公。在位五年。❷王元琳　即王珣。見〈言語〉102注❸。❸桓元子　即桓溫。見〈言語〉55注❶。❹箕子　商紂的叔父。紂無道，直諫被囚，便假裝瘋狂，降為奴隸。❺比干　商紂的叔父（一說，紂的庶兄），力諫紂王，紂說：「我聽說聖人的心有七個孔穴。」便殺了他剖心查驗。❻心　指憂國愛民的仁心。❼仁稱　仁人的名號。❽管仲　即管夷吾。見〈言語〉36注⓬。

【語　譯】還沒有廢掉海西公的時候，王元琳問桓元子說：「箕子和比干，行跡雖異，憂國愛民的心意相同，不知道您以為誰是誰非？」答道：「仁人的名號和箕子、比干沒有差別，我情願當做管仲。」

【析　評】商紂時，箕子佯狂為奴，比干受戮剖心，下場雖異，但同具仁心，所以說他們「跡異心同」。《論語．微子》：「微子（紂的庶兄）去之（指紂。見其無道而離去），箕子為之（其）奴，比干諫而死。孔子曰：『殷有三仁（仁者）焉！』」於此見箕子、比干同有仁稱。《論語．憲問》：「子貢曰：『管仲非仁者與（管仲不是個仁人吧）？桓公殺公子糾（齊桓公的庶兄。管仲與召忽共事子糾，及子糾與桓公爭位被殺，召忽死節，管仲為桓公相），不能死，又相之！』子曰：『管仲相桓公，霸諸侯，一匡天下，民到于今受其賜；微管仲，吾其被髮左衽矣！豈若匹夫匹婦之為諒也，自經於溝瀆而莫之知也！』」孔子意謂管仲不為子糾一人效死，而為天下造福，仍不失為仁人；所以桓溫說「仁稱不異，寧為管仲」，這兩句話也透露出他遠大的抱負。

42 劉丹陽❶、王長史❷在瓦官寺❸集，桓護軍❹亦在坐，共商略❺西朝❻及江左❼人物。或問：「杜弘治❽何如衛虎❾？」桓答曰：「弘治膚清❿，衛虎奕奕神令⓫。」王、劉善其言。

【注　釋】❶劉丹陽　指劉惔，見〈德行〉35注❶。❷王長史　指王濛。見〈言語〉54注❹。❸瓦官寺　佛寺名。晉哀帝興寧二年詔建昇元寺，民間以掘地得瓦棺，因稱瓦棺寺，書作瓦官寺。寺在建康城西隅，前瞰江面，後據重岡。❹桓護軍　指桓伊。見〈方正〉55注❷。❺商略　商討。❻西朝　西晉都洛陽，渡江後以其在建康之西，故稱「西朝」。❼江左　長江下游以東地區。又稱江東。❽杜弘治　即杜乂。見〈賞譽〉68注❶。❾衛虎　即衛玠。見〈言語〉32注❶。❿膚清　外表清秀。⓫弈弈神令　指精神盛美。弈弈，盛大的樣子。令，美。

【語　譯】劉丹陽、王長史在瓦官寺聚會，桓護軍也在座，一同討論朝廷在洛陽時以及遷到江東以後的人物。有人問：「杜弘治和衛虎相比怎麼樣？」桓護軍答道：「弘治外表清秀，衛虎精神盛美。」王、劉都認為他說得好。

【析　評】桓護軍是說弘治的秀美是表面的、膚淺的，不如衛虎奕奕有神，發自性靈深處。所以劉孝標注引〈玠別傳〉：「永和中，劉真長、謝仁祖共商略中朝（即朝中）人，或問：『杜弘治可方衛洗馬不？』謝曰：『安得比，其間可容數人。』」也說仁祖以為弘治落在衛玠下數人之後，不能與玠等列。

43 劉尹❶撫王長史❷背曰：「阿奴❸比丞相❹，但有都長❺。」

【注　釋】❶劉尹　指劉惔。見〈德行〉35注❶。❷王長史　指王濛。見〈言語〉54注❹。❸阿奴　王濛的小名。❹丞相　指王導。見〈德行〉27注❸。❺都長　貌美性善。都，體貌雍容閑雅。長，本性敦厚善良。

【語　譯】劉尹撫摸著王長史的背說：「阿奴和丞相相比，只有更漂亮、更淳良。」

【析　評】劉尹撫王濛的背，暱稱王濛的小名，都是故示親近的意思。他說王濛比丞相「但有都長」，是說無論外在、內在的美，都只有過之而絕無不及的意思。劉孝標注引《語林》：「劉真長與丞相不相得，每曰：『阿奴比丞相，條達清長。』」不相得謂不互相投合；因與丞相不合，所以才故意讚揚王濛，加以貶抑。實情也許並不如此。

44 劉尹、王長史❶同坐，長史酒酣起舞；劉尹曰：「阿奴❷今日不復減❸向子期❹。」

【注　釋】❶劉尹王長史　指劉惔、王濛。見〈德行〉35注❶、〈言語〉54注❹。❷阿奴　王濛的小名。❸不復減　不再亞於。減，少於；不及。❹向子期　即向秀。見〈言語〉18注❷。

【語　譯】劉尹和王長史同席而坐，長史酒喝得高興以後，翩然起舞；劉尹說：「阿奴今天坦率任性，不再亞於向子期了！」

【析　評】劉尹的意思，以為王濛今日酒酣以後，才能坦率任性，與向子期媲美；日常皆不如子期。

45 桓公❶問孔西陽❷：「安石❸何如仲文❹？」孔思未對，反問公曰：「何如？」答曰：「安石居然❺不可陵踐❻；其處❼，故勝也。」

【注　釋】❶桓公　指桓溫。見〈言語〉55注❶。❷孔西陽　指孔嚴。見本篇40注❺。❸安石　即謝安。見〈德行〉33注❷。❹仲文　即殷仲文。見〈言語〉106注❷。❺居然　顯然、自然之意。❻陵踐　超越。踐亦登上之意。❼處　地位。

【語　譯】桓公問孔西陽道：「安石和仲文相比，怎麼樣？」孔西陽想了一想，沒有回話，反問桓公說：「您認為怎樣呢？」答道：「安石顯然是不能超越的；他的地位，原本就勝過仲文。」

【析評】殷仲文娶了桓玄的姊姊，是桓溫的女婿，於是桓溫想以望重一時的謝安來和他相比。孔嚴被問的時候，心想無論官爵、年輩、才德，仲文都不能上比謝安，卻不好意思據實以告，只得先反問桓溫的意見。這一問，似乎使桓公清醒了些，先答以「安石居然不可陵踐」，對謝的長處籠統地加以肯定；但又心有未甘地說「其處，故勝也」，暗示謝安早在官爵、年輩方面占盡優勢，無法和他相敵，但在才德方面，自己的女婿仍可略勝一籌。這一則記事，著筆不多，卻把愛婿心切的桓公，繪影繪聲，描寫得躍然紙上。

46 謝公❶與時賢共賞說❷，遏❸、胡兒❹並在坐。公問李弘度❺曰：「卿家平陽❻，何如樂令❼？」於是李潸然❽流涕❾曰：「趙王篡逆，樂令親授璽綬❿；亡伯雅正，恥處亂朝，遂至仰藥⓫；恐難以相比。此自顯於事實，非私親⓬之言。」謝公語胡兒曰：「有識者果不異人意⓭。」

【注釋】❶謝公 指謝安。見〈德行〉33注❷。❷賞說 賞鑑評議。指品評人物。❸遏 即謝玄。見〈言語〉78注❺。❹胡兒 即謝朗。見〈言語〉71注❹。❺李弘度 即李充。見〈言語〉80注❶。❻平陽 指李重。重字茂曾，江夏郡鍾武縣（今河南信陽東南）人。少以清白高尚著稱，歷任吏部郎、平陽太守。參見〈賢媛〉17。❼樂令 指樂廣。見〈德行〉23注❹。❽潸然 落淚的樣子。❾涕 淚。❿趙王篡逆二句 劉孝標注引《晉陽秋》：「趙王倫篡位，樂廣與滿奮、崔隨進璽綬。」趙王，指司馬倫。見〈德行〉18注❶，晉惠帝永寧元年，廢帝自立。璽綬，天子的印章和繫印的絲帶。⓫仰藥 仰首吞藥自殺。⓬私親 偏愛親人。⓭不異人意 與眾人的願望無異。即不負眾望。

【語譯】謝公和當時的賢達一同品評人物，謝遏與胡兒都在座。謝公問李弘度說：「你家的平陽和樂令相比，怎麼樣？」這時李弘度撲簌簌流著眼淚說：「趙王篡位作亂，樂令親自奉上玉璽和組綬；先伯父為人方正，以身處亂朝為恥，終至服毒自殺；兩個人恐怕很難相比的。這在事實上自然顯而易見，不是我偏愛親人的言論。」謝公聽了對胡兒說：「有見識的人果然不負眾望。」

【析評】趙王倫篡奪帝位，樂令趨炎附勢，親授璽綬；平陽恥處亂朝，仰藥自盡。單就此一事實，他們德行的高下，顯然可知；所以弘度垂涕以言，眾心悅服，謝公也認為他的話深合我意。但平陽之死，〈賢媛〉17則載有異辭，謂他被孫秀逼死；在那一則注文中，劉孝標說：「按諸書皆云：重知趙王倫作亂，有疾不治，遂以致卒。而此書乃言自裁，甚乖謬。且倫、秀兇虐，動加誅夷，欲立威權，自當顯戮，何為逼令自裁？」諸書所言，又與《世說》不同。

47 王脩齡❶問王長史❷：「我家臨川❸，何如卿家宛陵❹？」長史未答，脩齡曰：「臨川譽貴❺。」長史曰：「宛陵未為不貴！」

【注釋】❶王脩齡　即王胡之。見〈言語〉81注❶。❷王長史　指王濛。見〈言語〉54注❹。❸臨川　指王羲之。見〈言語〉62注❷。曾任臨川太守，《晉書》失載。❹宛陵　指王述。見〈文學〉22注❼。曾任宛陵令。❺譽貴　聲望很高。

【語譯】王脩齡問王長史說：「我家的臨川和你家的宛陵相比，怎麼樣？」王長史還沒有回答，王脩齡就說：「臨川的聲望很高。」王長史說：「宛陵也不算不高啊！」

【析評】王脩齡之意，以臨川為勝；王長史不以為然，沉吟未答。及王脩齡明說所懷，王長史亦坦誠相對。問答中充滿機趣。劉孝標注引《中興書》：「羲之自會稽王友（友，官名。晉武帝太始三年置。王，友一人），改授臨川（郡名。治臨汝，在今江西臨川西）太守。王述從驃騎功曹，出為宛陵（縣名，宣城郡治。在今安徽宣城）令。述之為宛陵，多脩（通「修」。辦理）為家之具（治生之具。指田宅之類），初有勞苦之聲。丞相王導使人謂之曰：『名父（指王承，有高名）之子，不患無祿；屈臨小縣，甚不宜爾（如此）。』述答曰：『足自當止。』時人未之達也（未能明白其意）。後屢臨州郡，無所造作（謂治產），世始歎服之。」因知王述在宛陵時，招致物議，故王脩齡以為不如王羲之；然王長史深知其為人，不以他購置必要的家產為病，且以為他的聲望足以媲美王羲之。

48 劉尹❶至王長史❷許❸清言，時苟子❹年十三，倚床邊聽。既去，問父曰：「劉尹語何如尊❺？」長史曰：「韶音令辭❻，不如我；往❼輒破的❽，勝我。」

【注釋】❶劉尹　指劉惔。見〈德行〉35注❶。❷王長史　指王濛。見〈言語〉54注❹。❸許　處所。❹苟子　王脩小字。見〈文學〉38注❷。❺尊　晉時稱父為尊。❻韶音令辭　美好的音調和有興味的言辭。韶、令都是美好之意。❼往　出。與「返」相對。此謂出語、發言。❽破的　射中箭靶。比喻言辭中肯。

【語譯】劉尹到王長史處去清談，當時苟子才十三歲，依靠在坐榻旁邊靜聽。劉尹走後，苟子問父親說：「劉尹所說的話，和您的相比，怎麼樣？」王長史說：「在音調動聽、言辭美好方面，他不如我；但在每出一言必定中肯方面，他勝過我。」

【析評】王長史自稱：在發聲及修辭的技巧上，勝於劉尹；但在語無虛發、句句中肯上，自歎弗如。參閱本篇84則「析評」欄。

49 謝萬❶壽春敗後❷，簡文❸問郗超❹：「萬自可敗，那得乃爾失卒情❺？」超曰：「伊以率任之情❻，欲區別智勇。」

【注　釋】❶謝萬　見〈言語〉77注❶。❷壽春敗後　晉穆帝升平三年（西元三五九年）在壽春兵敗以後。據劉孝標注引《中興書》及《晉書‧謝萬傳》，萬為豫州刺史，監司、豫、冀、并四州軍事，時氐、羌、鮮卑群起作亂，萬乃親自率眾入渦、潁二水之間，支援洛陽。萬矜豪傲物，將士離心，適北中郎將郗曇因病退還彭城，萬以為賊盛致退，便引軍退還，遂自潰亂，狼狽單歸，被太宗廢為庶人。壽春，縣名。在今安徽壽縣。❸簡文　即晉簡文帝。見〈德行〉37注❶。❹郗超　見〈言語〉59注❺。❺卒情　士卒的情誼。❻率任之情　輕率放任的性情。

【語　譯】謝萬在壽春兵敗以後，簡文帝問郗超道：「謝萬當然可以敗陣，哪能竟如此失去了士卒們的心呢？」郗超說：「他以輕率放任的天性，想要劃分將士的智勇啊。」

【析　評】這一則記謝萬丟官，實由他草率任性，恣意劃分部屬智勇的高下，加以任免賞罰，了無客觀公正的標準；以致士眾離心，全軍瓦解。〈簡傲〉14則有「及萬事敗，軍中因欲除之」的記述，簡文「那得乃爾失卒情」，即針對此事而發。請參看。

50 劉尹❶謂謝仁祖❷曰：「自吾有四友❸，門人加親。」謂許玄度❹曰：「自吾有由❺，惡言不及於耳。」二人皆受而不恨❻。

【注　釋】❶劉尹　指劉惔。見〈德行〉35注❶。❷謝仁祖　即謝尚。見〈言語〉46注❶。❸四友　當作「回」，涉注文致誤。詳見本則「析評」欄。回，即顏回。字子淵，春秋魯人，孔子的高足，以德行著稱；劉尹以回喻仁祖。❹許玄度　即許詢。見〈言語〉69注❷。❺由　即仲由。字子路，春秋卞人，孔子的高足，好勇力，性剛直，侍衛孔子，使人不敢以惡言相侮；劉尹以由喻玄度。❻恨　遺憾。

【語　譯】劉尹對謝仁祖說：「自從我有了您這位顏回，弟子們就更加親近我了。」對許玄度說：「自從我有了您這位仲由，罵我的醜話就傳不到我耳朵裡來了。」謝、許二人都接受他的讚許，毫無遺憾。

【析　評】《尚書大傳》二：「孔子曰：『文王得四臣，吾亦得四友：自吾得回也，門人加親，是非胥附邪（這不是使上下、遠近的人都願親附我嗎）？自吾得賜（端木賜，字子貢，衛人）也，遠方之士日至，是非奔輳（爭相歸依）耶？自吾得師（顓孫師，字子張，陳人）也，前有光，後有輝，是非先後耶？自吾得由也，惡言不至於耳（耳，一作門。此從劉注所引），是非禦侮邪？……』」劉尹以謝仁祖、許玄度有顏回、仲由之德，使己受益，就以回、由相稱；二人也以為受之無愧，因而不憾。又考劉尹所言，皆借用孔子語，故知「自吾有四友」句，必為「自吾有回」之誤；若其不誤，結語就不該說「二人」皆受而不恨了。

51 世目❶殷中軍❷：「思緯❸淹通❹，比羊叔子❺。」

【注　釋】❶目　品評。❷殷中軍　指殷浩。見〈言語〉80注❷。❸思緯　思想。緯，組織。❹淹通　淵博而通達。❺羊叔子　即羊祜。見〈言語〉86注❸。

【語　譯】世人品評殷中軍說：「他的思想淵博通達，媲美羊叔子。」

【析　評】世人的話，可以留作知人論世的參考。雖劉孝標反對此說，以為羊祜德高一世，有平治險惡世局的才具；殷浩蒸燭（用麻秸、竹木等製成的火炬）之光，不能與羊祜日月之明相比。（注云：「羊祜德高一世，才經夷險；淵源（浩字）蒸燭之曜，豈喻日月之明也？」）然〈言語〉86則載王子敬醜詆羊祜「不如銅雀臺上妓」，《晉書・羊祜傳》有時人「二王當國，羊公無德」之語，均不作如是觀。

52 有人問謝安石❶、王坦之❷優劣於桓公❸；桓公停欲言，中悔曰：「卿喜傳人語，不能復語卿。」

【注釋】❶謝安石　即謝安。見〈德行〉33注❷。❷王坦之　見〈言語〉72注❶。❸桓公　指桓溫。見〈言語〉55注❶。

【語譯】有人向桓公問謝安石和王坦之的長處與缺點；桓公把要說的話停頓下來，中途後悔道：「您喜歡傳播別人所說的話，不能再跟您說下去了。」

【析評】背後說人家的短處，總會招人痛恨；所以桓公話才說了一半，忽然想到面對的是一個喜歡傳播人語、飛短流長的人物，便戛然而止，以絕後患。

53 王中郎❶嘗問劉長沙❷曰：「我何如荀子❸？」劉答曰：「卿才乃當不勝荀子；然會名❹處多。」王笑曰：「癡！」

【注釋】❶王中郎　指王坦之。見〈言語〉72注❶。❷劉長沙　指劉奭。字文時，晉彭城國（治所在今江蘇銅山縣）人。歷任長沙相、散騎常侍等職。❸荀子　王脩小字。見〈文學〉38注❷。❹會名　合於名理。魏、晉時稱辨別分析事物是非、道理為名理。

【語譯】王中郎曾問劉長沙說：「我和荀子相比，怎麼樣？」劉長沙答道：「您的才德應該不如荀子；可是言談合乎名理的地方較多。」王中郎笑著說：「您太癡了！」

【析評】「癡」是對「天真」的暱稱，天真指人未受禮俗影響的本性。劉長沙當王中郎的面說短論長，無所忌諱，使王中郎手足無措，不知如何是好；只好笑他太「癡」。

54 支道林❶問孫興公❷：「君何如許掾❸？」孫曰：「高情遠致❹，弟子早已服膺❺；一吟一詠❻，許將北面❼。」

【注釋】❶支道林 即支遁。見〈言語〉63注❶。❷孫興公 即孫綽。見〈言語〉84注❶。❸許掾 指許詢。見〈言語〉69注❷。❹高情遠致 指超逸的情致。❺服膺 衷心佩服，牢記於胸中。❻一吟一詠 指吟詩作賦。❼北面 舊時君見臣，師見生，皆南面而坐；故稱向人稱臣或拜人為師為北面。此指後者。

【語譯】支道林問孫興公說：「您知許掾相比，怎麼樣？」孫興公道：「他超逸的情致，弟子早已衷心佩服；但在吟詩作賦方面，許掾得北面居弟子之位。」

【析評】孫綽說「高情遠致，弟子早已服膺」，自稱弟子，便有師事許掾的意思；所以「許將北面」，應是許將北面師事於我，而非北面臣服於我。

55 王右軍❶問許玄度❷：「卿自言何如安、萬❸？」許未答。王因曰：「安石故相與❹雄❺，阿萬當裂眼爭邪！」

【注釋】❶王右軍 指王羲之。見〈言語〉62注❷。❷許玄度 即許詢。見〈言語〉69注❷。❸安萬 即謝安、謝萬。分見〈德行〉33注❷、〈言語〉77注❶。❹相與 相偕；相對。❺雄 傑出的人，強盛的國，皆謂之雄。

【語譯】王右軍問許玄度道：「您自己說說看，和謝安、謝萬相比，怎麼樣？」許玄度沒有回答。王右軍於是說：「安石本來就和您一同稱雄，阿萬只該瞪得眼角盡裂和您相爭了！」

【析評】此言王右軍以為安石與玄度才德相當，並駕齊驅；謝萬則瞠乎其後，然心有未甘，忿爭不已。

56 劉尹❶云：「人言江虨❷田舍❸，江乃自田宅屯❹。」

【注釋】❶劉尹　指劉惔。見〈德行〉35注❶。❷江虨　見〈方正〉25注❺。❸田舍　田舍郎的省稱，本指農人、村夫。引申為土氣、吝嗇之意。❹自田宅屯　謂在私有的農田宅舍中大量設囤積糧，救濟貧民。自，於。屯，通「⿱竹屯」、「囤」。本指用竹席合圍，塗以泥土的臨時穀倉。在此引申為設囤儲糧放賑之意。

【語譯】劉尹說：「有人說江虨鄉巴佬，很小氣，江虨就在自己的田宅中設囤儲糧，救濟貧民。」

【析評】這一則記劉惔讚許江虨有知過必改的美德，言人譏江虨鄙吝，江乃幡然悔悟，以賑濟平民的實際行動，力矯前失。

57 謝公❶云：「金谷❷中，蘇紹❸最勝❹；紹是石崇❺姊夫、蘇則❻孫、愉❼子也。」

【注釋】❶謝公　指謝安。見〈德行〉33注❷。❷金谷　谷名。也稱金谷澗，因金水過此而得名。在今河南洛陽西北。晉元康六年，石崇在此聚會群賢，賦詩敘懷，蘇紹為首。參〈企羨〉3注❺。❸蘇紹　字世嗣，晉始平郡武功縣（在今陝西武功西南）人。為吳王師、議郎、關中侯。❹勝　優越美好。❺石崇　晉南皮（今河北南皮東北）人。字季倫。官至荊州刺史。曾劫遠使商客致富，於河陽置金谷園，與貴戚王愷、羊琇等以豪侈相尚。與潘岳、陸機、陸雲等附事賈后、賈謐，時號二十四友。後為趙王倫嬖人孫秀所譖，被殺。❻蘇則　字文師。剛直疾惡，官至侍中、河東相。❼愉　字休豫。忠義有智意，官至光祿大夫。

【語　譯】謝公說：「在金谷的雅集中，蘇紹最為出色；蘇紹是石崇的姊夫、蘇則的孫子、蘇愉的兒子。」

【析　評】金谷雅集，石崇有〈金谷詩敘〉記其始末，請參閱〈企羨〉3注❺。此則記謝安對蘇紹的家世，作補充說明；然《三國志・魏志・蘇則傳》注：「石崇妻，紹之女兄也。」則謂石崇為蘇紹的姊夫，與此不同。

58

劉尹❶目庾中郎❷：「雖言不愔愔❸似道❹，突兀❺差❻可以擬道。」

【注　釋】❶劉尹　指劉惔。見〈德行〉35注❶。❷庾中郎　指庾敳。見〈文學〉15注❶。❸愔愔　安閒和悅的樣子。❹道　指宇宙萬物之本體、清虛寧靜的大道。❺突兀　挺拔高聳的樣子。❻差　略。

【語　譯】劉尹品評庾中郎道：「他的言辭雖然不能像大道那樣安閒和悅，但挺拔高聳處卻可以和大道相比。」

【析　評】此言庾中郎的言辭雄健，雖無道體的清虛寧靜、安閒和悅，卻近似道體產生萬物的神奇突兀。

59

孫承公❶云：「謝公❷清於無奕❸，潤於林道❹。」

【注　釋】❶孫承公　孫統，字承公，晉太原國（治晉陽，即今山西太原）人。善屬文，官至餘姚令。❷謝公　指謝安。見〈德行〉33注❷。❸無奕　即謝奕。謝安之兄。見〈德行〉33注❶。❹林道　陳逵，字林道，晉潁川郡許昌縣（在今河南許昌西南）人。少有才幹，以清敏之名。襲封廣陵公，官黃門郎、西中郎將，領梁、淮南二郡太守。

【語　譯】孫承公說：「謝公的品德比無奕更清高，政教比林道更滋潤。」

【析　評】此言謝安不但能獨善其身，更能兼善天下，潤澤萬物。

60 或問林公❶：「司州❷何如二謝❸？」林公曰：「故當攀安提萬❹。」

【注　釋】❶林公　指支遁。見〈言語〉63注❶。❷司州　指王胡之。見〈言語〉81注❶。❸二謝　指謝安、謝萬。分見〈德行〉33注❷、〈言語〉77注❶。❹攀安提萬　指不及謝安，卻勝過謝萬。

【語　譯】有人問林公說：「王司州和二謝相比，怎麼樣？」林公說：「他必將高攀謝安、提攜謝萬了。」

【析　評】此言王胡之的才德，不及謝安，故須高攀；勝於謝萬，故將加以提攜；位居二者之間。

61 孫興公❶、許玄度❷皆一時名流，或重許高情❸，則鄙孫穢行❹；或愛孫才藻❺，而無取於許。

【注　釋】❶孫興公　即孫綽。見〈言語〉84注❶。❷許玄度　即許詢。見〈言語〉69注❷。❸高情　崇高的本性。❹穢行　醜惡的行為。❺才藻　才華。

【語　譯】孫興公、許玄度都是一代的著名人士，有人推重許玄度崇高的本性，就鄙視孫興公醜惡的行為；有人愛惜孫興公的才華，而認為許玄度毫無可取。

【析　評】這一則記孫興公有才，而許玄度有德；後者情高而才疏，前者才美而行穢；遂使世人好惡不同，各取其類。

62 郗嘉賓❶道謝公❷：「造膝❸雖不深徹，而纏綿❹綸至❺。」又❻曰：「右軍❼詣嘉賓❽。」嘉賓聞之云：「不得稱詣，政❾得謂之朋❿耳。」謝公以嘉賓言為得⓫。

【注釋】❶郗嘉賓　即郗超。見〈言語〉59注❺。❷謝公　指謝安。見〈德行〉33注❷。❸造膝　至於膝下。比喻切近名理。參見本篇53注❹。❹纏綿　固結不解。❺綸至　意旨極厚。❻又　有人。通「有」。❼右軍　指王羲之。見〈言語〉62注❷。❽詣嘉賓　言學問修養已到達嘉賓的程度。詣，至。❾政　僅；止。通「正」。❿朋　同類。⓫得　合適。

【語譯】郗嘉賓評論謝公說：「他的談吐已切近名理，雖然不能深入透徹，意旨卻極為纏綿雄促。」有人說：「右軍的學問修養，已直詣（到達）郗嘉賓的程度。」嘉賓聽了說：「不能說『詣』，只能說他是我的朋輩。」謝公認為郗嘉賓的話說得很恰當。

【析評】這一則記郗嘉賓所論二事，謝公皆以為然。「詣」有勉強到達的意思，說「右軍詣嘉賓」，可能被解釋成右軍原本不如嘉賓；所以嘉賓說「不得稱詣」，而把右軍稱為自己的朋輩，把他置於和自身平等的地位。

63 庾道季❶云：「思理❷倫和❸，吾愧康伯❹；志力❺彊正❻，吾愧文度❼；自此以還，吾皆百❽之。」

【注釋】❶庾道季　即庾龢。見〈言語〉79注❷。❷思理　思辨的能力。❸倫和　平順有條理。❹康伯　即韓伯。見〈德行〉38注❷。❺志力　心志能力。❻彊正　強盛正直。❼文度　即王坦之。見〈言語〉72注❶。❽百　一百倍。

【語　譯】庾道季說：「思辨能力平順而有條理，我愧對韓康伯；心志才能強盛而正直，我愧對王文度；在這兩人之下，我都超過他們一百倍。」

【析　評】這一則記庾龢自以為才華出眾，僅在思理、志力方面，略遜康伯、文度。

64 王僧恩❶輕林公❷，藍田❸曰：「勿學汝兄❹，汝兄自不如伊。」

【注　釋】❶王僧恩　王禕之的小名。禕之，字文劭，述的少子。娶尋陽公主為妻。官至中書郎，贈散騎常侍。❷林公　指支遁。見〈言語〉63注❶。❸藍田　指王述。見〈文學〉22注❼。❹汝兄　指王坦之。見〈言語〉72注❶。

【語　譯】王僧恩輕視林公，王藍田說：「不要學你哥哥，你哥哥根本就不如他。」

【析　評】〈輕詆〉21則說「王中郎（指坦之）與林公絕不相得」，譏笑林公只懂得詭辯，瞧不起他；所以王藍田告誡王僧恩「勿學汝兄」。

65 簡文❶問孫興公❷：「袁羊❸何似？」答曰：「不知者不負❹其才，知之者無取其體❺。」

【注　釋】❶簡文　即晉簡文帝。見〈德行〉37注❶。❷孫興公　即孫綽。見〈言語〉84注❶。❸袁羊　即袁喬。見〈文學〉78注❸。❹負　辜負。❺體　全身各部分的總稱。借指人全部的行為。

【語　譯】簡文帝問孫興公說：「袁羊這個人怎麼樣？」答道：「不知道他的人也不會辜負他的才能，知道他的人卻絕不稱許他的行為。」

【析評】這一則論袁羊有才而無德。他的才，不知者也會欣賞讚揚，絕不虧負；他的德，盡為知者所不齒，毫無所取。

66 蔡叔子❶云：「韓康伯❷雖無骨幹❸，然亦膚❹立。」

【注釋】❶蔡叔子　疑為蔡子叔的誤倒，即蔡系。見〈雅量〉31注❹。❷韓康伯　即韓伯。見〈德行〉38注❷。❸無骨幹　康伯肥胖，只見其肉，不見其骨，故云。❹膚　身體的表皮。借指表現於外的作為。

【語譯】蔡子叔說：「韓康伯看起來雖然沒有骨幹，但是他表現出來的種種作為也足以自立。」

【析評】韓康伯肥胖沒骨，喜愛他的人如蔡子叔之流，讚美他德行良好，卓然自立；但厭惡他的人，則以貌取人，譏詆他「將肘無風骨」（見〈輕詆〉28則），把他的人品也視同一攤肥肉。然就本書〈德行〉、〈言語〉、〈文學〉、〈方正〉、〈識鑒〉、〈品藻〉、〈夙慧〉、〈棲逸〉、〈排調〉等篇，甚多有關康伯的記事看來，皆能證成蔡說；則後說的虛妄難信，不言而喻。

67 郗嘉賓❶問謝太傅❷曰：「林公❸談何如嵇公❹？」謝云：「嵇公勤著腳❺，裁❻可得去❼耳。」又問：「殷❽何如支？」謝曰：「正爾❾有❿超拔⓫，支乃過殷；然亹亹⓬論辯，恐□⓭欲制支。」

【注釋】❶郗嘉賓　即郗超。見〈言語〉59注❺。❷謝太傅　指謝安。見〈德行〉33注❷。❸林公　指支遁。見〈言語〉63注❶。❹嵇公　指嵇康。見〈德行〉16注❷。❺勤著腳　努力把力量用在腳上。即拚命逃跑之意。❻裁　始。

通「才」。❼去　離開。謂逃脫林公的追問。❽殷　指殷浩。見〈言語〉80注❷。❾正爾　直上的樣子。爾，詞尾。❿有　相當於「而」。⓫超拔　出眾。⓬亹亹　勉力行進的樣子。⓭□　闕文，當是「殷」字。《高僧傳》四作「恐殷制超」。

【語　譯】郗嘉賓問謝太傅道：「林公談玄和嵇公相比，怎麼樣？」謝太傅說：「嵇公得腳上用勁，才能逃脫林公的追問。」嘉賓又問：「殷浩和支遁相比呢？」謝太傅說：「申述單一的主題，超拔直上，支遁就勝過殷浩；然而多方引證，亹亹辯論，恐怕殷浩就要制服支遁了。」

【析　評】謝安以為在清談方面，殷浩、支遁各有短長，相持不下；嵇康不能和他們相比。然謝安上距嵇康，為時久遠，此說據何而發，不能無疑，恐是多事者妄造。請參看本篇71則。

68 庾道季❶云：「廉頗❷、藺相如❸雖千載❹上死人，懍懍❺恆如有生氣❻；曹蜍❼、李志❽雖見❾在，厭厭❿如九泉⓫下人。人皆如此，便可結繩而治⓬；但恐狐狸貉⓭噉盡。」

【注　釋】❶庾道季　即庾龢。見〈言語〉79注❷。❷廉頗　戰國趙將，趙惠文王時率師破齊，拜為上卿。❸藺相如　戰國趙人。趙惠文王得楚和氏璧，秦昭王請用十五城交換。相如往送璧，見秦王得璧，無意償趙城，便把璧騙回，卻立倚柱，怒責秦王，欲以頭與璧俱碎。秦王不敢強求，相如當晚遣人送還趙國。後秦王與趙王會於澠池，命趙王鼓瑟，相如亦請秦王擊缻。歸國後，王以相如功大，拜孫為上卿，位在廉頗之上。廉頗不服，欲與為難；相如以將相不和，危及國家，一再退避，終使廉頗悔悟，負荊請罪，結為刎頸之交。見《史記》。❹載　年。夏曰歲，商曰祀，周曰年，唐、虞曰載。❺懍懍　令人肅然起敬的樣子。❻生氣　生命力；活力。❼曹蜍　曹茂之的小名。茂之，字永世，晉彭城國（治所在今江蘇銅山縣）人。官至尚書郎。❽李志　字溫祖，江夏郡鍾武縣（在今湖南衡陽西南八十里）人。官至員外常侍、南康相。❾見　現今。❿厭厭　沒有生氣的樣子。厭，通「奄」。⓫九泉　地底深處。指葬身之地。⓬結

繩而治　言以最原始的方法治理。上古民心淳樸，姦邪未萌，用結繩記事的方法，即可治理。⓭狐狸猯狢　皆獸名。狸，也作「貍」。體長約六十公分，外形似狐，但身軀較胖，吻、尾較短。猯，也作「貒」。又稱豬獾，似小豬，體肥行鈍，褐毛尖喙。狢，也作「貉」。似狸，銳頭尖鼻。

【語譯】庾道季說：「廉頗和藺相如，雖然是千年以前的死人，卻好像常有一股生氣令人肅然起敬；曹蜍和李志，雖然現今活著，卻奄奄一息，如同黃泉下的死人。人人都像這樣，就可以像上古用結繩記事的方法治理了；只怕天下的蒼生全要被狐狸猯狢等野獸吃光呢。」

【析評】結繩而治的境界，雖近似無為而治；但無為而治，是聖王所採用的治術：聖王只要能任賢使能，放手聽賢臣去竭智盡忠，造福天下，便可「垂衣裳而天下治」（見《易・繫辭下》）。所以舜使益烈山澤而焚之，武王命周公驅虎豹犀象而遠之（並見《孟子・滕文公》），禽獸遠避，人民才獲得生存的空間。倘若益與周公，都像曹蜍、李志般了無生氣，就沒有人去為民除害；人民都像他倆，固然便於治理，卻缺少抵抗野獸的能力；那麼不被狐狸猯狢噉盡，還等甚麼呢？

69 衛君長❶是蕭祖周❷婦兄。謝公❸問孫僧奴❹：「君家❺道衛君長云何？」孫曰：「云是世業人❻。」謝曰：「殊不爾！衛自是理義人❼。」于時以比殷洪遠❽。

【注釋】❶衛君長　即衛永。見〈賞譽〉107注❹。❷蕭祖周　即蕭輪。見〈賞譽〉75注❶。❸謝公　指謝安。見〈德行〉33注❷。❹孫僧奴　孫騰的小名。騰字伯海，晉太原國（治所在今山西太原）人。父統。歷任中庶子、廷尉。❺君家　即「君父」。指孫統。家，「家尊」的省稱。❻世業人　謹守父祖事業的人。❼理義人　依道理與正義行事的人。❽殷洪遠　即殷融。見〈文學〉74注❷。

【語譯】衛君長是蕭祖周的內兄。謝公問孫僧奴道：「您父親稱道衛君長，說甚麼呢？」孫僧奴說：「說他是個謹守父祖之道的『世業人』。」謝公說：「才不對呢！君長本是一個依照道理正義行事的『理義人』。」於是當時的人都拿他和殷洪遠相比。

【析　評】本則言衛君長是蕭祖周的內兄，而〈賞譽〉75則又說蕭是僧奴父孫統的岳丈；因衛君長是孫僧奴的姻親，故謝公向孫討教。「世業人」與「理義人」，不見舊注。就字面推究，前者應指拘守父祖成規、不知通變之理的人；後者則指能依循正理、因應萬方、守經達權的人。《中興書》說殷洪遠「著〈象不盡意〉、〈大賢須易論〉，理義精微，談者稱焉」（〈文學〉74則劉孝標注引），可見他是明曉《易》理、通權達變的人物，所以時人拿衛君長和他相提並論。

70 王子敬❶問謝公❷：「林公❸何如庾公❹？」謝殊不受❺，答曰：「先輩初❻無論，庾公自足沒❼林公。」

【注　釋】❶王子敬　即王獻之。見〈德行〉39注❶。❷謝公　指謝安。見〈德行〉33注❷。❸林公　指支遁。見〈言語〉63注❶。❹庾公　指庾亮。見〈德行〉31注❶。❺受　受用；舒服。❻初　一點也不；全。❼沒　淹沒；埋沒。

【語　譯】王子敬問謝公道：「林公和庾公相比，怎麼樣？」謝公聽了很不舒服，就回答道：「前輩的人就不必談了，平輩之間，庾公自然足夠淹沒林公。」

【析　評】謝公以為庾公才德高超，遠勝林公，足夠將林公完全蓋過；所以聽了子敬的問題，很不受用。

71 謝遏❶諸人，共道竹林❷優劣；謝公❸云：「先輩初不臧貶❹七賢。」

【注釋】❶謝遏 即謝玄。見〈言語〉78注❺。❷竹林 指竹林七賢。見〈任誕〉1。❸謝公 指謝安。見〈德行〉33注❷。❹臧貶 褒貶。

【語譯】謝遏等人，一同評論竹林七賢的優劣；謝公說：「前輩的人根本就不敢褒貶他們。」

【析評】謝公之意，以為七賢任誕放達，開一代風氣，前輩無不信奉崇仰，未敢少加品評褒貶；勸遏等切勿妄自尊大，唐突先賢。據此而言，本篇67則記謝公貶嵇康語，顯係後人向壁虛造，不足採信。

72

有人以王中郎❶比車騎❷，車騎聞之，曰：「伊窟窟❸成就。」

【注釋】❶王中郎 指王坦之。見〈言語〉72注❶。❷車騎 指謝玄。見〈言語〉78注❺。❸窟窟 勤勞不懈的樣子。同「矻矻」。

【語譯】有人拿王中郎比擬謝車騎，車騎聽了以後，便說：「他因為始終勤奮不懈，才有今天的成就。」

【析評】謝玄讚美中郎德業有成，都由終年矻矻所得，絕非倖致；意在表明自己的功業，也是如此建立。

73

謝太傅❶謂王孝伯❷：「劉尹❸亦奇❹自知，然不言勝長史❺。」

【注釋】❶謝太傅 指謝安。見〈德行〉33注❷。❷王孝伯 即王恭。見〈德行〉44注❶。❸劉尹 指劉惔。見〈德行〉35注❶。❹奇 非常。❺長史 指王恭的祖父王濛。見〈言語〉54注❹。

【語譯】謝太傅對王孝伯說：「劉尹非常知道自己的才德，但是從來都不說自己勝過長史。」

【析評】太傅之意，以為劉尹實勝王長史，理應自知；然為表示尊敬王長史，因而絕口不言。所以告知王孝伯，是希望王孝伯對劉尹特加禮敬，不可辜負盛情。

74 王黃門❶兄弟三人俱詣謝公❷，子猷、子重❸多說俗事，子敬❹寒溫而已。既出，坐客問謝公：「向❺三賢孰愈？」謝公曰：「小者最勝。」客曰：「何以知之？」謝公曰：「『吉人之辭寡，躁人之辭多❻。』推此知之。」

【注　釋】❶王黃門　指王徽之。見〈雅量〉36注❶。❷謝公　指謝安。見〈德行〉33注❷。❸子重　即王操之。字子重，羲之第六子，歷任祕書監、侍中、尚書、豫章太守。❹子敬　即王獻之。見〈德行〉39注❶。❺向　剛才。通「曏」。❻吉人之辭寡二句　見《易．繫辭下》。吉人，善人。躁人，浮躁的人。

【語　譯】王黃門兄弟三人一同去拜訪謝公，子猷、子重說了很多庸俗的事情，子敬略道寒暄而已。三人離去以後，在座的客人問謝公說：「剛才那三位賢士誰最好呢？」謝公說：「那小的最好。」客人問：「怎麼知道呢？」謝公說：「《易．繫辭》說：『吉人之辭寡（賢良的人很少說話），躁人之辭多（浮躁的人廢話特多）。』從這話推想得知的。」

【析　評】賢良的人，謹言慎行，所以沉默寡辭；浮躁的人，輕舉妄動，是以口若懸河。謝公依此類推，子敬言不輕出，異於二兄子猷、子重的「多說俗事」；故知「小者最勝」。

75 謝公❶問王子敬❷：「君書何如君家尊❸？」答曰：「固當❹不同。」公曰：「外人❺論殊不爾。」王曰：「外人那得知！」

【注釋】❶謝公　指謝安。見〈德行〉33注❷。❷王子敬　即王獻之。見〈德行〉39注❶。❸家尊　稱人之父，相當於「令尊」。在此指王羲之。❹固當　本該。❺外人　別人；他人。

【語譯】謝公問王子敬說：「你的字和令尊比起來怎麼樣？」子敬說：「本該各不相同。」謝公說：「外人的評論可不這樣呢。」王子敬說：「外人哪能知道！」

【析評】王子敬是羲之第七子，工書法，與父並稱「二王」；但南朝宋明帝《文章志》說：「獻之善隸書，變右軍法為今體，字畫秀媚，妙絕時倫，與父俱得名；其章草疏弱，殊不及父。」梁武帝《古今書人優劣評》也說：「王羲之之書，字勢雄逸，如龍跳天門，虎臥鳳闕，故歷代寶之，永以為訓。……王獻之之書，絕眾超群，無人可擬，如河朔少年，皆悉充悅（志得意滿的樣子）；舉體沓拖（整體看起來拖泥帶水，不夠乾淨俐落），而不可耐。」均言不如其父。《法書要錄》一載南齊王僧虔《論書》：「謝安亦入能流，殊亦自重。得子敬書，有時裂作校紙（校勘用的籤條）。」因知謝安自重其書，卻頗輕子敬，他問「君書何如君家尊」，明是逼子敬說出「自歎弗如」之類的話來；故子敬只說二者不同，而不辨優劣，和他對抗。謝公又說「外人論殊不爾」，意謂外人論君書殊不及父，不言相異而已。外人之意，實即謝公之意；子敬說「外人那得知」，即諷刺謝公無知。用語非常巧妙。

76 王孝伯❶問謝太傅❷：「林公❸何如長史❹？」太傅曰：「長史韶興❺。」問：「何如劉尹❻？」謝曰：「噫！劉尹秀❼。」王曰：「若如公言，並不如此二人邪？」謝云：「身意❽正爾也。」

【注釋】❶王孝伯　即王恭。見〈德行〉44注❶。❷謝太傅　指謝安。見〈德行〉33注❷。❸林公　指支遁。見〈言語〉63注❶。❹長史　指王濛。見〈言語〉54注❹。❺韶興　美好的興會。興會，指興味情致。❻劉尹　指劉惔。見〈德行〉35注❶。❼秀　秀出；優異出眾。❽身意　我的意思；敝意。

【語譯】王孝伯問謝太傅道：「林公和王長史相比，怎麼樣？」太傅說：「王長史有美好的興會。」又問：「和劉尹相比呢？」謝太傅說：「噫！劉尹優異出眾。」王孝伯說：「如果真像您所說的，林公都比不上這兩個人嗎？」謝太傅道：「敝意正是這樣。」

【析評】本篇48則載王長史自言劉尹「韶音令辭不如我，往輒破的勝我」。美好的言辭，必多興會情致，故謝公據此，讚美長史「韶興」。長史雖說劉尹有勝過自己的地方，但謝公綜論二人的優劣，以為劉不如王。參閱本篇84則「析評」欄。

77 人有問太傅❶：「子敬❷可是先輩誰比❸？」謝曰：「阿敬近撮王、劉❹之標❺。」

【注釋】❶太傅　指謝安。見〈德行〉33注❷。❷子敬　即王獻之。見〈德行〉39注❶。❸比　倫輩；同類。❹王劉　王濛、劉惔。分見〈言語〉54注❹、〈德行〉35注❶。❺標　格調；風度。

【語譯】有人問謝太傅說：「子敬在前輩中可以算是誰的同類？」謝太傅說：「阿敬差不多撮合了王濛、劉惔的格調。」

【析評】謝公是說子敬集合了王、劉二人的長處，故能擅名一時，冠於群倫。

78 謝公❶語孝伯❷：「君祖❸比❹劉尹❺，故為得逮？」孝伯云：「劉尹非不能逮，直不逮❻。」

【注　釋】❶謝公　指謝安。見〈德行〉33注❷。❷孝伯　即王恭。見〈德行〉44注❶。❸祖　指王濛。濛生蘊，蘊生恭。❹比　並列；齊名。❺劉尹　指劉惔。見〈德行〉35注❶。❻逮　追及；趕上。

【語　譯】謝公對王孝伯說：「你祖父和劉尹齊名，必定認為能比得上他吧？」王孝伯說：「劉尹並不是不能比得上，家祖只是不去比罷了。」

【析　評】劉孝標注王孝伯語：「言濛質而惔文也。」使語意更為明確。王孝伯是說他的祖父因與劉惔資質不同，並不勉強求合，只顧自奔前程，根本沒有與劉惔競爭的意念。他在無形中表揚了祖父恢弘的氣度。

79 袁彥伯❶為吏部郎❷，子敬❸與郗嘉賓❹書曰：「彥伯已入❺，殊足頓❻興往❼之氣；故知捶撻❽自難為人。冀小卻❾，當復差❿耳。」

【注　釋】❶袁彥伯　即袁宏。見〈言語〉83注❶。❷吏部郎　官名。東漢稱吏部郎中，位在尚書下，主管選舉。魏、晉時特別重視其人選，職位高於諸曹郎。❸子敬　即王獻之。見〈德行〉39注❶。❹郗嘉賓　即郗超。見〈言語〉59注❺。❺入　謂進入吏部當官。❻頓　摧挫。❼興往　邁往；勇往直前。❽捶撻　用棍子、鞭子痛打。❾小卻　稍後。晉人稱「過後」為「卻後」。❿差　病除；病癒。通「瘥」。病，指心病。

【語　譯】袁彥伯當了吏部郎，王子敬寫信給郗嘉賓說：「彥伯已進入吏部，這足以大殺他勇往直前的豪氣；我早知一旦受到鞭笞就難得再做人的恐怖。希望稍後他能恢復心理的健康。」

【析評】《南史・蕭琛傳》：「時齊明帝用法嚴峻，尚書郎坐杖罰者皆即科行（依律行刑），琛乃密啟曰：『郎有杖，起自後漢，爾時郎官位卑，親主文案，與令史不異，故郎三十五人，令史二十人；是以古人多恥為此職。自魏、晉以來，郎官稍重，……事廢已久，人情未習。自奉敕之後，已行倉部郎江重欣杖督五十，皆無不人懷慚懼；兼有子弟成長，彌復（更加）難為儀適（禮節制度）。』」蕭琛雖說魏、晉以來，郎官稍受尊重；但據本則所記看來，杖刑實未盡廢。所以袁彥伯當了吏部郎，王子敬就知道他必定會心懷憂懼；萬一不幸受杖，更會感到羞慚，不知道怎麼做人，如何教育正在長成中的子弟；因而會大挫他的銳氣。可是他既已任職，只好寄望他好自為之，度過難關，慢慢掃除心頭的陰影。這番話，充分表露出王子敬對袁彥伯的深情；且其中提到袁彥伯有「興往之氣」，劉義慶遂將此則納入〈品藻〉。

80 王子猷❶、子敬❷兄弟，共賞《高士傳》❸人及贊❹。子敬賞井丹高潔❺；子猷云：「未若長卿慢世❻。」

【注釋】❶王子猷　即王徽之。見〈雅量〉36注❶。❷子敬　即王獻之。見〈德行〉39注❶。❸高士傳　書名。指三國魏嵇康所撰者，已佚。另有晉皇甫謐《高士傳》三卷。❹人及贊　指書中的人物及嵇康的贊語。贊，文體名。文史後，總結全篇大意或褒貶人、事的短文。❺井丹高潔　井丹，字大春，後漢扶風郡郿縣（在今陝西郿縣東北）人。通五經，善談論。光武帝宗室齊武王縯、北海靖王興、趙孝王良、城陽恭王祉、泗水王歙，爭相請丹不能致；丹亦終身不曾投刺謁人。新陽侯陰就邀宴，宴罷，左右進輦（人拉的車）於侯，丹笑道：「聽說桀、紂駕人車，這就是所謂『人車』吧？」侯慚，令輦自去。越騎校尉梁松請交丹，丹不肯見；及丹得病，松親自率醫探視，病癒甚久，松喪長男，丹始身著敝褐，前往一弔，入門，四向長揖，前與松語，禮畢逕出，後遂隱遁。贊曰：「井丹高潔，不慕榮貴。抗節（堅守節操）五王，不交非類（性行與己不同的人）。顯譏輦車，左右失氣（因驚恐而停止呼息），披褐長揖，義陵群萃（大義駕陵群英）。」見劉孝標注引嵇康《高士傳》。注❻同。❻長卿慢世　司馬相如，字長卿，蜀郡成都縣（今屬四川）人。初為郎，事漢景帝。後辭官過臨邛（今四川邛崍），以琴心挑富人卓王孫之寡女文君，相偕私奔成都。不堪貧居，回至臨邛買酒舍，文君當壚（放酒罈的土墩）賣酒，相如穿著犢鼻褌（狀如牛鼻形的圍裙）在街市上洗滌碗盤。相如口吃，善寫作。為官不慕高爵，常託病不參加公卿議政的大事。終於家。贊曰：「長卿慢世（玩世不恭），越禮自放。犢鼻居市，不恥其狀（不以其落魄之狀為恥）。託疾避官，蔑此卿相。乃賦〈大人〉（相如撰〈大人賦〉），超然莫尚（駕陵其上）。」

【語譯】王子猷、子敬兄弟二人，一同欣賞《高士傳》中的人物和贊語。子敬欣賞井丹的清高廉潔；子猷說：「那還不如司馬長卿的玩世不恭。」

【析評】這一則記事，應與本篇74則合看。王子敬沉默寡言，容止端莊，故愛井丹的高潔。王子猷浮躁辭多，言行輕佻，不察嵇康為司馬相如作傳，正似長卿之賦，「雖多虛辭濫說，然其要歸之節儉」（《史記·司馬相如傳》贊語），「猶騁鄭、衛之聲（指淫聲），曲終而奏雅（正樂）」（《漢書·司馬相如傳》贊引揚雄語），雖美其疏略傲慢，而不齒其為人；竟以其「慢世」勝於井丹之「高潔」，何其淺陋！前言王子猷「多說俗事」，得此一證，知非妄語。

81 有人問袁侍中❶曰：「殷仲堪❷何如韓康伯❸？」答曰：「義理❹所得❺，優劣乃復未辨；然門庭❻蕭寂❼，居然❽有名士風流❾，殷不及韓。」故殷作誄❿云：「荊門⓫晝掩，閒庭⓬晏然⓭。」

【注釋】❶袁侍中　指袁恪之。字元祖，陳郡陽夏縣（在今河南太康）人。官黃門侍郎，晉安帝義熙初為侍中。❷殷仲堪　見〈德行〉40注❶。❸韓康伯　即韓伯。見〈德行〉38注❷。❹義理　經義與名理。❺得　及；至。❻門庭　門前的空地。❼蕭寂　冷落寂寞。❽居然　竟然。❾名士風流　名士的風度和氣質。風流，指當時名士自由的精神，脫俗的言行、超逸的風度。❿誄　累述死者德行以表追思的悼辭。⓫荊門　柴門。⓬閒庭　清靜的庭院。⓭晏然　安詳的樣子。

【語　譯】有人問袁侍中說：「殷仲堪和韓康伯相比，怎麼樣？」答道：「在經義、名理方面的造詣，高下還無法分辨；可是門庭冷落，竟然不失名士的風度和氣質，殷不如韓。」所以後來殷仲堪在給韓康伯作的誄辭中說：「荊門晝掩（柴門在白天仍然關著），閒庭晏然（清靜的庭院裡一片安閒）。」

【析　評】這一則記袁侍中品評殷、韓，詞意中肯，連殷仲堪也傾服他的知人之明，所以為韓康伯作誄辭時，便把他「門庭蕭寂，居然有名士風流」二語，凝鍊成「荊門晝掩，閒庭晏然」的名句：以白晝門掩庭閒，來形容門庭的蕭寂；又以門庭中閒雅安詳的氣氛，象徵名士安貧樂道、人不知而不慍的風流；恰如其分地表明了韓康伯的嘉德懿行。

82 王子敬❶問謝公❷：「嘉賓❸何如道季❹？」答曰：「道季誠復鈔撮❺清悟❻，嘉賓故自上❼。」

【注　釋】❶王子敬　即王獻之。見〈德行〉39注❶。❷謝公　指謝安。見〈德行〉33注❷。❸嘉賓　即郗超。見〈言語〉59注❺。❹道季　即庾龢。見〈言語〉79注❷。❺鈔撮　選擇精要。鈔，叉取；手指突入其間而取之。撮，用兩指摘取。❻清悟　清新的領悟。❼上　超出眾人之上；出色。

【語　譯】王子敬問謝公說：「郗嘉賓和庾道季相比，怎麼樣？」答道：「道季談論名理，確實能採取群言的精華，獨有清新的領會；嘉賓卻原本就自然出色。」

【析　評】謝公言庾道季依靠群言，自有孤詣；但不如郗嘉賓的論說自然出眾，不假依託。

83

王珣❶疾，臨困❷，問王武岡❸曰：「世論以我家領軍❹比誰？」武岡曰：「世以比王北中郎❺。」東亭轉臥向壁，歎曰：「人固不可以無年❻！」

【注釋】❶王珣　封交阯望海縣東亭侯。見〈言語〉102注❸。❷困　窘迫；危急。❸王武岡　指王謐。字雅遠，丞相導孫，車騎劭子，有才器，襲爵武岡侯，官至司徒。❹領軍　指珣父王洽。王導第三子，年三十六卒，見〈賞譽〉114注❷。❺王北中郎　指王坦之。見〈言語〉72注❶。一說：指王舒。見〈識鑒〉15注❻。詳本則「析評」欄。❻無年　沒有壽命。謂短命。

【語譯】王珣病重，臨危的時候，問王武岡說：「當世的評論拿我家的領軍比擬誰？」武岡答道：「世人拿他比附王北中郎。」東亭轉身向壁躺著，歎道：「人確實不能不長壽！」

【析評】領軍王洽，是王珣的父親，年三十六（劉孝標注作二十六，此從《晉書》本傳）卒。當王珣知世論以父親比王北中郎，向壁而歎，劉注：「珣意以其父名德過坦之而無年，故致此論。」劉盼遂《世說新語校箋》，以為王坦之的學詣績業與謝安齊名，王洽非其比；乃據《晉書・王舒傳》「褚裒薨，遂代裒鎮，除北中郎將」語，謂「王北中郎」當指王舒，王舒平生庸庸無奇跡，正王洽之媲。余嘉錫《世說新語箋疏》則以王舒為王武岡的族祖，如王武岡所指為王舒，但稱「北中郎」即可，似不必加「王」字，劉孝標之注，恐不可改易。按：余說可從，王洽英年早逝，在兒子心目中，若享高壽，成就必將超越王坦之，實屬人情之常。

84

王孝伯❶道謝公❷濃至❸。又曰：「長史❹虛❺，劉尹❻秀，謝公融❼。」

【注釋】❶王孝伯　即王恭。見〈德行〉44注❶。❷謝公　指謝安。見〈德行〉33注❷。❸濃至　酣暢之至；極其酣暢。❹長史　指王濛。見〈言語〉54注❹。❺虛　虛靜。指道家清靜無欲的心境。❻劉尹　指劉惔。見〈德行〉35注❶。❼融　融通；通暢無礙。

【語　譯】王孝伯稱道謝公的言談意興酣暢極了。又說：「王長史的意境清虛無欲，劉尹優異出眾，謝公融通無礙。」

【析　評】這一則評論謝、王、劉三賢的言談和意境，可與本篇48、76則合看。「謝公濃至」、「謝公融」二語，意思是一樣的，是說他辭意酣暢通達，已到了登峰造極的地步。王濛的內心虛靜；虛靜則意無罣礙，言多「韶興」（見76則），產生足以自豪的「韶音令辭」（見48則）。劉尹能「往輒破的」（見48則），吐語中肯，非常人可及，故謝公一再說「劉尹秀」（見48及本則）。

85 王孝伯❶問謝公❷：「林公❸何如右軍❹？」謝曰：「右軍勝林公；林公在司州❺前，亦貴徹❻。」

【注　釋】❶王孝伯　即王恭。見〈德行〉44注❶。❷謝公　指謝安。見〈德行〉33注❷。❸林公　指支遁。見〈言語〉63注❶。❹右軍　指王羲之。見〈言語〉62注❷。❺司州　指王胡之。見〈言語〉81注❶。❻貴徹　尊貴顯達。言勝過司州。

【語　譯】王孝伯問謝公說：「林公和王右軍相比，怎麼樣？」謝公答道：「王右軍勝過林公；可是林公在王司州面前，也比他尊貴顯達呢。」

【析　評】謝公之意，以為林公不如羲之，卻勝於胡之。

86 桓玄❶為太尉❷，大會，朝臣畢集。坐裁❸竟，問王楨之❹曰：「我何如卿第七叔❺？」于時賓客為之咽氣❻。王徐徐答曰：「亡叔是一時之標❼，公是千載之英❽！」一坐懽然❾。

【注釋】❶桓玄　見〈德行〉41注❶。❷太尉　宋本作「太傅」，此從《晉書》王楨之、桓玄傳。❸裁　方才。通「才」。❹王楨之　字公榦，晉琅邪臨沂（故城在今山東臨沂北）人。徽之之子。歷侍中、大司馬長史。❺七叔　指王獻之。見〈德行〉39注❶。❻咽氣　氣息充塞。言因緊張而停止呼息。❼標　模範。❽千載之英　不朽的英才。❾懽然　歡喜的樣子。懽，同「歡」。

【語譯】桓玄做太尉的時候，召開大會，朝臣都來參加。大家方才坐定，就問王楨之說：「我和你的七叔相比，怎麼樣？」這時所有的賓客都為他緊張得停止呼息。王楨之卻慢慢回答道：「亡叔是一時的模範，公是千年萬世的英才！」全部在座的人都歡欣起來。

【析評】桓玄是一個生性暴戾的人，身居太尉之位，權傾一時，更增加他的危險性；所以他無端要與王獻之相比，徵詢王楨之的意見，賓客唯恐楨之應對不當，招致大禍，無不為他緊張得透不過氣來。及聞楨之不亢不卑，從容作答，極為得體，才轉憂為喜，舉座歡欣。

87 桓玄❶問劉太常❷曰：「我何如謝太傅❸？」劉答曰：「公高❹，太傅深❺。」又曰：「何如賢舅子敬❻？」答曰：「樝❼、梨、橘、柚，各有其美。」

【注釋】❶桓玄　見〈德行〉41注❶。❷劉太常　劉瑾，字仲璋，晉南陽國（治宛。在今河南南陽）人。有才力，歷任尚書、太常卿。❸謝太傅　指謝安。見〈德行〉33注❷。❹高　高明；性格高亢明爽。❺深　深沉；性格深厚沉著。❻子敬　即王獻之。見〈德行〉39注❶。❼樝　果名。味似梨而較酸，又名山樝。

【語　譯】桓玄問劉太常說：「我和謝太傅相比，怎麼樣？」劉太常答道：「公高亢明爽，太傅深厚沉著。」又問：「我和令舅子敬相比呢？」答道：「好像水果中的樝、梨和橘、柚，各有各的美味。」

【析　評】桓玄兩次發問，都希望劉瑾能判斷他與謝太傅、王子敬的優劣；劉瑾卻機巧地只說三人各有所長，不作正面的比較，免傷和氣。「樝、梨、橘、柚，各有其美」一語，典出《莊子‧天運》：「故譬三皇五帝之禮義法度，其猶柤（同「樝」）、梨、橘、柚邪？其味相反，而皆可於口。」句中皆以柤、梨為一組，橘、柚為一組：柤甜味似梨而較酸，柚甘味似橘而微苦，甜、酸、甘、苦，其味相反，然各有其美，故不可以判優劣。劉瑾言此，除明言三人各具其美，也隱寓三人才德相近之意；頗耐人尋味。

88　舊以桓謙❶比殷仲文❷。桓玄❸時，仲文入，桓於庭中望見之，謂同坐曰：「我家中軍，那得及此也？」

【注　釋】❶桓謙　字敬祖，沖第二子。官至尚書僕射、中軍將軍。❷殷仲文　見〈言語〉106注❷。❸桓玄　見〈德行〉41注❶。

【語　譯】從前大家都拿中軍將軍桓謙比擬殷仲文。桓玄在世的時候，仲文走進大門，桓玄在庭院中遠遠看見他，對同座的賓客說：「我家的中軍，哪裡能比得上這個人呢？」

【析　評】桓謙是桓玄的堂兄弟，舊時稱桓謙、殷仲文齊名；桓玄初次遙見殷仲文，立刻覺得桓謙不能和他相比，可見他風采的迷人。劉孝標注引《晉安帝紀》：「仲文有器貌才思。」把他的器貌（相貌）和才思並舉，也是強調他內外兼善，品貌並美，與本則所記，互相輝映。

規箴❶第十

1 漢武帝❷乳母❸嘗於外犯事❹，帝欲申憲❺；乳母求救東方朔❻。朔曰：「此非脣舌所爭❼。爾必望濟❽者，將去時，但當屢顧❾帝，慎勿言；此或可萬一冀❿耳。」乳母既至，朔亦侍側，因謂曰：「汝癡耳！帝豈復憶汝乳哺時恩邪？」帝雖才雄心忍⓫，亦深有情戀⓬；乃悽然⓭愍⓮之，即敕⓯免罪。

【注　釋】❶規箴　規勸箴（同「鍼」、「針」）砭。用忠言勸告別人，糾正別人的錯誤。❷漢武帝　劉徹，漢景帝子，在位五十四年。拓疆土，尊儒術，倡仁義，造成前漢軍事、政治、經濟、文化各方面的極盛時期。❸乳母　指東武侯郭他之母。見《史記・滑稽列傳》。❹犯事　因他人違法的事受到牽累。時乳母家子孫奴僕在長安市上，攔人車馬，奪人衣服，官員奏請把乳母家人都放逐到邊遠的地方去。❺申憲　伸張法律的尊嚴。即依法治罪。❻東方朔　朔字曼倩，漢平原厭次（在今山東陵縣東北）人。武帝時因詼諧滑稽得親近，官至太中大夫。❼脣舌所爭　鼓動脣舌、使用言語所能諫止。爭，通「諍」。❽濟　成功；成事。❾顧　回頭看。❿冀　希望。⓫才雄心忍　才能捷出，心性殘忍。⓬情戀　戀舊之情。⓭悽然　感傷的樣子。⓮愍　哀憐；可憐。⓯敕　君主下達命令。

【語　譯】漢武帝的乳母在宮外因家人犯法受到牽累，武帝想依法治她的罪，伸張法律的尊嚴；於是乳母向東方朔求救。東方朔說：「這不是鼓動脣舌所勸阻得了的。妳一定想成事的話，將離開主上的時候，只要屢次回頭看他，千萬不可說話；這樣也許能有一丁點兒希望。」乳母到了武帝面前，東方朔也在旁隨侍，當乳母回望時，就對她說：「妳真傻呀！皇上哪還記得妳餵奶時的恩情呢？」武帝雖才能出眾、心地殘忍，但也很念舊情；於是很傷感地可憐起她來，就下令赦免她的罪。

【析　評】東方朔是一位滑稽多智的人，他深知武帝為人「才雄心忍」、「深有情戀」，於是不用辭理諍諫，而採用動之以情、脅之以義的方式：讓乳母臨別頻頻回顧，表現出戀戀不捨的訣別之情；他再從旁指桑罵槐，譏諷武帝忘恩負義，使他了解倘不枉法申恩，將會嘗受怎樣的惡果。這一招果奏奇效，瓦解了武帝堅忍的心防，解救了一位無辜受累的老婦。

2 京房與漢元帝共論，因問帝：「幽、厲之君何以亡？所任何人？」答曰：「其任人不忠。」房曰：「知不忠而任之，何邪？」曰：「亡國之君，各賢其臣，豈知不忠而任之？」房稽首曰：「將恐今之視古，亦猶後之視今也！」

【注　釋】❶京房　字君明，東郡頓丘（在今河南濬縣）人。精研《易經》，尤好音律。元帝時立為博士，官至魏郡太守。後因與中書令石顯爭權，為顯陷害致死。❷漢元帝　劉奭，宣帝子，在位十六年。多才藝，任用宦官弘恭、石顯等參與朝政，開後來宦官外戚迭相為政之局。❸幽厲之君　指周代幽王和厲王一類的君主。幽王名宮涅，宣王之子，沉湎酒色，寵褒姒，後申侯與犬戎入寇，弒王於驪山（在陝西臨潼東南）下，在位十一年。諡法：「壅遏不通曰幽。」厲王名胡，夷王之子，行暴政，監殺謗者，被國人流放於彘（在今山西霍縣東北），在位三十七年。諡法：「殺戮無辜曰厲。」❹各賢其臣　各自以其所任之臣為賢臣。❺稽首　跪地叩頭於雙掌之中，頭手至地，甚久始起，謂之稽首；頭手至地即起，謂之頓首。稽首為叩頭禮之最重者。❻將　助詞。無義。❼今之視古　現在我們審察古人。視有觀察品評之意。

【語　譯】京房和漢元帝一同談論，於是問元帝說：「像周幽王、厲王之類的君主為甚麼會滅亡呢？他們所任用的是哪一種人呢？」答道：「他們任用的人都不忠誠。」京房說：「知道不忠誠卻任用他們，為甚麼呢？」元帝說：「亡國的君主，都認為他的臣子是賢能的；哪有明知道他們不忠卻任用的呢？」京房稽首道：「臣就怕現在我們審察古人，也像後人審察我們一樣啊！」

【析評】《史記·屈原賈生列傳》說：「人君無愚智賢不肖，莫不欲求忠以自為（幫助自己。為，助），舉賢以自佐；然而亡國破家相隨屬（相繼不絕。屬，接續）。而聖君治國累世而不見者，其所謂忠者不忠，而所謂賢者不賢也。」京房即採取此義，勸諫元帝舉用真正的忠臣賢士，不可信任弘恭、石顯之類的小人，重蹈幽、厲的覆轍，招致後人的非議。京房立論的妙處，是他因勢利導，把正理由元帝口中套出，然後勸他鑑往知來，深自警惕，而不親自苦勸。可惜元帝能知不能行，終開漢世宦官外戚專政的禍端。

3 陳元方❶遭父喪，哭泣哀慟，軀體骨立❷；其母愍之，竊以錦被❸蒙上。郭林宗❹弔而見之，謂曰：「卿海內之儁才❺，四方是則❻；如何當喪，錦被蒙上？孔子曰：『衣夫錦也，食夫稻也，於汝安乎❼？』吾不取也！」奮衣❽而去。自後賓客絕百所日❾。

【注釋】❶陳元方　即陳紀。陳寔之子。見〈德行〉6注❸。❷骨立　形容人極度消瘦，如同骨架。❸錦被　用錦縫製的被。錦是用彩色經緯織出圖案花紋的絲織品，豪華豔麗，不當在守喪時使用。❹郭林宗　即郭泰。見〈德行〉3注❶。❺儁才　卓越的人才。儁，同「俊」。❻四方是則　天下的人加以效法，奉為楷模。是，助詞。用以加強語氣。❼衣夫錦也三句　見《論語·陽貨》。❽奮衣　全身猛一用力，抖動衣服。是一種憤激的表示。❾百所日　一百天左右。所，不定之詞。表約計之數。

【語譯】陳元方遭遇到父親的喪事，因為不斷地哭泣哀傷，身體瘦得只剩一副骨架；他的母親可憐他，當他睡著時，悄悄用華麗的錦被給他蓋上。不巧郭林宗到他家弔唁時，看到這種情形，就對陳元方說：

「您是天下的才俊，各地的人都拿您當模範；您怎麼正在守喪期間，還蓋著錦被呢？孔子曾說：『父母死了，穿著那錦繡的衣裳，食用那甘美的米飯，你能夠安心嗎？』這種事，我是不能贊同的！」於是一甩衣服就離開了。從此以後，足有一百天左右，沒有賓客上門。

【析　評】魏晉時代，名士崇尚清談，但傳統的人倫之教，仍然深繫人心。王戎、陳元方遭逢大喪，都哀毀骨立，固屬人情之常；但時人盛讚「王戎死孝」（見〈德行〉17則），而郭林宗一見陳元方守喪時尚蓋錦被，就不問青紅皂白，拂袖而去，賓客也跟著不齒陳元方所為，久久不去弔唁。這都表明了儒教影響的深遠。

4 孫休❶好射雉，至其時，晨去夕反。群臣莫不上諫，曰：「此為小物，何足甚耽❷？」休答曰：「雖為小物，耿介❸過人；朕❹所以好之。」

【注　釋】❶孫休　字子烈，三國吳大帝孫權第六子。初封琅邪王，孫綝廢其主廢帝亮立之，潛心典籍，想盡覽百家之書。崩，諡景皇帝。在位七年。❷甚耽　過分沉溺。甚，過。耽，玩樂；迷戀。❸耿介　剛正而有氣節。❹朕　我。古時自稱為朕，無貴賤之分；自秦始皇起，專用作皇帝的自稱。

【語　譯】孫休喜歡射獵野雞，每到打獵的季節，他就早出晚歸，不務正業。群臣無不勸諫道：「這些野雞是微不足道的東西，哪值得過分迷戀呢？」孫休答道：「雖是微不足道的東西，但是正直而有骨氣，勝過人類；所以我喜歡牠們。」

【析　評】古代士子初出做官，必先用死雉為贄（見面禮），拜見君長，表示將為他死節。《白虎通・文質》云：「士以雉為贄者，取其不可誘之以食，懾之以威，必死不可生畜。士行威、守節、死義，不當移轉也。」孫休所謂雉「耿介過人」，就指牠們不受食物的引誘，不懼人類的威嚇，只可殺死而不可生擒的特性而言。群臣唯恐孫休沉迷「小物」，荒廢大業，直言忠諫；不料孫休的答辭，也言之成理，令人語塞。

5 孫皓❶問丞相陸凱❷曰：「卿一宗在朝有幾人？」陸答曰：「二相、五侯、將軍十餘人。」皓曰：「盛哉！」陸曰：「君賢臣忠，國之盛也；父慈❸子孝，家之盛也；今政荒❹民弊❺，覆亡是懼❻，臣何敢言盛？」

【注釋】❶孫皓 見〈言語〉21注❷。❷陸凱 字敬風，三國吳丞相陸遜的族子。忠直有大節。官至左丞相。❸慈 上愛下。多指父母愛子女。❹政荒 政務荒蕪不修。田地長滿雜草，無人治理叫荒。❺民弊 人民的財力衰竭。❻覆亡是懼 「懼覆亡」的倒裝句。「是」為表示受詞（覆亡）提列動詞（懼）之前的關係詞。

【語譯】孫皓問丞相陸凱說：「您家族在朝裡做官的有幾個人？」陸凱答道：「兩個丞相、五個侯爵、將軍十多個人。」孫皓說：「真旺盛啊！」陸凱說：「君賢臣忠，是國家旺盛的表現；父慈子孝，是家族旺盛的表現；可是現在政令廢弛，人民的財力衰竭，只怕有國破家亡的災禍，臣哪敢談家族的旺盛呢？」

【析評】劉孝標注引《吳錄》，說陸凱「忠鯁有大節，篤志好學」，這些優點從本則記事中可以概見。當暴君孫皓讚美他宗族旺盛的時候，已經對他心存疑忌；但他毫不在意，僅基於先國後家的大義，坦率作答。在答辭中，他不否認自己的宗族旺盛，而強調由於國家衰敗，不敢言盛；藉以暗示國之不盛實因君主不賢所致。《吳錄》又說：「時後主（即孫皓）暴虐，凱正直強諫；以其宗族強盛，故不敢加誅也。」就根據他這次不計生死、犯顏直諫的事說的吧？

6 何晏❶、鄧颺❷令管輅❸作卦❹，云：「不知位至三公不？」卦成，輅稱引❺古義❻，深以誡之。颺曰：「此老生之常談❼。」晏曰：「『知幾其神乎』❽，古人以為難；交疏而吐誠❾，今人以為難。今君一面❿盡二難之道，可謂『明德惟馨⓫』！《詩》不云乎：『中心藏之，何日忘之⓬！』」

【注　釋】❶何晏　見〈言語〉14注❶。❷鄧颺　見〈識鑒〉3注❷。❸管輅　字公明，平原（在今山東平原南）人，精通《周易》，擅長占卦。❹作卦　用蓍草五十根占卦，先取其一，餘四十九分為二疊，然後四根一數，以確定一陽爻或陰爻；如此反覆六次，得六爻而作成一卦。❺稱引　引證。❻古義　古人的高義風範。❼老生之常談　老書生平常的議論。比喻毫無新意的言談。❽知幾其神乎　《易・繫辭下》：「子曰：『知幾其神乎？……幾者，動之微（很隱微的變動），吉之先見者也（在吉祥之先顯露出來的預兆）。』」❾交疏而吐誠　交情疏遠，卻能吐露真言。❿一面　一次會面。⓫明德惟馨　見《左傳・僖公五年》。言不朽的美德才是馨香的。在此借為盛德不朽之意。明德，美德。惟，是。馨，傳布得很遠的香氣。⓬中心藏之二句　見《詩・小雅・隰桑》之卒章。言收藏在心中，永遠不忘。鄭玄讀藏為臧，善的意思，云：「我心善此君子，又誠不能忘也。」亦通。

【語　譯】何晏和鄧颺叫管輅替他們占卦，說：「不知道我們的官位能做到三公不能？」卦做成了，管輅引用古人的大義風範為證，苦心勸誡他們。鄧颺說：「這都是老書生平常的言論。」何晏卻說：「能做到『知幾其神乎』（能知道事務的先機，就能和神道相合）的地步，古人認為很困難；交情疏遠，卻能吐露真言，現在的人認為很困難。今天您和我倆只見一次面，就把這兩種難以實踐的大道全部做到，真可說是『明德惟馨』（盛德不朽）了！《詩經》上不是說嗎：『中心藏之，何日忘之！』（我要永遠記住您的教誨了！）」

【析評】據劉孝標注引〈輅別傳〉，此當為魏齊王芳在位，曹爽得寵專政時事。何晏、鄧颺等並有才名，但魏明帝認為他們生性浮華，黜而不用；及爽當政，才一併進敘尚書，倚為腹心。此時何、鄧專權擅勢，竊取官物；曹爽窺伺帝位，僭比天子；天下洶洶，人懷危懼（以上見《三國志・魏志・曹爽傳》）。所以何晏等問能否位至三公，管輅就「稱引古義，深以誡之」，望他們改過遷善。他曾告以八元、八愷輔相大舜，實踐內聖外王的大道（事見《左傳・文公十八年》）；又舉周公翼護成王，心存敬慎，每夜思有得，就坐以待旦，以便盡快施行（事見《孟子・離婁下》）；故能位列三公，普濟兆民。而晏等權重位高，卻懷德者少，畏威者眾，恐非多福之士（見〈輅別傳〉），辭意極為坦誠。無奈鄧颺把他的話斥為「老生常談」，毫不理會；何晏雖心知其理，卻遲疑不行；不久以後他們與曹爽謀反，皆為司馬宣王所殺。

7 晉武帝❶既不悟太子❷之愚，必有傳後意，諸名臣亦多獻直言。帝嘗在陵雲臺❸上坐，衛瓘❹在側，欲微申其懷❺，因如醉跪帝前，以手撫床❻曰：「此坐可惜！」帝雖悟，因❼笑曰：「公醉邪？」

【注釋】❶晉武帝 見〈德行〉17注❺。❷太子 指晉惠帝。❸陵雲臺 魏文帝黃初二年建，在洛陽宣陽門內。❹衛瓘 見〈識鑒〉8注❸。❺懷 諫阻之意。❻床 御座。❼因 而；卻。

【語譯】晉武帝還沒有察覺太子的愚笨，堅持把帝位傳給他的意圖，這時朝中各位有名望的大臣也多能進獻忠言。武帝曾在陵雲臺上閒坐，衛瓘隨侍在側，想微微表達他勸阻的意思，就好像喝醉了跪在武帝面前，用手撫摸著御座說：「這寶座真可惜呀！」武帝心裡雖然明白他的暗示，卻不以為然地笑著說：「您喝醉了嗎？」

【析 評】惠帝名衷，字正度，是武帝的次子。泰始三年立為皇太子，時年九歲。惠帝為太子時，朝廷上下都知道他不能處理大政。武帝有一次想拿一件要交給尚書處理的事務試令太子裁決，太子的生母賈妃遣左右代他辦理，給事張泓說：「太子不學，陛下所知。現在宜據事例論斷，不可引用古書。」於是替太子打了草稿，再叫太子抄錄呈覽。武帝受騙，信以為真。及太子登位，政出群小，綱紀大壞。當天下荒亂，百姓餓死，惠帝得到報告，竟問：「何不食肉糜（肉粥）？」武帝把皇位讓給這樣愚蠢不肖的兒子，不是可惜了寶座是甚麼？傳位給惠帝的結果，竟是賈后專政，釀成八王之亂，使晉室一蹶不振，豈是武帝始料所能及？

8 王夷甫婦❶，郭泰寧❷女，才拙而性剛，聚斂❸無厭❹，干豫人事❺；夷甫患之，而不能禁。時其鄉人幽州❻刺史李陽❼，京都大俠，猶漢之樓護❽，郭氏憚❾之；夷甫驟諫❿之，乃曰：「非但我言卿不可，李陽亦謂不可！」郭氏為之小損。

【注 釋】❶王夷甫婦　王衍之妻郭氏，晉惠帝賈皇后的堂姐妹，依恃宮中的勢力，剛愎自用，盛氣淩人。❷郭泰寧　即郭豫。字泰（亦作「太」）寧，太原陽曲（在今山西太原北四十五里）人。官至相國參軍。早卒。❸聚斂　搜刮財物；索取賄賂。❹厭　滿足。通「饜」。❺干豫人事　干涉公家人事的遷調任免。❻幽州　州名。治涿，在今河北涿縣。❼李陽　字景祖，晉高平國（治昌邑，在今山東金鄉西北四十里）人。武帝時為幽州刺史。❽樓護　字君卿，漢元帝時齊人，博學經傳。母死，送葬車三千輛。曾任天水太守、廣漢太守。❾憚　畏懼。❿驟諫　屢次勸諫。

【語 譯】王夷甫的妻子，是郭泰寧的女兒，才能拙劣，但性格剛愎，除了貪賄無厭，也干涉人事的任免調遷；王夷甫雖然為此發愁，卻沒有辦法禁止。當時王夷甫的同鄉幽州刺史李陽，是京城裡見義勇為的大俠，就如同西漢的俠客樓護，郭氏很害怕他；當王夷甫屢次勸她無效，就會說：「不只我說您不應該，李陽也說不應該呀！」郭氏就會因此略微收斂一些。

【析　評】王衍雖官至太尉，但他的妻子郭氏是惠帝賈皇后的堂姐妹，有了這樣的靠山，所以連王衍也奈何不了她；當她作威作福、干豫人事、賣官鬻爵起來，為害之烈，也不難想像。幸而京都有一位大俠李陽，馳譽天下，就連郭氏也震於他的英名，畏懼三分；到了萬不得已的時候，王夷甫就假借他的威名，加以壓制，屢奏奇效。一個真正的俠者，修行砥名，天下莫不景仰稱賢，這是可敬畏的原因之一；而俠者謹守信義，不顧個人的生死，專赴別人的急難，事成之後，又能不誇其能，羞言其德，這是可敬畏的原因之二；所以權位再高的人枉法貪贓，觸怒大俠，他都敢挺身而出，聲罪致討；誰敢把他殺死，也必定觸動公憤，自取滅亡。這就是郭氏畏懼、「為之小損」的緣由了。

9 王夷甫❶雅尚❷玄遠❸，常嫉❹其婦❺貪濁，口未嘗言「錢」。婦欲試之，令婢以錢繞床，不得行。夷甫晨起，見錢閡行❻，謂婢曰：「舉卻阿堵物❼！」

【注　釋】❶王夷甫　即王衍。見〈言語〉23注❷。❷雅尚　平素好尚；一向重視。❸玄遠　指幽深高遠的老莊之道。❹嫉　憎恨。❺其婦　其妻郭氏，見本篇8注❶。❻閡行　阻礙通道。行，道路。❼阿堵物　這個東西。後世稱錢為「阿堵物」，本此。

【語　譯】王夷甫一向推崇幽深高遠的老莊之道，卻因經常痛恨他妻子貪財好貨的劣行，口裡從來不曾說過「錢」字。他妻子想要考驗他一下，就叫婢女把錢繞在床的周圍，使他不能通行。王夷甫早晨起身，看見錢阻塞了通道，就對婢女說：「拿開這東西！」

【析　評】老莊主張清靜無為，不尚賢，不貴難得之貨。不貴難得之貨，王夷甫做到了，所以他因恨妻子貪濁，而口未嘗言錢；但清靜無為和不尚賢，他還做不到，所以「常嫉」其婦，認定她是貪婦，不是賢妻——心存嫉恨，和清靜無為是相牴觸的；認為妻子貪濁，和不尚賢也是相牴觸的。所以本文起首三句，在讚美之中，隱寓著些許貶抑之義。至本文的後段，表明王夷甫禁得起考驗，倉促中仍絕口不言「錢」字，果然清高脫俗，令人起敬；而「阿堵物」從此成為「錢」的別稱，也具有非凡的意義。

10 王平子❶年十四、五，見王夷甫妻郭氏貪欲❷，令婢路上儋❸糞；平子諫之，並言諸❹不可。郭大怒，謂平子曰：「昔夫人❺臨終，以小郎❻囑新婦❼，不以新婦囑小郎！」急捉衣裾❽，將與杖；平子饒❾力，爭❿得脫，踰⓫窗而走。

【注釋】❶王平子　即王澄。見〈德行〉23注❶。❷郭氏貪欲　見本篇8、9。❸儋　同「擔」。❹諸　相當於「其」。❺夫人　指王澄的母親樂安（晉時國名。治高苑，在今山東桓臺東）任氏。澄父名乂。❻小郎　婦人稱夫弟為小郎。❼新婦　婦人的自稱。❽衣裾　衣服的前襟。即大襟。❾饒　多。❿爭　掙扎。通「掙」。⓫踰　跳過；超越。

【語譯】王平子在十四、五歲時，見哥哥王夷甫的妻子郭氏非常貪婪，竟叫婢女在大路上挑糞；於是王平子勸阻她，並且說不該這樣做。郭氏大怒，對王平子說：「從前夫人臨終的時候，把小郎託付我管教，沒有把我託付給小郎！」一下子抓住他的大襟，要給他一頓拷打；幸虧王平子很有力氣，掙扎脫身，跳窗逃走。

【析評】王平子是王夷甫的弟弟，小夷甫十三歲（見程炎震《世說新語箋證》），大概比郭氏小十歲左右，郭氏說「夫人臨終，以小郎囑新婦」，應是可信的；所以她理直氣壯地要杖打小叔。但郭氏小氣得公然叫婢女絡繹於途，去做挑糞的粗活兒，丟盡了王家的面子；也無怪少不更事的王平子要挺身直諫了。

11 元帝❶過江猶好酒，王茂弘❷與帝有舊❸，常流涕諫，帝許之，命酌酒一啗❹，從是遂斷。

【注釋】❶元帝 晉元帝。見〈言語〉29注❶。❷王茂弘 即王導。見〈德行〉27注❸。❸舊 故交；老交情。❹啗 用口微飲。諸本作「酣」或「唾」，並非。

【語譯】晉元帝東遷渡江以後，仍舊喜歡酗酒，王茂弘和元帝有舊交，常常流著眼淚勸阻，元帝終於答應他，叫他酌杯酒來，輕輕呷了一口，從此就戒絕了。

【析評】本則記元帝戒酒的故事，只記他把王導獻上的酒微呷一口，就不復再飲。至於杯中的餘酒，鄧粲《晉紀》和敬胤的舊注，都說被倒在地上；但《清一統志》五十引《建康志》說：「覆杯池，在上元縣（今江蘇省江寧縣）北三里。晉元帝以酒廢事，王導諫之，帝覆杯池中以為戒，因名。」以為倒入池中；這都無從考辨了。要緊的是那最後的一小口酒，表露出元帝對酒的深深喜愛；但他為了完成中興大業，毅然聽從王導的勸諫而從此斷飲，也很悲壯感人。

12 謝鯤❶為豫章太守，從大將軍下，至石頭❷，王敦謂鯤曰：「余不得復為盛德之事❸矣！」鯤曰：「何為其然❹？但使自今以後，日亡日去❺耳。」敦又稱疾不朝。鯤諭❻敦曰：「近者，明公❼之舉，雖欲大存社稷，然四海之內，實懷❽未達。若能朝天子，使群臣釋然，萬物❾之心，於是乃服。仗民望以從眾懷❿，盡沖退⓫以奉主上；如斯，則勳侔一匡⓬，名垂千載⓭。」時人以為名言。

【注　釋】❶謝鯤　見〈文學〉20注❸。❷石頭　城名。在今江蘇江寧西石頭山後。❸盛德之事　指賢臣輔國的盛美之事。❹何為其然　「其何為然」的倒裝句。其，第二身指稱詞。然，如此；如此說。❺日亡日去　是說一天一天地漸忘以前的事情，君臣之間的猜疑也一天一天地消失。亡，通「忘」。《晉書・謝鯤傳》、《資治通鑑・晉紀》「亡」皆作「忘」。❻諭　曉諭；把道理詳細告訴別人。❼明公　古代對權貴長官的尊稱。❽懷　思念；想。❾萬物　萬眾；所有的人民。❿懷　心意。⓫沖退　謙虛自抑。⓬勳侔一匡　功勳可與「一匡天下」的管仲相等。侔，相等。《論語・憲問》：「管仲相桓公，霸諸侯，一匡天下。」一匡即「一匡天下」的省略，謂糾正天下所有的缺點。一，盡。匡，糾正。⓭名垂千載　萬古流芳；美名永遠不朽。載，年的別稱。千載即永遠之意。

【語　譯】謝鯤當豫章太守，隨大將軍王敦沿江而下，到達石頭城，王敦對謝鯤說：「我不能再做賢臣輔國的盛美之事了！」謝鯤說：「您為甚麼這樣說呢？只要從今以後，使過去的事一天一天的淡忘，使君王的懷疑一天一天的消失就行了。」後來王敦又藉口有病，不去上朝。謝鯤告訴王敦說：「最近明公的所作所為，雖然想好好保全國家，但天下的人，實在還想不通這個道理。如果能去朝見天子，先讓群臣胸無疑慮，萬民的心意，才能信服。憑恃著人民的願望，而且順從著大眾的意念，盡力以謙虛自抑的心事奉主上；能像這樣做，那麼功勳就和『一匡天下』（糾正天下所有的缺點）的管仲相等，萬古流芳了。」當時的人認為這是極有價值的言論。

【析　評】晉元帝永昌元年（西元三二二年），王敦以誅伐鎮北將軍劉隗清除君側為名，率眾內向，朝野震驚。謝鯤當時本為大將軍長史，王敦既派他出任豫章太守，又想利用他的才望，就把他留在身邊，逼與俱行。王敦至石頭城說「余不得復為盛德之事矣」，已明白宣示他的無君之心；但謝鯤仍然正言相勸，告以改過自新之道。王敦不從，入京以後，又殺害了忠賢周顗和戴若思。元帝迫不得已，拜王敦為丞相、江州牧，進爵為武昌郡公，加以安撫；但王敦假裝辭讓不受，並怕被殺，託病不朝。謝鯤當時雖勸他謙沖自抑，忠貞輔國，時人以為名言；王敦卻悍然不朝而去，還屯武昌，終於自毀前程，留下千古罵名（詳見《晉書》謝鯤、王敦傳）。

13

元皇帝❶時，廷尉❷張闓❸在小市居，私作都門❹，早閉晚開，群小患之。詣州府訴，不得理❺，遂至撾❻登聞鼓❼，猶不被判。聞賀司空❽出，至破岡❾，連名❿詣賀訴。賀曰：「身被徵作禮官⓫，不關此事！」群小叩頭曰：「若府君⓬復不見治⓭，便無所訴！」賀未語，令且去：「見張廷尉當為及之。」張聞，即毀門，自至方山⓮迎賀。賀出辭見之⓯，曰：「此不必見關⓰，但與君門情⓱，相為惜之！」張愧謝曰：「小人⓲有此，始不即知，早已毀壞。」

【注釋】❶元皇帝　即晉元帝。見〈言語〉29注❶。❷廷尉　官名。掌刑獄，是古代最高的司法官員。❸張闓　字敬緒，丹陽（郡名。治建康，在今江蘇江寧東南五里）人。官至金紫光祿大夫。❹都門　城市中的里門。❺理　受理；答理。❻撾　敲打。❼登聞鼓　晉時帝王懸鼓於朝堂外，臣民有諫議或冤情，可擊鼓上聞，謂之登聞鼓。❽賀司空　指賀循。見〈言語〉34注❷。❾破岡　地名。見〈雅量〉33注❻。❿連名　即聯名。謂聯合簽名。⓫禮官　掌禮儀的官員。賀循於晉元帝建武、元興年間被徵為太常，掌禮樂郊廟社稷等事宜。⓬府君　漢、魏以來對人的敬稱。⓭見治　管這件事。「見」為加於動詞前的詞頭，有指示稱代作用，在此表示動詞下省略「此」字，而一般則省略「我」字。⓮方山　山名。在今江蘇江寧東南。⓯賀出辭見之　賀循把群小的訴辭拿出來給他（指張闓）看。此句各本作「賀出見，辭之」，余嘉錫據唐寫本作「賀公之出辭見之」，以「公之」二字為衍文。甚是。⓰關　關門；界上的門。指都門而言。⓱門情　世交。循祖齊與闓祖昭友善，故云門情。⓲小人　古人用作自稱的謙詞。

【語譯】晉元帝時，廷尉張闓在一個小街市上居住，私自設置一座里門。每天很早就關閉，很晚才開啟，當地的人民很厭恨這件事情。到州長的官署去投訴，未獲受理，於是到皇宮門外擊「登聞鼓」告狀，他還是沒有被審判。後來民眾聽說賀司空出行，已到達破岡，就聯名具狀到賀循處投訴。賀循說：「本人被徵召當掌管禮儀的官員，跟這件事沒有關係呀！」民眾叩頭道：「您如果也不管這件事，我們就沒有地方訴苦了！」賀循沒有答話，只叫他們暫時回去，並說：「我見到張廷尉時，將替你們提到這回事。」張闓聽說了，立刻拆了里門，又親自到方山去迎接賀循。見面以後，賀循先把民眾的訴狀拿給他看，然後說：「這倒不必去看是否真的設了里門，只是和您有深厚的世交，很為您遇到這種麻煩可惜！」張闓慚愧地謝罪道：「我真的做了這樣的事；起初未能立刻察覺自己不對，後來察覺，所以早就把它拆除了。」

【析評】張闓和地方人民爭執不下，一聽說賀循將出面關說，立刻認罪，拆了妨害大眾的里門。這固然和他倆的世交有關，但更重要的應是賀循一向為張闓所敬重。我們但看賀循既見張闓，先把人民告他的狀子拿給他看，這就省掉了許多不必要的口舌，避免了不少可能引起的爭辯；當張看完訴狀，賀一句「此不必見關」，又把人民所訴是否屬實的問題支開，表示他雖看過訴狀，也不敢遽然相信，為朋友保留了情面；而「但與君門情，相為惜之」一語，技巧更為高妙，涵義越加圓融；上一句說明此事他不能不管的苦心，下一句又流露出他的關切與責備之深情——這句話的意思，是果有此事我就為你犯過感到可惜，倘無此事我也為你蒙怨感到可惜；總之賀循用語無多，乾淨俐落地一口氣卻把該說的話說盡，只留給張闓一個自我反省的餘地；因為事理分明，如容他反駁狡辯，徒傷和氣，於事無補。從這裡，我們就能看出他才德的厚重了。

14 郗太尉❶晚節好談，既雅非所經❷，而甚矜❸之。後朝覲❹，以王丞相❺末年多可恨，每見，必欲苦❻相規誡。王公知其意，每引作他言。臨當還鎮，故命駕詣丞相；翹須厲色❼，上坐便言：「方當永別，必欲言其所見！」意滿口重❽，辭殊不流❾。王公攝其次❿曰：「後面未期，亦欲盡所懷；願公勿復談！」郗遂大瞋，冰衿⑪而去，不得一言。

【注　釋】❶郗太尉　指郗鑒。見〈德行〉24注❶。❷經　長；擅長。❸矜　自負；驕傲。❹朝覲　臣下拜見君王。❺王丞相　指王導。見〈德行〉27注❸。❻苦　竭力；極力。❼翹須厲色　鬍鬚翹起，臉色嚴厲。須，「鬚」的本字。❽意滿口重　意氣洋溢，鄉音濃重。口，口齒。❾流　流利。❿攝其次　整頓他的座位，使之端正，以示恭敬。⑪冰衿　意不可通，當從唐寫本作「冰矜」。言緊繃著臉，意態傲慢。

【語　譯】郗太尉晚年喜歡清談，這本不是他平常所擅長的，但是卻極為自負。後來他入朝覲見天子，因為王丞相暮年做了許多可恨的事情，每次見面，都想要竭力勸誡。王公知道他的意圖，每次都把話頭扯到別處去。臨到將回所鎮守的地方，故意叫御者駕車去拜訪王丞相；只見他翹著鬍子、臉色嚴肅，一坐下就說：「就要永別了，我一定得把所知道的說清楚！」意氣洋溢，鄉音濃重，言辭很不流利。王公扶正他的座位，說：「下次見面不知在甚麼時候，也想傾訴我的感想；希望您不要再說了！」郗太尉就氣得瞪著眼睛，板著面孔，高傲地離開，一句話也說不出來。

【析　評】郗鑒以為王導諸多可恨，最主要的是爭議褒貶右將軍周札一事。王敦舉兵攻石頭，周札曾開城作他的內應，故表薦札為尚書。及敦病重，鎧曹參軍錢鳳以札一門五侯，宗族勢盛，便勾結王敦的心腹沈充（參見本篇16注❷），勸敦消滅周氏；故周札及兄弟子姪全被殺害。王敦死後，周札故吏詣闕訴冤，請加贈謚，王導建議贈周札官，認為王敦以清除君側為名，進攻石頭（詳本篇12則「析評」欄），作亂的行跡未顯，周札開城接應，乃是「忠存社稷，義在亡身」，以身許國的行為。但郗鑒以為周札「信敦當時之匡救，不圖將來之大逆」，開門接應，遂使王師不振，不值得獎勵。當時朝臣雖無法反駁，卻不肯採納，終於追贈周札為衛尉，使郗深感不平（事見《晉書》郗鑒、王敦、沈充傳）。本則記郗鑒想說而未說的，大概還是相關的道理吧？

15 王丞相❶為揚州，遣八部從事❷之職❸。顧和❹時為下傳❺，還，同時俱見；諸從事各奏二千石官長❻得失，至和，獨無言。王問顧曰：「卿何所聞？」答曰：「明公作輔，寧使網漏吞舟❼；何緣採聽風聞❽，以為察察❾之政？」丞相咨嗟稱佳❿，諸從事自視缺然⓫。

【注釋】❶王丞相　指王導。見〈德行〉27注❸。❷八部從事　揚州當時統轄丹陽、會稽、吳、吳興、宣城、東陽、臨海、新安八郡，郡各有部從事（太守之佐吏）一人。❸之職　就職；到職視事。❹顧和　見〈言語〉33注❶。❺下傳　晉時部從事下，另設從事。部從事乘傳車（驛車）出行，從事則乘傳車相隨，故稱從事為下傳。❻二千石官長　指太守。晉時各郡太守的俸祿為二千石。❼網漏吞舟　網漏吞舟之魚。比喻法網寬疏，放過重大的罪犯。❽採聽風聞　採信聽從傳聞。❾察察　苛察小事，辨析入微。❿咨嗟稱佳　讚歎稱善。⓫自視缺然　自我反省，覺得不如他人。

【語譯】王丞相當揚州刺史的時候，派遣了八位部從事去上任。顧和當時是從事，回揚州後，和其他七位從事一同晉見王公；諸從事各自報告頂頭上司施政的得失，輪到顧和，獨有他沒有講話。王公問顧和道：「您聽說甚麼了嗎？」答道：「明公當宰相，情願使法網寬疏，漏掉吞舟的大魚；何必靠打聽輾轉傳述的話，推行苛刻煩瑣的虐政？」丞相讚歎叫好，諸從事都覺得比不上他。

【析評】喜歡指摘長官的得失，是古今小吏的通病；但他們所知有限，所論多失平正。顧和身為部從事的屬吏，官位很低；但他獨能勸丞相行大道，施大政，勿以苛察小過為能。可見他的才情之高，有些地方已出王導之上，無怪一座傾服，自歎弗如。

16 蘇峻❶東征沈充❷，請吏部郎陸邁❸與俱。將至吳，峻密敕左右令入閶門❹

放火以示威。陸知其意，一謂❺峻曰：「吳治平來久❻，必將有亂；若為亂階❼，可從我家始！」峻遂止。

【注　釋】❶蘇峻　見〈方正〉25注❹。❷沈充　字士居，晉吳興郡（治所在今浙江吳興）人。王敦攻陷京城，以為車騎將軍。敦死，明帝使蘇峻討充，充為部將吳儒所殺。❸陸邁　字公高，吳郡吳縣（今江蘇吳縣）人。風範清峻，官至尚書吏部郎。❹閶門　吳縣的西城門。❺一謂　乃謂。❻來久　已久。❼亂階　禍亂的階梯。言禍亂將由此地產生。

【語　譯】蘇峻東征沈充，請吏部郎陸邁和他同行。大軍快到吳縣時，蘇峻暗中囑咐左右的人，命令他們進入吳縣的閶門放火，好向陸邁示威。陸邁知道他的用意，就對蘇峻說：「吳縣安定已久，一定會發生叛亂；如果因為這兒就是禍亂的階梯，可以從我家燒起！」蘇峻就作罷了。

【析　評】沈充諂事王敦，蘇峻奉命前往征討，特請陸邁同行；但大軍快到陸邁的老家吳縣，他又密令焚城，好顯示他才是權威十足、大公無私的主帥，縱使是吏部郎的家鄉，他也說燒就燒。陸邁就在蘇峻的身邊，他想像這樣切身相關的大事都不和自己商量，蘇峻作威作福的心態便非常明白，無論勸阻、求情，都是沒有用的；於是提供一個主意，叫蘇峻乾脆從自己的家燒起。這主意的妙處在哪裡呢？第一，使大家明白：吳縣治平已久，從無叛亂之事發生，根本沒有焚城嚴懲的理由；若以平久必亂加以毀滅，則天下將無可得保全的城邑。第二，宣告自己家居吳縣，揭穿蘇峻焚城，意在向一己示威的私心。蘇峻玩弄權術，既被陸邁道破，再做下去就得承受天下的非議，只好快快罷休。

17　陸玩❶拜司空❷，有人詣之，索❸美酒，得，便自起，瀉箸梁柱❹間地，祝曰：「當今乏才，以爾為柱石之臣❺，莫傾人棟梁❻！」玩笑曰：「感卿良箴❼。」

【注釋】❶陸玩　見〈政事〉13注❶。❷司空　官名。為三公之一，主管水土及營建工程。空，通「工」。❸索　討取。❹梁柱　屋橫梁兩端之下的柱子。❺柱石之臣　擔當國家重任的臣子。言其如柱支梁，如礎石承柱。❻棟梁　房屋頂上的正梁叫棟，兩側架在柱上的橫梁叫梁。在此用以喻國家。❼良箴　良好的箴言。

【語譯】陸玩被任命為司空以後，有人去拜訪他，向他索取美酒，拿到以後，就自行站起來，把酒傾注在橫梁下兩柱中間的地上，祈禱道：「如今缺乏人才，任命你為柱石之臣，擔當國家的重任，你可不要使人家的棟梁傾覆、國家敗亡啊！」陸玩笑著說：「感謝您美好的箴言。」

【析評】劉孝標注引〈玩別傳〉云：是時王導、郗鑒、庾亮相繼逝世，朝野憂懼，乃拜陸玩為司空。就職以後，陸玩歎息著對賓客說：「以我為三公，是天下沒有人才啊！」因為他謙沖為懷，有這樣的自覺，所以能對來人冒昧的言行一笑置之，衷心銘感。

18 小庾❶在荊州，公朝❷大會，問諸僚佐曰：「我欲為漢高、魏武❸，何如？」一坐莫答。長史❹江虨❺曰：「願明公為桓、文之事❻，不願作漢高、魏武也！」

【注釋】❶小庾　指庾亮弟庾翼。見〈雅量〉24注❶。❷公朝　因公事相聚會。❸漢高魏武　漢、魏二朝的開國主漢高祖劉邦、魏武帝曹操。❹長史　官名。為將軍府的幕僚長。時庾翼為安西將軍、荊州刺史。❺江虨　見〈方正〉25注❺。❻桓文之事　春秋時齊桓公小白、晉文公重耳，尊周室、攘夷狄的事業。

【語譯】小庾在荊州當刺史的時候，因公事召開大會，問諸位部屬道：「我想當漢高祖、魏武帝之類的人物，怎麼樣？」所有在座的人都不回答。後來長史江虨說：「希望明公去做齊桓公、晉文公輔佐天子的事業，不希望去當漢高祖、魏武帝之類的開國帝王啊！」

【析評】庾翼當時任荊州刺史，地位和先秦時代屏藩天子的諸侯相當，所以江虨勸他安分守己，效法齊桓、晉文；不要心懷不軌，妄想推翻晉室，南面稱帝。如據本則所記，小庾欲為漢高、魏武的話，是在大庭廣眾之間公開說的；然據《晉書》所載，庾亮、庾冰、庾翼兄弟等，身為帝舅——亮妹是明帝皇后，深受朝廷倚重，均能忠心事主，不該有這叛上作亂的行為。所以宋明帝《文章志》以為庾翼名輩，不應如此，當時若有這種說法，也必由於傳聞錯誤（見劉孝標注引）。所說很有道理。

19 羅君章❶為桓宣武❷從事❸，謝鎮西❹作江夏❺，往檢校❻之。羅既至，初不問郡家事❼，徑就謝數日，飲酒而還。桓公問有何事，君章云：「不審❽公謂謝尚是何似人？」桓公曰：「仁祖是勝我許人。」君章云：「豈有勝公人而行非❾者？故一無所問。」桓公奇其意，而不責也。

【注釋】❶羅君章　即羅含。見〈方正〉56注❶。❷桓宣武　即桓溫。見〈言語〉55注❶。❸從事　謂部從事。參見本篇15注❷。❹謝鎮西　指謝尚。見〈言語〉46注❶。❺江夏　郡名。治所在今湖北安陸。❻檢校　查核；巡視。❼郡家事　郡中的公事。❽審　熟知；曉得。❾行非　把事做錯。

【語譯】羅君章做桓宣武的部從事時，謝鎮西擔任江夏郡太守，奉命到他郡中巡視。羅君章已抵達，根本就不查問郡裡的公事，直接到謝家住了幾天，宴飲之後就回去了。桓公問有甚麼事須要處理，羅君章說：「不曉得您認為謝尚是怎麼樣的人？」桓公說：「仁祖是比我高明一些的人。」羅君章說：「哪有比您高明的人卻把事做錯的呢？所以我甚麼也沒問。」桓公覺得他的想法很特別，就沒有責備他。

【析評】據《晉書・謝尚傳》，謝尚為建武將軍、江夏相時，安西將軍、荊州刺史庾翼坐鎮武昌；至康帝建元二年（西元三四四年），庾冰卒，謝尚即升任江州刺史，離開江夏。又據同書〈庾翼傳〉、〈桓溫傳〉，次年穆帝永和元年，庾翼卒，桓溫始代翼治荊州。魏、晉時，諸侯王國的實際執政者稱「相」，與治理諸郡的太守相當，故〈謝尚傳〉所謂謝尚為「江夏相」，是說他為江夏郡太守的意思，此事在桓溫為荊州刺史之前；所以本則言羅君章「為桓宣武從事」，應是「為庾安西從事」的譌誤。謝尚，字仁祖，他是羅君章和庾翼心目中共同的偶像。古人對所敬仰的人一概稱呼他的字，所以桓公（當改安西）稱仁祖；但古人在尊長之前是互相稱名的，是故羅君章稱謝尚。這一點我們應加注意，不要以為羅君章無禮才好。

20 王右軍❶與王敬仁❷、許玄度❸並善，二人亡後，右軍為論議更克❹；孔嚴❺誡之曰：「明府❻昔與王、許周旋有情；及逝沒❼之後，無慎終❽之好，民所不取。」右軍甚愧。

【注釋】❶王右軍　指王羲之。見〈言語〉62注❷。❷王敬仁　即王脩。見〈文學〉38注❷。❸許玄度　即許詢。見〈言語〉69注❷。❹克　好勝。謂存心超越別人，抬高自己。❺孔嚴　見〈品藻〉40注❺。❻明府　漢、魏以來，稱太守、牧尹為府君或明府君，省稱明府。時王羲之為會稽內史，負責政務；孔嚴為山陰人，故以明府相稱。❼逝沒　死。逝謂去世。沒，死。通「歿」。❽慎終　謹慎小心，始終一貫。

【語譯】王右軍和王敬仁、許玄度都很友好，但二人死後，王右軍對他們所作的批評，變為含有好勝的意味；孔嚴告誡他說：「您以前和王、許交往，感情很好；等到他們逝世以後，如果不能保持一貫的友好，一般人是不會接受的。」王右軍聽了，非常慚愧。

【析評】王敬仁、許玄度都是一時的名士，王羲之原和他們有交情，但他們死後，卻無情地加以批評譏貶，意在抬高自己的身價。這當然是不值得取法的。但經過孔嚴直言勸諫，王羲之立即慚愧悔過，卻表現得光明磊落，不失君子知過必改的風度。

21 謝中郎❶在壽春敗❷，臨奔走，猶求玉帖鐙❸。太傅❹在軍，前後❺初無❻損益❼之言，爾日猶云：「當今豈復煩❽此？」

【注釋】❶謝中郎　指謝萬。見〈言語〉77注❶。❷在壽春敗　參見〈品藻〉49、〈簡傲〉14。❸玉帖鐙　鐙名。可能是一種用美玉貼飾的燈。燈，本作「鐙」。帖，黏；貼。❹太傅　指謝安。見〈德行〉33注❷。❺前後　始終。❻初無　一點也沒有。❼損益　本指褒貶。但在此偏用「損」字，只取貶損之意。❽煩　煩勞；麻煩。

【語譯】謝中郎在壽春戰敗，臨逃走的時候，還在找他心愛的玉帖燈。謝太傅也在軍中，對他始終沒有絲毫不滿意的話，那天還是忍不住說：「現在哪還用得著這玩藝兒呢？」

【析評】兵敗將逃，身為主將的謝萬，應有許多的緊急事務要處理，許多更貴重的東西要拋棄，而他卻一心一意地尋找一盞燈；難怪他那寬厚的哥哥謝安，也忍不住提醒他一句，教他衡量事務的輕重緩急了。「當今豈復煩此」這句問話中，沒有絲毫的火氣，但卻辭義簡練，發人猛省。這話只能叫心慌意亂的謝萬恢復冷靜，絕不會火上澆油，使他惱怒，耽誤更多的正事。

22 王大❶語東亭❷：「卿乃復倫伍❸不惡，那得與僧彌❹戲？」

【注　釋】❶王大　指王忱。見〈德行〉44注❷。❷東亭　指王珣。見〈言語〉102注❸。❸倫伍　時人品評人物所排的次序。倫謂倫類，伍言如軍伍之有先後。各本譌作「論成」，非；此從楊勇《校箋》。❹僧彌　東亭弟王珉的小名。見〈政事〉24注❸。

【語　譯】王大對東亭說：「您在名人排行榜中的名次都還不壞，怎麼能只和僧彌玩耍呢？」

【析　評】劉孝標注引《續晉陽秋》：「珉有儁才，與兄珣並有名，聲出珣右（上），故時人為之語曰：『法護（王珣小名）非不佳，僧彌難為兄（有了僧彌這樣的弟弟，就難以做人哥哥了）。』」據此看來，王大說王東亭「那得與僧彌戲」，並不是說王僧彌不好，會把王東亭帶壞；而是說王僧彌的長處很多，王東亭應好好向他學習，不能只顧和他遊戲。

23

殷顗❶病困，看人政❷見半面。殷荊州❸興晉陽之甲❹，往與顗別，涕零❺，屬❻以消息所患❼。顗答曰：「我病自當差❽，正憂汝患耳！」

【注　釋】❶殷顗　見〈德行〉41注❹。❷政　只。通「正」。❸殷荊州　指殷仲堪。見〈德行〉40注❹。❹興晉陽之甲　謂地方首長不滿朝廷，舉兵內向。典出《公羊傳·哀公十三年》記晉趙鞅興晉陽之甲，逐荀寅、士吉射，以清除君側的惡人。❺涕零　淚落。❻屬　通「囑」。❼消息所患　調養所患的病。❽差　病癒。通「瘥」。

【語　譯】殷顗病得很危急了，看人只能看到半面。這時殷荊州想要模仿春秋時晉趙鞅發動晉陽的甲兵，清除君側的惡人，去向殷顗告別，最後他流著眼淚，囑咐殷顗好好養病。殷顗回答道：「我的病自然會好，只是為你的病擔憂呢！」

【析　評】據《晉書·殷仲堪傳》及〈王恭傳〉：孝武帝崩，安帝立，會稽王道子執政，寵信尚書左僕射王國寶（參見本篇26注❷），使掌機要。王恭謀誅國寶，遣使奉書與殷仲堪、桓玄聯絡；仲堪以為王恭在京口，離京師不到二百里，自己從荊州遠道連兵，力有不及，便假裝答應他，並與桓玄奉他為盟主，約期同赴京師，實際不想參與；後來聽說王恭已誅國寶等，才上表興師。本則記仲堪行前向殷顗告別，顗病既危，似是對時局不甚了解，故以「我病自當差，正憂汝患耳」相勸，意思是我只是自身有病，還有藥可救；但你的病會殃及全家，令我憂心。因為舉兵內向，一旦失敗，就難免滿門抄斬之禍。這話真說得語重心長，令人感動。但《晉書・殷顗傳》則說仲堪得王恭書，將舉兵內伐，告顗，欲同舉。顗不從，恐為仲堪所斥，故離家行散（時人服五石散後，必須出門散步，以發揮藥性，謂之「行散」），託病不還。仲堪聞其病，前往探望，謂顗：「兄病甚可憂。」顗說：「我病不過身死，但汝病在滅門，勿以我為念也。」仲堪不從，卒與桓玄等同行，顗因憂懼而死。所述頗為不同，顗語亦淺淡無味。

24 遠公❶在廬山❷中，雖老，講論不輟。弟子中或有墮❸者，遠公曰：「桑榆之光❹，理無遠照；但願朝陽之暉❺，與時❻並明耳。」執經登坐，諷誦❼，詞色❽甚苦❾。高足之徒❿，皆肅然⓫增敬也。

【注釋】❶遠公　指釋慧遠。見〈文學〉61注❷。❷廬山　山名。在江西九江南。三面臨水，西接陸地，萬壑千巖，常在煙雲瀰漫中。❸墮　懈怠。通「惰」。❹桑榆之光　尚留在桑、榆之上的落日餘暉。比喻自己餘年不多。❺朝陽之暉　比喻弟子正當壯年，來日方長。暉，日光；光輝。❻與時　跟隨時間的運轉。❼諷誦　高聲背誦。❽詞色　聲音容色。❾苦　賣力。❿高足之徒　程度過人的學生。⓫肅然　恭敬的樣子。

【語譯】遠公在廬山中，雖然年老，但講經論法，仍不停息。弟子中偶有神情怠惰的，遠公就對他說：「我好像殘留在桑榆梢頭的落日餘暉，理當不能照得長久；但願你們像朝陽的光芒，隨著時間的運轉，越來越亮。」然後手持佛經登上法座，高聲背誦，聲音和臉色都顯得非常賣力。程度好的弟子，都面色嚴肅，更加尊敬他。

【析　評】這一則記高僧慧遠晚年勉勵弟子的情況。他那夕暉、朝陽的比喻，語意蒼涼，卻挾帶著無比感人的生氣；而「執經登坐，諷誦，詞色甚苦」的描寫，更傳達出遠公那種老而彌堅、自厲奮發的精神，以及對佛學精深的造詣。對遠公肅然增敬的，必然不止他的「高足之徒」吧？

25 桓南郡❶好獵，每田狩❷，車騎甚盛，五、六十里中，旌旗蔽隰❸，騁❹良馬，馳擊❺若飛；雙甄❻所指，不避陵壑❼。或行陳❽不整，麏兔❾騰逸，參佐無不被繫束。桓道恭❿，玄之族也；時為賊曹⓫參軍，頗敢直言，常自帶絳綿繩箸腰中。玄問：「用此何為？」答曰：「公獵，好縛人士；會被⓬，手不能堪芒⓭也。」玄自此小差⓮。

【注　釋】❶桓南郡　指桓玄。見〈德行〉41注❶。❷田狩　打獵。❸隰　低濕的地方。❹騁　縱馬奔跑。❺馳擊　驅馬進擊。❻雙甄　戰陣的左右兩翼。❼陵壑　山陵和谿谷。❽行陳　戰陣的行列。陳，古通作「陣」。❾麏兔　麏和兔。在此泛指野獸。麏，同「麇」。即獐。❿桓道恭　字祖猷，曾任淮南郡太守、偽楚江夏相。晉安帝義熙初伏誅。⓫賊曹　官名。為郡守的佐吏，主盜賊之事，下有參軍。⓬會被　「會被縛」的略句，承上省「縛」字。各本作「會當被縛」或「會當縛」，皆非。此從《藝文類聚》二四引。⓭芒　指用芒搓成的繩索。芒，草名。似茅而大，葉緣快利如刀。芒繩割刺皮膚，痛苦難忍，故云「不能堪芒」。⓮小差　稍微好些。差，通「瘥」。病癒。

【語　譯】桓南郡喜好打獵，每次出獵，跟隨的車馬都很多，在五、六十里的範圍裡，旌旗遮蔽了低窪的地方，人人縱任良馬奔馳，像飛一樣的獵取禽獸；獵陣兩翼所指向，不避山陵和谿谷，莫不勇往直前。如有行陣不夠整齊，被圍的麞、兔奔騰逃脫，領隊的僚屬無不被他綑綁治罪。桓道恭，是桓玄的族人；當時任賊曹的參軍，很敢直言勸諫，經常自己帶著絳紅色的絲繩纏在腰上。桓玄問：「帶這玩藝兒幹甚麼？」回答道：「您打獵，喜歡綁人；當被綁的時候，我怕手受不了芒繩的割刺，所以帶來給您使用。」桓玄從此稍微收斂一些。

【析評】田獵本是一種遊戲，桓玄玩遊戲卻動不動就粗暴地綁人，完全不顧參佐精神和身體所受的痛苦，是會招致怨恨的；所以桓道恭略施小計，委婉諷諫。綿繩柔軟，被綁以後，雖仍心痛，卻可減輕皮肉之苦，而故意染成絳紅色，是令它分外顯眼，讓桓玄一瞥可見，好奇發問，以便應機勸阻。

26 王緒❶、王國寶❷相為脣齒❸，並弄權要❹。王大❺不平❻其如此，乃謂緒曰：「汝為此欻欻❼，曾❽不慮❾獄吏之為貴❿乎？」

【注釋】❶王緒　字仲業，晉太原國（治晉陽，在今山西太原）人。國寶從祖弟。會稽王司馬道子從事郎史，以邪佞得寵。安帝即位，國寶薦為琅邪內史。後為道子所殺。❷王國寶　平北將軍王坦之的第三子，太傅謝安的女婿，其堂姊為會稽王道子妃。晉孝武帝時，道子輔政，以國寶為祕書丞，補侍中，遷中書令、中領軍。安帝即位，道子更倚為心腹，遷尚書左僕射，加後將軍、丹陽尹，權震外內。時王恭與殷仲堪惡道子亂政，興師討伐，道子乃委罪於國寶，付廷尉，賜死，並斬王緒於市。❸相為脣齒　比喻關係密不可分，如脣齒互相依靠。❹權要　權力和機要（機密的要政）。即權勢。❺王大　即王忱。見〈德行〉44注❷。❻不平　憤慨不滿。❼欻欻　光晃動的樣子。借喻閃爍刺眼，令人不敢正視的壞事。❽曾　乃；竟。❾慮　憂慮；擔心。❿獄吏之為貴　管理監獄的官吏才是最尊貴的人。是說地位再高的人，一旦犯罪，也要受他們的擺布。

【語　譯】王緒和王國寶像脣齒般的互相依恃，共同玩弄權勢。王大對他們這樣做深為憤慨不滿，就對王緒說：「你做這種閃爍刺眼的事情，竟不擔心獄官才是最尊貴的人嗎？」

【析　評】王忱警告王緒的話，是說法網恢恢，疏而不漏，叫他及早悔悟，免落獄吏之手。《史記・絳侯周勃世家》載：有人上書告勃欲反，漢文帝命捕勃下獄。起初周勃不知如何申辯，並受獄吏凌辱，後來他以千金賄賂獄吏，獄吏指點迷津，獲赦出獄。周勃既出，說：「吾嘗將百萬軍，然安知獄吏之貴乎！」即王忱「曾不慮獄吏之為貴乎」一語的出處。周勃無罪，入獄的遭遇尚且如此；王緒等有罪，如及早想到將來的下場，改過自新，也許能逃過被殺的劫難；可惜他們執迷不悟，終於自食惡果，辜負了王忱的美意。

27 桓玄❶欲以謝太傅❷宅為營❸，謝混❹曰：「召伯❺之仁，猶惠及甘棠❻；文靖❼之德，更❽不保五畝之宅！」玄慚而止。

【注　釋】❶桓玄　見〈德行〉41注❶。❷謝太傅　指謝安。見〈德行〉33注❷。❸營　軍營。❹謝混　謝安之孫。見〈言語〉105注❶。❺召伯　即召公。姓姬，名奭。因封地在召（在今陝西岐山縣西南），周成王時與周公旦共同輔政，自陝（今河南陝縣）以西，召公掌管；自陝以東，周公掌管；作上公，為二伯。故稱召公或召伯。❻惠及甘棠　恩惠普及於甘棠。甘棠，植物名。又名棠梨。落葉喬木，高達十公尺。相傳周武王時，主管建築的官員要在召邑給召公建築官邸，召公不肯，自行到荒野甘棠樹下築草廬居住，在田間審理百姓的訴訟。但繼位的官員驕奢擾民，百姓困乏，有一位詩人看見召公在下面休息過的甘棠樹，就作詩歌頌道：「蔽芾（枝葉茂盛掩覆的樣子）甘棠，勿剪勿伐，召伯所茇（那是召伯所止息的地方。茇，草中止息）。」見《韓詩外傳》一及《詩・召南・甘棠》。❼文靖　謝安的謚號。❽更　卻；還。

【語　譯】桓玄想把謝太傅的舊宅改建成軍營，謝混說：「從前召伯的仁愛，在身後還能施惠於甘棠；可是文靖遺留的恩德，卻保不住一所五畝大的普通宅院！」桓玄深感慚愧，就作罷了。

【析　評】五畝之宅，舊時指一個平民普通大的住所，典出《孟子・梁惠王上》：「五畝之宅，樹之以桑，五十者可以衣帛矣。」這樣大的宅院，在當時到處都有，到處都可徵用；可是功在國家的太傅謝安才死，桓玄卻要趕走他的家人，剷除他的房舍，在他的住所建立軍營，不知是何居心？無怪謝混要挺身而出，打抱不平了。謝混以召伯之仁比文靖之德，無論就二人的地位和功德來說，都很相當，用典非常妥帖；可是那甘棠和宅院的遭遇，竟有天壤之別，誰不為之太息？再者，本文「惠及甘棠」上的「猶」字，與謝安的謚號「文靖」相呼應，表明所要比較的是他倆身後所受的差別待遇，遣詞也異常精妙。

捷悟❶第十一

1 楊德祖❷為魏武❸主簿❹，時作相國門，始搆❺榱桷❻，魏武自出看，使人題❼門作「活」字便去。楊見，即令壞❽之。既竟❾，曰：「門中『活』，『闊』字；王❿正⓫嫌門大也。」

【注釋】❶捷悟　解悟迅速。❷楊德祖　楊脩，字德祖，東漢弘農縣（今河南靈寶南四十里）人。魏武帝為丞相時，徵為主簿。因才思敏捷為魏武所妒而藉事殺死。❸魏武　即魏武帝曹操。❹主簿　官名。掌文書簿籍及印鑑，為屬吏之首。❺搆　結合；交搆。❻榱桷　椽子。放在檁上架屋瓦的木條。❼題　書寫。❽壞　拆除。❾竟　完畢。❿王　時曹操封魏王。⓫正　只；僅。

【語譯】楊德祖在魏武帝當相國時做他的主簿，那時正在建築相國官府的大門，榱桷剛剛架好，魏武帝親自出來察看，叫人在門扇上題了一個「活」字就走了。楊德祖見了，立刻下令把門拆掉。拆完後，他說：「門中加個『活』，就是『闊』字了；吾王就是嫌門太大了。」

【析評】曹操很喜歡玩字謎的遊戲，就本則及以下兩則所記，可見一斑。曹操是個心地狹窄、奸滑陰險的人物，他喜歡分合文字的偏旁，製造隱語，賣弄才學，難倒手下的部屬；卻偏偏碰上一個不識時務、鋒芒畢露的楊脩，屢次無情地、立即地加以破解，引起曹操的猜疑嫉妒，以致招來殺身之禍。此事雖小，卻值得才華外露的人引以為誡。

2 人餉❶魏武❷一桮❸酪❹，魏武噉❺少許，蓋頭上❻題為「合」字以示眾；眾莫能解。次至楊脩，脩便噉，曰：「公教人噉一口，復何疑？」

【注釋】❶餉　贈送食物。❷魏武　即魏武帝曹操。❸桮　同「杯」。❹酪　乳酪，用牛羊乳製成的發酵乳漿，自古以來是北方遊牧民族的主要飲料。❺噉　吃。同「啖」。❻蓋頭上　杯蓋的頂上。

【語譯】有人送給魏武帝一杯乳酪，魏武帝喝了一點兒，就在杯蓋頂上題了一個「合」字，拿給大家看；大家都不解他的用意。依次轉到楊脩的時候，楊脩就喝了起來，並且說：「主公叫一人喝一口，還有甚麼好遲疑的？」

【析評】「合」字可拆為「人」、「一」、「口」三字，即「一人一口」之意。乳酪是北方民族的主要飲料，卻不合中原人的胃口，所以曹操喝了少許，即示意眾人分嚐。

3 魏武❶嘗過曹娥碑❷下，楊脩❸從，碑背上題作「黃絹、幼婦、外孫、韲臼❹」八字。魏武謂脩曰：「卿解不？」答曰：「解。」魏武曰：「卿未可言，待我思之。」行三十里，魏武乃曰：「吾已得！」令脩別記所知。脩曰：「『黃絹』，色絲也，於字為『絕』；『幼婦』，少女也，於字為『妙』；『外孫』，女子也，於字為『好』；『韲臼』，受辛也，於字為『辤❺』；所謂『絕妙好辤』也。」魏武亦記之，與脩同；乃歎曰：「我才不如卿，乃覺❻三十里！」

【注　釋】❶魏武　即魏武帝曹操。❷曹娥碑　曹娥的墓碑。曹娥，東漢時會稽郡上虞縣（在今浙江上虞西）人。相傳其父溺死江中，屍體流失，娥年十四，哭號十七晝夜，投江而死。後上虞縣長度尚改葬娥於江南道旁，為立此碑，其文為尚弟子邯鄲淳所撰。碑背八字，係蔡邕避難路過時所題。❸楊脩　見本篇1注❷。❹韲臼　搗韲用的臼。韲是薑蒜等辛辣之物的碎末。❺辤　一作「辭」。通「詞」。指文詞而言。❻覺　相差；相去。通「較」。本篇7「覺數十步」，義與此同。

【語　譯】魏武帝曾經在曹娥碑下經過，楊脩跟隨著他，碑的背面題了「黃絹、幼婦、外孫、韲臼」八個字，魏武帝便問楊脩說：「你曉得甚麼意思嗎？」答道：「曉得。」魏武帝說：「你不要說，等我想想看。」走了三十里，魏武帝才說：「我已經想到了！」就叫楊脩把知道的另記下來。楊脩記道：「『黃絹』，是有『色』的『絲』，就字形說是個『絕』字；『幼婦』，就是『少女』，就字形說是個『妙』字；『外孫』，是『女』兒的兒『子』，就字形說是個『好』字；『韲臼』，是承『受』『辛』辣之物的用具，就字形說是個『辤』字；就是一般所說的『絕妙好辤』了。」魏武帝也記下他所知道的，和楊脩完全一樣；就讚歎道：「我的才能不如你，竟相差了三十里！」

【析　評】「黃絹」、「幼婦」、「外孫」比較好解，此不贅述；但「韲臼」的意思極為難明：「韲」指蔥、薑、蒜、韭、辣椒之類的辛辣食品，把這類食品搗成碎末的小臼叫做「韲臼」，所以它是「受辛」之具。把「受」、「辛」二字相合，便是一個「辤」字。「辤」本是辭讓不受之「辭」的正字，但是它和言詞、文詞的「詞」字同音通用，在此就當作「文詞」講。而文詞的「詞」，古來多借用同音的「辭」（本義是辨別是非）字代替，所以本則中的兩個「辤」字，除了唐寫本這樣寫，其他各本都寫成了「辭」，使得文意更加費解。這則故事如果是真的，那麼無論楊脩一見八字，當下即知也好，曹操走了三十里也能曉悟其意也好，他們精通文字、審形辨義的能力，都是常人所不及的。但劉孝標注，以為曹娥碑在江東會稽郡，而魏武、楊脩從來未曾過江而東；明儒方以智《通雅》三也說：「孫權霸越，曹何以至？」都認為江東當時在孫權的統治下，曹操無法到達，這故事是後人附會的。事實俱在，不容置疑；我們留作談助是可以的，切不可信以為真。

4 魏武❶征袁本初❷，治裝❸餘有數十斛❹竹片，咸長數寸，眾並謂不堪用，正令燒除。太祖甚惜，思所以用之。謂可為竹椑楯❺，而未顯其言，馳使❻問主簿楊德祖❼。應聲答之，與帝正同。眾伏❽其辯悟❾。

【注釋】❶魏武　即魏武帝曹操，廟號太祖。❷袁本初　袁紹，字本初，東漢汝陽縣（在今河南商水縣西北）人。靈帝時為佐軍校尉，靈帝崩，領兵入宮盡殺諸宦官。後董卓廢少帝，立獻帝，各州並推袁紹為盟主，進兵討伐。卓死，紹據河北，與曹操相爭，敗於官渡（今河南中牟北），發病而死。❸治裝　整束行裝。❹斛　斛本量器之名，容十斗。在此似用作大桶的代稱。❺竹椑楯　用竹製成的橢圓形的盾。椑，橢圓。楯，通「盾」。❻馳使　派使者策馬疾行。❼楊德祖　即楊脩。見本篇1注❷。❽伏　佩服。通「服」。❾辯悟　聰明穎悟。

【語譯】魏武帝想去征討袁本初，軍隊整理行裝後剩下好幾十大桶的竹片，都只有幾寸長，諸將官全認為沒有用，正想下令燒掉；可是魏武帝覺得非常可惜，想辦法加以利用。最後他認為可以製造橢圓形的竹盾，但沒有明說出來，就派人快馬加鞭地去問主簿楊德祖。楊德祖隨聲回答，和武帝的意思正好一樣。大家都佩服他的聰明穎悟。

【析評】竹椑楯的形制未詳，大概是指用竹片自中心向外，一圈一圈合釘而成的橢圓形盾牌。其上下所用的竹片較長，左右較短，可使數十斛長短不一的竹片，各盡其用，毫無浪費。曹操苦思才想出這個利用的方法，楊脩被問，竟應聲回答出來，無怪大家要佩服他反應的靈敏。

5 王敦❶引軍垂❷至大桁❸，明帝❹自出中堂❺。溫嶠❻為丹陽尹❼，帝令斷大桁；故❽未斷，帝大怒，瞋盛❾，左右莫不悚懼❿。召諸公來，嶠至不謝⓫，但求酒及炙；王導須臾至，徒跣⓬下地，謝曰：「天威⓭在顏，遂使溫嶠不容⓮得謝。」嶠於是下謝，帝迺⓯釋然⓰。諸公共嘆⓱王機悟⓲名言⓳。

【注釋】❶王敦　見〈文學〉20注❷。❷垂　將近。❸大桁　指朱雀桁。晉時建康正南朱雀門外的浮橋，以船舶接連而成，長九十步，寬六丈。桁，浮橋。通「航」。當時秦淮河上共有二十四桁，此桁最大，故名。❹明帝　即晉明帝。見〈排調〉17注❶。❺中堂　地名。在建康城南。❻溫嶠　見〈言語〉35注❸。❼丹陽尹　丹陽郡的長官。晉時各郡置太守；丹陽為京師所在，獨稱尹。❽故　仍舊。❾瞋盛　眼睛瞪得極大。❿悚懼　恐懼。⓫謝　認錯；道歉。⓬徒跣　光著腳。⓭天威　上天的威嚴。在此借指天子的威嚴。⓮容　可；允許。⓯迺　同「乃」。⓰釋然　疑慮消散的樣子。⓱嘆　讚美。通「歎」。⓲機悟　反應快；理解力強。即靈巧聰明之意。⓳名言　著名的話。

【語譯】王敦率領軍隊快攻到朱雀門外的浮橋了，晉明帝親自從中堂帶兵出擊。這時溫嶠當丹陽尹，明帝已命令他把浮橋切斷；可是見橋仍未斷，明帝大怒，眼睛瞪得快裂開了，左右的人沒有不害怕的。明帝召諸王公前來，溫嶠到達並不謝罪，只要求酒和烤肉；王導不久趕到，從車上光著腳走下地來，替他道歉說：「天威在聖顏上顯現，就使溫嶠覺得不容許他謝罪。」溫嶠乘機下堂謝罪，明帝的疑慮才頓時消散。諸位王公都讚歎王導這一句聰明靈巧的名言。

【析評】溫嶠沒有斷橋，見明帝盛怒，左右沒有人敢出面幫他說話，自分必死，謝罪也沒有用處；於是但求酒肉醉飽，坐以待斃。王導聞訊趕來，他了解溫嶠決心等死的心情，也了解明帝見了溫嶠的作為而滿懷疑慮，就針對這癥結所在，一語道破，化解雙方的誤會，消弭了一場不可逆料的災禍。他的靈巧果決，著實令人歎服。

6 郗司空❶在北府❷，桓宣武❸惡其居兵權❹；郗於事機❺素暗，遣牋詣桓：「方欲共獎❻王室，脩❼復園陵❽。」世子嘉賓❾出行，於道上聞信至，急取牋；視竟，寸寸毀裂，便回還更作牋，自陳老病，不堪人間，欲乞閒地自養。宣武得牋大喜，即詔❿轉公督⓫五郡、會稽太守。

【注釋】❶郗司空　指郗愔。字方回。晉高平國金鄉縣（今屬山東）人。簡私暱，罕交遊。為臨海太守，會弟曇卒，益無處世意，在郡優遊，修黃老之術。簡文帝輔政，出為會稽內史。卒，追贈侍中、司空。❷北府　晉都建康，以京口（在今江蘇丹徒）為北府。❸桓宣武　即桓溫。見〈言語〉55注❶。❹居兵權　據有軍事大權。❺事機　事情變化的關鍵。❻獎　輔助。❼脩　通「修」。❽園陵　帝王的墳地。❾世子嘉賓　帝王和諸侯的嫡長子稱世子，在此借為重臣之嫡長子的代稱。嘉賓，即郗超，見〈言語〉59注❺。❿詔　下達命令。⓫督　率領監察。

【語譯】郗司空坐鎮北府的時候，桓宣武憎恨他握有兵權；可是郗司空一向昧於事情的先機，派人送信給桓宣武說：「我正想和您一同輔助朝廷，收回舊京，修復園陵。」他的嫡長子郗嘉賓有事出門遠行，在路上聽說信使到來，急忙索取信件；看完了，撕得粉碎，就回去替父親另寫一封，自言年老多病，受不了人間的辛勞，想乞求一個安靜幽閒的地方養活自己，安享天年。桓宣武得到信非常歡喜，就下令改任郗公監督五郡，並當會稽郡太守。

【析評】郗愔不明事理，竟在桓溫畏忌他兵權過盛的時候，寫信要求和他一同出兵。這對桓溫來說，無異是對他權勢的挑釁吧？此信所招來的災禍，必定是兇猛而殘暴的。幸虧郗嘉賓搶先看到，替父親改寫一封，保全了他的生命和官位。

7 王東亭❶作宣武❷主簿❸，嘗春月與石頭❹兄弟乘馬出郊野；時彥❺同遊者，連鑣❻俱進，唯東亭一人常在前，覺❼數十步。諸人莫之解。石頭等既疲倦，俄而乘輿❽向❾，諸人皆似從官，唯東亭奕奕❿常自在前。其悟捷如此。

【注釋】❶王東亭　即王珣。見〈言語〉102注❸。❷宣武　即桓溫。見〈言語〉55注❶。❸主簿　見本篇1注❹。❹石頭　桓熙的小名。熙字伯道，桓溫的長子，官至豫州刺史。有弟濟、歆、禕、偉、玄五人，見《晉書・桓溫傳》。❺時彥　時賢；當時的賢俊之士。❻連鑣　諸馬並行。鑣，馬銜（俗稱馬嚼子）露出馬口外的部分。❼覺　相去。見本篇3注❻。❽乘輿　皇王、諸侯的車駕。在此指桓溫的馬車。❾向　朝向石頭等人而來。此「向」字與〈仇隙〉7「卿何故趣」句中之「趣」字同意，唐卷、宋本作「回」，誤。❿奕奕　神采煥發的樣子。

【語譯】王東亭當桓宣武主簿的時候，曾在春天和桓熙兄弟騎馬到郊外去踏青；當時同遊的才俊，騎馬並進，只有王東亭一個人總在前面，相去幾十步。大家都不明白他為了甚麼。後來桓熙等已經疲倦了，不久桓宣武的車馬朝著他們來了，大家都好像侍從的官員，只有王東亭神采奕奕的一直在前面領頭。他的悟性就是這樣敏捷。

【析評】桓熙兄弟等出遊之前，應該知道桓溫當天也會到他們要去的地方；但是除了王東亭，沒有人把這事放在心上。王東亭一直保持領先的地位，因為他算準了桓溫的來向。當桓溫尚未出現的時候，他只是離群獨行，使得大家疑惑而已；可是車駕一旦相向而來，就形成他率領群英拜謁長官的局面，而「石頭」等人困馬乏，欲追無力，只好庸庸碌碌的跟在後面。文中以石頭稱桓熙，也有譏諷他冥頑不靈、人如其名的寓意。

夙慧❶第十二

1 賓客詣陳太丘❷宿，太丘使元方、季方❸炊。客與太丘論議，二人進火，俱委❹而竊聽，炊忘著箄❺，飯落釜中。太丘問：「炊何不餾❻？」元方、季方長跪❼曰：「大人與客語，乃俱竊聽，炊忘著箄，今皆成糜❽。」太丘曰：「爾頗有所識❾不？」對曰：「髣髴❿志⓫之。」二子長跪俱說，更相易奪⓬，言無遺失。太丘曰：「如此，但糜自可⓭，何必飯也！」

【注　釋】❶夙慧　小兒早熟，有如從前生帶來的智慧。❷陳太丘　即陳寔。見〈德行〉6注❶。❸元方季方　陳寔之子陳紀與陳諶。分見〈德行〉6注❸及6注❹。❹委　拋棄。❺箄　墊在蒸飯器底，防止米粒漏落的竹席。❻餾　飯蒸熟後，各飯粒間有蒸氣流通。不餾，言米飯黏結成糊，不能通氣。❼長跪　古人席地而坐，坐時兩膝據地，把臀部放在腳跟上。長跪則伸直上身和大腿，跪在地上，表示敬重。❽糜　粥；稀飯。❾識　記。通「誌」。❿髣髴　好像。也作「彷佛」、「仿佛」。⓫志　記。通「志」。⓬更相易奪　互相改正錯誤，補充遺漏。⓭但糜自可　只要稀飯就行了。自，則。

【語　譯】客人到陳太丘家住宿，陳太丘叫兒子元方、季方去煮飯。客人和陳太丘評論問題，兩個人把火加進灶裡，就一起放下煮飯的事，去偷聽他們談話，煮飯時竟忘了墊上箄子，飯粒都掉進鍋裡。後來陳太丘問道：「你們煮飯，怎麼沒冒出蒸氣呢？」元方、季方長跪著說：「您和客人談論，我們一同偷聽，煮飯時忘了墊上箄子，現在都變成稀粥了。」陳太丘說：「你們還記得一些所聽的話嗎？」答道：「好像記得。」於是這兩個孩子就長跪著一同述說，同時互相糾正補充，大人的話一句也沒有遺漏。陳太丘說：「既然這樣，只要有稀飯就好了，何必要乾飯呢！」

【析　評】這一則記陳元方、陳季方幼時天賦過人，既對大人的議論有興趣，又能充分理解和記憶；有子如此，陳太丘就心滿意足，不再計較飯的乾稀了。

2 何晏❶年七歲，明慧❷若神，魏武❸奇❹愛之；以晏在宮內❺，因欲以為子。晏乃畫地令方，自處其中。人問其故，答曰：「何氏之廬❻也。」魏武知之，即遣還外。

【注　釋】❶何晏　見〈言語〉14注❶。❷明慧　聰明靈敏。慧，或作「惠」。同音通用。❸魏武　即曹操。❹奇　特別。❺晏在宮內　晏父早死，曹操為司空時娶其母尹氏，並收養晏，故晏在宮中長大。❻廬　暫時寄居的房舍。

【語　譯】何晏七歲的時候，聰敏如神，魏武帝特別喜愛他；又因為何晏住在宮中，就想把他收為養子。何晏便在地上畫一個方形的框子，自己待在裡面。人家問他原因，他回答道：「這是何氏的廬舍啊。」魏武帝知道這事，立刻就送他回到外面。

【析　評】這一則記七歲大的何晏，雖受繼父曹操的寵愛，卻不肯忘祖改姓，當曹家的子孫。所以一聽說曹操想收他為養子，立刻畫地為廬，明白告訴別人，這是「何氏」臨時的寄廬，以示與「曹氏」為異姓，並無久留的意思。曹操知道不能勉強，就送他出宮去，成全他的心願。

3 晉明帝❶年數歲，坐元帝❷膝上，有人從長安❸來，元帝問洛下❹消息，潸然❺流涕❻。明帝問何以致泣，具以東渡❼意❽告之；因問明帝：「汝意謂❾長安何如日遠？」答曰：「日遠。不聞人從日邊來，居然❿可知。」元帝異之；明日集群臣宴會，告以此意，更重問之。乃答曰：「日近！」元帝失色⓫，曰：「爾何故異昨日之言邪？」答曰：「舉目見日，不見長安。」

【注　釋】❶晉明帝　見〈方正〉23注❸。❷元帝　晉元帝。見〈言語〉29注❶。❸長安　西漢故都，在今陝西長安西北十三里。❹洛下　即洛陽。西晉故都。❺潸然　流淚的樣子。❻涕　淚。❼東渡　五胡亂華，晉室由洛陽遷往江東之建鄴，史稱東渡。❽意　心意；心境。❾意謂　認為。❿居然　明顯的樣子。⓫失色　驚慌變色。

【語　譯】晉明帝只有幾歲大的時候，坐在元帝的膝上，正好有人從長安來，元帝就詢問洛陽的消息，不禁流下淚來。明帝問他為甚麼要哭，他就把東渡以後的心境全告訴明帝；他順勢問明帝說：「你認為長安和太陽哪一個遠？」答道：「太陽遠。從來沒聽說有人從太陽那邊來，明顯可知。」元帝覺得他很奇特；第二天元帝召集群臣宴會的時候，就把這種感覺告訴大家，並且又重新問他一次。他竟答道：「太陽近！」元帝驚訝得變了臉色，說：「你怎麼跟昨天說的不一樣呢？」答道：「抬起頭來看得見太陽，卻看不見長安啊。」

【析　評】據《晉書》，明帝於愍帝建興初拜東中郎將，鎮廣陵，年已長；此事應更在其前。《初學記》一引劉昭《幼童傳》「元帝為江東都督，鎮揚州，有人從長安來。元帝問洛下消息，潸然流涕。帝年數歲，問泣故」云云，以為元帝鎮揚州時事，於時較合。元帝於懷帝永嘉元年七月為安東將軍、都督揚州江南諸軍事、假節，鎮建鄴。見《晉書・懷帝紀》。後愍帝被殺，元帝始即位。

4 司空顧和❶與時賢共清言❷，張玄之、顧敷是中外孫，年並七歲❸，在床邊戲，于時聞語，神情如不相屬❹；瞑❺於燈下，二小兒共敘客主之言，都❻無遺失。顧公越席❼而提其耳曰：「不意衰宗❽，復生此寶！」

【注釋】❶顧和　見〈言語〉33注❶。❷清言　即清談。❸張玄之顧敷是中外孫二句　參閱〈言語〉51，年歲微有差異。❹屬　關心；注意。❺瞑　閉目。❻都　全。❼越席　離席。❽衰宗　衰敗的宗族。在此作謙詞用。

【語譯】司空顧和跟當時的賢俊一同清談，張玄之、顧敷是他的內外孫，年齡都是七歲，在坐榻旁遊戲，當時聽大家談論，神情好像並不關心；可是事後顧和在燈下閉目養神的時候，兩個小孩一起敘述賓主的言論，一點兒也沒有遺漏。顧公離開坐席，提著他們的耳朵說：「沒想到我們這衰落的宗族，又生了這兩個寶貝！」

【析評】這兩個七歲的孩童，一邊遊戲，一邊隨便聽一聽時賢所說的玄理，就能全盤理解記憶，複述無遺，絕非一般同年的幼童可比；難怪顧公得意忘形地提著他們的耳朵狂呼大叫，如獲至寶。

5 韓康伯❶年數歲，家酷貧，至大寒，止❷得襦❸。母殷夫人❹自成之，令康伯捉熨斗，謂康伯曰：「且箸❺襦，尋❻作複褌❼。」乃云：「已足，不復須❽褌。」母問其故，答曰：「火在斗中而柄尚熱。今既箸襦，下亦當暖，故不須耳。」母甚異之，知為國器❾。

【注釋】❶韓康伯　即韓伯。見〈德行〉38注❷。❷正　止；僅。各本作「止」。❸襦　短襖。❹殷夫人　見〈德行〉47注❾。❺箸　穿著。通「著」。❻尋　接著。❼複褌　可套棉絮的夾褲。指棉褲。❽須　需要。通「需」。❾國器　國家的寶器。指具有治國才能的人。

【語譯】韓康伯只有幾歲大，家境極為貧窮，直到非常寒冷的時候，才只得到一件棉襖。他母親殷夫人親手做成以後，叫韓康伯提著熨斗，對他說：「先穿上棉襖，我馬上做棉褲。」韓康伯卻說：「已經夠了，不再需要褲子了。」母親問他緣故，答道：「火在熨斗裡燒著，柄還很熱。現在已穿上棉襖，下身也該暖和了，所以不需要了。」母親覺得他很奇特，知道他將成為治國的大器。

【析評】韓康伯年僅數歲，已能了解家境的困窘、母親的辛勞，也懂得使物盡其用、能省則省的道理；所以他想利用熨斗中的餘火溫暖下身，請母親安心休息。雖然韓康伯沒有想到熨斗裡的火終將熄滅，但以他的年齡，能做那麼體貼親心、方面廣泛的考慮，就足以顯示他具有非凡的天資；無怪殷夫人立即以國器相許。

6　晉孝武❶年十三、四，時冬天，晝日不箸❷複衣❸，但箸單練❹衫五、六重；夜則累❺茵褥❻。謝公諫曰：「體宜令有常。陛下❼晝過冷，夜過熱，恐非攝養❽之術。」帝曰：「夜靜❾。」謝公出，歎曰：「上理❿不減⓫先帝⓬！」

【注釋】❶晉孝武　即晉孝武帝。見〈言語〉89注❷。❷箸　見前則注❺。❸複衣　可套棉絮的夾衣，指棉衣。❹練　白色的絹。❺累　重疊。❻茵褥　墊褥。在此兼指被、褥。❼陛下　古代臣民對帝王的尊稱。陛是升堂的臺階，帝王聽政，必有近臣執兵侍於陛側，以防意外。群臣與帝王言，不敢直稱帝王，故稱在陛下的近臣轉告，是依卑達尊的意思。❽攝養　養生；保護身體。❾夜靜　是說人在夜晚靜止不動，很容易受寒，故應多蓋被。❿上理　「上於理」的省略，主上在言理方面。⓫減　低於；次於。⓬先帝　指晉簡文帝。善言理。

【語　譯】晉孝武帝十三、四歲的時候，在冬季，白天不穿棉衣，只穿白絹做的單衫五、六重；夜晚卻重疊鋪蓋著被褥。謝安勸諫道：「身體應使它有正常的溫度。陛下白天太冷，晚上太熱，恐怕不合養生之道。」孝武帝說：「人夜晚不運動，很容易受寒。」謝安辭出，讚歎道：「皇上善於說理，不比先帝差啊！」

【析　評】孝武天性一定好動，深知靠運動暖身的道理，所以每逢冬季，白天也不穿笨重的棉衣；直到夜晚，才鋪蓋著重重的被褥，完全放鬆身心，進入溫暖的夢鄉。以今日的眼光來看，這才是真正先進的養生之術；不意一千六百多年前才十三、四歲的晉孝武帝已清清楚楚地說明了。天賦夙慧，果然不是常人可及。謝安只讚歎他善於說理，似乎仍未了解孝武「夜靜」一語的真意。

7 桓宣武❶薨❷，桓南郡❸年五歲。服始除❹，桓車騎❺與送故文武❻別；因指語南郡：「此皆汝家故吏佐❼。」玄應聲慟哭，酸❽感傍人。車騎每自目己坐曰：「靈寶❾成人，當以此坐還之！」鞠❿愛過所生焉。

【注　釋】❶桓宣武　即桓溫。見〈言語〉55注❶。❷薨　諸侯死曰薨。❸桓南郡　指桓玄。見〈德行〉41注❶。❹服始除　指既葬桓溫，脫下重孝，換穿較輕的喪服。❺桓車騎　指桓沖。沖字玄叔，桓溫之弟，官至車騎將軍、都督七州諸軍事。❻送故文武　送喪的文武僚屬。災患喪病叫故。❼吏佐　即佐吏。古將帥府中參謀人員。❽酸　悲痛。❾靈寶　桓玄的小名。❿鞠　撫養。

【語　譯】桓宣武死時，桓南郡年方五歲。安葬好桓溫，脫下重孝，桓車騎和送葬的文武僚屬道別；於是指著這些人告訴桓南郡：「這都是你家以前的佐吏。」桓南郡一聽就悲哭起來，使在場的人深受感動。後來桓車騎常常看著自己的座位說：「靈寶長大成人時，我將把這位子還給他！」撫養愛護他，超過親生的子女。

【析評】周代有「既葬除喪」的禮俗（見《左傳・昭公十五年》），就是先人死了下葬以後，後人脫除重孝，換穿較輕的喪服。就桓南郡而論，他是桓溫的兒子，就可以脫掉用粗麻布縫製的絰（喪冠），改戴用細葛布縫製的絰。（參見《禮記・喪服小記》「除喪者先重者」孫希旦《集解》說。）所以本文說「服始除」，就意味著剛葬完桓溫，接下去就講到桓車騎與送葬文武別的事上去。桓玄當時雖只有五歲，一聽車騎說面前的一群人都是父親的僚屬，知道他們和自己有深厚的關係，於是把他們當作親人，把勉強壓在心頭的悲哀，立刻用慟哭向他們傾訴。這種真情的流露，誰看了不哀憐酸楚？剛喪失兄長的桓沖，有了這樣乖巧的姪兒，又如何能不愛過所生？

豪爽❶第十三

1 王大將軍❷年少時，舊有田舍❸名，語音亦楚。武帝喚時賢，共言伎藝❹之事，人人皆多有所知；唯王都無所關，意色❺殊惡，自言知打鼓吹❻。帝即令取鼓與之，於坐振袖而起，揚槌奮擊，音節諧捷，神氣豪上，傍若無人❼。舉坐歎其雄爽❽。

【注　釋】❶豪爽　豪邁爽朗，令人快意。❷王大將軍　指王敦。見〈文學〉20注❷。❸田舍　田舍郎的省稱。本指農家子，引申為今語「土包子」之意。❹伎藝　技能和才藝。❺意色　神情；神態。❻鼓吹　軍樂名。出於北方民族。所用樂器有鼓鉦簫笳等，而以鼓為主。❼傍若無人　神情閒適自在，雖有人在側，卻視若無睹。❽雄爽　雄健豪爽。

【語　譯】王大將軍年輕時，本有土包子的混名，語音也是道地的楚腔。晉武帝召集當時的賢俊，一同討論有關技藝方面的事情，人人都知道很多；只有王敦甚麼都不懂，神情非常尷尬，自己說只曉得打鼓吹。武帝就叫人拿鼓給他，他就在座中揮袖起立，舉起鼓槌猛力打鼓，音節和諧快捷，神氣豪放過人，好像四周沒有人的樣子。所有在座的人都讚歎他雄健爽朗的個性。

【析　評】王敦從小得到「田舍」之名，多少有些自卑的心理，以為那些文雅高尚的技藝都和自己無緣；當他「自言知打鼓吹」的時候，顯然認為這只是一種粗俗的玩意兒，不能登大雅之堂的，因而臉上布滿羞慚尷尬之色。不料這種技藝竟然受到大家的肯定，武帝立刻叫人取鼓給他表演，於是他神采飛揚，忘形地奮力一擊，憑藉嫻熟的技巧，發揮出豪爽的天性，贏得滿堂的讚歎。

2 王處仲❶世許高尚之目❷；嘗荒恣❸於色，體為之弊❹。左右諫之，處仲曰：「吾乃不覺爾！如此者，甚易耳。」乃開內後閤❺，驅諸❻婢妾數十人出路，任其所之。時人歎❼焉。

【注釋】❶王處仲　即王敦。見〈文學〉20注❷。❷目　名；名目。❸荒恣　迷亂放縱。❹弊　衰弱；虧損。❺閤　正門旁的小門。❻諸　眾多。❼歎　讚歎。

【語譯】王處仲被世人讚許為高尚的雅士；可是他曾經沉迷於女色，身體也因此虧損。左右的人勸諫他，王處仲說：「我竟不覺得呢！像這種事，很好辦的。」就開啟裡院後門的邊門，把眾婢妾好幾十人趕到路上去，隨便她們到哪兒去。當時的人莫不為此讚歎他。

【析評】這件事如果發生在今天，我們一定會為那幾十位被驅的女子不平。可是當時她們在王敦家裡，只不過是王敦花錢買來的玩物罷了，想要贖身都是不可能的；現在王敦竟敞開後閤，恢復她們的自由，而且少不了要重金資遣，在當時那樣社會，自然算得上是一種義舉。再說一個沉湎女色的人，能夠從諫若流，採取如此的斷然措置，也非常人可及，無怪時人歎其豪爽。

3 王大將軍❶自目❷「高朗疏率❸，學通《左氏》❹」。

【注釋】❶王大將軍　指王敦。見〈文學〉20注❷。❷目　言；稱。❸高朗疏率　指性格豁達爽朗，粗略輕率。❹左氏　《春秋左氏傳》，本名《左氏春秋》，省稱《左氏》。

【語譯】王大將軍自己說他「為人豁達爽朗，不拘小節；在學術上，精通《左傳》」。

【析　評】劉孝標注引《晉陽秋》：「敦少稱高率通朗，有鑒裁」，和本則「王大將軍自目高朗疏率」的記述相合，當屬實情。可是《左傳》是一部以闡發《春秋》大義為主，並且詳載春秋時代二百四十二年的史實，熔經學與史學於一爐的著作，舉凡《春秋》褒貶的大義，以及天文地理、禮樂征伐、典章制度之事，無不齊備。像這麼一部包羅萬有、寓義精深的經典，王敦能否通曉，很成問題；可是他居然自稱「學通《左氏》」，面無慚色，倒也合乎他那「高朗疏率」的個性，不違「豪爽」的題旨。歸類於此，無可訾議。

4 王處仲❶每酒後，輒詠「老驥伏櫪，志在千里；烈士暮年，壯心不已❷」，以如意❸打唾壺❹，壺口盡缺。

【注　釋】❶王處仲　即王敦。見〈文學〉20注❷。❷老驥伏櫪四句　曹操樂府詩〈步出夏門行〉中的四句。驥，千里馬。櫪，馬槽。烈士，決心建立功業的人。❸如意　器物名。出印度。有長柄，柄端作手指形或心字形。長三尺許，以骨、角、竹、木、玉、石、銅、鐵等做成。本用以搔癢，可如人意，故名。魏、晉時清談之風甚盛，文人雅士多持以指點比畫。❹唾壺　痰盂。

【語　譯】王處仲每次酒酣以後，就吟詠曹操樂府詩中「老驥伏櫪，志在千里；烈士暮年，壯心不已（年老的千里馬趴在馬槽旁，牠的心卻在千里之外奔馳；決心建功立業的人雖然到了晚年，他的壯志並沒有停止）」的名句，並且用如意敲打痰盂，痰盂的口全被打缺了。

【析　評】曹操在政治上是具有野心的人物，所以賦詩言志，以伏櫪的老驥激勵自己，道盡他的豪情偉志。王敦和曹操恰好是同一類型的人物，讀了這四句詩，深受感動，每於酒酣耳熱之際，反覆吟詠；並且敲打唾壺，做為節拍。他那激越豪爽的音容，千載以後，如在目前。

5 晉明帝❶欲起❷池臺，元帝❸不許；帝時為太子，好武養士❹，一夕中作池，比❺曉便成。今太子西池❻是也。

【注釋】❶晉明帝 見〈方正〉23注❸。❷起 興建。❸元帝 晉元帝。見〈言語〉29注❶。❹養士 古代豪門貴族，培養有才德的人，供奉生活所需，謂之養士。此言明帝好武，則所養者當是勇武之士。❺比 及；至。❻太子西池 池名。當在建康（吳丹陽郡的治所，東晉首都，在今江蘇江寧東南五里）城西。劉孝標注引《丹陽紀》，謂即三國時吳之西苑，孫登所創，明帝為太子時復加修整，俗稱太子西池。

【語譯】晉明帝想要興建池沼樓臺，元帝不准；明帝當時還是太子，喜歡武術，奉養勇士，他的門客在一個晚上修建池塘，到天亮時就完成了。現在的太子西池便是。

【析評】《晉書．溫嶠傳》說：「時太子起西池樓觀，頗為勞費，嶠上疏，以為朝廷草創，巨寇未滅，宜應儉以率下，務農重兵。太子納焉。」可見元帝不許可的原因，是怕大興土木，勞民傷財；但太子發動門下的勇士，竟在一夜之間奮力築好西池，既沒耗費一文公帑，也未勞動一個人民，自然不能說他違抗上命，只得視同豪舉；何況西池修好以後，不聞太子更建樓觀，顯然是服從了元帝的意旨。

6 王大將軍❶始欲下都❷，更處分❸樹置❹，先遣參軍❺告朝廷，諷旨❻時賢。祖車騎❼尚未鎮壽春❽，瞋目厲聲，語使人曰：「卿語阿黑❾：何敢不遜❿！催攝⓫面⓬去，須臾⓭不爾，我將三千兵槊腳⓮令上⓯！」王聞之而止。

【注釋】❶王大將軍 即王敦。見〈文學〉20注❷。❷下都 王敦於元帝建武初，先後任江州牧及荊州牧，二州均在建康上游，故稱還都為下都。❸處分　安排分配。指調整人事。❹樹置　樹立設置。指樹立黨羽。❺參軍　官名。晉時軍府和王國皆有參軍參謀軍務，位任頗重。❻諷旨　用委婉的話傳達意旨。❼祖車騎　指祖逖。見〈賞譽〉43注❷。❽壽春　在今安徽壽縣，當時為豫州治所。祖逖尚未鎮壽春，謂其仍在徐州刺史任內，尚未拜豫州刺史時。❾阿黑　王敦的小名。❿不遜　不恭順；無禮。⓫攝　速。通「捷」。⓬面　反面；回頭。通「偭」。⓭須臾　少待。⓮槊腳　用槊刺他的腳。槊，長矛。引申為用槊刺之的意思。⓯上　回去；滾開。與本則注❷下都之「下」相對。

【語　譯】王大將軍最初想回到都城，重新調整人事、樹立黨羽，就先派遣一位參軍稟告朝廷，並向當時的賢達婉言表明自己的意思。祖車騎此刻還沒有去鎮守壽春，聞言以後，張大了眼睛，用嚴厲的聲調告訴使者道：「你去告訴阿黑：怎敢這樣無禮！催他趕快回去；如敢停留片刻，我就率領三千精兵，用槊刺他的腳叫他滾開！」王敦聽了這話，就作罷了。

【析　評】據《晉書．祖逖傳》及《資治通鑑》，此當為元帝太興年間逖為豫州刺史以前，在徐州刺史任內、或任軍諮祭酒居丹徒京口（今江蘇省鎮江縣）時事。祖逖曾對元帝說：「晉室之亂，非上無道而下怨叛也；由藩王爭權，自相誅滅，遂使戎狄乘隙，毒流中原！」可見他對藩王爭權的流毒，早已深切體認；所以王敦一旦遣使向他表態，他立刻聲色俱厲地嚴加斥責，毫不寬貸，表現出爽朗出眾的高風，使奸賊為此喪膽，不敢一意孤行，胡作非為。

7　庾稺恭❶既常有中原志❷，文康❸權重，未在己；及季堅❹作相，忌兵畏禍，與稺恭措❺同異❻者❼久之，乃果行❽。傾荊、漢之力，窮舟車之勢，師❾次❿于襄陽⓫；大會僚佐，陳其旌甲，親授弧矢⓬，曰：「我之行⓭，若此射⓮矣！」遂三起⓯三疊⓰。徒眾屬目⓱，其氣十倍。

【注釋】❶庾穉恭　庾翼，字穉恭。潁川鄢陵（今河南鄢陵）人。兄亮卒，授命都督江、荊、司、雍、梁、益六州軍事、安西將軍、荊州刺史、假節，代亮鎮武昌。康帝即位，又進翼征西將軍，領南蠻校尉。卒，追贈車騎將軍，諡肅。❷中原志　收復中原的大志。❸文康　即庾亮。見〈德行〉31注❶。❹季堅　即庾冰。亮弟，翼兄。見〈方正〉41注❷。❺措　措施。❻同異　不同。只用異字之意。❼者　句中停頓語氣詞。❽果行　如願實行。如其所願為果。❾師　軍隊。❿次　駐紮。軍隊駐留兩宿以上叫次。⓫襄陽　縣名。即今湖北襄陽。東出武漢，北通南陽，西控商洛，南制江陵，為自古攻守必爭之地。⓬弧矢　弓箭。⓭行　指出征。⓮若此射　言與此刻射箭相同，中的則勝，不中則敗。⓯起　發射。⓰疊　鼓三百三十搥為一通；鼓止角動，吹十二聲為一疊。見《丹鉛總錄·瑣語》。此「疊」兼鼓一通、號角一疊而言。每射中一箭，則鼓角齊鳴一次；三起三疊，即三發三中之意。⓱屬目　注視。

【語譯】庾穉恭既然經常懷有恢復中原的大志，而庾文康掌握的權力卻很大，還沒有落在自己的手上；等到庾季堅當了宰相，唯恐戰禍發生，又和庾穉恭採相反的措施過了很久，才照他的意思實行。於是他竭盡荊州和漢水流域的兵力，窮極舟車匯集的聲勢，把大軍駐紮在襄陽；又和僚屬舉行盛大的聚會，展示他的旌旗甲兵，親自授予弓矢，說：「我這次出征，就像我現在射箭一樣！」於是三發三中，引起三次鼓角齊鳴。將士們看在眼裡，人人勇氣增加了十倍。

【析評】庾穉恭少懷掃蕩胡虜、恢復王業的大志，但一直屈居在兄長庾文康、庾季堅之下，不能如願以償。《晉書》本傳說：及康帝即位，穉恭有眾四萬，想進駐襄陽，揚威漢北，雖康帝及朝士都以為不可，但季堅、桓溫等贊成他的計畫；於是穉恭違抗詔令，來到了襄陽。本則所記，就是他在襄陽大會僚佐的盛況。我們從他「我之行，若此射矣」的壯語，可以看出他充滿自信的豪情；從「三起三疊」的描述，可見他不但能坐而言，也是能起而行的壯士。有這樣才德兼備的統帥，士氣陡增十倍，就絕非誇大之辭了。

8 桓宣武❶平蜀❷，集參僚置酒於李勢❸殿，巴、蜀❹縉紳❺，莫不悉萃❻。桓既素有雄情爽氣❼，加爾日❽音調英發❾，敘古今成敗由人，存亡繫才，奇拔磊落❿，一坐讚賞不暇。坐⓫既散，諸人追味⓬餘言⓭；于時尋陽周馥⓮曰：「恨卿輩不見王大將軍⓯！」馥曾作敦掾⓰。

【注　釋】❶桓宣武　即桓溫。見〈言語〉55注❶。❷平蜀　晉穆帝永和三年，桓溫平定巴蜀。❸李勢　見〈識鑒〉20注❹。❹巴蜀　巴郡和蜀郡。即今四川全境。❺縉紳　指插笏於衣帶中的士大夫。縉，插。通「搢」。紳，束腰的大帶。❻萃　集。❼雄情爽氣　雄健的本性，豪爽的氣概。❽爾日　此日；那天。❾英發　才華外露。引申為特別宏亮傳神之意。❿奇拔磊落　言其狀貌俊偉出眾。磊落本為高大，引申為雄偉英俊之意。⓫坐　筵席。⓬追味　回味。⓭餘言　含蓄未說出來的話。⓮周馥　字湛隱，廬江尋陽（今湖北黃梅北）人。征西將軍周訪的曾孫，有將才，官至晉壽郡（今四川廣元）太守。〈雅量〉9有周馥，字祖宣，汝南人，與此非一人。⓯王大將軍　指王敦。見〈文學〉20注❷。⓰掾　屬官。

【語　譯】桓宣武平定了蜀地，就在李勢的宮殿中安排酒席，召集參謀和屬官宴飲，巴、蜀兩郡的名流顯要也全都到場了。桓宣武一向就有雄健豪爽的氣概，再加上他那天聲調格外宏亮傳神，敘述古往今來事情的成敗都基於當事人的賢愚而分，國家的存亡全隨著執政者的才器而定，他雄姿英偉出眾，所有在座的人都止不住地交口讚美。宴會散了以後，大家仍在回味他話中的弦外之音；當時尋陽周馥卻說：「真遺憾您們沒有見過王大將軍！」因為周馥曾當過王敦的屬吏。

【析　評】氏族李特，於晉惠帝太安元年（西元三〇二年）在蜀地起兵，他的兒子李雄占據成都，於惠帝永興元年（西元三〇四年）僭稱成都王，後稱帝，建號「成」；至晉成帝咸康四年（西元三三八年），李雄的姪子李壽即位，改號為「漢」；所以舊史稱他們所建的朝代為「成漢」，是東晉時十六國之一。本則所說到的李勢，是李壽的長子，嗣壽為漢主，在位五年，於晉穆帝永和三年（西元三四七年）降晉。據《晉書・穆帝紀》，桓溫於永和二年十一月出兵伐蜀，三年三月而李勢降。不過一百餘日而建此殊勳，當桓溫在亡國主的殿上大擺慶功之宴時，笑談古今，雄姿英發，自然甚有可觀，令人傾倒；然而周顗「恨卿輩不見王大將軍」一語，道出王敦的風神豪爽，在平時就超出桓溫之上，更使人回味無窮。

9 桓公❶讀《高士傳》❷，至於陵仲子❸，便擲去，曰：「誰能作此溪刻❹自處❺？」

【注釋】❶桓公　指桓溫。見〈言語〉55注❶。❷高士傳　書名。晉皇甫謐撰。原載古代高隱之士七十二人；今本九十六人，乃後人雜取《太平御覽》等書所增補。❸於陵仲子　戰國時齊人陳仲子，隱居於陵（今山東長山縣西南二十里），世稱於陵仲子。詳見本則「析評」欄。❹溪刻　苛刻。❺自處　自居；自待。

【語譯】桓公讀《高士傳》，讀到於陵仲子的時候，就把書拋開，說：「誰能做出這種苛刻的事來，卻以高士自居呢？」

【析評】皇甫謐《高士傳・陳仲子》說：「陳仲子者，齊人也。其兄戴為齊卿，食祿萬鍾，仲子以為不義，將妻子適楚，居於陵，自謂於陵仲子。窮不苟求，不義之食不食。遭歲飢，乏糧三日，乃匍匐而食井上李實之蟲者（蟲吃過的李子），三咽而能視。身自織屨，妻擘纑（把麻搓成線），以易衣食。楚王聞其賢，欲以為相，遣使持金百鎰至於陵聘仲子，仲子入謂妻曰：『楚王欲以我為相。今日為相，明日結駟連騎，食方丈於前，意可乎？』妻曰：『夫子左琴右書，樂在其中矣。結駟連騎，所安不過容膝；食方丈於前，所甘不過一肉。今以容膝之安、一肉之味，而懷楚國之憂；亂世多害，恐先生不保命也。』

於是出謝使者，遂相與逃去，為人灌園。」陳仲子的故事，最早見於《孟子・滕文公下》，但沒有楚王相召之事；而且孟子早已認為陳仲子自求苛刻，不通情理。孟子的敘述和意見，桓公似已看過，所以作出「誰能作此溪刻自處」的結論。因為《高士傳》此文，並沒有表現陳仲子有甚麼過分的行為，《孟子》卻載有陳仲子住到於陵以後，有一天回到哥哥家，看見別人送給哥哥一隻活鵝，就皺著眉頭說：「要別人這種鶃鶃叫的東西幹甚麼！」後來他母親殺了那鵝給陳仲子吃，恰巧他哥哥回來看見，就說：「這就是『鶃鶃叫的東西』的肉啊！」陳仲子立刻到外面挖喉嚨把鵝肉吐掉。這樣苛求自己和哥哥，不是太過分嗎？要天下人人如此自高，辨得到嗎？

10 桓石虔，司空豁❶之長庶也。小字鎮惡，年十七、八，未被舉❷，而童隸❸已呼為鎮惡郎❹。嘗任宣武齋頭❺，從征枋頭❻；車騎沖❼沒陳❽，左右莫能先救。宣武謂曰：「汝叔落賊，汝知不？」石虔聞，氣甚奮；命朱辟為副，策馬於數萬眾中，莫有抗者。徑致❾沖還。三軍歎服，河朔❿遂以其名斷瘧。

【注　釋】❶司空豁　即桓豁。字朗子，晉譙國龍亢（今安徽懷遠西北七十五里）人。桓溫之弟。官至荊州刺史，贈司空。❷舉　舉用；選用。❸童隸　童僕；小廝。❹郎　舊時奴僕稱主人為郎。❺齋頭　齋屋的兩端。齋指可以安居靜修的房屋，多作書房使用。❻枋頭　地名。在今河南濬縣西南八十里，古淇水口。晉太和四年，桓溫伐後燕，大敗於此。❼車騎沖　即桓沖。見〈夙慧〉7注❺。❽沒陳　陷沒敵陣。陳，今作「陣」。❾致　招致；接應。❿河朔　泛指黃河以北的地方。

【語　譯】桓石虔是大司空桓豁的長庶子。小名叫鎮惡，十七、八歲，還沒被舉用的時候，家裡的童僕已經稱他為鎮惡郎，把他當作一家之主了。他曾經住在桓宣武書齋的旁邊，後來又隨他去遠征枋頭；當時車騎將軍桓沖陷身在敵陣裡，左右的人沒有一個能率先搶救的。宣武對石虔說：「你叔叔陷在賊陣裡，你知道嗎？」桓石虔聽了，意氣非常激奮；就命令朱辟為副手，在數萬敵兵中鞭馬疾馳，沒有敢抵抗他們的。這樣直接把桓沖迎了回來。三軍的將士無不讚歎佩服，黃河以北的人也因此用他的名字斷絕瘧疾的肆虐。

【析評】這一則描寫桓石虔奮勇救叔，豪氣干雲，不但令人歎服；河朔地區原以為人患瘧疾，是惡鬼作祟所致，此後一旦感染此病，就高呼桓石虔的名字，驅鬼絕禍，更把他奉為神明，使他威名顯赫，永垂不朽。

11 陳林道❶在西岸❷，都下❸諸人共要❹至牛渚❺會。陳理❻既佳，人欲共言折❼；陳以如意❽拄❾頰望雞籠山❿，歎曰：「孫伯符⓫志業不遂！」於是竟坐⓬不得談。

【注釋】❶陳林道　即陳逵。見〈品藻〉59注❹。❷在西岸　時逵為西中郎將，領淮南太守，戍歷陽（在今安徽和縣），在長江西岸。❸都下　指都城建康。❹要　邀約。❺牛渚　山名。在今安徽當塗西北三十里。其山腳凸入長江部分稱采石磯。❻理　說理。❼言折　以言折之。即以言詞和他辯論，使他屈服。❽如意　見本篇4注❸。❾拄　支撐。❿雞籠山　在建康（今江蘇江寧南）城西北六、七里，因狀如雞籠得名。⓫孫伯符　孫策，字伯符，三國吳郡富春（今浙江富春）人。吳主權之兄。父堅為劉表部將射殺，策依附袁術，率其父兵馬平定江東，建立政權，正謀襲擊許昌，迎立漢獻帝，竟為吳郡太守許貢門客射傷，不治而死，時年二十六。及弟權稱帝，追謚為長沙桓王。⓬竟坐　舉座；所有在座的人。

【語　譯】陳林道在長江西岸歷陽的時候，京都裡的賢俊們一齊邀約他到牛渚相會。陳林道一向善於說理，大家想共同和他辯論，使他屈服；可是相見以後，陳林道用如意支撐面頰遙望著雞籠山，惋歎道：「孫伯符的志願和事業沒有完成啊！」於是所有在座的人都不知道該說甚麼。

【析　評】這一群京都才俊既把陳林道請到了牛渚，但震於他善於說理的威名，不敢發話，都想聽陳林道先說甚麼。陳林道用如意拄頰，遙望著東北方的雞籠山，追懷著山下建康城中的往事，慨然浩歎道：「孫伯符志業不遂！」在漢代，建康本名秣陵縣；三國時東吳孫權定都於此，改名建業；晉初仍稱秣陵，武帝太康三年分秣陵水北之地為建鄴，改業為鄴；後避愍帝司馬鄴的諱，更名建康，元帝以為都城。孫伯符以二十六歲的英年早逝，臨終前他對孫權說：「舉江東之眾，決機於兩陳（陣）之閒，卿不如我；任賢使能，各盡其心，我不如卿。慎勿北渡！」對張昭說：「中國方亂，夫以吳、越之眾，三江之固，足以觀成敗。」（見劉孝標注引《吳錄》）都是他壯志未酬、徒留餘恨的鐵證，不容絲毫置疑的餘地；所以眾人一聽陳林道的浩歎，頓時語塞，不知如何應對。

12 王司州❶在謝公❷坐，詠「入不言兮出不辭，乘迴風兮載雲旗❸」，語人云：「當爾時，覺一坐❹無人！」

【注　釋】❶王司州　指王胡之。見〈言語〉81注❶。❷謝公　指謝安。見〈德行〉33注❷。❸入不言兮二句　見《楚辭．九歌．少司命》。迴風，旋風。雲旗，用雲做成的旗子。❹一坐　舉座；所有的座位上。

【語　譯】王司州在謝公座上，吟詠《楚辭》中的名句「入不言兮出不辭（神靈進來時不言不語，離開時也不告辭），乘迴風兮載雲旗（乘著用旋風製造的車子，插著用白雲做成的旌旗）」，事後告訴人說：「當那時候，我覺得滿座空無一人！」

【析評】在謝安的座上，都是些飽學之士、尊貴之人；王胡之在這群人中忘情地吟詠屈原〈九歌・少司命〉中描寫掌管人類有無子嗣的尊神少司命乘風載雲，往來飄忽，其容難見，其意叵測的辭句，他自己彷彿就成了這位大神的化身，託身在迴風雲旗之中，無視於眾人的存在。這種豪情，自然是常人所不及的。

13 桓玄❶西下，入石頭❷，外白：「司馬❸梁王❹奔叛。」玄時事形已濟❺，在平乘❻上笳鼓並作，直高詠云：「『簫管有遺音，梁王安在哉❼！』」

【注釋】❶桓玄 見〈德行〉41注❶。❷石頭 城名。在今江蘇江寧西石頭山後。❸司馬 官名。❹梁王 梁王司馬珍之，字景度。桓玄篡位，珍之奔壽陽；及安帝義熙初歸朝廷，官至太常卿。後被劉裕所害。❺濟 成。❻平乘 大船名。❼簫管有遺音二句 見阮籍〈詠懷詩〉之三十一。簫，指排簫。編排竹管做成的樂器。管，亦竹製樂器，單管，六孔。簫管，在此泛指樂器。遺音，餘音。梁王，本指漢之梁孝王，借指梁王司馬珍之。梁王安在，言其已被消滅，不復存在。

【語譯】桓玄率軍向西，進入石頭城，城外有人來報告說：「司馬梁王逃亡叛變了。」桓玄當時認為他篡位的事情已有成功的把握，在平乘大船上笳鼓齊奏，竟高聲歌詠道：「『簫管有遺音（簫管奏出來的樂音還未消逝），梁王安在哉（梁王啊，你身在何處）！』」

【析評】石頭城在建康西北，是攻守建康必爭之地；所以桓玄西入石頭，正是他謀反的前奏。正當此時，忽報梁王叛逃，而他竟十分篤定地奏樂賦詩，真是氣焰高張，不可一世。《阮步兵集・詠懷詩之三十一》有云：「駕言出魏都（車駕從魏國的都城出發），南向望吹臺。簫管有遺音，梁王安在哉！」吹臺相傳是春秋時師曠吹弄簫管之所，西漢梁孝王（文帝子）增建後改名明臺；因孝王常歌吹於此，又名吹臺。此臺在戰國時魏都（今河南開封）東南六里。阮籍遙見吹臺，感於物是人非，吟詩詠懷；而桓玄聞變，就斷章取義地高歌後兩句明志，把漢時的梁王說成當代的梁王，把感物興懷的詩句讀成耀武揚威的詩句。對這種行為，我們與其稱為豪爽，毋寧謂之狂妄。而且豪爽的行為稍一過分，便流為狂妄，間不容髮。劉義慶用這一則記事結束全篇，是寓有深意，發人猛省的。

◎新譯樂府詩選

溫洪隆、溫強／注譯

「樂府詩」最初指的是由樂府採集、可以配樂演唱的詩歌，主政者可以藉此觀風俗，知民情。由於它來自民間，語言大都生動形象，樸素自然，為古典詩歌注入一股清涼活水，啟發、滋養無數詩人效法創作。宋朝郭茂倩所編的《樂府詩集》，收錄上起陶唐，下至五代的樂府歌辭，內容徵引浩博，被譽為「樂府中第一善本」。本書依其分類，選錄二一二首樂府詩精華加以注譯研析，引領讀者進入樂府詩歌的無邪世界中遨遊。

◎新譯搜神記

黃鈞／注譯　陳滿銘／校閱

魏晉南北朝時期的志怪小說以大量的虛構故事、奇幻的境界、離奇的情節、簡潔的語言、優美的文筆，為中國小說奠定了發展的基礎。其中東晉著名史學家干寶所撰的《搜神記》，是諸多志怪小說中成就最高、影響最大、最具有代表性的作品。本書正文以各善本參校，導讀詳盡，注譯精當，人名、地名可考者皆有注解，是讀者進入志怪小說瑰奇世界的最佳途徑。

◎新譯古詩源

馮保善／注譯

中國古典詩歌發展至唐代而達於鼎盛，大放異彩，但唐詩之盛並不是一夕造成的，清人沈德潛編輯《古詩源》一書，其目的便是在明「唐詩之發源」。書中收錄上古以迄漢魏六朝古詩七百餘首，完整且清晰地展示唐以前詩歌發展嬗變的軌跡及其具體成就，成為古詩選本的經典之作。本書注釋翻譯簡潔暢達，評析則能得之於會心，是您閱讀、欣賞古詩的最佳佐助。

◎新譯唐人絕句選

卞孝萱、朱崇才／注譯
齊益壽／校閱

在唐代，詩歌就如同柴米油鹽，是日常生活的組成部分。唐代詩歌較全面地反映了當時的社會生活，表達了唐人——特別是讀書人——的種種心態。閱讀唐詩，不但可以得到美的享受，還可藉以了解古人的生活和心靈。而唐人絕句，以其輕薄短小而精鍊的特色，更是進入唐詩世界的捷徑。本書選譯四五三首唐人絕句，所選不拘一派一家，能反映唐人絕句的全貌和具體成就。注譯簡明通俗，賞析精到，是涵泳唐人絕句的不二之選。

國家圖書館出版品預行編目資料

新譯世說新語／劉正浩等注譯.——四版一刷.——臺北市：三民，2024
冊；　公分.——(古籍今注新譯叢書)
含索引
ISBN 978-957-14-7726-8（一套：平裝）
1. 世說新語 2.注釋

857.1351　　112020134

古籍今注新譯叢書
新譯世說新語（上）

注譯者　劉正浩等
發行人　劉振強
出版者　三民書局股份有限公司
地址　臺北市復興北路386號（復北門市）
臺北市重慶南路一段61號（重南門市）
電話　(02)25006600
網址　三民網路書店 https://www.sanmin.com.tw

出版日期　初版一刷 1996年8月
修訂三版六刷 2021年5月
四版一刷 2024年1月
書籍編號　S030980
ISBN　978-957-14-7726-8